时代记忆文丛

我怎样飞向了自由的天地
丁玲散文随笔书信选（下）

丁玲 著　罗岗　张屏瑾　孙晓忠 选编

国家社科重大项目"人民文艺与20世纪中国文学的历史经验研究"（17ZDA270）的阶段性成果

青海人民出版社

下册

目录

创作与生活篇

我的自白 … 3
我的创作生活 … 9
文艺在苏区 … 14
作家与大众 … 18
材料 … 22
我们需要杂文 … 25
关于立场问题我见 … 27
青年知识分子的修养 … 33
从群众中来,到群众中去 … 39
在前进的道路上(上) … 47
在前进的道路上(下) … 53

目录

谈文学修养	59
"五四"杂谈	69
创作与生活	76
作为一种倾向来看	85
创作要有雄厚的生活资本	93
生活、思想与人物	103
写给女青年	122
谈写作	126
书信与回忆篇	
致胡也频（一）	147
致胡也频（二）	151
致《大陆新闻》编者	154

目录

致叶圣陶 … 157
致胡风（一）… 159
致胡风（二）… 161
致逯斐 … 163
致陈明（一）… 166
致陈明（二）… 170
致徐光耀 … 173
致曹裕明 … 176
致陈明（三）… 180
致一位青年读者 … 185
致蒋祖林、李灵源（一）… 188
致蒋祖林、李灵源（二）… 200

目录

致胡延妮 208
致孙犁 221
致徐霞村 226
致柯岩 230
致巴金 235
魍魉世界（节选）237
风雪人间（节选）254

创作与生篇

我的自白
——在光华大学讲

我今天来到光华，并没有预备什么来讲，我们就随便谈谈吧。谈什么东西呢？哦！谈谈关于我自己的一切吧。

我现在为社会一般人所注目的人，我想我所以能引起别人对于我的特别兴趣，是因为我背叛了一切亲人，而特别对着"一个人"的亲近。最近因为我是一个善于写小说的人了。

不久以前，因为了一个不幸的事件演出，跟着就有人在报章上登着关于丁玲女士底凄楚的故事：说什么丁玲终日以泪洗面，扶孤返湘等消息。其实这是极其错误的，只是对于社会一种模糊的印象罢了。社会上，有人特别注意到我，关怀着我，这在我总觉得许多是真同情的赐予，而有许多人却甚无味。

我写小说已经三年了。我不敢说，我写的有什么成绩，不过在我自己讲起来，确是以真实的态度下了至善的努力的。然而得到了什么？对于自己的作品，对于自身分析的严整的批判，都曾下了很紧的工夫。我知道有许多人亦常谈到我，不过多为无聊的驱使，酒余茶后的消遣而已。

假如有人以为作者仍要继续努力的，大家就应给作者一个很好的写的环境，不然，就以禁止她，或就怎样指摘她，教导她，可是没有一个人拿出真正的态度来加以批评的。如今的文坛，都是一些卑劣的人充斥着，所有的读者都应肩起改正的责任啊。

昨天听见有人买《韦护》看——买作者的创作，这在作者觉得是一件十二分荣幸的事。今天到光华来，能同诸位在一起谈话，我亦觉得是十二分荣幸的。

现在因为找不着什么事情来讲，就来介绍《韦护》吧。这不是演讲，只是闲谈，我要再三的声明一下。

我是常批判自己的作品，感觉错误的地方非常之多，可是总无人给我一种诚恳的批判。希望诸位看了我的著作以后加以批判，使作者有精进的机会。

韦护是一个革命的人物。应该做的事，他都勇往的去从事工作。他遇见一个虚无思想甚深的女人，他对她无形之中就发生了一种热情的爱恋。后来进一步同她住在一起，不过另一面却感觉得非常痛苦，感觉得无时间工作的痛苦。然而，竟为她的美丽，一种无可比拟的热爱所迷惑。后来总算给他逃开了。

我现在觉得我的创作，都采取革命与恋爱交错的故事，是一个唯一的缺点，现在是不适宜的了。不过那还是去年写成的，与现在的环境大大不同了。

有许多人以为作品的内容，都与作者有关。就如茅盾的"三部曲"吧。就有许许多多人觉得书中的女士们，都能一一指出。这个是谁，那个是谁，而且大有十分肯定的意味在。说及读到我的创作的人，大多以为我化身在作品里了。其实不然。本来我不反对作品中无作者的化身，不过我对于由幻想写出来的东西，是加以反对的。比如说，我们要写一个农人，一个工人，对于他们的生活不明白，乱写起来，有什么意义呢？

我在一个最亲爱的朋友作家身上，觉察他与社会的矛盾非常利害。他也曾同一个女人发生过那样的事情，他并未跑开，却被女人感化了。他的爱情表现得十分好，做的情诗，非常之多，每一句诗都十分惹人爱。后来他的生活很苦。有一个时期曾说了这样的一句话："一切爱情，一切生命都成为无用的东西了。"

他曾向我说过他们的事情。他说——我们的事情，正是一个很好的小说，不过我不能把它写出来，也没有人能代我写出啊。我没有他的爱人那样有钱，我没有那种形态。而且，本来我又不是怎样善写的人。他曾说，他爱她并不如他诚恳的那样，他只以为那女人十分的爱他。而他故意写诗，特意写得那样缠绵。他心中充满了矛盾。他看重他的工作甚于爱她。每日与朋友都是热烈的谈论一切问题，回家时，他很希望他的 Lover 能把关于他的工作、言论，知道一点，注意一点，但她对此毫无兴趣。他很希望得到一个心目中所要来的一个爱人。他曾老老实实的对我这样说过。我很希望我能执笔把它完全笔之于书。本来，我以为老老实实的写出就算了，然而当时又不愿照着老套写出，加之以病，便耽搁下来，后来更因别种工作，也就把它放弃了。不过后来他（也频）向我说过，如不愿照本来的计划写它，权当它是一件历史叙述一下吧——指《韦护》言。

后来我把它写成了。我以为写的还好，写的很深入。每天写七八页，每页有七八百字，写的时候，是感觉得很快活的。那时，我每天只在沉思默想：假使我是书中的女人时，应怎样对付？我又想用更好的方法写它，用辩证法写它，但不知怎样写。写好后，我拿给也频看，他说不好，我但愿他说不好，但不愿他说太坏了。他说：太不行了，必须重写！后来我们为此大吵特吵起来。结果，我又重写一遍。

有人说：这东西早些日子就写好了，现在未免太迟了，有的朋友很不满意我，说我把《韦护》赤裸裸的印上纸面了。然面已与本来面目大大不相同，但一点影子都没有，这也难说。

我这篇题材——《韦护》——很不好，依然取之于恋爱的事情。我觉得我写小说有一个缺点，就是我不能像他人写小说那样一下笔就写得很长。在我的作品里，我不愿写对话、写动作，我以为那样不好，那样会拘束在一个小的观点上。《韦护》中的人物，差不多都是我的朋友的化身，大家都有一看的必要。看了之后，请大家批评一下，给我以一种进取的力量。

现在批评我的创作。哦！自己不好批评自己的东西。我很愿把自己觉得不好的地方说出来，然后再请大家再给以批判。哦！还是不要谈它吧。

我不相信，我除了写文章之外，就不能做别的事情。正因为丁玲是一个善于写文字的人，而又没有更多的人去写。所以我又觉得写下去，或者有一点小小的用处吧。我著作并不是为了几个稿费。我著作并不全靠灵感。实际上，事实上的范围是极关重要的。我希望大家给以忠实的批评，我亦更加特别注意着。

写的材料多得很，有人说，把作者自身有关的材料写完就算了。然决不能这样说。不过那要看写的方法如何。我以后决不再写恋爱的事情了，即现在的确已写了几篇不关此类的事情的作品。我也不愿写工人农人，因为我非工农，我能写出什么！我觉得我的读者大多是学生这一方面，以后我的作品的内容，仍想写关于学生的一切。因为我觉得，写工农就不一定好，我以为在社会内，什么材料都可写的。现在我正打算写一个长篇，取材于我的家庭——啊啊！我讲得太多了。假使诸君不疲乏的话，我还可以继续讲下去。

现在讲我的家庭。我的家庭，现在还有三千人——远近亲戚都在内——家庭中一切人，彼此都十二分亲近。家中总还算有许多钱，我的祖父，曾做过很大的官职。我在家里看到父亲留下许多荣耀的衣服饰物。可是我的父亲在一种有趣之下，把家产又都用光了。自父亲死后，那时我还很年幼，就从大家庭里脱离出来，我没有姊姊们受到大家庭熏染的深。我跟随着母亲在学校里长大起来。连父亲的面目，我都记不清楚。可是，我从他所遗留的东西之下，我能窥出他的性情，他的一切举动。家中吃饭，非常热闹。每次开饭，都是好几桌。家中时常向外挑战，或任性购物。我听说父亲有一天叫一个工人整日里作马鞍子的绣工，而他自己又不会骑马，等作好后，他请旁人骑，他自己却在后面跟着跑。现在我的家庭里还少不了有这种行动的人。我不会再享受这种生活了。我曾回家一次。为了我的创作，我很希望把家中的情形，详详细细的弄个明白。

我的母亲在家里曾享过大家庭中的福，而我得到什么？住在二百多间屋子的门院里，忧郁地，床铺非常之大，每张床都带着窗子的。我这样讲来，大家都会推想到一切吧。每天晚上，家人都怕进那无人住的空屋子。我曾做了土匪叔叔的侄女。因为那时的社会处在一个非常混乱的局面。我的家中，差不多无一人读书，全在酒色之中完了。家中没有一个人能像我这样子有精神，说打架，没有一个可以称上对手的。家中藏着许多杆枪，白天都躺在屋子里，不敢出来。

现在时候已经很晚，我不再噜苏下去。最后我希望大家读了我的著作之后，给我以忠实的批评。

——孙晶旸笔记

以上是丁玲女士承光华文学会之邀请于五月×日在光华的演讲辞。

像这样赤裸裸地说白——自传的片断，实是不可多得的。记者为着保留她演讲时的真面目起见,连一句一字都不曾加以修饰,尽可能的。此地可说是当时演讲的映片。

  为了读者都在关怀着丁玲的一切所以就拿来发表了。我想这将给以大家莫大的快慰的。最后我们希望丁玲女士能本着她自己所欲做的一种精神努力下去……

——记者附笔

初版《丁玲选集》,万象书屋,1936年

我的创作生活

我写了一点小说,自己并不满意。也没有看过小说作法,描写辞典。常常怕比我年小的,爱好文艺的朋友们来问我怎样写小说,但是受窘的事,总是不怕缺乏机会碰到。有一次。有一个青年文学团体约我去和他们谈一次话,限的题目是创作经验。我勉强老老实实的说了一点,预备让他们失望,因为太老实了呵。现在又承有人一定还要我写一点出来,辞之再四,却不能不答应,于是也老老实实再写一点。

我现在虽说几乎被认为一个写小说的人,又还想再写点小说,可是自己我常常是不同意所走的这条路。我总以为假如我是弄别的东西,或许可以有点成就。我对我的作品,从来不爱好。我常常惊诧有些作家的自信和自骄。但是为什么我终于只写了几本小说呢,我想这与我的环境是有很大的关系的。

我小的时候,记得害过几次病,我的弟弟也是爱害病的孩子。每当我们不能在户外去玩,惟一来慰藉我们的,便是我母亲的故事了。在灯底下,我睡在母亲旁边,表姊们又攒到她的身旁,都是些圆的天真的眼睛望着她。她娓娓不倦的一些水帘洞、托塔天王……的故事深深的放到我们脑子里,那些情景,我现在想来还如在目前。我母亲不特讲了许多故事给我听。她的自身,她的对于生活勇敢,虽说我是非常幼小,却也是有很大的刺激。后来,我大了一些,我不要听我母亲的故事了,我喜欢一个人坐在后园里慢慢去看。有几年的时间,从十岁到十四岁,我只有寒暑假才同家人团聚在一块,不是寄宿在学校,学校里只有我一个年纪小,就是住在我舅舅的后花园里,只有一个老妈和丫头伴着。日里和一群顽皮同学以欺侮教员为游戏,一放了学,便只剩一个人。不管在家里的慢慢黑下来的园子里也好,或是学校的大操场也好,总之在这些时候,我除了望一阵一阵飞过的归鸦和数着那最先发亮的星颗以外,便总是找一本书,度过那寂静的下午和傍晚。这一个时期中我几乎把我舅舅家里的那些草本旧小说看完。而且商务印书馆的《说部丛书》就是那些林译的外国小说也看了不少。《小说月报》(美人封面的)和包天笑编的《小说大观》也常常读到。我母亲很不满意,因为放弃了其他的事。不过当我进了中学,一种新的完全是集团的生活,又加之"五四"的潮流的波浪也涌到我们那小城市,我在学校里变成了一个活动分子,是一个出风头的学生。我又转了几个学校,虽说得过国文教员的鼓励,把我的一首白话诗给刊载在一张附刊上,我总对文学不大有劲,总觉得与其去读做为教本的《尝试集》,宁肯每日一翻《民国日报》的《觉悟》为有用。所以虽说那时《女神》也曾在中学里哄动,我却没有关心,而且我跑到上海来了,我要学最切实用的学问,那时是这样想。后来,经过了许多波折,碰了一些壁。一个年青人,有着一些糊涂的梦想,像瞎子摸鱼似的,找出路,却没有得到结果,不能说是灰心,也实在是消沉的住在北京了。住在那里两年,朋友之中有沈从文和胡也频,在快离开北京的时候,才开始写《梦珂》和《莎菲日记》。从这时起,一直到现在,五年中,大约都是写一点稿子没有做什么别的事。

我那时为什么写小说，我以为是因为寂寞。对社会的不满，自己生活的无出路，有许多话需要说出来，却找不到人听，很想做些事，又找不到机会，于是为了方便，便提起笔，要代替自己来给这社会一个分析。因为我那时是一个很会发牢骚的人，所以《在黑暗中》，不觉的也染上一层感伤。因为我只预备来分析，所以社会的一面是写出了，却看不到应有的出路。何丹仁先生对于这时期所给的严厉的批判，在我刚刚看到还有点不服，几次反省之后也就承认了。所以，虽说《在黑暗中》我写得比较用心，而且还曾给我许多愉快，却不能不承认这是领有着一个很坏的倾向的。

写《在黑暗中》是这样的一个态度，写《韦护》也还是同样的态度。好些人看到出版的日期，硬拿来作为普罗文学批评，我真觉得冤枉。因为写文章的态度不同，我自己对作品的要求也不同，我没有想把韦护写成英雄也没有想写革命，只想写出在五卅前的几个人物，所以有几天，每天都写五千字，人非常兴奋、快乐。到《小说月报》登载，自己重来读到的时候，才很利害的懊恼着，因为自己发现只是一个很庸俗的故事，陷入恋爱与革命冲突的光赤式的陷阱里去了。

以后，在写作的态度上，读者也看得出我是逐渐在变化。我写了《一九三〇年春上海》《田家冲》……《田家冲》曾有许多人批评过。这材料确是真的。失败是在我没把三小姐从地主的女儿转变为革命的女儿的步骤写出，所以虽说这是可能的却让人有罗曼谛克的感觉。再者，便是我农村写得太美丽了。我很爱写农村，因为我爱农村，加之我的那种和农村的感情，又只是一种中农意识。这种意识现在还留得有在我身上，我想可以克服过来的。

在写《水》以前我有好久没有写成一篇东西，而且非常苦闷。有许多人物事实都在苦恼我，使我不安，可是我写不出来，我抓不到可以任我运用的那一枝笔,我讨厌我的"作风"(借用一下,因为找不到适当的字),我以为它限制了我的思想,我构思了好多篇,现在还留下许多头,每篇三五千不等,但总是不满意的就搁笔了,直到《北斗》第一期要出版,才在一个晚上赶忙写了《水》的第一段。后来陆续,都是在集稿前一晚上赶起。这篇《水》的完结,可说是一个潦草的完结。原来本预备写八万字的,后来因为看《北斗》稿子太忙,构思的时间没有,又觉得《北斗》上发表太长不适宜,就匆促的把它完结了。几次想改作,或另加一篇都为时间所限。没有达到这个心愿。接着又是《多事之秋》的宏愿失败。十余万字计划好了的长篇还一直到现在,只有二万多。而且只好去放手了。第三个长篇是《母亲》,想写这篇《母亲》也是三十一年的事,到去年夏天,因为一个日报辗转送了很诚恳的信来,请我为他们写一长篇,我于是也想趁着这个机会来开始,谁知不久这日报就被停了。我也就停了笔。后来良友的《文字丛书》又来要,才又继续,但是为了病,为了事,总是写一天搁十天,不知那天才可写完。以后我不想再写长篇了,潦草,夭折都使我难过。

这一年多里,也写了几个短篇,但无多话可说。

写了上面一点,自己又来重看一过,觉得与编者所给我的题目,稍稍有点出入。所谓经验,仍是没有写出,然而也只好交卷了,并在前面加了一个"我的创作生活"当然也还是不切题。以后若有机会与时间,愿再写一点我的创作心得。

按:丁玲的这篇文章系转载自最近天马书局出版之《创作的经验》。当然这些执笔中的一部分都要沾量到这本书的公开出版发行之可能,所以他们对于自己创作经验的主要点不能不含混点。即如丁玲自己在她这篇的结论上也说,"以后若有机会与时间愿再写一点我的创作心得"。如果这篇文章与本刊上期所载的茅盾的《女作家丁玲》参看起来,我们必能更透澈了解这位最近为吃人恶魔国民党所吞噬的青年女作家的一生——记者。

一九三三年四月

初刊《中国论坛》1933年第8期

文艺在苏区

在过去的十年中,中国曾有过两个世界,一个是荒淫糜烂,一天天朝堕落灭亡的路上走去,另一个新世界却在炮火的围墙里,慢慢的生长,慢慢的强壮了。新的制度,新的经济建设,新的军队,一天天的稳固,一天天的坚硬。而新的人格,伟大的个性的典型也产生出来了。这就是炫耀于同时代的地球上所有人类的苏维埃红军的建立。这十年新的世界的出现,虽说振撼了世人的耳目,却不断受着诬蔑、造谣和极端的压迫,所以一直到现在还保持着神秘在一切人心中。固然慢慢的会更被了解,被赞助,因为在共产党正确的领导之下,他的真面目,顽强的为着争取民族解放拼死精神,是一天一天显露出来而走到广大的社会群中去了。

为了紧张忙迫的环境和需要,在苏维埃运动中,文艺的确是比较地落后的部门角落,虽说无处不在创作着伟大的文学题材。然而优秀的杰作,确不多见。这一事实常常促外来的新客感到惊诧。《字林西报》便发出过美中不足的惊叹。然而说苏区没有文艺,或不要文艺,都是非常错误的!看来似乎是荒芜的冷淡的陕北山川,然四野却也杂乱的怒放着许多奇葩。作者个人只来这里很短时间,又以未得窥瑞金兴国为憾,却愿根据此一二,说明这没有发现的一角。想来还有很多疏忽和不明之处，好在只企图做一次最先的传声，谅该邀到在苏区从事文艺的朋友的谅解的吧。

苏区的文艺，到现在还没有产生如阿Q那样艺术成熟的作品，就是像《子夜》《八月的乡村》……有着丰富新鲜、大的场面的描写也找不出。然而却自有他的特点，如同苏区的剧场运动一样，就是大众化，普遍化，深入群众，虽不高深，却为大众所喜爱。这个表现在红军部队里各种报纸以及墙报上的，如红星、战士、火线、抗战……这里都挤满着很多的有趣味的短篇和诗歌，使用了文学上描写的手法，画出了红军部队活生生的生活。这些小报有的是油印，有的是铅印。但不管在红军首长的抬子上，电话机旁，或是战斗员的口袋中，都看得到他们是正被爱着，而没有人舍得不去读他。这些文章是从那些从事于连队政治工作和一些上火线的各级指战员写来的，很少没有错字，很少写得清清楚楚，但因为是真实的表现了自己，所以他们爱着这些纸张，如同那些写得更幼稚的连上的墙报一样。在连队上，大部分的战斗员，甚至勤务员，虽不善拿笔，却不缺乏口齿，他们不倦的讲着，请了会写的人来帮忙。而第二天便有全连的人热心的站在那里读着他的作品了。不仅红军部队如此，在所有机关，所有群众团体，如妇女会、工会、农会、工厂、学校等的小报及列宁室的墙报上，也一样排列着各种不同生活的写照。所以虽是在印刷业不发达的苏区，而文艺的花朵，纵是一些很小的野花也好，却是遍地的浮映着，如同海上的白鸥显得很亲切而可爱。

创设了苏维埃的人们，和那些从土地革命生长出来的人们，具着新生的明朗的气氛，在各种工作方面显示了独特的明快的作风。在文艺上也呈现出活泼、轻快、雄壮的优点。最能作证明的，便是流行着比全中国都更丰富的歌曲，不只采用了江西、福建、四川、陕西……

八九省的民间歌谣的形式，放进了适合的新的内容，如《送郎当红军》《渡黄河歌》，这都是一些不朽的佳作。而且创作了新的雄伟的《第二次全苏大会》（堪比《马赛曲》《国际歌》及《武装上前线》……）这些歌曲跟着红军的队伍，四方的散播着，永远留在民间。

新的奇迹似的事态，跟着又发生了，这便是记长征的二万五千里。开始的时候，征稿发出后，还不能有一点把握。在可爱心悄悄之中，却从东南西北，几百里，一千里路外，甚至从远到沙漠的三边，一些用蜡光洋纸写的，用粗纸写的，红红绿绿的稿子，坐在驴子背上，游览塞北风光，饱尝灰土，翻过无数大沟，皱了的，模糊了字的，都伸开四肢，躺到了编辑者的桌上。在这上面，一个两个嘻开着嘴的脸凑拢了，颤动的指头，一页一页的翻阅着，稿子集到一尺高，两尺高，几百个手在一些没有桌子的地方，在小的油灯下写满了送来的。于是编辑的人，失去了睡眠，日夜整理着，誊清着这些出乎意外，写得美好的文章。从出发前编起，一直到达陕北，铁的洪流冲破之几十万血肉渗离着猛烈炮火。钢铁做成的长城，同无法克服的残酷的自然做了斗争，而且在不断的转战中还要同自己内部分歧的错误的意见做斗争，一段一段的多么惊心动魄的场面。在一百几十余人中，产生了优秀的，洋溢着天才的作家有艾平、彭雪枫、莫休、一氓、定一……诸人。夜渡乌江，大渡河抢渡，娄山关前后，再占遵义，有声有色地被描绘了出来。三十万字的巨著，经过徐梦秋同志的努力编辑，已经完工了，想来不久就可同数千万个焦急的等待着的读者见面。

于是文艺的兴趣被提高了，文艺的书籍也在有人抢着阅读，而且有了文艺协会的组织、在延安的会员就有几百。油印的小刊物（纯文艺的）总是供不应求，每日都可以接到索阅的函件。作为撰稿者的前方指战员，或是村落上的剧团的演员们，拥挤的稿件塞破了编辑者的皮包，琳琅满目，想不到的一些材料都被使用着了。而大的整个的材料又正在有计划之中被搜罗整理中。这难道还不是令人满意的情况吗？

这初初的蔓生的野花，自然还非常幼稚，不能餍足高等博士之流的幻想，然而却实实在在是生长在大众中，并且有着辉煌的前途是无疑的。一切景仰着苏区的读者们，等着吧！而从事于文艺的红军青年，努力吧！

一九三五年四月十五日

初刊《解放》1937 年第 7 期

作家与大众

每一个作家,当他未提笔写文章以前,很明显的,他不是为了无缘无故的要做一个作家才走向写作生涯的,也决不是做了一个梦,醒来后便要立志做一个作家的。他一定已经在社会上生活了一段时日,不是离群的生活,不是饱食终日,无所用心的生活,是深入的,沉潜到生活中过来的人,他对环绕在他周围的一切,有过思索、观察,有爱、有憎,下过判断,存过理想。这感情在他身上滋生、酝酿、发酵、爆发,他精神上,肉体上都须要把自己的意见传达出去,他要争取大多数人是与他一致:感情的一致,意志的一致,努力的方向一致。于是他找着,摸索着,结果他找到了他认为最适合的工具,他写起文章来了。而且用了这文章,赢得了许多同情者,也遭受了反对。鲁迅先生之从医学而走到文学,是一个最好的证明。《创作的经验》一书以及《我与文学》大体都说明了当代一般的作家与文学结缘并非偶然的现象。

那末作家既然是在这样一种有所作为的情况下来执笔的,那就不管其本人所叫喊的、标榜的是为谁而写作,而生活,或是为了甜美的词句,高洁的灵魂,温柔的梦想;或是为了别人的幸福,人类的光明,总之,他是忠实于他自己,忠实于他自己的意志。而他的思想意志又不是突然而生,也不是希望有一个什么思想意志便有了的。他的思想意志是受生活所引起的意识给他的影响，是被决定于围绕着他的社会里所存在的一切东西。因此文艺是除开作家反映其本身所处所见之生活而外，并且在那个生活现象上加上了自己的批判的。也就是解决了艺术本身并非目的，艺术只是为了艺术的这一个荒谬的骗人的问题。

作品既然是如此不能脱离现实生活，它就必定与当代的社会斗争不可分。也就必然与当代社会中某一势力相结合，替他们说话。这意思就是说，如果它不是替大多数受压迫者说话，反抗一切黑暗的、丑恶的、不合理的东西，与历史上进步的势力相结合；便是替少数压迫者说话，屈服奴役于现生活而与反动的势力相结合。因此艺术不可能守中立。它不是左的便是右的，是很明显的事了。但今天还有某些作家（我承认已经是很少的几个了）他们愿意留在中间，退出斗争之外。不过这并非他们愿意不愿意的问题，而是事实上可能不可能的问题。当然这里是还藏得有假装中立，假装退却的，以艺术保持纯洁，艺术只是为艺术的高雅口号来掩护他们的进攻，他们正向着前进的革命的队伍起着积极的瓦解作用，他们之所以说艺术不应该有政治的作用，乃是反对进步势力对于旧有的、腐烂的制度的抗议。所以实际上他不特有政治的作用，并且常常是反动势力的拥护者。因此，文艺的价值不是看它是否说明了生活，更不是存在于那些堆砌的、伪美的、没有生气的、距谈话用语很远的、难懂的修辞里，而是应该以其为谁说话而决定，以其是否将将人类的生活向光明推进而决定。

因此，文艺便必须是大众的。不是为大众服务的作品，便不是有价值的文艺，没有价值的东西，还能说是艺术吗？当然不是。

要使文艺能成为服务大众的武器，就非知道大众的生活不可。价值的作品，那他就不能不到大众生活里去了。依靠天才和艺术的教养，更借补足的观察力努力去写，在某些作家有时是可以写出一些属于大众的作品来的。但这决不是最正确的、最伟大的、最能感动人的。因为如果作家不成为现实的大众生活热烈的参加者,悲大众之悲,喜大众之喜,与大众一起奔赴民族解放斗争的战场,他是不能看清生活的新的步伐带来了怎样的变化。他是不能了解昨日的、落后的、愚昧的人们怎样的在抗日战争中被教育着,成为坚强的、干练的、向前的队伍,以及那些顽固的势力如何向进步的势力取着攻势,而必然要走到灭亡的道路。所以作家不特要参加大众生活,而且必需不要落在生活的后边。赶不上生活,不能对生活有决定正确的态度的作家,是不能正确的描写生活,是写不出好的有价值的作品来的。

参加了生活,抱了深深的热情的态度,能与大众打成一片是好的,但如果忘记了自己的文艺的任务,那虽变成了大众的一员,却也只能成为大众的一员,而不是一个带有特殊性艺术的战斗员了。所以作家还必须时时记住自己的任务,艰苦的、持久的、埋头的、有计划的做着收集材料的工作。咀嚼它,揣摩它,糅和它,来消化这些材料。如同那做泥人的,他必得先将那些生硬的泥土,不调和的泥土,不断地在手指下揉、捻,使其软,使其黏,使其成熟,才能应用。在消化这些材料中,培养出现实的同时是自己的人物,这些人物都要象是口袋中的,随便就可以拿出来的,活的人物的典型。

而且还得时时的注意着自己的技巧,文学不只是在今天教育着大众,对将来也含有重大意义,它并非与草木同腐,而且应该有其永存的品质的。所以作家虽能理解生活,仍是不够,他必须到当代文化水准之下去,他不应做一个小巧的工匠,而应作一个技术的支配者,这必得一直钻到老才成。从来没有,也不当有不学无识的作家,不修边幅的作品。蹩脚的著作,贫弱的技巧与工厂中蹩脚的工作是同样的要不得的。"所以作家一定要经常练习,锤炼每一个句子,每一句话,每一节，到每一篇。不要随便拿一些文字，拿一些语句，去填充故事。佛楼拜常常为了一两个最恰当的字思索几天。而且要在造成新的典型的情况中，去寻求新的表现方法。

作品要成为伟大的艺术，它一定是属于大众的，能结合、提高大众的感情、思想、意志，那末他必须首先取得大众能理解而且爱好。因此他不特要具备大众的情操，同时也得运用大众的语言。大众的语言是最丰富的，最美的，最恰当的；但不是某一个农民，某一个士兵能说出。他们常常只能说出最简单的几句话，不过如果在广大的大众里去搜求，集千万人的语言如一人之语言，则美丽的、贴切的、有韵味的语言全在这里了。作家笔底下的话，应该是人人心中所有，而不是人人笔下所有的。陈语烂调是最讨厌的东西。

因此每一个作家，若要成为一个真实的，好的，正义的战士，那末他的到大众中去，决不是一件轻而易举的事了。今天很多有优秀才能的作家，青年的写作者，参加到军队中去工作，参加到农村中去工作，这是非常好的事。我们自然在他们身上寄托了无限的希望，但我们应该向他们叫喊："更深入些生活,更长久些生活,忘记自己是特殊的人（作家），与大家生活打成一片。记住自己特殊的任务(创作),更努力的写作，不怕困难，不要着急。胜利终归是你们的！"

一九四〇年五月

选自《丁玲集外文选》，人民文学出版社，1983年

材料

　　青年，刚刚从事文艺写作者们，受着理论家的指导，曾经一时四处找典型，急急忙忙各热闹场所去找（我想球场上的人是最多的），也许有人说这是深入群众，然而我却以为很可悲。现在呢，几乎成了风气的就是大家要材料。看文章先说这篇材料好不好，于是很多人上了前方，他们在前方不懂得深入生活，不懂得在大世界中做一个小人物去亲近，去观察，去思索生活，只唯恐不及地去搜集材料，他们听到了，记上了很多杀戮，强奸，英雄故事，可以说连脑子都装不下了，于是满载而归。也有从乡下回来的，听了些小脚婆姨的故事。在后方的人，开始一看，喑，很有趣，妇女被糟踏了呀！我们要复仇！连乡下老百姓也会笑着说："你们中国妇女大大的好，来同'皇军'耍子耍子……"可是一久，不新鲜了，作家们又去找，写俘虏不动人了，写女俘虏吧，而且这里还有"桃色"，而且故事写完了，先总是写着最动人的，慢慢地写着不十分动人的，后来简直连没有什么意思的也写着了。而读者们，批评家们都还在责备：我们要材料，你们上前方去，上乡下去呀！于是另一批人又去接近大众一下，象一个啄食的鸡，茫然的四方寻找着，吞着所遇到的米粒或沙子。也许有人是满意的，这些人不是在他们的指导之下又"奔向前方"了吗？然而我却又不免有些悲悯了。假如只是做一个普通的新闻记者，假如只为做一点报道工作，假如只为做一个通俗小说家，那么去跑吧，去听吧，去写吧，可是他们却是很严肃地在从事着文学，而且企图把终身都放在那上面去的。其结果决不会有批评家、指导者出来担负这责任，而责难始终又落在这批无辜者的身上。

写着与自己毫不亲切的故事，一个连东北的任何地方都没有到过的人，却写着一个共产党员在苏联边界上夜行的故事。一个连日军俘虏也只远远的看见几个的人，却写着日本军队的长篇小说。这样爱着自己所惊奇的新闻，那他如何能注意到烘托出这故事环境，和在故事中活动的人物，所以在写水的时候，会有"一涓平的水滔滔而流"，在写下雪天会有"一会儿四周山头上的云彩便不见了，而鹅毛大的雪片纷纷的飞着"。写夜晚会有"没有云，也没有星星"，而且只为着故事的惊奇，企图借惊奇去吸引读者，使读者感到有趣，虽说也许是描写了抗战的英勇或敌人的残暴，不失其宣传意义（有多少作用还待估计）。但在文学上，其动机，是与写陆根荣与王慧如（曾轰动上海的大案件）差不多。这种只为迎合市民的口味的作品，不管其技巧的好坏，材料之多寡，甚而还有可以盛传一时的作品，然而都是没有生命的东西，在文学上没有什么价值的。

那末，材料是否就不要收集呢；作家是否就关在房子里呢。不，当然不，作家是应该去生活，不特要把生活推广，而且要深，不只要感觉，而且要认识。材料尽管去搜集，却不一定就写呀！你的材料只供你做衣服，而材料决不是衣服，也许你要做的是大衣，那末你只把能做大衣的材料拿出来，而你收集的单衣的材料就割弃了吧。等到你要做单衫时再使用它。材料是为你所用的，你决不要跟材料走。至于你脑子中还没有大衣或单衫的制造动机，基本样子，那材料就还是材料，它决不会成大衣或单衫的,所以别象一个收荒货的四处抢着材料,又把材料拿出来说是衣服(千万沙砾中只有一两点可能成为金子)。一方面收着各种材料,而主要的还是在你要做一件什么东西,就是如何才能养成自己的创造。托尔斯泰写《战争与和平》曾收集了俄国大战的材料一屋子,而他不过写了几个短短的场面。最好的材料随意拼补在什么地方,也许成为最丑的。

但我又觉得与其把希望放在说话者都有责把希望放在说话者都有责敢于负责,是宁肯把希望放在从事者身上。有些时尚不一定是对的,有些话表面上很动听,但做起来也许要上当的。有些话只说了一半,而另一半却要你自己去开掘的。何况苦的药片外面还常常包着一层糖衣。

初版《生活·创作·修养》,人民文学出版社,1981年

我们需要杂文

有一位理论家曾向我说过："活人很难说，以后谈谈死人吧。"我懂得这意思，因为说活人常要引起纠纷，而死人是永无对证，更不致有文人相轻，宗派观念，私人意气……之讽刺和责难。为逃避是非，以明哲保身为原则当然是很对的。

另外的地方，也有人这样说："还是当一个好群众，什么意见都举手吧。"

甚至象这样应该成为过时的哀怨我也听到过很多了："我是什么东西，说句话还不等于放个屁吗？"

这些意见表现了什么，表现了我们还不懂得如何使用民主，如何开展自我批评和自由论争，我们缺乏气度，缺乏耐心的倾听别人的意见，同时，也表现了我们没有勇气和毅力，我们怕麻烦，我们怕碰钉子，怕牺牲，只是偷懒——在背地里咕咕咕咕。

有人肯说，而且敢说了，纵使意见还不完全的正确，而一定有人神经过敏地说这是有作用，有私人的党派、长短之争。这是破坏团结，是瞎闹……决不会有人跟着他再争论下去，使他的理论再至完善。这是我们生活的耻辱。

凡是一桩事一个意见在未被许多人明了以前，假如有人去做了，首先得着的一定是非难。只有不怕非难，坚持下去的才会胜利。鲁迅先生是最好的例子。

鲁迅先生因为要从医治人类的心灵下手,所以放弃了医学而从事文学。因为看准了这一时代的病症,须要最锋利的刀刺,所以从写小说而到杂文。他的杂文所触及的物事是包括了中国整个社会的。鲁迅先生写杂文时曾经被很多"以己之短轻人所长"的文人们轻视过,曾经被人骂过是写不出小说才写杂文的。然而现在呢,鲁迅先生的杂文成了中国最伟大的思想书籍,最辉煌的文艺作品,而使人却步了。

一定要写得出象鲁迅先生那样好的杂文才肯下笔,那就可以先下决心不写。文章是要在熟练中进步的,而文章不是为着荣誉,只是为着真理。

现在这一时代仍不脱离鲁迅先生的时代,贪污腐化,黑暗,压迫屠杀进步分子,人民连保卫自己的抗战的自由都没有,而我们却只会说:"中国是统一战线的时代呀!"我们不懂得在批评中建立更巩固的统一,于是我们放弃了我们的责任。

即使在进步的地方,有了初步的民主,然而这里更须要督促、监视,中国所有的几千年来的根深蒂固的封建恶习,是不容易铲除的,而所谓进步的地方,又非从天而降,它与中国的旧社会是相连结着的。而我们却只说在这里是不宜于写杂文的,这里只应反映民主的生活,伟大的建设。

陶醉于小的成功,讳疾忌医,虽也可以说是人之常情,但却只是懒惰和怯弱。

鲁迅先生死了,我们大家常常说纪念他要如何如何,可是我们却缺乏学习他的不怕麻烦的勇气,今天我们以为最好学习他的坚定的永远的面向着真理;为真理而敢说,不怕一切。我们这时代还须要杂文,我们不要放弃这一武器。举起它,杂文是不会死的。

初版《生活·创作·修养》,人民文学出版社,1981年

关于立场问题我见

五月二号的文艺界座谈会上，毛主席提出了八个问题。这八个问题在今天提出决不是偶然的；不管有人认为这都是早已解决了的，或者只是些属于启蒙的问题，只适合于在文艺小组会去谈，然而事实是大众在要求作家们理解这些问题，要求得到正确的回答，今天我们的作品没有使大众满足，而且感觉得须要把这些问题同作家们商讨商讨了。

文艺应该服从于政治，文艺是政治的一个环节，我们的文艺事业只是整个无产阶级事业中的一个组成部分。这问题必定首先为我们的作家明确而肯定的承认。可以断言的我们这里决没有一个是艺术至上论者，也决没有一个作家否认文艺的党派性。但在我们这里的某些文章中，或座谈会上发言中，还可以看出、听到文艺和政治是两个东西，是殊途同归，是在某一个时期，文艺服从于政治，而在某一个时期政治也可以服从于文艺的一些模糊的，不彻底的论调，我以为这一个正确的对文艺的观念是在所有问题之前必须说明白的。

第二个重要的问题便要提到立场与方法了。共产党员的作家，马克思主义者的作家，只有无产阶级的立场，党的立场，中央的立场。在今天站在抗日的民族统一战线上以反对法西斯日本强盗，对敌人揭露一切暴行，对全国赞扬一切进步的，批评一切落后的取得团结，有利抗战，而且指示前途。我们的方法是现实主义的方法，联系的发展的看问题。而且在变化之中看矛盾，看新与旧的斗争，肯定的指出真理属于谁。这是文艺上的一个基本问题。很多问题都由此产生。譬如"写光明呢，还是写黑暗"便是一个例子。

有人说边区只有光明没有黑暗，所以只应写光明；有人说边区是光明的，但太阳中有黑点，太阳应该歌颂，黑点也不必讳言；有人说这问题提法就不适合，不应把黑暗与光明并列，只能说批评缺点。我以为这个表面上属于取材的问题，但实际是立场与方法的问题。所谓缺点或黑暗也不过辞句之争。假如我们有坚定而明确的立场，和马列主义的方法，即使我们说是写黑暗也不会成问题的，因为这黑暗一定有其来因去果，不特无损于光明，且光明因此而更彰。假如这一个问题只限于取材上去争论，那是将陷于什么真实不真实，看不看见等的琐碎中而得不到正确的结论的。

但立场与方法的问题，也许有人觉得是一个陈旧的问题，或者还会使人不服，我们这里也有比较有斗争历史的作家，这些作家们和其他斗争历史较短的作家们都会质问道："难道我们的立场还不够坚定而明确么？"是的，我们要承认所有在延安的作家们，和一切进步的作家都是拥护无产阶级事业，而且愿意作为无产阶级优秀的代言人，都多多少少有为无产阶级事业贡献出一切的想法。但这只还是理论的认识，方向的决定，路途的开端。有了大的整个的朦胧的世界观的前提，但如何养成在每个具体问题上随时随地都不脱离这轴心，都不稍微偏左或偏右，都敢担保完全正确，我想是不容易的。何况反映在作品中的思想，又决不能靠我们的认识或企图，而是由于我们的意识，由于我们的理论与情感的一致，假如我们能这样看问题，那末我们便可以虚心些来讨论了。

我们从什么地方来,不可否认我们是小资产阶级出身,当我们还没有肯定自己要为无产阶级服务,要脱离本阶级,投身到无产阶级中来以前,我们的思想言行是为小资产阶级说话的,养成了本阶级的一种情绪。但进步理论的接受,社会生活上的黑暗,使我们认识了真理,我们转变了。然而要真真的脱去小资产阶级知识分子的衣裳,要完全脱去旧有的欣赏、趣味、情致是很难的。这是出身限定了我们不能有孙悟空陡的一变的本领。再加上我们的知识,即使是文学教养里面也好,这里面也包涵了很多复杂的思想和情趣。我们读过封建的文学、资产阶级的文学,读古典的、浪漫的、象征的、现实主义的,当我们读这些书籍的时候,不一定已经很好的具备了批判的眼光,懂得批判的接受遗产,或者还曾经被其中一些在今天看来也许是可笑的地方而深深的感动过,也许这里养成了我们一些崇高的感情,然而或许却是唯心的。我们因为知识接受了马列主义,然而我们以前也还接受过一些非马克思主义,这一些沉滤在我们的情感之中,是必须在一个长期而刻苦的时期中才能完全清除出去的。

因此我们非常可能在某一件事、某一篇文章中,即使是有十分好的主观愿望,也难免流露一些我们旧的有情绪。但这些东西就会为无产阶级所不许可,就会受到立场与方法不合的指摘,假如我们不在这里下功夫,我们即使有很高的技术,也很容易在取材上,在人物表现上动辄得咎。即使是感人的东西,只要有不合于当时无产阶级政治要求之处,就应该受批评,就不是好作品。

如何才能获得完全的正确的立场与方法。我以为除了生活,到大众里面去,同群众的斗争生活结合在一起以外便是马列主义的学习。

这两个口号似乎也不新鲜,然而在今天也还是问题,如何去实践的确是不很简单的。学习马列主义，学习科学的文艺理论也喊了许多年，但很多文艺小组，还在问学习马列主义是否妨碍创作。而的确也有一些人只愿意粗枝大叶的去浏览一些马列的著作，赞成学习马列主义却不认真学习，是过去我们犯过的毛病，我们懂得学习是好的，懂得在这里才能把握衡量世界一切事物的规律，但我们以为稍稍读过一些便都了解了。悄悄的不下苦功，还是因为怕妨碍创作。这是不对的，应该认真的，实事求是的按部就班的把唯物辩证法等书籍好好的读它，把中国革命的问题好好的弄清楚，力戒不求甚解，自以为是的态度，一定要掌握这一武器，研究它就要真真的获得它。

与学习同等重要，且不可分离的是生活，要了解群众感情思想，要写无产阶级，就非同他们一起生活不可，要改变自己，要根本的去掉旧有的一切感情意识，就非长期的在群众斗争生活中受锻炼不可，要能把自己的感情溶合于大众的喜怒哀乐之中，才能领略，反映大众的喜怒哀乐，这不只是变更我们的观点，而是改变我们的情感，整个的改变这个人。只有在群众斗争生活之中才能丰富自己的情感，提高自己的情感，才能捐弃那些个人的感伤，幻想，看来是细致，其实是微琐的情感，才能养成更高度的热爱人类，热爱无产阶级事业，热爱劳动者的伟大的热情。对这些如不能寄予生命的最高度的情感是不能写出感动人的伟大的作品来的。

但下去，投身在无产阶级，工农大众生活中去，是非常难的事。空说着是如何快乐是不行的，空说着欢迎是不行的，这没有解决根本问题。根本问题应该是靠作家本身有一颗愿意去受苦的决心。这种苦，不是看得见，说得清的，是把这一种人格改造成那一种人格中的种种磨炼。这种改造在他个人说来是件伟大的事业，所以也不是一件容易的事业，但只要有决心也是不难的。当然这须要一段途程，须要毅力，须要他所理解的认识的真理，和坚定不移的肯定的立场。

首先我想是缴纳一切武装的问题。既然是一个投降者，从那一个阶级投降到这一个阶级来，就必须信任，看重他们，而把自己的甲胄缴纳，即使有等身的著作，也要视为无物，要拔去这些自尊心自傲心，要谦虚的学习他们的语言，生活习惯。学习他们的长处，帮助他们工作，不要要求别人看重你，了解你，在工作中去建立新的信仰，取得新的尊敬和友情。

这里一定会有个别落后的人，和不合理的事情，宽容些看他们，同情他们，因为这都是几千年来统治者所给予的压迫而得来的。而且帮助他们解决问题。

这里一定也会有对你的误解，损伤你的情感的地方，也不会完全曲在你，但耐心些，相信他们，相信这事业，慢慢会弄明白的。

在克服一切的不愉快的情感中，在群众的斗争中，人会不觉的转变的。转变到情感与理论一致，转变到愉快、单纯，转变到平凡，然而却是多么亲切的理解一切，即使是苦痛了来的，复杂了来的，可是都过去了，那些个人的伟大，也实在不值得提起了。与其欣赏那些，赞美那些个人的伟大，还是不如歌颂那些群众的平凡的事业。也许这才是真真的伟大。

也许会有人责备我们连文艺常识都没有，连文章句子都还不通，却不多研究些属于表现、典型等等的创造方法，而侈谈立场。仅仅有了正确的立场就会有好文艺么？是的，我承认我们今天的艺术修养还不够好，我们还要好好加强文艺的学习；可是，今天应该强调立场。我们的作家还谁都不能说已经很好的在每一篇文章中都站稳了立场，都没有或多或少的无意的流露出小资产阶级意识。立场不能解决艺术以内一切问题。但它解决主要问题。自然我并不敢要求每个作家非精通马列主义不可，也并不以为所有作家都要下乡，上前方，但我至少是希望一个共产党员的作家最好是改正过去的读书方法，和能接近群众生活。

一九四二年文艺座谈会时听了毛主席引言之后写，发表在《谷雨》上

初版《跨到新的时代来》，人民文学出版社，1951年

青年知识分子的修养

前一向曾经有人在这里谈过"一二九"运动,我在丰镇纪念"一二九"大会上,也曾从历史上谈到中国知识分子在中国革命中所起的先锋与桥梁作用,这是我们知识分子的光荣。为什么会如此呢?因为中国是一个半封建半殖民地国家,人民受着双重的压迫。中国的知识分子大都是破落户、小有产的中等家庭的子弟,家庭与本人都遭受着国家一样的命运,所以特别敏感,对现状不满,要求改革,更进而走到革命。同时中国的落后、分散的农村经济,教育不发达,文盲多,不易接触进步思想,而知识分子则在这里能起媒介作用。特定的社会条件,和知识分子本身的努力,才有了这种光荣的历史。

但这不是说所有的知识分子都这样,也不是每个人都始终进步,有许多知识分子便从革命的进步的阵营里往后退。开小差的有,当反革命的也有。这是因知识分子还有小资产阶级的动摇性。如果他们始终能同人民大众的革命斗争互相结合,彻底溶合,则他们能坚定地永远进步。如毛泽东同志,成为中国革命的舵手,鲁迅、郭沫若等人都是我们努力学习的榜样和旗帜。而一些为着个人的野心家们,他们只是借革命抬高身价,骗取群众的信任,他们一定会在某种时候脱离革命队伍,沦为落后、反动,汪精卫就是这种人。周作人是鲁迅的兄弟,文章修辞很好，原来也不满一些社会现状，但后来却只讲究喝茶，结果，连民族意识也没有了，做汉奸，替日本人做事了。

我们当然都愿意向着毛泽东同志、鲁迅先生的方向走，而不愿意走汪精卫、周作人的路。但我们如何才能坚持着这个方向，走这条路，这就要看我们的修养和如何修养了。今天我谈的就是这个问题，请大家参考。

当然，主要的先要求我们有一个明确的人生观，即我们这一生应该做些什么事？为谁来做事？

让我们先来简单地看看，我们过去的修养如何，我们受过些什么教育，养成了一些什么思想。我们从小一般是受的封建教育。这种教育包涵几种什么思想，试举几种来谈谈：

第一是崇拜帝王，崇拜权威。历史告诉我们，各个朝代的帝王如何修文习武，英明贤达。父兄都勉励我们升官发财，一人之下，万人之上，是最光荣的，使人向往的。笔记小说也都是写的是人们的悲欢离合，戏曲上也是如此，大官上场，气势十足，观众一见，感到威武；老百姓脸上必画白粉，敲小锣上场，只觉得好笑。这些教育影响，无形中养成一个人喜欢统治人，喜欢权威、身份、阔气、摆架子。在旧社会我们要去找官做，我们崇拜个人偶像，我们会争名夺利；在革命队伍中，如果我们没有自觉，也还会闹这些，要个人出风头，称英雄。革命者如果脑子里不能抛弃这些，那么名誉、金钱、地位随时都可能使革命者动摇。

第二，在旧社会，升官发财不是人人可以达到的，名誉地位也不是一下就可以有的；而且一个人欲望无穷，总不能满足，又常生活在各种压迫里面，于是要反抗，要革命。但他不从实际出发，空想一些乌托邦，对现实他不满，只是从他个人的不得志出发。他的乌托邦也许是美丽的,是一个理想的花园,他以为这花园可以不经过勤劳斗争而获得。他对革命的队伍也会很崇敬。实际呢?革命不是那末容易的,现实困难很多,他在困难面前就摇头灰心。革命还很残酷,使他更加战栗,而且在流血的当中厌弃了革命。他会喊着:啊呀!革命应该是好的,为什么这末丑呀!这样残酷,这是血呀!请问别人要杀你,把刀放在你头上的时候,你还怕流血残酷?想以幻想来安慰人,是最脆弱的,这样的革命思想,一碰到实际就要粉碎的。

第三,是所谓清高。前面两条路都走不通,则还有这清高的一条路。好像厌世似乎风雅,品茶品酒,谈花谈月,好像他们看不起官僚,看不起金银,实际上他们是看不起政治,看不起人民,实际上并不干净,也不高尚。旧社会军阀时代他们是喝酒吟诗;日本帝国主义杀来了,他们也仍然坐坐大酒缸。侵略者用刺刀杀了中国人,强奸中国妇女,在"配给"制度下,老百姓都饿着肚皮,而他们却写:张家口的月亮如何的皎洁,塞外风沙是多么的愁人啊,等等。这些家伙不管在什么环境下都怡然自得。这种怡然自得对于中华民族是有害的,他们要大家都同他们一样,在任何反动统治下都应该麻醉沉沦下去,他们就像蛀虫腐蚀人民的心灵。因此,这些人都必然会成为反动统治者、敌人的宠儿。

我们知识青年最容易犯的是理智不强,感情脆弱,稍受挫折,便丧气灰心,一灰心,便无视现实。革命已经闹得轰轰烈烈,农民起来了,减租减息;工人起来了,增产节约,你都看不见,仍然觉得一切都是黑暗,把自己葬送在忧虑和盲昧之中。

外国的超人思想,喜欢孤独,讨厌集体,什么象征主义、唯美主义等等都使我们思想上受过某些毒害。

最可怕的是在国统区,借政府的压力在我们青年人中强迫灌输一些有毒的思想。在国民党地区，禁止读一切进步书籍，青年人常常为了读书，演剧而有生命危险，当权者讲什么"读书救国""拥护领袖"。青年本是一张白纸，他们硬要把他们染成黑色，或灰色，日本帝国主义占领中国土地以后，也是这样。有些沦陷区的青年受他们的毒害，忘记了祖国，崇拜皇军武功，在敌人的奴化教育中消磨了一个人的民族意识，因循苟且，自暴自弃。

现在我们应当如何肃清过去头脑中积存的、或多或少的尘土，和扫除思想里的病菌呢？首先我们应该确定一个做人的标准，什么是好人，什么是坏人。真正为大众、为民族、为国家的便是好人。为个人利益而要伤害、剥削、压迫人民大众的便是坏人。当我们判断的时候，应该不看一个人口头而看一个人的实际，看一个人行动的社会效果。譬如汉奸卖国，他并不说自己是卖国，他说是为了维持地方，曲线救国。同时我们也不是看一个人的一些小事，而要看他大的方面，如汉奸于品卿，他欺骗老百姓，鱼肉人民，效忠日寇，也曾向老百姓施点小恩小惠。

为着加强我们的判断能力，必须学习一定的政治的科学的理论，科学的理论可以帮助我们对社会有个比较正确的认识，是一个准绳，用以测量，从此出发，进而需要与实际结合，如果一个人不学会骑马或游泳，摔死淹死都可能的。我们如不到实际中去锻炼，老是空谈，不管你谈的怎样漂亮，你的那些个人的脏东西，总是依附在身上的，不可能自己去掉的。

只要我们有决心，是可以慢慢转变我们的思想生活感情的。譬如我们在农村住惯了，穿惯了草鞋，我们喜欢生活简单些。看见别人穿皮鞋，觉得那末重，还要系带子，不舒服；但穿过一阵之后，也许会觉得还是皮鞋舒服点，跟你到乡下去，也会慢慢喜欢穿草鞋一样。但这是一个艰苦的途程。

　　最后我想再谈一点，我们必须向人民大众学习。向他们学习知识，也学习他们优良的品质。一个学生走到乡下去，什么是谷子，什么是糜子就分不清。有一次我到一个农民家里去，他告诉我说，前几天有个知识分子到他家里去了，那知识分子拿着筷子问他，这是不是生产工具呢？惹得我们也忍不住笑了。又譬如我们到电话局去参观，一个年轻的小工友详细地向我指点着，听了之后，我也多次点头，表示明白了；实际我明白了个什么呢？我的电业知识可怜得很，我们在生产上是大大的外行，一个内行人是不大喜欢同外行人谈话的。这样我们怎么能了解他们，为他们服务呢？我说要学习他们的品质是从我亲身体验出来的，我以为工人农民，尤其是有了觉悟的工农，有着最好的品质。我在延安难民工厂时，看到他们的劳动英雄袁广发就是一个最好的模范，他从一九二九年就参加红军，转战疆场，负伤七次，是一个营长。当他最后受伤不能上前线时，在后方医院他向组织说，我是一个共产党员，我不能坐着吃。我愿意做工。我过去学过织布，我是一个工人。他便把他的枪、马、勤务员都交出了，他从一个营长而走进了工厂，愉快地又去用他的双手为人民织布。还有一些农民，不要以为农民小气、保守。其实在陕北的民主政权下我看得多了，他们为了帮助从白区逃荒来的难民，拿出他们很多的东西，把用具给他们，借生产工具、耕牛给他们，把马也借出去；马在山沟摔死了，他只说："他是受苦人，他赔不起我的马，他不是有心，算了。"这样的好事是说不完的，他们爱护八路军，牺牲一切都可以，可歌可泣的故事，只有这里最丰富。

　　知识分子如不同群众运动、群众生活相结合，最好，也只可以起点小小的作用；但如果一到群众中去，和群众生活结合，则立即可以成为英雄人物。在延安我亲眼看到一些普通医生，因为她们具有为群众服务的热忱，群众爱她们得很，几十里的人都盼望她们，寻找她们，她们被人民拥戴，被推选为英雄，并且受到边区政府的褒奖，她们的名字叫阮雪华、白浪。另外一个青年女同志叫陶端予，因为她耐心教育一群农村小孩，同孩子家庭也搞得好，她即刻成为陕北有名的人物，到处受人尊敬。

"离开了群众，离开了群众的革命运动，就没有了前途。"我今天简短的提出这几点意见，供诸位参考，并和诸位互相勉励。

原作于 1946 年 1 月 6 日

选自《丁玲全集·第七卷》，河北人民初版社，2001 年

从群众中来，到群众中去
——在文学艺术工作者代表大会上的书面发言

毛主席文艺座谈会讲话，规定了新中国的文艺方向，但要实现这个方向，必须由解放区所有文艺工作者下决心去执行，刻苦努力，坚持不懈，在现实生活中，在广大群众生活中，在与群众一起战斗中，改造自己，洗刷一切过去属于个人的情绪，而富有群众的生活知识斗争知识，和集体精神的群众的感情，并且试图来表现那些已经体验到的东西，这条路的确不是很难走的，因为群众实在太好，太欢迎我们，但也不是那末简单，毫无问题的。今天解放区的文艺，虽然已经有了很多成绩，如周扬同志所说的，但的确也还只是开始，文艺工作者也还需要将已经丢弃过的或准备丢弃、必须丢弃的小资产阶级的，一切属于个人主义的肮脏东西，丢得更干净更彻底，而将已经获得初步的改造的成果，以群众为主体，以群众利益去衡量是非，冷静的，从执行政策中去处理问题的观点，以及一切为群众服务的品质，巩固起来，扩大开去，务必使自己称得起毛主席的信徒，千真不假地一个人民的文艺工作者。

那末有些什么问题存在于我们开始去和群众结合的问题上呢？就我临时想到，有这样几个问题：

（一）做客人，还是和群众一同做主人。这是说我们抱着一种什么态度下去。作客人就是抱着一种客客气气的态度观察一番，听听看看，自然开始的时候，群众也会欢迎的，虽然他觉得你在那里对他没有什么帮助，没有什么实际意义，但他也会帮助你一些，不过你得到的东西，一定会是表面的，而且会因为你主观的看法，你会把事情看差了。和群众一起做主人，就是你觉得群众的事情就是你的事情，你不特要调查，而且要仔细研究，替群众想出解决的方法，你先给群众以东西，那末群众就自然来找你，请教你，把情形不厌其详的告诉你，那末你要得到的东西就都在这里了。

（二）当先生还是当学生。和群众一起做主人，只是你的态度，你的思想，但并非自己去指手划脚，指挥群众，凡是喜欢自以为是、乱出主意、指手划脚、指指点点的人，都是由于他不虚心，他不懂得实际情况而来的，这样的人是不会为群众所喜欢的。我们首先要抱着当学生的态度，先向群众学习，真的学习好了，了解他们，帮他们出主意，使你的主意为他们所愿意接受，这种从学生而又当了先生，是为群众所最喜欢的。

（三）为写作还是为把工作做好。我们下去，是为写作，但必须先有把工作做好的精神，不是单纯为写作，是要以工作为重，而结果还是为了写作。单纯为了写作，临时去搜集一些材料也不可免，但这是一个不得已的办法，是一个特别有了生活经验，和创作修养的人的办法。因为单纯为写作，常常只能搜集到一些有趣的故事，或见到一些人物的表面活动，也能够写出一些较好的报道或一般的文学作品，但不容易掌握政策，理解人物。参加工作，就必定使你详细的去研究问题，研究各种人物的思想，和政策执行上的正确与偏差，而且你就一定会要在作品中去解决你在工作中解决过的和没有解决过的问题，这就叫着作品的思想性和政治性，也只有在斗争中去了解人物才会更有血肉，有感情。

这些问题如果解决得适当,解决得好,一个人的生活习惯,喜恶悲憎,自自然然就起了变化,和群众的关系也就很自然的从有距离到一体,从表面的客气到知心朋友,你就会感到你从前所爱的群众,是很抽象的,你从前所说爱他们是假话,至少是不够真实的话,因为你都不认识他们,不了解他们,如何能说真正的爱呢?这时你才感到你真正的爱上了他们,他们的一呼一息都会震动你,你会不断的想他们,你会感到你必须多给他们一些东西,你会感到他们是你精神上的支持者、鼓励者,而这些人又不只是一个人,是这个大娘,或者是那一个大伯,而是一群人,是一个整体。

自己的生活作风、思想作风有了改变,是说可以写作了,如果去写,错误会少了,至少是情绪对头了,不会写出与群众需要相反的作品;但不等于就能写出很好的作品。尤其因为解放区作者们都是很年青的,老作家也是年青的,因为真正写工农兵也才是开始,生活经验固然少,而文学修养很差,战争的频繁、激烈,交通的不便,出版物缺少,工作的需要,使我们不能安定下来好好地学习一阵,写点东西也是很匆忙地,因此写作不能有很精密的计划,和必须有较长的从容的时间,但我们是要在一方面完成任务,一方面是从学习实践锻炼的里面来逐步提高我们作品质量的,因为各种条件的关系,至今创作中存在着许多问题,有的是已经解决了的,有的是还待解决,甚至这是一个急须要讨论又不容易一时解决的问题。

(一)选择主题,是根据解决当前的工作任务与群众运动的实际问题。因为广大群众在政治上解放了,他们不只要有文艺生活,也迫切要求教育指导,要求告诉他们怎么办,所以我们必须适时及时的给他们以东西解决他们的需要,群众等不及我们在生活中去慢慢消化,去作什么永久打算,我们要做到,现在群众需要什么就写什么,而且力求写得好,这样写行不行?我说行,假如问题写得深刻,解决的正确,有很大教育意义,假如问题是一般的问题,又是严重的问题,那末就有普遍的教育意义。如果一个作品能起很大的很普遍的教育作用,为什么不是好作品呢?

(二)真人真事与典型人物。我们不特不反对写真人真事,而且还提倡过的,为什么要这样提,是不是不要写典型人物呢?不是的,我们所说的写真人真事不是什么人都写,什么事都写,是写典型人物的典型事例,这种人大都是群众中的英雄人物,他本人和他的英雄事迹就带着很大的典型性。写了这些人,对现实,对群众有很大的教育意义,而且去了解这些人去写这些人,对于作者也是一种很好的学习。但我们并非满足于真人真事,我们要求更典型,更完整的人物与事迹,我们也向着这方面努力,也有不少作品达到了这种要求。

(三)集体主义精神。解放区作者不管是老作家或新作家,写工农兵都是新作家,都缺乏完备的条件,因此我们不反对个人创作,但必须发扬集体主义精神,就是在写作以前,要有提纲,要说明你想写什么,要解决什么问题;要开座谈会,研究你的企图是否正确,你的观点是否正确,写好之后,又广为搜集意见,重复讨论,再三修改。有些是排好了又重写,经过几次三番,如果不合群众意思,如果不是很好,也就仍然不拿出来,凡是较好的作品,一般都经过了这条道路,因为作品不是属于个人的,而是属于人民的,应该采取这种慎重的态度,作家也应该有这种听取批评和修改作品的态度。

(四)语言问题。老百姓的语言是生动活泼的,他们不咬文嚼字,他们不装腔作势,他们的丰富的语言是由于他们丰富的生活而产生的,一切话在他们说来都有趣味,一重复在我们知识分子口中,就干瘪无味，有时甚至连意思都不能够表达。我们的文字也是定型化了的那末老一套，有的特别欧化，说一句话总是不直截了当，总是要转弯抹角，好像故意不要人懂一样，或者就形容词一大堆，以越多越漂亮，深奥的确显的深奥，好像很有文学气氛，就是不叫人懂得，不叫人读下去。因此我们不特要体会群众的生活，体会他们的感情，而且要学习他们如何使用语言，用一些什么话来表现他们的情感，这个人不同，那一个人又不同。我们要很好的去学，要学的自然，不是生硬的搬用，不是去掉一些装腔做势的欧化文字，而又换上一些开杂货铺的歇后语，口头语，一些不必要的冷僻的方言。我们是要用群众语言来丰富自己的文章，而又要再去丰富群众的语言的。

（五）形式问题。我们提倡向民族的民间形式学习，因为这是为群众所熟悉，所习惯的形式，为群众所喜闻欢见，而且也只有用这种形式，从这种形式中发展；提高了的形式，更容易深入群众，更容易打倒封建的文艺，但我们也吸收一切外国来的优良的有用的传统；在创作上一切科学有了的创作方法，须要学习，尤其是苏联文学的经验和特点，值得好好学习。

（六）经过专家审查也经过群众审查。专家的审查是须要的，因为他看问题的确是内行，他容易看问题的所在，他会给作者以很多业务上的帮助，但也必须把作品拿到群众中去，听取群众的意见，因为既然是写他们给他们看，是为他们服务，那跟他们究竟须要不须要，满意不满意，自然是很重要的，他们的意见自然应该放在我们考虑问题的第一项。

我们所走过来的路，还是万里长征的第一步，尤其因为我们大批人是从旧的小资产阶级过来的，虽然以后的条件是更好了起来，有毛主席、共产党的领导，有人民军队、人民政府的帮助，有广大群众给我们的帮助，有新民主义政治、经济、文化各方面条件的配合，但还有很多旧社会的影响要时时来侵袭我们，我们自己的残余的，或者已死去的旧意识旧情感都会有发展，有死灰复燃的可能，我们要时时警惕着，兢兢业业，坚持为人民服务的方向，为工农兵的方向，坚持有一种朴素的、埋头的、谦虚的、谨慎的作风，为发展生产、建设工业而服务，努力下去，贯彻到底，使我们的文艺花朵开遍全中国，那末我们就还要向着以下的方向而努力。

（一）深入生活，较长期的生活，集中在一点。以前由于环境不同，使我们流动太多，以后就有可能了，我们不只要熟悉他们生活，而且还要熟悉他们的灵魂，要带着充分的爱护他们，关心他们，脑子中经常是他们在那里活动，有不可分的联系，这样我们就可以运用自如了，当我们要说到他们的时候，就像对于家里人那样清楚，就可以达到如同在我们口袋里掏出我们的日用品那样的自然和轻松。

（二）学习马列主义和党的政策。我们的作品有一些常常赶不上群众的要求，有的刚写好就觉得没有什么用处了，有的作品在当时有作用，过一阵，很短的一阵，几个月，一年，两年，这个曾经教育过群众的作品的寿命也完了，问题过时了，这个道理在那里，那就因为我们的文艺工作者缺少马列主义，不够了解政策，了解的是些表面的问题，他所了解的问题，常常也只是随着当时的一般人的见解，是毫无预见的，因此只敢实录一些现象，不敢深入问题，不敢对当时当事有所批评，因此故事很好，生活也有，语言也不坏，可是思想性不够，政治性不尖锐，战斗性不强烈，这样的作品，他即使在当时显得有作用，也不会是很大的，更不可能有更长更大的价值了。作家应该较一般工作者政治水平高，对当时当地的工作有进一步、比较深刻的看法，他不仅能反映当时生活的战争的情况，而且要指出那生活的本质是什么，加以分析和批评，对正确那面，对光明面加以无限的热情，这样才能达到教育人、感化人，把人们的理想和情感更提高一步，为要达到作品能够这样，那末就只有学习马列主义，只有它能够告诉我们如何去分析社会上的各个阶级的相互关系，和在变动中的情况、矛盾、发展，它帮助我们分析社会，帮助我们掌握社会发展的方向，预见社会发展中发生的问题，和应该怎样去解决它，如果我们没有这把标准尺，我们是无法衡量客观的现实生活的。

（三）有计划有组织有领导有批判的学习西洋文学。尤其是学习苏联文学，以及中国文学的优良传统，更要学习研究民间形式，以前我们读书很少，又总是各人摸索各人的路，分工不科学，也不交换意见，没有机会各人把自己的心得贡献给人家，我们现在实在应该是有组织有计划的进行研究和学习，要告诉文艺工作者，读者什么是好，什么是坏，怎样去学，学些什么，把经验整理出来，供献给大家。

（四）有组织有领导的发动创作。过去对创作的领导是不够的，我们有很多有才能的写作者，但大半都很年青，从各方面来讲，修养是不够的，他们埋头在下面，在生活上，写作上都尽了很大的力，他们有一些较好的作品，但他们还要求提高，他们须要有人帮助。帮助他们如何整理材料，如何组织更好，要求帮助他们加强作品中的政策性，给作品灌入以正确而坚定的思想，如何总结他的生活经验和创作经验，这样才会使大家有信心来坚持这一个艰巨的工作，也的确才会逐渐使作品不只在量上而且也是在质上满足群众对文艺的要求，我以为这还必须有这种组织机构，和专门的负责人。

（五）培养青年作家和工农兵作家。今天是一个大创作的时代，现代的中国随处都充满着可歌可泣，动人心魄的伟大的生活。而且人民是智慧无比，他们本身就是人民的英雄，他们的情感充实，感觉锐敏，他们对创作是热情而大胆，他们常常能创作出新鲜、泼辣、生气勃勃，抓紧了人民跳动的脉搏，喊出了人民的心声的，我们常常可以看到这样的作品，的确这是在一群赋有天才的人民大众的作家的手创，但这种人材如果不去注意他，培养他，他就会如同一朵花因为自然的气候，或者旁的原因被埋没下去。他写东西本来是偶然的，或者不写了，或者又写了不及以前的东西，慢慢他的情绪又坏了，他是非常需要有人注意他，鼓励他，帮助他的，这些人，我们也应该不只是说说，而是要有专人肯于埋头踏踏实实的做这种工作。

（六）改造旧艺人，这些人对旧社会生活相当熟悉，对民间形式掌握得很好，有技术，有创作力能，他们缺乏的是新的观点，对新生活新人物不熟悉，他们却拥有听众，读者。时代变了，人民虽然不需要那旧内容，但他们却喜欢这种形式，习惯这种形式，所以我们要从积极方面，从思想上改造这些人，帮助他们创作，使他们能很好的为人民服务。

（七）建立批评。我们的批评工作做得很少，许多文艺工作者须要指导，许多读者也需要批评帮助他们学习，他们需要对文艺工作，对作品指出方向，明辨是非，评定高低，他们举起双手来欢迎，可是我们没有，我们没有建立起有领导的自由论争和正确的批评。这也可以说对创作关心不够，使作者读者长久是苦闷的处于被冷淡被忽视的情形中。假如缺少正确的批评作为指导，创作是要走许多弯路的，以后我们要展开和建立批评，开座谈会，搜集意见，应该有商量辩论，有较正确的结论，要认识这是寻求真理，领导文艺工作，向群众负责的态度，而非牵涉个人荣辱，宗派意气。一个真真为人民服务的作家，应该养成一种真正的，一切为工农兵的，冷静的，客观的忘我的大气概。

初刊《新华月报》1949年第8期

在前进的道路上
——关于读文学书的问题（上）

我们今天的学习是在前进的道路上。（过去不能这样说）但我们是向什么方向前进呢？在今天首先就是要建立一个正确的、为人民服务的人生观。这句话很容易说，但要真真做到，也必须一个时期的努力。在这一条道路上，我们要学习许多东西，要学政治，学理论，要接受从许多方面来的教育和影响。我今天只想讲关于读文学书的问题。虽然有些人喜欢文学，有些人不喜欢文学，但是都会和文学或多或少发生关系。

一、旧社会的文艺给了我们些什么？

先让我们想一想，当我们还没有确定今天的方向时，曾经喜欢过哪些文娱作品？受过哪些作品的影响？那末让我们去向中学校去调查，他们曾告诉我们冰心的小说是曾经为大多数的读者所喜欢的。冰心的小说大家都看过么？都曾经喜欢过么？这话是真的吗？是真的。是的，她的小说的确写的很好，很美丽，那里有许多温柔的、狭小的、有趣味、有感情的家庭琐事，写得是那样的温暖、幽雅，小说里面有可爱的小猫、小兔，园里有树有花，有鸟叫，有凉风吹，使你在那里联想回忆到母亲、姐姐、哥哥、侄儿……，幻想到海、湖、溪水、小船……，这样的人和物和感情在我们小资产阶级的童年生活里是很容易找到的和容易理解的。即使自己家里的生活稍微差一点，没有那样漂亮，院子没有那样大，也许吵一点，但那些油盐柴米的事，有父母去管，自己可以很安适的幻想一下，把自己的家想得和小说里一样。北京没有海，也可以到北海去，幻想那里有波涛，有海鸟，我们还可以幻想到许许多多个人生活里所需要的美满的东西。这许多东西，在冰心的小说里都可以找到的，因此我们也就喜欢这样的小说。当一个人没有其他事业，没有什么生活的目标，没有一定的正确的人生观，还处于天真无邪幼稚的时代，喜欢冰心的作品是不稀罕的。

东安市场旧书摊很多，那末让我们再到那里去找一找，书店老板曾告诉你，巴金的小说销路是很好的。十四五岁时，喜欢看冰心的小说。到了十六七岁就喜欢看巴金的小说了。人大了一点，已经不大喜欢小猫、小狗了，对家庭也感觉得太腻，尤其是男孩子们。他们在学校里有同学有朋友，在这个圈子中活动，他们喜欢学校，却又发现学校不是那样完满，也感觉到社会也不是完满的，于是就幻想革命，巴金的小说正好告诉你要革命。在他的小说中，常常有一个青年，很纯洁、很伟大、很革命，但一个人革命孤独一点，于是在小说中又有一个像朋友，又像爱人的人常常和他在一起。或者是几个朋友。巴金在这一方面是做了一些工作的，他告诉青年幻想革命，不是幻想天堂和地狱，所以有许多人喜欢他的作品，这也不是偶然的。

让我们再来看一看其他的流行的小说。

读冰心、巴金小说的人长大了，社会知识更多了，这些人就慢慢的分为两种。

第一种人，看冰心作品的时代过去了，巴金的幻想革命也已经不能使他们满足，那种革命，上无领导，下无群众，中间只有几个又像朋友，又像爱人的人在一起革命，也革不出一个名堂来。他们要找领导，不满足于乌托邦，无政府的道路，于是就去找实际的道路，走到革命的队伍里，前进了。

另一种人革命的幻想毁灭了，无路可走，又不愿意和文学绝缘，就去找旁的书看。其中有一些就从文字的技巧方面去钻研，脱离现实，不讲究内容，单在形式上去追求所谓英文，文字越来越飘忽，越游离，越空洞，越没有内容了。另外有一些作品专门描写一些小职员，或是一些无路可走的大学生等等社会上的人物，这些被描写的人最初往往有幻想，有热情，后来被社会遗弃，无前途，最后走上了幻灭、颓废的道路。看这些书的人，自己也有满腹的牢骚，同病相怜。因此也就喜欢这些颓废的、无生气的、幻灭的、呻吟的、没有前途的东西。

到敌伪时代，日本帝国主义也看到了文学是很好的武器，想用他来麻痹青年。在北平许多报纸上都流行着鸳鸯蝴蝶派的长篇小说连载，这种小说充满市场，销路很好，讲的都是一些下流的三角、四角，甚至五角恋爱，还有什么姨太太和汽车夫，老爷和丫头，哥哥和妹妹等怪诞的恋爱故事，或者是武侠小说，其中也有一两个主人翁伪装成不满现状的样子，想骗取读者，但他们的行为和思想，是非常腐化堕落的，麻醉了许多好青年。

除了上面这许多外，还有一种文学作品和我们发生密切关系，就是旧小说，如《水浒》《三国志》《红楼梦》《七侠五义》《说唐》等，还有《二度梅》《再生缘》等唱本，大家看了都是津津有味，看完了还要找几个人谈论谈论。看完了《红楼梦》，有人喜欢林黛玉，也有人喜欢薛宝钗，常常还要争论一番。看《水浒》，喜欢武松打虎，喜欢鲁智深,看《七侠五义》,喜欢白玉堂……我们为什么会喜欢这许多人呢?家里并没有宁荣二府的气概,生活习惯也并不相同,但为什么会喜欢《红楼梦》呢?这是因为这本书写作的艺术的成功,它吸引了人,它里面每个人物的个性,都亲切入微,再如今天的世界已经有飞机、大炮,为什么还喜欢点石成金,对点闷香有兴趣呢?这是因为很多人对眼前的生活没有办法,希望来个英雄打抱不平,崇拜这些英雄,想在精神上找到安慰。

上面这许多都说明一个问题,因为自己的生活圈子,思想范围不同,都在某一时期,喜欢这一本或者那一本作品。那末让我们研究研究这许多作品究竟给了我们些什么?

冰心的作品给我们的是愉快、安慰,在思想和情感上使我们与家庭建立许多琐细的、"剪不断、理还乱"(李后主词)的感情,当我们要去革命时就想到家庭,想到妈妈怎么样,姐姐怎么样,把感情束缚在很渺小,很琐碎。与世界上人类关系很少的事情上,把人的感情缩小了,只能成为一个小姑娘,没有勇气飞出去,它使我们关在小圈子里,那里面的溪水、帆船、草地、小猫、小狗,解决不了贫穷,解决不了中国受帝国主义的侵略,今天这个时代需要我们去建设,需要坚强、有勇气,我们不是屋里的小盆花,遇到风雨就凋谢的,我们不需要从一滴眼泪中去求安慰和在温柔里陶醉,在前进的路上我们要去掉这些东西。

巴金的作品,叫我们革命,他的革命既不要领导,又不要群众,是空想的,跟他走是永远不会使人向前走的,今天的巴金,他自己也就正在要纠正他的不意际的思想作风。

敌伪时代的小说,给我们的是无病呻吟,这些小说中的主人翁没有病,也愁眉苦脸,没有爱人,也成天在叫"爱人们……",看见月亮圆了，就不知道那里来的一股悲酸，眼睛圈就红了，这许多作品，使一个人的感情低级，无聊化，空洞，庸俗，巴金的小说基本上和这种小说不同，巴金的小说是可以使人有些作为，也可以使人走向革命。看敌伪时代的小说，就使人一天到晚哼哼唧唧，这一类小说的作者是没有出路的。现在北京这样的"文人"不少，他们如果不好好从思想上改造，他们如果还以为可以麻醉些读者，可以混饭吃，那简直是幻想。因为小市民也在进步，在新的国家里，凡是能超腐蚀作用的东西，是不能生存下去的。

我们看旧小说，因为没有批判能力，只好随风倒，看到山西雁徐良、锦毛鼠白玉堂等人被描写得生龙活虎就爱他们，但是就没有考虑一下他们都是些什么人，做的什么事，就拿白玉堂来说吧，家庭成分是一个大地主，自己是一个小白脸，有点把式，为皇帝服务。御猫展昭等人，做的是大官手下的狗腿，依附一个"相爷"或"开封府尹"，保护皇帝。过去我们崇拜这些人，幻想靠这些人来治天下，今天是应该明白了的时候了。

《红楼梦》写得很好，因为它反抗封建旧传统，林黛玉的好处，因为她是一个真实的人，是一个深刻的人，是一个反抗传统的人，但是很多人喜欢林黛玉却是因为她弱不禁风，喜欢她的肺病，同情她的小心眼，这反映我们很多人审美观点是很不健康的，感情也是不健康的，看到一个人很开朗，就嫌他不细腻；看到一个人很健康，就嫌他很粗鲁。更低级地去了解的是看了《红楼梦》就自命多情，想找一个林妹妹，简直酸的可笑了！没有批判的能力，读旧书，是不容易学到好的东西的。反而拣来了一些渣滓。

除读文学书外，听戏也是一样，有很多人听戏只是听他对不对腔，咬字对不对。听来听去，无非就是那些声色狗马，就没有去想一想这许多就对我们究竟有些什么好处？老实说，旧戏中有好的思想的作品是很少的，很多戏的内容是绝不住推敲的，尽是讲皇帝好，老百姓坏，给我们的只是很多封建影响。

再讲一点电影，美国片子当然很坏，且不谈它，中国影片大部分是"礼拜六"派，这是最坏的。少数有革命倾向，因为这种片子是在恶劣统治下产生的，受各种限制，其中许多地方虽然不够，但应原谅。不过其中也有迎合小市民趣味的地方。有时放一点小资产阶级的浅薄的慷慨激昂，有时放些但是而非的贫苦人生活，为什么要这样说呢，因为穿的是破烂衣服，而所说的所做的事，某感情，其互相间之关系都是一群无经验的而且肤浅的学生腔，有时更放些色情，有些导演似乎在培养女明星们如何显露色情，做尽了下等的勾人的媚态去让千千万万观众来欣赏。这些作品，其主题好像是歌颂革命，暴露黑暗，但它给人的印象却常是使人陶醉在一些纸醉金迷的生活。我们很多读者也还有一些"眼睛吃冰激淋"的趣味，何况还有许多人本来就是受美国电影和过去的国产电影培养出来的低级的文化趣味呢？

上面讲的这许多文艺作品的特点是：无一定思想，脱离现实，即使有一些好的地方也是很少的，如巴金的小说虽然也在所谓"暴风雨前夕的时代"起了某些作用。但是没有给人指出前进的道路。所有这些作品所给与我们的影响，我们应该好好地整理它，把应该去的去掉它！

初刊《中国青年》1949 年第 23 期

在前进的道路上

——关于读文学书的问题（下）

二、如何接受新文学和什么叫艺术性？

书店老板告诉我们，现在沈从文等"老"作家的书不好销了，是"新"作家的书好销。由于广大读者需要的改变，喜爱的倾向也就不同了，是逐渐严肃起来了！但是仔细地调查一下，在新解放区一般爱好文学的青年朋友，对于新作品还是很生疏的，总觉得还不能很合口胃。新作品中很多是描写农民生活的，讲他们过去如何苦，交不起租，受地主的剥削，受高利贷剥削，把女儿老婆卖了交租子，以后又如何由村干部领导翻身。描写工厂的东西则写工人在过去如何受压迫，做活时磨洋工，现在又如何保护工厂，搞生产竞赛，创造了劳动的模范例子。描写战争的，则写我们的士兵如何诉苦，搞通思想，如何英勇，不怕牺牲的伟大的事迹。

这些书所给予新区读者的印象是很好，觉得严肃，有思想，有意义，替读者打开了生活的眼界，但是也有这种论调，说政治性太强，艺术性不够，所以我想就这种论调来讲几句。首先我们读这种书，应该有一个观点，就是群众观点。这些书是为广大人民而写的，它不是为少数的小资产阶级的知识分子的趣味欣赏而写。假如他也为小资产阶级服务，也是将他向劳动人民靠拢，而不是将就其落后兴趣。所以说，你不欢喜就不一定是不好，因为你的个人标准就不正确。其次是因为读者对工农兵的生活和知识太差，连谷子和糜子，麦子和韭菜都不能分别，对他们的感情，尤其是阶级的感情没有和不了解，那末你怎么能判定它的政治性和艺术性呢？比如一本书中在描写翻身后的农民的喜悦，他们对于得到一个罐子也表示无限的喜欢，你就一定不易体会，你心里想，那有什么了不起呢？甚至你会想，农民真小气！你以一个优越的风雅的人是不会懂得一个罐子之对于农民的意义，一个罐子是表示了他的翻身，表示了一个农村整个政治的变迁的！对一个工人也是这样。你总觉得那些开小组会，诉苦会很讨厌，很不艺术，你怎么能领悟这种会是如何的教育、启发、鼓舞、坚定他们的觉悟和战斗意志呢！什么叫艺术，你总以为是那些美丽的词藻，幽雅的情致。是的，这些是没有的，这里是没有《毛毛雨》《妹妹我爱你》的调子，也没有什么蜜蜂在叫，花儿微笑，凉风吹来……但这些书表现了一个时代，这些书为人民所需要。它是从人民那里来的东西，它又到人民中去考验。它教育人民，鼓舞人民，提高人民的理想。这些要素才是我们所肯定的艺术性的最重要的东西，而不是其它。我们也不同意艺术性和政治性分开来谈。脱离了有思想，有政治作用的艺术不过是一种技术。比如齐白石画虾子螃蟹，画的神极了，简直透明、活的、在爬的，有很高的技术，但它表现了什么呢？这一个虾子一千年以来是这样，以后也是这样，它告诉了我们什么呢？它要告诉后代以什么呢？它是供欣赏的很好的作品，但不是很高的艺术作品。解放区的新文学艺术水平够不够？不够，那是由人民的观点来说，它对于人民的生活体验的还不够深刻，不够丰富，还不能很好表现出来，以达到思想的高度。因此反映一个时代是不够的，要能提高人类的理想和情操是不够的（这种所谓理想和情操也决不是那些空中楼阁的幻想）。这所谓艺术性不够，决不是以个人的癖好来挑剔的。笼统的说新作品艺术性不高，是从旧的观点出发，是资产阶级文艺的看法，很不正确的。

三、新的文艺在生活中起些什么作用？

我们看一本新文艺的书，要比看一本马列主义的书有兴趣，很多人看一本《共产党宣言》看不下去，因为里面讲的道理他还不能一时明了，同时自己感觉有趣味的事也很狭小，但读一本文艺书就不同，比较喜欢，因为其中有故事，有人物，和自己的生活联系比较多，容易被接受。看一本讲土地改革的小说，中间描写干部如何下乡，如何划分阶级、分土地，看了以后增加了很多智识，推广了眼界，对农村有了初步的了解，这要比看一本讲土地改革政策的书容易看得进去。

为什么人民解放军到处打胜仗？蒋介石为什么不中用？这个道理，要是我们看一看描写人民解放军的故事，就可以了解一些。有一个人从上海来，他谈起对解放军有很好的印象。当他看到解放军到了市区，饿了三天三夜，街上有很多现成的烧饼、开水，那时就是吃一点，上海人也不以为怪的，但是他们却不吃。看了这生动具体的事实，他才了解到中国的前途到哪个方向去！我又告诉他这些军队，很多人就是过去国民党时代在上海抢东西，横行霸道不讲理的军队。为什么这些旧人今天变成新人呢？为什么他们会这样的遵守纪律呢？这个道理用几句话也可以说清楚，但是要将这变化很深入，很生动的描写出来，那只有在文艺中才能找得到。

我们初看新作品，对书里面讲的事情不熟悉，看多了就慢慢的熟悉了，也能够开个小组会讨论一下。这样就会对它发生更多的兴趣，也就会爱上这些书中新的人物，这些人物比在狭小圈子里的人物要可爱得多，他们忘记了小我，把死看得很平常，看了这许多伟大的、肯牺牲自己的感情，再去回想一下过去爱一只小猫小狗真是太可笑了。很快就会把过去许多东西丢掉，也不会无病呻吟，慢慢地可以养成一种随时可以牺牲自己、为人民完成革命任务的英勇伟大的气魄，把感情放在人民事业的胜利上，我们的趣味也就会增加。拿到报也不会只找电影广告，看社会新闻。对于前方的战事，美国问题国际问题等等也就会慢慢的关心起来，一些狭小的趣味和感情转变了，新的人生观，新的理想，新的感情和意志会很自然的代替了那些旧的东西，这就是新文艺在我们生活中能起的作用。

四、最后再讲一点另外的问题，生活中的文学

除了从书本上去了解生活外，要具体的了解人民的感情和呼吸，最好到实际生活中去。在实际生活中就比从书本中了解得更多，更形象，更具体；对群众中的英雄就会发生不可分离的感情。但到实际生活中去会不会有困难呢？

有人考虑到参加工作，也许要分配到南方去，那里要吃大米，吃不惯，讲话也不懂。再加上北京又是这样好，四四方方的城，路也好找，想到这些，就有些不大愿意去了。到农村去吧，又怕吃小米贴饼，到工厂去又怕机器声音吵，又怕和工人农民谈不上话。总之问题愈想愈多，还怕家里母亲不高兴，出去又怕水土不服。这些顾虑怎么会有的呢？主要的还是一丝一毫不肯牺牲自己。

有一个农村里的老太太,家里很穷没有土地,她苦了一辈子从来也没尝过一些甜头。共产党来了,分给了她土地,四口人八亩地,生活有着落了。要是她要求自己的儿子在家好好的种地,养活一家子,过两天好日子,那是很自然的。但是这位老大娘却愿意把自己的儿子送去当兵,有人劝她把儿子留在家里生产,让那些兄弟多的人去当兵。但是她却在大会上对大家说:"我现在翻了身,要是大家不愿意送儿子去参军,谁来当人民解放军呢?我吃苦吃了这多年,现在又有人民政府和村干部照顾,我还怕什么!"

像这样的人物我们到哪里去找呢?在我们的学校里、家里是找不到的,这许多伟大的人物,也许不出名,也没有很多人知道,是要我们到群众中去发现的。这许多故事和人物,会给我们最好的教育,使我们自己能够得到改造。

但是要想到群众中去,会不会有问题呢?

问题是有的,不过大家可以放心,这些问题是容易解决的。首先群众是欢迎你们去的,因为农村、工厂和部队中缺少知识分子。他们要你去念报给他们听,给他们描写他们的生活和战斗。你去了很有用,因此也就很容易过下去。

其次在生活上也许一时不容易改变,农村中没有大米白面,要和他们一起吃糠吃玉米面有些咽不下去,但是吃两天也就吃得下去了。还有人怕乡下不卫生,苍蝇多,这也不必怕,我们很多老同志不都是在农村里住过很久吗?

又有人考虑到下去以后,怎样去接近群众?开始去,不知道和他们说些什么好,其实这也不用怕,我们到乡下是去当长工的,像一个老妈子新到一家人家一样,要先问一问什么时候倒茶,什么时候扫地,你要先去请教农民告诉你他要你做什么?他下地你也下地,多问他们农村里的一些事情。何况那里还有组织，还有领导，可以随时问。只要你耐心耐烦，不怕坐冷板凳，先拣一两件小事做做。要有这样的精神，就可以在农村住下去了。你住下了，那里将变成你最好的家，你对他们好，他们会对你更好。到工厂中去一样，到军队中去也一样。

这许多道理，在很多文学书里都写过，我们也看过，但一定要下去，从实际生活中，才能更多的理解到书里讲的事情，更能坚定地确立自己的革命人生观。

我讲了很多，但不一定很充分，如果能给大家作为参考，那也就很满意了。

初刊《中国青年》1949 年第 24 期

谈文学修养

诸位要求我讲的正如我们文艺报的读者来信中常提出的问题一样："怎样写典型人物？""怎样描写工人？""怎样把作品写得深入动人？"等一类问题。这种要求表现了爱好文艺的人在企求别人赶快告诉他一种方法，好使他在得到这个方法之后能够运用自如地从事创作。事实上恐怕不会这么简单，我怎能告诉你们怎样写典型人物呢？我倒很想贪图这个便宜，可是没有人能告诉我。

我想还是不要讲这些。现在典型人物多得很，我们有很多劳动英雄，不管是工厂里、农村里、各个部门都涌现着各色各样的典型人物；这些人物存在着，我们却没有能很好地表现他们。而且这个人说这个典型，那个人说那个典型，到底什么是典型呢，我看还是写出来再看。所以我们只谈"谁是典型"，"写典型人物呀"，是不能解决根本问题的。我觉得，要从事于文学工作总应该有点长期打算，要时时刻刻考虑着给自己的箱子装进一点货色与财富。像一个卖东西的小贩一样，如果他的箱子是空的，那他去叫卖什么呢？若是零星地从这个集市买一点又立刻到那个集市去卖掉，虽然也能赚些钱，但养不活家里人，这样终年很劳苦，没有生产根基，到最后箱子仍然是空的。我们在思想上是反对私有财产的，但知识一定要用箱子来装。我们随时随地都要去发现一些东西，而且对这些东西，一颗钉子，一张小洋铁皮，一块木头，都要爱它、喜欢它，像爱财者珍视他们的金元宝一样。时常翻动翻动，再随时添进一些，而且要溶化它，使这笔财富生长壮大成熟，直到想用什么就能拿到什么，所谓文学修养就是要作这样的长期打算。

这些天平安戏院在放一部美国影片，这个电影不好，但其中有一点可以拿出来谈谈，它说明学跳舞，一辈子要一蹬一垫地跳下去，不能停止，一停止就完了。文学也是如此，要不断地生活—学习—写作—生活—学习—写作，继续下去，你若说"我累了，不写了"，那也就完了。你看电影里面学习跳舞时，只是没有休息地只跳一些最简单的动作，好像很无味，但味道就在这里，那是劳动，劳动就能创造，就会有报酬，就会感到愉快。从事文学就是生活、学习、写作这几件事的循环，从创作中又有心得，又学习到新的东西，你说这苦吗？但文学工作者偏偏就喜欢这些，他怎么也不容易转到别处去。

我们遇到的一些问题不一定要求得马上解决，这是不可能马上解决的。每个人都有他一定的经验和方法，你自己进展到什么程度才能接受相当程度的东西。我们十多岁时看《水浒》和《红楼梦》，同现在看《水浒》和《红楼梦》就完全不同，这就是你这么多年来的经验已把你提高了一步的缘故。这些经验是怎样得来的呢？

我们先谈学习。这里所谈的学习是指念文学书（读马列主义，提高政治理论，确定正确的人生观，今天为时间所限不谈它）。别人的作品里留下很多经验给我们，作者如何体验生活、感受生活都在作品中表现出来。要学习如何写"典型"也在这里，写"典型"有没有方法，有，但不是一下可以传授的。不是说一说就行，而是在长久劳动之中，才能体验出成功者的经验，成功者的经验是不能收藏的，他的作品就是一种具体表现。同时也不是就可以沿用别人的经验，这只是给自己一种创作的启示。别人的经验要靠我们细心研究，慢慢地积累。可是我们平常很少注意这些。有一个大学教授在一个会上谈到现在他们文学系的学生喜欢看理论，钻研什么是浪漫主义，什么是现实主义这些问题，而却不喜欢读作品。他们要讨论一部作品时都要挑选短一点的。像这样不注意从别人作品中吸取他们总结下来的经验怎么能学好文学呢？我曾经与一个写诗的谈天，他说他写诗只是靠感受的，他所以不喜欢读书。认为诗要靠感受一些东西，那当然是对的，但不读书，不向别人学习，只靠天生感受确是很玄妙的，我简直不能理解。我问他：请问你最初开始写诗时为什么也分成一行一行的呢？这还不是从你读别人的诗学来的吗？无论如何，你要是从不读书而想成为一个诗人或文学家是不可能的。

我们没有在俄国的贵族中生活过，但我们也能对这些贵族生活有些了解；如果一个戏里演俄国贵族的演员演得不像，我们也能指出来。这是为什么呢？这是从托尔斯泰和其他伟大的俄罗斯作家的文学作品中得来的知识。我们没有和流氓在一起生活过，但由于读过"上海黑幕"这一类的书，他们讲的话、长相、行动在我们脑子里的印象很生动具体，聊天中谈起这些人，我们似乎也有门槛。像妓女，我们是不可能有这种感性生活的，但对她们的情况也知道一些，也是从书上看来的。一个人那能经历所有的生活呢？为了描写妓女，难道也去当两天妓女不成？写工人吧，工人中也有个别落后分子，他的落后是有历史与社会根源的，你要教育他，写他的转变，不懂那个旧社会怎能写出来呢？可是那种旧社会又一去不复返了，那又怎么办呢？这就靠我们学习，从书本中去学习生活。像连阔如，他并没有参加过二万五千里长征，可他能写出长征的故事，怎么写出来的呢？他是听来的，是在学习中努力得来的，但也因为他在很多鼓词中学到过一些描写英雄掌握气氛的缘故。所以"多读书"对我们说是很重要的。这样的学习可以开展我们的眼界，使我们对生活的理解的圈子更宽广、更深入。

从中国旧文学里我们也可以学到很多东西。有人说从中国旧文学里学不到什么东西是不对的。古代的章回小说如《红楼梦》《水浒》《三国演义》这些作品里表现人物的方法确是生动得很，他们的语言和现在的语言并不一样，像《三国演义》是半文不白的语言，《西游记》有很多四六对仗的句子，但这并不妨碍我们去喜欢这些书，这些小说写人物的方法和我们现在写人物的方法很不同，现在作品的创作手法大多着重叙述，像是作家在那里讲解道理和情况，教人读了以后，道理似乎是弄清了，却不留什么印象。而这些旧小说里是用无数的有趣的故事烘托出人物的心情与个性。现在随便举两个例子：如《红楼梦》里贾宝玉、林黛玉、薛宝钗饮酒一段，宝玉说他只爱冷酒，不愿烫暖了喝，宝钗这时劝他，"……若冷吃下去，便凝结在内，五脏去暖他岂不受害？……快不要吃那冷的了。"宝玉听得这话有情理，便放下冷酒，令人去烫了。这时黛玉在旁，她是好多心的，作者是用一种什么手法表现这种性格呢？作者描写道："黛玉嗑着瓜子儿，只管抿着嘴笑。可巧黛玉的丫环雪雁走来，与黛玉送小手炉，黛玉因含笑问她说：'谁叫你送来的？难为他费心。那里就冷死了我？'雪雁道：'紫娟姐姐怕姑娘冷，叫我送来的。'黛玉一面接了抱在怀中，笑道：'也亏你倒听他的话。我平日和你说的，全当耳旁风，怎么他说了，你就依的比圣旨还快些？'……"这么简短的几行,就生动精细地刻划出林黛玉的性格，这还不值得我们学习？又如《三国演义》最后快结束时写阿斗这个人物的一段：阿斗已投降于司马昭，有一天司马昭令蜀人扮蜀乐，蜀官尽皆落泪,惟有阿斗却嬉笑自若。司马昭问他:"颇思蜀否?"他答道:"此间乐,不思蜀也。"这时阿斗出来更衣,蜀官却正跟了出来对他说:"如何答应不思蜀也,倘彼再问,可泣而答曰:先人坟墓远在蜀地,乃心西悲,无日不思……"阿斗牢牢地记住了这句话,入席时司马昭又问他:"颇思蜀否?"他就很"聪明"地用却正的话回答他,想哭又哭不出眼泪,只好把眼睛闭起来。司马昭一听就知道这话不是阿斗的话,就说:"何似郤正语耶?"阿斗慌忙睁开了眼睛,告诉司马昭说:一点不错,就是郤正教我这么说的。就这么简单的描写,阿斗这个人物成了典型,读过一遍《三国演义》的人,这个印象都很深刻。这样的例子太多,随便都可找到。

从这些简单的例子就已看出,我们的文学遗产里有多少值得我们学习的东西。他们描写的人物跟活的一样;他们描写的故事情节和画一样;短短的几行就写出一个生动的人物,你说是典型人物也可以,使我们读着书时好像不仅见其人而且也闻其声一样。我们读这些书,当然不是学那里面人物的观点,像贾宝玉那样的人是过去了的,他的出路只有做和尚。我们要学的是他们的表现方法。像《红楼梦》这种在极其平淡无奇的日常生活中刻划人物的性格,是应当使我们在写人物时好好学习的。要叫我们写这类人物,常常又是一番大道理在前面,他的思想如何如何呀,他的出身如何如何呀,……一大堆累赘的叙述。经他这么一说,什么也见不到了。

除了从古书里学习以外,我们更要多读现代同时代人的书。别人的作品即使全部不好,只要有一段好,一个人物写得好,都是可以学习的。每一点一滴你都要吸收来,装进你自己的箱子,把它溶化,成为你自己所有。一般人都有点好高骛远的癖性,总是唉声叹气说我们的好作品太少,看一本书只是挑剔人家的缺点,而别人的长处却不注意。

实际上，别人的作品中，不管怎样，多少都有一点优点是自己所没有的。这些就很值得学习。外国的作品，尤其是苏联的作品，也该好好学习。从别人的作品里学习不要死学，不是抄袭。西洋有一句俗话：第一个形容女人像花的是天才，第二个人仍然这样比喻便是蠢才。

其次，我们谈谈生活。要到生活中去，当然是天经地义，但现在我们经常听到有人说："我还没有材料，不能写"，似乎生活只是为了材料，而且是为了找材料才去工厂或农村。下工厂去的人硬拉着工人对他谈"材料"，找各种机会探听"材料"，等他们写成作品时，也仍然是一段材料，甚至因为他的写作能力，而只成为一篇不动人的材料，干燥无味，使人读了只好摇摇头叹息一声："没啥意思。"假如只是要这些材料，那报纸上经常登载有工人、农民、兵士的诉苦，何劳你亲自跑一趟？这不是劳民伤财吗？去生活是应该的，但"生活"不是"搜集材料"。

你要想了解每一个你所要描写的人物是不容易的，首先要和他们感情相通。譬如一个知识分子在改造过程中受到批评时，他的难过的心情对我们知识分子出身的人是容易了解的；但一个小孩子遇到这种情形也许会瞪着眼睛急躁地说："你有缺点你承认不就得了？那还难过啥？"这就是由于这个小孩子对知识分子的爱面子和自尊心的性格不了解，如果叫他描写这个知识分子就不行。我们要想写工人也是这样，必须和他们在一块，有血肉相连的感情；这并不是说你非去做工人不可，参加工会工作也一样。了解农民也不是一件容易的事，他们平常父子之间也很少讲话，你要靠同他们的谈话来了解他们实在很难。要写出他们，你必须参加群众斗争生活。理解他们新鲜的、战斗的、热情的感觉才能启发自己的感情有所变化；在这种生活中，你的脑子才可能灵敏、新鲜、开朗，处处想到别人而不想自己。你看，一班战士听到冲锋命令以后立刻就毫不犹疑地冲上去,他们难道不知道冲上去有生命的危险吗?但他们这时候想不到这些,他们在这一刻之间,思想表现得尖锐明白得很,他们在这一刻只想到集体,想到这一个战斗,去消灭敌人呢还是让敌人消灭自己。你要了解他们,只有和他们共同战斗,这样才能锻炼、丰富你的情感,你的情感才可能与他们的情感互通声息,互相交织在一起。一个农村妇女在分浮财时,她可能为少得一只箱子而叨叨咕咕好些天;但当她觉悟提高时,她会自动地送她的儿子去参军。你不参加他们的战斗生活,你能理解这层情感吗?只从理论上认识"为人民服务"很简单,要真正做到是要慢慢锻炼的。要我们参加他们的队伍,在一起战斗,拿他们的生活感情教育提高自己,我们才可能对他们有广泛的了解与深入的体会。这样写出的作品才会是栩栩如生的;相反,你如果不体会群众的思想感情,而只凭搜集来的"材料"装进你的作品,那你的作品是没有血肉的。

最后,我们谈谈练习。只是念书、生活,不练习写也是徒然。一次写不好可以再写;再写不好,又写;多练习就一定可以一次比一次写得更好。不要因为进展得慢就松懈下来。像练习赛跑一样,普通人跑百米大约要十四秒钟,你想用十二秒跑到,虽然只早到两秒,那确不容易,必须要每天不断地练习,不是"想"跑快就"能够"跑快的。另外,也不要因为有了一点小小成绩而自满,假如你看一篇一个月以前写的自己认为满意的作品,仍然自言自语地夸奖:"这真好呀",那就表示你一个月来没有进步。不要认为能写几篇文章就是一个作家了,一个初中学生也会作文的呀!

写什么呢?写你喜欢写的,什么使你最感动,最熟悉什么,你就写什么。但怎么能使你所爱的、被感动的也恰恰是人民所爱的、所需的呢?首先的问题是如何使自己的感情符合于大众的感情,又符合于理论。这不是一天两天可以做到,这是要有一种伟大的人格,完全为人民而并非自己,一点不市侩,不投机取巧,要下决心去掉架子,敢于正视自己缺点,世界上有那么一种人永远都不犯错误的,也不碰钉子,好像他是胜利的,在庸俗的个人利益上,也可以说是胜利的,但他却毫无所得。他不能感受群众的情感,不能感受伟大的情感,不能感受悲苦和愉快。这样自然不会写出伟大的作品来的。所以必须在实际工作中去锻炼,而且也读马列主义书籍,但这不只是属于文学者应有的条件,而文学工作者的任务也就是使得人人具备这种伟大人格、伟大理想和崇高的品质。(现在不能多谈这些,这是每一个人的各方面的修养问题。)

假如你因为感到现在是工业建设时期,一定要写工人,而又一点工人的生活都没有,那即使勉强写成,也一定不好。整个文学不是靠一个人撑台的,这是一个队伍,这个队伍有打大旗走前面的,有打小旗走后面的,这个队伍是有目标的,向着这个目标,我们能做什么就做什么,不要勉强地做自己所不能做的。你如懂得农民就写农民,你可以写农村工业化的远景,如果你写农民是赞扬手工业方式,那就不是向着我们的目标了。你懂得小市民,就可以写出小市民在新社会中如何起变化。只要你写的时候能有正确的观点,有一定的批判,方法上不犯错误,有剪裁,有思想,没有低级趣味,那又有何不可呢?当然,我们不能局限在我们所熟悉的生活圈子里,我们一定要努力使我们的生活面更广更深,而且要朝着工农兵方向推进。

练习时不要写大作品,大作品需要有宏富的生活经验和相当的组织能力,这些条件不足时,我们可以写些短小的作品,这样一面可便于练习写作,一面也可以适应工作需要。写的时候不但要谨慎,而且也要有勇气,有魄力,要大刀阔斧地用各种新方法生动、深切地表达出思想内容。不要只是缠绵于一套旧手法。

我想在结束前谈谈学习、生活和写作应有的几种态度：

第一，要虚怀若谷。就是不要把自己看得了不起。我自己现在所能做到的离所想还差得很远。你们问我"该怎样写？"我是答复不出的，我也不能回答你们"如何写工人？"这一问题。今天时代这样伟大，我能掌握的只是很少的一点，而且所能表现的一点点还很不满足。古语说："谦受益"，谦虚是可以从各处得到东西的。不能看到一本书后就说："没有什么可学的。"一部工人的作品也许不很好，但如果我们谦虚地学习，就一定能学到不少东西。

第二，要老老实实。谦虚并不是叫你到处都说"要当小学生"，你懂得一点就说一点，懂就是懂，不懂就是不懂。你只有三分感情，你就写出三分感情，不要装着有十分感情，那么做是不能瞒住别人的，只会使别人看了更觉得你作品中感情的贫乏。

第三，自己要有见解。谦虚也并不表示自己一点见解没有。不要人云亦云，街上常见到每家商店门口都挂着"货真价实"的广告，也许我们却最上当地买了不好的东西。人家都说《红楼梦》好，到底好在什么地方呢？要自己去钻研，自己有一定的见解。经久地用自己的进步来修改自己的错误见解。

第四，要坚持。人家说，学文学要有天才。天才是什么呢？天才就是经验的积累。所以我们一定要经得起刺激、挫折和失败地坚持下去。有的人抓住一点钻研了一会，过些日子看到别的，他又从头来，这样始终达不到目的地。你也要经得起夸奖，别人对你称赞两句，你就高兴得上了天也不行。我们现在多少还保留些旧风气，对你的缺点不当面说，当你的面只说些好听的话。演戏时有那么多观众，总要有几个人鼓鼓掌的。你不要被这些甜言蜜语冲昏了头脑。

我的讲演完了,希望大家多储蓄一点本钱,把自己的箱子装得更满一点!

本文系丁玲同志在大众文艺星期讲演会的讲演。本报记者整理。

初刊《文艺报》1949年第10期

"五四"杂谈

现在我们谁也感到创作中有一个很恼火的问题，就是思想性，也就是说我们作品中的思想不够，作品的政治意义不大。这个问题使创作者们很着急，为着要加强这一点，常常就去在作品中加一段讲话。这段讲话或者通过作品中的主人翁，一个指导员，一个厂长，或一个支部书记说出来，或者就是作者自己在里面讲一段，政策是被生硬的搬运，常常是这个人说一段后，那个人还要说一段，直到把政策全说完，可是结果对于那个缺点仍不能有什么大的补救。我们也听到过这样的话，就是说，时代跑得太快了，我们老是赶政策赶任务，赶出来后往往又是过时了，所以还是让我们慢慢地写吧，也许要好一点。但又有人说了，我们必得经常经常的在生活里，如果离开稍久，我们又摸不到什么东西了，现实是变得太快的呵！我们的确是很辛苦的，我们也总不能满足读者的要求，这症结究竟在哪里呢？怎样能使我们提高呢？我们几乎都这样彼此的问着，我们的座谈会、讲演会也好像解决了一些问题，可是问题还是梗在前边，使我们很着急。

我个人想这是着急不来的，我们年青的作家们是有他们的优点，也有他们的缺点。我们强调过到工农兵生活当中去，学他们的语言，写他们的生活，因此在老解放区稍久的人，都或多或少的有些生活，尤其是农村生活。我们在作品中可以看见很形象的农民典型，和农民的语言。农村生活的味道，兵士生活中的味道，也能表现出来一些。这是我们的优点。我们回看"五四"时代的文学作品，除了少数的作品外，其表现生活是较表面的，也没有现在这样多的群众语言。可是"五四"时代的文学作品，大半都是在说明一个问题，并且要解决这个问题的。这个问题在今天看来也许会觉得简单些，但却充满了强烈的政治情绪。有不解决不甘休之势。我们很强调作品的政治的社会价值，而今天我们作品里的那种政治的勇敢、热情，总觉得还没有"五四"时代的磅礴，可是我们又处于军事、政治、经济大进攻大变革的时代，所以就更觉得文艺工作，拿文艺反映现实就未免落后了。

革命的大时代给我们显示了生活的海洋，毛主席的文艺思想武装了我们的头脑，在艰苦的抗战中和解放战争中，也更加紧了我们与群众联系，这是好处的由来。但我们是先天不足，我们在旧社会中个人刚刚碰到点不愉快的事，我们就到了解放区了，或者我们还在不懂什么的时候，我们就被解放了。我们的知识是很有限的，我们的思想不成熟，我们受党培养，受马列主义的教育，我们懂得一些群众的情绪，可是很多理论，就是世界观吧，也还没有消化好的，常常为着要支出才去收入的。我们在实际工作中脑子里有一件东西，是当时当地一般干部也都可以有的感觉、认识和经验，我们还没有养成我们自己的较深刻的，较锐敏、较远大正确的见解，所以我们不能表现出比当时一般干部更高的政治思想来。我们既然先天不足，就得后天调护，因此我们是要好好的读书，学习马列主义，学习历史，学习社会，学习群众斗争，学习文学，将这些都融化在一块，使自己有很广博的知识，精湛的见解，和熟练的文学技术。

我们回看"五四"时代的作家，他们对旧社会是了解得深切些，他们深感痛苦,他们是以战斗的革命的姿态来出世的,而且担任了前锋。他们要求文学革命,痛恨文言文,他们去实践,写白话文小说,写新小说去反对文言文,而且他们写小说,写诗,不是因为他们要当小说家或诗人,也不是觉得这是一个很艺术的玩意,也不以为艺术有什么高妙,他们就是为的要反对一些东西,反封建,反对帝国主义去写的。他们除了要冲破腐朽的文言文以外,在新的形式上也并不十分讲究,只为要把自己的思想说出来,就用了这些形式。

从上面事实看来,三十年前的新文学——年青的时代是为政治服务得非常好的。那时好像就没有人怀疑文学与政治的关系。翻开那时的《新青年》杂志来看,是可以看见作家们不只是写小说,写诗,而是对什么问题都要发表意见,有时用文学的形式,有时就用论文、散文随感。现在作家深入生活,搜集材料,编出很好的故事,在反映生活上的确要生动得多,可是对目前社会上所发生的许多有重大意义的事,很少为文表示,或加以分析(比较说来诗还多一点)。因此我以为应该强调作家们要打开眼界,多接触政治,时刻关心政治问题,参加政治活动(不仅及于一部分工人,或一个农村)。多写散文,抒发思想,养成随时发表意见的习惯,强调写作品主要是写思想(也就是对政策有了消化),一切人物和事件都为透出一个思想来,而不是写一段材料,一个故事。这样对我们的创作是有益的。

"五四"时代的白话文,是一个革命的运动,不管其中有部分的人是软弱妥协,但它却是要革文言文的命。这个运动基本上也是胜利了的。我读"五四"时候的文章,我觉得都很清楚明白,虽然不一定都能上口,但是朗诵起来,还不是那样难懂。他们所提倡的白话文,也还是指不用死人的语言,要用日常生活中的语言,因为他们生活的限制,他们只能用知识分子日常口头上的语言,不能采取丰富的民间语言,所以显得单调，缺少风采，这是指一般的人说，其实许多人的文字，结构的谨严，行文朴素，到现在来读它也还有值得学习的地方。仅以不合劳苦大众的口吻来衡量是不恰当的。"五四"以后，对于文字的革命并没有继续下去，却走到修饰和装点的方面去了，搬来了很多欧化的文字，重复的，复杂的主词、宾词等等拐弯抹角的话，使人不懂的加括弧的美丽的辞句，连篇累牍，有些又夹杂些古文来表示自己渊博和儒雅的风格。这些是资产阶级的作家来做文字的消遣和游戏的，因为他们根本不愿文学与群众有什么联系的。他们本是爱用洋货，同时也爱买些古董来点缀点缀，可是进步的年青的知识分子也受了影响，后来便成了风气，好像不这样写就不算文学了似的。上海左翼作家联盟以鲁迅与瞿秋白为首曾大声疾呼的要大众化，可是由于当时反动派的迫害，大众化的工作受到阻碍，不能做出很好的成绩。但文学工作者也的确还没有那样的认识，去恨自己的洋化的文字，如同"五四"时候的痛恨文言文；也没有那种精神，再也不写洋化的文字，如同他们那时坚决不写文言文。我们又感觉这种文字不好，又不能一下舍弃它。直到毛主席的文艺座谈会讲话才明确的解决了"写给什么人看"的问题。并且也才更明确的认识向民间学习的重要，用生动的老百姓的口语。我们已经开始这步工作了，而且是有成绩的，我们应该继续"五四"的那种精神坚决稳定的走下去，继续文字语言的革命，而少讥笑前人，后来的人都是接受了过去的经验而开展的，有许多具体的问题因时代的发展而将成为过去，但过去的那种革命精神却值得永远去学习。

　　"五四"的新文学，也就是中国新文学的诞生，是强壮有力的，它是和整个"五四"运动分不开的，它的反封建反帝的色彩是浓厚的。这里面当然首先要推鲁迅，搜集在《坟》和《呐喊》里面的杂文和小说，很多都是那时写的。这些作品三十年后读来，还是非常使人感动。

在他的小说里面，我们十分感觉封建的可怕。如他的最初的作品《狂人日记》《药》等，在他的笔底下我们体验了旧中国，在那样的社会中，人是没有路可以走的。既然不要再走辛苦辗转的生活，又不要走辛苦麻木的生活之路，更不要走辛苦恣睢的生活，那末只能走大家所未经过的新的生活。可是这新生活的路在那里呢？鲁迅告诉我们："其实地上本没有路，走的人多了，也便成了路。"这也就是说路是要人去开辟的！

　　《祝福》也是这样。我读这篇作品觉得这是真真的悲剧。祥林嫂是非死不行的，同情她的人和冷酷的人，自私的人是一样在把她往死里赶，是一样使她精神上增加痛苦，因为并不是这一个人，或那一个人才造成她的悲哀的运命的。假如是这样，那就只是人的问题，换了一个人祥林嫂也许会幸福起来的，但鲁迅就不是写这些，不是写一个悲欢离合故事，他是写封建吃人，写旧社会吃人，只要是封建统治着的地方，祥林嫂就是没有出路的。你看柳妈同祥林嫂说："两个丈夫在阴间等你，还会争你，你死了，阎王爷定把你分成两半。你还是捐条门槛当替身，让千人踩万人踏来赎回你的罪吧。"（原意如此）这真使人浑身发抖，简直连死也不行呵！这样的作品，一句教训人的话没有，可是你读了后能够不深深的觉得封建可怕吗？不觉得要把这个旧社会打倒吗？三十年了，这篇文章不只是从历史上看它是有价值的，就是从今天的问题上看也仍是需要的，它虽然不是写生产，或……彷佛对目前的工作没有大的相关，可是对于人的头脑却是有用的，因为旧社会虽然推翻了，旧社会留给我们的旧思想却仍然还残留着在呵！

　　除了鲁迅以外，那时写小说的很多，写的比较多而且好的还有叶绍钧。叶先生的文笔是非常修整朴素的，我们读他的小说，从来没有碰见做作的地方，也没有太洋化的句子，也不用古文，也没中国半文不白的陈辞滥调。而且他的文章也是对旧社会下着批判的。他的《一个朋友》，也是三十年前的作品了，虽然只是一个很短的短篇，一个朋友为其儿子娶妻的一点小事，但是对于那种安于现状、毫无理想的人有很深的讽刺。最后是这样的来结尾："假如我那位朋友死了，我替他撰家传，应当怎样的叙述？有了！简简单单只有一句话：'他无意中生了个儿子还把儿子揿在自己的模型里！'"……

叶绍钧的小说很多题材是写旧中国的腐化的教育。如最初作品中的"义儿"等。倪焕之长篇小说是他的代表作，也是写这方面的题材的。他早年的《稻草人》也是非常感动人的。稻草人每天每夜看守着田里的稻子，挥着他手中的破蒲扇，他同情他的主人，一个穷苦的老农妇，可是蛾子来吃稻子了，留上了蛾种，稻草人的能力是小的，他不能驱逐它，也无法使老妇人知道，他愁苦得不行，可是渔妇也来了，他眼看着她网不上鱼，而她的孩子却病得快死，最后更来了一个被虐待的女人投河自杀，稻草人再用力拍打他的蒲扇也无法使天快亮，使农人们起来，结果他是倒在田旁了。在那个时候，一个知识分子是会有这感觉的，但同时也是说一个稻草人是不够的，人民只有自己起来，团结起来，依靠自己。这种作品的确会使人看过要去思索一些问题，而不仅当着故事看得热闹，或兴奋而已的。

在"五四"时候出现，也曾很被人喜欢过的有名的作家还有冰心。冰心在"五四"时代，本来不过是一个在狭小而较优越的生活圈子里的女学生，但她因为文笔的流丽，情致的幽婉，所以很突出。她的散文和诗都写得很好。她虽然是那样一种出身，不能对社会有所批判，但是她在"五四"时代，也感受了影响，她提笔为文之时，也仍然是因为有些受了新思想的感召。她自己在她的小说序文里告诉我们，她那时在学生会里当文书，又是女学界联合会的宣传股，她开始用白话文试作，发表的，是职务内应作的宣传文字。这些文字可惜我们没有读到，想必其内容都还是符合那时的学生运动的，她自己也说在那时写了些问题小说，如《斯人独憔悴》《去国》等。《斯人独憔悴》是写两兄弟都参加爱国运动，受到顽固父亲的阻挠。这的确是那时很典型的材料，这个问题实际在中国存在了很久。可惜冰心由于她的出身，她的环境，她的爱的哲学，这两兄弟都投降了。她正代表了那时的资产阶级的妥协性。《去国》是写一个青年在美国学成归国，以为大有可为，结果因为中国政治的腐化，结果仍只有到美国去。好像她是暴露中国官僚军阀统治的黑暗，但什么是出路呢，仍只有寄托在资本主义的美国，这也充分代表了中国资产阶级对英美资本主义的崇拜。冰心本是受了"五四运动"的影响而开始了她的文学生涯的。但她只感染了一点点气氛，正如她自己所说是早春的淡弱的花朵，不能真真有"五四"的精神，所以她只得也如她自己所说"歇担在中途"。她的爱的哲学，是不能作多少文章的，但冰心的文章的确是流丽的，而她的生活趣味也很符合小资产阶级所谓优雅的幻想。她实在拥有过一些绅士式的读者，和不少小资产阶级出身的少男少女。

杂谈的确是杂谈，我自己也感觉太拉杂了，但为时间所限，了解有限，篇幅有限，也只能如此了，不敢说是纪念，聊作为自己的笔记吧。

一九五〇年

初版《跨到新的时代来》，人民文学出版社，1951年

创作与生活

最近我读到一篇文章,是马加写的《〈开不败的花朵〉小记》,属于创作经验一类的文章。这是一篇好文章。因为从他的经验中可以给我们一些东西,可以从他的经验中得到一些问题的解释,他对生活与创作的关系有所说明。现在不妨借重它一下,来作为我与一些搞创作的朋友们的学习资料。

创作要有生活,没有生活就不能创作,这是谁也知道的事。生活本身,尤其是人民的斗争的生活,它本身常常就是一首最美的诗,这也是事实。但如何把生活变为文艺作品,把生活中的诗变为文艺的诗,这里就有很多讲究了。比如我们常常听到有人说,我有了很多生活,就是不会写,或者说我的生活已经写完了,很多人又都说,我要生活一下去,或这是我的生活经验,这些话都说得没有什么不对,可是这都只说了生活的一面,仅仅生活是不够的。就是能够"我已经同群众能打成一片了",也不过说你生活的态度很好,但还不能解决创作的问题。作家们如何在生活中得到思想,如何以丰富的生活来说明思想,如何使这思想形象化,去感动人,去教育人,在人的脑子中放进些新的健康的东西去,的确是我们现在要学习的。

我们看马加的这一篇文章吧。他开始就说他是在一九四六年从张家口回到东北去，要走过蒙古草原，要通过封锁线，这段行军当然是一种生活。但他在投入这种生活之前，并不是专门有心要经过这一趟生活；不是为了去"生活一下"，而只是组织上有了这个决定，他为了完成这任务，需要走过一段路，他就是这样掉入了生活里去。

投入这种生活以后，他自己对这段生活有很浓厚的感情。他说："……到哈尔滨东北局去，只有通过东科尔沁大草原，这大草原一望无边，我乍回到东北来，真觉得海阔天空，对于祖国（故乡）的土地、人民、天空、一棵草、一朵花，都有着无限的新鲜感情……"展开在作者面前的生活，作者与它是融合无间的。他心里有所感触，他对它不是采取参观，不是什么生活一下，或准备写作。也不像我们平常上街逛马路，走了一趟，毫无所获，看到过房屋、树木、电线杆，以为老早就有了的，所以也是视而不见，不曾发现什么新东西，也不曾发现什么好东西，只是无动于衷。

在生活中，即使是在极平凡的生活中，作家一定要看见旁人能见到的东西，还要看见旁人看不见的东西。常常听到有人告诉我："这个材料很好，你可以写一篇文章。"每当这种时候，我只能沉默，这个材料既然人人都说好，那好一定是真的，可是这个材料还不能成为我的，要成为是我的，那只有当我熟悉了它，而且从其中发现了真理，这个真理是普遍的真理，却又是我把它和生活有了联系的。

马加不只是对草原有感情，而且他发现了人物，他对于他的同伴们"差不多全是从华北来的八路军老同志"发生了感情，尤其是："里面有一个年纪最大的人……作风朴素，态度严肃，在他的性格上有一种真诚的东西，使人感到可亲可敬。他的名字叫王耀东……"作者是非常愉快的，在他生活中充满了乐观的，仅仅只有这种情况，作者有了一些生活的印象，如果他因为这点印象，而有了较深的感受，再加以想象,也许能够写出一些诗来,但这点印象总是单薄的,他还不能说明什么。可是马加他们这一行旅,却发生了变化,遇到了战斗,他最爱的人物在战斗中牺牲了。他是为了整个干部队安全到达东北,为了完成党给他的任务,把自己牺牲了的。这就在马加的生命中,留下了一个不可磨灭的印象,而成为永恒的记忆了。

这一段生活,在作者说来,是一个动人的经历,从创作来说是段素材,这一段经历在作家的生活的仓库中储藏下来了,他随时可以记录它,写成记录文章,它可以成为长篇小说中的一段,它也可以被写成短篇小说,写成诗,或者经过与以前的某种素材融合,或者后来生活加以补充而又写成另一种作品。总之这个经历是有用的,但不要把它当一段死的材料来看,材料必需经过许多变化,才能成为成品。从棉花到火药是走过很长的一段路的。

假使作家对他经历过的生活,只单纯的感到有趣,感到可以写篇小说,那是可以动笔的。作者还不妨写上些"伟大",或是我怎样的"感动""激动"等形容词来说明,这会使人知道有这件事,这件事很不差,但不会使读者的感情与你有什么联系,与你所写的动人的情节有什么联系。把生活记录下来要记得好,固不容易,但要使读者觉得你这不是记录,觉得这是诗却更不容易。所以作者一定要对生活经过酝酿、研究、分析、总结,才能将自然形态的艺术加工、提高,进入到创作过程。现在有些人对生活常采取了猎奇的态度,听到什么新鲜事情,就赶忙去抢,以为这就可以写一本不朽的书了。是的,故事有趣,会吸引读者的,突出的故事也会比较容易写得突出,但主要要研究故事的本质的精神方面。而不是从一些生活细节中描写得奇奇怪怪。比如郭俊卿是一个了不起的英雄,她的了不起的地方,是她意志特别坚强,她开始要为她父亲报仇,后来又将这仇恨扩大为阶级的仇恨,所以她在部队中能与男子同样吃苦、打仗，她并且在战斗中，在最艰难的条件下完成了党的任务。我以为她之所以能战胜环境，主要是由于她比旁人更能吃苦，和她政治上的飞跃的进步。但有些人却喜欢研究她日常生活的细节，如何逃避别人耳目的。她能教育人的地方，也就是那些英雄的思想、精神、意志，却不是那些生活的技术。因为我们以后并不需要女扮男装，并不需要那些技术，而是需要学习她的勇敢、无畏、坚强和她的气派！

作家对于一段生活，对于他全部能接触到的生活，都要经常拿来推敲，不仅是留恋，而是念念不忘地能从其中发现问题，得到一种真理，一种思想，一种见解。在这方面，马加的经验也告诉了我们。他说："我到东北局后，分配在北满乡下作群众工作，一有空闲，我常常问我自己：我为什么能够在这里工作？我们干部队为什么能够通过蒙古草原，胜利的到东北局，这不是一件容易的事。"他思索它，他得到了。他接着说："首先，我觉得我们干部队是有组织性的。发挥了组织作用，组织就是一种力量，一种胜利的源泉。其次是领导的才能，像曹团长这样的同志，战斗经验丰富，指挥机动灵活，又联系群众，有气魄，有决心，才能粉碎敌人的进攻，突围出去。全体同志呢？在党和人民事业的面前，都有着充分的信心。尤其是王耀东同志，他的英雄气概和他自我牺牲的精神，给了我极大的教育。"马加是由于感到这个队伍有组织，同志们好，领导好，他体会并理解了这种强烈的政治感情，才企图要把它表现出来，写成小说的。这和一般作者从概念出发不同；马加是由于一种生活感动了他，他爱这种生活，拥护、赞成、了解、总结，懂得了这种生活，这时候才写作的。这种创作动机是好的。

接着，马加又谈到：他写这篇东西，感觉有容易的地方，也有困难的地方。容易的是对这一段生活熟悉，自己亲身经历过，子弹落在身边，迷路时有老乡指引，这些回忆起来都犹在目前。他能抓住那情景，人物的形象，他常常被生活中的一切也是他所想像的一切激发起写作的热情。但他也感到难写。因为作品不只是写一段经历，是要经过自己思考，要写自己的思想与见解，这是一种政治见解，是不简单的。要通过这段生活来描写新的英雄人物，新的道德品质，新的爱国主义情绪。他说，"我苦心捉摸着，我怎样给蒙古草原一种新鲜喜悦的感觉，我怎样给英雄人物一种觉醒的灵魂。"这时，他感到自己的政治本钱少，艺术本钱也少。这就是还没有成熟。直到四年之后，东北开文代大会，由于一种思想的启示，才下决心写。

可惜，马加没有告诉我们是种什么思想启示，也许是说得清的，他忘记说了，也许是不易说清，他就省略了。但我们可以懂得的。我们也曾经有过这种经验，我们脑子里有些问题，成天去想，也没得到解决，甚至有时我们想不通了，麻木了，搁在那里了，不知什么时候，因为旁的问题，忽然把这些问题都一起兜了上来，甚至把不联系的问题也联系了起来，而且什么都活了，好像陡的聪明了，一切办法都来了。好像许多条细流原来都堵塞在一道，只要有了一个恰好的缺口，水就畅流了起来。也好像得到了一把钥匙，它把我们的房门都打开了。这多么喜悦呵！有了这样透明的思想，不就是有了所谓创作的灵感么？灵感决不是神秘的东西，如果没有思想与生活，如果没有平素就有的创作的准备，这灵感是不会有的，有些人把一个冲动，就叫着灵感，我想那是靠不住的。

懂得了上边的道理，就懂得了从一个主题框框，到生活中去寻取合乎框框的材料的创作方法，是不容易提高，不容易达到理想的。比如为着要写一个二流子，才去找二流子典型，为着要写英雄才去找英雄，那末二流子和英雄都是干瘪的，不动人的。再比如要写一个工人，就去找工人谈,谈了很多过去受压迫的生活,解放了怎样好,因为你过去对工人生活,对工人在中国社会的政治关系、经济关系和斗争情况,由于知识的不丰富,便很满足那听来的一点点困苦的经历,你便赶忙填入预先拟好的框框,实际那些生活,你不去找也可以从新闻中,从一些记录中得到的,这是人人都知道的事,人人都能看见的事。这种书有一本是好的,但不需要太多。这同批评家不从作品出发去批评,只从自己的理论框框出发去批评,按照自己的要求去找作品中的优点和缺点的批评文章一样,有一篇,就够了。就是说让他写一篇要些什么的文章,这样作家就好照着他的意见去写,而且他也只要有一篇正合他意思的作品就够了。

用框框去找材料还有一个毛病,就是容易片面性。比如为着要写一个官僚主义典型,于是就去找许多官僚主义,把它加起来,这样这典型就会过分。这个地方有这样的官僚主义,那个地方有那样的官僚主义,各有其产生的原因,是不能相加的。如果我们不能懂得各种官僚主义产生的主客观原因,不懂得最普遍的官僚主义,和从何来,怎样去,只知道材料越多越好,这就会把环境条件、群众和领导都放在不适当的位子的。

用框框去找材料只有一种情形是可以去写作的,那是指先有了一个主题思想,然后整理作家原有的生活,并且重去生活一下,以便提起他旧有的情感的回忆,和加深他的感受,并且追求对于这生活的新的完美的认识。

在今天的情况之下,就是说我们的生活与创作的经验,尤其是我们自己思想的修养不够的时候,常常为着完成任务又不得不临时去找材料写点东西,那怎么样呢?我说,那就还是去找去写,去找有一个好处,就是接触了些新的东西,让自己接触面广些,可以给自己增长知识,去写也有一个好处,这是练习(当然也完成了一部分当前的任务),但这都只能当积累下来的经验(这于你的修养会有一些好处),可是把它当着一个创作方法,老是这样,以为这是一条很容易的路,那末,同志,错了!

生活情形,实际有许多地方是一样的。比如我们在华大下乡搞土改工作,步骤、办法、问题有很多都是一样。因为那许多事都是我们开过会,照会上决定去进行的。我读到过一篇小说叫《韩营半月记》(连载在二—四月份的《光明日报》上),我读到时觉得很想笑,因为他们那个村的土改的一般的情况同我那时搞土改的村子一个样。我们也开过那几种会,也有过那些问题,也同我所知道的我们那个区的二十七个村子一个样。他把什么都记录了,但除了与我们一样的表面情形以外,我找不到作家自己所发现的东西,是我没发现,是我发现不深的东西,或者因为他的发现启发了我,使我看见了我过去不曾看见的东西。没有,我觉得这本书是一个生活记录,如果给对土改毫无经验的人看起来,会给他们一些起码的生活知识,对他们是有好处的,但就是我说的话,有一本就够了。这里面是找不到所谓诗的东西、文学的东西,找不到创作。

马加对于这一段生活,是很喜爱的积攒下来了,放在那里随时可用,随时有用,但他把它放在那里是要它活起来,他不想记流水账。他说:"故事和人物,大半是现成的。我不愿意受真人真事的限制,做了一番剪裁,我企图把它写成一篇小说,不是一篇流水账。"

马加关于他是写一段材料,一段生活,或是一个思想呢,他答应得很好:"我要尽量做到真实,这真实到底是什么呢?就是我理解的真实,和我应该表现的真实。"从这里也可以看见生活与思想的关系。

对生活是有各种看法和各种感受的,我举个例来说,热闹的大街上忽然出现了两个奇装的女子，很多人围拢去看，这是西南少数民族来北京参观的两个苗女。围拢去看的人，有的人觉得好看，有的人觉得不好看，有的瞧不起他们，有的人觉得希奇有趣，有的人羡慕他们来北京受招待，但也有人从看到他们想到民族问题，想到毛主席，有的人就更去体味这两个苗女的走在大街上的喜悦的感觉，和所有苗族的今天的自由的平等的生活，有人就更把他们的美丽的歌联想了起来："……跟着毛主席走，我们有吃有穿，变得白胖胖，像泉水一般清清爽爽，像珠子一样的圆亮亮。"这些都说明各人怎样去看生活，与生活给了他们什么，当然这是举的一个最简单的例子。但这是可以创作的，假如是把自己所有过的对苗民了解的知识，又在这基础上加以想像，并且欣赏这个想像，那末就去写几行来吐出自己因苗女而起的情感。写得好，就能是一首好诗。但如果别的条件缺乏，只凭一点生活现象，那是写不好的。

这样又会有人问了："在生活中如何才能发现生活，发现真理，发现生活的诗？"我说这的确不是一天就可以学到的，也不是可以传授的，这是每个人在他平日的政治理论修养、社会知识、文学感情、人生态度以及一个人的品质的基础来看出各种生活的不同深度和宽度的。那末，这样一说，又好像是毫无办法似的了。不然，也还有起码的几点可以说一说。我想，第一，对生活的态度应该严肃诚恳老实，不是嬉皮笑脸，油腔滑调，投机取巧，我们到群众中去，就是同他们一起办一件事，我们就要诚心把事办好。第二，对办的事、日常发生的事，不只是要有责任感、而且要从政治方面发生浓厚的情感。这样就会发现一些新的东西，爱这些新的生长着的，即使它还很幼稚。第三，我们要防止满足的感觉，狭隘的观念，自己的胸怀越大，越能接受新鲜事物。第四，稍有感受，便需研究，穷根究底，坚持不懈。最后我想郑重的提出的,就是马列主义的理论学习。这句话,也不知道说了多少年了,人人都说,人人都感觉自己政策思想水平低,也有些人读一点,大家马马虎虎读,实际并不感十分有趣。这已经是我们痛苦的经验,没有理论,没有政策思想,是不能理解生活、消化生活的,即使有一点理解,也是片面的、零碎的感想,真是一知半解,似通非通,东鳞西爪,赶时髦的瞎抓一气。我们也努力了,我们也吃苦了,我们也只是创作上的事务主义。忙是忙,成绩也有成绩,但不能提高自己,也不能提高别人。我劝朋友们,也劝我自己,我们好好地重新再读读这些书,联系实际,联系生活,来替我们打一点思想方法,观察生活,批评生活的基础吧。

现在我大约就想到这些。至于完全属于创作的一些技术上的问题,原就不打算在这篇文章提到的,现在也就不说了。最后,我感谢马加同志,因为他的文章,使我想到了这些问题。

这篇文章是我在中央戏剧学院讲话中的一段,由杨犁同志记录后,又经过我自己修改的。

初刊《文艺报》1950年第1期

作为一种倾向来看

——给萧也牧同志的一封信

也牧同志:

两个月以前吧,我曾收到你给我的一封信,希望我约你一个时间来谈谈你的"创作"问题。这事我一直放在心上;可是当时有些事,接着我又离开北京到南方去了。等我回来,就看到报刊上对于你的创作已经展开了批评,听说你还有些苦闷。那么,我就更觉得我应该再仔细读读你的作品,向你有些建议才好。趁着我这几天还没有动手做别的工作,我便又读了你的《我们夫妇之间》、《海河边上》、《爱情》和长篇小说《锻炼》。

从什么地方说起呢?我想把时间拉回去一年,从去年的夏天说起吧。那时《我们夫妇之间》才发表不久,有人向我说这篇小说很获得一些称赞,很多青年人都喜欢。我就曾经和康濯同志说,这篇小说很虚伪,不好,应该告诉你,纠正这种倾向,不要上当。当时我知道康濯同志把我的意见,以及他自己的意见,告诉过你,不过没有引起你的重视。那时我们(我这说的是《文艺报》的几个编辑同志)还并不打算对你有所批评。我个人更不想在报纸上公开来批评你的作品。理由很简单,我那时还以为你的作品影响并不大,在我们所接触的范围里,就更明显;而且觉得对于你也需要鼓励多于批评。可是后来,慢慢地觉得情形不同了。你的作品,不只在青年读者中有影响,我们也从另外一些作品中,看出这种倾向来。最明显的例子,是重庆《新华日报》上登载的卢耀武同志的《界限》。卢耀武同志那篇小说,描写一对共产党员夫妇,也是为了一些极平凡的琐事,极无原则性的琐事,在夫妇之间闹了一场风波,但作者却把那吵嘴也安排成为思想斗争和自我批评了。那篇文章,当时在重庆就受到批评。依我看,《界限》比起《我们夫妇之间》来,却老实多了。它的毛病,它对于干部的歪曲,对于现实生活的歪曲,都还是用比较直爽的表现方法,是容易看得出毛病来的。那时重庆方面,对这篇小说进行了严格的批评,却没有把你的作品联系起来讨论。但据最近我们收到重庆的来信说,那个时候,也讨论到《我们夫妇之间》了的,不过因为是北京刊物登载的作品,他们不愿随便发表意见。再后,你的这篇不好的作品,却被许多"专家"们欣赏了。你的作品,在某些地方有了更大的市场,在上海被搬上银幕,一个又一个(听说《锻炼》也曾有人想改为电影)。你的作品,已经被一部分人当作旗帜,来拥护一些东西和反对一些东西了。他们反对什么呢?那就是去年曾经听到一阵子的,说解放区的文艺太枯燥、没有感情、没有趣味、没有艺术等呼声中所反对的那些东西。至于拥护什么呢?那就是属于你的小说中所表现的和还不能完全包括在你的这篇小说之内的,一切属于你的作品的趣味,和更多的原来留在小市民、留在小资产阶级中的一些不好的趣味。这些东西,在前年文代会时曾被坚持毛泽东的工农兵方向的口号压下去了,这两年来,他们正想复活,正在嚷叫;你的作品给了他们以空隙,他们就借你的作品而大发议论,大作文章。因此,这就不能说只是你个人的创作问题,而是使人在文艺界嗅出一种坏味道来,应当看成是一种文艺倾向的问题了。为了保卫人民的文艺(现实主义的文艺)在一种正常的情况下前进,因此陈涌同志有了对你的批评。这是非常好的。当然,陈涌同志很谨慎,他的确还没有击中你的要害,但跟着,许多读者也对你有起批评来了,不管这些批评有没有说透彻,但热情地关心这些问题,这对于你,对于文艺批评工作,都是有好处的。因此,我更觉得有责任来发表点意见。我也不会说得很透彻,但希望于你,于问题,都有一点好处。如有不妥的地方,也愿提出来大家讨论。因此,我把这封信公开发表。

现在让我们直接谈作品本身吧。你是看过旧戏的,旧戏里,常常看得到有两个丑角,在台上出洋相,一个大丑角尽量戏弄一个小丑角,并以此去博得观众哈哈大笑,一直把小丑角的洋相出尽了,两个人才互相笑笑,来完结这场小噱头戏。《我们夫妇之间》,实际就是这种情形。你先替李克同志在鼻子上擦了一些白。李克一出场,就不正派,是一个坏知识分子,而且作者还在那里敲着小锣,叫道:"看呀,这小子真不像人呀,他一听到爵士音乐就发松了呀!你们看他那么得意呀!"这个李克,跳了一阵加官之后,在他后边出场的,却是工农出身的张同志,张同志从始至终,是被幕后的导演(作者)和大丑角李克奚落够了的。有些地方,好像是在说她好,说她坚定,说她倔强;但这种地方,实际又是在说她缺少文化,窄狭,无知,粗鲁。譬如写她在刚进城时,骂那些爱打扮的女人,后来却又说她并不是那样固执的,她已经在某些观点上和生活方式上有了改变。什么改变呢?"她在小市上也买了一双旧皮鞋,逢是集会、游行的时候就穿上了!回来,又赶忙脱了,很小心地藏到床底下的一个小木匣里……"作者这样形容她还不够,还必得让李克说一句风凉话:"女同志到底是爱漂亮的呵!"再如这位女同志,一边正经地在说:"同志!狭隘的保守观点要不得!"这好像也是在表扬她,可是那个鼻子擦了粉的大丑角李克,就在旁边说:"哈哈!她又学了一套新理论啦!"这种手法,从作品开头,一直到末尾，到处都是，把这个工农出身的女干部形容一顿。陈涌同志所引过的那一段，也是一个很好的例子。凡是形容她的时候，都很具体、形象、生动，一写到她"好"的时候，作者也好，李克也好，总要在旁边插科打诨地嚷道："嘿，看呀，她居然会这样说了，她进步了呀，她呱呱叫呀。"一直到最后，当把这个女主角出够了洋相之后，还要让人哭笑不得的来这样一个镜头："她说完了，叹了口气，把头靠到我的胸前，半仰着脸问我……我为她那诚恳的深挚的态度感动了！我的心又突突地发跳了！我向四面一望，……微风拂着她那蓬松的额发，她闭着眼睛……我忽然发现她怎样变得那样美丽了啊！我不自觉地俯下脸去，吻着她的脸……"

一般的趣剧，我们是不反对的，丑角戏也不反对，旧戏里常有借丑角来说出许多旁人不敢说出的真理。所以如同相声之类，我们今天还是欢迎的；只要真正能严肃地对待它，就可以产生好的讽刺文学。但《我们夫妇之间》又不是这种形式，它俨然在那里指点人们应当如何改造思想，如何走上工农分子与知识分子结合的典型道路。它表面上好像是在说李克不好，需要反省，他的妻子——老干部，是坚定的，好的，但结果作者还是肯定了李克，而反省的，被李克所"改造"过来的，倒是工农出身的女干部张同志。所以，当我第一次读这篇小说，和最近再读的时候，最使我不愉快的，就是这种虚伪的地方（《锻炼》也使人同样有这种感觉）。

李克实际上是个很讨厌的知识分子。他最使人讨厌的地方，倒不是他有一些知识分子爱吃点好的，好抽烟，或喜欢听爵士音乐的坏习气，或是其他一般知识分子的缺点。最使人讨厌的是：他高高在上地欣赏他的老婆的优点哪、缺点哪，或者假装出来的什么诚恳的流泪了哪，感动了哪，或者硬着脖子，吊着嗓门向老婆歌颂几句在政治上我是远不如你哪，或者就又像一个高贵的人儿一样，在讽刺完了以后，又俯下头去，吻着她的脸哪……李克最使人讨厌的地方，就是他装出一个高明的样子，嬉皮笑脸来玩弄他的老婆——一个工农出身的革命干部。但假如你要责备他的时候，作者萧也牧又会跑出来说："我是说李克不行，他还需要很大的改造，我并不是当一个肯定的人物来写的。"也牧同志！在这里，也许你是真心地想对李克有所批评，但事实上，你却的确是巧妙地玩了一个花头！你这篇穿着工农兵衣服，而实际是歪曲嘲弄工农兵的小说，却因为制服穿得很像样而骗过了一些年轻的单纯的知识分子，迎合了一群小市民的低级趣味。这种迎合，我觉得你个人也应负责，应该早就有所警惕的。

什么是小市民低级趣味？就是他们喜欢把一切严肃的问题，都给它趣味化，一切严肃的、政治的、思想的问题，都被他们在轻轻松松嬉皮笑脸中取消了。他们对一切新鲜事物感受倒是敏快的。不过不管是怎样新的事物，他们都一视同仁地化在他们那个旧趣味的炉子里了。

工农出身的革命女干部，我们也见过的，其中的典型人物是不少的。如李凤莲同志吧，她就是一个挨打受气的童养媳出身，参加革命后做女工，由于她的阶级觉悟，当了工作模范、劳动英雄。她从偏僻的山沟里，到了大城市哈尔滨、沈阳、北京；解放沈阳时，她在工厂里做军代表。城市给她的印象，一点也不是对于一些细小生活上的反感，而是在强烈的主人翁的感觉中，使她兴奋。她学习了党的城市政策，她的责任感促使她如饥似渴地去学习许多新鲜而复杂的事物。因此，她在同志之间，是彬彬有礼，诚恳谦虚。在工作方面，决不退却。我同她在东北时住在一块，出国时又在一道，哪里会是像你所描写的那么一个雌老虎似的泼妇样子呢？你怎么能把当作典型来写的一个工农出身的女干部，写成是偷了丈夫的稿费往家中寄钱的呢！所以说，你所描写的人物，在表面上你替他们打扮了一下，但这种打扮不过为的是出乖卖丑。因此说你是不喜欢这个工农出身的女干部的，并不过分。你如果真的爱这种人，你就应该去写李凤莲、李秀真、戎冠秀、刘胡兰这一类的人，你就会写一些真真可爱的人。当然，你可以正面批评她们某些缺点，只要你是严肃的，真真从心里尊敬这些人。或者你的确看见过像你所描写的这种无修养的工农分子，你并不爱她，并不喜欢这种极不典型的个别分子，那么你为什么要写她呢？为什么又要把她装扮起来，给她插上正确的革命干部的旗子，出她的洋相呢？

再说你所欣赏的李克同志吧。李克也完全不是老解放区的知识分子的典型。他一点都不像是经过抗日战争、解放战争的知识分子出身的干部。如果解放区的知识分子出身的干部，至今还像李克同志那样有这种趣味和情调，那么就不能说明解放区的政府、共产党、毛主席对他们的苦心教育。解放区的知识分子，大部分都有过很好的改造，成了优秀的劳动人民的战士，小部分虽还残留着一些弱点，但基本上也不是李克同志那样的了。李克完全只像一个假装改造过，却又原形毕露的洋场少年。也牧同志，你为什么要欣赏这样一个人物，而且还拿他作为今天知识青年的指路标呢？你在晋察冀边区住过不少年，也做过群众工作，经过各种锻炼，为什么一到北京就又让李克这样的人物在你的作品中洋洋得意呢？仅仅为了这点，我也很替你难过。

因为你首先攫取的人物不对头，而又只是描写一些夫妇之间的生活细节，所以与你企图说明的主题——知识分子与工农干部结合的问题——就成为很不恰当的了。要写这样的主题，材料是很多的，你为什么偏要写这样一对夫妇呢？我想这是同你所熟悉的，作为你小说人物的模特儿的一对夫妇有关的。那我要问你，你对于你所采用的模特儿真的觉得是工农结合的典型吗？那不会是的。如果说你真对这模特儿感觉兴趣的话,那也只不过因为你是太同情、太喜欢那男主人公李克罢了。

原封不动的或动得非常少的小资产阶级的知识分子,他总是不甘寂寞的。他也革命,但如果他在广大的工农兵队伍里找不到群众时,他就又要回到小资产阶级的行伍里去找群众了。或者,他在工农兵队伍中做个不十分为人注意的战士感觉艰苦时,他也就容易驾轻就熟地回到小资产阶级中去出风头。也牧同志,你是有人民的读者的,你过去的一些短篇散文,就有过一些读者,我曾是你的一个读者,在阜平抬头湾时我曾把这个意见告诉过你。你应该不放弃这些读者,而要教育那些比较讲求趣味的读者,却不是迎合他们。他们向你唱的赞歌,虽说好听,可是你不应该就被蒙蔽呀。我记得,康濯同志在这点上,也曾向你进过忠言。

在我们的作家中,文艺写作者当中,的确还有人往往只看见生活中的缺点。他天天希望自己能写出伟大作品,然而却看不见伟大人物的伟大的生活变革。他只在繁琐的生活中找缺点,而且还喜欢将自己的色调涂上去。我们的读者中,目前也还有一些喜欢看缺点的人,他们也说喜欢工农兵,喜欢劳动模范、战斗英雄,喜欢革命干部。但是你写得好了,他们说不现实、不亲切,你一写缺点,其实是歪曲现实,他们就大加赞赏,说这个不公式化,有"人情味"。这些人好像也很关心文艺,却只是站在他们的旧观点旧趣味上来"欣赏"文艺。也许他们别的方面都很"革命"了,制服穿得挺好,然而就是这种"艺术的欣赏",却还没有改变。如果这只是个人的欣赏,也就算了,他可以在故纸堆中去找安慰的;但事情不是这样简单,在这部分人中间,有的却要来争取群众,争取思想领导。因此他必定得宣传些什么,鼓吹些什么,宣传那些抽象的、没有阶级观点的所谓"艺术性""技巧""人情味""文艺也可以为小资产阶级"；反对些什么呢，反对他们所认为的枯燥、单调、粗糙。他们绝不能说工农兵不好，只会说工农兵长相不好，没有文化，可笑，还有许多缺点，还应该有自我批评。他们也不能说他们自己就好，只说像他们那个样子，像《我们夫妇之间》那个样子，才是典型的工农兵。这些，正就是毛主席所说的："小资产阶级出身的人们总是经过种种方法，也经过文学艺术的方法顽强地表现他们自己，宣传他们自己的主张，要求人们按照小资产阶级知识分子的面貌来改造党，改造世界。"我们老早读过这些话，也懂得，可是我们在这种倾向面前，却缺少警惕，讲究朋友关系，爱面子，怕得罪人，无原则的团结，大家不说。有些人自己也弄糊涂了，跟着喊"我们主要的问题是技巧"；更有些人回复到原来的地位上去了，看见自己还有那么几个穿是很漂亮的油头粉面的"群众"，倒很得意咧。

也牧同志，我一口气同你谈这许多，只在想帮助你思考你的作品的问题。你是有写作能力的，希望你老老实实地站在党的立场，站在人民的立场，思索你创作上的缺点，到底是在哪里。群众的眼睛是亮的，就是那些曾属于你的读者，也会有些变化的，尤其是知识青年，他们在很快地进步着，他们很快就会丢开你，而且很快就会知道来批判你的。只要你想通了你的错误，的确老老实实地努力改造自己，相信你可以写出好作品来。你过去的一段生活，并不白废，而且只要加以正确的利用，就还是可以产生利息的。我诚恳地希望你不要轻飘飘地来看待文艺界同志们对于你的批评。

敬礼！

一九五一年七月

选自《丁玲全集·第七卷》，河北人民出版社，2001年

创作要有雄厚的生活资本

我和这一班的同志接触比较少,只能就接触到的一些问题来谈。

先讲读书问题。我觉得我们在读书方法上有点小问题。有的人读书总是先看主题,我不是这样。我现在看书有时还哭鼻子,保持着小时候读书的感情,我夜晚看《红楼梦》,到早上眼睛就哭得像个胡桃似的,见不得人。有的人看《静静的顿河》,说作品思想不好,有问题;有的人认为不应以富农格里高里为主角;又有人说,这就是作者肖洛霍夫本人的思想。但我看这本书时就没有想到这些,我想作者就是要写富农;他写时也不见得就是要把格里高里写成这样结局。我钻到书里面去了,我以为作者就是写了这样一个人,这个人夹在生活里拔不出来,和生活一起在滚,滚来滚去,慢慢地不知不觉地人就跟着滚老了。一个时代,大的历史事件把人裹到里面去了。我们看书时,应看到整个的生活,整个的时代,要投身到生活中,对书中的人物才会发生兴趣,否则我们读书就没有味道,感觉不到什么东西。我也许太缺少理论了,但我觉得读书应把自己卷入书中的生活,跟它滚,和书中的人物同喜怒哀乐,为主人公而哭,而笑……,这种感性上的激动在记忆中留下了很深的痕迹,看完以后,书中有些事也许忘记了,但情感却留在感觉中了。情节什么都可以忘,但曾经激动过的情感,讲到那一件事时,我的感觉就会重新引起。所以，我觉得读书时太清楚，太冷静，太理智是乏味的。我和一个写小说的朋友说："是不是我们读书时有一个缺点，就是头脑太清楚，太理论化了，因此我们看书，任何感人的东西都变成不感人的了。只是找主题是什么，积极性够不够，人物安排的好不好，这样是否不好？"他说："事实上有不少人是这样看书的。"有些人读书总是想从书中学习写作，想从书中得到东西，因此读时就太冷静了。这种人有一个主观愿望，一定要从书中得到几条。这是不对的。我想：如果一篇小说，读者一看就看出主题是什么，若看不出就觉得不好，因此作家就得把它的主题明明白白写在作品中，让读者一看就清楚。其实这样的写作是失败的。我们对作品要求过急，而没有自己深入到书中的生活里去。有的同志读书只是为了从书中抓住几条，结果是把书中的教条抓住了，而把书中的宝贵的东西却忽略了。我们读书一定要钻进书里去，和书中人物同感情，体会作者的感情才行。这样新得到的东西不只是几条，也不是一次就都能得到的。如《红楼梦》，我们多看一遍，就可以多得一些东西，自己的胃口慢慢地大了，从书中得到的东西也就慢慢地多了。

再谈谈写作。有的搞写作的同志，有一个毛病，就是老想用两个本钱做四个本钱的买卖，这不老实，不行。有人有八个钱的本钱，本钱虽然多，但他买卖做的不那么大，看来只像四个钱。但较多的人还是以两个钱的本钱做四个钱的买卖，很不老实。只有一点点生活就那么花花草草，闹得漂亮，好像他很懂得生活，生活很丰富，其实这只能欺骗外行，内行是骗不了的。因为这只是空架子，其中东西不多。外行们看来觉得他满懂生活，工人、农民什么都有，其实不是这样一回事。我想，如果我们作家都老老实实地到生活中去，老老实实地写一点东西，不一定赶上世界第一流的作品，够上二三流作品是满有把握的。但像这样花花草草的东西，现在还在流行，我们经常可以看到这类作品。当我们提出反对小资产阶级倾向的作品时，大部分的东西却显得公式化、概念化。而当我们提出反对公式化、概念化，要求作品有生活的时候，花花草草的东西就来了，这样不行；一定要走老老实实的路。有人问我：《粮秣主任》是怎样写的？我说我就是老老实实写的。我看见那位局长，我说："我看你是个人物，但现在我不能写，也许在别处能写。"我了解他是一个正面人物，如把他写得太好，水库里的人可能说我了解得不全面；写他不好也不成，因为不合事实。要写英雄就要到生活中去，这要花费时间，我这次在水库的建设工地上，见了英雄，他们的材料都写在纸上。他们以前干什么？以后干什么？我不知道。就这样今天见这个英雄，明天见那个英雄，听他们的谈话是缺少血肉的，只是一些事情，而且成了老一套，从这里是得不到你需要的东西的。老实说，他们介绍给我听的这些东西，我只听了三分之一，没有比在报上看到的更多。如果了解他们过去的生活，从前的一些东西，以及今天怎样成了英雄，这样写出来才有意思。若只写一件英雄事迹，那是不够的。水库那里有局长、工程师、美国留学生，也可以写新旧思想斗争，但那样的作品早就有了。后来我碰见一个老头，这就好了，因为我脑子里原来就有这样的人物，是一个熟人，不过以前他不看水库。他是不是有那个老头的这种思想感情呢？可以有的。文艺报杨犁同志说这作品中五分之一是真的，五分之四是虚构的。水库的同志们都说是真的，他们希望我今后多写点。当然作品中人物说的话，不一定都是看水库老头说的话，他不会说得那样深，那么漂亮，但他可能有那种思想，我们就应该把他的话加以组织。若是只把别人的话记下来，那作家就太便宜了。我在水库呆了几天，并不了解全部工程，工程建设我不懂，我不能写我不懂的东西，因此我不能写工人。

至于农村，当然，我懂农村不如邢野、谷峪、赵树理，但多少懂一些，我就是这样老实地写我懂得的东西。我不懂的，我就不写，从农村看中国的变化，从我能够懂的角度来表现，写我脑子里所能体会的问题，我只能这样。

要到群众中去落户，现在对我可不容易，要很大的努力。上次我讲，我是住在个四合院里，虽然不是"贫居闹市无人问"，那样同社会脱离，问当然是有人问，天天有读者问，但问的大都是一个问题："你怎么当作家的？"我苦恼的是怎样使我的生活彻底改变一下，不要老是和一种人来往。我最好是不和搞文学的人来往，天天谈的总是那件老事，像郭沫若讲的那个精神病患者那样，老讲着一句话。我们现在有些人虽然没有精神病，但他所讲的却老是那一套话，和精神病患者差不多，实在可怕得很。这说明我们有些同志没接受新鲜东西，有的还是原来的东西。我很怕讲课，也是怕老说那几句话。我很怕今天讲这套话，明天还讲这套话，我实在想改变一下我的生活，找些工、农或做别的工作的人来，把屋里的客人换一换。但有时他们来了一次，下次你不找他们就不来，还是生活无联系，他不能把他的欢乐与痛苦向你说，他不需要你。我想到乡下买两间房子，安个家，要写文章看书时就回家；但这个也不容易。你说你回家，那里人并不把你当作回家。谷峪回乡下去就是回家了；但我不行，我下去还得回来。在延安时，农民生活比一般机关好，饭食时常变变花样。但现在不同，农民们三顿小米。不用说我，就说文讲所的生活水平吧，也和乡下大大不同。在那里不但吃的不同，房子不一样，另一方面也还要浪费时间，要说废话，得到的东西不一定多，简直是沙里淘金，你的全部时间都泡进去，看书都没有时间，甚至连思索都没有充足时间。这样怎么能在下面待得长呢？所以到群众中去落户不是那么容易的，但一去就想回来，那怎么能行呢？急是搞不成的。我认为应该强调主动性，这是很艰苦的。你要作到别人有牢骚来找你发，和你谈心、交心，这是很不简单的。我在作协工作，需要搞清作协同志们的情况，要深入地具体地说明这里面的人有些什么东西，这要花上五年的时间还不够，这还是成天见面的几个人呢！要清楚了解工人和农民，当然更不容易。农村中的生活，社会关系是很细微的，到农村去，怎么能在短短的时间内就弄得清楚呢？比如在一个合作社里，有这家杀了那家的人；汉奸要入社；同是党员，但整党时有矛盾，过去你搞得我好苦，现在我不愿和你一起成立合作社；这样的问题多得很，我们一下子是不易摸清的。如我们要到农村落户，对每一家的底都摸清楚。我现在可以摸清几个作协的人，但现在还不能写。《红楼梦》《静静的顿河》都是百看不厌的，它们写的那些日常事，很有味道。我看过一篇稿子，正想看下去的地方他却不写了，如抗日战争、减租减息，他说人家都知道这些事情，所以他不写。我认为文章就是要写人人都知道的事情，他们知道了，但往往还不清楚，写东西就是要写最明显的东西。我们常看到有猎奇，抢材料的情形，一听说某某地方有一个很好的材料，于是大家就去了。我想这当然很好，就是太快了。要写是可以的，但应该从容一点。他要写的对象的许多情况，他还摸不透呢！哪能那么容易一下子就写出来？这是一生的事！有些人，条件好，如谷峪，将来还是回到老地方去，不要留恋北京。到北京来学习是好的，有很多课别处不能听到，像郑振铎、冯至的课；看看首都的风光、人物也是很好的，但是以后还是要到群众中去，到农村去，写东西。《静静的顿河》有人批评说没有正面人物，但斯大林认为没关系，在二十世纪上半世纪《静静的顿河》仍是最好的一部书。在《被开垦的处女地》中写达维多夫就不如村长写得好，因为作家想要写正面人物。《静静的顿河》就是因为作者心里有那些人物，当时他也做这个工作，等工作完了，他就放下别的事情写了这部书。我们不要为题目而写文章，先有题目再找生活，这是违反创作规律的，应当在生活中认识了，熟悉了许多人、许多事，必须写出来，像曹雪芹那样。有人也许是想自我安慰，说我不一定要下去就可以写。每个人有每个人的写作方式。但就是我在北京，我也一定要主动地搞一个生活圈子，这中间的人是我将来要写的。我们一定要有刻苦的精神。

我二十几岁时，为生活所迫，没事干就写文章发牢骚，写下来了，现在看来很危险。很多人也有同样的危险。我们只有赶快到生活中去补课。有的人想法和我不一样，觉得自己了不起，盖世英雄，作品可以流传万世，名字当然要写到文学史上去。想得那么多，我感到很危险。我今天写完了一篇，就不晓得明天能不能再创作。有人对我不理解，觉得我有天才，实际满不是那么一回事。有人觉得你没念几年书，没有什么生活，可是写了几本书，你一定很聪明。我一听这些就烦，我一定要老老实实到生活中去。有人问我没有念几年书，没有丰实的农村生活，怎么能够写这些书呢？我说我有一点生活，有着同志们都有的一点生活，但还有另外一些生活。有的同志说丁玲很顺利。但你翻开我的历史看看，不是这样的。我快五十岁了，经过一些艰苦，有一点经历，从自己生活中掏出一点东西，用生命换来一点东西，就这么一点东西；是吃过亏，倒过霉，赔过生命，才得到那么一点东西。书读得不多，但把自己的感情放到书里去了，书骗了我的感情，骗了我许多的眼泪，晚上不能睡觉，骗了我的兴奋，这些代价也换回了一些东西。我就根据这么一点点东西来创作，不想创作什么大的。就这么一点成绩，但这仍有危险。人都是要继续生活下去，一天一天提高，不前进就后退。我感到很多地方不够，心有余而力不足，这个力是各方面的力，没有积攒，老做作家，收入很少，老是支出，净发空头支票，结果赤字太多，这是很危险的！搞创作的人要有雄厚的生活资本，玛拉沁夫很危险，本钱少，招牌大，人家老要货，这样就亏空了。有些青年作家，有一点成绩，不要太在意，不要一说好，就好得了不起了，有点骄傲；年青人总免不了有点骄傲，就怕因为骄傲就不往前进了，而是要使自己更加强信心。我最近听说他虚心了，我更担心，怕他太世故了。要虚心，但不要世故，如世故就糟了。高玉宝一出名，我便替他担心，他叫人捧得太高，怎样下台？他还应该多读些书，我看见高玉宝时，问他："现在读什么书呢？"他说，他正在写书。这怎么行！作家不能老写自己的历史，年青人要成为专业作家还不行，东西太少，生活不够。鲁迅说过："社会能把人捧死的。"稍微有一点东西，记者就跑来了，这个那个都来，要你写创作经验。我曾告诉过陈登科，不要写创作经验，因为你没有什么创作经验。这一类文章，我就不写，就是写了，别人也得不到什么有用的东西。如果你真正觉得《桑干河上》好，你就要从书中得到东西，不是从创作经验中去学习，根据别人的经验来进行自己的创作是不行的。《跨到新的时代来》要印，但我觉得没有什么新东西，那是我编《文艺报》时，没法子，便硬写了一些，现在看起来，我写得不好。我们作家有时不太脆弱了？写一篇文章，有人一批评不好就站不起来了，甚至痛哭流涕。若有一个人说好就飘飘然忘记一切了。真正搞创作的人就是一万个人叫好，也要考虑考虑自己的东西是否好。读者来信也不见得那么可靠。有些人被读者来信搞糊涂了，给你写信的人一般不会说坏话，真正喜欢你作品的人却不一定给你写信。你爱毛主席你是不是每天都给毛主席写信？有的人写信夸我们，也许是为了想收到你的回信，这实际上是害我们的。骄傲是不好的，气馁也不好，要有信心。老实说，我们都很危险，只要稍微懒一点，马上就要掉队。什么都如此，一满就不能再装东西；已有的也会旧起来，不可能再成长了。所以一定不能满足，不自满就可以装一点新鲜东西。

我有一个感觉，从李涌及有些人身上觉出来的，就是现在有些搞文学的年青人，看法很简单，接受问题太快，解决问题也太快，往往你还没讲完，他就明白了，而且也真的讲得很对；可是完了就完了，完了就把它放下了，以后就不再去想这件事了。他不注意问题的本质，只注意解决问题的方法。在生活中（方才邓友梅说他活了二十岁尚无一个人物），你和人物接触，他的眼光、手势，一握手就有各种情绪，生活中的一个动作就表示一个人的一定的情绪。我们到生活中去就是要注意这些东西，我们不能很快地一下就知道这是什么人？他要怎么样？而要细细地从旁边去观察。我们平常要养成注意这些的习惯，看人，看问题，研究人，研究事都要快，感觉快也是一个天才。对事物反映快，但不能一快就把它归纳于教条中。就是说感觉快，不一定马上就用教条道理来说明这件事，而应该先把它放在那里，这也是一个习惯。在生活中不是很细致、很形象地看一切东西，只是抽象地把问题都解决得很快，这样的人搞创作也很成问题。有些人讲话很具体很形象，使听话的人感觉到当时的味道，这就是有文学的气味。有些同志太简单了，李涌本身很可爱，性格明朗，但是不是太简单了？一下问题就解决了，不是经过反复的思考，从当中得到一些东西。这个问题看起来很简单，但在创作上是很重要的。人物没有很好地在脑子里酝酿成熟就觉得好了，只是写得快、多，腹稿打得不够，马上就写是不能把人写好的。这个问题也不只是哪一个人才有。现在的年青人的确比我们过去聪明能干，理论水平高，但因为太精明，有时要吃亏，智者千虑必有一失，一切都计算到了，却忘了最重要的东西。这不是一下子能够解决的,也不是一堂课一席话就能解决的,"与君一席话,胜读十年书",但这只能是启发,实际作还要靠自己。人物是慢慢形成的,是平常看得多积累起来的。邓友梅是聪明人,我担心他会不会吃点聪明的亏。不过没关系,人总是要翻几个筋斗,不翻筋斗长不大。翻也要踏踏实实地翻,摔了要感到痛,不然还得摔。有些作家虽年青,但不一定就没有人物,只是人物可能还没有完全形成或还没有组织起来。要创作人物要花时间,创作典型更是要概括很多人的。典型不是把许多人身上的东西都加到一起来写,不是把这个人的这点,那个人的那点凑起来而创作典型的。如果我了解玛拉沁夫,那我就尽量地写他,把他身上可能发生的种种事情都写出来,这样写,才能更突出更完整。

记生活手册,各人有各人的办法。我是既无手册,也无日记,很少拿笔,若拿起笔,就是写文章。有人讲他一记就记了几十万,记笔记很有好处,如刘白羽同志,他晚上睡觉以前一定要记,这有好处,可以帮助记忆。我鼓励大家记,至少可以帮助大家练习文字,你们喜欢多记就多记,觉得没用就少记。关于语言问题,也是这样的,记老百姓的语言也是如此,有人把老百姓的话记在本上,用时就翻翻。但我们写人时,要看这个人应该怎样说,就让他怎样说,而不能根据笔记本中记下来的写。我不大主张用方言土语。有些土话在对话中还可以懂,但行文时就不易看懂,最好不用或少用。《太阳照在桑干河上》虽然土话不多,但有些字眼还可以去掉。

很对不起,耽误大家一个上午的时间,只讲了些小问题。有些问题还是到将来大家自己来解决。我有一个建议,听说大家对"文艺学"有意见,我过去还没听过这个名词,到北京以后才知道,我的意见是:不管哪个同志讲,我们知道一些东西就算了,学习《水浒》也是如此。聂绀弩也是花了很多考据工夫的,我们知道一点就行了。我们读书不要读得很死，现在有些人总想一下子把所有的书全啃清楚，对"文艺学"也是这样。我们听一听，了解一些道理就行了。有些东西，我们不要成天钻到里面死抠，抠来抠去解决不了问题，反而抠出了新问题，越抠越多。"文艺学"并不能完全解决你的创作问题，陈登科没听文艺学，他也写出了《杜大嫂》，到了这里，听了萧殷讲了以后，才知道还有一个"典型"，但他听了典型以后，也不一定就能创造出新的典型。有些事情，我们是了解了解就行，不能把圈子兜得太多了，搞创作就是要注意我们生活中有味道的东西，看作品也是要看看里面的生活。

本文为作者1954年6月29日在中央文学讲习所的一次讲话

选自《丁玲全集·第七卷》，河北人民出版社，2001年

生活、思想与人物
——在电影制作讲习会上的讲话

电影局负责同志要我来谈一些有关创作的问题,我想:如果要来谈,是应该整理自己的经验、心得,同时也应该从当前很多人的创作里面发现问题。我过去因为工作关系,经常接触一些搞创作的年青的同志,好像感到了一些问题,写了一些文章,其中有否错误,还需要检查。近年来因为自己要创作,注意别人的创作问题就比较少,谈得也比较少。所以这次叫我来给大家讲点什么时,脑子里事先没有什么准备,实在有点踌躇,怕讲的不在"点"上。

我想还是从同志们提出的问题中,选两个我比较容易答覆的来讲。我讲的也只是根据我个人的体会和经验,也许是狭窄的,因此只能供参考。

我们的世界观是一样的,我们可以同是马克思主义者,我们所主张的创作方法,即社会主义现实主义的创作方法也是一样的,但我们每个人的创作都有他自己的创作道路,每个人的表现手法都不一样,各人有其自己的风格和个性,每个人的生活也都有他个人的生活方式和方法。尽管立场是一样。如果你是那样生活的,我也仿照你那样生活,那是不可能的,也不必要。两个人的性格不一样,对具体事件的着眼点不一样，对事物理解的深度、轻重也不可能一样。所以即使我们两个人同时在一个地方生活，我看见的东西和你看见的东西，我们所感受和能被启发的东西就不会相同，同样的我们在写作上，也是各用各的语言，如果我们要完全模仿谁，也不必要，但可以吸收别人的经验（当然向古典文学，向苏联文学学习都不在话下）。因此我所讲的，只能帮助你们联想起你自己的东西，巩固它，或者批判它。

首先，我还是讲到群众中去落户的问题，这是你们提出的第一个问题。生活的点和面怎样结合？是否生活面可以宽一点？是否除了到群众中去落户以外还有什么体验生活的办法？这些问题都是从我那篇《到群众中去落户》的文章引起的，我想那篇文章可能说得还不够清楚，现在再补充些意见吧。

我提出来要"落户"，主要是针对着像我这样的人，还包括长期生活在文艺界小圈子里、长期在上层活动的人，或者是一些在创作组里靠下去采访回来写作、很少深入群众斗争的人来说的。我自己认为：所谓真正去"落户"，是从精神上来讲，要我们的精神、情感和群众能密切的联系，同群众息息相关；并不是指我们搞创作的要永生永世住在一个村子里，把我们的户口放到一个村子里去住一辈子就算落户了。户口放到什么地方是不关紧要的。我现在住在一条巷子里，我的选民区属于我住的那一区，那里有我的户口。可是我是不是真正同我住的那条巷子发生了关系呢？没有。我住在那条巷里很久了，同那条街的群众实在没有发生什么关系。所以要说住在那里就算在那里"落户"，那完全是从形式上看。我所说的"落户"，主要是指：我同我所住的地方的群众或者是我去工作的地方（这里当然不是指机关或创作组里）特别是我们要描写的工农兵群众的生活和感情是息息相关的。不是一个人要老住在一个村子里面。现在要我们老住在一个村子里面，是办不到的，而且也不一定就好。

我们要是长时期的住在一个村子里，我们虽然能帮助他们做很多事，我们能得到很多愉快，但是同时我们也一定会感觉到不满足。并不是我们不满足那里没有新房子、没有暖气、没有电影看。重要的是我们对自己要写的东西还会觉得理解不够深广。而且我们长期只看到一个村子里的事，那我们的经验也会是很狭隘的。因为我们接触面缩小，接受新事物新问题少，我们对一个村子里的问题一方面会更熟悉，但对它的批判也会一天天的固定，不易提高。因为我们同更广大的群众、广大的社会，更集中了的问题疏远了。但，相反的情况，也是不好的，如同我们只是和抽象的所谓广大群众有联系，或者我们跑到那里都是很浮浅的关系，东跑跑，西看看，到处都知道一点，什么问题也摸着一些，可是那里也不深，也没有亲密一点的关系。例如我们到鞍钢去参观一个月，同鞍钢负责同志谈话，我们可以了解一些目前我们工业方面的问题。我们跑到生产合作社住几天，我们会懂得一些今天农村里互助合作方面的问题。这些对我们都有好处。但依靠这种办法去进行艺术创作，是不行的。创作，根本的问题是要写出人来，要写行动里面的人，要从很多行动里去塑造人物。要这样，我们就必得有一批我们非常了解、非常熟悉的人物。如果我们深入生活在一个地方，对张三、李四这样几个朋友很熟悉了，那我们将来到另一个地方，见到另一个人，马上会觉得，啊！这个人像张三，再见到另一个人，啊！这个人像李四。因为张三、李四原来和你就很熟，他对你理解新认识的人有帮助，而这新认识的人也同时又丰富了你所熟悉的张三或李四。这时你若是写东西，写别的人写不出来，要写张三、李四这样的人，你就一定可以写出来。并且比原来的张三李四更集中更典型，如果你脑子里原没有张三、李四这两个人的底子，那么见到相像的人，你也是不容易理解的,也是不容易写出来的。所以我们必须有这样一批非常熟悉的人,作我们的底子。我在那篇文章中说:"我们熟悉自己的对象,要像我们小时熟悉自己家里的叔叔、伯伯、哥哥、弟弟那样。"要这样就必须到群众中去落户。有些人当然可以不一样,他没有脱离过生活,他在农村中长大,或在工厂中长大,或在部队中长大,他们脑子里早有一批出色的模特,那就不在我说的范围里,我是指那些脑子里还没有——或者脑子里有一批人物,但是影子很浅的人。这样的人,他一定要到一些地方去,要同那里的人把关系搞得像自己的亲人一样。而且不单是你对他好,要他对你也像亲人一样才行;假如我到农村去,有一个老太婆,我对她非常好,非常熟悉,我对她的确像对自己母亲一样,但她并不把我当闺女看待,那也还是不能了解她。非要作到你把她当母亲,她把你当闺女,互相有这样的感情才行。要这样,你就得长期的给她什么,给她感情,将心换心,你要找她,管她的事,给她出主意,帮她的忙,诚心诚意的对待她,直到有一天,她觉得和你是平等的,她完全信服你了,这样,你这个朋友才算交定了。就是交定了这一个朋友也还是不行,你以为你为她化了很多工夫,她就有一篇小说给你,那里有那么便宜的事?或者以为她就有个人物给你,你将来就可以写她,也完全不是那么回事。也许她并不是一个人物,她什么也不是,但你还是要化很多工夫对她,而且不只是对她一个人,还要对这个、那个……我们小时候在家里一二十年,也还只熟悉了那么几个人,如果你同你写的对象,不是比较有长期的生活关系,结下了"不解之缘",那么他对你是很容易断掉关系的。你的那些朋友,应该是真真的朋友,不管你以后碰到什么事情,你也会联想到他们,你同他们的关系才能稳定下来,他们才能成为你书中的真真的人。

现在我们一说到写人,就会想到典型性。所谓典型,决不是东取一个人，西取一个人，把张三、李四、王五"加"起来，或者"乘"起来。也不是我们先从理论上来了一个典型，再用生活中的这个那个去拼凑；我以为我们是写我们熟悉的人，写脑子里面原有的人，写我们自己喜欢的，或者不喜欢的人。也就是说写自己发生过感情的人。以这样的人作为创作的模特，我想如果你对自己所写的人物，在脑子里完全没有一个模特，只是从理论上一条条拼凑起来的、综合起来的人的话，那一定不可能写好的。那么，你所写的是不是完完全全就是你那个模特呢？不是的。你是从那个模特得到启发，得到理论的认识，又由于理论，联系到很多具体事件、具体人物来补充这个人物，不，不是补充，而是给以创造（有时候也会有首先从思想中决定一种典型，才去创作的，但不是凭空从理论的演绎上说明人物，而是一个思想勾起你的许多生活经历而联系起你的人物来的）。这个创作不是空想，不是纸上教条，不是脑子中的书本，而是活生生的现实，是活的人，并且是作家的世界观里面就早已有了定评的人物。

因此，我说"落户"，不只是住在一个村子里。因为我们要熟悉很多人，要有一个地方是比较熟的，另外还要从很多地方很多人物丰富自己的人物和社会景象。这是我们不能只住在一个村子里的第一个原因。

其次，我们要写生活的变化，要写在生活变化中的人物，他们决不是孤立的，他们和周围的事物都有联系。比方你写一个生产合作社，这个社里面的问题，就同我们国家的整个生产互助的政策有关系，和其他方面也有关系。因此作者必定也要熟悉与他所写的对象有联系的东西，也就是说你必须了解的更广泛才行。这是第二个原因。

还有，今天我们所要写的人物最本质的东西，不是恰巧就从某一个人里面或几个人里面完全体会到的。如果你要在你所写的人物身上，有一种坚强的战斗力,一种生活力,一种克服一切困难的向前的力量,而这种内在的、昂扬的东西,决不是你可以凭主观去臆造,或仅仅从一个小圈子里的人物身上去体会,或者就是只凭自己的经验去写;也许自己的经验就还不够;也许这一个小圈子里就还缺少这样的人;也许你所了解的人里面,有这种精神,但是他的这种精神还不十分饱满,所以你必定要熟悉比他更高的人,特别是要熟悉人如何在生活中,在复杂变化的生活中受锻炼受影响而提高他的品质。我们在一个村子里,熟悉了几个先进分子,但我们如果更能体会到志愿军里面的英雄人物的品质、情感,不也可以用到这地方来吗?因为这种英雄的新的品质与他的阶级品质是相同的。只是他们在不同地方的具体表现不一样而已。因此我们要体会很多这样同类型人物的内心,你要不体会的更多,你就会把你要写的人物的内心精神世界写得不够宽广。

其次,谈谈我们的写作对象,我以为还是要稍稍有些固定。比方我是写农村的,我就要用长一点的时间放在农村生活上,我也要去工厂、去部队,但到工厂、到部队,也是为了丰富我写农民而去的。你原来熟悉部队,那你最好还是写部队,你去农村,也还是为了你写部队。因为部队里面的很多人,也是从农村来的。如果不懂得农村的变化,也就不懂得战士是怎么来的,他为什么要当兵,不在家生产;同时你也要到工厂去了解,去了解无产阶级的思想感情,这是很重要的,我不同意把作家分为农村作家、部队作家,作家主要的是表现社会,但在我们作家生活非常不深入这一点上说来,有必要有个重点,不要一会跑这个地方,一会又跑那个地方。我看见我们有些好心的人,听说合作社很重要,赶忙去,一会又去工厂,一会又上部队,什么都重要,什么都写,什么也没写好,飘得太多了些。当然我不是说绝对只写一种生活,而是说不要见异思迁,不要赶浪头,东赶西赶,什么都落空。

跟这个问题有联系的，也是你们要知道的一个小题目，讲讲我自己的经验。讲老实话，我是哪一"行"都不行。农村不熟悉，城市也不熟悉，所以我经常讲，在创作上，别人是虚心，我是心虚。最近几年来，为什么我老不动笔呢？虽然我脑子里，也有一些人物、有一些题材，但是一想到把它写成作品，总觉得不够，总想不出那么多的事，那么多的大事小事来把我所想的人物写出来。

在延安时，我有一个计划：想写一个长篇——写陕北的革命，陕北怎样红起来的。想写那些原是很落后的农民，在革命发展中，怎样成为新的人。我跑到过去闹革命的地方，那里真是些三家村，三家一个村，五家一个村。一个村在山上，一个村在山下，上下起码五里路。我就那样上下跑，大雪天相当冷，我还是跑到这，跑到那。我下去了很长时间，回来后只写了两章，写不下去了。为什么写不下去了呢？那是因为在写这篇东西时，我有一个想法：想用像《三国演义》那样的办法来写。但要那样，就要有很多的事，一件事，又一件事的写下去。而且那些事使人看到都很有趣味。通过这些一件一件的事，慢慢地把人物突出来，而不是靠作家出来替人物说一大通。我们都记得《三国演义》有多少事啊！他写一个孔明写了多少事！写一个刘备写了多少事！每一件事只写三五行，但是在那件事中，人物是什么样子你都会记得。我想用这种形式写，可是我实在没有那么多事。因此，写了两章，写不下去，搁下来了。这说明我对农村了解还不够深。

对城市我也只是过去的一些印象和知识，并不深入了解很多生活。后来到张家口时，要离开老解放区了，要离开老区的群众了，这时我突然感到我对不住他们，我还没有写出他们，我忽然觉得同他们有分不开的感情，我不愿到新的地方去，而这时那些张三、李四都出来了，都要求我写他们，我才发现我究竟对延安的农民也有点熟悉了，和他们有了感情。在老区住了八九年，到底没有白住，不知不觉的有了些熟人，有些人在脑子中生了根，于是我决心再回到农村去。正好这时党中央的"五四"指示下来了，我便去参加土改工作。三年中只认真的搞了两个村子，就是这两个村子，对我创作上、感情上起了很大作用。特别是在石家庄市郊的村子里，我感到收获比什么时候都多，更舍不得离开这个地方，真想在这里工作一辈子。后来我只要看到报纸，讲到别的农村事情的时候，我就想到那个村子，想到这个政策到了那个村子，张三会怎样，李四会怎样。我经常想去看看，看看那些熟人，想到很多人都一定更好了，就禁不住欢喜；有时又有些怕到那里去，我怕有些人，那些我曾经用心培养起来的人，万一有了变化，万一他现在落后了呢？

就是这两个村子，使我到北京这么多年不想改"行"，我也想过改"行"，领导上号召写工业建设，而且我觉得写工业建设也很重要。要讲熟悉农村，那很多人比我强。写工业，我虽不太熟悉，但对城市总算还住过许多年。很早以前也到过工厂。但是我终于没有改"行"。

今年春天我到桑干河去，村子里很多人都还认得我。八年了，我变了很多，但是他们还都认识："你不是那个谁么？"他们不会忘记你，他们记得你比你记得他们还要深。虽然你感到自己没有做什么，可是在他们生活里却起了多大变化！我有这么多朋友，你让我丢下他们再去找新朋友，我感情上有些不愿。虽然我的生活不够深，那里的朋友不算多，可是，就这些人已经使我舍不得离开他们了，因为我和他们一块战斗过，我满意那里，因为在那里我发现了力量。那为什么我不更深入下去呢？这是我现在的情形。我以为我们如果没有发自内心的热爱，只是为了找些材料，是不可能进行艺术创作的。

底下讲另一个问题：

有些去体验生活的同志，认为他们所体验的生活本身就是公式化、概念化的，因此无法写不是公式化、概念化的作品。形成这个现象的原因，一些同志认为有两个：一个是生活不够深入；另一个是体验生活办法有问题。大家不满意这样解答，希望我发表一点意见。

现在我发表一点意见。

生活里边有没有公式的地方？我想生活本身是生动的、复杂的、充满了战斗精神，而变化很快，是没有公式化的。但是，现在生活里边的确也有公式化的地方。前两天我听到有人说农村公式化可以，工厂公式化可以，军队公式化可以，只有我们搞创作的，公式化就不行。其实一切的生活里公式化都不行。打仗如果公式化还能打胜仗吗？当然，也许每次战斗之前，都要动员、讲话、开大会，但这哪里是公式化，这只能说是工作的程序。你知道就是在这些会上，每个人的思想活动都是千变万化的，每个人不一样，每一次不一样。但是生活里边也出现公式化，比如在下边的工作干部，有的人由于水平低，不知道深入群众，浮在表面，只知道行政命令的老一套工作方法，又简单，这就难免工作停在表面，遇到我们下去体验生活的人，他本身也是浮在上面，只做一般表面的了解，当然就只能看见一些公式化的工作，而他也以为下面的生活就是这样。他根据这些就来创作，怎么能不概念化？真这样倒好像只属于个人创作的事。但这里常常也会有些可以担忧的情形。我看过我们的影片，我觉得有些影片就使我有些担心。比如我们的影片也讲恋爱，而那些恋爱表现得实在不高明，一写到两个人遇见了，简直无话可谈，他们和社会生活可以全然无关，社会上一切的事都不可能成为他们谈话的资料，只能说："咱们竞赛吧！"或者送一个笔记本。当他们工作的时候，他们便想起了恋爱，可是爱什么呢？这都是千篇一律的模型。生活里本来有恋爱，有很好的情致，有崇高的理想，有各种各式离不开生活变化的表现形式，可是我们不知道，看不见，把它写得那样单调、平凡、枯燥。可是我要提醒大家一句，文学艺术的任务，它是教育人民怎样去生活，怎样过有意义的生活，怎样工作，为什么去工作，怎样战斗，在战斗中怎样提高自己，提高一个人的品质，提高他的精神生活。现在我们的人民是在新的生活中，生活变得很快，他们常常需要有范例可模仿，需要军师，需要帮助。于是他们找小人书、连环画、电影、文学书籍，可是在这里我们表现得很公式，只有一些概念，也许有的群众能批判，他就不要我们这些东西，可是也有不能批判的群众，他们就照着办，就依照着我们书里面、电影里面所提倡的公式化的生活去生活。这些生活转过头来又供给我们去"体验"生活的人作为材料。我想也许这种担心是不合事实的，希望是不合事实，但我们拿来警惕自己，也会有些好处，我的确以为，我也看到我们生活中有公式化的东西。这些公式化都是我们做工作的人搞的，我们还很满意这些。有，并不可怕，怕的就是我们自己喜欢这些东西。我们并不想多知道人，多知道社会。我们爱面子，不敢真的深入生活，却又要装得很懂，那就只好用简单的、怎样也打不倒的条文去套一切，而像念咒语似的老念着。

另外，我们的体验生活方法也有问题。这个我在《到群众中去落户》那篇文章中也讲过了。我是不同意这种传统的说法——甚么下去体验生活。好像我们和生活有距离，要到生活里去体验一下。这样实际上等于把我们同生活隔离开来。事实上应该是我在这里生活、工作，就在这里战斗，在那里工作、生活，就在那里战斗。我们不是到那里去"体验生活"，而是到那里去生活，去战斗！在那里就是那里的一员，不是旁观者。我在这里生活，就在这里战斗，这里就有我的心得；然后写我最感动的东西，写我思想中的东西。但是中国的知识分子，都是小资产阶级出身,沾染的资产阶级意识很浓厚,因此更需要到工农兵的斗争生活中去,又去理解工农兵的思想感情,又去改造自己,所以我们应该主动的争取下去生活,而不是觉得随处都有生活,浮在上面。不管我们在哪里过日子,我们都要发表自己的意见,成为那儿的积极分子。不是讲教条,讲空话,而是参加里边去,提供意见。不是居高临下的教训人,指手划脚的申斥人,这样不是负责精神。你吹一通、讲一通容易,但是人家不一定能照你这样做。

不要使人家非尊敬你不可,大干部下来了,叫人可怕。比如我,我常常要想到这个问题。我到个县上去,这个县的干部如果不理解我时,那他对我会要有些顾虑,要谨慎些,他想:这些作家们,会不会抓住几个缺点,回到上边随便汇报一下,或者写一点讽刺文章,这些事的确使他们头疼咧!他们有顾虑,就会有戒备。我们不管到哪里去,要有警惕,不要让人家怕你,要让人家感到你是可以亲近的人,可以交朋友,可以帮助他的工作,可以出主意的人。我们如果见到不对的地方,也要批评他们,但这个批评是要经过仔细研究和考虑过的,不是随便乱说,我们要把人家看做平等的、完全平等的。当然有些地方也许我们知道得比他们多,看的比他们深一点,那就好好的告诉他们,而不是教训他们。帮助他们也是平等的同志的帮助。这样对我们也是个学习,学习到很多新的问题和新的东西。我常觉得一个知识分子,主要是向群众学习,学习他们老老实实朴朴素素,长期的、艰苦的工作精神。何况我们还有很多缺点。样子不同,说话不同,我们再没有负责的精神,他们就会更看不惯,他就认为你是作客的,跑一趟就走了。我们要让人家看到:我们还有缺点,并且在改变这些缺点。我们不要以为自己永远都是正确的,一个人永远正确简直是不可能的。我们要让人家知道:我是有缺点的,并且在改变着,这才是一个真正的人,老老实实的人,可亲近的人。

我们要体会人家的变化，变化的艰难，我们要颂扬这个变化，而我们也在变化，这样才叫真正打成一片。

最要不得的是：我们跑下去，专找现成的材料，我们决不要有像商人那样的，跑到小市，看哪个可以赚两个钱，哪一个现在时兴，群众要买，挑筋拣瘦的恶劣作风。

我们也不要像官僚一样，像慈善家一样，向人们施舍什么。我们也不要像浮浪子弟，到处炫耀自己，下去时炫耀：我是知识分子，什么都懂，你们是农民，什么都不懂。回来又炫耀：我去了一趟农村，农村现在的问题我知道，你们没有去，你们什么也不懂。来回夸夸其谈，好像他什么问题都懂。

这些做法都是骗人的，吓唬人的。

不要骗人！最好是老老实实的，坦坦白白的，诚诚恳恳的，谦虚谨慎的，热情的（一定要有热情）拿出自己的劳动来。在哪个地方工作，就要把那个地方工作搞好。不要在这里还有什么个人打算，好像干好了，个人还可以拿到什么。创作就不是个人的，创作的结果就是大家的。你做了一个茶壶，这个茶壶就是社会的，不归自己了。

我想，我们的态度应当如此，这样我们的公式化，概念化会少一些。

另外我想讲一点——我很少讲这些，我觉得没有什么可谈，可是你们问我，要我讲一点，那么稍稍讲一点吧！现在就讲我作品中的人物是怎样来的。

我想一个作家他脑子里总会有几个人物，他并不是看见一个人物就写一个人物，他自己脑子里早就有这些人物，这些人物是他长期生活经验中产生的，也是从他的思想中产生的。每一个作家，他至少有几个他最喜爱的人，最爱去表现他们的人物，这些人物是他多少年生活的积累，而且作家总有他自己的理想，他是要把理想放进他所喜欢的人物里面去的。

在我开始写小说的时候，我最喜欢写一种人，写什么人呢？下边再说吧！现在先从头叙说一点材料：我父亲的家里，曾经是一个很大的封建官僚地主的家庭，可是等到我出世不久，我父亲就死了，我们家穷了，我跟着我母亲在社会中奋斗，找出路。我母亲是一个开明的、有新思想的、战斗的女性，可是她在那样年代，却需要非常大的毅力。因为她是一个在封建社会中受压抑的女子。我小时的命运同她一样，我又常常寄住在一些亲戚家里，这些亲戚也是官僚地主家庭。我在懂事的时候，就先懂得了这社会制度的恶劣。后来就懂得一定要推翻这社会才有出路。可是只能自己挣扎，自己找出路，自己斗争。恰巧这时"五四"来了，我虽然没有赶上"五四"运动，但"五四"给了我很大影响，我看见很多和我同时代的人，还有稍微早一点的人，他们都是一些坚忍奋斗，比较深刻，比较懂得痛苦，珍惜幸福而又有些理想的人物。这些人也比较容易理解和喜欢和他们一样具有时代特征的人，我碰到很多这样的人，也就很自然在我脑中形成了一些人物。这些人物都好像是在沉重的压抑下，在没有援助的情况下，在很孤独的心情中，他也要想办法生活下去，这样一些倔强的人物。所以我开始写小说时，就是写的这样的人物。别人说："这是写你自己"，我说不是。我从来都既不像梦珂，也不像莎菲那样多愁善病，我倒是很能快活的人。我写的并不是我自己。我并没有那些事，那些事都是编的。而人物则是我的环境和思想所形成的。在那样的时代里，我会喜欢那样的人。一个人他有了一种思想作主导，他就容易发现在别人身上的这种品质，因为他喜欢的就是这种品质。他在生活里看到一个像这样品质的人的时候，他马上就欣赏他，这个人的长处，他马上就体会到了，对其他人的长处，他就不容易那么敏感。如果你们有兴趣的话，是可以研究一下很多作家的。他们都是有他们各自的人物的，但一个人的思想是经常在变化的（当然也有少数是难变的），知识一天天丰富，他会在理论中接触到许多问题，在这样的时代里，总是同时代一道进步，特别当一个作家有了马克思列宁主义的世界观以后，他对于生活的看法和批评都会有很大的不同。而且生活也在变化，所以也就会有新型的人物产生。我们若去研究每个作家的人物的变化，也可以找出它的线索来的。

我的作品中的人物，也是渐渐在改变的。像莎菲这样的人物，看得出慢慢在被淘汰。因为社会在改变，我的思想有改变，我渐渐看到比较更可爱的人了。因此我笔下的人物也就慢慢改变了性格。我说这些话，就是说明生活对于一个作家特别是世界观对于一个作家是多么的重要。我虽说变了，但这种类型的人物，从我后来的作品中，还是找得到他们的痕迹。像《我在霞村的时候》里的女主角，她是农民的女孩子，不是知识分子，他的成分变了，她比莎菲乐观、光明，但是精神里的东西，还是有和莎菲相同的地方。我很明白这种人物已经过时了。社会制度根本改变了性质，人物的精神世界也根本改变了内容，我极力探求新的人，新人的内心生活。我要去写完全是新的人，像《太阳照在桑干河上》里面完全是新的人，这是指从我的作品来说，这些人物在我过去的书里是少有的。但是还是写进了一个黑妮。虽然这个人物在作品中不占重要地位，可是读者很喜欢她，因为这里面有东西。我收到读者的信，最多的是询问黑妮。尽管作者不注意她，没有发展她，但因为是作者曾经熟悉过的人物，喜欢过的感情，所以一下就被读者所注意了。

我在土改的时候，有一天我看到从地主家的门里走出一个女孩子来，长的很漂亮，她是地主的亲戚，她回头看了我一眼，我觉得那眼光表现出很复杂的感情。只这么一闪，我脑子忽然就有了一个人物。后来我在另一个地方和一个同志聊天，谈到对地主家子女如何处理，一谈到这马上我就想起我看到的那个女孩子。我想这个女孩子在地主家里，不知受了多少折磨，她受的折磨别人是无法知道的。马上我的情感就赋与了这个人物，觉得这个人物是应当有别于地主的。但是在写的时候，我又想这样的人物是不容易处理的。于是把为她想好了的好多场面去掉了。这是说明一个人物在作家脑子里形成后，是如何的根深蒂固，不容易改变。从这里我们可以明白一件事，就是我们脑子里一定要有许多新人物，而且把他们在脑子里稳定起来经常去注意他，培养他。人物都不是现赶出来的。你说我到一个村子里看到一个人，回来就写他，那是不行的。你要写的这个人物，应该是老早在脑子里面就有了的。

我刚才举的例子只说了一种人物，但也还有另一种人物。在《梦珂》里有人物，后来出现在《入伍》里，而在《太阳照在桑干河上》中就又有了文采。只要是你脑子里的人物，只要有机会，你就会写上他几句。所以说人物都是很多年在作家的思想上，作家的性格上，作家的感情中，作家的社会经历中慢慢积累和形成的。当你到生活中去，看到一个人，得到了启发，就把你旧有的人物都勾引出来了。很自然的就把旧有的人物和新认识的人物溶化在一起了。当然，在你今天写他的时候，你会用今天的思想来校正他一下的。我在写文采时，我曾努力克制自己，把他压缩，总想笔下留情。我不愿让他的形象压倒其他的人，我不喜欢他成为一个主角。

写《粮秣主任》也是这样的。我参加了桑干河的土改斗争，敌人到了那里以后，我对那里人的感情更深了。我想到他们经过那样残酷的斗争，死了好些人，我想到这许多人，这许多人的影子在我脑子里早就有了。而这些人又是新的战斗者，这些新的战斗者也同我脑子里那些旧的战斗者结合起来了。我对这些人的同情更多。因此近年来我的小说里，就不能不写这些人。为什么我到官厅水库去，别的人我都没有写，就写了个"粮秣主任"呢？这是因为我同这样的人原来就很熟，就有感情，我一下去就注意他。对那些才成长起来的新人，我喜欢他们，却不像同粮秣主任这样的人容易熟悉。现在我自己正在努力，要在旧朋友之外，多结交些新朋友。所以我很想到新的地方去，结交新的朋友。注意那些情绪饱满、思想比较单纯一些的、新起的人物。《粮秣主任》发表以后，我听到有人说：生活并不重要，重要的是理解生活，丁玲到官厅水库也只去了几天，就写出了《粮秣主任》，而有人下去一两年，还是写不出东西来。我听了以后，当然很感激他对我的鼓励，但是并不同意。我并不是不要生活就可以写文章，也并不是我比别人聪明，比别人了不起，下去两天就写出文章来。那是因为官厅水库那里有我的熟人，有老朋友，问题是在这个地方，在于我过去有点桑干河的生活，过去有粮秣主任那样一个人物。我写的并不真正就是水文站的那个人，他没有那么"文"，那些话也不是他讲的，也不是我讲的，是我脑子里的那些老朋友讲的话。所以我们不要以为不深入到生活中去，就可以写出作品来。理解生活当然是很重要，但没有生活，没有深入的生活，怎么理解呢，只了解生活的一般规律，不熟悉具体生活，还是无法创作的。

我们不要孤立的去看生活，也不要以为只要有分析生活的能力就可以了，我认为深入生活和分析生活是一件事，在生活里面随时都在观察，都有批判，都有分析，才能更懂得生活。不是说我先下去生活，然后再去分析生活。

附带答复一点有关主题的话。对这个问题也有两种说法，一种是：我写什么我并不晓得，我要到生活中去看了，才晓得写什么；另一种说法是：我有了主题了，才下去，下去了再按我这个主题的框子去找材料，找完了材料再来写。对这个问题我是这样看：要写一个什么，开始要有一个主题思想，要没有一个主题作为创作的指导和范围的话，那么宽广的生活，你到底要写什么呢？什么都可以写。所以要先有一个题目，不管这个题目是别人给你出的，或是作家自己脑子里所产生的都行。一个作家脑子里要经常有很多题目。要经常的看到一件事发生了，就很敏感的接触你自己的题目，使你觉得这件事情非常好，引起你非要写他不可。主题是可以由别人出，可是文章得由作家自己原来就有才行，不是拿别人的题目，按概念去找生活找人物。再说我写《太阳照在桑干河上》是不是先有了一个思想，才下去的呢？有的。前面我讲过我到了张家口后，就愿回到农村去，我觉得我跟陕北的农民发生了感情。同时我想写一部关于中国变化的小说，要写中国的变化，写农民的变化与农村的变化，是很重要的一方面。在当时我就有这样一个明确的思想：如果很好的反映了农村的变化、农民的变化，那是很有意义的一件事情。我有这样一个主观意图。当时如果没有这个主观意图，就下去生活，那是没有目的的。有了这个思想我就下去了，下去先到几个村子里，浮面的跑一跑，然后比较深入的搞了一个村子，虽然只十几天，但是是比较深入的卷进了斗争里去了。当时是在那样的情况下，战争马上要来到这个地区的情况下，全国解放战争马上就要燃烧起来的时候，如何使农民站起来跟我们走，这是一个最大的问题。

所以我在写作的时候，围绕着一个中心思想——那就是农民的变天思想。就是由这一个思想，才决定了材料，才决定了人物的。

顾涌的问题也是这样。当时任弼时同志的关于农村划成分的报告还没有出来。我们开始搞土改时根本没什么富裕中农这一说。就是雇农、贫农、富农、地主。我们的确是把顾涌这一类人划成富农,甚至划成地主的。拿地的时候也竟是拿他的好地,有些作法很"左",表面上说是献地,实际上就是拿地,常常把好的都拿走了,明明知道留下的坏地不足以维持那一大家子人的吃用,但是还是拿了,并且认为这就是阶级立场稳。在这样做的当中,我开始怀疑。有一天,我到一个村子去,我看见他们把一个实际上是富裕中农(兼做点商业)的地拿出来了,还让他上台讲话(当时有些工作也是一会儿"左",一会儿右,拿了他的地又要让他在群众中说话,要群众感谢他,真又是很右的作法),那富裕中农没讲什么话,他一上台就把一条腰带解下来,这那里还是什么带子,只是一些烂布条结成的,脚上穿着两只两样的鞋。他劳动了一辈子,腰已经直不起来了。他往台上这一站,不必讲什么话,很多农民都会同情他,嫌我们做的太过了。我感觉出我们的工作有问题,不过当时不敢确定,一直闷在脑子里很苦闷。所以当我提起笔来写的时候,很自然的就先从顾涌写起了,而且写他的历史比谁都清楚。我没敢给他订成分,只写他十四岁就给人家放羊,全家劳动,写出他对土地的渴望。写出来让读者去评论:我们对这种人应当怎么办?

书没写完,在一次会议上,听到了批评:说有些作家有"地富"思想,他就看到农民家里怎么脏,地主家里女孩子很漂亮,就会同情一些地主、富农。虽然这话是对一般作家讲的,但是我觉得每句话都冲着我。我想:是呀!我写的农民家里是很脏,地主家里的女孩子像黑妮就很漂亮,而顾涌又是个"富农",我写他还不是同情"地富"?所以很苦恼。于是,不写了,放下笔再去土改。

那么顾涌这个人物怎么来的呢?也许是从那个人站在讲台上,拿出那么一条破腰带,这样一个形象一闪而产生吧!但是根本上从哪儿来的呢？还是从我工作中来的。在工作中因为这一个问题我不能解决而来的。从富裕中农这个问题中，就设计了顾涌这一个人物。他是从思想上来的。可是在收集材料之前，还是先有个意图，然后把意图结合了生活素材后，才产生了人物。

在选择地主形象上，同样我也费了很多考虑。有各种各样的地主：一种是恶霸地主像陈武一样强奸妇女，杀人；一种像钱文贵这样的地主。究竟要什么样的地主呢？那时候我手头有好多材料，从这些材料上来看，恶霸地主最多。写一个恶霸地主吧！我考虑来考虑去，我想，地主里有很多恶霸，但是在封建制度下，即使他不是恶霸，只那种封建势力，他做的事就不是好事，他就会把农民压下去，叫人抬不起头来。尽管不是一个很突出的地主，一跳脚几条河几座山都发抖的人，就能镇压住一个村子。我认为：在某种意义上，他比恶霸地主还更能突出的表现了封建制度下地主阶级的罪恶。所以说这个形象（指钱文贵）还是从我思想中来的。思想先决定了，然后选择了他。我常常选择人物都是从思想里来的。

因此，端正我们自己的思想，理解马克思列宁主义，掌握唯物辩证法的观点是我们创作中最重要最基本的问题。时间关系不能再详谈了，道理很明白，作家要真真的解决问题，需要从理论到实践，更需要长期的刻苦努力。我祝同志们学习胜利，并给我的意见以指正。

初刊《人民文学》1955 年第 3 期

写给女青年

一九二八年冬天或一九二九年春天,我在上海刚刚写了几篇短篇小说,先后在叶圣陶同志主编的《小说月报》上发表,在当时的文坛上开始露了一点点头角。记不清是哪家书店请客,我第一次被邀参加。我那时是一个不大喜欢在生人面前说话的人,也还有一点倔脾气,我虽出席了这个人数众多的宴会,但只默默地坐在一隅,观察着这些上海滩上各种流派的作家,和他们之间的热闹的酬酢。忽然,有几个穿着非常讲究的西装、革履、油头粉面的人走到我的座前向我招呼,自我介绍。呵!原来是《真美善》杂志的编辑先生们。我虽然勉强和他们寒暄问答,心里却思索着:"他们找我干什么呢?"因为我自以为我和他们不是一路人。在我那时比较简单的直觉中,尽管他们在上海还是有点名气的一派,也不过比鸳鸯蝴蝶派稍胜一筹,是地地道道的海派。我呢,还说不上有什么派,那时我不是党员,只不过是一个初出茅庐的小作家,在上海没有熟人,又很穷,是只靠微薄的稿费为生的年青人。可我却早就认为我同这些海派没有关系,所以我很矜持。他们告诉我,要出一期"女作家"专号,约请了一些有名气的女作家写稿,希望我也给他们一篇,文章不拘形式,不拘长短,稿酬从优,而且可以预支。是的,稿酬从优,可以预支,又同当代一些比我写文章早的著名女作家名列一起，真是多么诱惑人的好事呵！但，我当时婉言拒绝了，因为我不懂得在文学创作中还要分什么性别。先生们不理解我为什么拒绝，还笑吟吟地解释，哇啦不已，我有些烦了，就直率地答道："我卖稿子，不卖'女'字。"同桌的人，可能觉得我的话不好听，帮助打圆场，他们尴尬地走了。第二天早晨我还没有起床，就听到院子里的铁栏门有人摇晃，有人叫门。我走出来一看，还是头天晚上约我写文章的那几个人。我一见就有点生气，问道："什么事？"他们手里拿了一张纸头，嗫嚅地说道："无论如何，请女士给一篇稿子，现在就预支稿费……"他们说着，就把握在手中的那张纸片，微微抖动着向我递过来。我心中一时火起大声嚷道："昨天不是已经讲过了吗？我绝不给你们的什么'女作家'专号写稿，你们没有得到我的同意就跑到我家里来，太不礼貌了，请你们走吧。"我不理他们，转身回房去了。

后来，那期"女作家"专号果然出版了，里面刊登着五四时期就发表了作品的老的女作家和参加北伐的年青的女兵，还有当时其他女作家的优秀之作，但单只没有我的文章。我一点不后悔，我很高兴，我至今以为我那时的傲气是对的，是应该的。如果我没有这份傲气，在那繁华的上海滩上，以我一个稚弱贫穷的少女，而不为一些小小风头弄得晕头晕脑，最后落得同流合污才奇怪咧！直到现在我也不能同意说那个"女作家"专号真的是为广大妇女说话，解决什么妇女问题。自然，这和当年为"女作家"专号投稿撰稿的人是不相干的。

现在，半个世纪过去了，时代变了，社会变了。去年黑龙江《北方文学》杂志社，出了一期女作家专号，我应约给了一篇散文。现在，南京的《青春》杂志也要出一期女青年作者专号，也约我写稿。写稿，我是乐意的。说些什么呢？

首先，为什么要特别把妇女当成一个值得提出来的问题呢？那就是说，我们这个社会还存在妇女问题，妇女还没有取得同男子一样的平等的地位。本来，按照党的政策，按照宪法，按照社会主义制度，在我们国家里，男女一般是平等的。如我们杂志社的编辑部，在取舍稿件时，决不会先考虑作者的性别的。然而，在什么地方，在影影绰绰的一些阴影里，大家（不只妇女，也还有男同志）又都不约而同的总认为还是有问题，有妇女问题。特别是妇女本身和研究妇女问题的人，总会看出、敏感到这里或者那里还是有问题的。几千年的封建制度和封建思想意识，不可能不影响我们的新社会。每个妇女对此都会有切身的体会，特别是那些奋斗在各条战线，从事各种专业的人。我曾经说过："我懂得妇女的弱点，也更懂得她们的苦痛。"我尊敬那些作妇女工作的同志们，我也感谢那些要使这个世界大翻身，从而创立社会主义理想乐园的战士们，只有全人类的解放，才会不再有什么妇女问题，才能使我们不再为许多不合理的现象鸣不平。

既关心妇女问题，又从事文学事业的热心家，常常会想到女作家，他们惆怅新中国女作家的数量，担心女作家们的成长，他们常常想到要为女作家作点有益的事，这种好心是值得感谢的。

现在有些老年人不相信年轻人能管事，我感到很多事完全可以让年轻人去干。过去年轻人能打天下，为什么不能管天下，如果有更多的年轻人接班管事，我们应该热烈鼓掌。当然对年轻人也要有要求，首先要和群众在一起，要沉下去，把自己看作人民的一分子，千方百计寻求跟社会接触的机会，多结识人，多听人谈话，多参加社会上的活动，多了解大家最迫切关心的问题。写文章不是玩魔术，不是拼凑方块字，好的文章应从心里来，作家心里要始终想着群众。如果不是长期的和群众一起战斗、一起生活，血肉之情、骨肉之亲的深厚感情是不容易建立起来的。人生为了什么？就是为了爱。我们的爱从哪儿来？一定要有共同的生活基础，如果不是与人民同患难共命运，没有共同的生活基础，就不会有真正的爱。我们讲爱国家、爱民族、爱人民，就是立足于共同的生活基础和奋斗目标的。据说，有不少年轻人没有信仰、信心，总嫌我们国家贫穷落后不自由，只讲吃喝玩乐，这是不行的。作为一个青年女作者如果没有信心，那怎么活下去？没有信心就没有爱，而写作的人如果没有爱，就可以把笔丢掉算了。同样的道理，一个人没有信念，没有爱，也就没有恨。十年大乱，国家民族大好河山被糟塌得乱七八糟，大家从心里、从感情上都有怨恨，我们现在有些人写对"四人帮"的恨，有点经验、体会，所以作品写得深切感人。搞创作就要有爱憎感情。

　　再一个，就要多读书。国内国外，古的今的，只要能找到的，都不妨读一读。有比较才能有借鉴，采百花之精，酿一家蜜，即使象陶渊明那样"好读书不求甚解"也好。生活和读书，两者不可缺少。如果吸收得少，营养不够，那么纵然挤出来的是奶，这奶也会一天一天稀薄起来，慢慢就变成白水。人民是不能成天喝白水的。我过去说过，树要它结果，就得上肥，我们要支出，就要有收入，要多生活、多研究、多读书。

　　关于"女青年作者"专号，就说到这里。我想只要我们实现了四个现代化，农业工业生产高度发展，科学文化水平日益提高，肃清了封建思想余毒，加强民主与法制，国家繁荣昌盛，文学事业百花争艳，那么，大批大批优秀的女作家就会象雨后春笋般涌现出来，让我们为这一天的早日到来而团结奋斗吧。

一九八〇年八月末于南昌

初刊《青春》1980 年第 11 期

谈写作

我不习惯讲话,也没准备讲话,原来只以为是与少数同志见见面,大家座谈,现在看样子(会议室人较多)是要我讲话了,而且熟面孔不多,生面孔多;我不了解你们,你们可能了解我一点,但是你们又不讲话,你了解的不讲话,叫我这个不了解的讲话,这都将是无的放矢哟!所以我会讲得大家都不愿意听。

深入生活

我这个人,喜欢交朋友。但是交朋友我不喜欢拉拉扯扯。交朋友就是平等相待,以诚相处。我正在写一篇关于毛主席的文章。毛主席有一个特点,就是使你感觉到你坐在他面前是平等的。我想,到过延安的人,和毛主席接触过的人都会有这样的感觉,他没有一点领导的架子。你在毛主席的面前敢讲话,敢讲不同的意见,敢讲自己的毛病,不怕他揪辫子。我在延安的时候,毛主席就跟我讲,你不要只到我这里来(过去我只上他那里去的),你还要到康生那里去一下。我说我同康生有什么关系呀?我要到他那里去干什么?现在我了解他跟我讲话的那个道理啦!康生在背后整我。我想我和康生两个人风马牛不相及,我去看他干什么？我也不喜欢看他那个半洋鬼子，穿上高统马靴，戴上猎人帽子，拿一个马鞭的样子。我想我不去，也从未去过。我喜欢不摆架子的人，我自己也不会摆架子。我最喜欢我是许多人里面的一个，作为群众里的一个，我就自由啦。现在似乎有点不自由了。最自由的是自己是那个里面不被注意的那么一个。过去我不大讲话，在人多的地方我坐在边上，少说话，我就可以多观察人。因为我是要看人的，要了解人的，要写人的。所以我不大喜欢表现自己，而自己坐在边上，听人家的，看人家的，揣摸人家的。

我是以什么东西来交朋友呢？我觉得有两个东西：一是文章，以文会友。我喜欢你的文章，你喜欢我的文章，我们不要多说，说一两句就互相了解啦！你读过我的书，你对我的文章的好处、坏处理解到点子上，你说得对头，我高兴！我也喜欢你的文章，但是我也能够看出你的缺点来，你也能听我的。这样我觉得我们不一定要成天守在一块，我们不一定要信来信往，我们是心有灵犀一点通，我们是通的。我喜欢交这样的朋友。二是以情会友。我喜欢有真性情的人，不虚伪、不耍两面派，不搞阴谋，是个光明磊落的人。这种人对我的心思，我们可以好的；我不一定喜欢你的文章，你也不一定喜欢我的文章，但是我喜欢你这个人。在朋友中，我觉得柯仲平这个人是有真性情的，他心里怎么想，嘴里就怎么说，他也敢说。他已经故去了，我常常想起他，虽然我并不完全喜欢他的诗，但我喜欢这个人。我觉得他不怕得罪人，他要喜欢一个人，他也不怕人家说，就真心说他好！

他以前的诗是写得好的，后来有点标语、口号，他有热情，但是他没有琢磨如何把那个热情变成诗。和他在一起我们俩是什么都谈的，我们彼此都放心，当中没有隔膜，彼此都可以畅所欲言。

这回我到天津来，说老实话，我不想讲话，老讲有什么好讲的呢？

但是可以认识几个人那是很好的。看几个老熟人，是很不错的。孙犁，天津的老作家，老天津了，老冀中的，这个人，是一个清醒的人，文章写得好，能甘于寂寞，身体不好，还坚持写作。但我对他的文章、对他的人，都有不十分满足的地方。我喜欢淡雅，但我更喜欢火热火热的，我是冷静不下来的，要我冷静，就很不容易啦。因此我到现在还不够成熟。那么他对我的东西呢？我也不知道怎么样，他也没写文章捧过我，也没有到处讲过我，但我总觉得他会喜欢我的文章，因为跟我也喜欢他的文章一样。他会不会喜欢我这个样子的人呢？他也许觉得我这个人不错，但是，性格，我们两个不一样。

我觉得我了解人是应该的，因为我是写文章的人，写文章就是写人嘛！如果你不了解人，你怎么能写人呢？我同农村的老太太睡到炕头上，讲它一天半夜的，我们可以交朋友的。我不认为那个时间是白费了，我觉得她给我很多东西，我从她那里学到很多东西，我很愉快。现在有个困难，就是我没时间哪！我哪有那么多时间跑到这里去，跑到那里去，以文会友，以情会友哪？我也很愿意会一会我原来不太熟悉的人，彼此建立一个最初的、最早的印象。你们对我有印象，我对你们也有个印象。我们这个印象也许是永存的，可以永远留在那里的，但是也可以象流水，一下就过去了的，但是，流水我是无所谓，永存的我很珍贵。

后天就是毛主席《在延安文艺座谈会上的讲话》发表四十周年，最近我写了两篇文章，关于文艺座谈会前后的一段历史，从我这个侧面，讲了一些历史事实。这一篇在《新文学史料》发表，《文学报》转载；另外一篇《到群众中去》，发表在《红旗》杂志上。

写工农兵的问题，毛主席在一九四四年写给我和欧阳山的一封信说我写《田保霖》是我写工农兵的开始，毛主席曾为我们在作风上的这个转变庆祝,他写道:"我替中国人民庆祝,替你们两位的新写作作风庆祝!"毛主席写这封信是鼓励我,其实写工农兵我不是从写《田保霖》开始,在上海参加左联以后,我主要的、大部分的作品都是写工人、农民嘛!但是这封信对我确实有鼓励,当时毛主席不只是写信给我,而且还两次在高级干部会上讲过,陈赓同志见了我就说,今天毛主席又讲了,说你的《田保霖》写得好!说你是写工人的,写农民的,是写工农兵。我心里明白:不是我的文章写得好,我也不是从这时候开始写工农兵的,毛主席说的话是替我开路的。到过延安的人都可以理解。那时审干以后的知识分子、文化人在延安的日子也有点不太好过。康生搞的那一套,对大部分的知识分子都认为有点什么嫌疑。但那时挨整只是开开会。所以毛主席替我开开路,毛主席的鼓励,实际是替这些知识分子恢复名誉!让他重新走步。要上部队去,部队会欢迎他,不会怀疑他;他要上地方去,地方也会欢迎他。《田保霖》那篇文章有什么好呢?就是个开会记录嘛,不是深入生活写的东西嘛!但是毛主席的鼓励有一个好处,就是从此以后,我特别坚定地深入到工农兵里边去。过去你写工农兵,不一定象工农兵,这就是毛主席在座谈会上讲的,你自己的感情没有来一个彻底的变化。在这里毛主席讲到自己思想转变的过程,他是湖南人,穿长袍的,过去穿长袍的人是不挑担子的,他自己过去认为劳动、挑担子都是不好的,觉得农民总还是落后的,后来转变了。毛主席讲这个话的时候,我当时并不十分理解。我说,我从来也没看不起农民吗,我还要什么来个转变呢?事实上我们同农民在思想感情上是有很大距离的。我不是说你能够在农民那里吃他的饭,你可以同他三同,睡一个炕,不是指这个。一个短时期和农民三同是比较容易做到的,但是必须长期地深入下去,不是打一转、走马看花能够了解的。我自己觉得我在这个里面得到很多好处。毛主席后来也对我谈到,他看了我的《三日杂记》,很高兴。他说,唉!丁玲,你能够和柳拐子婆姨睡在一块聊天呀。我在那篇文章里写我同一个柳拐子婆姨聊天,但是从来没有想过我在那里有知己,我的知己还是作家,还是我们文协山头上的一些人,没有事几个人坐在一块聊天。聊天的范围现在想起来实际是很小的,就是谈知识分子的苦闷吧!对现实的不满吧!要不就讽刺这个,讽刺那个。我抒发我的感情,你抒发你的感情,从这里边得到乐趣。经过了文艺座谈会,经过毛主席的鼓励,后来自己认识到,老是在一个小地方,没有什么好处,所以我从那个时候就下决心:到老百姓那里去。

"生不用封万户侯,但愿一识韩荆州。"我那时赞成这个意见。我不想当官,我也不想当主席,只希望有个主席,有个领导来了解我。那个韩荆州是指的上面。后来朱德同志指出:应该到工农兵中去找韩荆州。从那个时候我自己想到,找韩荆州要到下面去,要到人民那里去。即使领导上了解我,但也不能事事都了解,谁最了解我,是老百姓!老百姓不是一个,很多人嘛,他们的眼睛是雪亮的,从下面看上面清楚得很,从上面看下面有时不清楚,朦胧得很。后来事实证明也是这样子的。我在北京的时候,五五年以后就没有人来看我了,谁敢来呀!你是反党集团。只有一个人来看过我,我把他轰走了,我说,你不要来,你走吧!这就是李涌,李涌哇!他是河北邯郸的,愣小子,他当兵出身,打过好些仗,身上有窟窿。他说:我怕什么,我从小就参军、打仗,我在部队里也是三起三落,我怕什么。人家说丁玲反党,文学研究所是独立王国,我在那里念过书,我就没看出是王国。我去看看。其实他同我并不很熟,他愣,他平时不穿军服,那天还穿上军服来的。我说:傻瓜,你走吧!你不要到这里来了,你到我这里来后果你知道不知道?当时他说:我不怕,我不在乎。别人把照片撕啦,我还把你的照片压在玻璃板底下。他的这个精神，我很感谢他！他果真也吃了亏。

其实不来看我又有什么呢，在运动中，一个党员，一个基层领导干部，党怎么说，他怎么听；党怎么讲，他就怎么干。他是一个农民出身，他是一个普通工人出身，他也没有那个见识。现在全国都说你是右派，而他敢说你不是。他有那个胆量吗？没有哇！同时，他也没那个学识，他也不能辨别。

一九五八年我刚到北大荒时，我们那个党委书记也是满厉害的，好党员哪！有一次，他在会上说：我们这里有个右派分子，叫陈明，他告我们状啦！过两天他又说我：我们这里的人就是没有划清界线，给那个丁玲去打开水。其实他错了，人家没给我打过开水。我说，这个党员是个好党员，但是他水平低，水平低不怪他嘛！有比他水平高的，比他还厉害啦，那又怎么说呢！那不是个水平问题呀！所以我仍是对他很好的，我觉得这个人我应该帮助他。我的支部书记也是那个样子，我对他讲，现在你领导我，如果我那里不对你就说话，你监督我，群众监督我，你们就监督我好了，我那里不对要说。可是我也告诉你，我入党时间比你长，我年纪比你大，我现在在底下，你现在是领导，我看到有什么问题，一定要告诉你，我一定要干预，要讲话的。所以他后来常常靠着我，什么事都找我，他有时要跟工人谈话，做思想工作，他说，老丁，你去谈谈好不好？我说这个事该你做！你该怎么谈怎么谈。他说：唉呀！还是你去吧！还是你去吧！所以我觉得，只要你心怀坦白，为人着想，与人为善，你到哪个地方都有朋友，都有了解你的人，都有韩荆州。

我在北大荒十二年交上了一些朋友，我觉得这些好朋友是过去我们在作家里面不容易找着的。我不是说作家没有这么好的人，因为在基层工作的同志，他们都有一个特点，他没有乌纱帽，他也没有什么名誉地位，他敢给你说话。去年我们回北大荒去，一个家属给我一张照片看，是我和他们的合影。一九六五年我作他们的工作，领导家属学习毛主席著作，这一个区家属学习出了名，他们要评标兵，我说不要评，还不够，就没有评。后来他们到黑龙江去参加妇联召集的学毛著的会，省妇联树他们当标兵，他们非要跟我照张相不可，我说，不照，现在不跟你们照相，将来再跟你们照，他们再三拉我照相，只好照了，可是不到两个月，就"文化大革命"啦，那张相就成了问题啦，挂在墙上的，都拿下来。后来抄家啦，大部分都毁啦，但是其中有一个家属一直坚持把我们的合影挂在墙上。人家说你取下来吧！她丈夫也说取下来吧！她说，取它干什么？有人说你这样做是要倒霉的，她说，我倒什么霉呀，我连个工人都不是，我是个家属，我有什么可怕的！谁要来批我，我也不怕。她就这么顶着的！后来他们知道我的问题改正之后，就把这张相翻印了。我去了，送了我一张，那些人每人有一张，同时，那些人都还在，我们大家又照了张相。

我这个人已经七十多岁了，跑到外边闯天下也六十多年啦，我觉得这些感情得来很不容易。这种感情倒不是使我想报答谁，倒不是我就可以躺着什么都不干了。不是。这些感情促使我不要躺下来：你不能躺下来，还有那么多人了解你，支持你，你怎么就躺下来啦！我觉得这些东西都是在文艺座谈会以前我没有想到的，也是没有做到的。

七九年我在文代会上吹了个牛，说，我现在是满腹文章，就是没有时间。我觉得我的文章现在还写得不够哇！两年多来，经报刊编辑拉稿，我写了些杂文不象杂文，论文不象论文这样一些文章。而我自己要写的人，到现在还没写出来，这些人还在我的脑子里老是在推动我：你得干哪，你得做事呀！你不能休息呀！好象有这样一种力量在我身上起作用，尽管我讲的、我吹牛的没写出来，但是我认为只要有时间我还是可以写出来。

关于文艺批评

另外再讲一点,关于批评。我在延安文艺座谈会前写过一篇有名的文章,叫《"三八"节有感》。后来有的搞文学史的人认为延安文艺座谈会之所以召开,就是因为《"三八"节有感》这个火花引起的。事实我最近在《新文学史料》上发表的那篇文章里已经说了,那是不可能的。毛主席那么一个伟人,就因为那么一篇文章,或者甚至说这篇文章是讽刺了他,写了他老人家啦?一点也不是。我写这篇文章,说老实话,就根本没有想到他老人家,我写的是当时当地的事。我那时候也很年轻,还不到四十啦,即是现在我也不会想到,我脑子没有那么复杂,会想到我这篇文章可以得罪毛主席。文章是九号上午登的,下午开三八节会,我做为一个群众坐在底下听讲演,底下的群众一直在嚷:叫丁玲讲话,因为节目里没有我讲话。我说我不讲话。底下就喊,一定要丁玲上去,一定要丁玲上去!上面主席团的同志就说,丁玲你上来吧!丁玲你上来吧!结果我就上来了。我前面有两个人讲话发了牢骚,我上去是第三个啦。我第一句话就说,我不想讲话。你们两个讲话,等着吧,你们一定要倒霉的。果然她俩倒霉了,当然我也倒霉了,我不想说,我还是说了嘛!当时延安那个地方很小,这个山沟连着那个山沟,走一走就走到了,自然会有人背地在嘀嘀咕咕说我的《"三八"节有感》怎么不好,怎么不好!毛主席把我找去谈了一次话。毛主席讲,共产党是喜欢、愿意听批评的,如果我们不听批评的话,我们这个党就完啦!你批评了是好的。我也在批评。什么"墙上芦苇,头重脚轻根底浅;山间竹笋,嘴尖皮厚腹中空"。他骂教条主义骂得也够厉害的啦！毛主席讲，我也批评嘛。你批评没有什么不好的，可以批评的，但是要看对什么人。我们批评共产党人是自我批评，是我们自己人的批评，一定要先充分说人家的好处。他说：你看我的文章先说他们做了很多工作，主要还是有成绩的，是好的，然后我再批评缺点。你这篇文章就没一点肯定人家，好象是人家一直就不好，这就不对了。应该与人为善嘛，与人为善就应该充分估计人家好的地方。这次谈话，一直装在我的脑子里，我在后来批评人或发牢骚时就特别注意。我现在没什么牢骚发了，过去经常有一点牢骚，也有时替别人发一点牢骚，喜欢打抱不平。《"三八"节有感》也是替人发牢骚。我后来在批评别人的时候倒没犯什么很大的错误。七九年《北京文艺》有篇文章不指名的批评我，说我过去也是一条棍子，批评过萧也牧的小说《我们夫妇之间》。它虽没有点我的名字，但用了个女字旁的"她"，我心里明白，指的是我。因为一九五三年我在《文艺报》发表过一篇《作为一种倾向来看——给萧也牧同志的一封信》。一九七八年在山西乡下，曾重看过一遍，当时我跟老陈（即陈明同志）讲：我现在恐怕写不出这样的文章来了，我觉得这封信是很有感情的，对萧也牧是爱护的。我是说他那篇小说的倾向很不好。他写的那个工农兵——他那个农民老婆，他是说她好嘛？他是讽刺她，他是在那里打趣她。他自己觉得他老婆好，他不好，是假话。实际上是说他高明，他了不起。我觉得这种文风不好。《人民文学》把这个作品当做好作品发表，当时我虽认为不太好，但没有吭声，没有写文章。后来我离开北京到了南方，陈企霞找冯雪峰写了篇文章，这篇文章立场是好的，态度是严肃的，但过分了一点，引起了一些人的反感。《人民日报》编辑部开会，一位文艺领导人就在那里说:《文艺报》的路线错了。陈企霞要组织《文艺报》的通讯员们座谈，来证明冯雪峰的批评是对的。刚好这时我回来了，我说：不行，你这样组织一部分人写文章座谈,不能解决问题,反而使不同意你的意见的人更加反感。这样不就成了"派"了!我说,这不好,我来写文章吧!

促使我写这封公开信还有个原因:当时上海有人要把它拍成电影,大家把这篇小说捧得很高,我觉得这个倾向不好,不说不行了,才写了这封公开信的。

萧也牧和我们很熟,关系也很好。在抬头湾的时候他还帮我抄过稿子,《太阳照在桑干河上》有些是他和另外一位同志帮我抄的。文章中我肯定了萧也牧确实是一个有才华的作家,过去写过一些短篇,写得还是很好的。所以我说:那不是棍子!如果这样的文章说是棍子的话,那就说明以后不要批评!即爱护人家的文章也不能发表了,那只有捧场了。你也好,他也好,大家都好啦!那文艺工作怎么作呀?作家还要不要帮助呀?因为一个作家垮台没什么稀奇,我们这么大个国家,一个作家垮台有什么稀奇,但是也不应该用这个态度让他去垮台,我们希望谁都不垮台,谁都能够往前走。因此,毛主席跟我谈话以后,四十多年来我对于批评还是比较谨慎的。

文学的语言

另外再讲讲语言。现在有些作品不大讲究语言。我再说一说《红楼梦》。我说《红楼梦》的语言最好,但是它的语言也最平常,它没有奇怪的话,没有歇后语,也没有讲杯子连着壶,壶又连着什么一连一大串。它就是普通话,但是你总觉得每一个人物的腔调、每一个人物的个性,都从语言里面出来了。你听:帘子还没有打开,一听讲话就知道,啊,是凤姐来了!林黛玉就是林黛玉的话,薛宝钗就是薛宝钗的话。他们的讲话都是个性化。作家的行文也是普通话。前些日子我读陈建功的《丹凤眼》，我觉得那里面的语言还是不错的。这部小说是写矿工生活的，用了一些矿工的语言，我觉得很有味道。一听就知道是矿工的话，不是知识分子的，不是作家的。我想，要让我写，我就写不出这个语言来。但是我们不能把一些普通老百姓的任何讲话都运用到行文里面。我们要写一个流氓，这个流氓的腔调要象一个流氓，但是我们不要把流氓的语言，用作我们作家的语言。不能把群众的语言都拿来不加选择地用到我们作品的行文里。人物说话也是那个样子，从头到尾一种语言，所写人物就缺乏个性。如果一个作家都用一个腔调说话，而且油腔滑调，那么你这个作家好象是一个蹩脚的相声演员，我就不觉得你是个文学作家了。说得好也没有什么味道。所以，我们现在要考究运用语言。这算我对年轻作家的一点希望吧！

我对老作家也提一点意见，我们有的老作家，对当前作品读得太少，我就是一个。"知己知彼，百战百胜"嘛。我没有看人家的作品，不了解人家到底有多少本领，他的本领表现在什么地方，你怎么能向人家学习？我读了张洁的《沉重的翅膀》以后，觉得她的联想快得很，丰富得很，她写这个茶杯就马上拿那个东西形容这个茶杯，这个人的脑子非常灵。我们在这个地方要学习，要向新的学习，老守着旧的一套，容易故步自封。但张洁在她的创作道路上，也仍然存在问题的。我了解兵我就写兵，然而兵现在也变了，过去的兵是农民的兵，现在的兵是学生兵了，兵已经换了。所以，我们要象一块海绵一样，放在什么地方都吸收东西，我们要多学人家的东西才好。说老作家僵化，我觉得我们应该警惕，这个东西不去掉是不能进步的。

另外还有一个问题，现在好象老作家都想写书，都在埋头写作，不问世事。这恐怕不行。这不是脱离群众嘛？你虽说了解过去的群众，可你不了解现在的群众也不行呀。你尽管不写现在，你也得了解现在的"行市"怎么样呀！问题在哪个地方呀？这些你都不去了解，那当然人家就觉得你是僵化了嘛！有些东西，我们过去的解释是很固定的，实际也是僵化，如政治第一，艺术第二的问题，就文学讲当然是艺术第一啦！怎么能说政治第一呢？政治第一，是社论；文学创作是艺术第一。事实上假如一个作品没艺术性，光政治性，第一是作到了，第二就没有了，那还算什么文学作品呢？起码要有艺术性，要迷住读者，什么人都想读你的，老少咸宜，有广泛的读者。假如你的作品只有一小部分人喜欢，广大的读者不喜欢，你得想办法。没有艺术性能打动读者吗！但是不能否定与政治有关。哪个作品不是有高度的政治性它才更富有艺术生命？作品的艺术生命是跟着政治思想来的。我们就是这样辩证的来看问题。《红楼梦》比《金瓶梅》好，《金瓶梅》里边写人情的东西还是写得好的，写了些拍马吹牛的人，现在还有现实意义。《金瓶梅》写的是社会，《红楼梦》只写一个大观园，范围还没它大。为什么《红楼梦》影响比较大呢？就是因为《红楼梦》里有比较高的政治思想，它是反对那个社会的。贾宝玉和林黛玉是那个封建社会的叛逆者。思想性就是政治意义。现在有些人把政治曲解为用政治打棍子，用它来打人来整人。过去是有人用政治整过人的。"四人帮"是用政治整人的。但政治的真实意义是社会生活、人民的斗争等等总和起来的。政治可以为好人所用，也可以为坏人所用；可以有好作用，也可以有坏作用，没有政治，就是没有思想性的艺术品，固然可以当装饰品用，也可以供人欣赏，但都没有更大的价值。

有的作品批评我们的老干部，我是赞成批评的。但是如果把所有的老干部都看做是坏蛋，那就错了；这里边大多数还是好人嘛！你怎么就没有看到呢？有个北大的学生，写了几个坏干部，他到我家里来，我说你别来我这里啦，我也是个老干部，你写老干部不把我也放进去啦！老干部大部分是好的。当然也有一些退坡了的、腐化了的、丧失革命意志的、虚伪的，不是说不可以写，问题是看你怎样写。

另外，我们有的老干部也有一点心胸狭窄，不喜欢人家说自己，阿Q一样的，自己头秃连说电灯也不愿意听。我们要虚心听嘛！不但不听，还一意孤行，继续搞下去，就会越来越脱离群众。如果我们的文学不当作一个武器，不揭露不好的，尽歌功颂德，尽包庇坏人，那还算什么文学呢？文学当然应该发挥战斗作用，揭露不良倾向嘛！在这个过程中我一直牢记毛主席给我讲过的话，首先应该肯定那些老干部的优点，人家革命一辈子，不怕流血牺牲，干了很多好事，你得给他说几句嘛！你一句也舍不得说，尽说人家的坏处，那人家当然不服嘛！

关于民族形式

这个问题是开军事题材创作会议的时候想到的。听说军事题材的作品，现在我们的读者一般不大爱看。我回到北京来的第一篇文章是《我读〈东方〉》。《我读〈东方〉》发表以后，一个老熟人对我说：你写这样的文章干什么？谁读它？他没有到延安参加过文艺座谈会，但他学习过《讲话》。我想奇怪啦，为什么这样的文章不能写呢？我说：我们还没有一篇写军事题材象《东方》那么好的，它又是写抗美援朝的。过去有些短篇和中篇，象《铁道游击队》呀，写井冈山斗争的呀，等等，我都看过了，我觉得《东方》比较完整，它里面不仅写了我们部队的干部，也写了我们很多老百姓，部队是和人民离不开的，我觉得它是一部史诗。在战争年代我没打过仗，但是我还是很喜欢看军事题材的作品的。读《东方》有时读得很苦，七十多万字，一个多月，几乎天天都拿着看，当中有些好的章节看起来非常舒服，但也有个别地方，比较沉闷。

这次讨论军事题材的时候，我就想到我们中国人是喜欢看打仗题材的。我那个小外孙只六岁，他对什么都不如对《三国演义》有兴趣，因为《三国演义》里面尽是打仗，打这个仗，打那个仗。什么"眉头一皱计上心来"，什么"三十六计走为上计"，他就喜欢这一套东西。但是为什么又不喜欢看现代打仗题材的小说呢？为什么喜欢看《三国演义》而不喜欢看《东方》呢？《东方》是比较好的啦！还有一些写得不如《东方》的，为什么人家不喜欢看呢？我想到一个问题：可能我们现在作品的形式太欧化了。我倒不是说什么"意识流"把中国形式、中国传统中的优秀的东西完全割断了。中国的传统形式里最吸引人的东西就是它每讲一件事、一个故事，它里面有很多小的故事，或者叫小事，拿那个小事把你要写的大事衬托出来了。入情入理，非常充分。现在老是讲事，事太多了让人记不牢了。所谓典型，是形式化的，总是那个样子，象小孩看电影，总是先问这是好人，是坏人？又象京戏里边的人物，观众一看脸谱就知道这是个好人，这是个坏人，就不容易吸引你。《三国演义》很吸引人，描写的时候它用很多小事，比如要讲诸葛亮，他先从整体上分析了刘备如果要打胜天下，必定要有一个根据地，根据地在哪里为好？逐步地进行分析：开封是好的，洛阳是好的，但是这是个中心地点，皇帝在这个地方，曹操在这个地方，董卓在这个地方。刘备虽是汉朝的后代，但他的官太小，他的力量太薄弱，尽管他是皇叔，也挤不上来的。江南也很好，物产丰富，可人家已经占住那里了，想分人家的是不行的。荆州，在湖北，中原地方也是好的，但是不稳，站不住脚。这样一分析，让读者的脑子也跟着转，怎么办？只有上四川去最好，四川比较稳。可是四川情况怎么样？他首先去调查四川的情况，那里能去不能去？要是不能去，我们就不去；要是能去，我们要想尽办法打进去。他把情、理都摆出来，说得清清楚楚，所以你觉得诸葛亮了不起得很。他搞张松也很吸引读者。张松有一张王牌就是有个地图,他想拿这地图当官,这个地图也许给东吴、也许献给曹操。要先把这个地图拿下,于是要去搞张松。搞张松就得研究张松是个怎么样的人:他的政治思想,他的背景,他的本领,他的缺点、弱点在哪里?攻其弱点。张松正想在那里搞投机,诸葛亮就对他讲:你是个多么了不起的人物,我们怎么……。这样一来,张松就上当了,把地图拿出来。这样写就很吸引人。如果你写的人物不能吸引人,不能把读者控制住,那你这部书就没有力量。

我是比较喜欢讲传统的。战争题材有超过《三国演义》、写爱情的有超过《红楼梦》的嘛?还没有超过《红楼梦》的。《红楼梦》为什么写得这么好,我们需要研究研究。当然恋爱都一样嘛。现在恋爱他可以直接说我爱你,我爱你;过去恋爱就不能这样说的,他得试探一下:把终身许配给你,你是不是可靠呀,所以表达爱情比较婉转。现在当然是比较简单了,写两人相爱可以一见钟情,一下子就拥抱起来了。但是"一见钟情""拥抱",也要合乎情理。如果你写的人物,同我的想法,同我的感情没有共同的地方,你的故事写得再好我也不入迷,看完了就算了。中国小说的艺术就是迷人。比如看京戏,有许多京戏就能迷人,你就喜欢看,你看一次还要看第二次、第三次。我在电视里看了吉剧《燕青卖线》《包公赔情》,我看了好多次。它不要你了解故事的前前后后、琐琐碎碎,它用感情引动你的感情。从"五四"以来,我们就跟着外国跑,他自然主义我们也是自然主义,他现实主义我们也是现实主义,他抽象主义我们也搞抽象主义,把我们中国的传统的东西割断了。我们三十年代把鸳鸯蝴蝶派的小说赶出文坛,因为他里面是低级趣味,讲艳情。讲色情,是低级趣味,什么小姐和包车夫啦,什么姨太太和什么……那么一些无聊的事。但他们采用的是民族形式,章回小说。

尽管内容不好，但形式还是吸引人的。有一天王蒙坐在我旁边，我们说笑，我说我们两人走的是两条路，你是向外探索，我是继承我们的传统。王蒙笑着说：我们没有矛盾。我说：好！我希望没有矛盾，两者合一更好，我们既继承传统，也向外探索。我没有全部看过王蒙的小说，我相信他里面有些东西会写得很好的，不然就不会有读者。我对于所谓"意识流"的理解可能不全面，这个东西可以叫作"意识流"，我不反对，但是你一定要深刻地告诉读者：你到底要说一件什么事情。写作时可以写我们两个人的谈话，在写现代某个问题时，当中也可以插一段我的意识，我的心理活动，我过去想的一件事，或者是幻想的一件事。这样就加重了他要讲的这件事情的分量，使讲的事情更透彻一些，但是不要引着读者绕圈子。文学作品是教育人、感动人，把读者拉着跟你走，这才是文学作品的目的。这是我对"意识流"小说一般的理解，不是就某个人的小说而言。我们看一篇东西，我们是花了时间，花了心血，花了感情的，读完了一定要从中得到一点东西的。

谦虚・勤奋

最后再谈一点关于作家要谦虚防止骄傲的问题。

现在我们中国的作家，很多人大约都写了四五百万字吧！年轻人写得多的可能有二三百万字。老舍、茅盾、郭沫若可能都写了上千万字啦，一般的恐怕也就是几百万字。我写得最少，到现在没有二百万字，我不只比老作家少，比年轻作家也少。按量说我是写得非常少的；按质说我也没有几篇能传至后世，流传万代的。我们中国出一个鲁迅不是偶然的，多少年才出一个鲁迅。鲁迅有个了不起的地方，就是没什么败笔，他是能出全集的。我们有些作家写得很多，但不能出全集，因为有败笔。叶圣陶是了不起的,他没有写过像《子夜》《女神》那样轰动的作品,但是他没有败笔。我就不敢说我没有败笔。质也要有量的,质是从量里来的嘛。我自己觉得我没有什么东西,一百多万字也就有两三篇还能留几十年,不会留一百年的!所以没有什么了不起。(陈明同志插话:还要一百年?二十多年人家不是就把你忘了吗?)是呵,二十年一过有些年轻人就不知我是什么人?(陈明同志插话:知道的就是"一本书主义"。)七九年我到医院看病,一拿病历给她们看,她们说丁玲是谁呀?几个人在那里研究了一会儿,噢!想起来了,就是那个"一本书主义"的丁玲吧!所以我说作家没有什么了不起,作家不要骄傲。你这本书写得好,你下一本书不一定比这一本好。因为你所有的精力,所有的生活都放在这一本书里啦,你下一本也许就掉下来了,你已经到了自己的顶点啦。有人跟我讲,现在有些作家有些狂,批评不得。一批评就说压制他,就给人家戴帽子:说人家是保守派。老作家不能骄傲,老不是个可以骄傲的东西,你得拿出自己的文章来!就是说文章,也不应该当做骄傲的资本。李白写了多少诗呀!留下来的只是一部分。唐代的诗人不知道有多少呢,也就留下李白、杜甫、白居易等少数人嘛!他们的诗有答某某人的,那某某人本来也是当时的诗人,可那些人的诗也许附在里面,也许没有附上,后人就根本不知道了。正如长江后浪推前浪,老作家必然要慢慢淘汰,这是自然规律。青年人成长起来啦,我们老的就让路嘛!我现在赞成我们老作家在位的都应当响应党的号召,主动让位,工作让青年人作,作坏了还有党嘛!有什么了不起的!我二十几岁就编《北斗》杂志,当左联党团书记!那个时候我连简单的支部规矩都不懂,还不是干下去了嘛!我赞成作协再开代表会就搞选举,老同志就声明,别选我了,你们选年轻人吧!你选我我也不能作,我身体不行了,何必占着这个位子请病假呢?选上谁，地方上就给他开介绍信，介绍到北京作家协会来，他就当主席、当理事、当书记。说老实话，有的同志走起路来八字步一摆，讲话时头那么一绕，作家摆什么架子呢！我们的文章写得好，刊物愿意发表就发表，你觉得不好，就放在那里也不要紧嘛。真是写得好，放它几十年也一样是好的；写得不好，今天发表了，过两年就失去作用啦！那就算了嘛，放到纸篓里拉倒嘛！作家不是官，作家是平等的，没有什么官不官。我早一点，我是老作家，你年轻一点，你是中年作家，他更年轻，他是青年作家，不一定我写的作品就比你的好，你就比他的好。他可能比我写得好，他写得好就是大作家，我就是小作家，有什么老哇！老哇！我们完全可以把这个包袱丢掉。作家一定不要想排位子当官。当官的人现在都要不当官嘛！都要反对官僚主义嘛！你一个作家你要当什么官呀，一定要当个什么，如果没有你，就要有情绪，这不对嘛！所以我是赞成选举的，选到谁，谁就当。那怕选错了，也没关系，当两年，下台，再选，再当两年，下台。我们的文学是整个文艺界领导嘛！是靠党领导嘛！靠一个人两个人领导那一定领导不好。要靠"百花齐放，百家争鸣"，靠把大家的意见集中起来领导。能够把这个衙门取消，真的作到"百家争鸣"，那我觉得还有希望。要不然，老是把自己陷到小圈子里，陷到你呀，我呀；你们哪，我们哪；老哇，少哇；左哇，右哇；解放呀，保守呀；……老陷在这里面，花费好多精力，不会有成绩，这不好。

今天我又是信口开河，错误难免，欢迎批评。
一九八二年六月在天津文艺界座谈会上的讲话
葛瑞娥记录整理

初版《我的生平与创作》，四川人民出版社，1982年

书信与回忆篇

致胡也频（一）

我爱的频：

　　回来时候没有哭，不是没有想到我的爱，是没有我爱在前面，便不愿哭出来了。车过外洋泾桥时，人不多，地为夜色所湿，白的雾淡淡地裹着车身，我看见有独行着的少女，我悔不该一人走回来了。我应当把我们的别离空气加浓厚起来，我应当勇敢一点去经练一切磨难，一切精神的苦楚，我却是太软弱了，只那么无用的蜷在车角里，昏昏的任人运到了家。

　　进房后，稍稍有点显得寂寞，我立即觉得自己好笑了，以后都是一个人：在没有了爱人在面前的人，是不免要对待自己比较残酷些，我想这话，凡是有过像我所处的境地的经历的人，是不会反对的。我镇静的换了衣，又将衣挂在柜子里去，一边心里想："照常要这样！"又换了鞋，鞋子也乖乖的并头放在小柜子（就是你的写字台）里了。娘姨跑来要钱买菜，才知米也没有了，柴也没有了，油也没有了。我买了一块钱的米，没有买柴，买了三百钱煤油。趁着这时，我告诉了她我有辞退她的意思，她心里当然十分不高兴，不过也很和气，她答应我将一切事都做好才走。我自然不能用她，不但我个人负担不起，而且我觉得我也应该自己做做事。到这时一看表，是八点二十分了，想你已到船上,一定忙忙碌碌的,觉得我也许还应该直送你到船上,因为船还不能开,你一人在那里不会觉得无聊吗?于是坐在桌边来替你写信,现在是八点四十分钟了。不知你在做什么。

本是预计写信不拿这稿纸的,不过临时又变计了。心想拿两本同时用,一本写文章,一本写信(专给你写信),看到底还是谁先完,总之是每天都得写文章,也得写信。而且到底也不知道你还是希望我的信写的多,还是文章写的多。

你喜欢我的信写得琐碎,现在是真的琐碎了,我也喜欢琐碎,只是怕琐碎得不好,看起来得不到快感,然而这是没有办法的,我永远只能用平凡的语调写出我平凡的情调。我永远缺乏你的美的诗样的散文。你看到这里,不会以为我是在谦虚吗?你一定会笑丁玲在你面前也那么自谦起来了,不过你是知道得最清楚的,你知道一切批评家所说的赞美,都难免有着错误的。

信写到这里,仿佛完全因为说空话去了,情绪因而欲断,于是我翻出了稿纸来,我又预备去写文章,等一下再续下去吧。这信是准备明晨发。现在还只九点钟,你的船还没开吗,我若要赶上前去同你一块儿走。是来得及的,时间并不怎样迫促呢。

一天过去了,很快的过去了。然而又是多么悠长的时日啊!中饭是自己烧的,因为娘姨要洗被单,下午两点钟便睡了,因为人太倦,先是睡不着,思想不能停顿,后来努力念了一会儿佛,也就迷迷糊糊睡着了,到五点钟才起来。娘姨本预备再睡一晚走的,不知为什么,她又决计走了,留她吃饭,她也不肯,她还安慰我一样的笑着对我说:"我不回家,隔得近,就会来替你洗衣服,你不要愁!"所以晚饭也是自己烧的。烧好了,抬到××那边一块吃的,因为他们有红菜。××还说以后我一个人了,不必烧饭,但我回绝了,我说我一个人吃,有时比较方便些。他们娘姨也很高兴的愿替我做事。所以关于我一切生活的麻烦,你可放心!今天一天都烧火,为的好热闹一点。

白天××来过,他济南的信还没来,或许又可到青岛去,一个日本人办的中学。坐了两分钟光景,说了这末一句消息,便借了我的公园票走了。听××说,×又到他那里去过了。晚上××和××也来了,总瞎谈了一个半钟头,她们都说我这里一点也不显得寂寞,因为一切都照旧,而××那里却实在有点觉得空虚。我也点首,我心里却想着,我的灵魂,我的心本比较的太充实呢!

妈来了信,信写得非常好,惟听说你要离我而去济南,则表示不赞成,仿佛觉得三人既不能在一块,仅仅两人了,何苦还要分开。而且要她心挂两处,则不免太苦。你到济后,请千万给她写一点好的信!

××拿稿子到×××,×××不要,说是今年不收稿子了,我想是推托的意思。跑××,遇不到人。而××、××则回说不定,纵然要,恐怕也要到下月才能拿钱,经再三的说,才答应下星期四听回信。而×××只说:"怎么不早预备呢?"大约要是要的,只是若要再做一次生意,恐怕就又靠不住了。总之,人太穷,则一切无办法!他一个光人跑回来,将在我这里拿的四毛车钱也用光了。吃了晚饭,又把×的裙子拿到当铺去。他们真太难,我虽说也只剩四毛钱了,但四处均可借,而且一人伙食真有限。

文章只抄了两页,没有继续写下去,为了心不能十分安静下去,还抽不出一种能超然一切的心情,而写文章是非有一种忘记一切现实和理想,神往到自己所创造的那境地里去不可的。就是说我实在太想到你,在每次长针走过一个字时,我便会很自然的想着关于你的一切情形，而不放心。你的一切环境太陌生了，不是我能想得出的，若是有完全为你一人冲入陌生的围阵中去的需要，我还是应该不离开你。然而现在我却留住了，是谁假定的理由！难道我爱你不厉害吗？或是你能恝然离我而去？但这都不是的……爱！请你告诉你这时的心情，你后悔吗？我呢？我还找不到勇气来说一句感伤的话。仿佛觉得我们已经不是将爱情闹着玩的时代了。我们已有互相的深的爱和信仰，我们只能努力同心合一地在生活的事业的路上忍耐着。

明天我想早点起来，以后都这样，生活应当有次序，两人都不准"无聊"，"哭"！所以现在我要去睡了，明天清早便会将这信发出。你寄×××的信，我已替你发了。

现在是十一点差二分，我给你一个紧紧的拥抱！愿你在杂嚣的船上，想着你的爱人安然入睡！好，再吻一个吧，梦里再见，我甜蜜的人！

二十二日夜十一点正
频动身离沪的第一天

此信写于1930年

选自《丁玲全集·第十一卷》，河北人民出版社，2001年

致胡也频（二）

爱人：

先说这时候，是十一点半，夜里。

大的雷电已响了四十分钟，是你走后的第二次了。雨的声音也庞杂，然而却另更显出了夜的死寂。一切的声音都消去了，惟有那无止的狂吼的雷雨和着怕人的闪电在人间来示威。我是不能睡去的，但也并不怎样便因这而更感到寂寞和难过，这是因为在吃饭前曾接到一封甜蜜的信，是从青岛寄来的。大约你总可猜到这是谁才有这样荣幸吧。不能睡！一半为的雷电太大了，即使睡下去，也不会睡着，或更会无聊起来，一半也是为的人有点兴奋，愿意来同我爱说点话。在这样的静寂的雨夜里，和着紧张的雷雨的合奏，来细细的像我爱就在眼前一样的说一点话，不是更有趣味吗？（这趣味当然还是我爱所说的："趣味的孤独。"）

电灯也灭了，纵使再能燃，我也不能开，于是我又想了一个老法子，用猪油和水点了一盏小灯，这使我想起五年前在通丰公寓的一夜来。灯光微小的很，仅仅只能照在纸上，又时时为水爆炸起来，你可以从这纸上看出许多小油点。我是很艰难的写着这封信，自然也是有趣味的。

再说我的心情吧,我是多么感谢我的爱。你从一种极颓废、消极、无聊赖的生活中救了我。你只要几个字便能将我的已灰的意志唤醒来,你的一句话便给我无量的勇气和寂寞的生活去奋斗了。爱!我要努力,我有力量努力,不是为了钱,不是为了名,即使为补偿我们分离的苦绪也不是,是为了使我爱的希望不要失去,是为的我爱的欢乐呵!过去的,糟蹋了,我的成绩太惭愧,然而从明天起我必须遵照我爱的意思去生活。而且我是希望爱要天天来信勉励我,因为我是靠着这而生存的。

你刚走后,我是还可以镇静,也许是一种兴奋吧,不知为什么,从前天下午起,就是从看影戏起便一切全变了。××邀我去吃饭,我死也不肯,××房里也不去,一人蹲在家里只想哭。昨天一清早,楼下听差敲房门(因为××也没有用娘姨),说有快信,我糊里糊涂的爬起来,满以为是你的信,高兴的了不得,谁知预备去看时,才知道是×××来的,虽说他为我寄了十一元钱来,我是一点也不快乐的,而且反更添了许多懊恼。下午一人在家(××两人看电影去了),天气又冷,烧了一些报纸和《红黑》《华严》,人是无聊得很,几次想给你写信,但是不敢写,因为我不敢告诉你我的快死的情形,几次这样想,不进福民也算了,不写文章也算了,借点钱跑到济南去吧。总之我还是不写,我想过了几天再写给你,说是忙得很便算了。一直到晚上才坐在桌边,想写一首诗,用心想了好久,总不会,只写了四句散文,自己觉得太不好,且觉得无希望,所以又只好搁笔了。

现在抄在下面你看看,以为如何(自然不会好):

没有一个譬喻,

没有一句恰当的成语;

即使是伟大的诗人呵,

也体会不到一个在思念着爱人的心情。

唉！频！你真不晓得一个人在自己烧好饭又去吃饭时的心情，我是屡次都为了这而忍不住大哭起来的。

楼下听差我给了他一块钱，因为我常常要他开门和送信。因此自己觉得更可怜了，便也曾哭过的。

今天一起身看见天气好，老早爬起来，想振作，吃了一碗现饭，便拿了《壁下译丛》到公园去了。谁知太阳靠不住，时隐时现，而风却很大，我望着那蠢然大块压着的灰色的重云，我想假使我能在天上，也不会快乐的了。我不久便又踽踽的走回来了。下午××两人又去看电影，邀我去，我不愿，我是宁可一人在家思念我的爱而不愿陪人去玩，说得老实点，说是想依着别人去混过无聊的时日，在丁玲是不干的。可是天气还是冷，你知道，一冷我是无办法，所以在黄昏我便买了半块钱的炭回来了。现在还是很暖和的一边烤着火，一边为你写信，若是没有一点火，我是坐不下来的。

现在呢，人很快乐。有你一切都好，有你爱我，我真幸福，我会写文章的。而且我准安心等到暑假再和你相聚，照我们的计划做去，而且也决心，也宣誓以后再不离开了。

雷电已过去，只下着小雨，夜是更深了。灯也亮了，人也倦了，明天再谈吧，祝我的爱好好的睡！

我真的是多么甜蜜而又微笑的吻了你的来信好几十下呢！

一点差十分　你爱的曼伽

此信写于 1930 年

选自《丁玲全集·第十一卷》，河北人民出版社，2001 年

致《大陆新闻》编者

编辑先生：

承你们的好意，辗转的写了信来，叫我为你们的日报写一篇小说。我当时答是答应了，但是一直到现在还都没有动笔，而且你们的报纸出版了半个月了，自己才觉得失了信，很对你们不起。这是要请你们原谅的。实际上写点小说，看看是容易的，却也有许多困难。以小说取罪而影响杂志、刊物、书店的，屡见不鲜。所以现在好些小说中会常见一些××，××。这个不讲它，倒也不一定要尽写这些，然而就只材料也成问题。并不是缺乏，却在有些地方，还是不准你用。譬如《工场夜景》我们觉得很平常，但是听说西安的学生，假若有了这么一本书，也就有罪。所以，我为你们日报着想，就觉得不能不有点审慎。我又不会拍将军的马屁，写一点上海战争中的骗人的英雄，又不能鼓吹杀人喝血，发挥民族主义精神，同时也不能写些上海男女关系的黑幕，像现在流行于好些日报上的小说一样。不过虽说好像有这末些难题，我倒也并不愿意不写，或者就取了对你们的敷衍的态度，因此，反决定了写这部《母亲》给你们。这部书我预备要写三十万字左右，我对你们的希望是每天登一千字，不能间断，十个月登完。

下面我要讲的，是我写这部书的动机和怎样写：

开始想写这部书，是在去年从湖南又回到上海来的时候，因为虽说在家里只住了三天，却听了许多家里和亲属间的动人的故事，完全是一些农村经济的崩溃，地主、官绅阶级走向日暮穷途的一些骇人的奇闻。这里面也间杂得有贫农抗租的斗争,也还有其他的斗争消息。

而另外一方面，也有些关于小城市中有了机器纺纱机、机器织布机、机器碾米厂和小火轮、长途公共汽车的，更有一些洋商新贵的轶事新闻（在那小城市中的确成为不平凡的新闻），和内地军阀官僚的横暴欺诈。

这些故事，我是非常有趣的听到了。然而同我小时候在母亲身边听母亲讲的那些故事，便完全两样，而且每次回家，都有很大的不同。逐渐的变成了现在，就是在一个家里，甚或一个人身上，都有曾几何时，而有如许剧变的感想。但这并不是一个所谓感慨的事，是包含了一个社会制度在历史过程中的转变。所以我就开始有觉得写这部小说的必要。但总因为时间的不充分，我又不习惯一想到就动笔（如《韦护》的设想，是在写时前二年，人物背景都是五卅前的），当中只取了一点,写成一篇《田家冲》。后来虽说几次因几个朋友的鼓励督促，因为我同他们讨论这部书的内容，而预备动笔，但一计算时间，就又放下了。现在是鼓起很大的勇气来开始，预备每天用两个钟头，一个半钟头想，而半个钟头写。

这书所包括的时代，是从宣统末年写起，经过辛亥革命，一九二七之大革命，以至最近普遍于农村的土地骚动。地点是湖南的一个小城市，几个小村镇。人物在大半部中都是以几家豪绅地主做中心，也带便的写到各种其他的人。但是，为什么我要把这书叫着《母亲》呢？因为她是贯穿这部书的人物当中的一个,更因为这个"母亲"，虽然是受了封建的社会制度的千磨万难，却终究是跑过来了。在一切苦斗的陈迹上，也可以找出一些可记的事。虽说很可惜，如她自己所引以为憾的，就是白发已经满鬓，不能做什么事，然而那过去的精神，和现在属于大众的向往，却是不可卑视的。所以叫《母亲》，来纪念这个做"母亲"的。

再，是关于写的形式，我想也还是只能带点所谓欧化的形式，不过在文字上，我是力求着朴实和浅明一点的。像我过去所常常有的，很吃力的大段大段的描写，我不想在这部书中出现。

最后，我应该向编者和读者声明的，在这日报上所发表的这部小说，只是《母亲》的草稿。到出单行本，恐怕还要经过很大的修改，或甚至于重作。

此致敬礼，并祝编安！

丁玲　六月十一日夜

此信写于1932年

选自《丁玲全集·第十二卷》，河北人民出版社，2001年

致叶圣陶

圣陶先生：

我不特没有忘记你，而且我可以说是热切的想念你们，我想看一切我见不到的东西。我人是一动也没有动，可是心却是一刻也没有停，尽向远处飞，尽向高处飞。我什么都不愿意说，不希望向任何人解释，只愿时间快点过去，历史证明我并非一个有罪的人就够了。三年过去了，我隔绝着一切，我用力冷静我自己，然而不知为什么却又忍不住给《文艺》写了那一点小东西。而且还在预备写下去，你不以为我写得太早了或者太迟了吗？

你的信真使我喜欢得跳了起来，我一夜也没有睡好，我是晚上收到的。一点什么东西来到了我心头，我来回的想着一句话："我一定要赶忙写一篇文章给他们。"你真没有想到你们所给我的勇气和鼓励呵！只是我很难过，我怕我锈烂了的笔尖写一点生硬到可怕的东西；我最怕的，使我难受的，就是我会使一些爱护我的朋友们失望，我不愿以我的不努力来伤了什么人的心。不过我总写就得了，如果写得不好，你就莫放进去，等下次有比较看得的再放在什么地方好了。我很愿意以后可以写点好的才好！

见着什么熟人，偶尔谈到我的时候，你替我问候一声。我不写上一大堆名字了吧。

祝好！

冰之　五月三日

此信写于1936年

选自《丁玲全集·第十二卷》，河北人民出版社，2001年

致胡风（一）

风兄：

在太原匆匆看了一下你的来信，忙乱中就放下了。后来和奚如分了家，几次想给你写信，都因为找不到地址作罢。直到前天看到第五期的《七月》和昨天你的来信，那就不能不给你写几个字了。

首先我觉得惭愧的，就是战地服务团的消息很少被传达出去，也许就只奚如的这封简单的信吧。至于我们的工作范围，工作影响，如何在困苦中开展工作，如何在险难中巩固部队，使尽喉舌，用尽脑力，帮助地方，帮助部队做许多宣传鼓动的工作，扩大与巩固抗日的统一战线，我们这里并没有特别漂亮的了不起的惊人之事，而且我们还有很多缺点，但我们却在惊涛骇浪中更加坚固起来了。这一个小小的支队，将还在西北各地游击一阵，以求得能有帮助于各地方工作者。本来很想多告诉你一些，实在是无空。我并不是不想写一点报告之类的东西给你，天理良心，来看过我的人就会原谅我的。过几天能设法抽出一点时间，也许可以写一篇关于我们最危险的一夜，几乎全团消灭的事，但这预约也不知哪天得实现。现寄上大鼓稿一篇，《七月》或《新华报》都可用。这篇大鼓每当演唱时，都是掌声如雷。另外寄上这篇通讯稿，你看看能使用否，或者介绍到别的地方去。

我是不懂编剧的人，偶尔好玩，因为战地服务团需要剧本。其实《重逢》就不大上演，因为这完全是一个知识分子的戏。不图《七月》上登载了出来，心里觉得很惭愧。不过这剧本已经作了一些修改。都是屡次在排演时改的。结尾也改成当马达明受伤，白兰看见地图后，欲与马亲热时，山本偕卫兵上场。马急将钥匙交白，白从小门逃走，但被山本追着，马即放枪打死山本与卫兵，白跑下，马亦扶伤跟跄大呼而下。因为每当出演时，我就觉得后边的情绪太低了。顶点已过，后边对话太长，在戏剧上不合，所以这么改了。不过这个剧本我并不希望上演次数太多，因为太曲折，一般的人或许反会更模糊了的。这戏在太原上演时，就有许多人很同情白兰之刺达明。白兰前边之种种，均足效法，但后来为感情所动，失去镇静，实可批评，故此剧仍以观众为标准，少上演为宜也。

望多来信并寄报来！

《七月》很好，望它长寿下去！

丁玲　十六日

此信写于1938年

选自《丁玲全集·第十二卷》，河北人民出版社，2001年

致胡风（二）

风兄：

　　得了重感冒，睡在床上好几天，向公家借了五千元边币买了一点点东西的时候，你的信与钱都寄到了。钱颇使我欢喜，像得到了意外的喜事那样。我计划了很多，而且照计划的做了，还了账，交了×（党）费，买了一点吃的，送了一个朋友一些，他的病也刚好。而且我有生以来第一次买了几个鸡，我希望过一些日子这鸡会替我下蛋，我也有生以来第一次要补一补自己了（哈哈，你那里能养鸡么？你养过么？要是没有，也不可能，那你就不会理解我的愉快了）。但我应该更告诉你的，是我在被窝里，在灯底下伸出了我的手，战抖的拿着你的信，读了两遍，而且我思索了好久，也思索了很多，我更觉得我过去的为人的利己和单纯到糊涂的可笑。我甚至一点也不了解这社会和了解我自己的，不过这些话若要告诉你则太长了，没有办法，还是照你来信上所说到的范围胡扯一点吧。

　　关于我过去的作品，我曾有过一些分析，写过一篇文章（没有发表），我打算寄给你与峰看看，你们可以给我一些意见的。在这个问题上你提起我的注意，很好。但我自然也有我的固执的地方。去年写给你那短简时，的确因为时间的限制，不可能同你详谈，也因为我临时有些感触就那末说了的。现在呢，我似乎有头绪些，因此我也有准备些。然而这似乎也无法好好的谈。总之，老老实实的用功是惟一的道路。这亦即是你所指的忠实于时代、忠实于自己的意识。你说有些作家会便宜的依恃一些有利，而不重视主观追求，表面上看来是忠于时代而实际是不负责任。我想这样的人会有的，甚至不少，甚至是自鸣得意，而且从表面来看，也好像是得意的。但也不要紧，我们可以慢慢告诉他；告诉无用，也只好就让他。过去我有时的确常为别人担心而烦恼，而损害了自己，这是因为我太热情，太不懂事，太不客观，也太无办法的原因。现在呢，我冷静些了，而且也要量一量自己的本领，斗争并非在一旁呐喊，或烦躁，这是须要自己更加倍工作，而且是找那最便利的武器的呵！人决不会悠然的过一生，越要逃出纠缠，纠缠便会更多。在这之中就须要很适当的，甚至很艺术的处置这些问题。

《希望》还未寄来，邮寄靠不住，还是设法航空吧。你一定要多写文章，把你看到的东西都写出来吧，我会告诉你我的意见。我当设法寄你文章。

这次五千元，是我第一次收到的。你说以前曾分两次寄来二千元，未收到过。如方便，请问问你托付的人也好。如不方便，就算了。握手！

冰之　一月十六日

此信写于 1945 年

选自《丁玲全集·第十二卷》，河北人民出版社，2001 年

致逯斐

逯斐：

你的信走了半个多月。但总算好，能通信就很幸福了。

从来信中很能想见你心绪的烦乱。心情不好，还要写信，那是很无趣的。我读信的时候想，真亏逯斐写了那么多！要是我就会很简短了。此信到时，想厂民病已好，你在学校还是又下乡了呢？为什么老是下乡去？老是下去，你住的村子不就是乡下，不可以不去么？当然下去是好的，去久了会渐渐学到学习生活与领悟生活。一点一滴的经验都需要用时间和劳苦去获得，尤其是创作者，是毫无便宜可拣的。

我有时想，我们这辈人，自己就不会生活，也就是说不会学习，本质是缺乏修养。只见忙乱，却无条理，闯来闯去，进步不多，我们有时又懒惰，但并不懂得闲暇，所谓好整以暇。我常希望我会学习些，也会生活些，多学习些和多工作些，但结果总是无所成就。近二年来东游西荡，实际也未游未荡，成绩毫无，徒使人惭愧，有时真未免叹老之将至，奈何奈何！过去一个时期，常感不适。稍有不适，我便休息。但最近我已改变，既有不适，当更工作，欲完全如过去之轻松轻快已不可能矣！逯斐较我年轻很多，少年可贵，望珍视之。厂民病亦短时间事，不足挂怀，以后多注意些，勿恃强还是需要的。

至于逯斐问我当侍候陈明病时情况，我老实告诉你，我很愉快，我很喜欢看见他睡在床上，一切都须要我，我很喜欢他在我的庇护之下生活。我觉得为他的健康、生命的存在而劳苦是我的幸福。如今他不在我的身边，我一点事也没有，我于他已毫无用处，我怀疑我对他还有什么意义呢？陈明还是上月二十八日来过信的，我猜想他已去南线，他一定很忙。但收不到他的信，我也立刻吝啬我的文字了。我心里想，我绝不做无意义的事。逯斐，你看我这个四十多岁的人，还向你说些多么可笑的话呵！也许这就是毫无意义的话。人应该老练起来，而我还这么幼稚！

冀中之冷、风沙、热，我都知道了。但我的确有时想到你们那里来。我总觉得你们那里总还有些文化氛味。长久脱离文化了，文化就像春风春雨一样使人想慕，但现只得再寂寞一时。寂寞有时是好的，这就是说安静。但真正太寂寞了是不好的。我一定得写完这篇又长又臭的文章。文章一写得慢，就不那么自满了。最近又在修改前边的，我的雄心是两个月后写完。已经摘录一段放在《时代青年》了（不久就出），看后给我意见吧。

我现在住的村子很好，房子不好，可是树多，有山有水，麦子长得很好，菜园里有各种蔬菜。我的一间房很小很小，炕前只放得下一张小桌子，但还收拾得干净，放杂物的壁上的小窑垂着花纱，小桌上铺着桌毯，床头上也钉着织绒花的纱布；炕沿上本想钉上你给的丝绒围巾，老百姓也许会觉得太漂亮了，才把它又放在箱子里。我的生活很简单，没有客人来，信件也少。早起在山坡上散散步，晚饭后和萧三的孩子玩玩，或者在康濯的屋子里坐坐，闲谈点说了以后就忘了的闲话。除了写文就是看书；写不出的时候，看不下的时候，就和房东扯闲天。日子不太热，却已经不冷了。时间走得很快，工作做得很慢，日子总算不太难。

你问祖林，谢谢你。他在二月底回来住了一星期。他们学校在建屏。他长得已经高过我了。学习很好，思想意识很进步。这次回来很懂事，给我和妹妹都留了极好的印象。妹妹学校离我才十七里路，一个月当中可以回来一次或两次。谢谢天，我对两个孩子都很满意。但，我老实说，我还是更爱我的工作。假如孩子要成为我工作的"敌人"时，我宁肯牺牲孩子。逯斐，不要太希望孩子，等将来太平了，我们再闹两个孩子玩玩。有时我很讨厌以能养儿子就算满足，以人生的意义即在对儿子的抚养。我喜欢逯斐的地方，是因为逯斐还肯吃苦，还要上进。我不满足于逯斐的地方是逯斐不够开阔。狭窄，注意小节将限制一个人的发展。我希望逯斐有大的前途，不是小小成就。现代的女人是艰苦的。那末，让我们有勇气的女人、有魄力的女人多吃点苦吧！

握手！

丁玲　二十七日晚

此信写于 1947 年

选自《丁玲全集·第十二卷》，河北人民出版社，2001 年

致陈明（一）

伯夏：

到束鹿后只给你写过一封信，你一定在盼望着、盼望着，一定在担心我生病了，而且一定要骂我了。骂吧，你是应该骂的，你有权力，也有理由，我的确是，只是拖着，拖着就拖这末久了，以前我以为（十一）月底可以动身，我打算早一两天走，在搞土改之前去石家庄一次，我想做一点你猜想不到的事，我想给你一些意外的欢喜，可是月底我改做的衣服未缝好，而他们又只说月初走，因此我也就等着。后来他们决定五号左右动身，而我的衣还未取回。最后他们决定八号走，我的衣却于昨天才取来，袖子还小了，今天我又找老百姓去缝改，要明天才能拿来。你看这都开了咱们多末大的玩笑呵！现在我决定后天同文艺学院的同志一同西行，先到正定，然后到获鹿参加土改，如无空隙，暂时只好不来石家庄了，因此决定赶快写这封信，托文工团吴坚给你带来！好朋友，你能原谅我么？

我从正定出发时，天气变冷，到束鹿后又刮风，朱子奇替我预备了一间小房，很暖和，可是束鹿乡下的房子全是很黑，靠窗户的地方又被炕占去了，因此找不到一个可以坐着写点东西的地方。生上火，煤气大，不生火，又冷，这使得我是多么的要回忆红土山呵！去年冬天是一个可以纪念的冬天呵！这里的人都很忙，成天开会，我是一个闲人，大半时候都是和岳慎在一块，有时就去找欧阳凡海谈事。岳慎只最近几天才参加开会，她身体不好，欧阳就更是个病夫了。束鹿天气很冷，人也不暖和，当然，这不一定正确，但我是不在乎的，我有我的计划，仍照计划办事。爹的女儿是强硬起来了呵！

到这里后，去政治学院卖了一次膏药，文艺学院开了一个欢迎晚会，天太冷，把人都冻坏了。今天政治学院七班毕业，又去参加了，讲了话，喝了酒。到校部去过两次，第一次是去看校长，顺便吃了他们的欢迎便饭。第二次是张琳约去吃鱼，走以前不打算去了。成校长问我要什么不，说差什么向他说，我说不要，他再三说，我要了一个笔记本。……在院部我每天去沙可夫那里吃饭。因为热闹些，每顿有两个菜，实在做得不好，吃馒头，我要了些小米饭来，前一晌我勉强着吃，这两天惯些了，可以吃个八九成饱。来这里后只感冒了一次，这一次是自己找的，我因右肩痛，便烧热炕烫肩膀，结果太热，因此感冒了一天，第二天就好了。

以上是前天晚上（六号）写的，现在继续写下去。

昨天又下雪了。行期又被拉后了一天，要九号才能走，今天是八号。听吴坚说他们要迟到十一号才走，那么这封信就更迟了。我希望不要再发生故障，否则你要急死了。

到束鹿后本想写两篇短文的，因为天气冷，没有写出来，常常心里惭愧，觉得比你的成绩要差多了，我不愿意我不如你，可是我却常常要因为你而惭愧呵！只有你懂得我是有一颗无时不在上进的心，而我是懂得你的价值的。最近身体倒好了起来，精神很好，你可以放心。我就常挂念有些只知劳累，却不会休息的人！

我那件皮大衣改做了一件旧式短袄，穿在身上很好。今年冬天我不打算穿大衣了。公家又发了我一条棉裤。今天早上学校又送了我十万元在乡下花。我的生活就不错了。你就更可以放心。

现在托吴坚把祖林的那件皮衣给你寄来，这件衣本来已经交给裁缝改大衣的，所以就拆了。但他说皮子还差一大张，得花十几万，虽说可以由学校出钱，但我也不愿意。他又说灰大衣没有多余的皮子（虽然他又揩了一些油）于是我就拿回来了。我想你去改一件短大衣是可以的，你的尺码要小些，可以将就皮子。如果的确少了，就两边垫些棉花，长短可照旧。我将面子布、衬里的绿绸子都给你带去。不过我以为你可以另外找点深颜色的布，这两段浅灰布留在明年做单裤穿更适合些。自己出手工钱算了。如果方便找个小皮领，原来的衣领太窄了，我改做手套了。我在替你织一个围巾，是我的蓝帽子拆了的线，公家发了我一双夹袜，我给你，因为我没有时间织毛袜了。另一双毛袜是给妹妹的，先放在你处，你那里如有人去夹峪就带给萧三，由他那里转吧。

张来福和马由你决定，你如不需用，放在你那里又不方便，则叫他们回联大。我的意见如方便，还是放在你那里，或者要学校转草料票去，康树太我暂带去，到村子后不一定要用他，不用时叫他回学校学习。我会叫他去石门找你的。我住定了就叫他去看你，你还可以让他带信给我。

你愿意多留在石门工作一个时候，我很赞成，我的工作告一段落时一定去看你，望你多告我一些你的情形，我的生活你可以猜到的，而你的生活我却茫然。常常有些人关心别人比关心自己还重，我不希望我是那一种人，我们两个都应该把自己的工作看做第一位，你说是么？

天不早了,怕吴坚来拿信,不写了,……再三再三的致意你,希望你健康!希望你在工作中好好的学习!愿意我们早些见面,愉快的会晤呵!我们会互相拿成绩作为礼物的!

亲你!

晓菡 十二月八号

听说石家庄有好纸,你不能替我找些么?你的笔弄到没有?你可以托人的。

此信写于1947年

选自《丁玲全集·第十一卷》,河北人民出版社,2001年

致陈明（二）

伯夏：

这是第二封信呵！

我昨晚到的这里，我现住妇委，住在杨之华大姐房内，但我们还未谈话呢。我要先告诉你我昨晚干了些什么。

车子从×××出发到×××时，对面来了汽车，我下车来走，我看见两个穿黄衣的走来，呵！是谁呢？我认出来了，是主席，他也看见我了，我在笑，我赶忙跑过去，主席说："呵！好得很，看见你，几年没有见面了！"江青也走过来。主席很胖，身体很好的样子。江青也还同以前一样，或者稍微老一些。主席即要我和他坐汽车一道散步去，汽车上同去的有十几个小娃娃，他们女儿和别的人的儿女们，半路上又上来了傅钟夫妇和他们的儿女，挤满一汽车。主席告诉我收到了前年我给他的信，他说我已经到了农村，找到了"母亲"，写"母亲"，我了解土地，他问我的作品，并且答应我读我的原稿。后来我们在野外坐下来又谈开了。主席两次重复着对我说："历史是几十年来看的，不是几年来看的，要几十年才能看出一个人是发展，是停止，是倒退，是好，是坏。"我明白他的意思，他是多么的在鼓励着我呵！他还怕我不明了，第三次在他院子里坐时又重复了这句话。并且拿鲁迅做例子。他并且说我是同人民有结合的，我是以作家去参加世界妇女大会的，我是代表，代表中国人民。陈学昭也去，却只能做随员，因为她没有做工作，不懂得中国人民，不能做代表。他又问了我搞土改的情形，还问了你，并且说我已经在农村十二年，可以够了，以后要转向城市，要转向工业，要学习工业，要写工业，写城市建设，我们天快黑时，又坐汽车到他的家，在他们家里吃晚饭。他又同我说我的名字是列在鲁、茅、郭一等的。我说我没有成绩。……吃过了饭，江青就陪我去找小超。伯夏呵！你看我多幸福呵！我第一个就做了他的客人，就听了他给我这样多的鼓励，想着柯仲平为看见不到他而喝醉了酒骂人，我是多么的有了运气，我并且同他约好，以后我要找他时，就在他散步时来。他也高兴的答应了。

小超当然很亲热，谈了一会，周才送了别的客人来看我，因为时间已晚，他们就送我回住处来，从他们院子中我就同周谈我文章的内容，一直谈到家。因为他要我谈的。他问我，我觉得同他们什么话都可以谈，就像同家人一样，我相信不是由于他们会待人接物，而是由于他们的确爱人，对人有感情的原故。回到家时杨大姐已经睡了。晚上记了日记，今早一起来，又给你写信，太阳刚从窗户里照到屋子里，伯夏！你起来了吗？剧本想必已经改好了。今天回石家庄么？没有了我日子过得怎么样，我是无时无刻不想你的，我怕你因挂念我而妨碍了工作。

另外想告你一件事：石门市委将要改动一下。市书是叶，（参座）副的是秀峰和毛铎，宣传未定，这事是前晚周扬告我的，昨天忘记告你了。你在石市工作，当然好，只是究竟怎样，你得很好同他们谈清楚，我怕你将掉在那里，别人看不出你的成绩，有时是不得不顾及给人的印象的。假如我不走，当然好办，但大半我还是走定了。中央已经把我确定了,而且他们是有理由的,我还是跟着他们走好。我的意见,你站在一个文艺岗位上是有好处的,或者你到人民文工团去,紫光他们还是欢迎你的。我大约廿号会去石家庄,你如能回来就更好,我们可以见面再谈,我希望你多考虑。

握手!
丁玲　十六日早

在石庄做固定工作也好。搞一个剧团也好。

此信写于1948年
选自《丁玲全集·第十一卷》,河北人民出版社,2001年

致徐光耀

光耀同志：

今天读了你的信，忍不住要同你谈谈。

你走后，我才读到你的文艺整风思想检查的发言。从那个发言中，我才知道在你的思想中存在着颇大的问题，就是你关心你的写作问题比关心政治生活（即生活的政治意义）多。因此你心中是空空洞洞的，并没有使你非写不可的东西，所以你就怎么也写不出，写不好，而且觉得无什么可写。看到发言后觉得你去朝鲜是对的，但觉得没有好好同你谈谈，很可惜。我就怕你去朝鲜也收获不了什么。许多人去了也是这样的。不过现在同你谈也不迟，当然会因为是写信的关系就谈得简单些。

第一，我劝你忘记你是一个作家。你曾写过一本不坏的书，你是一个文艺工作者，你忘记了，你就轻松得多。因为这就会使你觉得与人不同。这意思不是指骄傲，而是指负担太重。因为你发表过一本书，你就有读者，你的读者和朋友就要求你跟着写第二本更好的书。自然，他们的意思是不坏的，可是你却苦了，你怎么也写不出来，你焦急也没有用。我可以告诉你，读者又在慢慢忘记你，朋友的心也在冷了,这并不可怕,这就是说你可以不着急了,你可以慢慢来,你也可以把你的读者朋友忘掉,把那些好心思忘记掉,你专心去生活吧。当你在冀中的时候,你一点也没有想到要写小说,但当你写小说的时候,你的人物全出来了。那就是因为在那一段生活中你对生活是老实的,你与生活是一致的,你是在生活里边,在斗争里边,你不是观察生活,你不是旁观者,斗争的生活使你需要发表意见。所以你现在完全可以忘记你去生活是为了要写作的,是为了你的读者朋友等等的想法。

第二,你不要着急任务。我们并没有加给你什么任务,你的任务是去生活,去好好改造自己,学习生活,学习做人,学习做一个好党员,一个有知识、有学问、有见解的好党员,一个有修养的党的文艺工作者。你曾经写过一本很好的书,这是非常可喜的事,但离一个作家,一个成熟的作家还很差,现在还是首先从做人做党员着手,写是第二。你不要忘记,暂时写不出不要紧,怕的是永久写不好。

第三,暂时可以不回。中国文学史这一季,你已经没有学了;没有学就留在以后学。下一季是苏联文学,你如在朝鲜无法生活下去,就回来学,如有法生活下去,就暂时不回来,苏联文学也留在以后学。不过,如果的确生活不能深入下去,我以为就要回,免得在那里虚度光阴,以后再下去也是一样。生活中的方式、运动、变化是很多的,但也不是非死捏着不放,死捏着也不一定就懂得了。你可以按情况机动,也要有决断,不要从小处顾虑!

多理解人吧,不是为写作和人做朋友,是尊敬人、帮助人,是向党负责的去爱人、帮助人。努力克服思想中的个人意识。应该有热情,有雄心（做一个最好党员的雄心），能艰苦，能坚持。我对你的希望是很大的，愿你从细小的地方做起。你可以和那边的部队的负责同志去商量，要设法取得他们对你有切实的帮助。

祝你坚强努力！

丁玲　四月八日

此信写于1952年

选自《丁玲全集·第十二卷》，河北人民出版社，2001年

致曹裕明

曹裕明同志：

　　人常常总要遇到一些意想不到的事。你看，你会忽然收到我给你的信；而在我的桌子上，忽然会放着你和你孩子的照片。这些事是怎么搞的？我本来在很安静地修改一篇稿子，并且准备这两天都不见客，也不出门，可是一会儿宋学广（一个我不认识的记者）就要来我这里，我约他来我家里吃晚饭。在他来以前的时间里，我一点事也不能做，兴奋，激动。我把他寄来的许多照片看了又看。那不是七年前我走过的一些地方——桑干河边温泉屯一带的风景、生活、人物吗？这些照片引起我许多说也说不清的感情。我常常想回到那里去看看。去年有个在怀来县青年团做工作的青年去了温泉屯，他来信告诉我一些情形，告诉我你们说起了我。这已经使我神往，使我在梦中回到了那里；可是，总没有像今天这样兴奋。多么依旧的景物呵！那河流急湍地流着，那胶皮毂辘车，那河滩地，那高粱地，那羊群，那果树园，那丰收的葫芦冰和葡萄呵……而且，还有了熟人哪！我一看照片，我就笑了起来。那不就是曹裕明？他还没有变样子，还是那个样，更使人快乐的是，他竟有了那么大的孩子了！你记得么，我们曾经向你说着玩，希望你请我们吃了结婚酒才走。后来到底也没有吃上。

一九四六年,我在你们那里实际只住了十八天。由于我对于农村工作不熟悉,我对土地改革工作没有经验,又由于当时战争环境不能把工作时间拖得长些,我对于你们工作的帮助实在不大,心里经常抱歉。以后每听到有关土地改革的事情,或者我自己参加土地改革工作时(我在石家庄附近村庄搞土改,就花了快五个月的时间),总得把温泉屯的工作拿来回忆,总得再推敲几次那时村子上的情况和工作上的缺点。我的确对你们帮助很少,可是那短短的十八天生活,却给了我无限的创作情绪。当我从你们那里走的时候,我曾向陈明同志说:我的小说基本上已经完成了。我回到张家口时,我向组织上要求的也只是一个能写作的环境。温泉屯的生活,一切的人和事,坦白的说,我知道得是不多的,可是却不知为什么有那样多的人向我涌来,我同他们一直亲切地相处着。当我每天写他们的时候——就是不写的时候也是一样——我都要进入他们每个人的心中,同他们感受一切。有的时候,我还和陈明同志争吵,他不赞成我的那些人物中的某一个人,他要修正他们一些。当我的书写完的时候,我也并没有感到轻松,心里同这些人分不开。我常回忆他们。我总希望还有机会把这些人再现一次,让他们生活得更好些,更完整些,更成熟些,更深刻些,他们也就会留给人的印象更生动、更牢固些。因此可以说:七年来我是很少离开这些人的。土地改革工作完了,而我还在土地改革;小说写完了,而我还在创作……

那年,我离开温泉屯,到了涿鹿县,知道了战争情况的不利,我们的心情是多么沉重呵!我们还来不及替你们庆祝土地改革的胜利,可是我们就又预感到战争将给你们带来灾难。我们曾分享了你们的快乐,然而却不能同你们一道担当灾难。我们用很痛苦的心情去走后来的一段途程。我到了阜平后,只要听说有人从察北察南回来我都要去打听那一带的情形。听说你们那里有了护地大队，我想象着你们一定会参加的。我不能详细了解你们的情况，我就用抗日战争时期敌占区的一切斗争情形来想象你们的艰苦。我也听到过许多关于你们英勇斗争的消息，我真想放弃一切到你们那里来。这些消息是多么的鼓舞了我呵！后来又听说你们遭到意外损失，我就下定决心要继续写护地大队。一九五〇年在北京遇到张雷同志时，我告诉他我的打算。去年他又将这段时期的全部经过向我作了详细的述说。我知道了你的情况，也知道了很多人的情况。唉，我到现在还怅怅于心的是我有几个认识的人却牺牲了！这段材料在我写来当然是并不容易的，可是，直到现在我也还没有把这个计划否定。可是，首先我总得再到你们那里来。我想总有一天我就来了，出乎你们意料的事就要发生了。

……

宋学广同志寄来的照片中有关于温泉屯的材料记录，我极注意地看了。我是说不出的喜悦。虽说你们经过极大的摧残，但现在一切却都又兴旺起来，数目字都增加了很多。你们原来是用井水的，有井水的渠，现在，却新筑了大渠，引用桑干河的流水，这样水地就增加了，像"顾涌"那样的人就不必再羡慕桑干河对面"六区"的地了。我猜想你们那里已经没有像这样思想的人了，即使有，也是个别的了。那些老年人、青年人、妇女、小孩都因为生活的美好而显得那么笑容满面，健康和漂亮。在过去，我记得有许多人家都得吃豆皮，现在想必早已不吃了罢？看你们场上的庄稼和院子里堆满了的葡萄，使我心里充满了欢喜，忍不住要找个人谈谈才好。我什么时候可以到你们那里去，——在那里住一个时候呢？当我还没有去之前，你若有机会来北京，我和老陈都会用极兴奋的心情欢迎你的。

宋学广同志还没有来。我真希望他很快就到，我等着他告诉我一切有关温泉屯的事。

问候你,问候你们全村的人!

敬礼

丁玲　一九五三年十月

附录:

《人民画报》编者按:女作家丁玲一九四六年曾在河北省涿鹿县温泉屯参加土地改革工作,她的小说《太阳照在桑干河上》主要是根据当时搜集的一些材料写成的。今年(一九五三年)九月下旬,本报宋学广同志曾到这个屯采访。丁玲同志从采访回来的图片和有关材料又看到了七年后的温泉屯,觉得异常兴奋。她写了一封信给当年的"战友"曹裕明——土地改革前的一个贫农,土地改革中该屯涌现出来的积极分子,今天的屯主任。

选自《丁玲全集·第十二卷》,河北人民出版社,2001年

致一位青年读者

××同志：

你的稿子我读过了。你希望我提些具体的修改的意见，我的确也想这样做，可是太难啊！我考虑了一下，我纵然仔细地、一条一条地提出意见来，也不见得对这篇文章和对于你有什么好处。因为文章本身和你的创作问题都不是这样就可以解决的。我还是想从根本上来谈，而且我希望你也帮助我从这方面来谈。我懂得现在有一些青年，都不愿自己用脑子，不喜欢听可以启发人的思想的话，而只怪别人提意见不具体。你越讲得多，鸡毛蒜皮都讲了，他倒很满意。如果你说这一点你可以想想啦，他就不高兴，他不愿去想。我想你或者不会这样。那么让我们谈谈吧。

我有一个熟朋友，他写了一本稿子拿给我看，我知道他有很丰富的生活经历，比你的生活经历更复杂。他的书主要是写他生活过来的事，拿他生活中一连串的斗争故事作材料来写的。我读着他的原稿，我极力希望能走进那有趣的生活中去，他的历史，他曾经同我谈过不少。可是我总走不进去，我总觉得我不是在读小说，而是在听一个陈旧的、听厌了的报告，我对这些熟悉的故事、人物、斗争，不是感到亲切，不是引起我情感的回忆、痛苦、沉闷、愤怒、紧张、愉快和充满希望，而是觉得肤浅，老一套……我心里想，我亲爱的朋友啊！你真把生活、人物，把你自己的崇高的感情都糟蹋了！如果单从书面上看，看不出他和生活的关系，好像他写的是听来的材料，是同他没有多少关系的生活。你的书也使我有同样的感觉。你书中的材料的确是多的，也有很多紧张的场面。我相信这不是你听来的东西，可是我总看不出你在你所写的部队中生活了那样久，也看不出你是曾在那里参加过实际工作的，如果你不说，我还以为是一个年轻的知识分子到部队中跑了一转，搜集了许多材料编出来的。这是为什么呢？为什么那些感动了你的生活，在你的笔下不特不能感动人，反而令人看不出生活呢？

  我不知道你的生活经历，和政治的、文化的、文学的修养同我那位熟朋友有多少差别，但我假定你们是差不多，我把他的情况研究一下也许可以作为你的参考，对我的朋友也会有些好处。我曾经鼓励我这个朋友多读书，我想，生活他是有了的，他应该学习表现生活的方法，读文学作品。他读了，读得也不算少，在他的可能范围内读了中国现代的创作和古典文学，苏联的名著以及现代的东欧的作品，他读得很有兴趣。有一次我们谈起来了，我想从读文艺书中来看他的进步；可是谈着谈着，我不想谈了，甚至不想和他争论；因为我们谈得不投机，没有一点投机的地方。凡我认为好的作品，特别在文学上值得学习的作品，他都不喜欢。他喜欢的作品都是我不喜欢的，只有主题、题材可取的作品。他喜欢的人物都是作家极力想写好而没有写好的人物，当然是正面人物。我正想告诉他某一作品里的缺点，而他等不到我说却开始赞扬那缺点；有时我正在介绍一本书的好处，他不等我说完却把那书否定了。我起先还想耐烦地同他辩论，想说服他，后来看看这是无效的，我就停止了。我很苦闷，我反省过，也许是我的观点错了，我的欣赏能力出了毛病。不，我记起来了，我的朋友是反对欣赏这两个字的。但我相信我不会完全错的，我有些意见也是很多人的意见，甚至有些评论家也讲过的。那么是我的朋友的观点有毛病？也不像，他是一个非常单纯、正直的共产党员。那么问题在哪里呢？后来我又同他谈。我劝他在读书的时候，不要做批评家，不要很快地对书下结论，慢点分析，特别不要分析它哪点该学习啦，这于人民于自己有多少好处啦，而是首先让自己感动，陪着书中人一同欢喜，一同哭泣，感觉得有趣味的地方，就多多地去回想，需要加以想象的地方，就多多地去想象。读一本书像打一次仗一样，把全副精力都放在上面，不是轻松地享受，也不是严肃冷静，冷眼旁观地完全用理智去读。我赞成他用点感情去读，先去感受书中的世界，陶醉了才回头来加以分析。可是我的朋友却这样回答我："谁告诉你我不是用感情来读的，我常常感动得哭泣呢；我想着我们党的伟大，想着人民的痛苦，我就哭了；可是一想到我们的前途，我们应该富有乐观主义精神，我就又快乐了。"是呀！我的朋友的确是很有阶级感情的，实在没有错，我好像找不到问题所在了。后来我忽然想了起来，又问他："你除了为整个人民，整个无产者哭泣而外，还为了书中的什么人和哪一件事而哭泣过？"他想了半天想不起来，最后才说："一切共产党员的思想品质都感动我。"

这一段话给我一个印象，就是他为一种思想而感动得多些，为具体的人和生活中的一些平常的事感动得少些。他读书注意一些明白易懂，吻合他的见解的问题，容易为一些含政治性的热烈词句所感动，而形象的东西，或者看来是生活细节却表现了政治性的东西就不太注意了。

这一种读书方法在他对待"生活"也有同样的表现。我们曾在同一个乡下住过,他对每个人常常先来一套分析,说这个人是诚实的,那个人思想不正确。他同他们一起的时候当然是工作关系。他评论他们,可是很少为一个人的痛苦而痛苦,为落后的人多花些时间,他好像把工作解决了就算了。他的赞叹,也是一种评奖人的身份,他好像比这群人都高一些,以他的知识水平、理论水平、工作经验当然比一般乡下人高。我同他说,应该把自己放在他们中间,要很自然地觉得同他们是平等的,才能感受他们的一切,才能同他们一样的笑和哭。他回答说,他同他们笑过和哭过,他曾经遇见一个老太太,很伤心地向他诉苦,他听着,联想起中国人民的痛苦便同她一道哭了。我反问他,你就不能为这个老大娘而哭么?你就不会感到她好像就是你最亲爱的人,或者像你的母亲遭罪了那样的难过么?你就总是那样"政治化",那样爱着一切抽象概念,而永远清醒,不卷进个人感情的漩涡么?你总是那样理智地支配着你的感情,觉得应该怎样才怎样,不让他脱一次缰么?……他没有回答什么,而转入沉思了。

我想问题就出在这里。生活是极复杂也是极平常的,作家要在极平常的生活中去发现大道理。他同各种各样的生活细节结了不解之缘,他把这千丝万缕的平常人不去注意的生活细节缝缀起来,完成了一件天衣无缝的杰作。他不是先有一个科学论断再反过来取一些生活填入他的论文中的,他应该对生活有无比的敏感,他不屑写人人都能说得出来的,归纳好了的生活条文。文学作品的效果当然是政治的,文学的价值当然要看它的政治性的深广,作家当然必须具有政治的敏感,但他却要从生活、从形象的事物来发现真理。把政治写成条文,把写作同生活都看成一般的事务性的工作,连个人都成了这种教条的典型了的时候,我想不只在创作上要失败,即使在别方面也不易成功,是不适合搞创作的。

说了这些，不知道符合你的情况不？要不，请你原谅我，要有部分的对，那我就请你想一想，这是不是一个根本的问题。生活对于你是理论，你可以做理论家，生活对于你不是诗，缺乏诗，你就绝不能做诗人。前途怎么样呢？我想很简单，放下架子，那些装得正确的，以领导自居的架子，去掉虚伪的面孔，真正把群众当老师，向他们学习，就会发现他们真真的好处，爱他们。你对生活没有隔阂，生活对你就真实了。这是一个基本的问题。我想你的缺点也许并不严重，只是因为对文学是外行，在开始接近文学的时候，就首先接受了一套可怕的公式。这样问题就比较容易解决些。我以为你还是多读点书，读一点文艺评论文章，有名的人写的；多接触一些社会，重要的是虚心！不要以为自己有了生活就可以在文艺创作的道路上通行无阻，我们有许多人常常是失败在一种自骄自满的情绪中。写到这里就算了，稿子奉还，如果有什么意见，请尽管来信！

敬礼！

丁玲　一九五四年五月

选自《丁玲全集·第十二卷》，河北人民出版社，2001年

致陈明（三）

亲爱的夏：

你已经走了两天多了，这两天来都是阴雨，我简直就很少下楼，我吃饭也在楼上。今昨两天这里都很冷，我想你昨晚到北京时一定很冷，你既没穿皮大衣，又没穿呢子衣。今天你干什么了呢？妹妹回来了没有？我很希望你们两个人能去上一个小馆子，不知你想到没有，没有，一定没有，你怕人挤，那末你们怎么过的呢？你们一定谈我了，不过那谈不久，十分钟最多了。哦，也许你们看电影了，看的什么电影，同我谈谈吧。我这里没人来，昨晚上邵院长来坐了一会，我不想谈话就同他们打一百分，一个 Gm 也没有完，我就疲倦了，夏更起就说不打了吧。以后他就走了。今天下午我去洗了一个澡，热得要死，房子里太热，因此我很疲倦，这两天虽说没有客来，又下雨，可是游人还不少，并且有人把我们门前的海棠和玉兰都摘了。真可恶！

昨天没有动笔写文章，想了一阵子，后来接到凤珠寄来的刊物，就看杂志去了。昨天读了骆宾基和马加的文章，我觉得都很好，很想给他们写信，后来压住了，我总觉得我太热情了，这有什么好呢？我有这个热情不如放在文章上。可是马加还是想写封信去鼓励鼓励，我觉我写不出他们那样好的文章。我觉得我一定要切实到生活中去才行。我懂得，也告诉人，可是自己却浮在上边，或者像现在这样，隐士一样的生活，我一定要去，我要用我的热情去，我的生命要求去接近生活，我写完这本书就去，去做一件小事也行。我们两个人都去工作吧，不管哪里。

《解冻》又读了一部分，爱伦堡是懂得人的，懂得感情，懂得人的灵魂的。可是他缺乏一种幽美的东西，一种迷人的东西。他的人物的心情会叫你去分析，去领会，却不叫你爱他、同情他、为他们难受。他太冷静了。我想我不十分喜欢这篇作品。人老了，应该更热情，因为更懂得爱人了。他也懂得，可是爱得叫人难受。我以为他太聪明了，他不够傻。

《青年近卫军》才开始看。我总以为他们的描写太外国气，我还是喜欢中国味些。可是赵树理的《三里湾》我还没有看下去。……

中国还是有许多有才能的青年作家的，我很爱他们，就怕他们坏下去，可是我不敢说，我没有能力能战胜教条主义！我看见有些人沉下去浮上来，沉有沉的好，沉要深沉，可是怕没有力量支持，就沉没了。浮要浮得充满力量，这样才能生长，可是就怕浮来浮去，慢慢流走了，站不住脚。

今天我也没有写文章，我想多想一想，我的书不可能写得太好。可是不能潦草，尽管结构不好，故事性不强都不重要，我希望有一些诗才好。总要一看是有味道的。我的语言不好，不够生动都没有关系。可是让它有意义些，不要太浅就行。不是文章浅而是意义浅，没感情。明天我一定要想出点名堂来。

你来的时候，把我的毛裤、你的毛衣、婆婆织的一套咖啡色毛衣拿来，我要用毛线织衣，邵院长说找人给我织。本来我也想过是婆婆织的，不拆它算了，可是想着放的衣服太多了，还是利用它吧，不必花钱再买。

面筋如果还有，我想你送点给欧阳院长去。要是没有了就算了。（等以后买到别的东西给他也行）

我想你今天一定会给我写信的，可是要在三天后才能收到，真是太长了！问候你！好好的过吧！

菡　三月廿日

此信写于1955年

选自《丁玲全集·第十一卷》，河北人民出版社，2001年

致蒋祖林、李灵源（一）

祖林、小灵：

再过一星期，我就到老顶山两个月了。两个月来，我度过了许多年来没有过的美好的生活。我和叔叔两个人谈不完我们的心情与感受。当我和他初见的时候，第一个印象是："怎么这样老了？"而且有些陌生与疏远，好像是，而且只是"似曾相识"。但我们一谈话，才觉得是依然故我，一切如旧，原来是极为相熟与相知的人。但越谈越深，彼此每天都有新发现，我又感到是一个新的人站在我面前了。过去，不过是一个热情的人，一个忠实的人，有些太单纯，而且又是一个很唯心的人。但现在，经过深刻的痛苦之后，成熟了，看问题，想问题，处理问题，都能比较客观、冷静、全面，难得的是，更显得热爱生活，热爱这极为丰富的人世。这种感情支配他这许多年来，不特没有生病，身体反比过去健康，谁看见他也不相信他是近六十岁的人。他一丝一毫也没懒惰下去，长期在北京那样极为优越的条件下，一天除了吃饭、睡觉，就只有读书，人是很容易变得松懈的，他却充满希望，朝气蓬勃。一年多来，他还想方设法，争取到每天可以劳动几小时（几乎没有人有这样机会，也可能别人没有这种要求。我也曾要求过，锄过一次草，拔过一次草，刈过一次菠菜，但由于我的身体不行，没有让我做下去）。

叔叔对我也觉得有许多出乎他意料之外的情况。他很担心过我，但他真想不到我是这样的超脱，一心向往着未来，雄心勃勃。因此，当他发现我的腰、腿、颈项的病苦时，一点也不担心它会损害我什么。他把我当一个年轻力壮的伙伴对待，很自然地对我有这样要求。总之，我们虽然长久分离，但许多想法却是极为相同的。我们很高兴：我们在严酷的现实的考验下，我们做到了无私、无虑（自然我现在还不能详细地告诉你，有些时候，我是不如叔叔坚定与健康）。我们可以自告安慰，这对你们，也不能不说是一种安慰。

在这两个月中，我也每天想到要给你们写一封信，这是我最乐意做的。我要把我最想同你们说的话说出来，尽管我一次说不全，也不可能说得透彻。今天我下决心，打扫出一片心情，坐下来，安安稳稳，尽情地说一下。

从哪里说起呢？先说读书吧！我要感谢党，是党使我有这样的要求，我迫切须要认真了解革命的真谛。是党给了我这样好的环境。我有充足的时间，又毫无牵挂，没有任何事情可以打扰我。从一九七一年夏天起，我就一心一意，把全部精力放在读马、恩、列、斯的原著上。几年来，我几乎全部通读了（有些是熟读）马、恩全集和部分列宁、斯大林的著作，自然我更熟读了毛主席选集。这对我，真是打开了眼界，使我受益不浅。我每天、成天和他们相处，跟着他们走，分析他们那个时代的背景、社会思潮，了解他们的思想和来龙去脉，以及他们的无时无地的斗争情况，并且领会着他们雪亮也似的个人生活和高尚的情愫。这些书，真真是最完整的社会史、革命史、党史，更是一部最崇高的、优美的英雄史。从来没有一部文学作品能像他们的作品吸引过我，从来没有，也不可能有什么神仙、英雄之类的人物这样使我倾心。当我读这些书的时候，我不能不联想到自己。我不禁要问我自己：我算个什么知识分子？我的知识是那样少得可怜！我算个什么革命者？连起码的革命道理都不懂得，满脑子里又装满了私字！我还是他们骂的那些所谓的知识分子、所谓的大学生、所谓的无政府主义者们，那些喜欢沾沾自喜、自作多情的庸夫俗子！我在他们这面镜子里照出了我的丑陋，也用他们伟大的情操来洗刷我肤浅的、狭隘的灵魂。我确实自惭形秽过，但结果，我得到真真的愉快和轻松。恩格斯在伦敦海德公园参加"五一节"以后，他说，当他走下那作为讲坛的货车时，觉得自己高了几寸。我也是，在我与他们相处时，总是也感到自己高了几寸，和减轻了许多斤。这些日子，真值得人回味啊！

根据我的社会经历和科学知识的水平，《资本论》对我是不容易读懂的，特别是第三卷。但马克思为了读者，包括像我这样的读者，耐心地、反复地说明资本的形成、发展，和它在资本主义时代的作用，由它而产生了各种各样的剥削。我也就反复地去读它，一遍看不清楚，就再看一遍，还跟着算账，务使弄懂。即使那些不易使人懂得的资产阶级的谬论，也勉强去读懂它。如果不懂得那些历史上曾有过的各种各样维护资产阶级利益的所谓的权威学者的学说，以及后来那些既剽窃而又歪曲了马克思的反动的经济学家的东西，是不能透彻了解马克思的唯物主义辩证法的。是的，到现在我也仍然不能说我已经真正懂得了，但至少我在这里得到了许多东西。马克思写这本书，花了几十年的力气。在这几十年中，他历尽了贫困与疾病的生活，特别叫人难受的是各个国家警察的迫害，以及卑鄙、阴险的各种小人物给他的污蔑、陷害。他的家庭生活中，也发生了一些不幸的事，他死了三个孩子，他最心爱的那个孩子死时，他的妻子燕妮和他自己几乎被击倒了。他伤心透了。他给恩格斯写信，说这孩子是他们全家的灵魂。他说：我只有想到你（恩格斯），想到还要和你一同在这世界上做几十年工作，才抑制住无比的悲痛。（大意）而且，疾病终于使他不能完成这本书。他为这本书所作的艰苦的努力和斗争，和他这本书的本身，可谓万世明灯，给了我无穷的力量，使我认识了我愚昧的根源。不管我的生活怎么样，我是一定还要读它的。我决心一定要真正读懂它。

　　过去，我对恩格斯，可以说一无所知，在延安时，读过他的《社会主义从空想到科学》，但那时，对这本极容易读，而又使人感兴趣的书，却未引起我的注意和爱好，但现在，我连他的片纸只字，都不愿放过。列宁在他逝世时说："一颗伟大的心停止了跳动。"列宁对他所有的评价也是最切合的。拉法格在他给丹尼尔逊的信中说恩格斯的学问是极为渊博的。他极为热情，要同许多国家的共产主义者通信，还用各种文字，也就是用与他通信的人的国家的语言写信，都写得非常好。拉法格说，想着他曾花了二十多年在商业上，就真不容易理解他从哪里来的时间去获得那么多学问？他对政治、经济、哲学，自不待说，而对历史、语言、自然科学也无不精通。他对军事也写了许多天才的论文，他对游击战、对人民战争、对街垒战等等，都发挥了许多创见。列宁曾说他是伟大的军事学家。当他二十岁时，写了不少文艺论文。对伟大的作家歌德也写了极为英明的评论。恩格斯的伟大，固然由于他和马克思共同创造了马克思主义，但他最使人感动的，还在于他的品德的高尚。列宁说他对马克思生前是无限热爱，死后是无限尊敬。恩格斯去到他父亲有股份的公司当办事员的事，是他向来最讨厌的，但他为了马克思写《资本论》，也就是他们两人的学说，他去了，一去二十年，中间多次想离开，无法离开。马克思在《资本论》第一卷出版时，写信给恩格斯说：这本书能出版，主要因为是有你，有你为我做出无私的牺牲。马克思也再三不安，再三说，恩格斯如果不去做生意，以他的才华，将更做出许多伟大的事情。马克思死后，恩格斯把自己许多写作计划都放弃，一心一意在马克思凌乱的故纸堆中去辨识只有他认识，像天书一样难认的各种各样的笔记本。费尽毕生力量，完成了第二卷、第三卷的编辑工作。多少人劝他不要搞了，要他不如根据马克思的材料自己来写容易得多，但他不愿意，他认为，他的亡友是最伟大的，他应该让他的语言直接达到人民手中。马克思在世的时候，他做了许多事，他有许多文章是用马克思的名字发表的（直到他死后，从他们的通信中才发现）。马克思死后，他继承马克思，担起世界共产主义领导的事务。可是，他无论何时、何地，对任何人，总是说，共产主义的学说是马克思的功劳，一切荣誉应该属于马克思。每当他受到荣誉时，他总是说，这是应该属于马克思的，他只不过是代替他的亡友来接受而已。他是多么谦虚啊！

关于列宁，那就更不必多说了，他创立了俄国的党，同各种保皇派、孟塞维克、修正主义、马克思主义的叛徒，不疲倦地斗争。多多少少人，今天是战友，明天又成了敌人，而且这些少数派还长期盘踞在党内，他们有群众，他们耍阴谋。列宁把党引向十月革命，引向苏维埃的胜利，是多么的不易啊！我总是用一颗热烈的心，读他的大的论文和小的传单。在读这个文章的时候，不能不对现代修正主义愤恨。

在读这些原著时，我也反复读了毛主席选集，从这里越感到毛主席在发展马列主义，把马克思主义与中国结合，尤其在反对修正主义，无产阶级专政，以及军事、军队的政治工作等，深感自己能理解到这作用的幸福。

每天、每天，我们都要谈论他们，真想有几部原著在手头啊！现在还只好等着，我希望今年能配齐这些心爱的书籍。

关于读书，我就说到这里，实在什么也没有说出来，以后我还会说到这些,当我知道你们读过一些什么书时,我就要同你们专门谈它,一本书,或者一个问题。也许我能写出几篇读书札记。一要手头有书,二只给你们看。

其次,谈我这几年想得最多的。你们知道我曾有过一个长篇小说的计划。这部书,后来由于没有写作的条件,只好搁置在那里,没有写下去,但在农场时,也几次自己审查过,推敲过,设想过。这几年在北京,我更仔细思索,有些地方我要修改,有些地方须要从头设计,另打基础。有些地方,我要保留,要发展。我自己反复思索,认为我可以完成这本著作。我也估计了许多困难条件,但从各方面估量,还是觉得有把握的。我一定要精心地把它写出来。二十年脱离了书中的人物、书中的事迹、书中的环境等,但这二十年我不是白过的。我有另外许多收获,可以弥补我的一些不足。实际上,这些人物,这些事件,这里的一山一水,并没有脱离我,而是在我脑子中生根。虽然有一些只是我的旧友,但由于我朝思暮想,萦回脑际,每天都要去丰富他们一下,提高他们一些,观察他们,研究他们,做了许多"提纯复壮"的工作,这些人很自然地成长、成熟、变高、变大、变活,变得自然,变得有血、有肉。但这些人绝不是我脑子中的人物,凭我的空想或理智,硬把他们安置在那里的,这些人是在各种必然的条件下,非生长出来不可的人物。我决不向读者详加说明,讲清楚这些人物的好、坏、伟大和渺小。我只是要读者同书中人生活在一起,和他们"四同",同艰苦、同生活、同斗争、同欢乐,爱他们、恨他们,津津乐道,不能忘怀。写作最忌把读者的水平想得太低。总以为自己是教育者,读者是受教育者(我是做过扫盲工作的。就是扫盲,也要看到这些被扫者,是有他的各种知识,也决不是真正的盲人。要了解他们的悟性,他们能想出各种办法克服他的困难的)。作者应把读者看作知己,要把他们看作是一些不讲自明的人。要少说废话。两个朋友在一起谈话，有许多是不讲自明的，彼此用几个字，就能把要说的话讲出来，而听的，靠领会就能听到没有说出来的全部。这才有味道咧！因此，文章要含蓄，不要叫读者只坐在那里死读、死听、上初级课，而是要读者有想象的境界，有思索的余地，有回味，并且能在其中得到启发。要叫他动感情……；但反过来说，归根到底，这一切仍然是由作者去设计，去安排的，只不过是叫你看不出来。革命样板戏是好的，如果没有样板戏占领舞台，那么舞台仍然还是由帝王将相、才子佳人去占领。没有新的、好的、革命的，就赶不走旧的、坏的、反动的。样板戏也的确给我许多启示和激励。我从那些作品中也吸收了许多经验。

这本书发表过四万多字，还有两万来字的原稿（全书约八十万字至一百万字）。一九六七年春天，为了怕遗失散落，叔叔把它整理包好交给当时农场的公安局。最近，我已提出要求，索还这份稿子。估计还在那里，至少是没有丢掉。我要把它写出来，一不为名誉、地位，二不为自己翻身，也不是一本书主义，不打算出版。如果能作为后人的参考资料也就行了。何况是可以给你们浏览的。叔叔怕我计划太大，不易完成，不十分赞成。他倒赞成我写读书札记，认为可以把它写好。我的注意力当然是札记居于次要地位。总之，我认为我还有精力，生活条件也可以，没有做工作，脑子里没有别事打扰，拼一点老命，留下一点东西。

至于你们，我自然是想念的。但我相信党，相信群众，也相信你们，倒并没有什么不放心之处，对我的情绪也没有什么干扰。这次知道祖慧情况，大出意外（我也估计到她可能经历到一些波折），有些沉重，也心痛她。但想到这是一场阶级斗争，个人在这场革命的激流险浪中，总是要发生一些可免或不可免的遭遇。祖慧向来过于天真（也是幼稚），又自信，自以为自己纯洁无私、敢闯，实际是顽固、愚昧。同时也容易轻信人（对家里人的话是不易听进去的。叔叔说，她对我是主观对主观，所以不愿听；对哥哥可能是认为不在一处，不了解她，又不想多做解释，就避免听他；对叔叔是相信不够），主观、片面。但祖慧也有她的好处。她私心的确较少，名誉、地位、风头的想法也较少。对人平等、热情，一般的时候，还是能在群众中取得好感。个人生活总有个人的路，总是由个人去开辟，别人实在帮不了多少忙。收到你的信后，叔叔立即给她去了一封信，寄到干校，可是她又在城里。在祖静处见到我给祖静的信，可能还在五妹处知道我的病和我需要骨刺丸，即四处奔走，为我找药、买药、寄药。我已收到她两次寄来的药。写了一封信给我和叔叔，只字未提她的情况，但从字里行间，感觉到她的情绪还是健康的，认识问题也有些进步。昨天又收到她回到学校给叔叔的复信，信里简单地说了一点她最近的情况，和介绍周良鹏。周良鹏这个人在祖慧眼中，是一个有高尚品德的人。祖慧认为他人好，值得尊敬，愿意和他结合，丝毫没有考虑到他的社会地位、工资、荣誉和历史经历。这是健康的。祖慧是当一件正经事对待的。她没有自卑感，觉得自己失去了党籍，没有政治生命、前途，工作岗位还不知怎样，年龄也大了，婚姻问题，能有个周良鹏对他好也就不错了，……这些多愁善感、消极情绪，祖慧是不会有的。祖慧就是认为周良鹏好，祖慧是一个单纯的人，旧的东西不多，她相信自己，就按她的自以为是的想法办事，不大管世俗人的眼光。我们也觉得，如果周良鹏的确像祖慧介绍的情况，那周良鹏是值得爱的，是一个好伴侣，他们可以互相帮助去走他们未走完的革命的道路。我们也不固守成见，用一般庸俗的眼光去看他们结合。我们甚至赞成祖慧不在文化界的小圈子中去找爱人。毛主席说："一个人能力有大小，但只要有这点精神，就是一个高尚的人……"一切知识学问都是可以由人去获得的,而品质是根本,是比较难于修养的。只要周良鹏正像祖慧所认识,那就很好。我们就不必再操心了。反之,如果祖慧又是主观,那,我们现在也很难说什么。

小延的一切都使我们愉快,本来我们就爱谈到她,现在就更要谈她了。未来就像清晨的绮丽的云霞,人们总爱在它的身上萦回着许多梦境,当看到各种征兆要变成现实的时候,就更引逗人沉醉在更多的希望之中。我们只觉得有一点要向你们建议的:小延应该注意体育锻炼,可以参加学校的集体的体育活动,只有有一个健强的身体,才能谈到其它,而她的缺点,却正如你们所说的"有点弱"。我们能有今天的健康,也是由于一直坚持锻炼。我的腿虽然妨害我做过多的行动,但我在注意它的休息之外,同时也注意它的活动。叔叔更是多少年来都坚持体操和冷水擦澡,并争取做些劳动。

我的身体,各方面都很好,只是骨质增生有所发展。去年三月,感觉右腿不能下地行走(不活动时并不怎么痛),去北京复兴医院检查、照X光片。五月中旬,住院治疗。医生说是腰椎变形引起的,可以治,须动手术,但由于我的年龄,同时变形也不算十分厉害,决定只服药(一九六一年,我在佳木斯检查时,医生就说过我的腰椎有变形,不严重。凡病都不是一天一夕的),住院一百天,主要服消炎痛、木瓜丸。出院后,为了巩固疗效,仍服消炎痛,腿基本上复原,没有什么特别的痛苦。到十月间,忽然血压增高,十一月间,胸间出气受压迫,还引起干咳,左臂、左脑、左背神经都受压迫,疼痛,血压又增高。医生检查后,又用心电图检查,立即送医院,住北京市市立第五医院,又照X光,说是项部椎骨增生,仍服药休养,今年二月间才出院。也基本痊愈。但医生仍给我服骨刺丸,说这个药是新出的,不能根治,但可控制增生的发展。这个药很有疗效，整个春天，旧病未复发，没有加重，这是难得的现象。到这里后，我曾写信去北京医药部门函购，回信因缺原料，无货。叔叔即告五妹，要五妹在北京打听。妹妹知道后，给我打听到骨刺丸的情况，并且把北京有名的中医关幼波献出的药方，专治骨质增生的，弄到，买了药寄来。我把这个药方交给这里卫生院的一个老中医，他说很好，可以吃。他还答应给我做成丸药，这样，妹妹就可以不寄了。这些病实际都只是人体中的局部问题，我的主要方面，内脏、神经等都无毛病，我只要注意一点，不久坐，久站，多走，生活安定，少想无益之事，就是一个很健康的人，不妨碍我读书、写文。妹妹还说可以设法买到骨刺丸，她还要给我寄来，那就更没有什么问题了。

　　小灵子的身体，倒是值得注意。她没有我现在的好条件。我这里空气好，气候不冷不热，冬天比北京暖和，夏天比北京凉快。这里的人是不用扇子的，中午不过27℃、29℃，早晨很凉爽。我没有担任工作，时间自由，全可由我支配，精神也没有任何负担，心情舒畅。叔叔还有充分的时间照顾我。小灵子的血压高，可以多做深呼吸，在空气好的地方散步，生活要有规律，力戒烦躁、忧郁。关节炎可能因上海有些潮湿的原因，可以扎针。我很相信针灸。我这里还有一个民间单方，用醋炒麦麸，炒热后放在布袋里敷患处。可以好，我还打算试一试。

　　来这里后，市委政工办事处主任来过三四次，问我们需要什么，看我们住得怎样。还要我们把在北京和在东北的东西开一详细清单，说明可以经过什么途径拿到，并说必要时将派人去办。半个月前，山西省委组织部又派人来看望，看住得怎样，生活得怎样，有什么需要，有什么问题。公社和大队的干部就更不消说了。因为答应补足叔叔的工薪没有寄来，叔叔的工作也没有定。工资介绍信也没有寄来，而在农村安家，却是什么都须用钱去买的。我们只穿一身随身穿的（在东北动身来北京时的一身衣服）衣服，和临走时北京发的一身外边单衣以外，就没有什么了。因此，到此后也将从头置起，好在可以借钱，借多一点也不要紧。发了十斤棉花票，十丈布票，不够时还可补充。我们做得不多，总想少做一点，可能从东北或北京会寄来一点什么（我并没有十分希望那些东西）。现在我们已经自己起火做饭了，质量自然比北京差，却比一般社员和干部都要好得多。这里老百姓的生活水平比过去高多了，一个劳动日可以得一元钱。家里若有两个劳动力，就过得很好。要有三个，就可以把自行车、缝纫机、手表或收音机闹全。但吃的较差。粮食是有啥吃啥，种啥吃啥，玉米、小米多，麦子少，大米没有。干部是三分之一麦子，三分之一小米，三分之一杂粮。我们的供应是，麦子百分之五十，大米百分之二十，小米百分之三十。副食品，老百姓在菜籽收后，可以分点油，每人一斤到两斤（全年），春节时可以买到十来斤肉；干部供应每人每月三两油、半斤肉、半斤鸡蛋。我们没有规定，由公社的供销社随便给我们多少，只会多，不会少。我们不愿买得太多，同群众区别太大，自动节约。可能仍会多些。我们还可以去城里买点炼乳、干鱼（偶尔还可买到新鲜鱼）及其它罐头食品。糖也是这样，老百姓凭对国家的支援，交鸡蛋任务，或其它任务后，可以买到一些东西。长治市里还是有许多东西，就是贵一点，各个工厂的人还是有钱，舍得买。农民对吃，习惯上不讲究，但近年来这里也讲究穿，时兴穿什么滴滴卡、的确良，还有凡尔丁，和其它不要布票的布。老太太们穿条子绒，还说这是落后了。他们看见我们穿着打补丁的布衣服，都很奇怪，连大队干部中也有人说，不理解我们这些人的思想，有钱不穿。叔叔已买到一部飞鸽牌自行车，可以每星期去市里一次，办点事，买点新鲜蔬菜。这里的煤非常好，烧起来又就手，又省事、省煤。我们的饭菜很简单，一菜，一饭。我一个人就可以对付了，但叔叔抢着做。做饭时间不多，可以边看报。但我们吃得很慢，饭后也定要休息一会。现在我们都不抽烟了，也不再抽它。稍稍喝一点茶，坏茶叶也将就。现在队上早熟的苹果，以及桃子等都下了，我抽屉里放了许多，可以尽饱吃。秋天，更多、更好。有国光、印度等品种的苹果，还有一种葫芦形的梨，本地叫油瓶梨，是最好吃的梨。有各种葡萄、核桃、枣子、柿子……。价钱总比城里便宜。

信写得太长了，未完的话，以后有机会再谈。

     妈妈　一九七五年七月十二日于老顶山公社

     今天已到十七号了

选自《丁玲全集·第十一卷》，河北人民出版社，2001年

致蒋祖林、李灵源（二）

祖林、小灵子：

　　前天收到你八月十日来信（这封信走得真快），昨天叔叔即写了一信给祖慧，告诉她，如果棉衣五姑已交给成衣处（五姑可能已去江西），就叫她立刻给你们去信，让你们不必操心了；如果五姑已买衣料、丝棉，就叫她将衣料、丝棉及衣服尺码寄上海，请你们代做；如果东西都还没有买，就叫她不必买了，把尺码寄给你们，请你们代做。情况如何？我们也只能等等再说了。

　　叔叔身边有一条很好的毛裤，一件不太好的毛背心，还可以穿一个时间。有了你寄来的毛衣，他就不成问题了。我的毛衣，也带到北京来了的，但被老鼠咬破得很厉害，只好告废。毛裤我留在东北了。但我这里还有一件一九五八年的丝棉衣，一条一九六三年的驼毛裤，都不能拆洗，也无法干洗，也不值得干洗。虽然不太干净，补得也多一些，但可以应付一时。因此，准备工作可以不那么着急。你说的那件旧皮大衣，我们不需要。叔叔还带了一件丝棉布面子，猞猁统子的皮大衣来，还很新，在东北时没有怎么穿它，此地据说不冷，那就更不会要穿它了。这件衣我也能穿，不过我想，我不会出门，用不着它。叔叔曾要五姑依照我棉衣的尺码做一件能罩棉衣穿的小羊皮背心，穿脱起来方便。等着五姑做否以后再说。帐子这里没有用。这里蚊子很少，第一是缺水，第二是房子都有塑料窗纱、竹门帘。这里并不出产竹子，可是竹门帘极普遍，而且是老传统，比出产竹子的常德人还用得多。如果没有寄，就不要寄；如果寄了，就只好暂时放在这里。

前天公社负责人告诉叔叔，说工资等关系已转到，看来叔叔的工作可以很快定下来，我们借债过日子的情况也可以结束了。虽然要添置的东西很多，但总可以有计划地逐步解决。所谓北京的东西，东北的东西，不管结果如何，我们可以不去管它。拿走那些东西，在那个时候，总是必定会发生的。不是由于某一个人才引起的，尽管表面上可以说是因为谁个人说了什么等等，但没有这个人还是会发生的。拿走了也好，我们无所谓。东西、存款在我们用处不大，书籍给别人看也好嘛。我们原来也是当着不容易卸掉的包袱存放在那里的。那里边也有你们的东西，但你们也是因为一时用不着才丢在那里的。我们现在生活过得去，少一些东西，少一些钱，不是还轻快些么？现在领导上说要还，那是政策，既然领导有这样决定，我们也不反对。但我们也估计到其中的困难，因此一时不能送回，我们也不会有一丝一毫意见，对当时拿走东西的人，和现在在做这个烦难工作的人，都能理解他们。

我觉得品格高尚的人大有的是。这些人要到工农兵群众中去找。那些报纸上介绍的典型人物，且不谈他。前几天，我们总结了我们在东北的朋友、熟人、较接近的、较有关系的人，在近百人中，我们不能否定其中也有个别的人是带有私心、带有个人欲望来同我们接近的，但绝大部分都是比较纯洁，同我们是在工作、生活中互相帮助，互相尊敬，逐渐建立起正当的，然而是使人怀念的关系的。人的性格是可以因为社会制度的改变而有所改变的。大寨人也不是天生的。将来没有了钱,"钱"失去了一切作用,也就没有了这些鼠目寸光的悭吝的守财奴!人的存在都有它的社会基础的。贾雨村也不是不可以消灭的!在这里我想起了邓晚荣,我要同你们谈谈她。

邓晚荣是我在宝泉岭(农场)最好的朋友与老师。她同祖慧同年。原是宝泉岭一个转业的职工的家属,后来成为全农场的标兵。我去宝泉岭时,她刚调来工会做女工工作。她自然知道我是一个没有摘帽子的右派分子,但她不歧视我,不鄙视我,觉得可以亲近我,还觉得在我这里可以取得某些工作上的帮助。我是完全抱着向她学习的精神去接近她,同时,也抱着满腔热忱帮助她学习文化和工作。她出身在一个劳苦的人家,也是在一个更不贤惠的后母的歧视和打骂下长大的。十三岁嫁到一个中农家当媳妇,有生以来有了一条羊毛毡做被子(不是垫子)。这家,妯娌多,工作多,脏活、累活都是她做。她学会各种活,锻炼出一副硬腰杆。解放后,她积极参加村子上的学习活动,慢慢地,当上了村妇联主任,入了党。丈夫参加解放军,抗美援朝,集体转业到宝泉岭。她随着到了宝泉岭,当家属,做饭,带孩子,做一个普通党员。可是,她就在这当中,不声不响地做了多多少少好事。好事也不是一天能被人发现的。她也从不宣传自己。我现在只讲她几件事。一九六〇年、一九六一年,低标准时,农场的粮食标准也降低了。收刈后,职工、家属业余时间都到地里拣粮食,她也去拣。结果,人人都把拣来的粮食往家里背,只有她一个人天天往场院背。北京知识青年到农场,刚下去,生活、劳动都有困难。她天天一早自己收拾好了,就去她们宿舍,叫她们起床,替她们倒尿盆、扫地。同她们一起劳动,帮她们锄一节草,帮她们打一段芦席。在那些还没有很好提高思想觉悟的姑娘们眼里,她不过是一个文化很低,土里土气的女工,可是她总是不倦地做她们的思想工作。后来,许多人都明白了,亲切地叫她邓姐，回家探亲后，还把北京的土产、酱菜带来送她。她对旁的家属也好。她同她们一道下地劳动时，遇到水沟，总是把水靴让给别人穿，自己赤脚踩着结有冰凌的水。有时就背别人过沟，看到有人脚冻痛了，就即刻解开自己的衣服，把别人的凉脚放在自己的怀里暖着……我们在一道的时候，她总是以行动支持我。我教家属学毛选，发动家属自力更生，刘洋草给托儿所。她即刻同家属们一道去来回要走三十多里地的地方去刈草，回来时还要背五六十斤。我动员家属们自己制造黑板，出报，写标语，她即刻就去帮助找木板，还花钱买木板给她们。她是我教文化课的那一班的学生，她是学得最好、最快的，从识字不多到能写发言稿。她经常要出席各种各样的会，也得准备各种各样的发言或报告。有时去佳木斯，有时去萝北，有时还去哈尔滨。我对她的学习也比较仔细深入，要求严。我们两人每天都要在一块学习一个时间。她对我个人也是很使我感动的。只讲"文化大革命"初期，十月间，当革命群众批评场领导对我太好，把我们安置在招待所住家，要把我们轰出招待所，赶到一个房屋比较差的家属区时，我们是愿意的，可是叔叔那时，脚、腿因公烫伤，不能行动。我毫无办法。这时，她，只有她，她不怕，不管一切，亲自去到拟要我们搬去的新屋察看，叫房管所派人，替我们修炕，她自己则守着，修好了，她又找了很多废木把炕烧干。我搬过去后，她还要她小姑子在仓库找了几个装化肥的厚纸袋，由他公公送来，让我在窗户外边做一个卷帘，夜晚放下来，以御寒气。她做这些决不是没有立场，她是对我有充分的了解，才敢于这样做的。她在"文化大革命"中，不管哪一派都想结合她，而她一直也是正确的。后来我们虽然没有什么个人联系，但我一直怀念她，相信她也会惦念我。等叔叔工作定了以后，我们要写一封信给她。

现在讲一点使人愉快的事。小延很热心社会活动，积极参加向阳院的学习、工作，做红小兵代表，真使我们高兴。我们用了很多想象去描述她的样子。她在这样小就去接触社会上许多问题，同人合作，解决问题，多好啊！她可以学到许多东西，对她将来也会有很大影响。这是在学校里学不到的。希望她工作顺利，收获丰富！

我们院子里也是一个小小的向阳院。我们院里住了三家，除我们外还有两家，是叔侄俩。东屋的一家有三个小孩，大的是男孩，五年级学生，两个女孩也都上学了。南屋也有三个小孩，都是男的，大的八岁，二的五岁，小的两岁，父母外还有一个奶奶。我刚到时，成了他们最欢迎的对象。几乎成天都要跑到我的房里，争着为我介绍这里各种各样的环境，描写我屋子里的老鼠如何如何多，如何如何厉害，要怎样对付……他们唱各种各样的歌、快板给我听。早晨起来，我带他们一道做广播操，间壁院子里的小孩也跑来参加。好些人都笑说，七十岁的老奶奶还做广播操！时间久了，我们活动的时间有些固定。总是在吃晚饭的时候，我们先吃完，坐在门口乘凉，孩子们就都围过来了。这个说："爷爷！教我们唱一个歌！"那个说："奶奶！教我们一个快板！"另一个又说："奶奶！我给你仿一个古，你看好不好？"还有的就把自己编凑的快板念给我们听。到他们吃饭的时候，也一个一个把他们的小米稀饭，或者玉米面面条汤，上边还放有一点点菜，拿到我们房门口，坐在房檐下台阶上吃。老奶奶也常坐在我们房门口吃饭。吃的时候，就向我们讲："小米汤里，放点豆角，放点瓜，下几根面条，再沾上点油、盐，可好吃咧！这个饭叫调和。"我问她的孙子们："调和好吃吗？"都说："好吃咧！"我又问："小米汤好吃吗？"又都说："好吃，好吃，都好吃，疙瘩汤也好吃（清水煮玉米饼子）。"这是他们在给我们上课。这些天真无邪的孩子们，就都遵循着他们爷爷们、奶奶们、他们的父母的教导和指引，吃最简单、朴素的饮食，流最多的汗，欢欢乐乐，艰苦奋斗，建设我们的祖国，建设人类未来的最美好的天堂生活。说到这位奶奶，她也真是我的老师，日夜以她勤奋的镜子照着我。她比我小四岁，小脚，可是眼不花、耳不聋（我早已有些聋），腰腿有劲、走路快。从早到晚，手脚不停，做饭、打扫屋子、带孩子、做针线、加工粮食。前几年还上班挣工分。尽管她满脑子还装满了封建迷信，她也讲许多她认为有趣的一些旧习惯（实际全是愚昧、落后、可笑透顶的事）给我听，那有什么关系呢？她本人是一个纯洁的人，劳动了一辈子，从不想沾人便宜，现在还是为下一代劳动，为人民劳动。她即使成天就只吃一点小米稀饭、玉米面饼子，偶尔难得吃一顿面条，她也从来没有吃过什么好的东西，也不管世界上还有什么好的东西，她压根就没有什么享受思想。可是她总还是向我说："买个鸡蛋，擀个面条，烙个油饼，不要吃这个小米稀饭了。"（实际上，她们认为小米比玉米好吃）也常说："不要穿这些补丁衣服了，我还穿烫绒裤咧！"她们有时做点好的，榆面饸饹、玉米煎饼、玉米面糕，总要拿一碗让我们吃。今年端午节时，她们吃一年一度的黄米糯米饭，里面放了红枣、白糖，也都盛一碗给我们分享，那几天，我们尽吃黄米饭了。因此，叔叔每次到市里买菜时，不能不记挂着她们，多带一点菜回家，尽管回家的路上有点上坡路，骑自行车还是很吃力的。可是她们分到西葫芦，或者从自留地里摘了几斤豆角时，也总忘不了我们。所以，我们这个向阳院，是我们教人家，但更多的是我们向人家学习的向阳院啊！说到这里，想起我们家庭在昨天发生的一点小风波。这几天，我有点感冒、受了热，头有点痛，胸口胀满，吃东西较少，常躺在炕上休息。昨晚吃罢晚饭，叔叔还在洗碗，我说想到院里坐坐，吹吹风，叔叔说好，我就找那本有一个民歌的书。叔叔忽然气极败坏地向我嚷开了："我一天到晚上班（他最近帮大队卖果子），做饭（他不要我做，说火炉前太热了），请医生，去市里买药；你呢？一天到晚躺在炕上，养精蓄锐，到晚上了，你来劲了，把积攒起来的一点精力去教小孩子们唱歌，你真好！"我一听，立刻变了颜色，一声不响地坐了下来。叔叔又说："我说你，你还生气！"我说："你不愿意我去教小孩唱歌，我理解，可是你的话说得太过分了，也不合乎现实！"叔叔说："我不说得过分，你能听我的吗？"我说："总之，我不希望这样！"我又想起他有时教孩子们唱歌比我热心，就又说："只准你高兴教就教，我愿意可不行。"叔叔又说："我是恨你一点也不照顾你的身体！"我们的一场小吵闹，很快就结束了，心平气和了。可是，我还是憧憬着院里热闹的生活，而且想到"小瘦"那个五岁的孩子，在我屋子里，感到他是被我喜欢时那种自满，骄傲的跳跃着，好像只有他才能有这些比较放肆的行为。同时，也想着他在学完了歌躺在叔叔怀里的情形，脸上放着稀有的舒适和充分享受着一种幸福的光辉的样子，叔叔拍着他穿有满是尘土的裤子的屁股。

好了，不说这些琐事了。总之，我们的向阳院还是要发展下去的。我们向阳院孩子的特点，是劳动好。他们在麦收时，都去替队上拾麦穗。现在又在替队上刈草，报酬给学校。八岁的"小胖"劳动习惯极好，每天放学回来，把书包一放，就自动挎起小筐出发了。一天刈七斤、八斤、十斤，有时还给家里刈一筐子野菜，全家可以吃两天（他们家种的菜少，不够吃）。遇到我们家有什么活，他总是高兴地跑来，积极帮助搬砖、搬煤，禁止也禁止他不住。还有一个好习惯，我们在家的时候，他们总喜欢来玩，上学的一回来，先到我家，小的，成天跑到我的门口，悄悄掀开竹帘子看看，看我的颜色，我不理他，就悄悄地走了，过一会再来，倘若我们不在家，门敞开的，他们也不进来。他们对我们的生活，常常用好奇的眼光来观看，也很喜欢看我们的有些灵巧的用具，但是他们连一张纸都不拿，桌子上放了果子，也不拿，也不要。他们识字、读书也许差一点，但他们对实际生活，社会上的人情事故，都很懂，胆子大，敢说，敢对付一切遇到的人事，独立自主能力强。总之，他们喜欢新来的爷爷、奶奶；爷爷、奶奶也喜欢他们。我们互教、互学。院里生气勃勃，融融洽洽，欢乐非常。

信写得很长了，就此打住吧。

祝你们好，向小延致意。

妈妈　一九七五年八月二十日

另：

请小灵寄两本歌片给我们。最近几年，我们都学了一些歌，可是我们两人记得有差异。叔叔说他对，我说我对，所以想找歌片对一下。西哈努克的《万岁毛主席》是一定要的。我们两人都喜欢它。如有用过的，不需要了的儿童看图识字的书或方块字，请一并寄给我。

又及

选自《丁玲全集·第十一卷》，河北人民出版社，2001年

致胡延妮

亲爱的小延：

　　许久没有给你写信。你考取了上海市重点中学，学习好，有上进心，我心里非常喜欢。我现在讲点奶奶上中学的故事给你听。

　　一九一八年，我满十四岁的那年，小学毕业了。暑假中，我的妈妈亲自送我到桃源县考第二女子师范学校。桃源离常德约九十里，是乘轮船（小火轮）去的。学校校舍很整齐，临沅江，风景很好，运动场也大，我非常高兴。我妈妈住了一天，把我托给学校的一个女管理员（像现在学校里的生活指导员），并且交给她一个金戒子。妈妈说没有钱交保证金（如果我考取了就要交十元保证金，这个保证金要到毕业时才能退还），这个戒子留下，如果我考取了，开学时，妈妈有钱就寄来；如果没有，就请这位女管理员代卖代交；如有多的，就留给我零用。我难受了两天，因为我妈妈只剩我一个女儿，这年春天我弟弟死了，妈妈是很伤心的。我怕她一个人时想我弟弟，心里很难过。但学校里很热闹，我同几十个等待考试的新生同住一个大屋子，所以很快就不那么忧愁了。

　　住了一个月才考试。在等待考试时，同学们都很用功地准备功课，只我比较爱玩。我常常在楼上寝室的窗口一站半天，从疏疏密密的树影中看沅江上过往的帆船，听船工唱着号子。拉纤的、撑篙的船夫都爱唱，那歌声伴着滔滔的江水和软软的江风飘到窗口，我觉得既神往，又舒畅。我还喜欢在大运动场上散步。这个运动场周围都是参天大树，运动场的远端还有一个分隔开了的晒衣场，我们洗的衣服也都晒在那里。我同几个年龄差不多的同学常在这一带，坐在分隔两个场子的短墙上谈天，各人讲各人家乡的故事。有两个溆浦县的年龄较大的同学，因为溆浦县小学的校长向警予同志是我妈妈的好朋友，我们也就好像有点沾亲带故，彼此关切多些。她们常叫住我，要我复习功课，她们说我自信心太强，要小心些，要努力些，并且拿我妈妈的希望来勉励我。这两个同学我至今记得她们，感谢她们对我的好意。其实，我就是自信心很足。因为我从七岁就读书，我妈妈亲自教我读《古文观止》，什么《论语》《孟子》在十来岁时就读过了。很小的时候，还从我妈妈的口授中背得下几十首唐诗，古典小说也不知看了多少部，比一般同学要懂得多，在小学时，又经常是考头名的。所以我信心十足，不把考试放在心里。又因为我过去生活都只在一个狭小的圈子里，常常住在家规很严的舅父家里或者同我妈妈住在一个古庙改用的小学校里。现在在一个风景很好，建设在乡间的大学校中，实在觉得自由。同学们又都是沅江上游各县来的人，比较直率开朗，所以我就尽情享受这悠然自得的新生活。

  不久就考试了，果然我取得了第一名。同乡，几个常德人的高年生都庆贺我，别的同学也为我高兴。那位管理员给了我三元多钱，叮嘱我不要乱花，说我妈妈生活很艰苦。我拿着这三元多钱（我以前从来没有拿过这么多钱），想着我们母女困苦的生活，眼眶都红了，我小心地把它放在小木箱子里，用换洗衣服压着，小木箱就放在我的床下。这钱，我一直没有花，在寒假回常德时才用了几角钱做路费。

我在桃源省立女子第二师范念了一年书。我在这里是非常快乐的,我是常常受鼓励的学生,我的功课比较全面。我好像什么都爱好,各种功课都得百分,只有语文和写字常常只有八十多分。我的同学们的作文为什么比我得分多?因为她们常抄那些什么作文范本,所以文章条理好,字句通顺,之乎者也用得都是地方。我不愿抄书,都是写自己的话,想的东西多,联想丰富,文章则拉杂重叠,因此得分少,也不放在玻璃柜内展览。可是老师总喜欢在我的文章后边加很长很长的批语,这是那些得百分的人所羡慕而且不易得到的。特别是学校的校长,一位姓彭的旧国会议员代课时,常常在我的文章后边写起他的短文来。他分析我的短文,加批,加点,鼓励很多,还经常说我是学校的一颗珍珠,但也总是要说我写得拉杂的原因是太快,字又潦草,要我多用心。他对我的批评,即使到现在我看仍然是有用的。

我喜欢画画。我的每幅画都要放在玻璃柜里的。有些同学常常找我代画,我很愿意,画了一张又一张,而且把每张画画得稍微不同点,好使老师看不出来是出于我的手笔。因此常常玻璃柜里摆的五六张、七八张画,名字虽不同,其实都是我画的。我看到后,心里可得意咧!

我也喜欢唱歌和体育。我们班每天早晚都做点柔软体操,都是我喊口令,有时是别人值班,总也常常托我代喊。开运动会时,也是我带队喊口令。我妈就曾当过体育教员,我对喊口令的事,看得很平常。

算术(现在叫数学)是我最喜欢的课,作文得八十分,我不怎样,但数学如果得了九十八分,我就得流眼泪,恨自己疏忽了。至于其它的功课,那就不花什么脑子,随随便便就过去了,学期考试,也总是第一名。

那时候的师范学校是政府供给,除了十元保证金以外,一切食、宿、书籍纸张都不花钱。学生大半是中产阶级的子女。因为富有的人家，认为女子不需要读书，能找个有钱的丈夫就行。真正贫苦人家又连小学也进不去。这些中产人家的子女，学师范也还是只想有一个出路，可以当小学教员。同学中有发奋的人，但那时所谓人生观、革命等等，头脑里都是没有的。我个人的思想，受我妈的影响，比较复杂一点。对封建社会、旧社会很不满意。有改造旧社会的一些朦胧的想法，但究竟该怎样改、怎样做都是没有一定的道路的。我妈的好朋友向警予常常路过常德时，就住在我妈那里，两个人彻夜深谈，谈论国家大事、社会、时事。她常向我妈介绍一些新书、新思想，我妈对她很佩服。因此对我也有影响。我妈常同我讲秋瑾的故事，也讲法兰西革命的女杰罗兰夫人的事迹。所以我常常对旧社会不满，对革命的新社会憧憬。我是一个乐观的孩子，但由于我小时生活太受压迫（我舅舅的家给的），有时我又伤感。常感母女相依为命，孤苦伶仃。我特别对我的婚姻问题不满。我在很小的时候，就由外祖母把我订给我表哥，而我却万分不愿在他家做媳妇，苦于无法摆脱。这件事在我幼小的心灵中，就像一根刺扎得很深，即使在快乐的时候也会忽然感到。所以我虽读书的成绩很好，但常常要为挣脱这些枷锁而烦心。

正是我这一年的学习快结束时，"五四"运动爆发了，学校里卷入这一运动，本科三年级二年级的同学发起成立了学生会。学生会天天集合讲时事，宣传爱国，反对帝国主义、封建主义，到街上游行，在学校讲演，有全校的，也有各班自行组织的。我也投入了这场斗争，在同一天，我们同学就有五六十人剪了发辫，我也剪了。学生会又办了贫民夜校，向附近贫苦妇女宣传反帝反封建，给她们上识字课等等。我在夜校里教珠算。因为我年龄最小，学生们都管我叫"崽崽先生"。我们那位当国会议员的校长，很不赞成这些，他有时也在会上讲话，可是都被那时几个长于辩论的同学，如三年级的杨代诚（后来的王一知,全国解放后在北京一〇一中学当校长),二年级的王淑璠(又名王剑虹,曾是瞿秋白的爱人,早死)所驳倒。彭校长看见我这个她最喜欢的学生也跟着她们跑,就对我摇头叹气。可是爱国的热潮,反帝反封建的"逆"流是不可阻挡的,他只有用提前放假劝我们回家的办法来破坏这个运动。学校放假了,年轻的女孩子们回家了,学校里纵留得少数学生,也闹不出什么名堂。我也就回常德来了。

首先我看到舅父舅母,他们家离码头较近,我妈的学校较远。他们一看见我剪了发,就怒火冲天。我舅父哼了一声:"哼!你真会玩,连个尾巴都玩掉了!"我舅妈冷冷地说道:"身体发肤,受之父母,不可毁伤。"这时我已经不像过去温顺了,我直对我舅父答道:"你的尾巴不是早已玩掉了吗?你既然能剪发在前,我为什么不能剪发在后?"又对我舅母说:"你的耳朵为何要穿一个眼,你的脚为什么要裹得像个粽子?你那是束缚,我这是解放。"他们夫妇真是气得两个眼睛瞪得很大,不敢打我,只是哼哼不已,我就走出他们的家直看我妈去了。

我妈听我说我们学校的各种新鲜事儿。她也告诉我她领着学生游行喊口号的各种活动。她除了去年暑假创办的俭德女子小学以外,又在东门外为贫苦女孩办了一个小小的"工读互助团"。学生虽不多(限于校舍),却可以不交学费学文化,学手艺,还可以得点工资以辅助家庭。我妈看见我有头脑,功课好,不乱花钱,不爱穿等等,非常喜欢。我看见她热心公益,为公忘私,向往未来,年虽四十出头,一生受尽磨难,却热情洋溢,青春饱满,也感到高兴、放心。这年暑假我们住在我妈的好朋友蒋毅仁家里,过了一个月的舒服日子。

这时我向我妈提出一个要求,希望转学到省城长沙周南女子中学去。这个女子中学是湖南有名的学校,向警予、蔡畅都是这个学校出来的。"五四"运动期间，这所学校的活动也很出名。周南女中的校长朱剑凡是我妈在长沙念书时，第一女师的校长。现在周南的管理员陶斯咏是我妈在长沙第一女师的同学，也是新学家。这个要求提出来，我妈自然同意，只是这所学校要学费、膳宿费、书籍纸张费，这在我母亲微薄的薪金中，自然是问题，但她考虑后仍然答应了我。并且又亲自送我去长沙。

我们到长沙后，径直到了周南学校，见到了陶斯咏。她是一个极为热情的阿姨。当天就把我送到寝室，我妈住在她那里。最使我惊奇的是当晚我就进行考试，我是插班生，只有一个人考。主考的是中学二年级的语文老师陈启明，又名陈书农。考试地点就在二年级课堂，考试题目是：《试述来考之经过》。在一盏煤油罩子灯下，我坐在这边写文章，他坐在那边看报。我根本没有写经过，只写了我对周南女中的希望。我是为求新知识而来，写了我的志愿，要为国家而学习，要寻找救国之路。他当场看了，批准我在二年级学习，并且问了我过去学习的情况。我简直高兴极了，我认定了这是个好老师。当晚我就把这些印象、经过都告诉我妈了。我妈高高兴兴地把我托给陶阿姨，第二天就匆匆忙忙赶回常德，为她的学校开学的事而忙去了。我在周南又学了一年。

我是一个插班生，同学们，她们彼此都是从小学就在一道升上来的，非常熟稔。只有我是一个新来的，又是一个外地来的，没有省城人那样会说，功课也不显得突出，我不为同学们所重视。她们看见我没有辫子，剪了发，还奇怪地问："啊！你们桃源第二女师也有剪发的呀！"好像这种新现象，只有省城的人才能有。我的同班中只有两个剪了发的，那些能言善道的人却仍然把辫子盘在头上。最使我讨厌的人是数学老师，据说他是一个有经验的老师，但他对待学生不公平，怕硬欺软。我是一个新生，他不特不照顾，反而先是诧异，好像哪里来了一个"丑小鸭"，后是歧视，对我冷淡极了。我也就不大理他，常常在上课时看小说，他发现后，狠狠地批评我，我就装没听见。因此我一时在这里很不得意。只有语文老师对我很好，他要我去他宿舍，我便同几个同学一道去看他。他说我那篇把陶渊明写的《桃花源记》改为白话文的作文很好，说我有《红楼梦》的笔法，问我要不要借书看，他说他的书架里的书都可以借给我读。我看了他书架上的文学书、古典小说，都是我看过了的。只有一本《二十年目睹之怪现状》一书未读，我就借了这一本。他惊奇我读书之多，便劝我道："你可以读梁启超的《饮冰室文集》，和吴稚晖的《上下古今谈》，这样你的文章将会比较雄浑。"因此我后来又向他借了这两本书。可惜我那时年幼，对这两本书还不能理解，没有看完又退还给他了。我却常常读他划了红圈圈的一些报头文章和消息，这都是外边和省城的一些重要的社会活动。他鼓励我多写，因此，我第一学期就写了三本作文、五薄本日记。还有两首白话小诗，他拿走了，说要放在《湘江评论》或《湘江日报》发表，我不知道是不是就是毛主席编的那张《湘江评论》。陈启明是第一师范毕业，与毛泽东同志同过学，当时他是他们一派，是新民学会会员，是一名思想先进的教师，后来他留法了，思想大约也变了。他留法回国时在上海来看过我，我已在写文章，是一个有点小名气的作家。一九五四年我回湖南时，他在湖南大学教课，还在文物研究所任职，捎信给我说想来看我。我就到他家里去看望他。他提到《太阳照在桑干河上》一书。我说我的语文还是不够好，请他指教。再说我念书的时候，因他常在班上公开鼓励我，这样那几个高傲的同学也嘻嘻哈哈宣扬我是本班的八大文豪之一，我对她们的假推崇并不在意，不过我对功课却有了偏爱。我对文学发生了真正的兴趣，而对数学却敷衍了事。

我的最好的朋友叫吴绍芳,她没有父亲,只有母亲,而母亲患神经病。虽有哥哥弟弟,但只像是为了管束她。她非常聪明,感觉敏锐,爱好文学,常为我吟诵宋人词曲,她特别爱读李后主、李清照的词。我们两人常于月下坐在学校的石桥边,汩汩的流水,伴着悠扬的低吟,使我如醉如痴。但她孤芳自赏,不愿与流俗为伍,也不愿在人前显示自己,班上几乎无人知道她的能耐。她愿向我吐露她的孤寂的身世,倾泻她对文学作品的评论与欣赏。她是很有见地的。只是她是一个悲观者,年纪只十七岁,可是好像有载不动的忧怨。不过只从她的外表来看,也只像是一个不太有心计的、戆直而冷漠的姑娘。我们性情不一样,彼此却很容易理解。星期天,我常常在她家里、她的卧室里度过半天,看一点小说,读几首诗,谈谈别人或个人的心情,偶尔也听几张唱片,大半是梅兰芳的《天女散花》《黛玉葬花》。这个半天是我们文艺的享受,我们两个人都能静静地等待时光消逝。后来,一九二三年,我从上海回家时,绕路到长沙看她,她已毕业,没有升学,待嫁闺中,极端苦闷。我们约好我再出去时,再绕道她家,设法让她逃走,同我一同去上海,但不慎我的信被她兄长发现,将她幽禁在家,不准外出,且嘱咐看门人,不准我去她家。她设法通知了我,这次出走只好作罢。全国解放后,她找到全国文联宿舍来看我。几乎相隔三十年,彼此相见,仍似当年一般,知道她也参加了一九二七年的大革命,在武汉活动,结识了她现在的爱人,是一个医生,她自己也是医生。但后来她再也没来了,我们又失去了联系,但我一直是关怀着她的。

还有另一朋友叫王佩琼,她对我极为照顾,直到后来一九二四年、一九二五年在北京时仍对我一片赤诚。由于我对她不十分满意,说不出的，大概是气质上不是十分相投，所以一般虽很亲近，在精神上却有疏远之感，反不如同吴绍芳的关系密切。

第二学期或是第二年，就是一九二〇年上半年或下半年，我记不准了，我在学校里更为寂寞，因为陈启明被解职，换来一位冬烘先生。教室里那种融融之气没有了。想起陈启明老师教我们读都德的《最后一课》，秋瑾的"秋风秋雨愁煞人"等时的光景，和他在宿舍谈《今古奇观》《儒林外史》《红楼梦》，以及当时《新潮》上的一些时兴的白话文小说等的情趣一点也没有了。经常对我的作文日记的鼓励也没有了。我虽然常写点日记，却只压在宿舍桌子的抽屉里，而不上交了。同学间的气氛也换了。据说校长朱剑凡的思想又有点反过来了，他原是比较进步的，现在忽然对学生的要求变了，很不同意同学参加社会活动，把两个在学生中有威信，常常宣传"五四"新精神的好老师都解聘，而换了两个不管国家大事，咬文嚼字的老先生。同学们都在底下嘀咕，但周南是私立的，一切都由校长做主。校长是有名人物。我们的校址就是他家的花园，亭台楼阁，大厅长廊，小桥流水，富丽堂皇，曲折多姿，应有尽有，难道这样热心公益的名流，是容易反对的吗？因此我就更沉湎于小说之中，而吴绍芳对这方面的供应是不发愁的，她有能力去买一点书。

"五四"之后有一股复旧的逆流。朱剑凡原是向着新的道路走的，但这时他又回过头来。学生中不满者多。（关于朱剑凡校长，他的确仍是一个新人物。他参加了大革命。他的子女都参加了革命。在抗日战争时期，他的次女朱仲芷，他的排行第七的儿子，都在延安参加工作。他的最小的女儿，我在周南时她还很小，约五岁样子，大家都叫她八八的，就是朱仲丽同志，也在延安做医务工作，她的爱人就是王稼祥同志）于是暑假中，一些比较要求进步的学生，自己组织，由男子第一师范的部分教员和毕业生协助办了一个多月的暑期补习班。补习班设在王船山先生书院。还说毛润之先生也要来给我们讲课。我是这时知道毛泽东同志的。但他始终未来讲课，而补习班也是在毛泽东同志支持之下办起来的。杨开慧、杨开秀（开慧的堂妹）都在这里，也都在暑期班学习，我也参加了。暑期班结束之后，一部分人又都转读岳云中学。岳云是男子中学，这次接受女生在湖南是革命创举。我也进入岳云中学。一道去的有许文煊、周毓明、王佩琼、杨开慧、杨没累、徐潜等。

在岳云的这几人中，杨、许、周比较接近。她们是直接和毛泽东同志联系的。许文煊与那时协助毛泽东同志工作的易礼容结了婚，周也同一个姓戴的结婚。杨开慧在这学期结束前也同毛泽东同志结婚，婚后就少来了，许、周似乎也很忙。我那时忙于功课，因为岳云的功课要比周南紧些，特别是英文课完全用英语讲授，课本是《人类如何战胜自然》，是书，而不是普通课本，文法也较深。但我对学习的前途，学什么，走什么道路，总是常常思考，愿意摸索前进的，而且也仍然感到有些彷徨和苦闷。那时文化书社卖一些翻译书，有唯物辩证法的译著，也有郭沫若等的诗作。但对理论书因读不懂，畏难，没有读下去。

岳云这学期读完后，我回家看我妈妈了。在年底我看到原来在桃源第二女师的王剑虹从上海回来，我们一见，如同久别的挚友（过去并不十分接近），谈起社会革命，谈起文学，谈到理想，我们无所不谈，特别相投。因此我又停止去岳云继续读书，放弃可以得到的毕业文凭，而和她，还有另外几个人，一同远去上海，开始我自由飞翔的生活了。感谢我妈对我的信任和支持。不管我以后有什么成就，走了多少曲折的道路，但我妈的信任是永远对我的鼓励，我永远为她而战斗不息，不敢自息。

小延！我的这段故事就讲到这里。也许你看起来很无意思，没有兴趣。或许还不理解。但我总算讲完了。我总结一下：

我的中学学习是不好的，是没有成绩的。其中有很多原因。第一，我们那时的客观条件差，中学的教育就不好，不能使学生学得有趣。第二，我们学习的目的不明确。第三，缺少正确的指导。学校教师既不能，我妈虽对我有热切的希望，但她也囿于环境的狭小，苦于找不到明确的指导。第四，我个人也有很大的缺点。刻苦、坚持都不够，闯劲也差，比如，当时毛泽东同志离我那么近，我就未能直接取得他的指导和帮助。你现在的客观条件不知比奶奶那时好多少倍，你一定会有成绩的。奶奶不能给你许多帮助，奶奶只能学习她的妈妈，给你以无限的信任与支持。你有什么需要，我将尽力为之，完了。

奶奶　一九七八年中秋节写完于太行山麓

又及：

信写完了，再看一次，觉得其中有应该说明的，又有漏掉的，现补写于下：

一、关于朱剑凡校长，他的确仍是一个新人物。他参加了大革命。他的子女都参加了革命。在抗日战争时期，他的次女朱仲芷，他的排行第七的儿子，都在延安，参加工作。他的最小的女儿，我在周南时她还很小，约五岁样子，大家都叫她八八的，就是朱仲丽同志，也在延安做医务工作，她的爱人就是王稼祥同志。

二、在周南时，我还参加了两次社会活动。第一次是英国著名教育家罗素来华讲演。他在长沙青年会讲过几次。我每次去听。在听讲中认识了第一女子师范的几位同学，并随她们到第一女师去玩，互相探讨教育问题。第二次是我们全校参加反对张敬尧的运动。是由学生会领导的。我们整队游行，包围省政府。后来知道，这次驱张运动也是由毛主席领导的。我们班的代表是周敦祜。

三、交待几个我前边提到的同学。历史就是剧烈的波涛，同是一样的女孩子，可是由于时代、环境、教育、个人努力，各个人的生活途境都是不一样的。

王剑虹，已简单叙述，但我将另写一文来述她。

王一知，也交待过，不过将来还可以补述。

许文煊，在周南时代，是比较进步的，她和杨开慧较亲近。岳云毕业后，在毛主席的清水塘自修大学学习。参加过一九二七年革命，与易礼容（当时是毛主席战友）结婚。大革命失败后，易礼容在国民党做官了。许与他离了婚。许在上海昆仑书店当校对。杨开慧牺牲后，好像她带领过毛岸英兄弟。解放战争时，她进入延安，见到毛主席；毛主席对她有照顾。胡宗南攻打延安时，她到了晋察冀，我们在阜平见到了。她的女儿也在阜平。身体很差。全国解放后，也见到她过。据说现仍健在，住在北京。

周毓明，是一个颇能说话的女子，也是自修大学学生。与一姓戴的共产党员结婚。后来她的情形我不知道了。

王佩琼，岳云毕业后，考入北京女师大学习。一九二四年我们在北京见过，后来情况不知道了。

杨没累，一九二四年也在北京，与惟情哲学家朱谦之同居。一九二九年死于杭州西湖。该时我正在杭州西湖，死前死后都去看过她。她是一个唯心主义者。与朱谦之同居六年，直到死时，两人仍如朋友一般。虽挚爱甚，然无两性关系。该时青年，崇尚精神恋爱，为现代人所不能理解。葬在西湖风景最佳处，栖霞山上。

徐潜，与岳云一男同学结婚，以后不详。

周敦祜，一九二一年亦弃学去上海，一九二二年去北京，为北大正式旁听生。与一陈姓者结婚，陈某为北大学生，属无政府主义者。后来两人都在南京国民党工作。全国解放后，周来北京，由同乡人介绍到革命大学学习。卒业后分配在全国妇联工作。参加了土改工作队，回来，到我处，说身体不行，工作较繁重，希望到一个小单位做点工作。我因为看见文学研究所缺乏安心行政工作的人，与田间、康濯商量，他们都同意找这样一个人来。我还没有正式去调，妇联知道，即写了介绍信来。周敦祜到了文研所，我们看了档案材料，才知道她丈夫曾任国民党的福建某县县长，周亦为妇女干事。这样，就只叫她做点总务科杂事，不敢叫她负责什么。一九五七年作协批斗我的党组扩大会上，阮章竞三番五次、不厌重复地指责我包庇反革命分子周敦祜罪状，即是此人。以后不知她的状况，最近有人告诉我们，她仍健在，住在北京。可能她比我的遭遇还会好点。世事常常有出人意外者，有何说乎！

奶奶　九月十七日

此信写于1978年

选自《丁玲全集·第十一卷》，河北人民出版社，2001年

致孙犁

孙犁同志：

　　前两年吧，我就看到过你谈创作的文章，感到很大的安慰。记得是一九五七年春天，你正住在医院，我介绍过一个专门从事心理学研究的医生去看过你，以后就不再听到你的消息。再后，我长年乡居，与文坛隔绝，更无从打听你的情况，偶尔想到也无非以为……既然你现在又写文章了，可以想象大约还过得去吧。

　　你是一个不大说话的人，不喜欢在人面前饶舌的人，你很早就给我这样一个印象。在我们仅有的几次见面中，我们没有交谈过很多，我实在想不起来，你谈过什么，和我谈过什么。但你的文章我是喜欢的。含蓄、精练、自然、流畅。人物、生活，如同一幅幅优美的风景画带着淡淡的颜色摆在读者面前。我没有读全你所有的著作，但从你的这篇、那篇文章中，我好像对你很熟。而且总以为你对我也会有同样的看法和关心。去年以来，你来过两封短信吧，我应该复你了，却常为些杂事羁绊着，我还不能做到完全脱离"尘世"，专事创作。现在写封信复你，不是应酬，也不是投稿，而是向一个老朋友（我总以为你是我们的一个老朋友）谈谈心。想到什么就说什么吧。

　　知道你现在有一个小小的职业，编一个副刊，很好，花时间不多，可以在一小块园地里勤勤恳恳地耕耘，登几篇好文章，发现几棵好苗苗加以培养。年纪大了，身体也不强，在小范围内老老实实、扎扎实实做点事还是有意义的，我们都不是神通广大的人，做一件两件事还可以，做就要做好，于心（共产党员的起码要求）无愧，于人有益就行了。不学庙堂里的千手佛，手多，手长，什么都要抓，什么也抓不好。客观存在是不以个人的欲望为转移的。我祝愿你们的小园地是一块丰收的园地。

我们都是搞创作的。我们喜欢读好作品。现今，作品很多，新人辈出。也有一些作品，启发人思索，有些作品切中时弊，得到读者欢迎。我对这些作品也很欣赏，只是我还感到有些不足。我从这些作品想到这一批作者，他们的确像初升的太阳、含苞的鲜花，是我们文艺的希望。我从他们又联想到另外的一批作家，这些同志，现在将要进入老年了。他们大都生长在战争年代，在火热的斗争中成熟，曾经与人民一道滚过几身泥土，吞过几次烈火浓烟，是熟悉人民、热爱人民、忠于人民的人。他们为了斗争、为了工作，学过使枪，学过使锄，也学过使笔。他们曾经写过许多感人的篇章，为革命的胜利做出了贡献。他们饱经近二十年的动荡（特别是那十年浩劫）和四年来的拨乱反正，现在是不是正在深思熟虑，积蓄力量，磨刀擦枪，再上战场，要为党，为人民，为社会主义磨炼出一部辉煌的史诗来呢？我写过一篇《我读〈东方〉》，就是为了激励这些老兵而响起的锣鼓。但是，有人说："工农兵不吃香了，写打仗不受读者欢迎。"好吧，让历史去证明吧，一百年以后，有人想要了解抗美援朝，他们还得去读《东方》。我并不是希望大家只写过去，我认为写现在，写动乱，写伤痕，写特权，写腐化，写黑暗，可是也要写新生的，写希望，写光明。不管你怎样写，总要从生活出发，写的深，写的热，写的细，写的豪迈。不管怎样令人愤怒、发指，但终究是要给人以力量，给人以爱，给人以前途，令人深思，促人奋起！要让全世界都看到，中国人民，中华民族是不可侮的，是了不起的。我现在就等着读这样一本书，我相信一定会产生的。你，你有这个意思吗？你的熟人、老朋友有这个意思吗？能不能告诉我一点好消息？可能已经有这样的作品在酝酿，或者已经写出来了，或者将要问世了。我告诉你心里话，没有这样的作品读，真是不过瘾。我们没有这样的作品，不管怎样叫喊繁荣，总感到空虚，至少有点空虚。我们实在需要真正反映这个伟大时代、伟大人民的巨著。孙犁同志！我是不喜欢悲观的。我常常注视着你，注视着许多老朋友，注视着曾经崛起过的老一代而又仍在壮年的战士们啊！

　　自然，我们也喜欢读批评文章，现在好像少一些。理论文章长篇大论的倒不少。只是我有那么一点感觉：我以为原来也还有一点知识。就是马克思主义的文艺观、世界观吧，我靠这点知识支配我做人、处世、讲话、写文章，好像还能对付过去，几十年了，惹过祸，也没有什么大错；自然我还要继续学习，但有时一读某些理论宏文时，反倒有点糊涂了。我不理解为什么这些文章总要从"盘古开天地"写起，总要先来个扫盲，什么现实主义、新现实主义、浪漫现实主义、批判的现实主义……使人感到完全是空对空。我希望你们的园地不要赶这样的浪头，凑热闹。而是扎扎实实用马列主义观点分析几篇当代和过去的作品，给作家以启发，给读者以享受就好了。要认真研究作品，把作品放在一定的历史环境来看，把作品、作家拿来与同时代的作品，作家相比较，要确有真知灼见，不要东抄西摘，人云亦云。骂人的时候，大家是一副嘴脸；说好的时候，又同是一个腔调。怕这怕那是写不出好文章来的，看风使舵更不是好品质。孙犁同志！批评文章是很重要的。你那小小的园地，装不下大块文章，却能栽种奇花异草，像当年鲁迅先生的那样锋利的隽美的文章，我想仍是应该继承的。自然还可以发展。我们也可以献上一些颂辞，有德可歌，还是可以歌的。

　　信就写到这里了，希望你回信！

丁玲　一九八〇年十月三十日

附：孙犁同志的复信

丁玲同志：

　　刚刚邹明同志带来了您的信，我读了以后，热泪盈眶。这些日子，我和我的同事们，焦急地等待您的信，邹明同志几乎每天到我这里问："你看丁玲同志的信，不会出问题吧？"

　　我总是满有信心地安慰他："不会的。丁玲同志既然答应了我们，一定会给我们寄来的。不过她已经那么大年纪，约稿的又那么多，过两天一定会给我们寄来的。丁玲同志是重感情的，绝不会使我们失望的。"

　　信，今天果然收到了。我们小小的编辑部，可以说是举国若狂，奔走相告。您的信又写得这样富有感情，有很好的见解。您的想法，我是完全赞同的，我们这些年龄相仿的人，都会响应您的号召的。

　　我自信，您是很关心我们这一代作家的，也很了解我们的。不只了解我们的一些优长之处，主要是了解我们的短缺之处。我们这一代人，现在虽然也渐渐老了，但在三十年代，我们还是年轻人的时候，都受过您在文学方面的强烈的影响。我那时崇拜您到了狂热的程度，我曾通过报刊杂志，注视你的生活和遭遇，作品的出版，还保存了杂志上登载的您的照片、手迹。在照片中，印象最深的，是登在《现代》上的，你去纱厂工作前，对镜梳妆，打扮成一个青年女工模样的那一张，明眸皓腕，庄严肃穆，至今清晰如在目前。这些材料，可惜都在抗日战争和土地改革时期丢失了。

我有很多缺点，不够勤奋，在文学事业上成就很小。又因为多年患病，使我在写作大部书的方面，遇到不少的困难。但还有容易消沉的毛病，这也是您很了解的，并时常规戒我。但是，这些年来，我的遭际虽然也够得上是残酷的了，可我并没有完全灰心丧志。文学事业不断鼓励我，使我做了力所能及的工作。最近两年，我每年可以写一本散文集，今年将要出版的，名叫《秀露》，出版后一定寄呈，请您指教。

成绩虽然小，但在说实话、做实事方面，我觉得是可以问心无愧，也不辜负您对我们的教导的。对于创作，我是坚信生活是主宰，作家的品质决定作品的风格的。在我写的一些短小评论中，都贯彻着我这些信念。

丁玲同志，我近来很忙，又时常晕眩，今天收到您的信又非常激动，请容许我先写这么一封信，以后再详细谈吧！

祝您

健康长寿！祝

陈明同志身体健康！

孙犁　一九八〇年十一月二日　上午十二时天津

选自《丁玲全集·第十二卷》，河北人民出版社，2001年

致徐霞村

霞村老友：

　　昨晚小玉同志来，读了你的来信，心中很不安。庄钟庆同志告诉我，不，是我看到过厦大的邀请信，上面既出题目，又要作家带论文，我就觉得不妥。老作家们，又不是文学工作或作品的研究者，何苦要他们写文章。请来玩玩，愿意讲两三句，就讲两三句，没什么好讲的，就不讲。他们这样一来，要吓退一些人的。要是我自己，就会这样。你是厦大教授，在厦大开会，你是跑不脱的。参加一两次会就算了，何必写文章。你年纪也大了，功课又忙。小玉说你眼睛不大好，肝也不好。我以为多注意一点休息，少工作为好。有了健康的身体，才谈得其它。像我们这样年纪的人，说不上健康了，只要还有一点精力就行，如果不注意，便只成为家里人的负担。

　　来信提到杨没累，我倒狠狠想到她了。她是一个有特色的、有个性的女性。我们在周南女中同学，她是高班生，我们几乎没有说过话；在岳云中学又同学，不同班次，但同宿舍，也还说得来，不亲密。一九二四年在北京，她已有爱人了。她原同国家主义派的几个才子，易君左、左舜生相熟，后来认识了朱谦之。朱谦之在那时写唯爱哲学，很合她的意。他们第一次见面，她什么都不说，带朱谦之去理发，再去洗牙。朋友要在她那里坐上十分钟了，就逐客，说："你们把我们的时间占去太多。不行。我还要同谦之谈话呢！"一九二八年我在杭州西湖时，我住葛岭山上十四号，她们住山下十四号，我常去看他们。他们还是像一对初恋的人那么住着，有时很好，有时吵吵，没累常对我发牢骚。他们虽然有时很好，但我也看出没累的理想没实现。她这时病了，病人的心情有时也会引起一些变化，几个月后，她逝世了。我们都很难过。有天朱谦之激动地对我说："没累太怪了，我们同居四五年，到现在我们都还只是朋友、恋人，却从来也没有过夫妇关系。我们之间不发生关系是反乎人性的，可是没累就这样坚持，就这样怪。"也许旁人不相信他这话，可是我是相信的，还认为很平常。因为那个时代的女性太讲究精神恋爱了。对爱情太理想。我遇见一些女性几乎大半或多或少都有这样的情形。看样子极须要恋爱，但又不满意一般的恋爱。即使很幸福，也还感到空虚。感染到某些十九世纪末的感伤，而又有二十世纪，特别是中国"五四"以后奋发图强的劲头，幻想很多，不切实际。我很想写这群女性。但用什么来表现这种思想，不如用恋爱来写更方便。所以写了几篇小说，大同小异的人物。你问我是用谁做模特儿，这个我很难说。也许有杨没累，但又不是杨没累。我很理解这些女性，同情她们。但你是看见过丁玲本人的，又是写《莎菲》时候的丁玲的。你最有权威说出"丁玲就是莎菲"或"莎菲就是丁玲自己"的人了。沈从文写了《记胡也频》，又写了《记丁玲》。他把对一个熟人的回忆当小说写。他用"有趣的"眼光看世界，也用有趣的眼光看朋友。写书时本来他以为我已经死了，谁知给我留下许多麻烦。我至今不愿驳斥他，是因为我总觉得个人私生活没有什么重要，值不得去澄清。而其中也还是有真实的地方。仿佛他说过这样的话，话具体地怎么说我忘记了，意思是说丁玲文章表现得很勇敢，实际她本人也不是那个样子的,等等。

那个时候,我确有苦闷。但我是政治上的苦闷。我从一九二二年就去上海找革命的路。同一些共产党人做朋友,受过他们的影响,但又不满意那些刚刚做党员的党员们。他们的理论和实际都不能说服我,我从那个环境跑出来,谁知我却搁浅在北京。也频能爱我,但他在政治上不能做我的向导。我那时也还不能真正理解我自己的苦闷。我只好同情那些我所同情的老朋友,从朋友中凝注出一些不安于现状、不安于流俗的受罪的灵魂。真正没有想到会引起这末长久的非议和赞赏。现在你这个老朋友要说话了。我是欢迎的,虽然我们那时聚首的时间不长,但那时我们这群年青人,还是肝胆相照的。你不难理解我在那种情况中的心情和写作的动机。

我说得很多了。许久没有写长信了,今天特别因为你,引起我的回忆。忽忽潦草地写了这些。希望你在写文章时,或者讲话时,还是以你的印象为主,不要受我的这些话的拘束。

即此祝好!

丁玲　一九八四年四月十五日

此信可同小玉同机到厦门

附:阮玲玉自杀好像在一九二七年以后,王映霞我在"一·二八"时才在郁达夫家里见到她。

附:徐霞村信

丁玲、陈明同志:

久未奉候,听曾明同志的女儿从北京回来说,陈明同志最近身体不适,至为惦念。现小玉陪同她的四姨赴石家庄为先岳扫墓,特命她前往探问，以释远怀。

下月厦大为庆祝丁玲同志八十诞辰，拟举行学术讨论会。庄钟庆同志与我商量，要我谈谈丁玲同志早期作品。我虽五十年代在厦大中文系讲授过丁玲的《太阳照在桑干河上》等作品，可实在谈不上有什么研究，但实逢老友八旬大寿，实在义不容辞。关于《莎菲女士的日记》，有一个问题半个世纪来聚讼纷纭，即莎菲的原型问题。据我不完全的记忆，莎菲的原型是丁玲同志的一个朋友，名叫杨 Mo—Lei，凌吉士的原型是一个华侨青年，后来做了茶商。(不知怎么的，我在记忆里还把她同阮玲玉、王映霞联系起来，可能是我的记忆同我开了个玩笑。)但事隔五十多年，心里完全没有把握。科学研究是严肃的事情，不能依靠一个老年人的不可靠的记忆捕风捉影。如可能，希望丁玲同志简单地写几个字，交小女带回。

同行的吴忠瑛女士，是一位爱国华侨，旅美已五十年，尚未加入美国籍。如蒙接见，不胜感激。

专此，并祝

俪祺

霞村·徐元度上　一九八四年四月八日

选自《丁玲全集·第十二卷》，河北人民出版社，2001年

致柯岩

柯岩同志：

我试着给你写这封信，我没有把握能把这封信写好、写对，或者能把我的感觉写清楚，但我还是觉得要给你写这封信。

这些天我把你描写工读学校的《寻找回来的世界》粗粗地读了一遍。因为我的眼睛视力近两月来服用"障眼明"似乎要好了些，可以同老五号字打一点交道了，可以补偿一点许久"失学"的懊恼了。你一定曾经听到过，看到过读者关于这本书的反映了，可能有很多，而且大半都会是说好的。这里有一个护士，看见我读这篇作品，便说想借去读，并且告诉我现在每天中午十二点半就有广播（我也听了一次），还说很有意思。她没有分析，也没有介绍；这是很难的。即使要我分析也是很难的。即使旁人的分析，也不一定能说到如作者的心里所想的；作家也完全不必顾及旁人的分析。但我仍然想同你说一点关于这本书、这本书里人的话。我会说得很零碎，因为我不是理论家，不是做研究工作的，也不想给人定成分。我只想以一个普通人，有普通的文学水平的人讲点感受。

这本书是一本好书，是一本有教育意义的书，是一本写了一群好党员，一群好人，一群有美丽的心灵的人的书。这本书给人以信心，对党的信心，对人类的信心，对美好事业的信心。应该加以宣传。书中对党员、对党内生活都有所揭发。有很丑的东西，有很丑的人，但邪不压正。即使邪气嚣张的时候，令人愤怒的时候，我们仍然感到正气；尽管正气在受压抑，但仍然是放射光芒的。我就喜欢有这种气派的书。我听到有人曾经对某些作品的评论，好像只要主人公勤于职守，毫无怨言，默默无闻就认为是社会主义新人。我不以为然；我只认为那是正派人，是好人，是可以同情的人，是说明我们社会主义还有缺点，但这不是社会主义新人。社会主义新人是有自觉的人，并不只是能忍受一时痛苦，而是明知有牺牲也甘心愿意去受痛苦的人，是认为应该为人民服务，无所谓牺牲，不怕受委屈的人。你书中的徐问、陆娴、黄树林……才是社会主义的新人。他们并无惊人之事，惊世之才，但他们都能一生至少是半生坚强不屈，以马列主义为主导，以党的事业为重，办工读学校，改造我们年轻一代中的失足者而孜孜不倦，任劳任怨。他们胸怀广大，感情真挚，才是真正的社会主义新人。这些人很多，尽管也有些人是不成熟的，是有缺点的，甚至是犯过罪的，如倩倩，如老扣，如谢悦……我们这个社会，这个社会主义的社会就是这些人的集合体，就是依靠这些有这样那样的不足之处，而又在党的教育下向前行进的人。我们的前途、希望就在这里。我们需要把这群人推上舞台，叫大家看看，叫大家有信心。如果没有这群人，那么迟威、薛人凤就要统治我们，那些后父后母，那些"他"……就要泛滥成灾。黑暗将统治世界，仇恨、眼泪都是没有用的。所以，我从心里拥护这本书，我为读者感谢花了不少心力的作家。柯岩同志，你写这本书可不容易啊！你为书中的人物浇铸了你的全部的感情，和多少的心血啊！

你不愧是一个诗人。当你在书中写到一些你所爱的人物时，特别是写他们的心理状况，写他们的那些高尚的情愫时，诗意浓郁，读来真是一种享受。也许会有人认为你把他们拔高了，我不这样认为。我反而认为这是因为他们读那些描写庸俗、中不溜溜的人，邪里邪气，昏庸老朽，或者霸道不可一世的人的书，读得太多，读得太习惯了，以为人都是没有心灵，不懂得美丽的。实际我们生活中是不缺少像于倩倩、黄树林这些人的，不过他们是被埋没了，是不被人注意的，甚至是被欺侮、被压迫的人。现在你把这些人从泥沙中筛选了出来，可见作家的慧心独具。我为他们感到高兴。他们的形象在广大读者心中也是不可磨灭的。

  你过去写过小说没有，我不知道。这本书可以说是你第一部长篇小说的尝试。第一本长篇小说就能筹划得如此周密，把纷繁的人物活动安排得如此有机相联。故事的发展与人物心理的变化又要保留独特的个性。阅读时我体味到作者的匠心，是很不容易的。不过我也随时感到某些不足的地方。我以为还是网拉得太宽了些。如果不是以整个工读学校为背景，不是写整个工读学校的各种人，而是把重点放在某一点，某两点上，则会深细得多；那末人物的内心，人物的丑恶，人物的矛盾，就能更加突出，就能使读者的满腔心思集中在作品中所展示的人物，被情节紧紧缚住而不能自己，就不会分散我们的感情。比如《红楼梦》，它的整本书就是扣紧在宝玉黛玉身上，不管写得多么广，写了无数的人和事，都离不开是为了写他们。写荣宁二府，写大观园是写他们；写小戏班子，写他们；写贾母，写贾政、王夫人、薛姨妈是写他们。不管写什么，几乎都是为了烘托他们，加深他们在那样一个封建大家庭的束缚。它很少由作者口中说那个社会，那个比一个网还密、还紧、还坏的社会，却使你感到那个悲剧是必然的。使你不得不为之流泪。这是曹雪芹的大聪明处。背景要广阔，要复杂，要人多事杂，但核心越集中越好。这是我一时联想到的，不知说得对不对，你可以考虑。

其次关于叙述。长篇小说很难不为了交待历史来一段叙述。因为不可能什么都从头写起。但述说既要简练又要清楚。如果是很重要的环节，则更须如此。比如谢悦的母亲，我以为就没有说清楚。谢悦的性格，他的痛苦，都植根于他缺少母爱，甚至是产生仇恨的根源。而母亲爱儿子原是天性。这里总要留下一个问号，他的母亲究竟是一个什么样的人，是一个政治上有野心的？是一个生活上极端腐化的？她怎么从一个丈夫转到另一个丈夫的？在她思想深处到底是为什么？她是爱情的奴隶，是懦弱，是复仇，是丧心病狂，能那样绝情？我总觉得这里写得太简单了。文字不少，轮廓却不清晰，事情虽有却又令人费解。她的后夫，自然是属于三种人，但也隐晦了一点。向秀儿的故事、装疯，虽说叙说得清楚一些，但她的母亲的轮廓也还是不清晰的。小说最好让生活原原本本走进作品，读者才能根据生活去想象。

再其次关于语言问题。因为作品写了很多黑社会的人，自然需要那些黑社会的黑话。如果没有，反而不像，不够味。但在行文中，则力戒用流行的那些废话，以示区别。在你的小说中，我看是比较文雅的，甚至有许多诗样的语言，但也有些地方，偶尔顺口说了一些没有经过提炼的口语。我一时找不到例子，但读时却是曾经感到的，觉得不免有些瑕疵。不过比现在流行的某些作品已经完全不同了。语言要口语化，要谐趣，要流丽，要纯净，要个性化，但如何选择，如何提炼，如何能确切、完全表达自己思想，却真是一个非常重要非常细微的问题。我写了几十年文章，似乎也只在老了的时候才深深触到这个问题。

听说你的身体不很好，望保重。社会主义中国还有太多的事需要有人去做啊！我现在也住在医院。没有重大的病，趁检查之余，不能写文章，便想读点书，增加我的见闻。你有什么可以告诉我的么？

祝您健康！

丁玲　一九八四年七月十一日

选自《丁玲全集·第十二卷》，河北人民出版社，2001年

致巴金

巴金同志：

　　前一晌知道你去了香港，估计你的身体大概好了一些，很是高兴。那时我正在湖北。年轻的时候，我走的地方很少。年老了，想四处多跑跑，却又限于身体条件，想多接触些人，多接触些事，对增加知识，开扩胸襟都有好处，而且也会增加快乐。

　　本来早就要给你写信，但《中国文学》的产生，还是经过一些困难，像一些人形容的，有一段时间处在风雨飘摇中。我不愿使你分心担忧，一直克制着不写信，等有较好的消息再说。现在经过一段时间的努力，加上领导的帮助，群众的支持，出版社、印刷厂的合作，创刊号总算下厂付排了，不久也能拿到期刊执照了；明年一月底可以出版。暂时仍先交新华书店发行。十一月二十八日举行了一次招待会，各报都先后有报导，现寄上在招待会上分发的有关创刊号的资料，和我在招待会的致辞，请你指教。从这些材料，你可以理解，和你一样，我们都希望我们文学界彼此的关系能更和谐些。工作得更欢快些。多少年了，我们吃了多么大的苦。我们都不愿看见子孙后代还要遭到我们那样的不幸。可惜我们受客观生活条件的限制，不能更多接近谈心。我们是作家，我们喜欢大家在一起谈生活，谈文学，谈创作，谈心里话。我们不能再忍受那些"左"的或"右"的棍子、鞭子、框框、枷锁，我们也不甘忍受那些庸俗的流言蜚语。唉！可惜，现在我们都老了。但我们都想为我们文学界的大团结，文学事业的健康发展繁荣，再多做点事。的确，这也很难了。我讲这些是把你当一个老朋友才谈的。

我说我们都老了，但你的来信，却仍是显得语重心长，热情依旧，更可贵的是头脑清晰。你的诚朴的感情给我们《中国文学》的编辑部全体同志以莫大的鼓舞。他们大家和我一起向你致谢！祝愿你健康长寿！我们还希望，如有可能，请随时再给我们来信来稿，谈谈心事，兴之所至，笔之所之，即使是三言两语，也是非常珍贵的。

专此颂文安！

丁玲　十二月一日

此信写于1984年

选自《丁玲全集·第十二卷》，河北人民出版社，2001年

魍魉世界（节选）

十二　莫干山的冬天

汽车围着太湖绕行，我无心观看车外的景色，一点也不理会什么"避暑胜地"。我的欺骗手腕没有成功，敌人比我想象的狡猾得多，但他们押送我到湖南的计谋也没有成功。我们还要较量下去的。现在我从南京一个阴冷的禁锢地转移到杭州的一个凄凉的禁锢地。我每次被迫坐上这小轿车，就感受到压迫。轿车就像小时候看过的小说上描写的囚车。这囚车比古代的囚车更坚固，更灵便，更可恨。古时绿林好汉可以劫法场，打碎囚车救出同伙。而现在要从这车里劫走"犯人"却要难上千百倍。一路我禁不住胡思乱想，愤恨难平，不知什么时候到了山下。很多年后，我才得知，原来这莫干山当年便是国民党蓝衣社培训特务的营地。

那山势陡峻，上山下山只有一条路，路口有哨卡。过了哨卡，我换坐一乘软轿迤逦上山。上得山来，拐进一个小山坳，这里有幢独立的小洋楼，楼前一块小草坪。楼内正房是两楼两底。我和冯达住楼上的一间正房，另一间由同来的那一对夫妇住。楼下有一间客室。楼内原来就有厨师、佣人。表面上这些是看房子的，收拾房子的，其实都是我的"监护人"。这天在客厅后半截吃的晚饭。吃饭时我一言不发，像刚到王公馆时那样消沉。这里虽然没有那阴森恐怖的场面来威胁刺激你，但前途也确像高山上的深秋一样，凉嗖嗖地等着暴风雪的来临。一切都与我无关、无缘、无情。我对一切便都冷漠视之。

这一带的小洋房都是单独的一小幢一小幢。从我们住的屋里可以望见远处那些隐约在树丛后边的红色的绿色的小楼屋的一角。看房子的人说，在这里避暑的游客早都下山走了；山上一条最热闹的小街上的小店，那些卖冷饮的、卖食品的、卖手工艺品的、卖百货的全部关了门，门上一把锁。太阳虽然有，但因两边都是山，太阳很晚才出来，很早就下去了。看房子的还告诉我，再过一个月就要封山了，大雪封山交通就断了。他们正忙着从山下买菜，在山上运柴；还在楼下客厅里安上了一个铁桶似的炉子，再过几天就要用木柴烧起炉子取暖了。在这里，白天我只能呆呆地坐在院子里，遥望那烟雾朦胧的远山和那由绿变黄的山谷，痴痴地追踪那翱翔盘旋的苍鹰。许久许久，从被捕以来强忍着未曾流出的苦涩的泪水，常常潸然挂满一脸。上山后才穿的一件赶制的不合身的棉袍的下襟里子，每天被泪水湿透了一层又一层，深灰的布面上全是一团一片的褪了色的渍印，好像是一块染坏了的旧布。我一生的凄苦生涯，我的艰难困危的挣扎都一起涌上心头。我整天坐在这初冬的寂静的高山上，向往宇宙中的一切。万物皆自由，惟独我被困在这离地面一千公尺以上的山上，像希腊神话中的那些受罪的神。我的心像滚油在沸腾在熬煎，但我却只能沉默无言。我要喊、要叫、要撞、要冲击！但又什么都不能，只能让泪水像涓涓的苦泉，一个劲地往下流，滴在衣襟上，滴入泥土里，到夜晚就又把枕头、被头浸湿。

来到这里，我曾几次抗议把我囚禁在这寒冷的高山，还禁止我出门。最使我心烦的便是一日三餐得陪着那位增派来监视我的、使人厌恶的从苏联回来的叛徒。后来他们才允许我能在山上各处走走。我自然又萌生了非分之想，每天都到外边游逛。先是那从苏联回来的叛徒紧紧跟在后边；后来我与冯达常常不等他们，不顾他们，自己往外走。走到山上，又走向山下。但不须走多远，总会有一位佣人忽然从那个竹丛里钻出来，笑嘻嘻地问我们到什么地方去。我每天都不顾疲劳地上上下下，却总也找不到一点机会。尽管我明明知道下山的路上是没有关卡的，即便我到了山下，也仍然走不出去；即使能偷着出去了，也会在公路上被抓回来。这里山上山下，四面八方都安得有密密的电话线路，我能走到什么地方？能躲到什么地方？

　　天气慢慢冷起来，十一月初山上就下雪了；不下雪的时候，也常常是云雾弥漫。我只有一件薄棉袍，白天只能拥被而坐，喝点白开水，翻翻旧报纸。楼下客厅里的火炉烧得很旺、很暖和，可是我不愿意同那位叛徒促膝而坐。南京来的那群看守虽然粗野、无知，但还可以以人视之；这位高等看守，虽然吃过面包、读书识字，也能谈点政治时事，如当时成立的福建人民政府，或者共产党领导人的传说佚闻，但实在鄙俗不堪。我感到他的灵魂太丑恶，令人难受，听了他的一些言词就像吃了苍蝇似的只想呕吐。因此我整日整夜都呆坐在楼上屋里床上，以泪洗面。

　　冯达曾是我的爱人，但近几个月来，我都把他当仇人似地看待。现在，我被隔离在这阴森的高山上，寒冷不只冻硬了我日用的毛巾、手绢、杯里的茶水，也麻木了我的心灵。我实在需要一点热，哪怕一点点。一点点热就可以使我冻得发僵的脚暖和过来，一点点热，也可以把我冻得死去的心暖活过来。这时我根本没有什么爱、什么喜悦，我整个身心都快僵了，如果人世间还有一点点热，就让它把我暖过来吧。我是一个共产党员,我到底也还是一个人,总还留有那末一点点人的自然而然有的求生的欲望。我在我的小宇宙里,一个冰冷的全无生机的小宇宙里,不得不用麻木了的、冻僵了的心,缓解了我对冯达的仇恨。在这山上,除了他还有什么人呢?而他这时只表现出对他自己的悔恨,对我的怜悯、同情。我只能责备我的心肠的确还不够硬,我居然能容忍我以前的丈夫,是应该恨之入骨的人所伸过来的手。谁知就由于我这一时的软弱、麻木,当时、以后竟长时期遭受某些人的指责与辱骂,因为我终于怀了一个孩子。我没有权利把她杀死在肚子里,我更不愿把这个女孩留给冯达,或者随便扔给什么人,或者丢到孤儿院、育婴堂。我要挽救这条小生命,要千方百计让她和所有的儿童一样,正常地生活和获得美丽光明的前途,我愿为她承担不应承担的所有罪责,一定要把她带在身边,和我一起回到革命队伍里。这是我的责任,我的良心。哪里知道后来在某些人的心目中,这竟成了一条"罪状",永远烙在我的身上,永远得不到原谅,永远被指责。甚至有时还要加罪于这个无辜的女孩身上,让她从小到大,在心上始终划上一道刀口,好像她应该低人一等,她应该忍受一些人对她的冷眼和歧视。我有时不得不长叹:"这人世实在太残酷了,怎么四处都像那个寒冷的冻僵人的冰冷的莫干山的世界呢?"自然,我这样说也许是过分的了。当一九四〇年、一九四四年在延安,我对陈云同志、任弼时同志、周恩来同志先后陈述这段历史时,他们是谅解的。恩来同志还说,你要帮助那些不熟悉白区情形的同志了解情况,你们原来是夫妻;那时实际情形也是"身不由己"嘛。而一些经历过国民党的恐怖统治、在我们党组织部门工作的同志们对此是容易理解的。他们都曾为此黯然良久。他们说:"这是很难怪你的。"因此在我的心上永久嵌着这些同志的名字。

那一对和我们一同上山，派来监视我们的夫妇当然看得出我一天比一天憔悴、颓唐、沉默；更可能是他们也熬不过这严寒的日子。山上雪下得很大，那些挺拔直立的竹子都被压倒，横躺在地上。蔬菜也一天一天困难，那吃过苏联黑面包的家伙原来有肺病，以为监护我上莫干山他自己可以捞到疗养的机会，谁知时令不对，他天天唠唠叨叨，说咳嗽加剧了。这以后有一天，他宣布第二天启程回南京。果然一切都准备停当，人夫轿子、护送人员……在一片耀眼的雪光中，这个行列一步一步踩着一尺多深的积雪走下山去。

是快过阳历年的时候了，我摆脱了那著名的避暑胜地。

十三　该让母亲来南京吗？

山上下雪，山下也下雪；而且还下雨。漫天雨雪霏霏，满地潮湿泥泞。我又冷又倦，缩在轿子里，踏在车子里，任它颠颠簸簸，任它天昏地暗；我以为我生病了，以为我快死了。过了一天一夜，我被送回到南京城里的一户人家，一户普通的住宅。介绍我认识房主人时，说是姓曹，称曹先生，高高个儿，像一个买卖人，很稳重的样子。他客气地对我说："委屈你暂时在我这里住几天，房浅屋窄，照顾不周，有什么需要，告诉我们一声，我太太会替你办。"我这才看见在他身后还站着一个微微有点发胖的中年女人。他接下去又说道："这院子里你什么地方都可以坐坐玩玩，只是不好出大门。嘿嘿，这我们有责任，我们担不起。这条巷子很小，巷口日夜有人，要出去是很难的。"我心里明白了，这里仍旧是监禁，只不过稍稍换了一点形式。这时，押送我们回来的那伙人好像已经把物件都移交给屋主人似的就走了。这一对曹姓夫妇便把我们引进一间房子，一间新的牢房。

这间睡房是这家院宅倒厅的侧屋，通厅子的门从外边锁上了，进进出出得走厢房。厢房没有住人，就成了过道。厢房有一个门通正房。正房大概是主人夫妇住的。门上挂着门帘，我从来没有窥探过。也许这个门从那边锁着的，根本也走不过去。厢房外是天井，上边一小块天。天井前边是倒厅，走过倒厅是屏门，再走过屏门就该是大门了。在平常这是多么使人自得的地方。天井后边是堂屋，堂屋后边的后院，大约都是南方老式屋子的式样，后房啰、厨房啰、下房啰、后天井啰，这都在我的视线以外，我也无心去走访。

那个曹太太好像很能干，她自己到我房中来端饭送水、扫地、抹灰，也不支使她家的娘姨。我每常看见她家娘姨把饭菜送到堂屋，再由她亲自给我送来。她家还有一个老太太，不知是姓曹的母亲还是岳母，她整天不说话，只坐在堂屋里守望着。还有一个八九岁的男孩，好像很安于寂寞，放学回来就独自一人在堂屋里或天井里玩耍，偶尔站在厢房通到我房间来的那门边，好奇地看看我们，像看动物园里的老虎似的。一招呼他，他回头就跑。

我终日坐在屋子里，从一扇小玻璃窗中望望天，或者从窗帘后看着堂屋里。这一家人，两夫妇、一老、一小、一仆，都像很有礼貌的人。他们不来盘查我的来历，我也无须了解他们的底细。每天碰几次面，点点头，疏疏落落，客客气气，倒也安静。阳历年过去了，我们是年前到的他们家。阴历年又过去了。大约因为家里住了我这样的客人，他们家过年过得真冷清，小孩放了一挂小鞭炮，年卅他们只吃四盘菜，也给我们分了一些。他们自己不出门，也不见一个亲戚客人来贺年。我心里明白，要从这里出走是困难的。他们还闪闪烁烁告诉我，巷子口上安得有人，这绝不是假话，不是为着吓唬我才说的。这时，半年多来，受种种折磨刺激，我的确病倒了，天天晚上发烧、失眠，像感冒，也像疟疾。冯达也成天咳嗽，整天都有低烧。这年三月间，在被捕之前，他已经发现患有肺结核，原打算请假休息一个时期，从良友图书出版公司要来的二百元稿费，就是为他治疗肺病准备的，可是现在我们谁也不愿说。我们彼此都心照不宣地看到对方的身体在一天天垮下去，可是说又有什么用？我只能默默地承受着、熬着、等着。

静中也仍然不能不思动，我不免总还要做着没有成功希望的幻想。因为国民党曾几次改变监禁我的地点和一些形式，我便幻想是否可能还会有所变动。如果我能走出大门，如果我能够发一封信出去，如果我能争取到这位曹太太的一星半点的同情，对我生点恻隐之心，或者我能争取他家雇佣的娘姨替我跑一两次腿，不是很好吗？

我耐心设法主动地同他们接近一点。当曹太太到我房中来时，我留她坐一坐；当她的孩子站到我房门口时，我也逗逗他，问问他的学业成绩；我有时也跑到堂屋去和那位老太太搭讪几句。但不行，一切尝试、努力都落了空。我不得不承认，国民党的这些雇佣人员都是经过选择，是愚顽可靠的人。他们对我守口如瓶，不露一点口风。那个曹先生整天不在家，晚上回来也只关在他们自己屋子里。我知道同他谈什么都是没有用的。他无非是国民党调查科下的一个小走狗，一个忠实的奴仆爪牙。他既无权、又无能，也没有胆量为我做一点小事，哪怕是给我通一点风、报一个信。他现在不纠缠我，不在我面前装腔演戏，就算够好的了，在这里比在王公馆时安静多了。我依然是一名未经判决的无期徒刑的囚犯而已。

三月的一天，曹先生忽然喜气洋洋地走到我们房里，笑眯眯地说："徐科长吩咐我们替你们收拾房子，说要给你们自由，你们自己过日子。他们还说派人去湖南老家，把你们老太太接来。要是老太太能来，那就最好了。"他还问了一些关于我母亲的年龄、生活现状等等，语气中都表示他个人对我和我母亲的同情。这是两个多月来从他那里得来的惟一的一点消息。

这是好消息呢？还是坏消息呢？说是好消息，是我可以见到久别的母亲，我可以从母亲那里知道一点外界朋友的情况，我还可以借助母亲，设法同外边的朋友、同志联系，把我的真实情况透露出去。但也可能这是坏消息，就是国民党把我母亲也抓来南京陪我坐牢，至少是想把我母亲当成人质。我一个人如果要跑离南京是比较容易的，但我怎么能背负着老母亲一同逃跑呢？何况还有四岁的麟儿。麟儿生下来两个多月爸爸便被国民党逮捕，不满一百天，爸爸便被惨杀。我忍痛把他送回湖南，交给我母亲抚养。现在我母亲如果只身来南京看我，那麟儿将寄养在哪里？我们在家乡，早已没有一个亲人了。母亲如果把麟儿也带来身边，我怎能忍心把也频的亲骨肉留在屠杀也频的国民党刽子手们的魔掌里！母亲无论怎样是不能来的！他们可以饿死在湖南，流落在湖南。只要他们不死，或者会有那么一天，我的同志们会有人去帮助他们、救济他们。我辗转反侧，坐立不安。最后，我认为我母亲不是一个普通的母亲，不是一个平凡的女性，她既有能耐来，就一定也有能耐离开。她在家乡多少能了解外边的一些情形，我相信她能够理智地权衡得失、利弊。我为什么不相信她呢？她是经受过大灾大难的，她受过生活的严峻考验，她是坚韧不拔的。我应该相信她，我应该以有这样在患难中可以依赖的母亲而自豪。我应该相信她。

过了几天曹先生又来打问我的意见了。他像很有把握地、轻松地说道："你们有很久很久没有见面了吧。老太太总会十分思念你的。她会很希望来南京看看你，要有你的一封信就更好了。"我又开始了各种揣测。到底要不要母亲来一趟呢？若说国民党想就此把我母亲拘留起来，那是没有丝毫理由的。但是，母亲真若来了，国民党是要把她做为"人质"的。我同意让母亲来作为我取得某种自由的"人质",那未免太自私、太残酷了。何况国民党至今没有肯定地说放我,完全恢复我的自由,只含混地说是可以自由居住,仍只限定在南京。我何时才能达到"海阔凭鱼跃,天高任鸟飞"的完全自由的境地呢?母亲啊!你在苦难中的女儿是多么想念你呵!我到底应该何所适从呢?

过了两天,在极度矛盾中,我写了一封短信,给我的母亲。信中大约是这样说:"我失去自由已一年,你一定很想念我。现在有一个机会,你如能来南京一趟,我们或可相见。但这里能否适应,请你仔细定夺。"命运究竟如何,小船将怎样航行,将遇到什么风浪,我一点把握都没有。我只是轻率地把选择留给我母亲。但我实在无从考虑,这有多大风险,这群魔鬼到底又在打什么算盘。但我抱着一个坚定的信念:"只要我不死,我一定得争取自由,争取脱离南京。时间可能会长一点,路途也会迂回曲折,但我的决心决不改变,我的愿望一定要实现。"

十四　母亲呵,我感谢你!

四月上旬的一天下午,曹先生家忽然热闹起来了。他家门口停了两部马车,进来了两个人,说是来接我们的,曹先生也陪着。等我上了马车,曹先生才神秘而且有趣地轻轻告诉我:"现在我们去轮船码头,令堂老太太乘坐的轮船快到了。"

我真没有想到她来得这样快,虽然我曾经写过一纸短简,但事情的确来得太快,我思想上还没有一点准备。母亲真的来了,我将对她说些什么呢?她总该有点精神准备吧,她将对我说些什么呢?我真有点昏头昏脑,我坐在马车里胡思乱想,又像什么都没想。我什么时候到的码头,我怎样走上了一只拥挤的船,我几乎是毫无知觉的。终于我被引进一间船舱,我看见了一个老妇人,一个十分苍老憔悴的老妇人。呵!这就是我的母亲,这是我母亲吗?

老妇人一下扑在我怀里,两手紧紧把我抱着,眼泪像泉水,像瀑布似的挂满一脸。但我怎么也感觉不到这便是我那慈祥、严肃、可亲的母亲。但这绝对不是旁人。细看她的容貌,不管怎样苍老也还是她。而且倚在她身旁的男孩,不管怎么长大了些,有了很大的变化,我一眼还认得出那就是麟儿,是我的儿子。他依旧带着那么一副总是用一对小眼睛审慎地看着周围一切的神情。这不是他们,还能是谁呢?我迷茫地痴痴地跟着曹先生,跟在一群陌生人的后边,在人流中涌着,挤出了码头,挤进了马车。蹄声得得,微风吹着车轮辗过后扬起的尘土。我失神地盯着坐在我对面的那个老妇人和那个小男孩,另外还有一个陪着我母亲来的中年妇女。我没有流泪,没有悲伤,我也没有欢喜。我不知该怎么说,说些什么。我应该安慰他们,可是我能用什么来慰藉他们?我遍身都是伤痕,我心头积满着愤怒,我能让孱弱的老母和孤儿来分担我如此深重的愁苦吗?

这一夜,我们一家挤在曹先生的那间倒厅的侧屋里,母亲拉着我的手,我怀里拥着我的儿子。我听老人家述说这一路来的情景。原来半个月前就有人冒称是我的朋友去看过她。她一看见信,认出是我的笔迹,就毫不犹豫地决定走,不管是天涯海角,要跟着接她的人一道走,而且带着麟儿,还设法带了一个老佣人。为了要见惟一的女儿一面,她准备承担一切风险。她反复申说,要把孩子交给我。因为她已经到了风烛残年,加上战争风云,乡下也不太平。她过去能勉强抚养我,现在她再也无力抚养这个十分可爱的伶仃孤儿了!

我心里透明了,也凉透了。母亲的确已经衰老了。我不应该再加重她的负担,现在她只得依靠惟一的我了,这是我没有想到的。现在我应该怎么办呢?我该怎么处理目前的这一切呢?

关于我自己这些年的遭遇,我决定什么也不告诉她。也频惨死的恶讯,过去我瞒着她,一直没有对她讲。现在我也不清楚她到底知道些什么,或者不知道什么,只得仍然瞒着她。我不让她知道我的处境、我的艰难、我的思想、我的打算、我的预谋。就让她暂时把曹先生当成我的好朋友,把冯达当成我的好丈夫吧,让她以为我什么事都没有发生,一切传说谣言都过去了,一切艰难危险也过去了。我实在不忍心再让她担惊受怕,至少是在现在这样的时候。我抚摸着她枯干的手,冷静地说:"先住下来,等以后慢慢再说。你为我和也频把麟儿带得这么大,你在困难中替我尽了当母亲的责任,我不知道如何感谢你才好。曹先生说已经给我们收拾了几间屋子,明天我们就搬过去。我们先暂时住几天,其余的事以后再说吧。"

第二天,曹先生亲自把我们送到新居,他的太太,他的母亲送我到大门边。那个平日不爱说话的娘姨远远站在堂屋里望着。我们就这样离开了曹公馆,离开了这个家。曹家的房子坐落在南京城的什么地方,他们一家是干什么的,我至今也弄不清楚。

十五 与姚蓬子为邻

离开了曹家,我们先后住在明瓦廊与螺丝转弯这两个住处,每个地方住了多久,我的印象是模糊的。好像是先到明瓦廊,后来才搬到螺丝转弯,在这两处一共住了四个多月。这两处房子都比较大,是老式的印子屋。一进前院或侧面院子都住有同我们不相干、实在又大有关系的一些不认识的人。不言而喻,我们还是陷在国民党调查科为我们布设的罗网里。我在这里，表面上可以说是独立居家，自己料理生活。但实际是明松暗紧，仅仅是换了另一个方式的继续监视而已。在这里先后发生了一些我意想不到的事情。凭我的回忆，我把它们记在这里。

　　回想还是在一九二八年，天气还冷的时候，沈从文和我一同从上海去松江，参加施蛰存先生的结婚典礼。他是我在上海大学的同学。在施先生那里，我们认识了姚蓬子。回上海后，姚就常来我家做客。他那时住在法国租界马浪路，我们住在萨坡赛路，相距很近，又都是爱好文学的青年，所以很容易就混熟了。一九三〇年春，上海筹备成立左联，蓬子常常把左联的消息带来；他自己是否参加了筹备工作我不清楚。他常常谈鲁迅、讲左联的一些筹备人，冯乃超啰，冯雪峰啰，柔石啰等等，他们似乎很接近。这些消息很能安慰我那时独居上海的寂寞心情。后来我去了济南，不久又和胡也频从济南回到上海。我们决定参加左联，便是潘汉年和他一起来我们家里和我们谈话的。一九三一年夏天，我接受组织委托，主编左联机关刊物《北斗》，姚蓬子和沈起予被分配协助我，姚蓬子分工排版面，跑出版所，负责印刷及校对。因此他和我就经常有联系。一九三二年夏季，他主编《文学月报》。只两期，便被文委负责人冯雪峰把他免职，他就离开左联，到潘汉年同志负责的互济会做地下工作去了。从此，我许久都未再见他的面。

　　我一搬进明瓦廊，忽然看见他和他的妻子、儿子已经先住在这里了，我不免大吃一惊，脑子里都来不及转一下，就觉得欣喜非常。这是在上海认识的老熟人，是朋友，是同志呵！我一下跑到他们面前，大声叫唤，我有许多话要对他们讲，有许多事要告诉他们。他们是我最亲的人，是我梦寐以求的人。可是他们，却显得十分冷淡。姚蓬子低头走进里屋，他的妻子敷衍着我。我一点不理解，我想问他们，我有一连串的事要问他们。他们是什么时候搬到这里来的？他们怎么落到这般田地？他们有什么打算？他们好像很沉闷，看样子，他们不会告诉我什么。我只好颓丧地回到我自己的那间房子里。

第二天，冯达拿来一张当天的报纸，我一翻，一条触目的启事赫然射入眼帘：《姚蓬子脱离共产党宣言》。我赶忙读下去，当时引起我的愤怒、惊异、慨叹和鄙视，真难以形容。开始，我几乎不相信这是他写的。后来我不得不相信这是他写的。这一纸宣言引起我联想到他过去的许多言论和表现。那宣言中的文字完全符合他一贯的思想感情。现在想来，说实在的，他从来不是一个共产党员。他在党内待的时间不短（他什么时候入党的，是在参加左联之前还是在左联成立以后，我说不清楚了），我以为他不过跑进共产党来混了一阵，就像他兴致高时去跑一次赌场那样混过一段时间而已。他平日是一个懒散的人，常常感到空虚。有时高兴，他哇啦哇啦发一通议论，再呢，就是沉默不语。现在看到他的启事，我很为他难受。如果你对共产党失望了，真的失望了，你对自己的共产主义信仰发生动摇了，也千不该万不该，不该趁这个时候向人民发"宣言"。何况在"宣言"中说了明显的谎话，说什么把希望放在国民党，放在三民主义上面。我根本不相信他对国民党、对他们的假三民主义会有什么好感。他无非是怕死，怕坐牢，乞求国民党网开一面，饶他一命而已。蓬子！我们过去虽然曾是朋友，一同战斗过，但现在，我们是分道扬镳各走各的路了。

大约有一个月之久，我们虽然住在一幢堂屋里，我们的房门对着房门，但我几乎没有见到过他。清晨，不知他什么时候起床，起床后就出门去了。夜晚总在我睡后很久才回来。他妻子也不知道他究竟到什么地方混日子去了，她对他只是完全顺从，是一件附属品。

大约在一个月之后，姚蓬子才逐渐留在家里，而且找我说话了。他对我诉说，他的确是对共产党灰心了。他告诉我他是在天津被国民党逮捕的。他把写有接头地点的纸条吃下肚了，没有供出一个同志。还说过去他很早就同潘汉年(潘汉年领导他的工作)约好，万一他被捕，他就假自首。他一直是这样准备着的。后来，解到南京监狱，他看见有一些比他老的共产党的领导人，都先后自首；特别是他看到李竹声，中央迁往江西苏区后，那个留守上海在临时中央主持善后工作的人，在被捕后，竟能把几十万元党的经费交给国民党自首，为自己留下一条活命，他就产生一种思想，如果需要牺牲，首先应该是李竹声。这些人都贪生怕死，那他为什么要死呢？……他还说了一些其他人的情形。他给我说这些的时候，我的感情已逐渐平复，不管他话中有多少真真假假，我全不相信，我根本听不进去，我看透了他，我们是两路人，我同他不再是朋友，更不是同志、战友，是陌生人，我感到他是一个无可救药的人。尽管我不免为此难过，但我却已把对他的同情、怜惜，一个同志的热情，一点不剩地全收回了。我冷静地思考，现在国民党安排他和我们住在一起，一定是别有用心的，是有所图谋的。国民党当然企图利用他来软化我，对我劝降，至少可以监视我，把我的言行，一举一动都告诉国民党。国民党以为他仍会是我的好朋友，认为他对此刻的我将产生很大影响。在这种影响下，希望我逐渐可以发生变化，变得与姚蓬子一样投靠他们，变为安分守己、老老实实、驯驯服服地在南京生活下去。但是我也萌生一种想法，既然他已经不是我的战友，他是在为敌人做事，我为什么不可以利用他，借助他来欺骗国民党呢？这种想法和作法，我当时并不是一下懂得的，多少也受了冯达的一点影响。我十分痛苦，但却逐渐习惯有这样的看法、想法，并逐渐尝试着以此来对待姚蓬子。我本来是一个涉世不深，不太懂人情世故的简单的人，但现在处在如此艰难复杂的社会里，为了应付环境，要斗争生存，要战胜敌人，迫使我不得不也变得复杂起来，变得稍稍聪明一点。

对姚蓬子是这样，对原是我的丈夫的冯达，何尝不也是这样呢。

自然，我一直没有因为我，而要蓬子或冯达再干什么对党和革命有损的坏事。直到一九三六年我秘密离开南京时，我仍然希望他们不要被国民党牵着鼻子走得太远，我希望他们珍视自己的余生，努力争取将来能有回头是岸、立功赎罪的机会与可能。

十六　冯达的打算

冯达同我的一次谈话，我永远记得。这大概是在我一生中最痛苦的良心上的斗争。在搬到明瓦廊新居后的几天，一个晚上，他很慎重地对我说："丁玲！我不应该瞒你，我一定要告诉你，离开曹家的那天晚上，我到他屋里去了一趟，他谈到了我们搬家的事。他说以后每月给一百元生活费，让我们独立住家，但这不是说你完全自由了。你既然不自由，你就无法自己谋生，他们应该给你生活费，这我不能拒绝。不然，你在南京城里，怎样生活？没有犯人坐牢还得自付饭费的。至于我，情况同你不一样。我已经走错了一步，什么话我也不想说了，说了也无用。总之，现在我是一个没有前途的人。你想回去，而且可以回去，但是我却回不去了。我回去的路没有了，没有任何希望了，这只怪我自己。我曾是一个普通共产党员，没有什么社会地位，在国民党眼中，我不值钱，他们瞧不起我！有我无我对他们无足轻重。我现在又有病，按一般情况，如果我能找到一个铺保，或者我老家来人，具个结，我是可以被释回家的。这也有先例。不过现在国民党不会这样做，这是因为有你，他们不能放你；他们也不能像对你那样对待我。那晚，那个姓曹的说，要我到一个翻译机关去翻译一点资料，算是为我安插工作，安排生活。这不是一个了不起的差使，也不会有什么秘密，月薪是六十元。他还说这个机关人员不多，大都是一些懂外文的共产党员（自然是自首过的）；我不得不答应了。丁玲！我希望你懂得我，我也是为了你，我没有办法可以保护你，但我总想帮助你一点什么。你是要回去的，我就帮助你实现这个惟一的愿望吧。我在他们面前表示迁就，他们就会容易相信，以为我还可以牵制你。你就应该利用这样的条件。他们把蓬子弄来同我们住在一块，我看也有这个意思。他们以为过去你同姚蓬子是好朋友，据说你被绑架后，社会上一度传说你已死难，蓬子写过纪念你的文章，很可能夸大了同你的友情，谬称知己，不管别人怎么说，都是死无对证。现在，你也要利用这层关系，你平常为人太单纯，太直率。但最近我不得不想，我们的处境，你的愿望，都应该仔细考虑。"我一时被他的这些话吓住了，冯达竟要去国民党一个机关做什么翻译，这怎么可以呢？他这不是越陷越深吗？如果他去国民党机关上工支薪，我一定得同他分开。过去一同监禁，我曾几次要求分开过。他分辩得那样诚恳，又说忏悔，又说帮助，我还有些相信，或者说是半信半疑。但他现在居然说要去做事，那不是也成了国民党御用的走狗么！我怎么还能同他关在一起？但现在我再提出分开，国民党仍是不会理睬的。因此，我生他的气，我骂他，但都没有用。过去，他也许是受了骗，上了当，以为可以混过去，所以讲出了我们家的地址，还可以说是一时的错误，酿成了大罪。但这次他是经过深思熟虑的，而且事后才对我说，可见他主意已经下定了。他总叹说他是没有希望再回去的，我以为这有一部分也是受了国民党特务的欺骗宣传，他总以为党绝对不会饶恕他了，而且一定会采取非常手段来制裁他。但这又从哪里说起呢？我只说道："我不同意你去。你既然知道你第一步错了，就不能再错。是一个人嘛，不能做好事，也不要做坏事，你的前途，只有不去那里当什么翻译。你如果真回去的话，我以为不会像你想的那么恐怖可怕。万一老家不收你，你倒霉了，也比在国民党这里好。你怎么不做更长远的考虑呢？而且，你去那里当翻译，不管你翻译什么，不管你做的多少，你总是进了人家的门，为人家做事，你不只绝了自己回去的路，而且叫我怎么做人？"

冯达听了，也很沉重，他说："与你无关。这是我自己决定的。我想了很久，内心很痛苦，但我认为：我不忍拖你下水，也不能总像现在这样跟着你，我跟着你只能拖累你。有什么法子呢？我自然希望国民党对你的监视能够逐渐放松，然后你就可以找机会跳出去，脱离这个苦海。我说过，你什么时候离开南京，你走后，我就回广东老家。我们是命定要分开的。现在我的身体很坏，肺部这半年来经常疼痛。我不一定能活得长，但我希望能够看到你自由。"我看到他的脸色发红，微微渗着汗珠，我不愿多想，只说："那我们现在就分开。"他说："分开！分开！一定要分开！只是你暂时不要闹出去。"他又说："我明天要去那个机关，可能要填一份履历表。你不必为我担心，我会尽可能给自己留有余地。我最担心的就是不能断了你回家的路。我知道你一定能坚持住，一定可以达到目的。"

这一夜我没有办法阖眼，他好像也转侧通宵。事情怎么竟会变得这样，真是不能想象。唉，明知不是伴，事急且相随。看来，只得过一时再说。但不管怎样，冯达现在是要到敌人的一个机关里去工作了。要应付姚蓬子，也要应付冯达，我将应付这越来越复杂的困难环境。既要提防他们，又要利用他们作为掩护，欺骗敌人，麻痹敌人，创造条件，使自己能和党取得联系，得到党的帮助和营救。我能做得到吗？天哪，我一定要做到！

选自《丁玲全集·第十卷》，河北人民出版社，2001年

风雪人间（节选）

十五　新的家

　　三天后，我们从佳木斯乘火车到了汤原农场，住进了一间约二十多平方米的刷得粉白的空房子。只是墙上满是像孩子们涂得乱七八糟的图画和不成字体的字，还沾有许多干了的鸡粪，有两扇窗户，当西晒，空气充足。屋子里放了两张木板床，两张小桌子，两把凳子，我们忙着清理打扫，没有什么别的物质的欲望，我们十分满意。陈明忙着找到农场的邮局，订了报纸杂志，他觉得从此我们看不到文件了，我们又不能离开社会，明知道以后看报的时间很少，便更要多订几种。第二天，他就到分配他去的第二生产队参加劳动了。我被准许休息两天。一个人在陌生的环境里，在这新安的家里，整理一下简单的行李，继续擦洗清扫那满是灰尘、鸡粪的家具和满是鸡粪的地面。屋里很空荡，我有心让自己想些高兴的事情，但总是有点不得安宁。这几天所经历的生活，和遇见的一些陌生的，使人不免有点胆怯的一群人，就像走马灯似的在我脑子中来回转动。我想来想去，实在没有什么人侮辱我，刺激我，可以说生活还是平静的。但不知为什么，我的心总要忐忐忑忑不安。有时嫌自己太无所谓了；有时又嫌自己太多心，太计较了。

我原来不是这样的人,我是一个比较豁达,比较自由舒展,无所顾虑的人。现在为什么对人热情不够?我又想,要热情干什么?现在谁也不需要你热情。比如在佳木斯,中央农垦部的副部长兼农垦局局长张林池同志看到我带给他的王震同志的亲笔信后,便向我们介绍合江垦区的整个情况和规划,还提出我们可以改换一个地方,不必到汤原农场而去新兴的星火集体农庄。他说得很坦白,星火农庄比汤原农场好。可是我只说:"去汤原农场是王部长的意思,是否就按王部长的决定办吧。而且,汤原农场也一定要变好的。在这一变革中,我们更可以学习到东西。"他提议我们可以在佳木斯多停几天,看看佳木斯的工业以及其他方面的建设。我也只说:"还是先去农场报到,参观以后还会有机会的吧!"我简直成了一个胆小怕事的侏儒!我恨我现在为什么变成了这个样子!我恨我自己,我不能恢复和保持我原有的洒脱和对新鲜事物的热情。

汤原农场杜场长是准备就要调离的,他给我的印象,像是一个没有什么准则,又没有什么作为的老同志,是团级干部,参加过抗日战争的。他对我很谦虚,可能过分谦虚了,使我疑心。他过去可能听到过我的名字,但对最近像雪片那样批判谩骂我的文章却漫不经心,所以还保持原来对我的印象。我自然应该感谢他。看得出他是有革命经历的。但我还没有看出他的老练、热情,他好像还没有学会为人处世。他只用几句简单话就把我交给养鸡队一个年轻的姜支书。姜支书又简单地说,为了照顾我上班少走路,就在鸡舍院内指定给我们一间小屋,只有现在住的这间屋的一半。后来他到我们屋里来,看到东西挤得满满的,连走路的地方都没有,他就让我们搬进现在这间大屋子的。陈明的班长何富有,下工后随陈明一起来到新居,一看就说,怎么,一把椅子也没有?这么大年纪了,我去想办法。果然,不一会儿,不知道他从哪里搬来了一把木头椅子。王震同志的亲笔信上要农场给我们一栋房子，就算烟消云散。反正我们已经知足了，自然不会再提。这间房子的走廊上、院子里全是乱飞乱跑的鸡群和遍地的鸡粪、垃圾。正是热天，那些气味总要送进屋里来的。家是有了一个，我们在这里擦擦洗洗，一时很难安定下来呵！

汤原农场场部的房子都是五十年代初期，铁道兵转业到东北时修建的营房，全是瓦顶、红色砖墙，质量很高。营房中间一个大院，南北两边是战士的集体宿舍，住一个连队。我们靠西面这一排过去是连部办公室、俱乐部、图书室，和夜晚值班干部的休息室。东面一排是连队的伙房和食堂。现在一个连队住的院子除了我住的一间较大的和另外四个养鸡姑娘住的两小间外，其余所有的房子都是住的莱亨鸡，约有两千五六百只。院子很大，是鸡的运动场，白天，所有的鸡都在这里运动，或喂食。鸡舍每天打扫，但这运动场却经常不打扫。人要有事出入，要通过运动场，得很注意，免得踩上鸡粪。我是新来乍到，最使我担心的是鸡，特别是那些大公鸡竟都欺生。当我走过，总有几只鸡猛然向我扑来，我躲也躲不及，我越躲，它就越凶，我壮着胆子，向它们挥手，它们扑过来的就更多了。陈明如果不在家，我只得尽可能躲在屋子里，连去厨房附近（厨房的门朝着院外）打水，或去厕所都很不方便。我真有点犯愁，过两天我要去鸡队上工，得给它们喂水喂食，我能怕它们扑，怕它们啄吗？不行，我不能让人家看出我的胆小，我得硬着头皮，还能怕鸡吗？我要劳动，怎么能怕鸡呢？太阳已经偏西，正晒在我屋子，这个家真热，热得人心里烦躁。为什么杜场长、姜支书不另外给我们一栋房子，硬要我们把家安在养鸡的院子里。这里到底是我的家，还是鸡的家呢？

十六　展览

到了吃饭的时候，有人指点我们去食堂吃饭。昨天和今天上午我们只马马虎虎打了一点开水，就着几片饼干就过去了。我明知食堂里人多，但不能不去，迟早总是要去的。食堂离我们住处有一段距离，要横穿马路，走过场部办公室的一排房子，再走进一个同我们住的一样大的大院。我一走进这个院子，听到一阵轰轰轰的人声，心里一跳，我预感到是否将有一场风暴，而且是我没有理解到的那么一场大风暴。我想退回去，但已经走进院子，出去也不行了。这时我才意识到我仍然很脆弱，我仍然害怕一大群一大群的人。我不由地回想起，不，不是回想，是又掉进那些比针还尖，比冰还冷的鄙夷的愤怒的目光中。我在北京已经展览过多次，也示众过，像旧社会那些被处决的犯人，在行刑前插着木标游街示众一样！在那些指指点点，骂骂咧咧，得意洋洋的嘲弄声中，畏畏缩缩地躲闪着，心比一片片被人绞杀着更难过的那样战栗着。我曾以为只要离开北京，到农场来，可以悄悄地劳动，胼手胝足，艰苦地为自己"赎罪"。现在看样子，食堂里的人多着咧，一层一层端着饭碗，好像排着队在那里，而且有许多人拥到门口来了！拥到门口看大右派，看我来了。两边房子里也拥出人来站在门口傻望。我记得一九五七年的秋天，作家协会批斗我的会未完全结束，又命令我到政协礼堂去参加全国的妇女代表大会，要我交代。我真是胆战心惊。我心里想，要枪毙也可以，何苦又要我示众呢？我攥着陈明的手哭了起来，好像求他似的，好像他能保护我似的："我不敢去呀！我怕，我怕呵！"陈明拥着我，安慰我道："你又不是没有经过风雨的，你一向都是坚强的。死都不怕，还怕什么示众。你尽管去，他们能把你怎样。人家愿意多看几眼，就让人看算了。"现在，我真有点憷了。

陈明不等我清醒过来，抢先走在前边，我只得随后跟着，我们走进了食堂，立刻就淹没在人群里边了。人像墙似地围绕着我们，还跟着我们移动，只在我们四周，留着一点距离。陈明若无其事，到厨房窗口，买了一碗甲菜，一碗丙菜，我拿着碗去盛饭。我们走到靠墙角落的一张桌边，这里人少些，只有两三个人在附近吃饭。没有凳子，全都站着，那几个人冷冷地望着走到桌边去的我们。我自然不吭声。陈明装着坦然的样子跟我说话，我什么也听不清，心里怪他吃饭太慢，还要讲话，为什么不三口两口吃完了早回去，难道他在众目睽睽之下感到自在吗？后来食堂里的人慢慢少些了，我才抬头，看见那些人大半是转业军人，有的还穿着军衣。军人还是见过一点世面的，慢慢地他们自己说话，也不屑于老看着我了，我才稍微松一口气。厨房的菜还是做得可以的。我感到刚才自己的可笑和讨厌的脆弱。等得我们快吃完时，忽然几个年轻姑娘推推搡搡地走到我们桌前，很有兴致地围着我们的饭桌走了一圈。我望了她们一眼，觉得她们没有什么坏意。其中一个长得非常漂亮，有很分明的眉眼，和嫩红的双颊的姑娘憨憨地对我微笑了。陈明便对她们招呼说道：" 你们笑，笑我们吃饭狼吞虎咽是吗？谁能都像你们，如同家雀啄食，老鼠偷油，沾上一点点就行了？"她们一群都大笑起来，好像她们忍了半天，没忍住，就一下大笑了。后来我们一道走出食堂。原来她们就是住在我们隔壁的那四个女饲养员，都才十八九岁，初中毕业刚从牡丹江种鸡场学了半年养鸡，学习结束后分配到汤原农场来当饲养员的。看样子她们什么都还不懂。右派，自然右派不是好人，只是她们没见过。现在忽然有两个从北京来的大右派在她身边，她们就得好生看看，看看和普通人有什么不同，她们完全出于一种好奇，如同在动物园观看关在铁笼里老虎一样，对被看的我们有点害怕，也有点怜悯。

十七　青年诗人

从食堂随我们一道走回来的，还有一个畜牧兽医技术员，名叫汪金宝。我们刚到农场搬家过来的那天，他跟着姜支书，推着一辆手推车来帮忙运行李，只是没说什么话。现在好像是饭后无事，顺便找我们聊聊。我们已经习惯没有朋友，习惯不同人聊天，只有批判、责问、检讨，以为答话越简单越好，免得被别人找到岔子，节外生枝又来一顿猝不及防的劈头盖脸的批判、斗争。我不只怕一大群人，也怕个别的人。但汪金宝十足像一个愣小伙，我不太担心他对我会有恶意，或无端地来找我生事。但我怕他不够谨慎，不懂得利害，乱讲乱吹，或者把我的话加上"调料"再传出去。

汪金宝随我们到家，进屋便坐下来了。他径直地对陈明说道："你给我的印象太好了。在食堂里，我一直注意你，那么多人，带着各种心情，眼瞪得大大地看着你们。你却像没事人一样，一点不在乎，不趾高气扬，也不低三下四，真是不卑不亢，还谈笑自若哩。要是我处在你们的位置，我真不敢想象，我将怎样，可能掉头就跑，跳到河里，一个猛子扎下去。"原来我适才对他的估计是错了，他不特愣，还有心眼，在人多的地方，冷眼旁观，却有见地。我听了，又高兴，又惭愧。高兴的是刚到农场，就遇到一个有心眼又善良的年轻人。惭愧的是我在食堂里为什么那样尴尬可笑……还是因为自己抛不掉一个"我"字，一个面子。有了这个"我"字，就什么都使自己拘束，就很不自然了。

汪金宝不等我们答话，便又问道："现在艾青在哪里？"

陈明说："听说在八五二农场。"他沉默了一会儿。像是自语地对我们说道："我喜欢艾青的诗。你们和他一定是很熟的。现在，你们以为我能给他写信吗？"

我们不敢鼓励他,也不便阻止他。他便又说:"我喜欢写诗,找不到方法,真想找一个老师,希望你们以后不要客气,常常指导我。有什么事,我可以帮助你们做的,告诉我好了。姜支书对我也这样说过的。"

到汤原农场,这是闯进我们生活的第一个"朋友"。我大胆地把他当一个"朋友",我们从他简短的言词和淳朴的态度中,得到一丝温暖。我觉得他是我们在漂流中向我们漂过来的一根木头。他自然不能援救我们,但他给我们一丝希望,人世中还有好人。萍水相逢,我们还戴着一顶高帽子,有的人躲我们都躲不及,他却对我们以心相见,坦率无间。汪金宝呵!你在我们"重新做人"的起点上,给我们增加的勇气,这种作用你当时是不会懂得的。但我当时已是一个变得有点谨小慎微的人,我只能谦虚地推辞了一下,实际我也真的不懂诗,在写诗方面,我不能帮他。陈明大概由于对方的热情,不好一下推辞,便问了一些他的经历。他是穆陵人,二十岁,初中毕业后进兽医专科学校,不久前,分配来农场畜牧科当技术员,治马、治牛、也治猪,但主要是负责治猪。听他说话,总觉得他有东北人特有的爽朗、热情,略嫌简单。他走的时候,给我们留下了几页剪报,是佳木斯农垦局出版的《农垦报》,约有五六页,上面刊有他写的诗,署名柯红。这些诗,也正如当时许多报纸上刊在尾版上的诗一样。分行写,有一点韵节,有一点风光,讲一点心情,叙一段小故事,读得下去,却不一定能留在心上,或引起遐想,读完就过去了。没有作者自己的发现,没有自己的感受,一般化,可怕的一般化。汪金宝还年轻,原只有高中文化水平,在中专时,可能专学兽医这行,他没有可能读过很多诗,也没有丰富的生活经验。这些只是中学生的语文习作。但我千万不能挫伤他的兴趣,只要他能保持他的纯真和善良,刻苦用功,多读点好诗,将来也可以写出好诗来的。还是应该先养成诗人的气质,具有诗人的品德,然后再谈写诗的技巧吧。

十八 拣蛋

畜牧队的姜支书是一九四八年参加革命部队的,出身好,在连队当兵,没打什么大仗,就随军集体转业了。他有初中毕业程度,待人有年轻人的热情、随便,对我主动提出要参加鸡队劳动很表示好感。他再三对我说,杜场长嘱咐过,说我过去做文化工作,没有劳动习惯,现在年龄五十四岁,介绍信上说是来体验生活,没有说要劳动,因此对我的劳动,不做硬性规定,如果力所能及,她自己要求参加一点劳动,也是可以的。姜支书不知道该怎样具体安排,便先把鸡队的工作仔细地向我介绍,把队长、排长、班长、饲养员的情况也都毫不见外地告诉我,态度非常友好坦率。他带领我在鸡队参观,介绍我认识队长、班长、组长。后来他又征求我自己对工作的意见,他以为最好按鸡队的生产顺序到每个车间都实习一阵。这样,他先把我带到孵化组,把我交代给组长邓明春,又再三叮嘱我,如果感到累了,就回家休息,不要勉强,不要长久留在孵化的暗室,这里温度太高,湿度也大。听到这些,我暗自高兴,我又碰到了一个好人,我应该虚心向他和他们学习。

孵化组组长邓明春是党员,一九五〇年参军入伍,跨过鸭绿江参加抗美援朝,在连队里当文书,一九五七年转业到牡丹江种畜场学习孵化,一九五八年才调来汤原农场不久。这人个子矮小,精明机灵,会察言观色,能说会道。他一边招呼我,一边向我介绍情况。他把孵化的柜子打开,指给我看那层层排列在里面的种蛋,他转动孵化柜的圆架，另外一个青年女工、一个青年男工也跟着他干。他把我当作一个初来乍到的学生，仔细讲解孵化的过程和操作方法。这样一个二十四五岁的青年，一个农村中的高小毕业生，现在在人烟稀少的北大荒被培养成了一个精明强干、懂得一定的业务技术，又有一定政治水平的基层干部。我从这里看到党的光辉，我非常高兴。忘记了我现在的身份，把他当一个自己晚辈那样欣赏、愉悦。

我就要求开始工作，邓明春分配我和另外一个姑娘一起选蛋，他说这是比较容易，也是比较简单的轻劳动。我就到另一间堆满了鸡蛋的屋子里，从一箱一箱的鸡蛋里，一个个拿出来分别挑选，把好的，合格的，能够孵化的留在一边。那一个同我一道的姑娘，她一手能拿五个蛋，我只能一个一个拿，最多能拿两个，而且动作很慢，我怎么也赶不上她，心里很慌。原以为这是轻劳动，但半个钟头下来，我的腰疼了，手指也发僵，我开始坐不住了。我原来就患脊椎骨质增生，常常腰疼。一九五二年曾到大连、鞍山汤岗子治疗，后来又请中医针灸，疼痛稍有减轻，但一直是一个不治的痼疾。开始我为什么没想到这一点呢？我总以为最好参加一点劳动，却没有向农垦局、农场或姜支书讲清楚。现在刚坐下来选种蛋，轻劳动，才拣了半个钟头，怎好就不坚持，就对年轻组长说我不干，要回家去呢？我心里越嘀咕，腰越疼，手越僵，都急得出汗了。我心里想，是否先站起来，活动活动走几圈吧。并不是我不愿劳动，是身体有病嘛。可是我又命令自己，再坚持半个钟头，哪能干一会儿就停手？又过一阵，我眼花，头晕，要倒下去。幸好，这时走来了张振辉。他是饲料室的组长，一个由河北农村来支援边疆建设的青年，他是到孵化室来看热闹，看大右派的。他走进门，一眼就看出我的不行了，忙说："我说丁玲是啥样子，原来是一个老太婆。呵！看，满头大汗，满脸通红，快歇息一会儿吧。不要以为拣蛋不费力，从没有干过嘛。"他走过来拉住我的手，我就势扶着他才勉强站了起来，连腿也是硬的。邓明春忙从孵化室里走出来，抱歉似地说："你回家休息去吧，身体好些了再来，不要勉强。"张振辉把我扶到院子里，一阵风悠然吹过，我心里有点迷迷糊糊，觉得不该走，却很自然地慢慢走回家去了，顾不上同他们告别，连交代一声也没有。这第一次上劳动课就这样下阵，我心里好懊恼呵！

十九　远方来信

　　喂完了最后一趟料，天色黑下来了。畜牧队打夜班的老王头正在各个鸡舍里巡视，看有没有没关好的窗户，有没有没关好的小门洞，看火墙的炉火烧得旺不旺。我走出屋子，踩着冻实了的鸡粪和嵌着白色羽毛的硬梆梆的沙土地走到院子外面的路上，路边都是积雪。漫天灰濛濛的一片，只有太阳刚下去的那方还显着一抹微微带紫或暗红的颜色；但这也不会长久，很快就要溶入那整个的灰濛濛里去的。我走在这里只是为着望望这灰色的寥阔的天，望望路边几株掉完了叶子的枯枝。路上没有人，即使在大白天，这里也是少人走的，这不是大路。一点风也没有，是不是随着天，随着地都冻住了呢？不，不可能的，风总是会移动的,天的那边还有人嘛！那边,那边不远不是有房子吗？那儿是农场场部，是我们农场办公的地方。而且,就在我住的院子后边,不是满满住得有一个院子的鸡吗？那几个养鸡姑娘不就是搬到那个院子里住的吗？原来她们和我住一个院，就住在我间壁，每天晚上她们都到我屋子里来玩一阵，是一群天真朴实的姑娘。后来农场领导为了要孤立我，要她们与我划清界限，就命令她们搬走了。每天晚上就只我孤凄一人独自在这条路上徘徊。一个人也好，我就一个人占领这偌大的天地。我可以一个人在这里走来走去，没有人注意我，没有人窥视我，直说就是没有人监视我，我可以安静一会儿，让思想自由飞翔吧。在西北边，越过辽阔的耕地，越过一些小村屯，有一个热闹的小城，煤城。因为有煤就一年年兴旺起来。听说已经是一个有四十万人的城市了。这个城叫鹤岗。在鹤岗北边，临近黑龙江江边还有好些小城镇和许多农场。这样，鹤岗就显得更重要了。又逢大跃进的年代，从佳木斯到鹤岗的火车线路要建复线，在天寒地冻滴水成冰的时刻，抢农活冬闲季节正好赶修这条线路的土方工程。陈明就跟着他所在的生产二队去到那里。这样我们刚到北大荒两个多月就又分开了。他是九月下旬去的，现在又快两个月了。这两个月的日落黄昏，都是我一个人在这越来越冷的路边，踽踽独步，把思想，把思念，把依依难舍的恋情每天托付这灰暗的浮云寄了过去。他这会儿在做什么呢？他肩上压起的红肿块，消了吗？在窝棚里同同志们一块儿在烫脚吗？他会不会也走出窝棚看看天，望望从东南方向游来的黑色的云烟呢？不，云烟是走不到那里的。云烟都早已在半路消失了。他会不会从飘去的微风中嗅到什么？感觉到什么？那里将含着薄薄的一缕馨香吧，一点点爱情的馨香吧。唉，太远了，什么都不能捎一点儿去。不，不要捎，不必捎。他已经带去了，带去了所有的温存，所有的知心。他就生活在这里边，他不会忘去的。而且一定会带回来的。到星期天、星期六的晚上他就会带回来的，把他的关心、把他息息相通的那些体贴就都带回来了。啊！星期六，实在令人想望的星期六呵！

星期六晚上，是修路工人回家来的时候。修路工人将满身带着雪花、冰屑和寒气走进屋子里来，不敲门就进来了。他会举起网兜，把铝饭盒拿出来，里面装着一些新鲜的菜肴，是从工地附近那热气蒸腾的小饭馆、小茅屋里买出来的；但这都不重要。重要的是没有病、没有伤,是神情爽利,是有力的眼睛和臂膀。他在修路时算是好劳力,有时还挑双筐和小伙子竞赛。有人说:"他是右派,好像不应该受表扬,不过我还是要表扬他。"于是屋子里亮堂堂的,热呼呼的。灯底下的语言是无所不包的,天下大事、工地趣事、好人好事、坏人坏事……但都会小心旧有的那些"伤口",谁也不去碰它,让那些恶言恶语,那些丧心病狂像没有发生过一样。我们真的就是这样自足自乐。我像安徒生童话中的那个公主,蜕去了一身又污秽又耻辱的青蛙外皮,而露出本相,恢复了美丽的原形。我是一个天真无邪的人,是一个革命战士,是党的儿女,我享受着纯洁的爱情,我简直不懂得忧愁。……星期六的晚上,是一个浪漫的梦,是一首美丽的诗,是一段百读不厌的文章。可是,今天是星期几呢?一天,两天,三天……还早得很呢。

西边、再西边,遥远的异国,我还有一对儿女咧。多可爱的儿女呀!他们都是在延安长大的。他们都有过父亲,可是我从来不忍心同他们谈到他们的父亲。让他们把党当成父亲好了。他们真的就是这样,都早早入了党,是正式党员。他们跟着党,过了多年的艰苦生活,在童年没有享受家庭的温暖,只有集体的欢欣;但他们有母亲。为了让他们健康成长,希望他们锻炼得坚强,母亲从没有对他们有一点娇生惯养。我的母亲曾怎样对待我的,现在我就怎样对待他们。我小时,从来没享受一点做为爱娇的闺女的幸福,没听到过一声心肝宝贝的亲昵的呼唤;我也拒绝了一个做为母亲的满饮母性的甜酒。但我欣赏我对自己母亲的了解。我们不是母女,而是朋友,是最贴心的朋友,是彼此生命的支柱。因此,我也希望我同我的儿女是朋友。是最知心的朋友。当他们很小,我怀抱着他们的时候我就盼着他们长大。我感到有许多话要向他们说,满心希望他们成为妈妈的知己,是能同妈妈谈心,能无所不谈的,是最谈得来的。现在,风暴之后,能谈什么呢?

能谈心里话吗？我只能违心地告诉他们，你们的妈妈是一个坏人。你们要相信党。去年，一九五七年，报上发表文艺界粉碎了反党集团的报道后，祖慧从莫斯科打来长途电话，在电话里泣不成声，反复地说："我不相信！我不能相信！"我没有勇气接电话，不敢听她的哭声，我坐在电话机旁，眼泪像泉水一样在我脸上流淌，火辣辣地在我心里流过。我无法和她对话，我能说什么呢？陈明在电话里只能说："你听党的话。不要管我们的事。你要坚强起来。要熬过去，自己好好学习、生活吧。"惨白的灯光把屋子照得像地狱似的阴惨惨的。陈明无可奈何地放下电话，我们互相望着，为天真无邪的受伤的孩子难过。祖林正好在国内，在北京，他也亲受了那沉重的打击。整天整天不说话，也不吃，只是躺在小屋里流眼泪。我宁愿自己受责备、挨罚，下地狱，上刀山，也不愿意看见他无言地在那里默默受罪。可是，我能说什么呢？我不能应承，也不能解释。一切辱骂、一切讽刺，一切在冠冕堂皇言词下的造谣诬陷我能忍受吗？我能反抗吗？我能辩护吗？我只有匍匐流涕，锥心泣血，低头认"罪"。我的一切都被毁灭了。我还能在儿女面前要求得到什么呢？他们太幼小了、太天真了。他们如果还相信妈妈，他们就太惨了，他们也会挨打的。他们如果不再相信妈妈，他们将更苦。他们不只要承受失去妈妈的痛苦，还要承受从妈妈那里得来的耻辱。他们抬不起头，怕人家看见他们想起他们可耻的妈妈。他们脸上好像打有金印，是谁的儿子。他们不敢见妈妈的熟人，也不敢见自己的熟人，他们变成最敏感的人，最柔弱的人，怕人家的恶脸，也怕人家的好脸；怕刺激，也怕同情。什么都是不幸，反正是一对可怜的儿女。

在任何时候，不管是在沉重的劳动中，或是躺在床上休息的时候，我都念念不忘他们，担心他们。面对这严酷的现实，他们将怎样向组织交代，怎样向他们的朋友，他们未婚的爱人表明心迹……他们都是极憨直单纯的人，面对这样尖锐复杂严重的事态，他们将怎样生活下去？而这一切都是被爱他们的人连累的，是一个母亲加害于自己的儿女的。母亲不好受，但她毕竟是从几十年艰难险阻中走过来的人，在这边远的北大荒，即使亲人离散，但她是一个老党员，她相信历史，她不失去希望，她一定能熬过去。可是孩子们像刚出土的嫩苗，怎能经受住这样苦涩的风霜！刚放苞的鲜花，怎能放在烈火上炙烤？我可以想出一千条理由命令自己好好活下去，可是对这一对无辜的孩子我却一丝一毫也不能帮助他们。这种压在心底、充塞血管的苦汁不断地折磨我，一分一秒也难得平静。什么时候，什么情况下才能说得上是得到解脱呢？

　　天黑了，上下左右一片黑，天上没有星星，没有月亮，是不是天要变，明天又将下一场大雪？场部办公室里还有几点豆似的闪烁的灯光，我的双脚冻得站不住了，浑身也感到麻木了，我慢慢踱回院子，走进我的房间，打开电灯，走近火炉。炉火快灭了，我围着炉子打转，扔进一些木柴，加了一些煤块，火毕毕剥剥燃烧起来。屋里暖和多了，我感到身上又有了一股热气。我喝了一杯热开水，就走到小桌子边去读报。这是我每天生活秩序的一项，报纸每天傍晚来，有时我自己到场部收发室去取，有时打夜班的老王头顺便捎来。老王头是四川人，跟着当连长的儿子转业来农场的。现在儿子换了地方，他一个孤老头子就留在这畜牧队当工人，干不了多少活，就打夜班。自从我搬到这四周全是鸡舍的院子后，夜晚他偶尔主动来看看我，不敢多坐，喝一杯开水，抽半支烟，说一两句话："白天职工开小组会，有人说你好。"或者是："队长在部队是营级干部，谈到你时他说哪个庙里没有屈死鬼。"或者又说："指导员面前你要小心。"他并不要听我的回答，说几句就走了。我明知道这老头不坏,却不敢接近他。我不喜欢听小话,更不愿意连累人;不过他总三四天来转一次,像到鸡舍看窗户关好没有一样;今天的报纸就是他捎来的。

我翻报纸的时候,忽然发现了一封信!到北大荒后我很少收到来信,我们是被遗弃了的人,哪里会有人给我们来信?即使还有挂念我们的人,我们相信有几个人会为我们惋惜,只是他们怎么敢给我们写信呢?!我们也曾暗暗企求哪天会从天外飞来一只鸿雁,让我们知道一点人世的消息,听到一曲短短的美丽的音乐。可是我们又希望谁也不要给我们来信,我们最怕听到我们的亲人,我们的熟人因我们而落到像我们一样的境地。这是最可怕的!因此我们虽然十分想念世界上曾经与我们有过关系的亲人、朋友,但我们不敢、不愿和他们再有什么联系。现在竟然收到一封来信,立刻像有千万个电子射向我脑子并且四散传播,挤撞。这是谁的来信?有什么样的消息?是祸、是福,……说不清有多少个人的形象在眼前转动,有多少个声音在耳边响动。信封上的字迹使我马上明白了,这不是儿子的来信吗?是从遥远的列宁格勒寄来的呵!我还是七月间刚到这里时给他去过一封信,告诉他我们已经在北大荒安了家,我也说了许多使人愉快的话、让人放心的话,我也说过相信他们、放心他们,反复叮嘱他们要听党的话,我还违心地告诉他,我确有错误。我心里多么想得到一封回信,让我知道他的情况,但我又担心他因此得祸,不希望他给我来信。他没有给我回信,我又高兴,又失望。怎么今天竟回信了?出了什么事吗?这是一个深情的孩子,有理智的年轻党员,但他能顶得住吗?加在他身上的压力太大了。

我急于要看来信,等不及撕开信封,急切地要知道落在我头上的到底是什么,我心跳,手颤,盼望这是我承受得了的。终于,我畏畏缩缩地展开信纸，一行行，一字字地读了下去。

呵！多好啊！开头写得多么平静。他一点不动感情。述说了他的生活照旧，告诉我他的毕业论文已经写完，老师同学都非常满意。他不久可以领到毕业文凭；但年底还不能回国，将去潜水舰艇实习几个月，计划明年夏天可以回来。他询问了我们的生活，希望我们在劳动改造中有收获，有进步……看到这里，心里滋生了许多说不清的滋味！后面的述说仍然是冷静的，他告诉我，近几个月来，受到一些同学的批评，也得到一些同学的同情。他经过仔细思考，决定在一个时期里不同我们发生任何关系和任何联系。……这里没有更多地说明，没有任何解释，也没有流露出一点感情。这种冷静使我怔住了。难道这是真的吗？这会是最爱我的儿子此刻写给我的判决书吗？

我不能哭，我不敢哭。我小心谨慎地要保住我感情的堤坝，只要有一丝缝隙，水就会潜流进来。只要有一条细流，就会洪水奔涌，就会泛滥成灾，就能淹没一切，淹没我自己。我所有蓄积起来的，我们精心培育起来的，细心修补起来的，那道维持我活下来的，薄薄的堤坝是经不起再受冲击的。可是，我该怎样想，怎样办呢？我呆了。

我该死心了。我该支持他的理智的决定。我该鼓励他。但在支持他的里面，我自己将不能支持自己。我该为他的冷静处理感到高兴。他只能这样，他只是为了怕我动感情才克制住他的感情的。可是我将被他的冷静冻僵。儿子啊！你也许不会想到从此你妈妈将被送上绞架，送到天国、送到地狱、送到永远的黑暗中去。可是我反过来想，他可能从此得到解救，至少可以减刑，他还可能争取保持住自己学习的专业。这在他是至高无上的，也是我所希望的。亲爱的儿子呵！你知道吗？妈妈已经软弱得不能再经受一丝风雨了，她的忍耐力和使自己坚持活下去的一点支柱是摇摇欲坠的。她现在更需要的是爱，是温暖，是了解，是信任，是剥掉强加在身上的那件耻辱的外衣，是挖去盖在罪犯脸上的金印，是要对未来重新确立信心，是要迎着暴风雨屹立在浪涛中的力量，是要坚定，是要坚强。可是，现在，我能忍心说这封来信是对我又一次的致命打击吗？这能怪你吗？不能，不能！你是对的，你早就应该这样做。你只是过了很久，为了不使我伤心才等待着、等到这时才下的决心。你也是被害者。你的冷静只是为了使我冷静。我很理解儿子的处境、心情和为此而经历着的痛苦与折磨。

我呆呆坐在小桌子旁的椅子上，不知过了多久，我发现老王头站在桌边，他茫然地望着我，又满屋搜索。半天，他才说："出什么事了？我一直看见你屋里灯光不灭，唉，陈明不在家，要多照顾自己呵！"我仍然不能动，不能说，只是呆呆地。他给我倒了一杯水，又向炉子里加了木柴，加了煤块。最后他扶我到床上，他为我关了电灯，退了出去。我的表老早就坏了，不知道是什么时候，只听见屋外风吼，天果然变了。

第二天我昏昏沉沉地睡了一天。好心的小组长来看过我，问我是不是病了，要我休息。晚上，夜深了，我仍在昏迷中，听到门"呀"地响了一声，走进来一看，真真吓了我一跳，啊！修路工人又回来了。他俯下身子看我。我从来不是教徒，可是我想，是快乐的圣诞节日来临了。

一股凉气侵袭到我脸上，但全身却暖过来了。严严实实压在心底的热泪，涌满眼眶，忍不住流了下来。陈明说："队上有人一早赶来看我，说老王头告诉他你病了。我立刻就请假赶回来了。你到底怎么了？你是一个坚强的人，你已经承受了一切，还准备着承受一切，我们在一起，我相信你。"他拭去我脸上的泪痕。飘浮在海洋中将要沉下去的我的身躯忽然被一双有力的手托住了，我挣扎着，我不怕了，我又得救了。我能达到彼岸,踏上新大陆。

第三天,我写了一封短信寄到列宁格勒,说:"完全支持你,同意你的决定,你是对的;放心妈妈好了。"

选自《丁玲全集·第十卷》,河北人民出版社,2001年

时代记忆文丛

我怎样飞向了自由的天地
丁玲散文随笔书信选（上）

丁玲 著　罗岗　张屏瑾　孙晓忠 选编

国家社科重大项目"人民文艺与20世纪中国文学的历史经验研究"（17ZDA270）的阶段性成果

青海人民出版社

图书在版编目（CIP）数据

我怎样飞向了自由的天地：丁玲散文随笔书信选：上、下册/丁玲著；罗岗，张屏瑾，孙晓忠选编. -- 西宁：青海人民出版社，2020.1
（时代记忆文丛）
ISBN 978-7-225-05835-1

Ⅰ.①我… Ⅱ.①丁… ②罗… ③张… ④孙… Ⅲ.①中国文学—现代文学—作品综合集 Ⅳ.① I216.2

中国版本图书馆 CIP 数据核字 (2019) 第 225140 号

时代记忆文丛

我怎样飞向了自由的天地
——丁玲散文随笔书信选（上、下册）

丁玲 著

罗岗 张屏瑾 孙晓忠 选编

出 版 人	樊原成
出版发行	青海人民出版社有限责任公司
	西宁市五四西路 71 号 邮政编码：810023 电话：（0971）6143726（总编室）
发行热线	（0971）6143516 / 6137730
网 址	http://www.qhrmcbs.com
印 刷	陕西龙山海天艺术印务有限公司
经 销	新华书店
开 本	890 mm × 1240 mm 1/32
印 张	20.875
字 数	400 千
版 次	2020 年 1 月第 1 版 2020 年 1 月第 1 次印刷
书 号	ISBN 978-7-225-05835-1
定 价	118.00 元（上、下册）

版权所有　侵权必究

总　序

"人民文学"的传统在当代

李云雷

20世纪中国最重要的事件是中国革命和改革开放，中国革命的胜利使中国彻底摆脱了半封建半殖民社会，获得了民族独立，"中国人民从此站起来了"；改革开放的成功则让中国走出了一穷二白的状态，奠定了民族复兴的基础。在21世纪的今天，我们正走在中华民族伟大复兴的征程上，当回望20世纪的时候，我们应该感激与铭记中国革命与改革开放，或许我们身在其中并不觉得有什么特别，但是放眼世界我们就会发现，并不是所有国家的革命都能够获得胜利，在20世纪末仍大体保持着19世纪末古老帝国版图的，只有中国；也并不是所有国家都能够进行改革开放，都能够取得改革开放的成功，或者说能够顺利推进改革开放并使国势国运日趋向上的，也只有中国。中国革命和改革开放是20世纪中国最重要的遗产，也是我们在21世纪不断开拓进取、实现民族复兴最重要的根基。

"人民文学"是在中国革命的进程中产生,并对中国革命、建设、改革产生重要影响的文学。在这里,我们所说的"人民文学"是一种泛指,在不同的历史时期曾被称为"革命文学""解放区文学""十七年文学"等,又在不同的理论视域中被命名为"左翼文学""社会主义文学""红色文学"等,"人民文学"的概念既是对上述各种称谓的通约性表达,也是在新的历史语境中的一种通俗性表达。"人民文学"与20世纪中国革命紧紧联系在一起,既是20世纪中国革命组织、动员的一种方式,也是其在文化上的一种表达。"人民文学"的重要性体现在它在转变观念、凝聚情感、社会动员与组织,以及寓教于乐等方面所发挥的作用。在1940—1970年代,中国内忧外患不断,生产力低下,群众的识字率较低、知识文化水平贫乏、娱乐方式简单,"人民文学"在那时起到了独特而重要的作用。作为一种文化政治传统,"人民文学"伴随20世纪中国革命以及建国后的社会主义建设实践而逐渐生成,并以不同方式在改革开放的历史语境中延续和变迁,它直接参与和内在于现代中国的进程,发挥着独特的革命文化能量,进而建构了新的社会主义文化经验和价值传统。

"人民文学"在1940—1970年代的中国文学界曾占据主流,但在改革开放的历史新时期,对"人民文学"的评价却发生了分歧与分裂,其中既有20世纪80年代、90年代和21世纪初等不同时期的差异,也有国家、文学界、知识界等不同层面的差异,以下我们对这些分歧简单做一下勾勒,并对"人民文学"在新时代的状况做出分析。

在20世纪80年代,伴随着对"文革文学"的批判与反思,中国文学进入了一个繁荣发展的新时期,文学思潮层出不穷,从"伤痕文学""反思文学"到"改革文学""知青文学",再到"寻根文学""先锋文学",获得解放的文学释放出无穷的活力。在政治层面,中国进入了一个思想解放的时期,文艺政策也从"为政治服务"调整为"为人民服务,为社会主义服务"。在知识界,则发生了一场声势浩大的新启蒙运动。文学上的种种变化,被后来的文学史家概括为从"一体化到多元化"的转变,所谓"一体化"是指"人民文学"从1940年代到1970年代逐渐占据主流、成为主体,并趋于激进化的过程,而"多元化"则是指"一体化"因"文革文艺"的泡沫化而终止,逐渐走向开放、多元的过程。在这一历史时期,曾被激进的"文革文艺"压抑的其他文艺派别获得了重新评价,这些文艺派别既包括左翼文学内部的周扬、冯雪峰、胡风等人的文艺理论,丁玲、赵树理、孙犁、路翎等人的小说,也包括左翼文学之外的其他派别,比如自由主义文学、新月派、京派文学,等等,但在80年代,所谓"多元化"仍有其边界,大致限于"新文学"的范围之内,但这要到时代的进一步发展之后才能为我们知悉。1980年代的文学大致以1985年为界,呈现出迥然不同的样貌,在1985年之前,左翼文学与现实主义仍然占据主流,而在1985年之后,先锋文学与现代主义蔚然成风,逐渐占据了文学界的主流,而这则伴随着文学评价标准的重大变化,那就是从革命化到现代化、从人民文学到精英文学的转变。在这一过程中,以"重写文学史"的兴起为标志,对"人民文学"的评价逐渐走低,以"写什么和怎么写"的讨论为中心,对现实主义作品的评价也逐渐走低,或许在一个渴望转变与新异的时代,这样的变化也是难免的,要等到一个新的时代,我们才能对之进行客观冷静的评价。

在1990年代,市场化大潮席卷而来,文学界与知识界也产生了分化与争论,1993年、1994年发生的"人文精神大讨论"突显了作家与知识分子面对市场大潮的分歧,一些作家与知识分子热烈拥抱市场化与世俗化大潮，而另一些作家与知识分子则在市场大潮中坚守道德理想，或者坚守个人的岗位意识。与此同时，大众文化迅速崛起，影视与流行音乐逐渐占据了文化领域的中心位置，文学的位置开始边缘化。在文学界内部，伴随着金庸、琼瑶等通俗小说的流行，以前备受"新文学"压抑的通俗文学获得了重新评价的机会，从鸳鸯蝴蝶派到张恨水，从还珠楼主到港台新武侠，都获得了前所未有的关注。"多元化"的发展突破了"新文学"的界限，而逐渐开始向通俗文学、流行文学开放，文学评价的标准也逐渐向是否能够畅销，是否能够获得市场与读者的认可转移。在这样的潮流中，"新文学"的传统趋于边缘化，"人民文学"则处于边缘的边缘。但是在知识界，也出现了重新评价左翼文学的"再解读"思潮，他们从现代化、现代性的视角重新审视左翼文学的经典作品，对之做出了与革命史视野不同的阐释，不过这种解读更多借助于西方的"市民社会""公共空间"等理论资源，其中不乏深刻的洞见，但也有失之凿枘不合之处。发生在1997年、1998年的"新左派与自由主义论争"，显示了80年代新启蒙知识分子的分裂，他们在如何认识中国、如何评价中国革命、如何看待中国与世界等诸多问题上产生了深刻分歧，自由主义者更认可西方的普世价值与世界体系，但是新左派借助于新的理论资源，更认可中国道路的主体性与独特性。这一论争是20世纪最后一场思想论争，也是迄今为止影响最大的思想争鸣，这一论争主要发生于人文领域，其中很少看到文学知识分子的身影。但这一论争涉及对中国革命与红色经典的评价问题，也为人们重新认识红色文学打开了新的视野。

在21世纪最初10年，市场化大潮与大众文化的深刻影响仍在持续，但是在文学界内部，又出现了新的因素，那就是网络文学的迅速崛起，网络文学借助新的媒体形式，形成了一种新的文学生产、传播与接受方式，也形成了一种新的文学观念与文学模式。在观念上，网络文学打破了"新文学"以来的文学内涵，"新文学"将文学视为一种严肃的精神或艺术上的事业，无论是左翼文学、自由主义文学、"为艺术而艺术"，还是"改革文学""先锋文学""寻根文学"，中国现当代文学史上彼此相异与争论的诸多文学思潮，其实都分享着这样共同的文学观念，但是网络文学的出现却改变了这一共识，网络文学重视的是文学的消遣、娱乐、游戏功能，并将之推向了极致，而不再注重文学的教化、启迪、审美等功能，这极大地改变了文学的定位与整体格局。网络文学的盛行催生了穿越、玄幻、盗墓等不同的类型文学，并逐渐形成了一整套成熟的商业模式。与此同时，在更加市场化的环境中，通俗文学占据了越来越多的市场份额，"新文学"与"人民文学"的传统被进一步边缘化，主流文学界只有依靠体制的力量——作协、期刊、出版社——才能够生存下来。在这种情形之下，"底层文学"作为一种新的文艺思潮兴起，对 80 年代以来日趋僵化的"纯文学"及其体制进行了批判与超越，在文学界与社会各界引起了广泛关注。有论者将"底层文学"与"人民文学"的传统联系起来，但围绕这一议题也发生了分歧与争论，纯文学论者竭力贬低底层文学与"人民文学"的传统，但更年轻的一代研究者对之则持更为积极的态度。在文学研究界同样如此，新世纪以来，"左翼文学""延安文艺""十七年文学"逐渐成为文学界关注与阐释的热点问题，更年轻的学者倾向于从肯定的视角重新阐释"人民文学"及其经典作家作品，但他们的努力常被主流文学界视为异端与另类。

在 21 世纪第二个 10 年之初，市场化与大众文化进一步发展，网络文学及其商业模式则更趋于成熟，逐渐形成了"三分天下"的整体文学格局，即纯文学（严肃文学）、畅销书、网络文学三者各据一隅，纯文学（严肃文学）以期刊、作协、评奖为中心，畅销书以出版社与经济效益为中心，网络文学以点击率与IP改编为中心，各自形成了一套相对独立的文学运转与评价体系。但在2014年，这一整体格局开始发生转变。2014年及其之后，习近平总书记发表《在文艺座谈会上的讲话》等一系列关于文艺问题的重要论述，这是继毛泽东《在延安文艺座谈会上的讲话》之后，我党最高领导人首次系统阐释对文艺问题的观点，讲话所提出的"坚持以人民为中心的创作导向""文艺不要做市场的奴隶""创作是自己的中心任务，作品是自己的立身之本"等观点，继承了我党"文艺为人民服务，为社会主义服务"的优秀传统，又对文艺界出现的新问题、新现象、新经验做出了分析与判断，为新时代文艺的发展指明了方向，已经改变了并将继续改变文学界的整体格局。

改变之一，是"人民文学"的传统得到弘扬。自20世纪80年代中期以来，"人民文学"传统先后遭遇"先锋文学"、通俗文学、网络文学等巨大变革的挑战，日渐趋于边缘化，虽曾以"底层文学"的名义短暂复兴，而并没有得到主流文学界的认可，但"以人民为中心的创作导向"提出之后，极大地扭转了文学界的整体状况，"人民文学"传统受到重视，红色文学的经典作品也得到重新阐释与更大范围的认可。

改变之二，是"新文学"的观念得以传承。中国的"新文学"虽然有内部不同派别的论争以及不同历史时期的巨大断裂，但却都将文学视为一种精神或艺术上的事业，这一点与通俗文学、类型文学注重消遣娱乐有着本质的不同，习近平总书记系列讲话中将作家艺术家视为"灵魂的工程师"，将文艺视为中华民族伟大复兴进程中的重要力量，指出"文艺是时代前进的号角，最能代表一个时代的风貌，最能引领一个时代的风气"，在这一基点上鼓励探索与创新，这是对新文学观念与传统的认可、尊重与倡导。

改变之三，是"三分天下"的格局得以改观。"三分天下"是各自形成了一套相对独立的文学运转与评价系统，但习近平总书记系列讲话是对文艺界整体讲的，也是对文学界整体讲的，不仅包括纯文学（严肃文学）界，也包括通俗文学、网络文学等领域，目前通俗文学、网络文学领域已经发生了巨大的变化，比如官场小说的转型、科幻小说的兴起，以及网络小说更加关注现实题材，更加注重现实主义等，"三分天下"的格局有望在相互竞争与争鸣中形成一种新的、开放而又统一的评价体系。

但是从另一个角度来说，现在的改变仍然只是初步的，一个突出的表现是《创业史》等人民文学的经典作品虽然得到了国家与政治层面的推崇，也得到了知识界愈发深入的研究，但是在主流文学界并没有内化为重要的写作资源与参照，很多作家心目中的理想作品仍然是中国古典、俄苏19世纪批判现实主义以及欧美20世纪现代派作品，并未真正将"人民文学"作为自己可资借鉴的重要传统；另一个突出表现是习近平总书记《在文艺座谈会上的讲话》发表已经5年，但并没有真正出现"以人民为中心的创作导向"的经典作品，现有的艺术性较高的优秀作品并没有坚持以人民为中心的创作导向，而有些试图坚持以人民为中心的创作导向的作品则在思想性、艺术性上存在不少缺憾，并没有达到更高层次上的融合与统一。这似乎也很难归咎于作家努力得不够，一个人思想观念的转变是艰难的，而新时期以来"人民文学"及其传统的不断边缘化，红色文学被贬低几乎成为文学界的集体无意识，要转变这样的观念，需要我们做出更加艰苦的努力。

在今天，我们需要在新的时代背景下重新认识"人民文学"的合理性与历史经验，重新梳理新中国前三十年与后四十年文学的关系，重新理解文学与人民、时代、生活的关系，面对 21 世纪正在渐次展开的历史，我们应该从"人民文学"中汲取理想主义等稀缺性精神资源，从而创造中国文学新的未来。

在这种情况下，青海人民出版社编辑出版的《时代记忆文丛》显示了历史性与前瞻性的眼光，将对重新认识和发掘"人民文学"的精神资源，传承"人民文学"的优秀传统产生重要影响。此套丛书邀请前沿学者或熟谙作品的作者子女选编人民文学代表作家的代表作品，选编丁玲、贺敬之、郭小川、李季、艾青、臧克家、赵树理、孙犁、田间、李若冰等经典作家。每种选编作品前置有一篇序言，系统介绍作家生平、创作，梳理关于他们的研究史与评价史，既有历史与文学价值，也具有新时代的眼光与视野，可以让我们看到这些文学前辈是如何在与时代、人民、生活的融合中进行艺术创作的，他们的经验值得我们借鉴，他们的作品值得我们学习。新时代的中国作家只有自觉地继承"人民文学"的传统，才能在"坚持以人民为中心的创作导向"中大有作为，我们期待这套丛书能够为新时代作家的艺术创作提供可资借鉴的资源，也期待这套丛书能受到广大读者的喜爱与欢迎。

2019 年 10 月 28 日

序

再论"丁玲不简单"
——"丁玲与当代文学七十年"三人谈

孙晓忠　张屏瑾　罗岗

一、丁玲不简单

孙晓忠：丁玲是中国现代文学和当代文学无法忽视的作家，是二十世纪中国革命参与者。她一生经历和见证了二十世纪中国文学的不同历史阶段，从五四到延安，从新中国的五十年代，到六十年代的思想斗争，再到她八十年代的"复出"，每个时期既体现了她个人思想的独特性，又从她身上看出整个时代的精神气质。从她那儿，既可以看到为了个人精神成长而不断自我否定的轨迹，也可以发现作为"革命迷人化身"的中国"革命的逻辑"（贺桂梅：《丁玲的逻辑》）。丁玲有说不尽的精神魅力，是二十世纪中国革命的典型，也是理解"现代文学"和"当代文学"的独特视角。通过丁玲，相信我们会对"现代文学"和"当代文学"不断有新的发现。

罗　岗：今年是2019年，是建国70周年的整日子，也是共和国文学70周年的整日子。如果把"共和国文学70年"作为一个整体来把握，那么这70年的文学，不仅在物理时间的意义上突破了1980年代提出的"二十世纪中国文学"的下限，共和国文学70年包含了"新世纪文学"近20年的"新变"——王晓明老师称之为"当代文学六分天下"，李云雷甚至进一步概括为"新文学的终结"——已经无法在"二十世纪中国文学"的研究框架中得到有效的解释，这就提醒我们注意，作为整体的"共和国文学70年"同时也在文学史时间的意义上，质疑了"二十世纪中国文学"的构想。

众所周知，"二十世纪中国文学"的提出，"不单是为了把目前存在着的'近代文学'、'现代文学'和'当代文学'这样的研究格局打通，也不只是研究领域的扩大，而是要把二十世纪中国文学作为一个不可分割的有机整体来把握"。（钱理群、陈平原、黄子平：《论"二十世纪中国文学"》）但"共和国文学70年"将新中国的建立作为文学史叙述的起点，重新凸显了原本被"二十世纪中国文学"计划吸纳进而压抑的"当代文学"的意义；在"1949"这个"时间开始"点上，是伴随新中国诞生的"当代文学"，重新生产出了文学史意义上的"现代文学"，无论是对"五四运动"的重新定位，还是对鲁迅地位的高度评价，其背后的动力都来源于"当代文学"规范的建立。但随着"1979"的转折，具有规范意义的"当代文学"失去了领导权，作为有机整体的"二十世纪中国文学"的提出，恰恰是依靠文学史书写的排斥机制，压抑了共和国前30年的"当代文学"以及作为"当代文学"前史的"延安文艺"和相关的历史背景——借用木山英雄先生当年的说法，那就是"用'民族'的概念的话，在政治上也好，在文化上也好，有一种被动的、抵抗的意义，是中国文学对西欧文学的一种抵抗。总之，世界上的一切事物都不再能孤立地存在，这就是二十世纪发生的事情。也是从东方民族的立场看，这并不是像马克思所说的世界市场的成立。马克思是完全站在西方立场上说的……对'二十世纪中国文学'来说，应该有一个'文化主体的形成'的问题，在你们的文章里谈得很少，这是我感到不满意的"（《关于"二十世纪中国文学"的两次座谈》）。1980年代所谓"重回五四"，实际上就是重新确立"现代文学"的领导权，我们不妨再重温一下"二十世纪中国文学"的构想，可以说，正是伴随改革时代重新降临的"现代文学"，再次生产出了文学史意义上的"二十世纪中国文学"。

所以，今天我们要把"共和国文学70年"作为一个整体来把握，就必须面对其中包含着的"现代文学"与"当代文学"之间的矛盾——或者进一步说包含了整个二十世纪中国文学的内在矛盾——假如简单地站在"现代文学"的立场，很容易指出，共和国前30年是"当代文学"压抑了"现代文学"；而立场一旦转换到"当代文学"，同样也可以轻易地指出，1980年代以来的文学史叙述压抑了"当代文学"。问题在于，"共和国文学70年"整体观不能重蹈"二十世纪中国文学"构想的覆辙，仅仅依靠文学史书写的排斥机制来完成文学史叙述，而是需要在二十世纪中国历史的"断裂"处发现"延续性"，在"当代文学"和"现代文学"的"矛盾"中重启"对话"的可能性。

如何才能完成这样的工作？我觉得，丁玲就是一个典型的个案，正如晓忠所言，她一生经历和见证了二十世纪中国文学的不同历史阶段，可以说是共和国文学70年的"现役作家"："现代文学"和"当代文学"在她身上打下深深的烙印，从"现代文学"来说，丁玲的《莎菲女士的日记》被公认为是"五四文学"的代表作，就像茅盾那段著名评论所说，"在《莎菲女士的日记》中所显示的作家丁玲女士是满带着'五四'以来时代的烙印的……她的莎菲女士是心灵上负着时代苦闷的创伤的青年女性叛逆的绝叫者"；而从"当代文学"来看，丁玲到延安后的写作，正如冯雪峰高度评价得那样，代表着一种"新的小说的诞生"，而且她在新中国成立后担任过《文艺报》主编、中央文学研究所所长和中宣部文艺处处长，直接参与缔造了"当代文学"体制和规范。因此，丁玲在自己的内部和时代的外部之间，是如何处理"现代文学"与"当代文学"的关系？是怎样整合"共和国文学"的？所有那些"断裂"与"延续"、"矛盾"以及"对话"的可能，都能通过丁玲所走过思想与文学的历程，激发思考、再次发掘、重拓新路……在这个意义上，或许我们可以更深刻地理解李陀先生说的：丁玲不简单！

张屏瑾：丁玲是中国现当代文学的典型作家，之所以称之为典型，不仅仅因为她留下了《莎菲女士的日记》《我在霞村的时候》《太阳照在桑干河上》等著名文学作品，还因为她的一生深刻地参与了当代文学70年的建制——如果我们把"五四""左翼"以及延安文学也看作是"70年"的前奏和重要前提的话，这一点是丁玲研究者们必然会提及的。在我看来，提出丁玲作为典型中国现当代作家还有更重要的原因，那就是丁玲的写作几乎完美地体现了中国新文学与当代文学最重要的特征。首先，丁玲作为白话新文学作家，与二十世纪中国历史的关系，绝不是被动卷入的关系，终其一生，她都主动介入历史与社会的各种重大契机与重大转折，与这些契机与转折紧密结合，体现出个人所能提供的最大创造力和生命力，这种创造力和生命力席卷作家的身体以及精神层面，使得文学、艺术、感性与历史、社会、政治、个体等问题交相生成，互为印证，正是这一特点造就了新文学的特殊意义。

在这个意义上，丁玲以及现代文学的其他作家，包括鲁迅、茅盾、赵树理、郭沫若，也包括老舍、巴金、曹禺、萧红等，他们的创造力和生命力，他们作为写作者，也作为现代中国文化缔造者的种种能量，远非单纯的文本形式表现所能限定。就拿丁玲来说，她写过小说、散文、杂文、诗歌、剧本，也写过更大量的战地通讯、人物速写、工作汇报与记录等等，她笔下没有一个字不是在特定的历史环境下生成，也没有一句话不能被当作我们通向特定时代的种种重大幽深，抑或细小幽微的问题之路径。这正是今天我们要一再地读丁玲，不仅要读她的小说，也要读她的散文、杂文、日记和书信，还要读那些工作日志般的文字的原因。这些文字和文本是我们理解她的创造力与生命力的起点，而她在文本中的每一种呈现，都需要被重新转化成为问题，才能理解她的写作到底为当代中国提供了什么，并且能够进一步反思文学艺术的当代特征与意义。由此，丁玲不简单，也可以再进一步说：当代文学不简单！

从"丁玲"这个名字开始，这两个字既指湖南女作家蒋冰之，也指在北京—上海—南京—延安—河北—苏联—北大荒等多重空间中，自我教育、自我改造、自我认同为了"丁玲"的那个丁玲。这两个字以一种打破一切桎梏、创造一切新生的姿态重组和成立了，而这个名字又的确是丁玲用无政府主义的方式为自己所取。正如这个名字，丁玲的作品也有抽象和具体的双重涵义。今天我们从具体的文本内容和形式创造出发，这就是丁玲的作品，然后由这些文本与形式，借用种种理论和阐释方法，通向一个符号的"丁玲"，如上所述，这个符号是中国现代与当代文学的象征，指向二十世纪中国的若干种思想命题、历史转型和政治进步。应该说自从"第三世界民族寓言"理论提出后，现代文学作品作为寓言与符号体系的功能已经得到了广泛的理解。不过，在一遍遍重读丁玲的过程中，我愈来愈深地感觉到，符号化也不能算是分析"丁玲"二字的终点——"丁玲"，于其强烈的历史所指以外，还构成了一种人格所指，我认为是一种重要的人格形象：一种新女性的形象，一种追求革命的理想主义者的形象，一种共产党员作家的形象。在此基础上，"丁玲"二字又必须再次获得属于二十世纪中国历史的具体性，以及中国当代文学的具体性。

二、"五四"与"左翼"的辩证法

孙晓忠：家道中落，族人欺负，逃离故乡，寻求别样的生活。这几乎是"五四"一代中国知识分子的共同遭遇，也是一个民族的缩影。丁玲选择来到大都市，上海成为她文学的第一站，但她求学的方式又和大多数年轻人不一样。她没有出国留学，也没有报考国内名校，而是首先在一家不知名的艺术学校学习西洋绘画，后来在一家"不正规"的夜校学习文学和写作，也正是在这样的"非正规"教育中，蕴育了丁玲新的文学观和她对教育的认识，在上海大学她认识了瞿秋白等人，改变了她人生的道路，提高了她对写作的认识。

丁玲初出文坛，凭借一系列革命加恋爱的作品引起反响，这个风格里既有一点古代情爱作品的痕迹，有自觉的个性解放意识，更有无政府主义思想的影响，但很快她就放弃了这种激烈情感加身体欲望的写作方式。"我自己明白，只有向左转，开拓自己的写作圈子。但如何开拓？也想不出什么好办法，只有在讲恋爱，讲朋友，在这些儿女之情外，加上一点革命的东西，把这些东西生硬地凑在一起，这样的作品，

自然不会有什么生命力。"（丁玲：《我是人民的儿女》）

张屏瑾：丁玲的形象首先是"'五四'的女儿"，她与王剑虹在湖南的那张合影，两人着白衣白裙，黑布鞋，剪了短发，手里拿着乐器，一派天真无邪，又舍我其谁的气质。后来杨沫笔下的林道静，也是这样的形象。"五四"彰显个人、强调个人，但它又是一场"外争国权，内惩国贼"的运动，个人的问题没有办法和民族国家的命运脱离，但两者之间如何建立起关系，却不是一个简单的问题，一代人的命运就投身于这样的问题之中。对于丁玲来说，"五四"式的个性气质（也有人称之为"傲气"）是她一生的一个重要起点，也将跟随她一生，既呈现在她的作品中，尤其是那些女性人物身上，使得她的作品带上特有的一种"烙印"，与此同时，也发生了一种反作用力，因为"五四"式的叛逆同样也包括自我怀疑和对自我的叛逆，这在《莎菲女士的日记》里表现得很明显。所以，自我问题既是一个最重要的前提，也是一种挑战，本身就蕴藏矛盾与分裂，丁玲是对这类矛盾与分裂非常敏感的一位作家，她的早期作品，以单身青年女性为主角的小说，几乎无一例外地是在描述和讨论这种分裂状态。

随着中国现代化社会问题的展开，现代文学的环境也发生了快速的变化，"五四"式自我的内在矛盾变得日趋复杂，开始分化成为灵与肉、精神与物质、表象与律令等一系列问题，尤其是在新兴的都市中，这些问题变得更加尖锐，于是丁玲笔下的女主角也成了都市里的摩登女郎。不过，丁玲笔下的摩登女性与其他作家笔下的不同，她们多数是有较为明确的社会身份，以作家居多，也有一些带有强烈"五四"个性心理特征的"波西米亚"青年，她们不是过着完全"不及物"的幻想般的生活，恰恰相反，她们无往而不在社会与环境的枷锁之中，时时刻刻感受自身的困境,尤其是在城市的亭子间、公寓房间等"斗室"之中,愈发感受到自身的局限与室外环境的脱离,身心分离的状态使得她们陷入焦虑,这种状态下很容易产生颓废。但是我们看到丁玲小说里的主人公并没有完全陷入颓废,即使是莎菲女士,对自我力量的期待也要高过对自我苦闷的玩赏。她们对于自己处于颓废的临界状态都表现出一种愤怒和挣扎,以及对改造自身的力量的期待与呼唤,也就是说,从"美"出发而走向了"力",以至于"工作"成为了她们经常要去强调的一个词,虽然处在临界状态的她们,还不知道自己"工作"的意义,以及如何开展,但她们知道这一努力的反面是什么。在《自杀日记》这篇早期杰出的小说中,丁玲从一个受到都市的拜物教与焦虑症影响的农村姑娘眼中,看出属于城市未来的幻灭,这种幻灭被带到更加闭塞的乡村而放大了若干倍,终于导致了阿毛的死。

要有一种强大的力量,这种力量在从"五四"到"左翼"的转变过程中将要发挥巨大作用。小说《梦珂》里,处处碰壁的梦柯找不到任何引导,虽然她并不服输,但小说只能戛然而止。在另一篇小说《野草》中,女作家野草希望通过写作来自我引导,然而这也是很难实现的,正如丁玲在"左转"的过程中面临的最大问题:"写什么","怎么写"?足够复杂和困难,并不是一种抽象的写作憧憬所能概括的,而居于困室中的青年,同样无法仅凭一己之力走出斗室。创作于1930年代初的《一九三〇年春上海(一)》中,出现了力的引导者的形象。女性离开一位资产阶级启蒙者而选择另一位无产阶级革命意义上的启蒙者,在当代文学中成为了一种重要的叙事模式。丁玲的作品清晰地表现了,"外在力量"——组织教育与"内在要求"——个人奋斗的相遇、结合,是从"五四"到"左翼"文学转变的不可缺少的环节,丁玲的作品也证明,革命引导者并非全然是外部的,更不是天上掉下来的,而是内在于个人精神危机之中的一种力的追求与伸展,也可以说是巨大的主体创造力的体现。

在这里出现了一个附加的问题,如果说革命的引导者与被引导者的性别分别由"男""女"来表征,而女性一旦克服了自我危机,也会变得男性化或"中性化",那么这样一种叙事模式难免在性别等相关问题上被再度简单化。女作家丁玲在这个问题上同样表达出复杂性,同期她写作了长篇小说《韦护》,以及《一九三〇年春上海》的续篇,描写男性革命者的内心世界,描写他们在充当引导者之时,自身存在的困境与挣扎,从而比较全面地展现"五四"与"左翼"的辩证关系。丁玲是一位从不惮于对所有现象做进一步思考的作家,对共同的事业始终保持信念与真诚,使她能够在各个不同的时代都敏锐地感知问题的不同方面,这在她的早期作品中已经显示出来了。

罗岗:1980年,丁玲"文革"后复出不久,在《文汇月刊》上发表《我所认识的瞿秋白同志》。在这篇文章中,她披露了自己的处女作《梦珂》的标题,也是小说女主人公的姓名,原来取自法语 mon Coeur,意思是"我之心"。丁玲当年用"我之心"来开启自己的写作,意在建构具有内在深度的自我,当然葆有浓烈的"五四"色彩。不过,丁玲的"梦珂"("我之心")却深刻地感受到"五四"理想的困境:在与"表哥"的恋爱中,梦珂"自由恋爱"的梦想破灭了,既然不能实现"灵肉一致"的"恋爱",那么便选择"婚姻"之外"独立自主""的"职业女性"生活吧;可是,如果不能承受繁重的体力劳动,所谓"职业女性"也就不免沦为都市消费环境下的"摩登女郎"。尽管梦珂最终成为电影演员,但做了"明星"也无法建立起"具有内在深度的自我",在男性的欲望面前,"简直没有什么不同于那些站在四马路的野鸡"。

无论是"自由恋爱"还是"职业女性",再美好的愿望都难免沉沦,丁玲的"我之心"恐怕更多地感受到"五四"理想的危机,我曾经在讨论《梦珂》时指出她对"五四"理想危机的深刻反思:一方面女性解放的口号因为无法回应分化的社会处境而愈益"空洞";另一方面刚刚建立起来的现代体制已经耗尽了"解放"的潜能,反而在商业化的环境中把对女性的"欲望"体制化了。面对这样的情景,妇女如何寻找新的"解放"的可能,是"后五四时代"丁玲持续追问却无法立刻回答的问题。现在可以补充的是,丁玲从一起笔时就意识到"五四"理想的危机,因此,经历了"五四"的落潮,身处"后五四时代",她的"我之心"的探索,就不止于"小我",而是试图为"小我"寻求更大的出路。尽管《莎菲女士的日记》一出版,无论是赞美者还是批评者,都认为莎菲表征了那个时代特有的"虚无主义的个人主义",但近年来的研究显示,作为沙菲女士原型的杨没累,和她的精神伴侣朱谦之对"唯爱哲学"的追求,本身即是带有强烈社会性的情感乌托邦实践;而小说中体现出的"恋爱至上主义",也不只是关乎个人的情感问题,在渊源于日本"大正生命主义"的思想脉络中,同样有着具有无政府主义性质的生活、社会乃至政治共同体的一系列规划。如此看来,从"五四"走向"左翼"的道路,并非突变,应该有迹可循。

孙晓忠:1930年代是中国现代作家的摇摆和分化期,丁玲感受到了五四一代"室内作家的苦闷"(姜涛),这不仅是指思想的苦闷,而且指写作的苦闷。丁玲在写作上求变,三十年代她开始不满"五四"的写作模式,但理念上可以成为一个左翼作家,是实践中转变很难。她想去工厂接触工农大众,却很难克服自身的小资产阶级生活方式,更大的问题是,三十年代的都市写作都已经被资本捕获,左翼作家往往一方面过着小资产阶级生活,一方面写着劳工神圣的无产阶级文艺。如何走出去,从一个闭门造车的写作,转到室外写作,对他们来说,是一个挑战,这是丁玲在苦苦寻找的。

罗岗:即使丁玲转变为左翼作家,但她也无法一下子摆脱"室内硬写"的命运,这不仅仅是改变思想观念的问题,同时也因为深刻地受到了都市文化/文学生产条件的制约。如果不改变相应的文化/文学生产条件,仅仅要求作家改变思想观念,往往徒劳无益。这也是为什么作为"亭子间作家"的丁玲们,随着抗日战争的爆发和都市文化中心的散落,重新面对广阔的农村和广大的农民,不得不经受另一种彻底改造的原因了。在这儿,我不是要简单地强调这种改造的必要性。就像何吉贤指出的,丁玲的"改造"显然与赵树理、柳青等有不同的取径。后者以自己家乡或与家乡相近的地域作为自己的"文学根据地",在对地域民俗、人情、语言、历史的了解乃至人脉关系上,具有先天的优势,与丁玲这样的纯粹"外来者"具有本质差别。"如果说赵树理和柳青是一种'回家'的文学,在丁玲这里,则是一种'在路上的文学'。由此,在深入生活和做群众工作中,丁玲面临着更大的困难。"(何吉贤:《"流动"的主体和知识分子改造的"典型"——1940—1950年代转变之际的丁玲》)但是,这种"不同的取径",也带给了丁玲某种优势,某种赵树理这样扎根农村"文学根据地"的作家所不具备的优势。在"进城之后",某种程度上,丁玲变成了"回家",而赵树理则是"在路上"。

按照本雅明在《作为生产者的作家》中的说法,"一个透彻思考过当代生产条件的作家"的工作,"不只是生产产品,而同时也在于生产的手段"。所谓"透彻思考过当代生产条件",指的是作家对于置身其中的文化/文学生产条件的理解与把握。丁玲在上海作为"左翼作家"和"亭子间作家"的经历,使得她对都市文化/文学生产条件的敏感,要大大高于同时代的来自根据地的作家。从"延安文艺"到"当代文学",文化/文学生产条件最显著的变化,即是从农村转向了城市,并且要应对来自城市的挑战。1947年,林默涵在《群众》上发表题为《关于人民文艺的几个问题》的文章,提出"我们的文艺应该为人民——其中的最大多数是工农——服务",但他又将"工农"之外的"城市小市民"也纳入到"人民"的范围中,可以说较早意识到"延安文艺"必须深入思考"城市小市民"的问题。不过,林默涵的思考还只是停留在理论构想的层面,尚未接触到"市民文学趣味"等更具体的问题。林默涵只是认为"小市民"具有两面性,"他们对于吸他们的血,敲他们的骨头的人们怀着憎恨,但一面又尚未不希望自己也挤到那般人中间去;他们憎恨张百万,而自己又梦想做张百万;一面要反抗,一面又要时时想妥协"。新的"人民文艺"如何来应对这样的"城市小市民"呢?当然是"两面都看到,看到他们的落后的一面之外,还看到他们进步的一面,而帮助他们克服落后性,加强进步性,使他们的觉悟更加提高,更加积极地参加斗争"。

与林默涵仅仅停留在理论设想上不同,1949年8月,丁玲在中国青年讲演会上发表《在前进的道路上——关于读文学书的问题》,则更为精准地分析了在城市中拥有巨大读者群的冰心和巴金的作品带给"新的时代"的问题和挑战。引人注目的是,丁玲没有检讨一般认为城市小市民爱读的"鸳鸯蝴蝶派"文学,而是直接把矛头指向了"新文学"中的"畅销书作家",这种看似"激进"的姿态体现了丁玲对城市文化/文学生产条件以及领导权问题的透彻思考。她认为冰心的小说"给我们的是愉快、安慰",但它"把人的感情缩小了","它使我们关在小圈子里",而"今天这个时代需要我们去建设,需要坚强、有勇气,我们不是屋里的小盆花,遇到风雨就会凋谢,我们不需要从一滴眼泪中去求安慰和在温柔里陶醉,在前进的道路上,我们要去掉这些东西";巴金的作品"叫我们革命,起过好的影响,但他的革命既不要领导,又不要群众,是空想的,跟他走不会使人更向前走",这些小说"虽然也在所谓'暴风雨前夕的时代'起了作用","但对于较前进的读者就不能给人指出更前进的道路了"。

丁玲是不是在苛求冰心和巴金?她是否理解了这两位新文学作家的价值?假如离开了具体的历史语境,很容易认为丁玲太"激进"了,甚至可以说"本是同根生,相煎何太急"?然而仔细地分析,不难发现,丁玲并不是在一般的意义上批评冰心和巴金,而是关注冰心和巴金之所以畅销的原因,也就是他们的作品迎合并生产出来的"读者趣味",在某种意义上,林默涵所构想的"城市小市民"趣味,通过丁玲对冰心和巴金作品读者的批判"具体化"了。丁玲在《"五四"杂谈》(1950年5月)中明确指出:"冰心的文章的确是流丽的,而她的生活趣味也很符合小资产阶级所谓优雅的幻想。她实在拥有过一些绅士式的读者,和不少小资产阶级出生的少男少女。"假如任由这样的趣味主导文学,其必然的结果是"不喜欢读描写工农兵的书","说这些书单调、粗糙、缺乏艺术性。说这些书既看不懂也不乐意看。又说这里主题太狭窄、太重复、天天都是工农兵使人头疼";冰心和巴金的读者"要求写小资产阶级知识分子的苦闷,要求写知识分子典型的英雄,写出他们在解放战争中的可歌可泣的故事。要求知识分子创造的实例,或者写以资产阶级为故事的中心人物,或者写城市的小市民生活的作品。并要求这些书不要写得千篇一律,老师开会,自我批评,谈话,反省……这些人都说在原则上并不反对工农兵的文艺方向,但对于这些战斗的、政治气氛浓的、与自己生活与兴趣有距离的,而在市场上一天一天有了势力的书,却深深地抱着反感"!正是出于这种对于进城之后文化文学生产条件变化的敏感，丁玲才会呼吁"不仅不要沉湎于张恨水，也不要沉湎于冰心、巴金"（丁玲：《跨到新的时代来：知识分子的旧兴趣与工农兵文艺》）。应该说，伴随着新中国建立起来的"当代文学"，在如何处理与应对"城市小市民"的"文学趣味"方面，遭遇了较大的危机。而丁玲是最早关注这个问题的作家，她的预感和预言标识出了"当代文学"所特有的"难题性"。

张屏瑾：罗岗老师说的这个问题很重要，我觉得丁玲是从自身出发，认识到这个问题的，从丁玲自身的写作来看，她也是从描写追求进步的小资产阶级开始文学生涯的，而她对这一点始终保持内心紧张，试图做出自我超越的努力。一般都认为丁玲"左转"期间的代表作品是《水》《一天》等几篇描写工人和农村运动的作品，其中《水》曾受到冯雪峰的高度赞扬。我比较注意的还有与《水》同时写成的小说《田家冲》，这部小说与《阿毛姑娘》相似，也有一个乡村的底层视角，从贫农家的小女儿的眼中，看到了叛逆家庭的地主家的三小姐，但这种观看，是为了显示两个不同阶级在革命中的关系，三小姐现在是一位引导者，对贫农一家人进行革命的启蒙，她既是"力"的又是"美"的。这篇小说不像其他转型期作品那么"硬写"，而是表现出丁玲写作惯有的清新优美之气韵。这样一种题材在"左翼"文学中显然没有成为主流，后来更被以工农兵为主体的延安文艺纲领所完全取代。丁玲写作的不断地自我对话和自我克服却在这一点上体现出来了，1940年代以后创作的《在医院中》里的陆萍、《我在霞村的时候》里的贞贞，乃至《太阳照在桑干河上》里的黑妮，之所以经常被人指为有小资产阶级情调，正是这个原因。所以，丁玲对"五四"文学的反思，始终是与她自己写作的实践同时展开的，一直到了晚年写的《杜晚香》，这一自我超越可能才最终完成,如果将之与茅盾等人的晚年作品相比,更可以看出丁玲在现代文学作家中的独树一帜。

三、"新的写作作风"与新的"文学体制"

孙晓忠:向内地迁移,对作家来说,既是一次苦难生活的磨练,也是一次精神的陶冶。钱理群先生在研究三四十年代作家时,也指出了抗战产生了中国作家的"流亡"意识和"流亡者文学"。在空间上,中国作家向内地迁徙,开启了由现代城市叙事转向内地书写的转变,更重要的是让知识分子真正了解了"中国"到底是怎样的,由此催生切合实际的民族言说形式。这里应该强调"西战团"工作对丁玲思想和写作习惯转变的意义。通过"西战团"的一路行走,丁玲明白了中国乡村读者要什么东西,比如他们还不喜欢舞台剧,"在一般民众中,都还不能接受这种艺术,她们更喜欢旧有的东西,如二簧、大鼓、声之类","几个月在西安的逗留,深深感到旧剧的势力仍然是很大的,它盘踞在广大市民中。易俗社、秦风、晋风社、世界舞台……每天都客满,而喜欢看话剧的一些观众,却是带着研究和欣赏的态度,因为他们都已有较高的知识,较新的头脑,并不是去受教育的。然而占去了大部分,包括各阶层的观众的旧剧场,却仍是只有《四郎探母》《三堂会审》等"(丁玲:《本团抵陕后的公演》)。由此引起她对民众文艺和民众传播媒介的重视。

整风后的延安文艺肯定了由城市市民文艺转向乡村文艺的方向,对丁玲来说,这是一种新的文学观,一种新的写作作风,标示着她的新的小说的诞生。新文艺要求作家与外部世界的位置发生改变,不是对象的对立面,而是融为一体,这是观察现实方法的转变,不是走马观花，而是下马看花；这也需要美学观念和卫生观念的转变。具体到写作来说，就是将长句变为短句。将长篇改为短篇，由描写到速写，由虚构到摹仿。

张屏瑾：丁玲到延安，这可以说是中国当代文学史上的一件大事。从事件本身来看，这位名作家从国民党的多年软禁中脱逃，回上海过家门而不入，乔装改扮，快马加鞭奔向根据地，途中遇到老朋友史沫特莱，这些都太有传奇色彩。等到了延安以后，她受到毛泽东接见，有了传世的《临江仙》一词，完美结束了这一次追求自由与光明的旅程，而这一旅程也具有极大的象征意味，象征着上海亭子间"左翼"文学的历险和蜕变，丁玲到了延安以后的一系列活动，都是这一蜕变的忠实记录。丁玲的延安书写，其中固然有脍炙人口的《三八节有感》《在医院中》等篇章，为数更多的是大量战地通讯、人物速写、行军日记、报告心得……在今天看来，这些文本似乎因为缺乏"文学价值"而少有人再去读，实际上，如果我们把当代文学看成一种具有自身特定坐标与价值的文学形态，像丁玲这样的当代作家，是在一种对当代文学这种特殊的"文学性"的摸索中，完成了自己的文学实践，那么丁玲从加入"西战团"开始的延安生活与书写，所标志的文学意义就要深远得多，所开辟的文学领地也要宽广得多。

在延安的丁玲还经历了当代文学的建制，那就是延安文艺座谈会，虽然此时她已到达延安有6年了，但还是经历了一次脱胎换骨的变化，用她自己的话说是"就像唐三藏站在到达天界的河边看自己的躯壳，一种幡然而悟，憬然而惭的感觉"（《文艺界对王实味应有的态度及反省》），并且意识到"根本问题应该是作家本身有一颗愿意去受苦的决心。"（《关于立场问题我见》）。从此以后她的创作有了主心骨，前面提到的作家"内部"与"外部"世界的相遇，这里可以说到达了一种新的境界，达到了对主体创造力的一种新的要求。关于《讲话》与作家的关系，过去的研究多着眼于政治统制意义上的规训和反应，而忽略了作家的主体意志，也就是说，这个重要的话题尚缺少真正的"内部"内容，在这个意义上，丁玲可以说是一个很好的个案。

新中国成立以后，丁玲进入到了当代文学体制的中心，作为文学和文化领域的主要干部之一，她始终非常重视新中国的文学创作，表现出极大的关心，这从一个侧面说明了一个重要的问题：当革命的主体成为了建设的主体以后，文学创作的活力应该如何重新获得？在1950年代，丁玲写下了大量谈创作的文章，除了介绍自己的阅读与写作经验以外，她几乎在每篇文章或演讲里都要大声疾呼生活对于作家的重要性，呼吁作家重视生活、投入生活、理解生活。显然，丁玲认为，在革命的第二天，创作最大的来源应该是新的生活，"从事文学就是生活、学习、写作这几件事的循环"，"去生活是应该的，但'生活'不是搜集材料"（《谈文学修养》）。"生活是复杂的，复杂得厉害。"（《怎样阅读和怎样写作》）"我们只有赶快到生活中去补课"，"我一定要老老实实到生活中去"（《创作要有雄厚的生活资本》）。如同延安时期，丁玲再一次强调这个投入生活的过程是艰苦的。随着新的文学体制的建立，作家有了国家所赋予的特定身份，被归入社会主义的文学机构中，而随着这一身份的确立，作家的生产力和创造力又一次面临考验。丁玲对于新的时代条件下的创作与生活的关系的思考，正是希望作家能开创一种新的写作空间，"一切问题的中心，拿作品来！拿好作品来！一切的作家，不管你写普及的也好，提高的也好，拿作品来！拿好作品来！"（《谈谈普及工作》）作品是最重要的，丁玲的出发点仍然在于强调社会主义文艺创作的繁荣，而在新的政治生活空间中，如何孵育、促发创作的深入、丰富与自由？这不能不说是一个新的难题，也是当代文学，尤其是"十七年"期间文学的一个主要矛盾，丁玲以最大的细致、耐心和坚定的态度面对这些问题。

罗岗：丁玲的可贵之处在于，她经过"延安文艺"的改造乃至参与了"延安文艺"和"当代文学"的创制，但她作为一个"透彻地思考文学生产条件"的作家，意识到从"延安文艺"到"当代文学"，始终伴随着"工作重点由乡村转移到城市"。从这个角度看新中国成立初期的"东西总布胡同之争"，可以理解为赵树理的"农村经验"与丁玲的"城市记忆"围绕着"当代文学体制"的建立而展开的博弈。

新中国成立之前，丁玲在太行山革命根据地参加了一次农村的骡马大会，在会上看了赵树理编的秧歌戏《娃娃病了怎么办》，看完后她写过一篇《记砖窑湾骡马大会》，文中谈了看赵树理编的戏后的感受："观众的心情始终被剧情抓得紧紧的。欢喜、愤怒、悲哀都跟着剧情走。这幕戏虽然是两天之中赶出来的，粗糙、生疏都有，但因为内容全是根据当地最近的事实编成的，所以很吸引人而又感动人。大家看后都说，这戏太好了，它告诉咱们娃娃病了怎么办，这实在是件大事。接着虽然还有旧《长坂坡》，但观众总不像先前一样那么感情激动，那么被吸引了。当他们回家之后，也只有前一幕会长期留在他们心上。温习着这个问题'娃娃病了怎么办？'这就是产生'问题小说'的土壤，农村中一些亟需解决的问题，经过赵树理的艺术加工，变成了老百姓所希望看到的那样明快、简约、色调鲜明、充满对比，一边是对，一边是错，再从赵树理个人的主观愿望来看，我们同样没有理由去责备他。他说过，'大家都说我是这个家那个家，其实我并不是，假如一定要说成个家，那我只不过是个热心家'。这句话确非客套，就其本质而言，赵树理不是个艺术家，而是个热心群众事业的老杨式干部。参加革命后，以往种种颠沛流离，求告无门的辛酸遭遇，梦魇般地压在他的心头，作为一个共产党员，一个与人民血肉相连的革命战士，强烈的责任感使他比农民自身还要迫切地希望改变农村落后、贫穷、愚昧的面貌，正是为了又快又好地开展农村工作，他才借助于文学创作的。"这篇文章固然赞扬了赵树理的作品，但不是在"文学创作"而是在"农村工作"的意义上高度评价了赵树理，进而对他做出了颇具悖论色彩的评价："就其本质而言，赵树理不是个艺术家，而是个热心群众事业的老杨式干部。"

如果赵树理的创作只有"农村工作"的价值，那么"新的革命文艺"究竟由谁来创造，或者谁有资格来创造？在丁玲那儿似乎不言而喻了。然而，从赵树理这方面来说，他难道会仅仅认为自己的作品只有"农村工作"的意义，而无"文艺创作"的价值吗？他是否也需要在丁玲制定的"文艺等级"中，重新确认自己创作的"文艺价值"呢？

以往的研究，只是把东西总布胡同的矛盾看成是"宗派主义"的"冲突"。1956年作家协会展开"文艺整风"，赵树理还为自己的"宗派主义情绪"专门做过检讨，但透过这个检讨，能够发现比所谓"宗派主义"丰富得多的内容："我在学生时期，常把自己爱好的文艺作品（《小说月报》上的）介绍给家乡的老同学或我的父亲看，可是他们连一篇也看不下去，我自己最初也是经过王春费了很大力气读下去的，因而使我怀疑了那种作品的群众性，同时产生了写大众化作品的想法。1933年在太原，我把我的意见向王春说了，王非常赞成，我便开始用群众语言试写东西。先写了半部长篇，题名《盘龙峪》，发表于史纪言等编的小报副刊，又写过一些有关这种主张的文章。但和同志们争辩的结果，我孤立了。抗日战争开始后，我又用这种语言写作品，在太行山的文艺界一直得不到承认。后来被党的宣传部门重视了，把我调到太行新华书店当编辑。那时候王春同志是主任,我们便把延安和其他根据地出的文艺刊物中语言跟我们相近的作品出了几个选集,其余欧化一些的文和诗一律不予出版。当时当地的出版机构只我们一家。太行文联对我们无可奈何,另在长治地区办了个小书店,来印行他们的刊物《太行文艺》和单行本作品。这个主意是王春出的,但我是积极的拥护者和参加者。1947年,荒煤同志带着黑丁、曾克、鲁蔡、芦甸等人到太行,荒煤接替了高沐鸿的领导文联的地位来办刊物,曾和我们接头出版事宜,我们说,一切作品凡要经我们出版的就须通过我们的审查,否则不予出版。结果欧阳山的《高干大》出版了,而曾克的好多短篇被拒绝了。我在那时候只是想统治文风,而王春同志则还夹杂着一些为我争地位的情绪——他说,当我们积极执行毛主席文艺路线的时候,太行文艺界没有一个人支持,直到现在已为其他解放区批准(指我的作品),太行的文艺刊物却仍是一字不提,而外边来的人呢,一到这里就是'自然领导者',言下之意是:不通过我们这实力派,看你如何出书?我不同意他的争领导(因为我的缺点之一就是不会领导),但完全同意文风的统治。到北京以后,王(春)对丁玲、艾青、沙可夫三同志也有过'自然领导者'的议论,并向我说:'东总布胡同那一伙只是些说空话的。'他说:'好猫坏猫全看捉老鼠捉得怎么样,你最好是抓紧时机多捉老鼠,少和人家那些高级人物去攀谈什么,以免清谈误国。'他说:'文联的作用只是"开会出席、通电列名",此外不能再希望有什么成绩。'又说:'我们见的文联非只一个,也非只见过一时,不论怎么组织,怎么整顿,结果都是一样糟,恐怕这种团体只能如此,不要再有什么幻想。'我对文联的看法大体相同,所以对他的说法十分佩服。这以后我就主动躲着文联走。"

赵树理的检讨中难免有"牢骚话"的暴露以及自我批判的加强,

然而，这背后包含的历史信息值得仔细解读，从"太行山文艺界"和"太行山新华书店"之间的矛盾，到"东西总布胡同之争"，应该有更深刻的意涵和更宏大的脉络。离开了这一宏观的背景，既不能理解赵树理在 1950 年代初看似固执的坚持与自信，也很难把握丁玲在 1950 年代初所写的一系列文章的针对性，譬如她所谓"不仅不要沉湎于张恨水，也不要沉湎于冰心、巴金"，同时还不满于赵树理主编的《说说唱唱》所倡导的"通俗化"，这样看似四面出击的批评，究竟有何指向？是不是就像王钦最近指出的那样，当无产阶级（或作为其先锋队的政党）夺取政权、实现"人民当家作主"之后，其在文化领域对自身的表征必然会形成稳固的、有待评判或自我评判的"作品"，正如资产阶级文化曾经在征用和对抗贵族文化时所做的那样。一旦具有流动性、解放性乃至"游击队性质"的无产阶级文化在体制的意义上被确立为稳固的作品，应该如何理解其性质？如何理解由此产生的一系列评判性、规范性的标准和要求——无论是审美的、政治的、历史的还是教育的？（王钦：《自然、偶然性与文艺实践的限度》）

四、丁玲的 80 年代与"当代文学"的"道成肉身"

孙晓忠：1980 年代丁玲的思想最成熟，也最孤独。1980 年代"伤痕文学"的登场改变了当代文学的结构。丁玲的复出，及她对伤痕文艺的批评，她对西方记者的答问，就显得格格不入，甚至让人失望，批评者失望于她对几十年挨整的"健忘"，和她老套的现实主义。她对极"左"有切肤之痛，但也不满文艺界被伤痕充斥，她感慨 80 年代的文学缺少了"灯塔"，她感慨 80 年代的人"只会横读，不能纵读"，不读自己民族的历史，呼吁文学要有民族的特点，"要有中国人民的感情"，要实事求是,"飞机当然是好的,没有飞机的时候,还是要坐火车,我们要脚踏实地地往前走,要有民族的特点,要有中国人民的感情"(丁玲:《走正确地文学道路》),她甚至从批斗她的人群中,找到了人民。"我很感谢那些'左'的很可爱的同志,五八年彻底把我打下去,使我从劳动人民里面得到好多没有得到的东西,使我的感情有新变化。"(丁玲:《根》)正是这种难能可贵的情感,使得她的思想和文字有了沉甸甸的力量。

罗岗:丁玲在1980年代的表现,使得很多人不能理解这位"五四的女儿"为何不愿意凭借"现代文学"的资历和"受难者"的姿态,成为"归来的一代"或做一朵"重放的鲜花",而依然高度坚持在"延安文艺"基础上形成的"当代文学"的理想,并依据这一理想来理解和评判1980年代的文学。这种"现代文学"和"当代文学"的纠缠,看似从"右"到"左"、不合时宜的位移,使得丁玲以一人之力成为了共和国文学的"肉身形象"。所谓"丁玲不简单",集中体现在她身上这种悖论式的历史感与存在感。

1980年代,无论是出访美国,还是接受日本学者的采访,丁玲都不愿意接受对方给她的"女性主义者"称号。王中忱老师曾经这样评论过田畑佐和子的《丁玲会见记》(1980年):自认为"新女性主义者"的田畑,和她所认定的"女性主义先驱者"丁玲,在跨越了漫长的历史时空之后相逢于一室,两人亲切地交谈,田畑努力想把丁玲纳入自己所设定的"女性主义"脉络,但被视为"先驱者"的丁玲却固执地不肯"就范",两人的话题和视线如交叉的小径,时而交汇时而错过。这情景实在令人感慨万端,在一定意义上可以说,其实是丁玲丰富的人生实践和文学写作实践,让田畑和她的同人们的"新女性主义"论述遭遇到了挑战和考验。(王中忱:《女性时限——跨越时空的交错》)关键在于,丁玲理解的"女性主义"——也许她更愿意用"妇女解放"这样的说法——与1980年代渐渐从西方传入中国并逐渐与"世界"接轨的"女性主义",应该有根本的区别。用贺桂梅老师的说法,这是一种现代中国特有的女性主义。

假如要追溯现代中国女性主义的起点,自然需要回到秋瑾。秋瑾的"女侠"特质在于不把女性解放简单理解为个性/个体的解放——这仅仅是女性解放的第一步,而且这种解放很可能落入城市中产阶级女性的窠臼,丁玲笔下的梦珂和莎菲,最终之所以走投无路,问题就在仅仅止步于个性/个体的解放——而是进一步强调获得解放之后的女性需要寻找更高层面的集体性归属。这是一种和家国情怀结合在一起的妇女解放诉求,丁玲继承了这一解放的诉求。从秋瑾到丁玲,她们愈益深刻地认识到,不改变黑暗的社会,女性根本没有出路,所以,才产生了类似"烈士/烈女"的献身精神。但和传统"烈女"不同的是,丁玲召唤的是一种认识到个性解放和个体价值之后的献身,一种类似于巴丢所说的对"事件"的"忠诚",也就是对信仰和革命的"忠贞",而不是如传统"烈女"般无视个人价值的节烈和愚忠。

说起丁玲的"女性主义",很容易联想到古希腊悲剧"安提戈涅"的故事。表面上看,安提戈涅为了给兄弟收尸,不惜与城邦对立,但这种爱与正义的对立,不是个人的爱与城邦正义的对立,而是爱所代表的自然法则与城邦法则的对立。正如研究者指出的,不仅正义女神带着剑,爱神也带着她的利刃。这意味着,爱可以将个人诉求与某种更高的法则结合在一起。安提戈涅的牺牲始终和共同体的命运结合在一起,这样才能保证她的个体意志自由具有某种崇高的价值而不是个性无意义的泛滥。从这个角度看,丁玲的"女性主义",是一种"共同体"

归属的女性主义。尽管她高度关注女性的"独特性"——从《夜》的何华明老婆、《桑干河》的黑妮，到《风雨中忆萧红》的萧红……直至《杜晚香》的杜晚香，莫不如此——但丁玲更注重的是如何展开这种"独特性"，并且在这一"展开"过程中，将"女性主义"的问题带到一个更具"普遍性"的意义世界。丁玲对"女性主义"的理解，超越了仅仅肯定"女性特质"的所谓"新女性主义"思潮，反而在一种看似回归到"妇女解放"的传统中，无形地契合了更具批评性的女性主义思潮，这个思潮同样希望女性在更高层面上与男性分享、争夺并创造新的"普遍性"。

张屏瑾：同意晓忠老师所说，丁玲在1980年代有种特有的孤独，当时已经有人把"拨乱反正""打开国门"与"五四"运动并举，但在丁玲这里，"五四"、新中国和"新时期"的关系，仍然需要站在人民文艺的立场上去理解，才能进一步讨论复杂而辩证的当代道路选择的问题。研究者们都注意到了丁玲在"新时期"的文化政治立场，比如她在美国期间，在回溯自己从反右斗争到"文革"的经历时，完全没有表现出"伤痕"的态度，而是坚决地体现自己对于革命事业的意志力和忠诚，另外她在其他各种场合所表现出对于文艺的人民性的坚持，让很多人认为她立场保守。正如罗岗老师前面所说，今天我们回过头来重审所谓"二十世纪中国文学"，会发现这个概念中最重要的恰恰是可以从延安文艺开始描述的"当代文学70年"的激进性，这和"二十世纪中国文学"所诉诸的现代中国想象是有矛盾的，丁玲在1980年代复出后的选择，不但体现出这一矛盾，而且体现出"当代文学70年"的真正一惯性和激进姿态，尤其是今天，二十一世纪的"当代文学"叙事重又遇到了资本的洗牌带来的各种问题之后，回过头去看丁玲在

1980年代的选择，就更加能够体会到她对于"70年"内涵的持守。如果我们今天需要对1980年代有所反思，从中去发现"当代文学"更多的可能性的话，那么我认为丁玲仍然给我们提供了一种精神与人格文化的标志，正如她在1930年代、1940年代和1960年代所起到的作用一样。

竹内好曾用"回心"来描述鲁迅的思想，我觉得丁玲身上也有一种"回心"。我们可以关注她写于1980年代的大量的回忆人物的文章，其中大多是和她一样的"五四"儿女。丁玲在回忆他们时，犹如一次次地回到历史的原点，回到这些人物身上所体现出的，中国革命发轫期的那些最基本的动力和问题之上，而她自己在晚年也一遍遍地追溯自己贯穿了几乎一个世纪的个人经历。1985年她病重之时，于协和医院口述，后经陈明整理的《死之歌》，犹如一曲天鹅之歌，"我是死过的，我是死过了的人，这种死的经验，在我后来的一生中，都不曾忘记……"（《死之歌》）她用死来描述自己一次又一次的自我的否定与超越，和在历史中的转折、搏斗乃至脱胎换骨，最终与这些"死"对应的是比自然生命更为可贵的书写、工作和斗争的重生："我追求，我顽强地坚持住，我总算活出来了……是活过来了。"这是献给人类最伟大事业的生，这是丁玲的生。

孙晓忠：丁玲的道路留给我们很多启示。丁玲的一生都是在不断向外突围，向下沉潜，努力寻找和人民大众结合的途径，并且在寻找人民的同时，首先将自己变成人民的一分子，在生产劳动的世界中彻底改造自我。为了让人民显形和显灵，她一次次抛弃旧有形式，一次次剔除多余的材料。在《人民之路的短暂旅行》中，朗西埃追问了一个问题：何处寻找"人民"——这个被法国大革命所激荡起来的充满魅惑的"词"以及"词的肉身"。在朗西埃看来,用不着像19世纪英国的雪莱、华兹华斯和济慈那样翻山越岭、跨越英吉利海峡到新大陆——法国,旅行者可以在"近在咫尺"的地方就寻找到他想要寻找的"其他的人"(人民)。理论上,他甚至不需要离开自己的房间,就可以在"仆役们"中间寻找到革命精神的反映者:底层和无产者们。横跨在词与物之间的障碍不是距离,而是"寻找"(seek)本身。

而丁玲的人生道路告诉我们,"寻找"没有朗西埃说得那么简单、浪漫,"人民"也远不能依靠理论思辨来完成词与物的有效搭配,它必须依靠脚踏在土地上的人们,依靠一次次切实的行走、漫长的行走,从故乡到上海,从上海到南京,从上海到延安,从延安到张家口,从北京到北大荒,丁玲在一次次的丈量中国土地,并在一次次勇敢的自我否定中,校正着她笔下的"人民"和现实中人民的焦点,丁玲的道路就是人民文艺的道路。

2019 年 7 月　上海

上 册

目录

时代与人物篇

五月	3
不算情书	8
到前线去	15
河西途中	18
临汾	24
冀村之夜	29
孩子们	35
忆天山	39
马辉	42
杨伍城	46
西安杂谈	51
秋收的一天	56
『三八』节有感	65
风雨中忆萧红	70
战斗是享受	75
田保霖	77

目录

民间艺人李卜	84
袁广发	87
躲飞机	95
我怎样飞向了自由的天地	98
永远活在我心中的人们	102
记游桃花坪	108
中国的春天	120
『牛棚』小品	129
悼雪峰	140
我所认识的瞿秋白同志	145
也频与革命	172
我母亲的生平	176
她更是一个文学作家	188
鲁迅先生于我	197
死之歌	213
苏联与美国篇	
十万火炬	227
苏联人	231

目录

法捷耶夫同志告诉了我些什么	
苏联美术印象记	
塔娜莎娃的安娜·卡列尼娜	
乌兰诺娃的青铜骑士	
苏联的三个女英雄	
莫斯科	
春日纪事	
苏联的文学与艺术	
苏联文学在中国	
在斯大林奖金授奖仪式上的讲话	
向昨天的飞行	
安娜	
养鸡与养狗	
保罗·安格尔和聂华苓	
芝加哥夜谭	
橄榄球赛	
纽约的住房	
纽约的苏州亭园	
纽约曼哈顿街头夜景	

343 341 335 329 325 319 315 309 305 303 299 288 282 278 271 264 258 250 239

时代与人物篇

五 月

彬芷

是一个都市的夜，一个殖民地的夜，一个五月的夜里。

恬静的微风，从海上吹来，踏过荡荡的水面，在江边的大厦上，飘乎着那些旗帜：那些三色旗，那些星旗，那些太阳旗，还和那些大英帝国的旗帜。

这些风，这些淡淡的含着咸性的风，也飘拂在那些酒醉的异国水手的大裤脚上，他们正从酒吧间，舞厅里出来，在静的，柏油路上蹒跚着大步，徜徉的归去。

这些风，这些醉人的微风，也飘拂在一些为香脂涂满了的颊上，那个献媚的娇脸，还鼓起那轻扬的，然而也倦了的舞裙。

这些风，静静的柔风，爬过了一些花园，飘拂着新绿的树叶，飘拂着五月的花朵，又爬过了凉台，蹿到一些淫猥的闺房里，一些脂粉的香，香水的香，肉的香，好些科长，部长，委员，那些官们；好些银行家，轮船公司的总办，纱厂的，丝厂的，其他的一些厂主们，以及一些鸦片吗啡的贩卖者，所有白色的，黄色的资本家，买办们，老板和公子都在这里坦白了他们的丑态，红色的酒杯，放在善于运用算盘的手上了。成天劳瘁于计划剥削和压迫的脑子，又充满了色情，而倒在滑腻的胸脯上了。

这些风，也吹着码头上的苦力，那些在黄色的电灯下，掮着，推着粮食的袋，煤炭的车，在跳板上，鹅石路上，从船上到堆栈，从堆栈到船上，一趟，两趟，三十趟，四十趟，无休止的走着，手脚麻了，软了，风吹着他们的破衫，吹着滴下的汗点，然而，他们不觉得。

这些风也吹着从四面八方，从湖北安徽，从陕西河南，从大水里逃来的农民们，风打着他们饥饿的肚子，和咽呜着妻儿们的啼声。还有那些被炮火毁去家室的难民，那些因日本兵打来，在战区里失去了归宿的一些贫民，也麇集在一处，在夜的凉风里打抖，虽说这已经是倦人的五月的风。

这些风，轻飘地也吹散着几十处，几百处的从烟筒里喷出的滚滚的浓烟，这些污损了皎皎的星空的浓烟，风带着煤烟的气味，也走到那些振耳的机器轧响的厂房里，整千整万的劳力在这里消耗着，血和着汗，精神和着肉体，呻吟和着绝叫，愤怒和着忍耐，风和着臭气，和着煤烟在这挤紧的人群中，便停住了。

在另外的一些地方，一些地下室里，风走不到这里来，弥漫着使人作呕的油墨气，蓝布的工人衣，也全染污成黑色，在微弱的灯光底下，惯熟的从许多地方，检着那些铅字，挤到一块地方去，全世界的消息都在这里跳蹿着，这些五月里的消息，这些惊人的消息呀！这里用大号字排着的有：

东北义勇军的发展，这些义勇军都是真真从民众里面，工人们，农人们组织成的，他们为反对帝国主义，为不服从政府的不抵抗，为争取民族的解放，和劳苦大众的利益而组织在一块，用革命的战争在回覆着帝国主义的侵略。他们一天天的加多，四方崛起。不仅在东北，这些义勇军，民众的军队，是在许多地方都出现了的。而在好些地方，那些终年穿着破乱的军服的兵士，不准他们打帝国主义，只用来做军阀混战的炮灰的兵士，都从愤怒里站起来，背起了枪枝，打死了长官，成千的叛变了。

这里也排着有杀人的消息：南京枪毙了二十五个，湖南也抓去了一百多，杀了一些，丢在牢里一些。河北有示威，也抓去了一些，杀了，又丢在牢里了。广州有同样的消息，湖北安徽也同样的写着，上海每天都戒着严，马路上四处布防着武装的警察，外国巡捕，和便衣包探，四处街口都有搜查的埋伏着，女人们走过，只穿着夹袍的，也要被摸遍全身，然而传单还是发出了，示威的事还是常常遇到，于是又抓了，杀了些，也丢在牢里一些。

这里还排着各省会乡村的消息，几十万，几百万的被水毁完了一切的灾民，流离在四方，饿着，冻着，用农民特有的强硬的肌肉和忍耐，挨过了冬天，然而还是无希望，又聚在一块，要求赈谷，那些早就募集了来而没有发下的，要求着工作，无论什么苦的工都可以做，他们不愿意摊着四肢不劳动。然而要求没有人理，还派来了弹压的队伍，于是他们也蜂起了。还有那些厂里的工人，矿区里的工人，也都为了过苛的待遇，而打了工头，而罢下工了。

还有的消息，安慰着一切有产者的，是剿"匪"总司令已经又到了南昌去，好多新式的飞机，新式的大炮和机关枪，也都跟着运去了，因为那里好些地方的农民，灾民，都和"共匪"打成了一片，造成一种非常大的对统治者的威胁，所以第四次的"围剿"又成为很切迫的事了。不仅是这样，而且从五月起，政府已准定每月增加两百万元，做"剿匪"的军用，虽说所有的兵士是已经有七八个月没有发饷了，虽说有几十万的失业工人，千万的灾民，然而这与他们有什么关系呢，他们要保护的是帝国主义的殖民地，是资产阶级的利益。

另外却又有着惊人的长的通讯稿,和急电,是漳州失守了,没有办法,兵退了又退,新的市镇慢慢从地图上失去又失去。然而新的市镇却在另一幅地图上建立了,沸腾着工农的欢呼,叫啸着红色的大纛,是新的国家呀!

铅字排着又排着,排完了苏联的五年计划的成功,却又排着日俄要开战了,日本搜捕了无数在中东路苏联的办事员,拘囚和拷问。日本的兵舰好些陆续的离了上海而开到大连去了,而上海的停战协约也签了字,于是更好调兵到东北去,去打义勇军,去打苏联,而中国兵也才好去"剿匪"。新的消息也在欧洲传来,杜美尔的被刺,一个没有实权的总统,凶手是俄人,口供是反苏维埃,然而却又登着俄人曾是共产党,而莫斯科也发出电报,否认着同他们的关系。

铅字排着又排着,排完了律师们的涉讼,游戏场的广告,春药,返老还童,六〇六,九一四……又排到那些报屁股了,绮靡的消闲录,民族英雄的吹嘘,麻醉,欺骗……于是排完了,工人们的哈欠已压倒了眼皮,可是大的机器还在转动,整张的报纸便在一个大的轮下卷出,而又折好在许多人的手中了。

屋子里还映着黄黄的灯光,而外边却在曙色里慢慢的天亮了。

太阳还没有出来,满天已放着霞彩,早起的工人,四方都散着。电车从厂里开出来了,轧轧的铁轮在铁轨上滚,振耳的响声洋溢着。头等车厢空着,三等车里却拥满了。舢板在江中划出又划来,卖菜的,做小生意的,下工的,一夜没有睡,昏得要死的工人的群,上工的,还留着瞌睡,男人,女人,小孩,在脏的路上,在江面上慌忙的来来去去,这些路,这些江面是随处都留有血渍的,一些新旧陈去了的血渍,一些牺牲在前面,一些无产者的战士的血渍。

太阳已经出来了。上海市在这时也翻了个身,又重覆在一切叫啸,喧闹中苏醒了，如水的汽车在马路上流，到一些公司门口，算盘打得振耳的响，数目字使人眼花的写着。有些地方在开会，读遗嘱，静默三分钟，随处是欺骗。

然而上海市却在这时正要真真的翻一个身了。就是那些厂房里的工人，那些苦力在凉风里抖着的灾民和难民，那些惶惶的失业者，都自自然然的起来了，他们从一些纸上，那些工房里的报纸，一些口头上，那些能读报讲报的人的口上，一些实际上，那些每日所加在身上的压迫，懂得了他们自己的苦痛，懂得了许多欺骗，懂得应该怎样干，于是他们无所惧的向前走去，踏着那些陈去的血渍。

初刊《北斗》1932年第2卷第2期

不算情书

我这两天都心不离开你,都想着你。我以为你今天会来,又以为会接到你的信,但是到现在五点半钟了,这证明了我的失望。

我近来的确是换了一个人,这个我应该告诉你,我还是喜欢什么都告诉你,把你当一个我最靠得住的朋友,你自然高兴我这样,我知道你"永远"不会离弃我的,因为我们是太好,我们的相互的理解和默契,是超过了我们的说话,超过了一般人所能理解的地位,其实我不告诉你,你也知道,你已经感觉到,你当然高兴我能变,能够变得好一点,不过也许你觉得我是在对你冷淡了,你或者会有点不是你愿意承认的些微的难过。就是这个使得你不敢在我面前任意说话,使你常常想从我这里逃掉。你是希望能同我痛痛快快谈一次天的,我也希望我们把什么都说出,你当然是更愿意听我的意见的,所以我无妨在这里多说一点我自己,和你。但是我希望得听你详细的回答。

好些人都说我,我知道有许多人背地里把我作谈话的资料的时候是这样批评,他们不会有好的批评的,他们一定总以为丁玲是一个浪漫(这完全是骂人的意思)的人,是以为好用感情(与热情不同)的人,是一个把男女关系看做有趣和随便(是撒烂污意思)的人;然而我自己知道,从我的心上,在过去的历史中,我真真的只追过一个男人，只有这个男人燃烧过我的心，使我起过一些狂炽的（注意：并不是那末机械的可怕的说法）欲念，我曾把许多大的生活的幻想放在这里过，我也把极小的极平凡的俗念放在这里过，我痛苦了好几年，我总是压制我。我用梦幻做过安慰，梦幻也使我的血沸腾，使我只想跳，只想捶打什么，我不扯谎，我应该告诉你，我现在可以告诉你了（可怜我在过去几年中，我是多么只想告诉你而不能），这个男人是你，是叫着"××"的男人。也许你不会十分相信我这些话，觉得说过了火，不过我可以向你再加解释：易加说我的那句话有一部分理由，别人爱我，我不会怎样的，蓬子说我冷酷，也是对的。我真的从不尊视别人的感情，所以我们过去的有许多事我们不必说它，我们只说我和也频的关系。我不否认，我是爱他的，不过我们开始，那时我们真太小，我们像一切小孩般好像用爱情做游戏，我们造作出一些苦恼，我们非常高兴地就玩在一起了。我们什么也不怕，也不想，我们日里牵着手一块玩，夜里抱着一块睡，我们常常在笑里，我们另外有一个天地。我们不想到一切俗事，我们真像是神话中的孩子们过了一阵。到后来，大半年过去了，我们才慢慢地落到实际上来，才看出我们是一个男人和一个女人，是被一般人认为夫妻关系的，当然我们好笑这些，不过我们却更相爱了，一直到后来看到你，使我不能离开他的，也是因为我们过去纯洁无疵的天真，一直到后来，使我同你断绝，宁肯让我只有我一个人知道，我是把苦痛秘密在心头，也是因为我们过去纯洁无疵的天真，和也频逐渐对于我的热爱——可怕的男性的热爱，总之，后来不必多说它，虽说我自己也是一天一天对他好起来，总之，我和他相爱得太自然太容易了，我没有不安过，我没有幻想过，我没有苦痛过。然而对于你，真真是追求，真有过宁肯失去一切而只要听到你一句话，就是说"我爱你！"你不难想着我的过去，我曾有过的疯狂，你想，我的眼睛，我不肯失去一个时间不望你，我的手，我一得机会我就要放在你的掌握中，我的接吻……。我想过，我想过（我到现在才不愿骗自己说出老实话）同你到上海去，我想过同你到日本去，我做过那样的幻想。假使不是也频我一定走了。假使你是另外的一付性格，像也频那样的人，你能够更鼓动我一点，说不定我也许走了。你为什么在那时不更爱我一点，为什么不想获得我？你走了，我们在上海又遇着，我知道我的幻想只能成为一种幻想，我感到我不能离开也频，我感到你没有勇气，不过我对你一点也没有变，一直到你离开杭州，你可以回想，我都是一种态度，一种愿意属于你的态度，一种把你看得最愿信托的人看，我对你几多坦白，几多顺从，我从来没有对人那样过，你又走了，我没有因为隔离便冷淡下我对你的情感，我觉得每天在一早醒来，那些伴着鸟声来到我心中的你的影子，是使我几多觉得幸福的事，每每当我不得不因为也频而将你的来信烧去时，我心中填满的也还是满足，我只要想着这世界上有那末一个人，我爱着他，而他爱着我，虽说不见面，我也觉得是快乐，是有生活的勇气，是有生下去的必要的。而且我也痛苦过，这里面不缺少矛盾，我常常想你，我常常感到不够，在和也频的许多接吻中，我常常想着要有一个是你的就好了。我常常想能再睡在你怀里一次，你的手放在我心上。我尤其当有着月亮的夜晚，我在那些大树的林中走着，我睡在石栏上，从叶子中去望着星星，我的心跑到很远很远，一种完全空的境界，那里只有你的幻影。"唉，怎么得再来个会晤呢，我要见他，只要一分钟就够了。"这种念头常常抓住我，唉，××！为什么你不来一趟！你是爱我的，你不必赖，你没有从我这里跑开过一次，然而你，你没有勇气和热情，你没来，没有在我要你的时候来，你来迟了一点，你来在我愿意不见你了的时候。所以只给了你一个不愉快的陈迹。从这时起，我们形式上一天一天的远了。你难过过，你又愿意忘记我，你同另外的女人好了。我呢，我仍旧不变，我对你取着绝对的相信，我还是想你，忍着一切，多少次只想再给你一封信，多少次只想我们再相见，可是忍耐过去了。我总以为你还是爱我的，我永远是爱着你，依靠着你，我想着你爱我，不断的，你一定关心我得利害，我就更高兴，更想向上，更感觉得不孤单，更感觉得充实而愿意好好做人下去，这些话我同你说过，同昭说过，同乃超也说过，你不十分注意，他们也不理解，可是我是真的这样生活了几年，只有蓬子知道我不扯谎，我过去同他说到这上面，讲到我的几年的隐忍在心头的痛苦，讲到你给我的永生的不可磨灭的难堪。后来我们又遇着了，自然，我们终会碰在一块儿，我们的确永远都要在一块儿的，你没有理我，每次我们的遇见，你都在我的心上投下了一块巨石，使我有几天不安，而且不仅是遇见，每次当也频出去，预知了他又要见着你时，我仿佛也就不安的又站在你的面前了。我不愿扰乱你，我也不愿扰乱也频，我不愿因为我是女人，我来用爱情扰乱别人的工作，我还是愿意我一人吃苦，所以在这一期间是没有人可以看到我的心境的。一直到最近的前一些日子，在北四川路看到你，看到你昂然的从我身后大踏步的跑到我的前面去，你不理我，你把我当一个不相识者，你把我当一个不足道者的那样子，使我的心为你的后影剧烈的跳着，又为你的态度伤心着，我恨你，我常常气愤的想："哼，你以为我还在爱你吗？"但是我永远不介意你所给我的不尊敬，我最会原谅你，我只想在马路上再一次看见你，看你怎么样，而且我常在你住的那一带跑起来。你总是那末不睬我的，实际上，假如我不愿离开你们，我又得常常和你见面，这事非常使我不如意，我只好好好的向你做一次解释，希望你把我当一个男人，不要以为我还会和你麻烦（就是说爱你），我们现在纯粹是同志，过去的一切不讲它，我们像一般的同志们那样亲热和自然，不要不理我，使我们不方便。我当然解释得很好，实际上是需要这样解释，而且我也已经习惯了忍耐的，所以结果是很好。然而我始终是爱着你，每次和你谈后，我就更快乐，更有着要生的需要，只想怎么好好做人。每次到恨自己的时候，到觉得一切都无希望的时候，只要你一来，我又觉得那些想象太好笑了，我又要做人，到现在我有这样的稳定，我的无聊的那些空想头，几至完全没有了，实在是因为有你给我的勇气，××！只有你，只有你的对我的希望，和对于我的个人的计划，一种向正确路上去的计划，是在我有最大的帮助。这都是些不可否认的历史。我说我的最近吧。

　　我已经是比较有理性有克制的人，然而我对你还是有欲望，我还是做梦，梦想到我们的生活怎么能联系在一起。想着我们在一张桌上写文章，在一张椅上读书，在一块做事，我们可以随便谈什么，比同其他的人更不拘束些，更真实些，我们因为我们的相爱而更有精神起来，更努力起来，我们对人生更不放松了。我连最小的地方也想到了，想到你的头发一定可以洗干净（因为有好几次都看到你的头脏）想到你的脾气一定可以好起来，而你对同志间的感情也更可以好起来，我觉得你有些地方是难于使人了解的态度，当然我能了解你那些。而我呢，我一定勤快，因为你喜欢我那样，我一定要有理性，因为你喜欢我那样，我一定要做一个最好的人，一点小事都不放松，都向着你最喜欢我的那末做去，当然我不是说我是要因为一个男人才肯好好的活，然而事实一定是那样，因为有了你，我能更好好的做人，我确是可以更好点是无疑的。而且这绝不是坏的事，不过，这好像还是些梦想，我觉得不知为什么我们总不能连系起来，总不能像一般人平凡的生活下去，这平凡就是你所说的健全。所以我总是常常要对你说，希望你能更爱我一点就好。所以我常常有点难过，我不知应该怎样来对你说出我新有的梦幻。这是，我最近的过去是这样的，一直到写信以前都这样。

而我现在呢，我稍稍有点变更，因为我看见你那末无主意，我愿意……我不想苦恼人，我愿意我们都平平静静的生活，都做事，不再做清谈了。……

这封信本来预备写得很长的，可是今天在见你之后，心绪又乱了起来，我不能续下去了。有许多话觉得不愿说下去了，觉得这信也不必给你，我真是一个不中用的人，希望你能干，你强，这样我可以惭愧，可以痛苦，可以一切都不管，可以只知好好做人了。勉励我，像我所期望于你的那样，帮助我，因为我的心总是向上的。我这时心乱得很。好，祝你好，我永远的朋友！……

八月十一日（一九三一年）

压了两天，终于想还是寄给你的好。这没有说完的一半话，就是说，我改变了，你既是喜欢的，你就不要以为我对你冷淡而心里难过，又对我疏远起来。那是要几多使我灰心的！帮助我，使我好好的做人。希望你今天会来。

十三日上午

一夜来，人总不能睡好；时时从梦中醒来，醒来也还是像在梦中，充满了的甜蜜，不知有多少东西在心中汹涌，只想能够告诉人一些什么，只想能够大声的笑，只想做一点什么天真，愚蠢的动作，然而又都不愿意，只愿意永远停留在沉思中，因为这里是满占据着你的影子，你的声音和一切形态，还和你的爱，我们的爱情，这只有我们两人能够深深体会的好的，没有俗气的爱情！我望着墙，白的，我望着天空，蓝的，我望着冥冥中，浮动着尘埃，然而这些东西都因为你，因为我们的爱而变得多么亲切于我了呵！今天是一个好天气，比昨天还好，像三月里的天气一样。我想到，我只想能够再挨在你身边，不倦的走去，不倦地谈话，像我们曾有过的一样，或者比那个更好，然而，不能够，你为事绊着，你一定有事，我呢，我不敢再扰你，用大的力将自己压住在这椅上，想好好的写一点文章，因为我想我能好好写文章，你会更快乐些，可是文章写不下去，心远远飞走了，飞到那些有亮光的白云上，和你紧紧抱在一起，身子也为幸福浮着……

本来我有许多话要讲给你听，要告诉你许多关于我们的话，可是，我又不愿写下去，等着那一天到来，到我可以又长长的躺在你身边，你抱着我的时候，我们再尽情地说我们的，深埋在心中，永世也无从消灭的我们的爱情吧。……

我要告诉你的而且我要你爱我的！

你的"德娃利斯"

一月五日（一九三二年）

这不算情书。

这信收在开明书店的现代文人书阁（此书不久即出版）中，现承开明书店给我们先行发表，特此感谢——编者。

初刊《文学》1933年第1卷第3期

到前线去

夜晚刮了很大的风，沙沙的打着糊紧了的纸窗，半夜起来，又知道有大雪在飞。烧了炕的被窝里，暖热得睡不着，心里担忧着第二天的行程。

天气是骤变了，人的心情却正热着。

跟着我们在天未亮便起身的几个从上海来的同志，时时围着我们转，露着羡慕和惜别，抱歉的是我们也骤变的颇粗豪，不大注意别人的颜色。

大队已经很早就开过去了，我跟在总政治部主任们一齐也在九点钟动了身。在外交部的空坪上有一团一团的人，那些拿热情的握手送别了我们。

仍旧沿着洛川的上流朝西北走。河里的水全结了冰，有很少的地方还汩汩的响着，在薄冰下有水流滑过，太阳射在上面，闪闪的发光，这同我来时的我所爱的日光下的洛川河流又是两样了。

虽说天气又转晴了，但无情的风总是扫着地上的砂土劈面打来。

走过了一些小村庄，看得见在远处又露出几排土房，安置在一些厚重的山旁边，有稀疏的树林围绕着，依着山的土房涂画着一片片的褐色，土黄，深灰和暗紫，在那有着美丽颜色的山的边缘上，便是无尽的天的蓝。陕北的风景呵！

可是我却忽然想到一个问题，而同着北上的汪也在沉思一会之后问我：

"像这样的地形如果有飞机来了，该往什么地方去躲呢？"

走过团校时，那威逼着我们的风，使我们停留了一刻，在木柴烧着的火旁边暖着手脚。同来保安的孙同志，现正在这里工作。她的学习精神很好，使我每次见着她时，不觉的便显出大的亲热。

一路迎着西北风，沿着洛川河流上溯，在一些小石块上跳到河那边去，又从薄冰上战战兢兢走过来。这样是过去了四十里，五十里，六十里了吧，弯到一个山坳里找到了宿营地，有两排土窑洞，队伍也在这里歇下了。还遇着四个新红军，他们都是刚从上海进苏区来的，在保安停留了一月多，现在分配到党校和红校去工作。我们要同走一大段路。他们这些新兵比我们还不内行，什么用的东西都不懂得预备，一到了洗脸吃饭，就狼狈着脸色走到我和汪同志这里来，又是疲惫，又是好笑，于是我们不客气的互相的笑着。

每天还没有天亮的时候，口笛便在洞外横扫过去，又叫着吹了回来，木的滩着不会转动的腿，又开始感到了疲倦。然而院子里各种声音都杂乱的响起了，我催着睡在炕那头的汪同志，但他又希望我先起身。我们总是很忙乱的收拾着铺盖和零星东西，好在队伍集合之前在大路上等着，而每天我们也不至于掉队，虽说在以前我们是从来也没有走过许多路的。

开始两天全跟着川走，一时在冰上，一时又爬到两边的岩岸上。这些路都非常陡峻，牲口就不能上去，得远远的绕着河的对面，岩底下的小路，也是不能骑马的，大半的时候还有着许多烂泥，一些被太阳晒溶化了的地方。后来的行程，便转到山上了，越过了一个，又有一个，几十里几十里看不到一个村庄。这些山都全无树木，枯黄的荒草，或是连草也看不到的那末无际地起伏着，一直延展到天尽头，但这天是无尽头的，因为等你一走到尽头的山上，你又看见依旧的那么一副单纯的图画铺在你脚下了。这些地方也有着一些奇怪的小地名，但随即就会忘去的。脑筋越来越简单，一等到了宿营地，就只想怎么快点洗脚吃饭，因为要睡的很呵！

像这样走了八天，八天的生活可说全无变化，我们才到了驻扎地。这一带是驻扎着我们前方的队伍的。[①]这时总指挥部是驻在绍沟沿，总政治部驻在它南边五里路，我们就住在这里。但沿路还有另外可记的一些，我将另外写出来。

一九三六年十二月十三日

初版《七月》1938年第3卷第6期

河西途中

大的营房院子里,层层密密围了许多军装青年,他们每个人的脸上,都有着欢笑的光彩闪耀。他们谈笑着,议论着。在当中,一部分是装束整齐,绑带贴实地紧裹在腿上,草鞋踏在脚底,各色包袱背在背上,红光满面的脸,说明着他们气饱力足。一副出征英雄的伟姿,早把另一部分送行人们的人心,鼓动成高兴与激昂,忘了世俗的离别悲哀。

七个驮着行李的小驴子在前头一摇一摆的移着脚步,鲜红的团旗在队列前头迎风招展。陕北公学的同学列着队,预先赶到路中。当太阳从山腰探出脸来的时候,静穆的晨空中,被"欢送战地服务团上前线""争取抗战胜利"……的口号声,雄壮的歌声所充满。这样一直延展到土围子边,辽阔的草地上映着排列的拖长着的人影,歌声响到被太阳晒着的岩石上,飘到不倦地汩汩响着的延水上,天地似乎也在飞跃,跟着数百成千的喉咙,跟着数百成千跳荡的心。风跟着人跑,刮着前边的红旗刷刷直叫。

送了一程又一程,战团的队伍停住了,向后转喊着话,答谢他们的欢送。在响震天地的热烈口号声中,结束了这个壮烈的场面。

我们唱着走着过了川口,不知不觉的便到了预定的宿营地——四十里铺了。团员们卸了装,马上便分散到各窑洞里去调查当地情形和向他们宣传。这样的村庄是在陕北任何地带都可见到的，二十来家，安居乐业，但对日本鬼，他们无论妇孺，都表示深恨入骨。有贫农会，会长即是农民，穿着破烂的布衣，戴旧草帽，由山里赶来为我们预备一切。和他们畅谈时事，满口术语，真像一个大知识分子。

在他口中，我们知道这地方的民情也和别的落后乡村一般，迷信很深。妇人缠足，从八路军来后，渐渐的破除了。而且办了小学，有二十多人，占全村儿童百分之六十以上，女生有三分之一；妇人参加识字班，过去的童养媳及买婚现在减少了。以往收成不好，今年雨水多，加上地方当局对春耕的帮助和指导，开荒不少，已经大大地得到改善了。

第二天宿甘谷驿时，我们找到了乡长，我们和他谈起来，他是一九三五年参加地方武装，当过分队长，他老婆也参加识字班，儿子参加少先队。这里乡政府是由乡长、土地部、粮食部所组成。此外的组织有贫农团、劳动互助社、识字班、妇女会、互济会、救国会等。贫农团现有团员七十一人，分十班，团长书记各一人。地方文化自建苏维埃后已改进很多，文盲减少，废除买卖婚姻，只需乡政府许可，一人介绍便可登记。

夜间下了一夜雨，次日清晨仍然连绵不停，急于要走的心情，被雨丝绊住了。在羁留中，重新决定我们的工作：上午通信股埋头整理稿子，创作小调、杂技、教歌，下午准备开音乐会。一个原来非常漂亮的教堂，现在那台子已经倒塌了，但"无坚不克"是我们的作风，有几十个人动手，面对着这样的问题，自然是迎刃而解了。嘿呀嗨呀的，泥土木板，在几十个年轻人的肩上、腕上，跳到破毁的台子上，马上修理得整齐。

雨住了，但天还阴阴地。门口及门外的漫画上，围住了黑压压的民众。红色的布幕，鲜明地挂在当中，我们还拔来一丛丛的蓝色雏菊，红的淡黄的野花,把个礼堂装点得真是十分优美,自然地飘出了一种庄严的空气。在各团员的欢迎中,来宾们陆续地到了,有整着队的警卫,连保安队,儿童团,他们和延安的一样保持着良好的纪律,依着前台主任的指挥,找到他们的适当地位坐下。零散的民众们,便到处充塞着。开始了,只有在边区才能有的尽情的热情的歌声又轰然响起来。夹在当中的是由一个个亲热欢欣的脸所发出的欢呼声,叫好声。

因为群众过于表示得欢欣与热烈,我们在预定的节目之外,又加上了一个《打倒日本升平舞》,从台上舞到人群,再舞到院中,群众们仍旧像铁样的不散。跟着又进行了演讲,又加上了一个群众剧。看看天色将晚了,成千的群众,才依依地转向他们有的是十来里冒雨而来的归程。

晚饭后,我们带着白天留下的兴奋,又席地坐下,静静地开我们的演讲会。题目为《怎样争取抗战的胜利》,假设对象是一个极大的市民大会,由每班推二人为演讲员,奚如和我以及天虚同志担任评判,结果非常好,各团员均能充分的发挥意见。

甘谷驿的两天驻留,使大家又怨恨又焦急。早晨不待值星班长的哨音,大家就由水泥地上翻身起来,但因为有几个同学身体不舒服,主任决定只走三十里宿营——因如再过去是一上一下四十里的大山——大家心中有些悒郁。

欢歌着出了东城,张发组的同志在岩石上和墓碑上横扫直划的涂着斗大的标语,这样不知不觉来到黑家铺。在行李搬到宿营处后,各处散播着不够劲的埋怨空气,但因为是决定了的,各人仍兴奋着来进行今天的工作。

命令像阵风,很快的由各班长传来:"吃过午饭再动身,赶到延长宿营。"大伙儿欢跃起来,一阵热烈的呼叫"拥护新计划!"

在没有吃饭前，各团员仍去和民众谈话，教小学生唱歌，几十分钟，小孩子们便学会了几个小调，得意而悦快的唱着。

快一点钟了，离开黑家铺，走不上几里便是高山，这是我们出发以来第一座大山。我们的队伍本来是很有次序的走着，让迎面来的一群隆背骆驼一冲，过惯山地生活的，便趁机大显身手，直冲向前，走路经验少的便落了队，以致连杂务人员还不到六十人的队伍，拖长到七八里。几次地叫喊停住，前面的只是无羁的野马似的往前直冲，直到把山翻完了，才冲到山脚坐下等待，等了半点来钟，后面才陆续来着骡子。大家都说，这样是不行的。如果中途发生意外，怎能顾及。我们反对这种脱离群众的先锋主义。于是前头跑过的同志们，才在微笑中点头，算是默认错误吧。

沿途是以唱歌来加足马力的，一个冲锋上了二十里下了二十里的山，不久即完成这种任务。当远远的油井上边的建筑物落入我们眼里时，知道是到延长了。

进了城，由街上穿过，响亮的嗓子唱起歌来了，大街上的居民都跑出门来看这伙有的戴着眼镜，有的拿着洋琴的怪兵。

宿处是师范学校。边区四老之一的徐特立老先生鹤发童颜，神彩不改当日的来招呼我们。带着我们找房子，指导勤务打扫，殷殷的用不大关风的口语和我们谈讲着。

次日的街上张满了城隍庙演剧布告，但我们由经验中晓得，几张布告生不出多少力量，又把我们号召群众的宝贝——《打倒日本升平舞》拿出来了，这原来是群众的东西，群众一个一个着魔似的，跟着我们到了城隍庙，把一块戏台上的空地塞得水泄不通。

比过去多了的节目是拉洋片。这一节目使千来个的脸孔的肌肉都跟着他们的声调表情而颤动。笑出眼泪来的也有，哭出眼泪来的也有。

延长这地方是世界有名的石油产地,这一带的石油,可供世界百年之用。有一个石油厂创办于光绪年间,至今约三十余年历史,中间曾经外人主持。民国后收归国营,最多时每日可收油万多磅,但后来日渐枯竭。廿四年南京中央拨款开凿数十井,亦无所出,至今所出更少,乃技术关系也。

在政治上,延长是"统一战线区",与延安同样,为南京中央所管辖,但其所派县长,在行政上并无多大事故,民众武装力量,大过军队七八倍,"边区政府所派的县政府"所辖各区抗日自卫军有一千三百多名,不久前破获一个汉奸机关,是一家书铺,捕获汉奸四个,是山西日本特务机关派来调查此地工作的。

因一天公演,次日出发时,商会、师校送来了许多慰劳品。团员们第一次享受慰劳,分外高兴。在热烈悲壮的欢送声中,我们和延长,和延长亲爱的民众、同学、同志们分别。徐特立老同志,挂着泪又带着笑容地,特别送我们不少路。依然由延水伴着我们跑。延水的潺潺的流动声和我们的歌合着拍子,走到张家滩宿下营来,各人跑到山涧中去洗澡,涤除几日来的汗垢和劳累。次日,天方明,如往日一样的整装出发,所经过的地方,人家很少,沿途都种植着米籽和枣子。有时碰到热情的老农夫,摘了许多又红又大的红枣到路口送给我们。

由延安出发后,特别是到了延长,人人的心中都浮出一个鲜明的愿望,早日与这延水告别,与雄伟的黄河见面。不单为着真黄河的气势雄伟,此外还有别的让我们潜放在心里的史迹。

现在是已经离黄河只有百多里,而这百多里路程,又在我们的脚下缩短着。我们仍旧在山间小道上,蜿蜒而行,翻过几个山又到了更高峰顶,黄河岸边的山路,真是有些吓人,再加上走不尽似的,但第二天我们在最高山顶上看见黄河了,也看见了对河的高山,那些更高的层叠的山峰。这天是九月三十日,过河是十月一日。

一九三七年十月

初版《一年》,生活书店,1939 年

临汾

大家拼命赶路,不顾一天涉二十九条河,也不顾在黑山关里走三十里的乱石路,不起泡的脚,也起了泡了。天黑才赶到土门。第二天是双十节,可以到临汾了,临汾也许很热闹呢。土门要演戏,不让我们睡,我们又到戏台子上去。十点半钟了,男女老少来了五六百人。煤汽灯也借到了。远远的沉寂的黑空里,流荡着张可同志的嗓子,他在唱大鼓呢。接着演了《保卫卢沟桥》的短剧,吼声振动了山谷,土门的宿鸟全拍着翅膀起来了。狗四方窜着,老百姓含着眼泪拼命的叫喊:

打倒日本帝国主义!

武装保卫山西!

……

夜深了,走回宿处来,疲倦没有了,兴奋持续着,蜷在被里,一些人面,朴质的受了感动的人面直在眼前晃。可是不等天亮就又出发了。

临汾真是一个少见的大城呵!朦胧的晨曦里,它便以它整齐的长的雉堞和美丽的城楼在东方薄明的天空里向我们招引着。同志们都冻着鼻子,吐着白雾,唱着愉快的歌调,而且呼唤着:"加油呵!"

红旗在汾河上飘扬,太阳照着汾河的水,也打旋地流,船夫裸着身体,将大半截的身子浸在凉水里,泥浆敷满一身:

"吆啊！嘿啊！啊嗨……"

上下渡口看不到其他的船只，我们担心着我们的尖兵。

临汾城真是少见的大城呵！走近了看，更看出它的伟大。却只有少数的行人。队伍停在城门外，等着我们尖兵的回报。第二批又派了两个同志上县衙门去了。

看看快十一点了，肚子叫起来了。大家有点心急，今天是双十节呢！

奚如便和我一道到城中去看看，随着我们去的有长剑同志。大队仍寂寂寞寞地留在那里，稍稍含着说不出的懊丧。

大宁县曾给过我们意外的欢迎，离城二十里就遇到来迎的骑兵，五里外又停候着一群代表，有一千多民众在城外等候了一个多钟头了。第三天又照样的欢送。隰县的二十几个代表赶了八十里路来迎接。蒲县也是如此，但伟大的临汾城，却好像找不到人似的。

在一个广场上，一部闪光的包车驶过去了。街上的人告诉我那是县长，奚如和我不觉就趑转身追过去。长剑跑得快，先追着车子，将介绍信递了过去。他把这封一页的信纸，足足看了五分钟。我已经老早就站在他面前了。县长穿一套藏青色中山装，料子很好。衣服缝得很大，肚子仍旧腆在外边，圆头上放了一顶呢帽，颇有上海包打探的神气。他听到我说话的声音，才转过头来打量我一番，打量了我，又去望奚如。奚如满身全是灰尘，褪色的灰布衣，符号也成了灰色的了，背上挂了顶草帽，脚上穿了双草鞋；没有斜皮带，那斜挂的是一个黄色的干粮袋；小脸因为长途的劳顿，下巴更尖了。我呢，除了同他一样装束以外，更不顺眼的地方，却是我自己疏忽了的地方，就是："哼，看这女人。"

县长给了我们一句话："找第一科去！"不给我再说话的机会，他坐在车上便走了，车铃子清脆地响了远去。

不知长剑后来如何向同志们说了。到了旅馆后，一个一个的跑来问我是否要在这里停留，有的同志希望连夜离开这骄傲的临汾。

我的答复，起码的留下三天，三天之内，一分钟也不能空过。于是附带了交际任务的歌者们全体出发了。张发组的同志出发了。街头演讲的也出发了。

临汾驻了一团新兵，团长颇有改良军队的决心。团长来到我们这里，并且邀我们去谈话，商量军队的政治教育。临汾毕竟是个大的城，临汾有十几个群众团体，现在都来了。县长看见团长来过了，于是也率领着一些行政机关的代表来旅馆。县长带着几分惭愧，我也带着惭愧的心情，我们的工作太不够了，我们如何来报答这些希冀的心。旅馆不断的充满了客人。

有来谈军队工作的。

有来商量学生风潮的。

也有如何征集自卫队的问题。

最多的是抗战的前途。

一群航空员也来了，大家谈着前方空战的事情，有一部分人参加过内战，长征过的，他们似乎很喜欢谈起过去。

临汾常受敌机轰炸，老百姓大部分都逃走了，但仍有不少的人，夜晚我们在市场演唱时，那热闹就完全不同一个小城市。

军队里也去讲过话了。这是工兵，他们都不懂统一战线，但他们懂得要打日本的，到夜晚，庞大的临汾城都在议论着："战地服务团来了！"

清晨的菜市里，围的水泄不通，全在看服务团的相声和听演讲。

第二天的一整天都赴在各学校工作。

临汾中学生游行示威，驱逐不抗日的校长，校长请了武装在学校里弹压。

穿着黄呢军服,佩着指挥刀的战时妇女服务团也同我们在一道开会了。

夜晚,人都向一个地方流去,街道宽,有电灯,铺子全大开着门做生意,我们已全被他们认识了,走在街上时,人们都议论着:"去演戏的,战地服务团。……"大队开到关帝庙时,人已到得差不多,演出委员会的几个同志,也老早把舞台弄得整整齐齐了。这会是由牺盟会来主持的,演讲的人很多,第一个是县长致欢迎词。这县长说话的本领很不错,他把同我们见面的事提出来,他形容了一下我的样子,他不相信那便是我。我们都嫌他有些恭维过火,可是他博得下边的很热烈的掌声。但他仍为很多人怨恨着的,譬如临汾中学的被警察监视着的学生。那不过因为校长是他的亲戚。

人头从台脚下一直密密的展开到远远的墙角。五千个人头,一万只手,吼声振天,然而次序照常好。所以台上人只要大声点,远的地方也可以听到。

这晚上的观众,市民占大多数。

嗓子都喊哑了,兴奋的红色在脸上浮着,眼睛放光,台上人同台下人打成一片,一致的向着光明的勇敢的精神,把人群都伟大化了,这印象将成为最美的,最可纪念的留在人心中,因为在那个时候,人有过比平日不庸俗的感情。

十一点的时候,背着包袱从那群不忍离开的人群中跑回来了,因为临时来了电报,十二点火车在站上等着我们。

火车站在明亮的灯光下静静的睡着,一条黑的灰尘的道上我们无声的赶着路,别了,临汾!伟大的城啊!

我们上好了车厢时,一列专车从南方开来了。车上荡着斗笠的行列,送出雄壮的歌声。有装着马的,有装着子弹的,灯光照在那些人脸上,啊!是一百二十九师的队伍开上前方去的啊!什么,政治部,张浩同志,啊!好极了,我们要一道去打敌人,我们去攻打啊!你们这些英勇的光荣的一百二十九师啊!

呜……呜……呜……

灯光远去了,列车沉沉的向前进,向着有炮火的地方前进。月亮落到了车上。不知疲倦的这群孩子们,在动荡不息的车厢里,吼出了更大的歌声。

一九三七年十月

初版《一年》,生活书店,1939 年

冀村之夜

在太谷的热闹的礼堂里，开完了晚会退出到街上，恐怖的空气便又袭击到身上来了。动员委员会工作的同志，拿不定主意，老百姓仍速急的上紧了门板，黑暗的街上络绎着骡马，退下来的队伍无声的向南急走。打听不到什么消息，我们在黑暗中回到宿处去，十里路的大道上，没有断过队伍，急慌慌的过去了一群多的，又来了零落的小队，大家心里全明白，前线的战局一定不好，不说话，我们等着消息，不怕。

第二天十一点钟的光景，消息来了，差到太原去的克寒同志回来了，急忙的打开了讬事簿，慎重的念着：

"第一，立刻离开太谷，丁玲带领能跑路的向东走，奔和顺县辽县，找一百廿九师。奚如同志带领体力弱些的奔汾阳，找总政治部。立刻动身。

"第二，途中不许耽搁，以速取连络为是。

"第三，丁玲此去，不知如何，可与××游击队一道走，好有照应。"

克寒来不及说别的话，便背起衣包进太谷城，赶上临汾的汽车。这消息坏得很，因为太原榆次都只在旦夕。也许有人心中惶急，但大部分人听说向东去，向火线上去，战争的气息临近了，又微微感到快乐的不安。

下午一点，战地服务团成分了两个队，一个向东一个向西，也没有时间给我们难受，扬了一扬帽子，队伍便前进了。

我们这伙人有三十三个工作人员，和十二个事务人员，小驴子归了我们，因为去汾阳是大道有车可雇。

按照着地图一个村一个村走去。到太原后一向行军都在夜晚，也从没有唱过歌，这次是下午，这些不知愁的又唱起来了。经过一个大村子时，还向村中寥寥的几个乡民打了一段莲花落，山西里的天寸大，看看太阳在遍西，目的地的范村还在远远的烟雾里。

这晚却没有住在范村，在离范村七里地的冀村便扎了营。

到东北游击队的住处去，院子里挤满了人，在弄晚饭吃，房里也是人穿来穿去，仿佛很严重似的。

"我们有两个办法，……"类似军师似的西垣先生，用指头在桌上划着，正司令和副司令两个魁梧的个子坐在旁边静静的听，后边围了几层人。

"消极的……积极的……"

看得出他们只在告诉我，并非征求我的意见，并且也看得出这已非他一个人的意见了。

原来范村驻了一连第 × 军的溃兵，企图抢掠，游击队的前站已经到达了那里。把这消息传送了来，因此他们便商量如何来处置这事。

我极端不赞成那些积极的办法，我也认为消极的不全够，我赞成写信去劝导他们，一方面我们要求得自卫，但我绝对相信，他们不致来惊扰我们的。

表面上我的意见被接收了，实际上要采取积极的办法也不容易。我们一共只有八九杆短枪，我们是三杆，他们约有五六杆，我们是四十几个人，五六个是有作战经验的，他们虽说有我们两倍的数目，可是只有司令等几个人是做过军官的。

大部分的同志已经睡了,我便不打扰他们,可是多糟糕的房子,连一个后门都没有,管理员本是一个老革命,打游击出身的,他垂着头答应我实在找不到房子。院子里的墙并不高,只是墙外的院子仍邻近大街。几个力大胆大的同志,和几个有作战经验的分担了今晚的警戒,一个钟头换一次班。三个人一班。

没有风,但仍旧是非常冷,黎黑的夜晚,远处时时传来狗叫。

有几个女同志没有睡,也许这新消息有点使人兴奋吧。因为他们同我住在一间房子里,知道一部分事情。

我们正在说着的时候,忽然听到枪托顿在地上,同时一个粗暴的声音:"进去!"

那位西垣先生拿着一杆枪,押住一个穿便衣的进来了,他只说了一句:"请审问一下。"急步的又跫身出去了。

留下了一位陌生的兵士在房子里,这位兵士真不愧为一个老油子,穿着一件灰呢长袍,漂亮的缎子裤,口袋里钱很多,是一个连长的符号注明他的身份,很会说一套军士职责保卫国土的大道理,然而一望而知他是打劫了老百姓来的。

××游击队的人却在村口上把连长劫下来了。连长随着他的队伍在抢掠了范村半条街,三十家铺子以后,便向南走来了,埋伏在冀村门楼边的十几个游击队员,无声的放过了大队,但在后边马上的连长,离大队有十来丈,一下便劫下来了。

连长一点也不明白这里的情况,真的以为这里是八路军,一方面怕,一方面倒又放心。

××游击队安顿了连长,便又去到村外边,把停在那里等待连长的队伍叫了回来。这队伍回来,就歇在靠近我们大门的街口上,鼓噪着要他们的连长。

××队又把夺下来的六枝长枪,以及连长身上的短枪,配合老百姓在那边街口上布置好了,那边是通到村外去的一条小路。于是他们来同我商量。简单的告诉了一点情形,主要的是希望我们能派几个同志去向那群兵士谈话,做点政治宣传工作。而他告诉我的是那些兵士们已经解决了。

我非常反对解决了他们,我一方面要求不能这么办,一方面我就派了六个同志去作做工作。应该安他们的心,告诉他们一定还他们的枪送他们回去,一道去打日本。这六个同志当中有两个是女的,因为我们这里的工作,向来是不分性别的,但我清清楚楚听到,当他们六个已走到大门口时,那位跟在他们后边的西垣先生却说:

"……就牺牲点色相也不要紧的……"

这六个同志走到了兵士们面前时,才知道他们都还握紧了枪呢。但我们的同志都是不懂的惧怕的,便上前向他们解释,但兵士们却吼着:

"既然中国人不打中国人,那就快些把我们的人放出来,好跟我们走。"

这时有个兵士到游击队住的屋子里去了,他背的一架轻机关枪没有缴下来,同时他身上也还有手榴弹。他一见连长就说:

"走吧!干起来算了。"立刻他就去掀手榴弹的盖。

"砰"的一声,那举起的右手便垂下来了,上面有殷红的血流出来,但立刻又把落在地上的手榴弹捡到左手里。于是接着两声枪响,这个高大的汉子便像只狗似的躺在门边地上,再也不说一句话。

这几声枪响骚乱了外边的弟兄们,咖啦,咖啦的上着刺刀,嘈乱地喊着:

"缴枪么?想解决我们么?那不成!

"连长一定被他们打死了,弟兄们,干起来吧!"

"哼!还说大家一家人,中国人不打中国人,你们哄谁呀……"

六个人还到街口上尽力的大喊着,他们想压平这骤来的暴乱。

"同志们,看我,"苏星知跳在他们面前,大张开一件破羊皮大衣。"有没有武器?再看,我的同伴们,不都是空着两只手吗?要是想解决你们,我们连枝手枪也没有还敢来么!如果你们不相信,尽管开枪打吧,我决不逃走。来呀!"

兵士们安静些了。但要求速急释放他们的连长。

这时连长却出现了。连长对他们演说,下命令要他们缴枪,他们立刻便缴上了,虽然全部人都不愿意,很多枪都拔去了枪栓。因为他们下午就听得冀村驻了一个司令部,和一个"团",自然这司令部的内容,以及"团"的内容他们是不明白的。

这些人便被开在一间房子里。

六个同志回来后,我才知道一部分情形,但我们却反对这种违反了统一战线原则的处置。司令和西垣先生被请到我的房里,我们提议交还枪,办法是派人到太谷县第×军的办事处,要他们来领枪领人。因为士兵们犯了军纪,所以留在此地劝劝他们的,或是把人枪都交给冀村的村长及离冀村五里路的动员委员会。我们很高兴我们的意见立刻便被采纳,心里打算这末弥补一下大约是比较妥当的。于是留下三个守卫的同志便睡下来。

我在床上躺了一个钟头,起来看见李唯同志还没有睡,我便要他再去打听一点信息。他回来得很快,告诉我说××游击队已在准备出发了。要我们快些,准三点出发,我问"人呢?"说还关在屋里。"如何打发呢?"说每人发二元钱。事实很明显不能挽回了。原来当面答应的话是哄人的,但我们却还不能不同着一道走。

夜静的很，人和大车在平原上速急的，无声的走去。偶尔有几个手电灯的光划过空间，落在草地上。北斗星斜横在后边，送着我们。也许有人感到胜利的欢快，但使人不愉快的是留在冀村那间房子里的寂寞的歌声。

范村有老百姓送饼来吃，因为听说那些抢劫了他们的人们又被我们抢劫了。他们说应该表示一些感谢，然而这范村虽说是一个修建的很美观的，却仍是荒芜的。

在第二天大家互相见面时，却无话可说。战地服务团的一大半同志在听说了昨夜的事，除感到惊讶以外，也是满肚子不舒服，大家同着走了三天就分手了，听说后来他们曾打电给第×军军长，解释了一番，算是平安无事。

附：这篇纪事也许有人认为把游击队没有写的很好，但须明白（一）这游击队是刚刚组成起来的。（二）组成的份子是学生和旧式军官。（三）这是抗战初期的情形。（四）游击队是好的，但难免偶尔也有不好的地方。

初刊《文艺阵地》1939年第2卷第7期

孩子们

洪洞城里的特色,至少在这时的特色,是只是灰色的人群。那些兵没有事做,满街蹓达,房子少,饭也摆在街上吃。老百姓逃了十之八九,剩几个老头在街上卖东西。我们一到,同牺盟会和县政府接了头,主要的工作是维持军风军纪和争取老百姓回城。第一天全体工作,一齐向军队出发,上至总指挥,下至士兵马夫。工作非常容易做,因为士兵全闲着,远远看去,街上这里围了一大团人,那里围了一大团人,有的看我们画壁画,有的在听我们教唱歌,也有看唱花鼓的,也有听演讲的。接着这些人都跟着到我们家里来了,翻着救亡室的东西,翻画报,玩棋子,找我们同志聊天。晚上参加我们的晚会了,规规矩矩,关帝庙里挤满了人头,大树芽上挂着的是人,屋背上蹲着的是人,但次序都非常好。观众们十分之八是兵士,我们利用了这个时候教会了他们两个歌。夜晚十二点还不放我们回家,大家喊着要听讲话。第二天的工作便转了向,是对老百姓作工作了,那天晚上的晚会,老百姓就占了百分之六十。城里老百姓加多了,可是老百姓都把小孩子送来了。有的太小,大姑娘也要参加战地服务,为了我们环境生活的条件,只好又送了他们出去,如同送回那些来参加的士兵一样,可是却留下了一部分小孩,我们拟增加一个儿童队。仔细一问,这群小孩都是颇有一番来历的，现在稍稍写几个在后边。

第二天的上午，院子里忽然增加了一个小孩，他一看见我便举手行了一个礼。接着程远明向我介绍，说这是他的新朋友，适才在街上认识的。原来程远明在街上教唱歌，他们站在底下学，他学的最快，马上就被程远明请去做了小先生，两人谈得很好，他就跟着到我们这里了。他的意思是要参加服务团工作，程远明也希望我能答应。他实在生的漂亮，又活泼，他是一个五年级的学生。我想他是有些恨我的，因为我反问了他："你的爸爸妈妈知道么？"他一声没有答应我。

下午，他找了一个牺盟会的同志为他说情，他的父母住在离城六十里的地方。牺盟会的同志告诉我："你不带他走，他也会逃走的，已经逃了两回了。他父亲就没有办法把他弄回去。还是你们收容了他吧。"

但我的意见仍是要去征得一下他的家庭或是亲族的意见。然而小孩却不肯走了。他就住在宣传股程远明那里，他顽皮的说，你们到那里我就跟到那里。

详细的打听了半天，知道他是模范小学的学生。学校已经停课了，却被我们找到了一个教员。那教员是受了他父母之托的，那教员很热心地述说了关于他的许多往事，他的结论是："这孩子是留不住的，他是日日夜夜要打日本，可怜他父亲几次进城来，母亲日夜在家里哭，一看见军队就要跑去当兵。他们也不企望留住他了，只要有个好出处，我看还是请收留他吧，他到了你这里，我也好告诉他父母些，就是这样，就是这样。"

他叫张百顺，十三岁，做了儿童队的队长。与他相仿佛的是张如亭，十二岁，他的父亲亲自带着他追赶着我们，走了七十里路才送到。在清油灯底下，看得见这小孩有两颗大眼睛，不大说话。他的父亲诉说着："现在的世界不同了，这孩子一点感情都没有，家里谁不痛心他呢，可是前年他就跑过一次，要去当红军，把我们吓死了，把他关了两天。去年他又不知怎么偷了五块钱，搭火车到西安去，幸好在临汾就碰到了他舅舅，才把他押了回来。他说要到西安做童子军。昨天不知听了谁说，又偷着往你们这儿逃。我本来想再关他几天的，后来别人告诉我，你们这里的一些好处，我心一横，心想还不如放在这里我还放心些，我只希望您好好教导他，常常有信息回来就成了。"

"你是这么顽皮的么？"我一边抚着他，一边却对于他的勇敢、坚决、追求光明的精神，起着很大的崇敬。我安慰着他父亲说：

"包管在我们这里打也打不跑的，要他一个月至少写封信回家。你尽管放心，你看我们这里的孩子，好。明天我们还不走，你就住两天吧。"

这孩子才十二岁，能够在墙上写标语。温和得很，看不出是那末一个顽强的孩子。

其他一个就是李强林。这孩子最使我们没办法，他本来也是他的父亲送来的。可是临走时又变了卦，我们就让他带回去，孩子却跳起来哭。父亲是个乡下老头儿，也坐在那里哭起来了。我们劝父亲，说道理给他听，他点着头，但却硬不起心肠走；我们劝孩子，孩子什么都不听，只是宁肯死也不肯回去。好好歹歹父亲哭着回去了，我们答应他过几天来看儿子。过几天他又来了，住在我们事务人员处，哭，他弟兄三个就这一个宝贝，他不忍强迫把儿子捉回去，又怕捉回去了儿子哭。这老头诉诉说说、哭哭啼啼，弄得事务人员都来替他说话了；可是无论如何说不动儿子的心。李强林撅着嘴只有一句话，如若将来被日本人杀死，不如现在死。自然是小孩的话有道理，而且又倔强，我们也没有办法，老头子才又回去，这一回去就没来。后来临汾紧急时，我们准备到运城去，在临汾车站上忽然遇到了这老头儿，他特别赶了来送儿子的。他含着眼泪说："你是对的，你好好的去吧！我老了，东洋人来了我就到山上去，没有什么用了，将来你们打了胜仗，你回来看看吧，你要知道你祖父就只你这一个孙子，传宗接代，祖宗烟火全靠着你啦！……"

这些个儿童几乎都是有了一段奋斗历史，他们是聪明的，有能力的，坚决的，自从他们来后，固然我们增加了许多麻烦，可是增加了很多兴趣。

一九三七年十一月

初版《一年》，生活书店，1939年

忆天山

为什么我要特别的写一篇关于天山呢，原因是我们吵了一次架，天山曾很厉害的生我的气，动了很大的感情。我也认为很可惜，不得不严肃地对待了他。但原因还不止于此，加重了使我不忘记他的，还是他能努力压伏自己，到后来，终于了解了我。到汉口时他写了一封诚恳的批评我的信。后来，因了彼此工作忙，音讯就少了。偶尔也听到他一些消息，见到过他几篇文章，但总不能忘记他是真的。

我们是在延安认识的。一九三七年春天，他到抗大来念书，同着两个同学来看我，倒是一个青年作家。第二天他送了我一本《铁轮》，太厚，放在那里了。有天拿起来一看，目录太多，题材太大，记得是分三部：动荡的都市、崩溃的农村，及新的土地。天山身个子很小，联系的想来，不免有两个感想，一个是这本书可能写得不很好，以他的生活经验和知识，绝不能担负起这么一本巨著的重担。第二是他的努力和雄心使我感动，也许就是将不能负担的重任加在了自己身上，不顾苦思焦虑，才会那么瘦小的吧。后来他便常常来我这里，谈一点文学上的问题。我以为抗大于他不十分有趣。

战地服务团成立后，他便是通讯股中之一员大将，又是助编剧本，他还能演剧。可是因为忙，闲谈倒减少了。又因为工作上的关系，直率的谈话是不免的，互相之间也许有过不满之处。我常常觉得他多疑，度量不大；他也曾批评我对人冷热无常，我听了又嫌他不从工作上着眼，只注意人事。但我总相信我们之间是没有芥蒂的，而且因为相互对工作的态度，友谊只有更深刻起来的。

记得是这么一回事。天山有篇文章，本是指定他写，放在生活集子里，但他却因为我头一天有使他不满意的态度而发起牢骚来。当时我就要他们讨论讨论，大约全股又批评了他一下，并且大家议定要给他一个口头警告，自然仅不仅仅是这一篇文章，这差事又派定了我去执行。

我是比较了解他的，我就打扫了一番心情等候着他。

他走进来的时候，脸上盖满了木然的忧郁。我便向他解释一番，并且把错误多放了一些到我的身上，然而他成见很深，不大说话。后来我又宽慰他，并将大家对他的批评传达了。于是看得出他激奋了，他从口袋里抽出一张红色的粉连纸交给我，并且向我说："我要求调换工作。"

无论我站在什么立场劝他，他都不更改他的主张，顽固的相信是大家有意要打击他。于是我也生气了，我大声同他说话，并且警告他这样的态度，不相信人是不对的。他终于也大声的答复我，并且冲出去了。

结果在这天下午又决定了给他一个书面警告，并且发在各小组讨论。

这在天山的确是一个打击，恐怕在以前从没有受过如此严厉的纪律生活，但决不是谁同他有仇要来做他一下，天山本是聪明人，却这样执拗，当时我虽一面责备他，心里却十分替他难受的。

后来他又承认了，把要求调换工作的信也收回去了，文章也改了，平安的过了几天，自然他还不能立刻恢复他的活跃。

恰巧后方有电了，要调他到汉口去。我便叫他去见任弼时同志。在我的意思是并不想放他走的，但为了更重要的工作要叫他去做，我只好不发表意见。天山回来后很感伤，在我的面前流泪了。我也感到在我们吵架之后分手是有些遗憾。我便又解释了几句，可是他回房后却喝醉了，又说又哭的闹得全股空气颇为不好。我便又对他不满。

三天后，他便走了，在走之前，我们开了一个欢送会。他始终很沉默，直到散会时才唱了一个日本歌。他含泪凝视，声音颤抖，很多同志受了感动，同时也使部分同志感到天山的意识太知识分子气，不舒服。我也是不舒服的一个。到晚上我就拿这个批评他了。第二天他走时我还在说他。我觉得在一块的时间少了，我就越想趁着多说一点。一星期来的天山，我实在同情他，又实在不满意他。我很不放心他独自在一个陌生环境，同一群年龄比他大，世故比他深而却还要在那里开展工作。

他走后，才有人告诉我，天山对我有说不出的怒恼，他疑心是我不要他将他调走的，所以他非常灰心，但我想这是不重要的，终有一天他会明白过来的。果然不久他便写信给我，汉口的朋友也告诉我天山说他曾误会过我。最近克寒来信说起他在××军，在江南前线去了，很为安好。我不觉很快乐，但我每一想到他，就不免想到我们过去的争执。做工作负责，在集体中受磨炼，克服自己，真是不容易的事呵！

一九三七年冬

初版《一年》，生活书店，1939 年

马辉

雪渐渐的大起来了。没有太阳,不知道正确的时间,但根据行程的里数,和肚子的饥饿,总是下午两点钟的样子。据说离宿营地只有二十里了。人堵塞在沁源县南城外的山口上,牲口车辆都朝这里挤来了。服务团的同志们唱了一个歌又一个歌,送着赶上前去的队伍,大家都嘻嘻哈哈的笑,显得很高兴似的。

沁源城内我们虽没有进去,只刚刚所走过来的那段大街,就很使我们满意的:人口稠密,看样子老百姓没有逃走许多,市场上颇为热闹。这是自从离开太谷以后所见到的最大的地方。

因为要等牲口过完了才能走,我们就在那山口上的雪地站了半个钟头。我打听到宿营地是一个小村子,而且第二天准备休息,于是我便决定我们队伍留住在沁源城里,因为我以为我们可以在城里做两天工作,而这是个非常好的地方。

同志们一听到这个消息,吆喝着整齐了队伍,转身便朝城关走去,踩躏了的又滑又陡的山坡,俨如平地般,而且加快了速度。

临时找房子是比较困难的,我便打头里走。在拥挤的北方人拥踵人丛中,我忽然发现了一个穿旧中山装的青年,戴一顶旧蓓呢帽。我抢到前边,便朝他问路:

"牺盟会在哪里？"

"我也是刚到的，我也要找牺盟会。"他似乎不愿理我一样的再向前走去，可是立刻又停住了，"你们不是西北战地服务团么，你们那里有个李唯同志么？"

一听口音我明白他是一个东北人了，我便告诉他李唯在后边。他实在是一个没有礼貌的人，一下就跑了。

牺盟会，住在一所有大院子的古庙里，我们住在自卫队住过的地方。整团的人住在一间房里还有空。一住下，他们就送稀饭来吃了，还送了一炉火来，一些臭鞋子便在炉子四周冒热气。在那些热气里透出几副愁苦的颜容，因为有几双鞋子破得实在不能走路了。

雪稍稍停止时，大半的人便都上街了。满街的老百姓都围着我们的同志。我回来时却听到屋子内大笑的声音，原来马辉同志来了。马辉就是我在街上碰见的那位中山装同志。他似乎同全屋子都是熟人，他并不会说话，大家却很喜欢他。实在那样子并不漂亮，眼睛很小，头发很长，个子矮，面皮黑。他也不须人介绍，很随便的同我谈起来了。但不久他又走了。我问大家，大家还不知道他的姓名呢，也不知道他来这里做什么。可是一转眼他又来了，带了一大包鞋子来，是这里的群众团体送我们的，自然是马辉看见了我们的情形，动员了来的。而且新接事的县长，学生式的，同着青年的兵士式的公安局长也来看我们了，在他们后边的是一只死羊和半只猪。我们很明白马辉出得力量。

晚上我们演戏，马辉在前台后台忙着，像一个老团员似的。他表面虽然有一点吊儿郎当，但使人感觉的却正相反。

第二天大家忙了一天，第三天行军时，我们又看见他了，他在我们当中走着，后来又岔到前边去了。我们知道他是牺盟会的巡视员。

他去的地方，也就是我们要去的地方，所以我们每到一处，都有预备好的房子等着，预备好需要我们做的工作等着，这实在于我们许多方便。有时，他走了，有时，他又来了。来了总是快乐的笑着，快乐的谈讲。他的工作似乎很忙，但总要来我们这里玩玩。牺盟会有房子，他不住，晚上挤在我们的总务股，缺少被褥，又缺少火，可是马辉不管这些，他成了我们中之一个了。

我们离开了赵城以后，就没有看见他了，听说他是到蒲县、大宁一带去。后来我们还走过好些地方，但每到一处总不会没有人说：

"要是有马辉在一道就好了。"

马辉在我们的记忆里，并不崇高，却亲切。我们对于他的生平，一点也不知道，我们同他一道的次数，也只是有限的几次；然而马辉好像我们老朋友一样，说起他来的时候，决不须要："那个牺盟会的马辉同志。"或是："就是那个在沁源城内我们一道翻雪山的东北人。"我们之中，不管谁说着他的时候总是简单地说："马辉。"难道马辉你还不知道是谁么？

当我们忙于陕西的时候，只要有人从山西来，我们就详细的问着关于山西的一切，于是马辉的消息来了。据说是日本兵到蒲县时，马辉提议代领全县武装队伍和壮丁上山打游击，县长是赞成的，公安局长也假装赞成，然而却反去约了日本人，先把县长和马辉枪毙了。这消息我们也没有办法证实它是否确实，但也能武断它是谣言，因为在中国，要找杀友卖国的人，还不算太困难。像这样的公安局长，似乎也不只马辉一人碰着。而且像马辉一样死去的青年，也听到过。中国是怎样的一个国家啊！

现在是我们，无数的马辉，以血、肉、骨、灰去抵抗强权，埋葬丑恶的时候，就用这些血肉骨灰堆积在旧的脏的中华国土上，而新的光明的国家就在这些血肉骨灰的基石上建立。马辉！你虽说死了，也许死得很冤,死得太早,可是你不是孤独的,我们和你永远同在,未来的幸福的社会的出生,是少不了你,也少不了我们的。马辉!你安息吧!

一九三八年春

初刊《文艺突击》1938 年 11 月 1 日第 2 期

杨伍城

——我的第二个"小鬼"

翻着大嘴唇,站在房子中央,大声的嚷着,眼睛谁也不看的,不过我知道他是在同我说话:

"要换就快些,打条子给我吧!我要上队伍去,扛枪就扛枪,我又不是没有打过仗的,我是要向前方去的啦,不打条子,我就开小差,那时莫怪我……"

脸气得红红的,浓浓的眉毛蹙紧在一道,额头就显得更低,以这样的态度来对我说话,还是第一次。我知道他并不是发疯,是因为昨晚奚如故意同我说来吓唬他们的话已经发生作用了。原来自从奚如夫妇搬来与我住在一道后,杨伍城、宋千友(奚如的小鬼)都变得顽皮了,两人常常闹着玩,吵着玩,打着玩。同他们谈过话,批评过他们。但每次好了一刻工夫,接着又闹下去了,所以奚如就同我说了如若要到前方去,这种佻皮的小鬼,非掉换不可的话。杨伍城就是因为听了这种话来同我吵的。

而且使杨伍城生气的还不止此的,而是他对于我的愤恨,因为一向来他对我是够忠实的,忠实到我不满意。现在当我准备到前方去时却想抛弃他。在他看来,是非常之使人生气的事。所以他不惜以那种凶暴粗鲁的态度对我了。

只消几句话自然就把他说平静下去。主要的是他知道他可以不走，他现在已是战地服务团的一份子了。于是他的脾气又在转好，规矩了几天，又干净起来了，又在学着写字，最使他忙着的还是找老百姓做袜底，打草鞋，并且忽然把我的称呼改了，把丁玲同志的名字改为主任了，他很高兴这名字似的。

他刚来的时候，是颇为阴暗的一个孩子，成天不说话，你一看他，他就把脸偏到一边去。有时候有了一点菜或糖果之类的东西，叫他吃，他总是不吃，留给他，他仍替我留着。有几次我开会去了，或者在别的地方谈得久了，延迟到夜深才回来，而他还没有去睡，坐在我的桌子边打盹，一看见我回来，趱转身就不见他了。可是等不到我睡下，他便把茶水都弄来了，使得我非常抱歉，我要他莫这样，告诉他我是可以马虎的。他又说话，或者就羞涩的好像是在申辩什么似的咕哝着。

有一天下午，那时奚如还住在城外清凉山下。我到他们那里去玩，几个人邀着去吃了一点酒。本想趁着月亮回城来的，谁知河水骤发，奔涛骇浪，几里路外都听到霍霍的吼声，使我不得不留在他们那里住宿。第二天等吃过了早饭，我们就走到河边去看，桥梁已经冲跑了，几处安置着大石块的地方，也被淹没了。浑浓的黄泥水，汹涌的急流着。两边岸上都等着急待过河的人们。就是有些不过河的人，也挤在这里看涨了水的河流。忽然我们发现河那边的水里，有一个黑的东西在浪花里翻滚，河那边人们都似乎集中在那黑东西身上叫嚷；我们这边也有人叫着了：

"是马，是马，可以过河的，可以过河的！"

但马似乎露出了一个头，骑在马上的人也有一半埋在水里了。水流凶猛的冲激着马身，人马都显得很慢得异常吃力的在那里挣扎，两岸的人大约都在替他们担心着吧。

"你可以骑他的马过河去了。"朱慧这么向我说。不过我却告诉她我是没有勇气冒险的。老吴也劝我再住一天等水退了走不迟。我们就等看那人马过河来了回去。慢慢的，几乎很危险的几次，常常都觉得马身偏了下去似的，半天，马也就靠岸了。我们正预备转身走时，朱慧忽然认出那从马上爬下来的孩子，她惊奇的叫了：

"杨伍城，是杨伍城，丁玲的小鬼咧！"

我审视一下那个衬在沙滩上的影子，也辨认出来了。我们便走下去看他。他羞涩的一声不响的牵着马朝我们走来，人和马的全身都湿淋淋的，水就沿着马肚子和衣襟往下滴。很多人都争着问他话，尤其是朱慧。他也不答应，只大声的命令：

"回去呀！走！上马！"

"这样深的水，怎么好走，你不要给丁玲死了。"

"回去不回去呀？不怕，水不利害。"他有点生气的样子似的，回过头去望着河。

我也去望望河，河水打着漩涡吼着往下流。我的头是容易晕眩的，我踌躇着不做声。

杨伍城又牵着马靠近了一步：

"这马乖得很。这样点小的河也怕，你没有看见大渡河呢，四川的河多得很。骑上去嘛！这边来！不准动，死马！"

"好吧。"我决定了，我想大约没有什么危险的，因为我不愿意让这孩子难受，也许不会因为头晕而从马上掉下来。至于从马上掉下来后将有如何结果，我就不敢去想了。

奚如还在挽留我的时候，我已经坐在马身上了。杨伍城赶着马身下了水，还在喊我：

"不要管它,让它自己走好了。过去了,随便叫个人骑过来接我!"

我总是一声不响的夹紧马身站在镫上,眼睛不敢往下望,呆呆的望着顶远的地方,后边岸上还有人同我说话,但河水把那声音打断了,我也就不去听。走到水深的地方,两条腿就全浸到了水里,黄泥水溅得满脸都是,我也不管它。不知过了多少时间,总算到了岸。这时杨伍城还站在我下水的地方,大约奚如、朱慧一定也站在原来地方等着我的平安。

凡是常来我住处的人都知道他的执拗的性情,他的笨拙,同时也知道他对我的忠实。

他虽说对我好,我只能同情他,却不能爱他,我最不满意的就是他的那种奴隶性的忠实。无论我怎样同他亲近,教他认字,同他谈天,启发他,希望他对我是同志的态度,而不是主人的态度。后来他胆子是大些了,却只是顽皮,更使我感到懊恼。我试用过一些法子,觉得他的进步是很少的。我常常想他是应该到部队里去的,做勤务工作于他是不适宜的。他从前就背过枪,身上有过三处伤,他常常很骄傲的给我看过。

现在他是西北战地服务团的一员了,他穿上最近领来的一套新军装,时时玩弄着皮带,而且鼓动着:"上前线去,上前线去,总得去领枪嘛!"

每天他们有几项课,他在班上的时候多,我想他一定要在集体的学习中进步了。我看到他注意着写字,注意到唱歌,我觉得我比以前喜欢他些了,战地服务团一定在他的生活上是一个转变。

但这并不长久,他总是有几天好,有几天又坏了。战地服务团后来对事务人员的教育是进步了,但在开始的时候,总是不得法,而且每天的行军、工作的忙碌,也是一个很重要的理由。他的精力常常想到没有使用的地方,于是又要闹事了。所以在后来遇着一百一十五师的时候,我同他商量了一下,便在他的高兴之下送到师部里去了。但他走时却没有向我告别,我有过点难受。幸好几天后他又来看我了,来的时候非常快乐和亲热,我也就释然了,并为着他的前途高兴着,他是比较适宜于队伍的。他将为一个勇敢、忠实于抗日的战士。现在我到西安来了,他还留在山西,辗转征战,每次我一听到山西打了胜仗,尤其是一百一十五师打了胜仗的时候,我就会很自然地想起了他。

初版《一年》,生活书店,1939 年

西安杂谈

在万安镇,决定了答应西安各团体的邀请,到西安去的时候,开了一次大会,讨论到西安去的意义,和在西安如何开展工作;接着又专门讨论了一次巩固和扩大统一战线的问题。临走时,又做了一次测验。三月一号过了黄河,住在潼关的一家棉花厂里。又把所收集的西安情形向大家报告了之后,我便偕同高敏夫同志先到西安了。

陶渊明不为五斗米折腰,是有气节的,然而我似乎却为了两元钱一月的津贴,每天在衙门前递片子。这种生活我是不惯的,成天东奔西走,四方求见,在有卫兵站岗的门前,在传达室,在走廊上,伫候的心情是不好受的,但是我忍耐了,没有人看出我的勉强来。而且我接见宾客,我把话重复着向每个客人详细解说,我很和气,深藏着我的疲倦。两天之后,大队来了,住在省政府指定的地点——梁府街,女子中学的旧校址。西安的人士是欢迎我们的,我光荣的赴了西安贤明人士代表们的欢宴;长安县县长和杨明轩先生都给了我们许多奖励和指示。服务团的同志每天分组的出席了各种联欢会、座谈会,然而也有一些小的不惯常的事发生,那我们对这些事是如何处置的呢?

女子中学虽然属于陕西省教育厅的,这时里面正住着战时青年训练班的办理人,不过还没有开学;和通俗读物编刊社,以及教育厅的几个职员住宅。服务团的大队到西安的时候,已经是黄昏,派了两个同志进城来找我,全体便在车站的月台上等着。冷风吹打着他们,一天没有吃东西,等搬到宿处时,已经九点钟。住屋里的电灯泡取走了,没有用具,没有铺盖,没有草,原来有的都清检在一间屋子里锁着。而且没有水喝,后来在街上买了一点来,但要洗脸洗脚就没办法了。在山西的时候,大半住在老百姓家里,有时也住学校。受惯了老百姓的殷勤的同志们,现在在一天的劳顿之后,肮脏的蜷坐在黑屋子里地下,不敢大声谈一句话(因为怕妨碍别人),而且还要解释,惟恐有人心里不舒服。但因为我们是有次序的,我们是不怕麻烦的,我们能够吃苦的,不注意小地方。第二天我们交涉到一部分铺板,第三天交涉到桌子、板凳,后来都交涉到了。电灯没有,我们在西安期间就全用洋蜡。虽说邻室很辉煌,然而我们很满足,洋蜡比清油灯已经亮多了,五个人共一支很够看书的。

  第一次的公演,省党部帮了我们很多的忙,譬如剧本的审查,因为我们是临时写的,直到出演前两天才交去,我们那时还不懂得写呈文,可是省党部很快便通过了。戏剧审查委员会也来不及看剧本,就在预演时来看了一遍。警备司令部公安局在演出时来向我们要团体登记证,也因为我们是旅行团体而不深究了。这里充分的看出了我们,对西安环境的不熟悉,工作的疏忽。尤其看出的是,当局者对救亡的宣传工作之扶掖和爱护。这实在是值得赞仰的。

  后来我回了一次延安,同志们在西安又作了第二次的公演,因为过于劳顿的缘故,三分之二的同志都被招待到防疫医院里。这时却忽然接到了省党部的即日离开西安赴山西前线工作的通令。这时《抗战与文化》(叶青等主编的)上也讥笑"某"战地服务团不在战地工作,而逗留西安的不当。同时,也有旁观者表示了愤慨:战地服务团来西安的时候，正是日军炮轰潼关，西安岌岌可危之时，人心惶乱，忙着迁移，而战地服务团在这里做着稳定人心，加强抗战信心，号召广大人民参战的工作的时候，却有人出来说这种坏话，挑拨团结！但我们对这事是非常冷静的。我们是愿意离开西安的，我们愿意接受当局给我们的命令，于是我们准备着一切离开西安的工作。

然而新的问题又来了，有人说我们的标语写坏了，说是写了"争取国防友军"，即使我担保没有写，也不成，须得调查，就调查吧。我把所有的街头标语、漫画的内容及地点都抄了去，把在北大街的一条"争取国际友军"的标语也抄了送去。可是在那天的夜晚，标语被涂抹了，同志们清晨操早操去，看见泪似的白色水滴一条条挂在那些模糊的大字上，有的是煤炭涂的。但有人却说是我们自己涂的。也无人负责追究到底是谁涂的。于是同志们又流着汗在太阳下继续去写，而"拥护蒋委员长""拥护抗战建国纲领"的标语，也就继续的在夜晚被涂去。每天清晨，同志们都懊丧着脸，像儿子被人杀害了似的，忍不住气愤。但我们又开会，说服了大家暂时停止了写的工作。同时我们去找抗敌后援会，要求分配工作。于是标语继续了，西安每条街都看得见李劫夫同志、吴坚同志的方体字，和朱炎同志的立体美术字了。不过下边的署名换了"抗敌后援会"和"雪耻兵役宣传周"，这次没有被涂抹。一个星期共写了八十多条，后来向抗敌后援会领了十四元三角的材料费。有些人惊奇，原来材料并不贵。而且街上新的标语、漫画出现了，有竞存小学的，有第二战区司令部战地工作团的，尤以大风剧社写得最漂亮。

抗敌后援会是最可感谢的，我们在他们领导之下，做了不少工作，参加几次公演和播音，他们的宣传科长冯慕鹄先生来团里讲了话，我们很佩服他对统一战线国共合作之正确认识。他也明了我们的同志们都是有礼貌的诚实的青年。

我们虽说被欢迎,每月至少要演出二十次,但大半都是由别人主持和出名义,因为我们在西安是一个不合法的团体,甚至有一个剧团因为我们去帮助了排剧而被解散。但我们绝不要名,仍是努力去做,这时西安同时有二十多处是由我们去教歌咏,有一部分是由我们去帮助组织的。流行于西安的歌曲、小调,大部是我们推动了这一运动。

西安的各群众团体帮助了我们开展工作,西安的行政的负责者也给了我们精神上的鼓励和物质的援助,如蒋鼎文主任、孙蔚如主席、和胡宗南军长等,使我们在西安期间得以完成我们的任务。

不论士兵、伤兵、工人、学生、妇女、儿童、难民的工作,我们总是抱着多多益善,来者不拒的态度,所以每天中午过后,团内几乎无人。不管大太阳底下、大雨底下,远到二十里路去教政治课,从未停止过;但有时也拒绝过别人的。如同有一次某团体请我们派同志去讲话,同时他要求我们穿便衣去,他说怕当局知道。虽说他表示了对我们最大的同情,但我们仍是婉言拒绝了的,因为我们不愿不带着符号出去工作。

在离开西安之前,我们准备第三次的卖票公演。关于这一次的公演,我们共写呈文八封。西安的报纸已经老早就不准登我们的消息,这对于我们真是严重。好在我们与西安的妇女界、教育界、出版界、救亡团体、机关、西安的名流、商家都有了联系,通过了这些关系,使我们这三天七场的公演,得以场场满座。对上对下的工作,总算没有什么大的疏忽。

这次公演,大部分都靠了我们的新朋友易俗社的社长高培支先生的帮忙。我们的认识完全是从工作上开始的。有人告诉他说我们是共产党,不要接近我们,怕我们将来是要捣他们的乱子。同时有人告诉我,他是老顽固，不可理喻。然而我们都不听这些谰言，我们从工作上有了互相认识。他不特带着一群学生来赴我们的茶话会，而且经常以我们作模范来教育他的学生。他在物质上帮助了我们，在工作上帮助了我们。西安很多人都奇怪为什么他们会同我们好了起来的，其实原因很简单，就是我们的立场，完全是抗日的，我们的态度，完全是诚恳，坦白，谦虚，和爱。

离别以前，开了一次招待各界的大会，报告在西安的工作，共到团体代表七八十人，有党部的代表黄其起先生，省政府的代表楼叙九先生，都大大的夸奖了我们一番，这给了我们很大的兴奋。"努力团结"成了一致的定评。接二连三又赴了好几个欢送茶会，二十二号早晨忽促的便上了汽车，黄尘滚滚，直奔更北的地方、纵横着高小的山地上去了。更多的事在前边等着，所以也没有什么留恋，虽说在西安城里却有许多留恋我们的人。不过以为遗憾的就是感到我们留在西安时的工作太少，若是以后再来，那是要弄得好些的。

一九三八年夏

初版《一年》，生活书店，1939 年

秋收的一天

夜晚刮了风，被窝怎么也盖不严，破了的窗户纸吹得沙沙的响，等不到天亮，人醒在炕上了。睡在山底下十四号房间里的薇底，本来一到四五点钟就睡不热了的，今晚似乎醒得更早了。听了听靠在她左边睡着的管玉，跟她往常一样，不管你什么时候醒，她总是呼噜呼噜的睡得香甜得很。她是不到吹起床号不醒的，甚至连号音也听不到，要同学叫着她才肯醒的时候也有。薇底于是转过身子去，蜷着，缩着头，闭紧了眼，心里想着："睡吧！睡吧！明天要上山了呢！"可是慢慢倒更清醒了似的，朦朦胧胧的回忆到上午的秋收动员大会，实际却又是很清楚的呈现在眼前。"为什么大家那么兴奋而愉快呢？"她一面怀疑的问着，而那些动人的场景和演说词，便像银幕一般的连续映了出来。自从柳润波用了朗诵诗似的演说向全体同学挑了战，那些被刺激了的青年的心谁也忍不住而不响亮的给他以回答。一些小干部更忙了起来，重新在他的小组里征求新的意见，以便于提出更高的目标作为竞赛的条件。要不是主席善于主持会场，将讨论中心移到组织和技术上去，那会议是不知要延长到多久了。自然薇底是没有感觉到自己在大会上也曾如何的激动和昂奋了。她的身体并不算怎么好，神经和心脏都有一点衰弱，每一上山便气喘头晕心跳，但这次她却决定参加重劳动。她的小干部和生产分会的分队长都劝告她,要她留在学校里编《秋收小报》,可是仍抵不过她的执拗。每一回忆到已往的心情(当割草时她是做轻劳动的),就觉得难受。近来自信身体又已经强健得多,并且也想借此机会锻炼一下,所以她是很高兴的做了一些准备上山的工作。所谓准备也就是除了修理一双好走路的鞋子之外,而在头天送走了来看她的孩子,和睡得早一点而已。这也就是说她不敢在吹了熄灯号之后还延捱一会儿,思索什么问题了。然而还不到月亮下山便醒了,翻来覆去都睡不熟,该是多倒霉的事啊!

睡在她左边的刘素,患着利害的神经衰弱,常常失眠的,听到了她的转侧,便轻轻的问道:"薇底!你睡不着吗?"

"唔,没有什么。大约一会儿就睡着了。"她不想多说话,她的确还希望睡一会儿。

刘素因为这次仍不能上山,眼看着过去一道做轻劳动工作的同志,都意气扬扬的答应别人:"没有关系,我做得了。"或是骄傲的直爽的告诉别人:"我这次参加重劳动了。我要上山了。"现在只有她还要留在学校。虽说她并不是完全不劳动,大约还要做点厨房里的工作。虽说同志们都很能体谅她,安慰她,可是她能大声的告诉人"我是留在厨房里的"么?她总觉得苦闷,时时都想找人倾吐。她同薇底并不同组,但因为睡在一块,有时总交换一些谈话,虽说两人并没有什么深厚的友谊,彼此之间的印象似乎还不坏的。尤其刘素认为薇底是一个非常能了解人和体谅人的,不管她外表看来是一个不细心,不大管别人闲事的样子。可是现在薇底却给她失望了,薇底显得很冷淡,她虽不怪她,却感到异常的寂寞。

这时月亮下去了,窗户外边显得一片黑。可是从很远的地方,这里那里的,一些没有调子的号音,透过辽阔的原野,四方的飞送着,在一些山脚下流荡。而在东方，山那边的东方，一些半透明的曙色升上来了。

辘轳在响，有谁在打水了，大约是轮着帮厨的同学们吧。

只要起床号一吹，这宇宙便完全变了样。那营房似的，又像是工房的一排房子里，几十个门口便吐出一串串的人来。这些在晨雾中活动的个体，挟着凌云的气概奔忙着，跳跃着，歌唱着。而满山，从不知多少窑洞里，高高低低都泻下一些人的流，他们张着鼻孔呼吸，叫嚣，故意要显出矫健似的，从那崚崚的路上，跳着冲到山下来。于是河的这头、那头，河的中央，那里有一些岩石，都站满人了。水被扰动着更跳跃着长足往下流，任性的冲激着岩石，欢愉的吼叫。但这只有一刻的工夫，河边又恢复了晨间的宁静：没有照着阳光的山头，沉郁的笼罩在青色的、紫色的淡淡的烟雾中；寂寂的原野，荒凉的小径，虽说有一些牲口的脚印，总像不大有人来过似的；只有那些河边的小石上，还留着被溅湿的清凉的水渍。

这时，人又摊开在满院子，满屋檐前，从厨房里领了菜来的，从水房里抬了开水来的，集拢在饭锅边，又散开，而且比往日更嘈杂。只听到一些女同志尖厉的叫声：

"镰刀磨了的么？"

"要多灌些开水呢。"

"请你快些把脸盆擦干净，我要去领米呢。"

"喂，绳子，绳子准备好了么？"

有些就更变得小孩子了，互相叮咛着，其实是并没有什么意思，不过人需要说话，就那么幼稚的、热情的说着。

什么都准备好了。身上都挂得有东西，摇摇晃晃，天天看熟了的几个人，似乎又添了一些新鲜的东西。互相有趣的审视着，而在集合哨中挤在一团来排队伍了。

四班已经出发了，而三班的支部书记还在讲话。人们便用焦急的心情听着，同时悄悄的换动着在寒风里赤着的两脚。

本是排好了队的，可是一开步走，就又"八路"的向前抢去了。歌声零落的又唱了起来，而太阳也从山上，那条人走的小路上迈步往下移了。

队伍走到河边，人停下来了。后边的人意识到将遇着的问题："桥没有修好？"可是有的在脱鞋子，有的就连鞋子也踏进水去了。人人心里都有一个感觉，但不说出来。虽只是八月的河水，却实在有些刺骨。大家在河里急速的拔步，水四方溅着，哗啦哗啦的响。

看见薇底卷高了裤脚管，赤着脚，满不在乎的踩下水去了，使悄悄踌躇着另一个女同志林可也下了最后的决心，勇气百倍的弯着腰去解鞋带子。

"林可，你别踩水了，让刘索背你过去吧，你不是病刚好吗？"林可的小干部关切的来阻止她。但她深幸自己已经走到水里。她在管玉旁边走着，管玉的背上背伏着一个坏了脚的女同志。前前后后都在赞扬着她。同她比起来显得颇为渺小孱弱的林可，虽说不被人注意，但她心中却很自满的，她并不需要旁人帮助。她同大伙儿一样，凉的、深的河水阻挠不了她，她走过来了。

薇底也感到脚指头都痉挛起来了，并不去理它，上了岸就慢步地跑，谦虚地回答一些送过来的慰问的颜色和话语。

路是走熟了的，开荒来过，播种来过，锄草时也来过，现在是第四次了。山沟里的草，还显着没经过霜的碧绿，丰厚地铺在小道的两旁，凝结着新缀上的露珠。在那些透明的露珠上面，又撑着刚熟的野枣，红的小颗密密地排列在多刺的枝叶上，用着清晨特有的润泽，引诱着生疏的人群。

走到半山上的分队长们在叫着了："二分队这边来。""三分队的上那西边的山头去。"

米子全身浴着露水，打湿了走过的衣裳，那些刚刚成熟的穗饱满的、含羞似地深深地弯着腰，垂下脸儿。太阳已经照在上面了，黄色的，荡漾的海水似地一直涌到山尽头。生产分会的指导员一边表演着割的姿势，一边又挥舞着镰刀，在天空画着大圆圈说：

"同志们，我们今天的工作，就是消灭这庞大的山头。"

"把它消灭！把它消灭！"轻松地有谁在唱了。

于是一个组一个组地分开，组里边又把工作分配好，生产工具握在熟练工人的手里。身体棒的当苦力，收割好的小米运到山顶的打谷场去；劳动力差些的，在镰刀的后边清捡着割下的穗子和捆扎。工作分配得适当些的，马上就走到前面去了。落在后边的组中便唧咕着："小鬼（对年小的同志称呼），请你注意，我们是集体行动，不是个人逞强，把镰刀给我吧！"

分队长来回地巡查。到这边说几句，又到那边说几句。

"同志们，请注意，我们不特要求量，而且要求质……"

"十一组的同志捡得最干净……"

"放在地下和捆扎都要轻些，熟了的米子很容易脱落的……"

"李同志，镰刀要斜着上来，腿分开，不是要割着腿的。"

人与刀不停地动着，割完了的又转移着地方，开始还有一些不习惯，慢慢便熟练了。如同蚕子吃桑叶似的，山的边缘上一块块地露出另一种黄色来。

收割的确比开荒省力，可是腰却更容易痛。既然弯着弯着似乎都伸不直了，就让它么个姿势吧，勉强要伸直倒是满难受的。看来捆扎是容易得多了，却也有其苦处，腿没有休息，上去又下来，收别人割下的收拢在一处，用力地扎着，那些粗糙的茎，便在手指上毫无顾忌地擦着。小刺钻到肉里去了，血跟着流出来，可是手又插进去。手上起了一层毛，密的、红的小栗在表皮上浮起来了。而那些苦力，把衣服都脱光了，穿一条短裤，汗还在往下滴，四五大捆的米子从头上一直压到屁股下，身子弯成九十度，偻着腰在不平的泥土里慢慢地往上爬。腿骨酸痛了，当下山时都有些站不住要歇下去，然而却还是坚持着。他们不愿意掉换工作，他们自己心里想："要是我们不能做，他们不是更不能么！"

休息的时候，大家便把四肢摊在土上，太阳已经把土地晒得很温暖，抽着烟，极目到天边的几团白云上，消受着山头的大气。风拂在炙热的面孔上，感到一阵异样的舒服的微凉。另外有些好闹的同志，却团坐着在说笑话，新的《秋收小调》也编出来了，而且唱着：

  一把镰刀明晃晃的晃呀嗳哟
  明晃明晃明晃的嗳哟
  大家努力上山冈
  刀儿快，谷儿黄，
  ……

秋天的陕北的山头，那些种了粮食的山头是只有大胆的画家才能创造出的杰作，它大块地涂着不同的、分明的颜色，紫、黄、赭、暗绿。它拖着长的、平淡的、简单的线条，它不以纤丽取好，不旖旎温柔，不使人吟味玩赏，它只有一种气魄、厚重、雄伟、辽阔，来使你感染着这爽朗的季节，使你浸溶在里面，不须人赞赏，无言的会心就够了。

中午就在山上吃了早上带来的饭。在家烧饭的同学,又抬着水送上山来,本来是来慰劳山上的人的,可是他们那副气喘汗流的样子,倒被包围在一片道谢声中。

饭后一点钟的休息里,散开了躺着的人都拿起一本书来了,大家都记得生产与学习的配合,谁也不愿意做一个落伍者,三天后还有一个讨论会呢。

下午的空气,更为热闹了,大家都想早一点回去,因为有好些组都要准备中秋的晚会呢。而且指导员又过来了,传述着四支(指第四支部,也就是一班)的成绩。四支虽说是生手,可是他们有真的骨干,他们工人同志多些,现在他们已经快完了。

到三点半钟的时候,三支(第三支部)也收工了。凯旋的,倒挑着几件衣裳,提着空壶空桶,并不感到脚步的迟重,倒显得有些轻飘之感地唱着歌走回来了。也有些个别的同志,走不动,掉在后边,吃力地慢慢地走,他们同组的人便拿着东西陪着他闲谈。

桥已经修好了,却还有人从水中走回去,这时水已不冷了,而人却需要洗涤。

大家鼓着余勇,又消灭了晚饭的一顿肉。因为劳累了一天,吃饭时反而更兴奋了,大家嘈嘈杂杂地笑着闹着。

吃过了晚饭,有的上街买开晚会吃的东西去了。因为晚上不上自习,所以也有人到两个大学(抗大和女大)找朋友去玩,也有上南门外去看戏的,听说民众剧团又演《查路条》。因此学校里倒显得安静了。

薇底什么地方也没有去,洗过澡的身体,又疲乏又舒服,她懒懒地躺在炕上,随意翻着一本小说。刘素也躺在旁边拿着一本《中国妇女》,却没有看,她在看薇底的晒得通红的然而却非常安详的面孔。想着她的历史,薇底在生命的途程上,是只有比她有更多的坎坷,然而她为什么显得却更单纯、愉快、坚定呢？人是应该明朗的，阴暗是不可爱的。她以为她更爱起薇底来了。她忍不住要去捣乱她了：

"薇底！我记得你说过，愉快是一种美德。以前我不懂，现在我懂了，愉快是一种美德。"

"你为什么又想到这句话了呢？"薇底丢开了书，用着甜的眼光抚摩着有点瘦削、有点斑纹的面孔。

"因为你是那么愉快，使我摸不清，薇底，一切生活的困恼，似乎从没有影响到你似的，你是在什么地方养成这一种心情的？"

"你以为我都是这样的吗？我从前也忧愁得很呢，是一个不快乐的人呢。自从来到了延安，精神上得到解放，学习工作都能由我发展，我不必怕什么人，敢说敢为，集体的生活我以为于我很相宜。我虽说很渺小，却感到我的生存。我还能不快乐么？我对你倒是另一种感觉，我常常拿你来勉励我自己，我想，要是我的身体也像刘素一样，我能像她那么努力么？"一种怜惜与爱慕，很自然地从她眼中流露出来。

也许刘素还打算向她诉说的，这时却又没有那种需要，她只详细地询问着收割的情形。薇底也问着厨房里的一切工作，她告诉她今天中午的洋芋，同学们都说好吃极了，晚上的肉也极使大家满意。

月亮照到炕上来了，他们还在谈着收割的事，她们还在考虑、计划、担心。别的一切的事，都不在她们心上。

薇底的小干部已经买了很多好吃的东西回来了。他们与他们的邻舍的组合开一个晚会，他来叫薇底。薇底欢愉从炕上跳起来，用了一个小儿得饼的心情哼着一个刚学会的小调，而且摇着刘素："我要你参加我们的晚会。"

刘素踌躇了一下，也愉快地翻过身来了。

洒满了月光的院子里，一团一团的人围坐着，不倦地谈着、笑着、闹着，他们忘记了一天的辛苦，也忘记了又将来到的第二个辛苦的一天。直到吹过了熄灯号才不得已地互相道别，各回到自己的房间去。学校又回复到原始似的寂静，孤零零的圆月悬挂在高空，远近的山上不时有几声狼叫，或是狐狸的叫声。宇宙在等着，等着太阳出来，等着太阳出来后的明丽的山川，和在山川中一切生命的骚动呵！

一九三九年秋天，延安马列学院

初刊《中国妇女》1939年第1卷5、6期合刊

"三八"节有感

"妇女"这两个字,将在什么时代才不被重视,不需要特别的被提出呢?

年年都有这一天。每年在这一天的时候,几乎是全世界的地方都开着会,检阅着她们的队伍。延安虽说这两年不如前年热闹,但似乎总有几个人在那里忙着。而且一定有大会,有演说的,有通电,有文章发表。

延安的妇女是比中国其他地方的妇女幸福的。甚至有很多人都在嫉羡地说:"为什么小米把女同志吃得那么红胖?"女同志在医院,在休养所,在门诊部都占着很大的比例,似乎并没有使人惊奇,然而延安的女同志却仍不能免除那种幸运:不管在什么场合都最能作为有兴趣的问题被谈起。而且各种各样的女同志都可以得到她应得的非议。这些责难似乎都是严重而确当的。

女同志的结婚永远使人注意,而不会使人满意的。她们不能同一个男同志比较接近,更不能同几个都接近。她们被画家们讽刺:"一个科长也嫁了么?"诗人们也说:"延安只有骑马的首长,没有艺术家的首长,艺术家在延安是找不到漂亮的情人的。"然而她们也在某种场合聆听着这样的"调调":"他妈的,瞧不起我们老干部,说是土包子,要不是我们土包子,你想来延安吃小米!"但女人总是要结婚的。(不结婚更有罪恶,她将更多的被作为制造谣言的对象,永远被诬蔑。)不是骑马的就是穿草鞋的,不是艺术家就是总务科长。她们都得生小孩。小孩也有各自的命运:有的被细羊毛线和花绒布包着,抱在保姆的怀里;有的被没有洗净的布片抱着,扔在床头啼哭,而妈妈和爸爸都在大嚼着孩子的津贴(每月二十五元,价值二斤半猪肉),要是没有这笔津贴,也许他们根本就尝不到肉味。然而女同志究竟应该嫁谁呢,事实是这样,被逼着带孩子的一定可以得到公开的讥讽:"回到家庭了的娜拉。"而有着保姆的女同志,每一个星期可以有一天最卫生的交际舞,虽说在背地里也会有难听的诽语悄声的传播着,然而只要她走到哪里,哪里就会热闹,不管骑马的、穿草鞋的,总务科长、艺术家们的眼睛都会望着她。这同一切的理论都无关,同一切主义思想也无关,同一切开会演说也无关。然而这都是人人知道,人人不说,而且在做着的现实。

  离婚的问题也是一样。大抵在结婚的时候,有三个条件是必须注意到的。一、政治上纯洁不纯洁;二、年龄相貌差不多;三、彼此有无帮助。虽说这三个条件几乎是人人具备(公开的汉奸这里是没有的。而所谓帮助也可以说到鞋袜的缝补,甚至女性的安慰),但却一定堂皇地考虑到。而离婚的口实,一定是女同志的落后。我是最以为一个女人自己不进步而还要拖住她的丈夫为可耻的,可是让我们看一看她们是如何落后的。她们在没有结婚前都抱着有凌云的志向,和刻苦的斗争生活,她们在生理的要求和"彼此帮助"的蜜语之下结婚了,于是她们被逼着做了操劳的回到家庭的娜拉。她们也惟恐有"落后"的危险,她们四方奔走,厚颜地要求托儿所收留她们的孩子,要求刮子宫,宁肯受一切处分而不得不冒着生命的危险悄悄地去吃堕胎的药。而她们听着这样的回答:"带孩子不是工作吗?你们只贪图舒服,好高骛远,你们到底做过一些什么了不起的政治工作！既然这样怕生孩子，生了又不肯负责，谁叫你们结婚呢？"于是她们不能免除"落后"的命运。一个有了工作能力的女人，而还能牺牲自己的事业去作为一个贤妻良母的时候，未始不被人所歌颂，但在十多年之后，她必然也逃不出"落后"的悲剧。即使在今天以我一个女人去看，这些"落后"分子，也实在不是一个可爱的女人。她们的皮肤在开始有褶皱，头发在稀少，生活的疲惫夺取她们最后的一点爱娇。她们处于这样的悲运，似乎是很自然的，但在旧社会里，她们或许会被称为可怜、薄命，然而在今天，却是自作、活该。不是听说法律上还在争论着离婚只须一方提出，或者必须双方同意的问题么？离婚大约多半是男子提出的，假如是女人，那一定有更不道德的事，那完全该女人受诅咒。

我自己是女人，我会比别人更懂得女人的缺点，但我却更懂得女人的痛苦。她们不会是超时代的，不会是理想的，她们不是铁打的。她们抵抗不了社会一切的诱惑，和无声的压迫，她们每人都有一部血泪史，都有过崇高的感情（不管是升起的或沉落的，不管有幸与不幸，不管仍在孤苦奋斗或卷入庸俗），这对于来到延安的女同志说来更不冤枉，所以我是拿着很大的宽容来看一切被沦为女犯的人的。而且我更希望男子们，尤其是有地位的男子，和女人本身都把这些女人的过错看得与社会有联系些。少发空议论，多谈实际的问题，使理论与实际不脱节，在每个共产党员的修身上都对自己负责些就好了。

然而我们也不能不对女同志们，尤其是在延安的女同志有些小小的企望；而且勉励着自己，勉励着友好。

世界上从没有无能的人，有资格去获取一切的。所以女人要取得平等，得首先强己。我不必说大家都懂得。而且，一定在今天会有人演说的"首先取得我们的政权"的大话，我只说作为一个阵线中的一员（无产阶级也好，抗战也好，妇女也好），每天所必须注意的事项。

第一，不要让自己生病。无节制的生活，有时会觉得浪漫，有诗意，可爱，然而对今天环境不适宜。没有一个人能比你自己还会爱你的生命些。没有什么东西比今天失去健康更不幸些。只有它同你最亲近，好好注意它，爱护它。

第二，使自己愉快。只有愉快里面才有青春，才有活力，才觉得生命饱满，才觉得能担受一切磨难，才有前途，才有享受。这种愉快不是生活的满足，而是生活的战斗和进取。所以必须每天都做点有意义的工作，都必须读点书，都能有东西给别人，游惰只使人感到生命的空白、疲软、枯萎。

第三，用脑子。最好养成一种习惯，改正不作思索，随波逐流的毛病。每说一句话，每做一件事，最好想想这话是否正确？这事是否处理的得当，不违背自己做人的原则，是否自己可以负责。只有这样才不会有后悔。这就叫通过理性，这，才不会上当，被一切甜蜜所蒙蔽，被小利所诱，才不会浪费热情，浪费生命，而免除烦恼。

第四，下吃苦的决心，坚持到底。生为现代的有觉悟的女人，就要有认定牺牲一切蔷薇色的温柔的梦幻。幸福是暴风雨中的搏斗，而不是在月下弹琴，花前吟诗。假如没有最大的决心，一定会在中途停歇下来。不悲苦，即堕落。而这种支持下去的力量却必须在"有恒"中来养成。没有大的抱负的人是难于有这种不贪便宜，不图舒服的坚忍的。而这种抱负只有真真为人类，而非为自己的人才会有。

一九四二年"三八"节清晨

附记：文章已经写完了，自己再重看一次，觉得关于企望的地方，还有很多意见，但因发稿时间紧迫，也不能整理了。不过又有这样的感觉，觉得有些话假如是一个首长在大会中说来，或许有人认为痛快，然而却写在一个女人的笔底下,是很可以取消的。但既然写了就仍旧给那些有同感的人看看吧。

初刊《解放日报》1942 年 3 月 9 日

风雨中忆萧红

本来就没有什么地方可去，一下雨便更觉得闷在窑洞里的日子太长。要是有更大的风雨也好，要是有更汹涌的河水也好，可是仿佛要来一阵骇人的风雨似的那么一块肮脏的云成天盖在头上，而水声也是那么不断的哗啦哗啦在耳旁响，微微的下着一点看不见的细雨，打湿了地面，那轻柔的柳絮和蒲公英都飘舞不起而沾在泥土上了。这会使人有遐想，想到随风而倒的桃李，在风雨中更迅速迸出的苞芽。即使是很小的风雨或浪潮，都更能显出百物的凋谢和生长，丑陋或美丽。

世界上什么是最可怕的呢，决不是艰难险阻，决不是洪水猛兽，也决不是荒凉寂寞。而难于忍耐的却是阴沉和絮聒；人的伟大也不是能乘风而起，青云直上，也不只是能抵抗横逆之来，而是能在阴霾的气压下，打开局面，指示光明。

时代已经非复少年时代了，谁还有悠闲的心情在闷人的风雨中煮酒烹茶与琴诗为侣呢？或者是温习着一些细腻的情致，重读着那些曾经被迷醉过被感动过的小说，或者低徊冥思那些天涯的故人？流着一点温柔的泪，那些天真、那些纯洁、那些无疵的赤子之心，那些轻微的感伤，那些精神上的享受都飞逝了，早已飞逝的找不到影子了。这个飞逝得很好，但现在是什么呢？是听着不断的水的絮聒，看着脏布也似的云块,痛感着阴霾,连寂寞的宁静也没有,然而却需要阿底拉斯的力背负着宇宙的时代所给予的创伤,毫不动摇的存在着,存在便是一种大声疾呼,便是一种骄傲,便是对絮聒以回答。

然而我决不会麻木的,我的头成天膨胀着要爆炸,它装得太多,需要呕吐。于是我写着,在白天,在夜晚,有关节炎的手臂因为放在桌子上太久而痛疼,有砂眼的眼睛因为在微小的灯光下而模糊。但幸好并没有激动,也没有感慨,我不缺乏冷静,而且很富有宽恕,我很愉快,因为我感到我身体内有东西在冲撞;它支持了我的疲倦,它使我会看到将来,它使我跨过现在,它会使我更冷静,它包括了真理和智慧,它是我生命中的力量,比少年时代的那种无愁的青春更可爱呵!

但我仍会想起天涯的故人的,那些死去的或是正受着难的。前天我想起了××,在我的知友中他是最没有志气的了。他工作着,他一切为了党,他受埋怨过,然而他没有感伤过,他对名誉和地位是那样地无睹,那样不会趋炎附势,培植党羽,装腔作势,投机取巧。昨天我又苦苦的想起××,在政治生活中过了那么久,却还不能彻底的变更自己,他那种二重的生活使他在临死时还不能免于有所申诉。我常常责怪他申诉的"多余",然而当我去体味他内心的战斗历史时,却也不能不感动,哪怕那在整体中,是很渺小的。今天我想起了刚逝世不久的萧红,明天,我也许会想到更多的谁,人人都与这社会有关系,因为这社会我更不能忘怀于一切了。

当萧红和我认识的时候,是在春初。那时山西还很冷,很久生活在军旅之中,习惯于粗犷的我,骤睹着她的苍白的脸,紧紧闭着的嘴唇,敏捷的动作和神经质的笑声,使我觉得很特别,而唤起许多回忆,但她的说话是很自然而直率的。我很奇怪作为一个作家的她,为什么会那样少于世故,大概女人都容易保有纯洁和幻想,或者也就同时显得有些稚嫩和软弱的缘故吧。但我们却很亲切,彼此并不感觉到有什么孤僻的性格。我们都尽情地在一块儿唱歌,每夜谈到很晚才睡觉。当然我们之中在思想上,在感情上,在性格上都不是没有差异,然而彼此都能理解,并不会因为不同意见或不同嗜好而争吵,而揶揄。接着是她随同我们一道去西安,我们在西安住完了一个春天。我们也痛饮过,我们也同度过风雨之夕,我们也互相倾诉。然而现在想来,我们谈得是如何的少呵!我们似乎从没有一次谈到过自己,尤其是我。然而我却以为她从没有一句话之中是失去了自己的,因为我们实在都太真实,太爱在朋友的面前赤裸自己的精神,因为我们又实在觉得是很亲近的。但我仍会觉得我们是谈得太少的,因为,像这样的能无妨嫌、无拘束、不须警惕着谈话的对手是太少了呵!

　　那时候很希望她能来延安,平静的住一时期之后而致全力于著作。抗战后短时期的劳累奔波似乎使她感到不知在什么地方能安排生活。她或许比较我适于幽美平静。延安虽不够作为一个写作的百年长计之处,然在抗战中,的确可以使一个人少顾虑于日常琐碎,而策划于较远大的。并且这里有一种朝气,或者会使她能更健康些。但萧红却南去了。至今我还很后悔那时我对于她生活方式所参予的意见是太少了,这或许由于我们相交太浅,和我的生活方式离她太远的缘故,但徒劳的热情虽然常常于事无补,然在个人仍可得到一种心安。

　　我们分手后,就没有通过一封信。端木曾来过几次信,在最后的一封信上(香港失陷约一星期前收到)告诉我,萧红因病始由皇后医院迁出。不知为什么我就有一种预感。觉得有种可怕的东西会来似的。有一次我同白朗说:"萧红决不会长寿的。"当我说这话的时候,我是曾把眼睛扫遍了中国我所认识的或知道的女性朋友,而感到一种无言的寂寞。能够耐苦的,不依赖于别的力量,有才智、有气节而从事于写作的女友，是如此其寥寥呵！

　　不幸的是我的杞忧竟成了现实，当我昂头望着天的那边，或低头细数脚底的泥沙，我都不能压制我丧去一个真实的同伴的叹息。在这样的世界中生活下去，多一个真实的同伴，便多一分力量，我们的责任还不只在于打开局面，指示光明，而还是创造光明和美丽；人的灵魂假如只能拘泥于个体的褊狭之中，便只能陶醉于自我的小小成就。我们要使所有的人，连仇敌也在内都能有崇高的享受，和为这享受而有的伟大的牺牲。

　　生在现在的这世界上，活着固然能给整个事业添一分力量，然而死对于自己也是莫大的损失。因为这世界上有的是戮尸的遗法，从此你的话语和文学将更被歪曲，被侮辱；听说连未死的胡风都有人证明他是汉奸，那么对于已死的人，当然更不必贿赂这种无耻的人证了。鲁迅先生的《阿Q正传》在被那批御用文人歪曲的诠释，那么《生死场》的命运也难于决定就会幸免于这种灾难的。在活着的时候，你不能不被逼走到香港；死去，却还有各种不能还击的污蔑在等着，然而你还不会知道；那些与你在一起的脱险回国的朋友们还将有被监视和被处分的前途。我完全不懂得到底要把这批人逼到什么地步才算够？猫在吃老鼠之前，必先玩弄它以娱乐自己的得意。这种残酷是比一切屠戮都更恶毒，更需要毁灭的。

　　只要我活着，朋友的死耗一定将陆续的压住我沉闷的呼吸。尤其是在这风雨的日子里，我会更感到我的重荷。我的工作已经够消磨我的一生，何况再加上你们的屈死，和你们未完的事业，但我一定可以支持下去的。我要借这风雨，寄语你们，死去的、未死的朋友们，我将压榨我生命所有的余剩，为着你们的安慰和光荣。那怕就仅仅为着你们也好，因为你们是受苦难的劳动者，你们的理想就是真理。

风雨已停,朦朦的月亮浮在西边的山头上,明天将有一个晴的天。我为着明天的胜利而微笑,为着永生而休息。我吹熄了灯,平静的躺到床上。

一九四二年四月二十五日

初刊《谷雨》1942年6月第1卷第5期

战斗是享受

连午睡都不想睡，挂牵着什么似地站在屋门边看天色，不知为什么总怕下雨。可是下午风暴来了，黄沙漫天卷来，盖过了土围子的雉堞，盖过了山脚下的小小树林，盖过了对面的大山，风把人要吹倒似的，乌云挟着雨点飞驰地压过来。于是远近的群山振动了，轰隆轰隆的响着雷鸣。急遽的电光，切破天空。激涨的河流，像要摆脱地面发狂的飞腾叫啸，大的雨点，倾泻下来。压倒了新抽芽的瓜藤，绑在棍子上的西红柿像生长在湖里的小树。雨把窗纸都舐走了，雨从那空处溅过，屋瓦上一处一处流下水来。不到一刻功夫半截屋子成了池塘。人一下把悄悄担心着会下雨的心情忘记了，反变得非常开朗和喜悦，隔壁房子里的歌声，像调不好的二胡弦子的声音，也不使人感到讨厌了。只想冒着冷雨冲出去，在从山上流下来的黄色瀑布里迎着水流往上走，让那些无知的水来冲激着自己；要去迈步在那被淹的小路上，看曾掩藏在那里的小蛇又躲到什么地方。但人却再不能走到河边了，河身已经吞没了所有的沙滩，那些曾散步过的地方、洗过脚的地方、拣过石子的地方，都流着污浊的浪涛。这里连躲在石崖下战栗的生物也找不到了。人像在原始时代，抵抗着洪水，而顺着头发和面孔流下去的凉水却多使人抖擞，击打而来的劲风，多使人感到存在，使人傲岸啊！

可是风雨终会停止的，但等不到它停止，当空间还洒着霏霏细雨的时候，不知从什么地方跳来一些人，起先还少，慢慢增多了，有一二十人，这些人都赤裸着身体，冲到涨着大水的激流里，他们飞速地跑，敏捷地从河里捞取一些木材，他们彼此叫唤着，冲到河的深处，激流大涛几乎把他们卷走，但他们却又举着一截大木从翻滚的水中走来了。两岸的人便惊叹着（河的两岸已经站了好些人）。这些人不知道寒冷，这时是很冷的呵！这些人不知道惊险，拿生命去和水搏斗，就只因为是捞取那一点点木材吗？他们那么快乐地嘶叫，互相鼓舞，不甘落后的奋勇，就只是一点点小利而使他们那样高兴的吗？他们是在享受着他们最高的快乐，最大的胜利的快乐，而这快乐是站在两岸的人不能得到的，是不参加战斗，不在惊涛骇浪中搏斗，不在死的边沿上去取得生的胜利的人无从领略到的。只有在不断的战斗中，才会感到生活的意义、生命的存在，才会感到青春在生命内燃烧，才会感到光明和愉快呵！

一九四一年九月

选自《丁玲全集·第七卷》，河北人民出版社，2001年

田保霖

——靖边县新城区五乡民办合作社主任

黄昏的时候,把两手抱在胸前,显出一副迷惑的笑容,田保霖送走了区长之后,便在窑前的空地上踱了起来。他把头高高的抬起来望着远处,却看不见那抹在天际的红霞;他也曾注视过窑里,连他婆姨在同他讲些什么也没有听见,他心里充满了一个新奇的感觉,只在盘算一个问题:

"怎搞的?一千多张票……咱是不能干的人嘛,咱又不是他们自己人;没有个钱,也没有个势,顶个球事,要咱干啥呢?……"

他被选为县参议员了,这完全是他意外的事。

他是一个爱盘算的人,但也容易下决心,这被选为参议员的事,本没有什么困难一类的问题,也不需要下什么决心,像他曾有过的遭遇那样,不过他却被一种奇怪所纠缠,简直解不开这个道理。

当许多年前他全家经年流浪在碾盘渠、下王渠、沙口一带,替人安庄稼而不得一饱的时候,为着糊口,曾经在教堂里工作,学会念经,小心谨慎,慢慢的做到了一个小掌柜,管上了王渠一村四十四家人,总算他为人公正,农民对他很好。后来神父换了,他成天挨骂受气,于是他走了。他走到保定,走到宁夏,走到洛川,流浪着,贩着羊，贩着猪，贩着盐和粮食。他赚了一点钱，吃了一些，再还一点账，生活还是没法搞好，还欠着账。但他有了经验，他成为一个有点名气的买卖人了。本来就打算这样搞下去，可是石老姚、杨候小来了，抢了东西，吃了胖猪；接着是黄马队；接着是来打土匪的二岔抢头的张团长。百姓被抢的一无所有，人都逃到沙漠中藏了起来，张家畔热闹的街市，变得寂无人烟。田保霖也逃到了外县。然而"红"了。三十军军长阎洪彦到了靖边，接着又来了二十七军贺晋年，靖边县翻了个身，穷人都分了土地。但田保霖却仍留在城川。有人告诉他，说他是买卖人，他的二叔父是豪绅，带过民团，最好不回去。于是田保霖不得不好好盘算了："共产党打的是富有，是贪官，咱么，做点小本买卖，咱无土无地，欠粮欠账，一条穷人嘛。咱当过掌柜，可是没做过坏事，人都说咱好，咱还怕他个啥？杀头，杀了咱有啥用呢？人都说三十军好嘛，那么咱就回去，不怕他。"于是他回去了。抱着一个不出头不管事的态度，悄悄的回到草山梁（现改名长渠沟），一大片荒地，没有人住。他有了地，也不必交租子。他欠的账也跟着旧政权吹了。他没有负担和剥削，经过几年的经营，他有了六七十垧地，有了牛、马、羊，开了个小油房，日子过得很好。心里想："共产党还不错，可是，咱就过咱的日子吧，少管闲事。"

不过做了参议员就得同他们搞在一起，这起人究竟是哪一号子人呢？

结果他决定了："到县上开会去，还有高吉祥、冯吉山么，他们在旧社会比咱还有地位，怕个啥，就去。"

田保霖虽然这么想了，但他仍没有懂得为什么会有一千多人投他的票？他是一个买卖人，曾受过教堂的宣传，虽说回到了长渠沟，在革命的政权下，生活一天天变好，却不接近这号子人，也不理解他们。

但他的一举一动，这号子人都是清清楚楚的。从长渠沟一带的老百姓口中都曾说过他的好话，说他是一个平和而诚实的人，是一个正派人。在头年（四一年）缺粮的时候，政府发起调剂运动，他自动借出了一石多，而且每天到各乡去借，维持了许多贫苦农民的生活。他对于公益的事热心奔走，人民对他有好感，他是被他不了解的这号子人所了解的，因此他被选为县的参议员。

"这是一个新问题，好是好，怕不能成……"当惠中权同志提出靖边要发展农业，首先要兴修水利的时候，田保霖同别人一样有着上面的想法。靖边土质太薄，不适宜耕种，要修水地和水漫地，实在是困难的太，要筑壕、坝，要修"退水"，工程都是很大的，而且在这些地方常有宽到几百亩的沙滩，而且谁去修呢？这里是缺乏劳动力的地区；唉，问题可多着呢。再譬如地是地主的，却要农民去修，修好了地又该是谁家的呢？但这些问题都有了适当的解决。又讨论了剥小麻子皮、割秋草的事，好象不重大，算起来利可大的太呢。又计划了栽树的事，都是好事嘛。从前田保霖解不开参议会是个啥名堂，老百姓都说是做官，现在才明白，白天黑夜尽谈的怎个为老百姓做事啦。田保霖从这次才算开了眼界，渐渐他明白了他们，他们活着不为别的，就只盘算如何把老百姓的生活搞好。

因为他又被选为常驻议员，经常来县上开会，他看见杨家畔的石坝修起来了，胡家湾的也修起来了。修水利的农民一天一天的加多，外县外乡的人都到这里来，杨家畔就打了二十多个窑等他们来住。他们在有沙堆的地方修了水道，利用水力，慢慢地不觉地便把那怕人的沙堆冲平。同时农民可以得到十分之八的土地，地主也高兴这种坐享其成的分配法。

"唉，这伙人能成，一个劲儿直干嘛！"

他和参议会的议长，也就是县委书记惠中权同志做了朋友。

"你是顶能干的，为大伙儿做点事吧。咱们把靖边搞得美美儿的。"惠中权只要有机会便劝说他。

"咱是没有沾上字的光的人，会办个啥？这话怕不顶真吧？"开始他还这么想。但慢慢地他觉得这是实话，他们要做的事太多，简直忙不过来，人心同一起，黄土变成金。他的心活动了，有时甚至觉得很惭愧，觉得自己没意思，人应该像他们一样活着，做公益事情。

"唉，咱能干啥呢？咱是买卖人，别的事解不开嘛。"这样的话他也同惠中权谈了。

现在惠中权又劝他办合作社了。

"你要能办好一个合作社，你对靖边就有一个大功劳。你看咱们新城区老百姓要个啥都得到蒋管区的宁条梁去，到宁条梁去人也好，牲口也好，都还要上什么修城税，物价又贵，又误工；而且咱们要买别人东西，别人就抬高物价，你看春上一匹布才卖八百元，秋后就卖八千元，而咱们的麻子从二千四也不过涨到八千元，至于盐就等于不涨价。你要是在你五乡能办好一个合作社，那咱靖边的合作事业，咱们的经济就有办法，你回去鼓吹，咱们尽力帮助你，这个你能成的。"

田保霖便又盘算了，人多不怯力气重，只要政府能帮咱，咱就好好地干出一番事业吧，也不枉在世一场。"对，能行。"他答应了。

于是他踏上了新道路，为建设新民主主义的新靖边而工作了。他是有意识的要和惠中权一道，和共产党一道，热心为人民服务。这是去年二月间的事。

田保霖回到了乡上，十余天他收到了七十四万四百元的股金，有二百四十一户都把公盐代金入了股。老百姓四处传说："田保霖在做好事了。公盐事小，误工可大，现在他替咱们包运，赶快把钱交给他吧，又省事,又赚钱,明年还可不管呢!"大家知道他有能耐,于是赶牲口来入股的也有,拿麻子粮食来入股的也有,人工也打成了份子。他们去办货。合作社就成立起来,大家选他做了主任。

六月的时候,八个牲口出发了,他们走了盐池又走延安,一个牲口驮着一千一百三十一元的盐,到了延安,这盐便值二万现钱,除去了运费,他替咱们合作社赚了一万余元。而他们回来的时候,背上又驮了布匹,又要赚一万多。于是他们得不到休歇,又把春毛驮上米脂,又把铁锅驮回来。他们总是驮着人们需要的东西,而替合作社赚钱,半年的时间他们赚了九十六万九千多元。

现在呢,田保霖的运输队发展到七十四个牲口了,没有一个坏牲口。他用的是有经验的干部,运输队长石有光是好的长脚户,他懂得喂养牲口,他参加合作社是份子制,所以他更积极负责。

也有些运输队赔过钱,为什么田保霖会赚钱的呢?因为他不特制度好,管理好,自带草料,不特会根据群众需要来调剂货物运销,他最主要的是懂得放青囤盐,上槽卖盐。

接着,油房也办起来了。宁条梁的人都说:"田保霖是个什么人,为什么不准麻子出口,现在要去采买也不成,老百姓的麻子都卖给合作社了。他妈的,非揍他不可。"但他们是威吓不了的,老百姓愿意把麻子卖给合作社,合作社出的价钱公道,将来要买油也方便。田保霖的油房一共榨了一百六十四榨,出油一万五千七百四十四斤,赚了二百三十二万七千一百六十元。这个生意使靖边的人都兴奋起来了,今年靖边县政府扩大种麻三万垧,能打一万八千石麻子、九千石油,而宁条梁是不产麻子的。

田保霖替人民办了事,一下便吃开了,他又被选为模范工作者,他出席劳动英雄大会,政府送了他的匾,老百姓也慰劳他。在会上大家都询问他为什么一下便集了那么多股金。他谦虚的笑着说:"一切替老百姓想,只要于他有益,他就拥护,离了他们是办不了事的。"他有了新的经验,人人都说他能行,能办大事。

这个会也讨论到许多生产问题,大家都说靖边县吃亏的是布匹;田保霖一盘算,每人每年至少要穿三丈三,全区一万○九十五个人就要三万三千三百一十三丈五尺,按市价二百六十元一尺计算,共需八百七十六万一千五百十元,这样大的数目,如何能行呢?可是在乡上开展妇纺实在不容易,就需有一个妇女会纺,而且这些妇女就很怕羞,要叫她去学,她们一定会当作奇闻扭转头去笑。不过天下无难事,只怕有心人,田保霖下决心要开展这个工作。他一回去,便做了二百四十一架纺车,分配到全区。他找到了一个难民邹老太婆,她会纺线,田保霖便替她把家安置好,首先请到自己家里来教纺线。年轻的婆姨们都笑了,原来这并不难,几天后,大家都学会了。他便又把她请到另一家去教,邹老太婆骑着一个牲口,带着一架纺车在五乡走了这家又那家。邹老太婆得了奖励。纺花的工资很大,纺一斤交半斤,于是妇女们便争着来请邹老太婆,大家说:"描云绣花不算能,纺线织布不受穷。"要是听到谁家的又会了,心里就焦急:"唉,邹老太婆还不来咱们村子,看别人都穿上自己的布了。"这样,在三个月中教会了三十五个。田保霖又要这三十五个再教人。关于邹老太婆,去年就上了报,也成了有名气的人。

田保霖听到张清益在关中办义仓,他是边区特等劳动英雄。田保霖说:"咱靖边跌年成更多,年年防荒旱,这是一件大好事,咱合作社也办了吧。"于是他纠合众人开了一百一十五亩荒,又租了一百八十五亩,一共有三百亩,每亩收二斗,便可收六十石,而这个义仓还可推广,还可发展,要是每乡都有一个,那就不怕天灾了。

因为他曾经向神父磕了八年头，仍然得不到一口饱饭，革命的政权才救了他，所以他格外讨厌他庄子上的关巫神，一看见是上坛、下地狱、退煞谢神就恨："这二流子又在骗人的钱。"他想出了一个治巫神的办法，他找了一个医生来，开一个药铺，四处替人灌羊治病，三个月中治了三百个人，灌羊三千，有病的人都找到合作社来。关巫神说："田保霖本领大，神神也不敢来了。"

五乡的合作社一出了名，新城区的合作社便有了师傅。田保霖的合作社又成了总社。他们常来打听行情，学习方法，也开油房，邹老太婆也到了六乡，还要到三乡去。他们也跟着栽树，也跟着赚钱。田保霖合作社在九个月之中，老百姓分到百分之九十的红利，他们笑着把红利又入了股，天天念着田主任的名字。

现在田保霖到延安来了，参加边区合作社主任联席会议。他带着极高的热情，他要见刘建章，他听到过延安南区合作社的各种方法；他要向刘主任学习，学习到能把合作社办成老百姓的亲人一样，人人相信它，依靠它，他也要把他的经验告诉别人，让大家研究。

这个会议马上要开幕了，它一定会把田保霖更提高一步，他的眼界也就更要宽广，他一定会更坚定，更耐烦，做更多的事而为人民所拥护。

田保霖是一个爱名誉的人，但他牢牢记得惠中权同志的话："要好名声只有一条路，替老百姓办好事。"

一九四四年六月

初版《陕北风光》，新华书店东北总分店，1948 年

民间艺人李卜

一

民国十四年，甘肃省平凉、隆德一带，来了李卜。他是从洛川一个戏班子逃出来到蒲城，现在又逃到甘肃来的。他穿了一件旧单褂，带了顶旧麦秸帽子，膈支窝里夹了一个小包包，走在别人门前或柜台前边一坐，把右腿往左膝上一放，仍像在台上那样，再把一个三岔岔板拿出来一敲，小眼睛一睁一闭，他就唱了起来。唱的是那些讨人欢喜的吉庆话：

"一报堆金多吉有，二报夫妻两双全，三报三阳增开泰，四报四季大发财……荣华富贵万万年。"

人们在他四周围了拢来。他停了唱，说：

"出门人缺少盘缠，请大家凑合凑合，高抬贵手点几出吧。唱得不好，大家包涵。"于是他递上手折，手折上写着很多戏目。

这样，他挣上三串五串。

夜晚，他找到那些庙宇，独自蜷卧在那空廓的殿堂上，想起了他的少年时代：二十四岁的李卜，包下了安邑县的一边城墙和城楼，高高的搭着木架，指挥着几十个工人和学徒。作为师傅的兄长，从老家运城跑来看他,又看了他包的工程,一言不发的回家去了。他告诉他们的老父亲说:"棒健,行,能放心!"那时,他的确是一个好木匠和泥水工人。

然而他欢喜唱戏,尤其是郿鄠。在蒲城做工的时候,常常练着那些调儿,边做边唱,把木活都做坏了还不知道。每年春季,他便伙着一群青年人闹社火。要不是跌年成,他也许不会到河西来,也许遇不到宜城的安老留。安老留发现了他的表演天才,鼓励他参加了班子。从那时起,他成为一个名丑了。

他满意这项职业,因为他欢喜它。可是,在旧社会里,他老是逃不脱军阀官僚的压迫。当时驻扎在延安府的陈连长,把他绑在马上调来。后来,洛川的队伍又把他从当地老百姓的班子里抢去。他厌恶那种狂嫖乱赌的糜烂生活,愤恨那种非打即骂,人压迫人的专横。他活动与他同来的小旦一起逃走,但那个老搭当因为他的漂亮被师长所欢喜,给收买去了。他独自逃了出来,成了一个街头卖唱的无家可归的人了。

在洛河川一带,谁不知道李卜呢?可是这时他却常常一个人宿在孤村野庙里。他恨那些军阀们,也恨那个小旦。当他想到自己的前途:三十几岁了,现在还可以混,可是这样搞下去,老了又怎么办呢?他看看窗外的月影,想着这些,忘记了衣襟的单薄和古庙的寂静,却更深切地体味到深夜的寒冷和荒山的凄寂。

日子拉下去了,他没有办法跳出这种生活。他老早就抽上了大烟,一个月要几十两土。除了唱戏,他也没有别的兴味。于是他流浪着,一个村一个村的。

当时,这一带种的鸦片比粮食还多。逢到割鸦片的时候,他卖唱的代价便从钱从馍馍变成了烟膏。他抽一些,留一些,慢慢地积攒了七八十两,才又逐渐走回陕北来。他不敢回洛川,便到了安塞,在安塞又有一些唱戏的围绕了他，因为他有那些烟土，他成了班主，带着一群人又在洛河川一带唱起来了。日子是一年一年的过去，李班主的班子被人爱着，赞颂着，因为他们的郿鄠戏不只是技术好，并且很少唱到那些大官贵人，大半是唱着人民的生活，可是李班主仍是两袖清风，即使能赚到几个钱，也要被那群流氓戏子吃干净的。

好容易讨了一个吹鼓手的老婆，媒人说："婆姨是好婆姨，勤俭，会过光景，就只一个'毛病'，曾是吹鼓手的女人。你一个班主，也许嫌她低了点吧？"李卜说："吹鼓手，就吹鼓手吧，他已经死了，与婆姨有啥关系。我要是将来做了营长，她就是太太。我也是个唱戏的，好人家女子还不给我呢，只要不化什么钱，能行。"于是他有了家，那女人还带了个女娃娃来。

民国十九年，他卖了箱子，落在家里做木匠，可是又被军阀逼去，唱了一年多才放回来。这时，他已经四十一二岁了。他愿意结束那浮萍似的生活，落脚在鄜县的城外，日子虽然穷一点，可是已经是一个正经的家庭生活了。

初版《陕北风光》，新华书店东北总分店，1948年

袁广发

——陕甘宁边区特等劳动英雄

当三六年红军东征的时候，红二十七军二百四十团里有一个极为勇敢出色的营长，那就是袁广发。他从二九年以一个织布学徒参加了红军以后，在他的家乡鄂豫皖一带活动。身经百战、千战，锻炼成一个坚强的战士，和一个优秀的干部。在对反革命者的尖锐斗争中，他越来越爱同他一样的穷苦人民，和他所从事的革命事业。他是一个共产党员，建立过很多战功，六年来没有在房子里睡过觉，没有脱过衣服睡觉，每天裹腿都是湿的，流过好几次血，右臂、左臂、手上、腿上都留下枪弹刺刀划过的痕迹。红军粉碎了敌人的五次"围剿"之后，他又随着徐海东同志以血战越过了平汉线，经汉中、甘肃而到达陕北。有名的劳山一役，二十五军在正面，他带领的一连担任主攻。二十六军、二十七军在两侧，三面一包把敌军先进来的两个团歼灭了，后续的也不能幸免。俘虏很多，敌军的师长也自杀了。跟着，他就被调到二十七军当营长，很快便能同语言不同的弟兄们打成一片（二十七军系陕北红军）。他们爱他，跟他随大队红军渡黄河东征。他们到了山西，沿河堡垒一扫光，大军直抵石楼，当他接到攻开石楼的命令后，自己就挂了两杆短枪，四五颗炸弹，带领了第一连在天黑后爬城。敌人警戒是很严密的,但他们摸到了城边,安置好很多梯子,他走在最前边,爬上了梯子,一级一级的跨上去,看看快到城垛口,却忽然被敌人发现了,一阵杂乱的枪声,子弹像爆豆似地飞来,袁广发同志的腿上,狠狠地中了一弹,他站不住,从几丈高的城墙边上倒坠了下来,晕到在墙底下。传令兵拖着他离开了火线,回到了师部,又转到医院。他没有死,又活过来了;但他却因为这第七次的受伤使他脱离了炮火生涯,他没有能继续发挥他作战的才能,成为一个更重要更出色的军事指挥者,是八路军的一个损失;但他转到生产战线上之后,却又使边区的工业生产发出光辉来。

一个经常在枪林弹雨中驰骋的英雄,对于病院生活是不耐的。他的伤口好了又坏,几次要求回到前方去。他说:"我是一个共产党员,我不能坐着吃。"于是军事委员会的同志便问他:"你还能作什么,暂时先作点别的也可以。"这位营长便说:"我从前是一个织布学徒,我会织布,我可以去织布,不过我的腿一好,我就要回到前方去。"他的要求被准许了。他便交上他的马匹、他的手枪、他的勤务员,愉快地拖着受伤的腿到了纺织学校。七年前他曾用双手替资本家织布,受资本家剥削。而经过七年的战斗生活之后,负伤七次的袁营长又欢喜的用他流过血的双手为自己的工厂流汗织布、纺纱。军事委员会接受了他的马匹,代替他保存着枪(这手枪已跟他四年了),退还了他的勤务员,要他留在身边,因为他的身体并不好。不久他仍旧交给公家了。他说:"今天我做工,是个工人,要什么勤务员!"后来他的伤口慢慢好了,却因为比较重,伤了筋骨,不便作战,使他不能再回到梦魂萦绕的前方了。又因为他过去是文盲,在部队中终年打仗,没有得到学习的机会,认识字不多,一时也没有适当的工作,加以职业学校的转移,他跟着跑去跑来,竟淹留在几个草创的生产机关之中。当贸易局开办合作社主任训练班时,他知道他们一时为找不到管理员和伙夫而焦急,他便以他过去在战场上的气概说:"有我,你们就不愁没有饭吃。"他做了两个月的饭,把几十个人的伙食调理得很好,丝毫没有觉得这于他的营长身份有什么损失。

三八年六月边区政府民政厅创办难民纺织厂,厂长吴生秀在边区党校物色到他,找他谈话。他好容易才得到这个学习的机会,正拟设法延长他的学习时间,听到了又要找他去做工,他只说:"党叫我做什么,我就做什么,我自己没有旁的意见。"于是他就又搬到民政厅,奔走于这工厂创办过程中的一切繁杂事务。

这时袁广发同志是到了比从前打游击更困难的境遇。陕北交通不便,人烟稀少,经济落后,原料缺乏,技术人才难找,很多人都怀疑在这荒凉的山沟是否可办工业;但边区政府有这个决定,认为应该也可以搞工业,那么凡是共产党员就应不怕一切困难,斩除荆棘开辟出一条道路来。厂长吴生秀同志有他坚忍不拔的魄力,远大的眼光,层出不穷的办法,把难民纺织厂由一万元的资本在四年半当中发展到一万八千八百六十二石粮,以三千五百元一斗米折价约合六万万六千零十八万三千余元;从他和袁广发两个人扩充到五百余人。截至四三年底共生产布匹二万三千零八十二匹,毛毯二万零九百六十九床,毛巾袜子不算,各种合作性质的出产还未计算在内,现在能制造各种机器、零件,解决本厂所有需要并帮助了很多工厂。在这样大的成绩中,吴厂长固然是主要的功臣,但袁广发的名字也一样不能与难民纺织厂分开,他是这厂内第一根擎天柱,不特厂长如此说,全厂的工人也这样把他看待。他已经两次被选为全厂的英雄,出席边区劳动英雄大会,且荣膺为边区的特等劳动英雄,的确不是偶然的。

筹备了两个月,工厂在川口开工了。第一次从西安买来了八部机子，找到了朱次复技师（山东来的，是厂内第二根柱子，去年被选为边区甲等英雄，今年也出席边区劳动英雄大会）和十几个工人，这些工人都同袁广发的技术差不多，勉强能使用木机织布，或者是铁机，或者织袜子；对于浆纱、漂染，经验都很少。只有崔襄鼎是一个熟练工人。可是老崔织布不愿意有人在旁边看，假如袁广发在旁边，他就只用一只脚踩机子，一只脚跷起来，洋洋地唱着河南调。袁广发心里想："假如我不能掌握技术，我还做个什么工？假如厂里只能依靠像老崔这样的工人，那如何行？非偷会他的本领不可，一定要在两个月内赶上他。"于是他用打仗的精神，日夜加工，暗地留心老崔的一举一动，虚心的问朱技师，不到两个月，他竟赶上了老崔。他又向朱技师学装机子，学修理机子，与老工人王凤仁研究浆纱。谁的机子坏了，他就与谁换织，这样可以熟习机子的各种毛病，又可以懂得如何修理它。别人挑选剩下来的坏纱，也归他织，这更需要细心，但也更增进了他的技术。因此四五年来他成为厂内技术最好的工人，一直到现在全厂五十二部铁机、十部木机，没有一架他没有织过；他了解每部机子的构造，那一架轻，那一架重，那一架的大轴有毛病，那一架的卷轴太紧，就像了解他的手指一样；因此每次订布的标准，订工资的标准，都凭他的努力织出最高的产量和质量。

这时工厂的工人成分，一部分是残废军人，一部分是武汉来的工人。残废军人有很多不安心；外面来的工人对革命的认识还不够，习气很坏。某些同志对于职工与厂方的关系也不明了，把工会与厂方对立，工人生产情绪不高，生活要求很多，浪费原料。袁广发看不惯这种现象，却孤掌难鸣。于是他耐心地去说服教育，团结了一群较好的残废军人与那些坏思想作斗争。他只有一个心思，工厂是革命的，是咱们党的，一定要把它办好。他当过支部书记，当过工会委员、工会主任，吴厂长非常信任他,几个好干部也同他搞得好,一部分较进步的工人也拥护他。但有毛病的人却不欢喜他,怕他,背地里骂他"溜官害民",甚至计划着揍他。他一点也不气馁,也不烦躁,仍是坚持下去。做工吃苦他走在头里,休息时间不下机子,住最坏的窑洞,头等技术却只肯拿三等工资,寸纱滴油都像珍宝似的爱惜。有一次工厂在永宁山搬家时,刚下过大雨,河里涨水,山路特别难走,又窄又滑,一个工人不当心,将一大捆纱滚到河里去了。水势又急又险,眼看要把纱冲走,岸上的人全乱喊乱叫。这时袁广发不顾一切纵身跳到河里,他是不会泅水的,激流推着他,打着他,这才引起好些人都跳下去,大伙儿把纱捞上来了,也拉上来几乎被淹死的袁广发。别人问他你又不会水,何必跳下去?他说:"革命财产么,我不跳下去,谁跳下去!"

工厂一天天的向上发展,但工厂管理仍不免有些紊乱。有些干部搬来外边的一套管理制度,不适合,有些本身还残余着一些官僚主义,有些又是外行。在四二年的时候,工厂各科虽然发展到有五百余人,但病号每天常有八九十。工房里的人跑去跑来,纬管丢弃遍地,每天废纱有二十斤,一月要消耗机油二百斤……每月也有生产计划,不过只有科长自己知道,有时也通知一下工人,但能否完成,或完成与否,则连科长也不知道了。至于工资,则从实物货币混合工资制到试行计件累进制,工人之中仍有一个思想:"干不干,一斤半。"还常常要求补充这样补充那样。他们捻香、拜把子,只肯工作八小时,学习、开会、娱乐都要占工时。袁广发同志虽然这时还只是一个股长,但他在保卫工厂的意念下,坚忍的斗争着,自然有时他的态度会不好的,给反对者以借口,可是很多工人都了解他,甚至有些吊儿郎当的,挨了他骂的也会说:"袁广发不是为个人,是为工厂。"不过结果他仍不免于被取消股长工作,取消工会工作。他还是积极的作工,半天也没有下过机子，并向那些来表示同情的工人说："我对科长的领导方式，我对于我们这里的某些负责同志有官僚主义、不重视工作有意见。科长无理由撤我的职也是不对的，但这是科长的问题。我做工不是为科长，这是一个革命工人、一个党员的今天的任务。"他仍自动替每部车子加油，使每月消耗机油由二百斤减到七十斤。

就在这个时候，中委洛甫同志来厂检查工作一个多月，开展赵运与整风运动。工人、干部思想都开始有了新的认识，于是袁广发一下被全部人所了解、所肯定，他是厂内最忠实的最正确的同志。他被升任棉织科长了。他做棉织科长后更显出优越的才能，使难民工厂更走向企业化与正规化。

在取得上级同意后袁科长首先调整生产组织，配备劳动力，精简冗员，把棉织、毛织两科合并；生产单纯集中化，主要出产土布毛呢（毛巾、袜子等停止出产）；按各人的体力和技术程度分配适宜工作。体力较差的妇女，技术不够的学徒，都不勉强上机织布，以免妨碍生产，调到浆纱、络纱组上去，生产效率高，他们情绪也高。机器都恰当的掌握在有技术的手上。因此产量逐渐增加，过去每人每月平均生产十二三匹大布，改组后平均每人每月生产二十一匹。今年织单经单纬土布，亦能从三匹四匹提到每人平均十四匹。个人的产量提高，脱离生产的人员减少，以前棉织、毛织两科共有十人脱离生产，经整理后，去年减到四人，今秋只有三人，四个人管理二百四五十人的生产，还显得有条有理。最近弹纺科又合并来，一共四人又减去两人。

要管理得好，还须要制度，袁科长把过去那些复杂的登记表改为简单的，取消不适用的；为了便于实行经济核算制，严格执行事病假登记，工具、零件消耗统计，原料统计，产质量统计，修理单，每人生产日记表等，重新讨论宣布劳动纪律和厂规。现在工房非常严肃紧张，铁机达达的响，整经组的大轮有次序的划大圆圈，倒纱的小车哗哗的摇转；再也没有吃烟、烤火、谈笑、吵架的事发生了。

现在的生产计划都经过工人在小组会上缜密讨论，从下而上订出计划，经常检查，遇有个别工人情绪较低或有偏向（有的工人自动加工四五小时，半夜也要生产），即随时由组长、科长耐心说服，尤其对于他们的优点特别注意适度表扬。更实行全面工资，工人要生活过得美，就得靠自己多生产，赚得多。又鼓励他们储蓄。开始还有极少数有二流子思想的工人工资不够吃，结果大家都努力上去了。去年最高工资可以拿到一月一石二斗；今年还有人拿到一石四斗，最低也可拿到五斗至六斗。

袁科长在施行各种管理制度时，获得非常多的经验，今天他又在从一个忠诚刻苦的工人而学着去掌握党的工业政策，和创造实际办法。厂内工人们都说，袁科长进步真快，大家要学习他。

今年难民工厂又有一个大问题，即单经单纬土布。边区为着在两年内做到全部自给，决定发展植棉、妇纺和改织土布。但各地纺纱标准在开始时未能一致，纺手都是没有经验的人，也不懂织布知识，结果，由于太粗、太细、太松、太紧、不匀等毛病，坏纱太多，很不易选。加以工人用土纱上铁机不习惯，织得非常慢，非常稀。这种布拿到延安来，曾被批评为孝服布。袁科长难过极了，就亲自选纱、浆纱，自织出半匹布，延安各领导者才说："像这样就好。"可是大部分工人仍织不出这样的布。于是袁科长细心研究，原来工资是一个问题，布的标准没有。他便再三说服崔锡忠，尽力帮助他，在七月份崔锡忠织出了标准布，重订了工资，工人的信心和热情马上提高。六月份只能织一百七十五匹，七月份就增到二百四十五匹，八月是四百五十六匹，九月十五号到十月十三号完成建设厅规定的一个月六百五十四任务。

这样飞跃的进展，确是惊人的。在这半年中，袁科长每天都是思考着工业自给中难民厂的任务。他很细心的去注意每个工人的思想、情绪、生活、技术、体力，按着各人不同的情况去说服、鼓励，帮助他们订出每月的计划和完成它。他把自己倒线的工资全部拿出来买水果慰劳工人。又发起个人与个人、组与组、组代表与组代表的竞赛。工人们就更卷入了这个热潮，自动加工，牺牲午睡，或者鸡叫起身工作，但只要有工人在工房就可以看见他们的科长也在那里倒线子或学习写字。使大家犹疑的单经单纬土布问题已成为过去了。现在难民工厂不仅乙等布已合乎建设厅的标准，但出产是甲等布占多数，比市上的五福布还好。

  现在袁广发同志再度当选为边区劳动英雄，他是无愧的。因为他一心为党，不怕艰苦，不断学习，始终如一，所以当他去做一个战士时，他就成为一个很好的军事干部，但当他又去做工时，他又能从一个普通工人掌握了技术并成为一个好的工厂管理者。他在军队里，为战士们爱戴；他在工厂里，又为工人们爱戴；他现在是边区的英雄，又为我们边区人民所爱戴。袁广发同志！我们拥护你，并好好的向你学习！

一九四四年秋

初版《陕北风光》，新华书店东北总分店，1948年

躲飞机

从乡村刚到城市,感觉常常是很新鲜的。走过乱石的山涧,走过崎岖的高山,走过急流上的独木桥,而忽然踏着柏油马路;常常看见的是朴素诚恳的农民的脸,忽然却听到城市人的殷勤的腔调。烫发的女郎,搽了粉涂了口红的脸孔,零食摊,这是阔别了多少年的东西。但这些差异却并不能引起我的多少注意。我只好像偶然的又走回一个很陈旧的梦境里,但另外却有很多东西使我兴奋。我走在柏油马路上我想到:这是我们的了,我是第一次走在自己的柏油路上;我看见那些工厂的烟筒(我一定要赶快都去参观),我想,这是我们的工厂,它们要把我们的张家口好好的建设起来的。我参加过工人的会议,看见他们都觉醒了,都昂起头说话,我想着他们过去几十年受尽中国军阀统治、国民党以及日寇的压迫,现在翻身后的情况。我看见兴盛的商业,我对中国共产党掌握城市是这样有办法而愉快。我看见很多市民很快就去掉了八年来养成的深深鞠躬,孩子们已厌恶说成纪多少年而唱着:"没有共产党,就没有中国!"我到这城市时间很短,这并不是一个太大的城市,但却充满了光明。我们曾经在最落后的农村,扫除文盲,破除迷信,实行普选。他们政治的认识和政治的生活都很高,他们之中产生劳动英雄,改变二流子。我们今天到了城市,这里有产业工人，有知识分子，有较好的物质条件，那还没有充分的信心和把握吗？我在这光明的世界中，虽然只来了几天，虽然还只见到表面，我却极愉快而兴奋。但光明之中仍有黑点，我也见到这黑点了。这黑点是一层残余的薄云，是从北平那里吹来的一小股阴风，这是当我在街上躲飞机时所见到的。因为躲飞机，有些老百姓和我在一起，就和我谈了起来。他们很怕飞机来，他们说街市上有谣言，他们说八路军好是好，就怕住不长，他们问我毛主席怎么样？问延安怎么样？他们一下就把他们的心事都说了出来。我自然向他们讲解，他们听得很有趣味，警报解除了也不愿走。是的，这就是光明的天空还有那末一块暗云。张家口的市民还有一小部分被国民党的每天飞来的飞机，和配合着飞机而发的谣言所扰乱，会有某种的情绪不安。是的，即使是小小的不安，也很不同于我住惯了的乡村了。那里是，人民都已极有组织，它们信心很高，我们常常要防备他们的"天垮了有毛主席，地坍了有留守兵团"的太平观念。而这里某些人的杞忧却的确值得原谅和加强我们的警惕。但我也愿意告诉这些怀有某种不安的人们：你们怕什么？张家口有十几万人口，团结起来，组织起来，这就是保卫张家口的强固堡垒和钢铁的军队！作为保卫张家口，建设张家口的主力的工人们，也正在巩固扩大自己的队伍，在工人代表大会上，一个开车头的老工人作了有力的誓言："我们流血得来的幸福，我们决不撒手！我们要组织起来，好好团结，努力生产，支援前线，跟着共产党，打倒那些破坏我们幸福的国民党反动派！"这种呼声，也正是全体工人代表的呼声，它号召全市的工友和市民，加强胜利的信心，组织起来，帮助政府，彻底清查汉奸特务，保卫胜利的果实。而且在张家口周围，在自卫战争的前线，有转战十八年的八路军。这支军队，在十年内战中没有被消灭，在八年抗日战争中，更是历尽艰险，发展壮大到一百多万，都是有政治教育、战术修养的猛士。有几百万和人民紧紧结合的民兵和十几块解放区,而在这精壮的队伍的前面,有二十多年斗争经验的共产党和它的英明的旗手毛泽东,他指导大家挥戈前进,这就足够保证我们的胜利!只要张家口的人民不愿再受压迫,决心不撒手已经得到的解放,那么,不管你国民党的飞机也好,美国的飞机也好,张家口将用坚强的意志,"保卫人民的张家口,建设人民的张家口"来回答。这点暂时的小小的暗云定会被吹散,而光明的天空更澄清起来。是的,这有待于全市的努力,但我预祝这不久的将来。

一九四五年十二月作于张家口

初刊《晋察冀日报》1945 年 12 月 23 日

我怎样飞向了自由的天地

我出生的家庭,是一个没落的望族,这种家庭对于人一点好处没有。好容易我母亲冲到了社会上来而且成为一个小学校长。我也完全由我母亲的教育而做一个女子师范学校的预科生。但我的母亲由于环境和时代的限制,她的思想也不过要使得我将来有谋取职业的本领,不致于在家里受气,和一个人应该为社会上做一番事业。我自己呢,完完全全是一个糊涂的小孩子,从来也没有过什么思想,顶满意自己的环境,觉得自己很聪明,校长、教员、同学都喜欢我,可是这时忽然来了"五四"。"五四"的思想在那时因为我的年龄和知识都够不上接受什么,没有什么直接影响,但对于我的前途却有了很大的关系,我之所以有今天,实在不能不说是"五四"的功劳。

"五四"那年,我正在桃源女师预科读书。这个学校以前没有过什么社会活动。但"五四"的浪潮,也冲击到这小城市了。尤其是里面的一小部份同学。她们立刻成立了学生会,常常带领我们去游街、讲演、喊口号。我们开始觉得很茫然,她们为什么这样激动呢?却也跟在她们后边,慢慢我有了一个思想:"不能当亡国奴。"她们那时在学校里举行辩论会讨论很多妇女问题、社会问题。教员很少同情她们,同学们大多数赞成她们。我很佩服其中的两个同学:杨代诚和王剑虹,可惜由于我那时班次低,年龄小,没有同她们在一起,然而只要有机会我就表示了我的态度。譬如有一次她们讲到女子剪发,同教员们做了很激烈的论争,教员讲话时,我们不鼓掌;王剑虹一讲话,我们就鼓掌。会后许多人都把辫子剪了,我也不假思索的跟着做。现在剪发是太平凡了,而且成为当然的现象,但那时却是件大事。我们为着没有辫子,四处遭受冷嘲或责骂。后来她们又办了一个贫民夜校,看见我喜欢活动,叫我去教珠算,学生们看见我比讲台的桌子高不了多少,都叫我"崽崽先生"。

这一群同学在当时是我的指路明灯,她们唤起我对社会的不满,灌输给我许多问号,她们本身虽没有给我以满意的答复,却使我有追求真理的萌芽。后来我又随着王剑虹、杨代诚到了上海,她们把我领到广大的领域里。我们做了很好的朋友,茅盾先生在《丁玲传》里说到她们。现在让我纪念早死的剑虹,和致意活在南方的一知吧。(一知即杨代诚。)

我的母亲是在常德,当时她如何受到"五四"的影响,我不大清楚。总之,当我暑假回到家时,我的母亲便同我谈到转学问题,她觉得一个人要为社会做事首先得改革这个社会,如何改革这个社会是今天必求的学问。一般的师范中学的课程,不能解决这个问题。她说长沙周南女子中学要进步得多,那里面有新思想。于是母亲自己把我送到长沙,把我托付给她的一个旧同学陶斯咏先生了。一年半以后,我母亲又放手让我随王剑虹到上海去,也基于这种思想,她要使我找着一条改革中国社会的路。后来她自己也找到了这条路,她完全同意我,我们不只是母女关系,我们是同志,是知己。从那时离开她二十多年,我都在外奔波,她从没有后悔,而且向往着我的事业,支持我。我的母亲呵!你现在生活怎样?我们被反动者们封锁了,隔绝了,你无依无靠,但是你会挣扎的，你的生命力是强盛的。中国今天已经有了和平民主的曙光，中国的道路和我的道路都已经很明白的摆在中国人民的面前了，这二十多年的革命历史，多少先烈在前面牺牲了，他们的血，和我们的奋斗不是白费的。母亲呵！你愉快吧！祝福你健康的活在人间，不久的将来我们会再见的。母亲！

　　进了周南之后，幸运的是我那一班的国文教员陈启明先生，是全校最进步的人物。我们那时把他看成一个神圣的人物。他是湖南第一师范毕业的学生，同当时即在湖南有名的毛泽东同志是同学。他订了许多的外边的杂志报纸，他在那些文章上用朱笔画上圈交给我们读，读不懂他便讲解。很多《新青年》上的文章成了教材。我们同学大部分都不大注意别的功课，欢喜谈论问题，反对封建的一切制度成为那时主要的课题。我在这种空气之中，自然也就变得多所思虑了，而且也有勇气和一切旧礼教去搏斗。当我再回到家里的时候，首先我废除了那些虚伪的频繁的礼节，公开的指斥那些腐化的生活，跟着也得着我母亲的帮助把婚约解除了。大家都认为我是大逆不道，大家都责备我母亲对我的放任，可是我是多么骄傲。陈启明不只在思想上替我种下某些社会革命的种子，而且是多么鼓励我从事文学。在没有进周南以前，当我还在小学的时候，我便读过很多的小说，可是我的作文总不十分好。因为是用文言作文，有时还要我作四六文呢。陈启明介绍我读了许多新小说、新诗，我那时即读胡适的文章、诗、他的翻译小说，读康白情的诗，读冰心的《秋风秋雨愁煞人》。如《最后一课》《二渔夫》等是我最喜欢的，当然那故事的情调，写普法战争，法国感到快要亡国的痛苦，是深合于那时我们的情绪的。于是我便学着写，写诗，写散文，还写过一篇小说，有两首小诗刊载在陈启明等编辑的《湘江日报》上。这些东西当然是非常幼稚，算不得什么写作，不过却培养了我的文学兴趣，使后来我在社会上四处碰壁无路可走的时候，我会想起用一枝笔来写出我的不平，我对于中国社会的反抗，用笔来呼喊，揭露统治阶级的黑暗。一直到现在，使我有这枝笔为中国人民服务，陈启明先生给我的鼓励是有作用的。

可惜陈启明因他的思想"过激"，而被解聘了，我们感到很大的难受，我随着几个年长的同学又跑到一个男子中学去读书。这时这几个同学因为年龄和知识都比我较大较高，大家都感觉到在这个学校里也学不到什么，她们便离开了学校，准备自修。我呢，总感觉得要向一个更遥远的更光明的地方去追求。恰巧王剑虹从上海回来了。她向我宣传陈独秀、李达他们在上海要办一个平民女子学校，她邀我一起去。我又得着我母亲的赞助，抱着满怀的幻想到上海去了。自然，我并没有一下便找着光明大道，我打过了几个圈子，碰了许多壁才走上正确的路的。但从这时我却飞到了一个较广阔、较自由的天地。我是放任过我自己，勇敢翱翔过，飞向天，被撞下地来，又展翅飞去，风浪又把我卷回来。我尽力回旋，寻找真理，慢慢才肯定方向落到实际。我虽没有参加到"五四"，没赶得上，但"五四"运动却影响了我，我在"五四"浪潮极后边，它震动了我，把我带向前边。

选自《大众文艺丛刊：文艺的新方向》1948 年第 2 期

永远活在我心中的人们

——关于陈满的记载

陈满是我在宋村最好的朋友中的一个，我们谁也纪念着谁，谁也忘不了谁。她是一个五十多岁的老太太，从她有记忆那天起，她就想不出有什么甜的事。她的祖母，她的母亲，她的大女儿都和她的命运一样，她简直不知道为什么她们会这样苦。她告诉我："唉，路是长长的，日子是没完的，娘的痛苦还没熬尽，闺女又走了上来，我做的活计能堆成山，我流的眼泪就流成河。"她的一生的确是一时也说不尽，也写不完，我现在只能记载我们是怎样认识，和怎样做起朋友来的。

我们刚到宋村第二天，分区召集了贫农会，我们一个熟人也没有，（在那时这村子是一个新解放区），总想在这些会中，在个别访问等等机会里面了解一些人，而且发现一些可靠的积极分子。可是第一天大半的人都不说话，少数的人说得不坏，就不敢出头。有几个肯出头的，看来又有些滑里滑头。后来成立小组，推选小组长，有一个组老半天也没推出来。我们走去看，大家都你推我让，有的就低下头，一声也不响。我们向他们解释，他们也还是那样。这时忽然站出来一个衣裳穿得很不好的老太太，她着急的说："唉，看你们这些死脑筋呀！千年万年也盼不到今天，有解放军给咱们穷人做主，叫咱们翻身，你们还怕这怕那，情愿当牛马，受苦受难。唉，大爷们！把你们那死脑筋翻个格吧。"

一个小组的人都不答理她，只望着她。不知是谁悄声地说道："你成，你当！"

"咱就当，只要你们选咱，咱就当。"

这时大伙都论了："选你！选你，你当吧！"有人告诉我们："行，就是她！她是李老冬家的，她叫陈满。"

我们又问他们，都异口同音说："就是她，她行。"她个人也说："就是咱，咱啥也不怕，出了事就问咱好了。同志，写上咱的名字吧，咱叫陈满。"她就这样当了小组长了。

第二天开全村的贫农大会，选举贫农团代表，她又被选为大会的主席团之一。她非常勇敢。她问我："妇道人家也行么？"我告诉她男女一样要翻身。只要谁愿意为乡亲们做事，谁也能当主席。她高兴的笑道："你们说行就行，你们说的没错，咱不怕他们，咱听你们的话。"开会的当中，我试着问她道："大娘，你把你脑子里思摸好的事向大家说说，叫大家和你一样，不怕啥，好不好？"她迟疑的答道："唉，一个娘儿们，见识短，说不出个什么，不服众，只有爷们带着娘们走的，还能让一个老娘们走在头里？"我告诉她那是一些旧道理，要她不要管，她便真的走在主席台前的桌子边。一个颤也没打，好像老早准备好了讲演辞一般地，干脆地说道："咱是个老娘们，也不知道说什么好，也不知道对不对。咱说，从今天起，咱们村可就变了样，以后该咱们当家做主了。咱们有毛主席，咱们啥也不要怕。天下穷人是一家，咱们团得，一条心。又有毛主席做主，解放军撑腰，恶霸地主就都完蛋了，顽固军也快消灭了，还怕啥？咱们要感谢毛主席。咱们要翻开了身，当了家，毛主席可乐呀！"

听她讲话的人也有笑的，也有不笑的，总之，她没有当上贫农团代表，她差了几票。另外有两个妇女选上了，两个都爱打爱闹的。我们心里明白这里面有道理，可是刚来村子上，不了解情况，不敢做结论。后来有人告诉我，她是外村来的一个缝穷老婆子，带了一个闺女来，跟了李老冬。李老冬今年七十五岁了，七十岁上要了她。

下午我去看了她，要她好好当小组长。第二天，别人告诉我她那组另外选了组长了，他们全组反对她，说她是外来的。她那一组人本来就是她们一家，都姓李。

又有人告诉我李老冬不准她出门。

也有人告诉我说她名誉不好，我问她"靠"过人吗？答应说没有；我问难道她闺女不规矩，答应是个好闺女，只是因为她过去的丈夫是一个唱花旦的！

我考虑了许久，决定不要她当小组长，我也不去看她。晚上派个人去看情况，回来告诉我说：人人都说她病了。第二天又派人去看她，说像有病，躺在床上，两天没有吃饭了。我心里记挂着她，我又成天不安，我想她一定遭遇到很多非难和迫害，但为着要更多的了解一些事，我不得不忍心不管她，看别人究竟怎样对付她。

第四天清晨我忍不住了，朝她家走去，刚走了几步，我看见她了。陈满头也不梳，衣服也不好好穿上，她一把抓着我说道："咱来看你的，咱有话要和你说，人都说咱病了，没有那回事，别信他们。"

我们两人往回走，我觉得她抓着我的那只手，显得滚烫。

我们进到房间，她说："咱怎么也吃不下，几天几夜就在捉摸一个道理，如今咱搞清楚了，咱可以吃饭，可以梳头了。"

我不敢问她什么，只劝她躺在我炕上，我倒了一杯热开水给她喝。我想由她自己爱说什么就说什么。她说：

"以前咱在这村子上，就不算什么人，到处受欺侮。人都叫咱野婆子，也有人打咱，打咱二妮。那不过是瞧咱不起，轻贱咱们。可是如今人们却恨咱，怕咱。夜夜晚上咱都不敢睡，怕有人来杀咱。嘿，同志，你别不相信，咱因为有你们撑腰，咱成了一个人了。咱一翻身，你还以为没有人恨，没有人怕吗？哼！你笑，你相信了吧，可是你又别以为咱就怕了他们，咱夜晚是睡不着，叫咱老头子和二妮轮流守着窗户，怕跳进人来。咱老头子也不是好东西，穷人骨头富人心，他不向着你们，他是富根穷苗。他要咱的时候，他七十岁，咱五十岁，你说咱们有什么情投意合。他要了咱好服侍他，咱图有一个藏身之地，咱想把咱二妮抚养成人啦！这老东西不是人，他的粮食都不往家搬，怕那天一口气喘不过来，粮食归了咱，他要真的死了，连披麻戴孝都不会要咱们，也不让咱们叩头就把咱娘儿们撵走了。咱还是不讲这些事，咱不怕他们，现在是他们怕咱。咱虽是外村人，可来这村也五年了，咱又不傻，谁好谁坏，咱还能不清楚？可是，咱说实话，你们刚来乍到，一两天是摸不清这村子上的事的，咱和你们却真是一条心啊！你和咱说话不多，咱可全明白。唉，几天几夜咱都睡不着，吃不下，就为想明白你们的心啊！咱说一句话，做一件事，咱都在想合不合你们的心，因为你们的心就是毛主席的心，毛主席的心就是为咱们的心。咱越想越糊涂。咱要二妮唱歌扭秧歌，他们都说咱疯了。咱说二妮，唱歌是为了感谢毛主席，扭秧歌是为了咱们的翻身。昨夜咱把这道理想通了，咱好不欢喜。同志你听着：我觉得过去全是对的道理，到今天就全成了不对的了，过去不对的道理就全成了对的了。咱要做什么就全朝着这上面做。你说是不是？"

我简直觉得奇怪，我只觉得她在启发着我。这个老太婆是这样的有思想，一个人真正要翻身，要翻心，一定要经过痛苦，经过思想的，但我什么也不打算问她，我知道她会什么都告诉我的。我只鼓励着她和安慰着她，后来，她坐了起来，腿盘着，掠了一下披在额际的乱发，好像忽然想起一桩大事，庄重的说道："同志，不怕你笑话，咱还编了一个歌，咱愿意念给你听听，表表咱的心。"我自然深怕她不念，极力照顾着她的心情，她就念了一首歌出来：

太阳出来红东东，太阳好比毛泽东，庄稼没太阳不生长，穷人没毛主席万年穷。

这首歌我好像在那里也见过，可是陈满是一个不识字的人，她去抄袭是不可能的；这又是一个新解放区，也许她听过别人念过，她脑子里有一个印象；但也许是吻合，同样的感情就唱出同样的歌谣来。我问她怎样讲，她说："庄稼为什么没有太阳不生长，因为大树护住了。大树就好比地主，要把树砍了庄稼才能见太阳，不打倒地主就翻不了身。同志，你说对也不对？"

（我想说陈满是个诗人，也许有人说我夸张了，但她的的确确向我唱过几个钟头，她把她的一生是唱给我听的。而且叙述得那样的动人，自然这是后来的事。）

我又问她是她编的么？她说是的。我说："大娘，你编的真好，你以后多编一些。你编好了，我给你写下来，寄给毛主席。"

她从炕上飞也似的走下来，对我说道："咱病好了。咱头上一清醒，想通了道理，就没病啦。你别着急，咱们这村好搞，村子上有的是好人。咱们西头的圈子就是，李满圈是个不错的人，看起来粗一些，有些愣，可是一个正直人，不怕事。咱以后慢慢地告诉你，现在咱家去，让你吃饭，咱有话咱就会来。咱老头子不是好人，咱成天骂他，想把他心扭转来。"

我紧紧地握着她的手，送她到门口，我说："大娘！你真好，你是咱们的人，咱们是你的人。你要平平静静过活，你要安安生生吃饭、睡觉，没人敢损害你的。咱们娘儿凡事都要商量,你知道的事告诉咱,咱明白的道理告诉你。咱们依靠着你,你依靠着咱,咱们一条心,要把宋村翻个格。要宋村的穷人们都能像大娘一样,心里明明白白,自己做主人。"

她走了,头发披在后颈上。她的步法是矫健的。我看出一颗坚强的智慧的心,我看出我们互相的无比的信托。我爱她,我要在她的身上发现了世界。她的影子慢慢地远去,我的愉快就愈生长了起来。我无法隐藏我的高兴,我几乎一路大声的笑着走回了我的房,我找来了我的工作的同志们,我们有了更乐观的充分有信心的心情来安排着我们新的工作。

这只是我们认识的开始,自然我们的友谊一天一天会深下去;因为我们的战斗一天一天的深入下去和细致下去,我们的相知,我们的相互关系,也就慢慢凝固起来。到如今,当我每次脑子中有空的时候,或者当我须要感情的时候,就会想起许多人们,而陈满就是其中的一个。可惜我现在还只能为她做些简单的记载,但这些永远活在我心中的人们,我总希望我能使她们永远活在一切人们的心中。

初刊《新中国妇女》创刊号 1949 年 7 月 20 日

记游桃花坪

天蒙蒙亮的时候，隔着玻璃窗户望不见一点红霞，天色灰暗，只有随风乱摆的柳丝，我的心就沉重起来了。南方的天气，老是没一个准，一会下雨，一会天晴，要是又下起雨来，我们去桃花坪的计划可就吹了。纵使去成了，也会减低很多兴趣的。不知道为什么，那种少年时代等着上哪儿去玩的兴头、热忱和担心，非常浓厚地笼罩着我。

我们赶快起身，忙着张罗吃早饭。机关里很多见着我们的人，也表示担心说道："今天的天气很难说咧。"好像他们都知道了我们要出门似的。真奇怪，谁问你们天气来着，反正，下雨我们也得去。不过，我们心里也的确同天色一样，有些灰，而且阴晴不定着咧。

本来昨天约好了杨新泉，要他早晨七点钟来我们这里一道吃早饭，可是快八点了，我们老早把饭吃好了，还不见他来。他一定不来了，他一定以为天气不好，我们不会去，他就不来了，他一定已经兀自走了，连通知我们一声也不通知，就回家去了。这些人真是！我一个人暗自在心里嘀咕，焦急地在大院子里的柳树林下徘徊。布谷鸟在远处使人不耐地叫唤着。

忽然从那边树林下转出来两个人。谁呢？那走在后边的矮小个儿，不正是那个桃花坪的乡支部书记杨新泉么？这个人个子虽小走路却麻利,他几下就走到我面前,好像懂得我的心事一样,不等我问就说起来了。"丁同志,你没有等急吧。我交代了一点事才来。路不远,来得及。"他说完后不觉地也去看了看天,便又补充道:"今天不会下雨,说不定还会晴。"他说后便很自然地笑了。

不知怎么搞的,我一下就相信了他,把原来的担心都赶走了。我的心陡然明亮,觉得今天是个好天气。正像昨天一样:昨天下午我本来很疲乏了,什么也不想干,但杨新泉一走进来,几句话就把我的很索然的情绪变得很有兴致;我立刻答应他的邀请。他要请我吃粑粑,这还是三十年前我在家读书的时候吃过的,后来在外边也吃过很多样子的年糕,但总觉得不如小时吃的粑粑好。杨新泉他要请我吃粑粑,吃我从前吃过的粑粑,那是我多么向往着和等待着的啊!

我们一群人坐汽车到七里桥。七里桥这地方,我小时候去过,是悄悄地和几个同学去看插秧的,听说插秧时农民都要唱秧歌,我们赶去看了,走得很累,满身大汗,采了许多野花,却没有听到唱歌。我记得离城不近,足足有七八里,可是昨天杨新泉却告诉我一出城就到。我当时想,也许他是对的,这多年来变化太大了,连我们小时住的那条街都没有了,七里桥就在城边是很可能的。可是我们还是走了好一会,才走到堤上。这堤当然是新的,是我没见过的,但这里离城还是有七八里路。我没有再问杨新泉。他呢,一到堤上就同很多人打招呼,他仿佛成了主人似地抢着张罗雇船去了。

我们坐上一个小篷篷船。年老的船老板扬着头望着远处划开了桨,我们一下就到了河中心。风吹着水,起着一层层鱼鳞一样的皱纹,桨又划开了它。船在身子底下微微晃动,有一种生疏的却又亲切的感觉。

我想着我小时候有一次也正是坐了一个这样的小篷篷船下乡去躲"反",和亲戚家的姑娘们一道,好像也正是春天,我们不懂得大人们正在如何为时局发愁,我们一到船上就都高兴了起来,望着天,望着水,望着岸边上的小茅屋,望着青青的草滩,我们说不完的话,并且唱了起来。可是带着我们去的一个老太太可把我们骂够了,她不准我们站在船头上,不准我们说话,不准唱歌,要我们挤坐在舱里。她说城里边有兵,乡下有哥弟会,说我们姑娘们简直不知道死活呢……可是现在呢,我站在船头上,靠着篷边,我极目望着水天交界的远处,风在我耳边吹过,我就像驾着云在水上漂浮。我隔着船篷再去望船老板,想找一点旧日的印象,却怎么也找不到。他好像对划船很有兴致,好像是来游玩一样,也好像是第一次坐船一样,充满着一种自得其乐的神气。

船转过了一个桥,人们正在眺望四周,小河却忽然不见了,一个大大的湖在我们面前。一会儿我们就置身在湖中了,两岸很宽,前面望不到边。这意外的情景使我们都惊喜起来,想不到我们今天来这里游湖。可是也使我们担忧今天的路程,哪里会是杨新泉所说的只一二十里路呢。于是有人就问:"杨新泉,到你们家究竟有多远?"

"不远。过湖就到。"

"这湖有多少里,船老板?"

"这湖么,有四十里吧。"

"没有,没有。"杨新泉赶忙辩说着,"我们坐船哪一回也不过走两个多钟头。"

"两个多钟头?你划吧,太阳当顶还到不了呢。"

杨新泉不理他,转过脸来笑嘻嘻地说道:"丁同志,我包了,不会晚的,你看,太阳出来了,我说今天会晴的。"

我心里明白了,一定是他说了一点小谎,可是他是诚恳的。这时还有人逼着问,到底桃花坪有多远。杨新泉最后只好说,不足四十里,只有三十七里,当他说有三十七里的时候,也并不解释,好像第一次说到这路程似的,只悄悄地望了一望我。

他是一个很年轻的人,二十三岁,身体并不显得结实,一看就知道是受过折磨的,他的右手因小时放牛,挨了东家的打,到现在还有些毛病,可是他很精干,充满了自信和愉快。你可以从他现在的精明处想象到他的多变的、灾难的幼年生活,但一点也找不到过去的悲苦。他当小乞丐,八岁就放牛,挨打,从这个老板家里转到那个老板家里,当小长工。他有父亲、母亲、弟弟、妹妹,他却没有过家,他们不是当长工,就是当乞丐。昨天他是多么率直地告诉我:"如今我真翻身翻透了,我什么都有啦,我翻身得真快啊!我的生活在村子里算不得头等,可是中间格格,你看,我年前做粑粑都做了不少米啦。"

我告诉同去的几个人,他是到过北京,见过毛主席的。大家都对他鼓掌,便问他去北京的情形。他就详细地讲述他参观石景山钢铁厂,参观国营农场的感想。我问船老板知道这些事情不,他答道:"怎么会不知道?见毛主席那不是件容易事。杨新泉那时是民兵中队长,我们这一个专区,十来个县只选一个人去,去北京参加十月一号的检阅。毛主席还站在天安门上向他们喊民兵同志万岁。几十万人游行,好不热闹……"大家都听笑了,又问他:"你看见了么?"他也笑着答:"那还想不出来?我没有亲眼得见,我是亲耳听得的,杨新泉在我们乡做过报告,我们是一个乡的啦!"

当杨新泉同别人说到热闹的时候,船老板轻轻地对我说:他看着他长大的,小的时候光着屁股,拖着鼻涕,常常跟着他妈讨饭,替人家放牛,很能做事,也听话,受苦孩子嘛,不过,看不出有什么出息。一解放,这孩子就参加了工作,当民兵,当农会主席,又去这里又去那里,一会儿代表,一会儿模范,真有点搞不清他了。嘿,变得可快,现在是能说能做；大家都听他，威信还不小呢。

我看杨新泉时，他正在讲他怎样参加减租退押工作，怎样搞土地改革。他的态度没有夸耀的地方，自自然然，平平常常。可是气势很壮，意思很明确。

太阳已经很高了，我们都觉得很热，可是这个柳叶湖却越走越长。杨新泉这时什么也不说，他跨到船头，脱去上身的小棉袄，就帮助划起桨来。他划得很好，我们立刻赶过了几只船，那些船上的人也认得他们，和他们打招呼，用热烈的眼光望着我们。

还不到十二点，船就进了一个小汊港，停泊在一个坡坡边。这里倒垂着一排杨柳，柳丝上挂着绿叶，轻轻地拂在水面。我们急急地走到岸上，一眼望去，全是平坦坦的一望无际的水田，田里都灌满了水，映出在天空浮动的白云。一大片一大片的油菜地，浓浓地厚厚地铺着一层黄花，风吹过来一阵阵的甜香。另一些地里的紫云英也开了，淡紫色的，比油菜花显得柔和的地毯似的铺着，稍远处蜿蜒着一抹小山，在蓝天上温柔地、秀丽地画着一些可爱的线条。那上边密密地长满树林，显得翠生生的。千百条网似的田堰塍平铺了开去。在我们广阔的胸怀里，深深地呼吸到滋润了这黑泥土的大气，深深地感到这桃花坪的丰富的收成，和和平平的我们人民的生活。我们都呆了，我们又清醒过来，我们不约而同地都问起来了：

"你的家在哪里？"

"桃花坪！怎么没有看见桃花呀？"

"你们这里的田真好啊！"

杨新泉走在头里，指着远远的一面红旗飘扬的地方说道："那就是我的家。我住的是杨家祠堂的横屋，祠堂里办了小学。那红旗就是学校的。"

我们跟在他后边,在一些弯弯曲曲的窄得很不好走的堰塍上走着。泥田里有些人在挖荸荠,我们又贪看周围的景致,又担心脚底下。温柔的风,暖融融的太阳,使我们忘却了时间和途程。杨新泉又在那里说起了他的互助组。他说:

"咱们去年全组的稻谷平均每亩都收到七百斤。我们采用了盐水选种。今年我们打算种两季稻,每亩地怎么样也能收一千斤。那样,我们整个国家要多收多少呀,那数目字可没法算,那就真是为国家增产粮食啊!对于农民自己也好呀!"

他又答复别人的问话:"要搞合作社呢,区上答应了我们,这次县上召集我们开会,就是为了这事。我今年一定要搞起来,我要不带头那还像话,别人就要说话啦,说我不要紧,是说共产党员呀!"

有人又问他的田亩,又算他的收成,又问他卖了多少粮给合作社。他也是不假思索地答道:

"我去年收了不少。我们全家八口人有十七亩来田,没有旱地,我们收了八千来斤谷子,还有一点别的杂粮。我还了一些账,把余粮卖给合作社一千五百斤。"他说到这里又露出一丝笑容。他不大有发出声音的笑,却常常微微挂着一丝笑。我总觉得这年轻人有那么一股子潜藏的劲,坦率而不浮夸。

走到离祠堂很近时,歌声从里面传了出来,我们看见一个长得很开朗的、穿着花洋布衫的年轻的妇女匆匆忙忙从祠堂里走出来,望了我们几眼赶快就跑进侧面的屋子去了。杨新泉也把我们朝侧屋里让,门口两个小女孩迎面跑出来,大的嚷着:"大哥哥!大哥哥!你替我买的笔呢?"小的带点难为情的样子自言自语地念道:"扇子糖,扇子糖。"

这屋子虽是横屋,天井显得窄一点,可是房子还不错。我们一进去就到了他们的中间堂屋,在原来"天地君亲师"的纸条子上,贴了一张毛主席像，纸条子的旧印子还看得见。屋中间一张矮四方桌子，周围有几把小柳木椅子，杨新泉一个劲儿让大家坐。我们这群同去的人都不会客气，东张西望的。有人走进右手边的一间屋子里去了，在那里就嚷道："杨新泉，这是你的新房吧。大家来看，这屋子好漂亮啊！"

我跟着也走了进去，第一眼我看见了一个挂衣架，我把衣朝上边一挂，脑子里搜索着我的印象，这样的西式衣架我好像还是第一次在农村里看见。我也笑起来了："哈哈，这是土改分的吧，你们这里的地主很洋气呢。"于是我又看见了一张红漆床，这红漆床我可有很多年没有看见了，我走上这床的踏板，坐在那床沿上。杨新泉的床上挂了一幅八成新的帐子，崭崭新的被单，一床湘西印花布的被面，两个枕头档头绣得有些粗糙的花，还有一幅帐檐，上面也有同样的绣花。这床虽说有些旧了，可是大部分的红漆还很鲜明，描金也没有脱落，雕花板也很细致，这不是一张最讲究的湖南的八步大床，可也决不是一个普通人家能有的东西。这样的床我很熟悉，小时候我住在我舅舅家，姨妈家，叔叔、伯伯家都是睡在这样的床上的。我熟悉这些床的主人们，我更熟悉那些拿着抹布擦这个床的丫头们，她们常常有一块打湿了的细长的布条在这些床的雕花板的眼里拉过去拉过来，她们不喜欢这些漂亮的床。我在那些家庭里的身份应该是客人，却常常被丫头们把我当知心朋友。我现在回来了，回到小时候住过的地方，谁是我最亲爱的人？是杨新泉。他欢迎我，他怕我不来他家里把四十里湖说成二十里，他要煮粑粑给我吃，烧冬苋菜给我吃，炒腌菜给我吃。我也同样只愿意到他们家里来，我要看他过的日子，我要了解他的思想，我要帮助他，好像我们有过很长的很亲密的交情一样。我现在坐在他的床上，红漆床上，我是多么地激动。这床早就该是你们的。你的父亲做了一辈子长工，养不活全家，教你们母子挨打受骂，常年乞讨，现在把这些床从那些人手里拿回来，给我们自己人睡，这是多么应该的。我又回想到我在华北的时候，我走到一间小屋子去，那个土炕上蹲着一个老大娘正哭呢。她一看见我就更忍不住抱着我大哭，我安慰她，她抖着她身旁的一床烂被，哼着说："你看我怎么能补呀，我找不到落针的地方……"她现在一定也很好了，可是度过了多么长时间的酸苦呀！……

我是不愿意让别人看见我流眼泪的，我站了起来向杨新泉道："我的妈呢，你的爹呢，他们两位老人家在哪里，你领我们去看他。"

我们在厨房里看见了两个女人。一个就是刚才在门外看见的那个年轻穿花衣裳的，是杨新泉去年秋天刚结婚的妻子。一个就是杨新泉他妈。他妻子腼腼腆腆地望着我们憨笑，灶火把她的脸照得更红，她的挑花围兜的口袋里插着国语课本。我们明了她为什么刚刚从小学校跑出来的原因了。她说她识字不多，但课本是第四册。她不是小学校学生，她是去旁听的。

我用尊敬的眼光去打量杨新泉的妈，我想着她一生的艰苦的日子，她的粗糙的皮肤和枯干的手写上了她几十年的风霜，她的眼光虽说还显得很尖利，她的腰板虽说还显得很硬朗，不像风烛残年，是一个劳动妇女的形象，但总是一个老妇人了。我正想同她温存几句，表示我对她的同情。可是她却用审查的眼光看了一看我，先问起我的年龄。当她知道我同她差不多大小，她忽然笑了，向她媳妇说道："你看，她显得比我大多了吧，我一眼就看出来了。"她马上又反过脸来笑着安慰我："你们比我们操心，工作把你们累的。唉，全是为了我们啊！现在你来看我们来了，放心吧，我们过得好咧。"是的，她的话是对的。她很年轻，她的精神是年轻的，她一点也不需要同情，她还在安排着力量建设她的更美满的生活，她有那样小的孩子，门口那两个孩子都是她的小女儿。几十年的挣扎没有消磨掉她的生命力。新的生活和生活的远景给了她很大幸福和希望。她的丈夫也很强壮，今天又去十里以外的地方打柴去了；儿子是这样的能干，在地方上出头露面，给大家办事；她又有了媳妇。她现在才有家，她要从头好好管理它，教育子女。她看不见，也没有理会她脸上的皱纹，和黄的稀疏的头发。我一点也没有因为她的话有什么难受，我看见了一个健康的、充满活力的灵魂。我喜欢这样的人，我赞美她的精力，我说她是一个年轻的妇女，我鼓励她读书，要她管些村子上的事。

我们又到外边去玩，又去参观学校。这个小学校有五个教室，十来个班次，有五个教员，二百多学生。这个乡也同湖南其他的乡一样，一共有三个小学校。看来学龄儿童失学的情形是极少有的了。我们去时，孩子们刚下课，看见这一群陌生人，便一堆堆地跟在后面，一串串地围上来，带着惊喜和诧异的眼光，摸着我的同伴的照相机纷纷问道：

"你们是来跟我们打针的？"

"不是打针的？那你们是来帮助生产的？"

"我知道，你们是来检查工作的！"

杨新泉那个小妹妹也挤在我们一起来玩了。她扎了一根小歪辫子，向我们唱儿歌，那些多么熟悉的儿歌啊！这些歌我也唱过的，多少年了，现在我又听到。我忽然在她的身上看见了我自己，看见了我的童稚的时代。我也留过这样的头，扎个歪辫子，我也用过这样的声调讲话和唱儿歌，我好像也曾这样憨气，和逗人喜欢。可是我在她身上却看见了新的命运，她不会像我小时的那样生活，她不会走我走过的路，她会很幸福地走着她这一代的平坦的有造就的大路，我看见她的金黄色的未来！我紧紧地抱着她，亲她，我要她叫我妈妈，我们亲密地照了一个像。

我的同伴们又把杨新泉的一些奖状从抽屉里翻出来了。原来他曾参加过荆江分洪的工程,他在那里当中队指导员,当过两次劳动模范。工作开始的时候,他的劳动力是编在乙等的,我们从他的个子看也觉得只能是乙等。可是他在乙等却做甲等的工作。他的队在他的领导下也总是最先完成任务。他讲他的领导经验时也很简单:"吃苦在前,不发脾气,帮助别人解决困难。"他最后又加添说:"我相信共产党,我的一切是中国人民翻了身才有的,我要替人民做事。我要把一切事情都做得最好。"从荆江回来他就参加了党。

我们也读到报纸读者和《湖南青年报》写给他的信,问他卖余粮的数目,问他如何参加总路线的学习和怎样宣传的。人民不只鼓励着他,而且监督着他:"杨新泉!你的生活过好了,你当了干部,可是你怎样走下去,你走哪条路呢?"

杨新泉说:"那不行呢,我们去年冬天学习了总路线,到县上开了十天会,从会议上才懂得,发财的思想还是很普遍呢。要是没有党的思想教育,要是我们又走错了路,我们闹了几十年运动,改革别人,结果自己又去剥削别人,你看多蠢,多冤枉!我有时想,毛主席怎么那么神明,别人都说毛主席像太阳,太阳只能照得见看得见的东西,毛主席却看见旁人看不见的东西,他把全世界的人和事情都看透了,他就这样一步一步地引导着我们。我不能那样想,我不能走错路呢。我今年一定要好好搞合作社,区上会帮助我的。要不然我对不起'他',谁都知道我是见过'他'的。"他又那样微微挂着一丝笑。

我们又看了他学习总路线的笔记。我们很奇怪他记得那么好,他写字虽说不很熟练,却很整齐。他过去只读过一年书,这完全是解放后工作中学习得来的。他那样一个小小个子,怎么能有这样大的精力,仅仅只在四年多中间,做了那么多的事,学了那么多的东西,把一个简单的没有文化受压迫的青年农民,一下变成这样一个充满了活力,懂得很多事，也能承担各种事的党员和农村干部了。我从他一个人的身上看到整个国家的改变，真是多么地惊人啊！

我们吃了一顿非常好吃的饭，没有鸡（他们要杀的，我们怎样也不准他杀），没有肉（这里买不到），只有一条腊鱼；可是那腌菜，那豆腐乳，那青菜是多么地带着家乡风味；特别是粑粑，我还是觉得那是最好吃的。

饭后我们又和他谈了一些关于合作社的问题。已经四点钟了，他还要去乡政府开会，我们计算路程，也该回去了。他怎么样也要送我们到河边。我们便又一道走了回来。这时太阳照到那边山上，显得清楚多了，也觉得更近了一些，我们看见一团团的，云彩一样的白色的东西浮在山上。那是什么呢？杨新泉说："那里么，那是李花呀！你们再仔细看看，那白色的里面就夹着红色的云，那就是桃花呀！以前我们这里真多，真不枉叫桃花坪。不过我们这里桃花好看，桃子不好，尽是小毛桃，就都砍了，改种了田，只有那山上和靠山边的地方就还留得不少。现在你们看见桃花了吧。"

小船还系在柳丝下，船老板一个人坐在船艄上抽旱烟。

我们只在这里呆了几个钟头，却有无限的留恋。我们除了勉励这青年人还有什么话说呢？杨新泉也殷殷地叮嘱我们，希望我们再来。他说："丁同志！别人已经告诉我你是谁了。你好容易才回到几十年也没有回来过的家乡，我从心里欢迎你来我家里，看看我们的生活，我怕你不来，就隐瞒了路程，欺骗了你。我还希望你不走呢，你就住在我们这里吧，帮助我们桃花坪建设社会主义吧。"

我们终于走了。这青年人在坡上立了一会，一转身很快就不见了。他是很忙的，需要他做的事可多呢。他能做的。他是新的人！我虽说走了，不能留在桃花坪，可是我会帮助他的，我一定会帮助他的。

太阳在向西方落去，我也落在沉思中。傍晚的湖面显得更宽阔。慢慢月亮出来了，多么宁静的湖啊！四周围一点声音都没有。渔船上挂着一盏小小的红灯，船老板一个劲地划着。我轻轻地问他："你急什么呢？"我是很舍不得这湖，很舍不得这一天要过去，很希望他能帮助我多留一会儿，留住这多么醉人的时间！

　　船老板也轻轻地答应我："我还要赶到城里去看戏呢，昨天我没有买到票，今天已经有人替我买了，是好戏，《秦香莲》呢。我们很难得看戏，错过了很可惜。我们还是赶路吧，我看你们也都很累了。"

　　这样，我们就都帮助他荡桨，我们很快就到了堤边。我们并不累，我们很兴奋，我们明天有很多别的事，新的印象又要压过来，但我们永远也忘不了这一天。这里不只是有了湖南秀丽的山水，不只是有了明媚的春光，不只是因为看见了明朗热情的人，而且因为一切都是新的！一切都使我充满了欣喜，充满了希望，使我不得不引起许多感情。世界就是这样变了，变得这样的好！虽说我们还能找出一些旧的踪影来，可是那是多么的无力！我们就在这样的生活之中，就在这样的新的人物之中，获得了多少愉快和增加了多少力量啊！我怎么能不把这一次的游玩记下来呢，哪怕它只能记下我的感情的很少一部分。桃花坪，桃花坪呀，我是带着无比的怀恋和感谢的激情来写到你，并且拿写你来安慰我现在的不能平静的心情。

一九五四年三月十日

选自《丁玲全集·第五卷》，河北人民出版社，2001 年

中国的春天

——为苏联《文学报》而写

今天,是一九五二年春天的日子,是温和的阳光落在我书桌上的时候,是雪在悄悄融化的时候,是我阔步走在莫斯科广场的时候,是苏联的和平建设,高度的文化教育着我的时候,一个题目来到我的生活里面。它像淡黄色的阳光一样来到我的书案上,它清楚地美丽地被写在我的洁白的稿纸之上,它深刻地印入我的脑子里:啊,"中国的春天",中国的春天啊!"中国"这个字不就是春天的化身么?当你想起中国的时候,你就看见无处不是新鲜,一切新事物都在绚丽的阳光之下,在温柔的和风之下发芽,蓬蓬勃勃地生长着,四处都感觉得到有一种不可压制的力量。这个力量正如果戈理所形容过的永远追不着的三驾马车,"地面在它底下飞扬着尘土,桥在发吼,一切都留在它的后面"。中国啊!中国正在奔向光明,奔向集体化,奔向毛泽东所指示的方向。

"中国",春天的中国,当我要为你讴歌的时候,从我的心中,好像升起了一股喷泉。我无法清理这些汹涌的热情,也来不及找到恰当的语言。我羡慕莫斯科大剧院的歌手,他们的确能把他们所要表现的,所应该表现的情感,倾泻无余,而又恰如其分地感染着人们的心。但我不管这些,我要欢呼!我要用我的全力欢呼:中国!人民的中国,毛泽东的中国啊！你带来了浓郁的春的气息，百花齐放；带来了生命，活泼有力而且是温暖和幸福！

然而，当我为你讴歌的时候，为你的今天而讴歌的时候，我却不得不想起了你的昨天

——严寒的冬天。你曾经用过多么艰难的步子，走了一个长长的历史阶段。你在几十年之中，把九百六十万平方公里的土地，翻了一个身，你使五万万人都自由地站立起来，你打倒了几千年的封建制度，你在自己的领土上消灭了万恶的法西斯、帝国主义侵略者。你发扬了中国人民传统的美德，勤劳和勇敢；你又在肃清资产阶级所留下的腐化的庸俗的思想。中国是在斗争之中长大的，她还在斗争中。她为着她的理想，要战胜一切阻碍她前进的力量。

现在，让我们回到一个古老的时代去吧。是果戈理的时代，是托尔斯泰的时代，是谢甫琴科的时代，是高尔基的童年的时代，我诞生了，诞生在中国的二十世纪的第一个十年中。虽说在俄罗斯已经是"暴风雨中的海燕"时期，有了列宁和斯大林领导的革命，但我出生的那个乡村，有什么不同于果戈理小说中、谢甫琴科的诗句中的情形呢？今天苏联的儿童，戴着红领巾，走到儿童宫去学习科学和艺术。可是，是些什么东西在那时教育着我呢？当我还是一个应当捉迷藏和跳绳的幼年，没有什么旁的，只有封建地主家庭的黑暗腐朽和一切暴政，以及吃人的礼教。人们都是这样。人们得学习着忍受，锻炼坚强的意志，和储蓄着一切反抗的力量。我没有学习到什么，和我同时代的许多人一样，只学到一个思想："旧的应该打毁，要砍断一切锁链！要冲破牢笼，为了光明，为了祖国，要做一个时代的、社会的、家庭的叛逆。"

我也曾有过最可羡慕的青春。我应该充满了生的喜悦。我应该去跳舞，去滑冰。可是我有什么可以骄傲的呢？我只是像一只灯蛾，四

处乱闯地飞，在黑暗中找寻光明。我甚至像一个老妇人，伏在地上，亲着潮湿的土地而哭泣。我觉得我的身子太轻了，负载不了这时代的苦痛。我曾在中国有名的杭州住过，这曾为中外诗人们所称赞过的地方。但我只能在山巅上高歌，以排遣我的抑郁。我甚至一点也感觉不到湖山的美丽。我也曾踯躅在旧北京的街头，如一个饕餮者贪馋地去吞食知识，想从西方文化中得到道路。我到今天还不愿仔细地去回忆那可悲的青年时代，应该像春花一样美丽的时代，却填满了忧愁、愤慨、挣扎和反抗。然而我也应该感到愉快，就在这样的年代中，我慢慢地走到了实际，我找到了真理，我和人民在一起，我站在一个多么可爱的人的麾下，毛泽东的麾下，充当一名小小的兵士。我和许多年轻人一样，投身到热烈的革命的火焰当中。我们已经不再醉酒狂歌，而是举起革命的火把，唱着"起来，饥寒交迫的奴隶……"我们已经再不徘徊街头，而是以整齐的步伐，向反动者进军！我们是在毛泽东的指导下，开始了新的生命。曾经是多么困苦的，但走过来了，走在到光明去的大道上了，走到一个有伟大理想的大道上了。我们有马克思列宁主义，我们有斯大林，我们有毛泽东！

中国人民在毛泽东的旗帜下，进行着复杂的、曲折的、异常艰苦的革命斗争。早在一九二六年间我们就曾经胜利过。可是绅士们再也不能酣睡了，他们发抖，他们叫嚣，连知识分子的脸也变白了。于是反动者们出卖了革命，出卖了人民胜利的果实。我们还能忘记一九二七年反动者给予我们的血的教训么？我们走到哪里，哪里都在逮捕和屠杀。四处都布满了白色恐怖。但是，啊！你，毛主席，你把红旗在井冈山上高高升起，你像一线阳光照在人民心头，你像黑夜中海上的灯塔，你指引着革命的方向，鼓舞了人们的斗志，你把希望和信心传播给人们。第二次国内革命战争在南北十几个省份野火般地燃烧起来了！革命的力量聚集起来了，革命的经验在积累着。毛主席！你知道现在的这些老区的人们是多么骄傲地谈着他们的过去，远远近近的人民又多么向往着这革命的圣地啊！

人们最不忘的，永远要被诗人们当作歌颂的题材的，是二万五千里的长征。铁的红军，从江西走到陕北，他们在崎岖的山路上，在惊险的浪涛中，在没有飞鸟也没有野草的雪岭上，在无边无际的草泽中行进。他们还通过一个少数民族区，又通过一个少数民族区。他们前边有敌人，后边有追兵，左边是反动派，右边是地主们的武装，可是没有什么东西可以阻挡这"铁流"。他们创造了一个奇迹又一个奇迹，当一个红军的兵士在月夜的草原上，想起了家乡的歌谣的时候，他跟着就想起了那睡在离他们不远的毛主席。他们就再也不能睡了，他们要守护这块土地。他们就要擦亮他们的枪，为着那个睡在他们不远地方的毛主席去杀敌。二万五千里的长征胜利了。这长征，这胜利，本身就是一首伟大的史诗。诗人们写了，留下了不少的诗篇，可是我们最爱读的，百读不厌的，写出了这气吞山河的长征的诗的，也还是这史诗最重要的创作者，毛泽东同志。我们愿意再温习一下这感情，我们愿意再朗诵这首名诗：

红军不怕远征难，万水千山只等闲。
五岭逶迤腾细浪，乌蒙磅礴走泥丸。
金沙水拍云崖暖，大渡桥横铁索寒。
更喜岷山千里雪，三军过后尽开颜。

中国革命的中心到了陕北，毛主席住在延安。延安这小小的偏僻的山城，便成为世界的名城。抗日的统一战线在这里，抗日战争的胜利也在这里，革命的力量扩大和巩固在这里，马克思列宁主义的理论学习也在这里。延安啊！你曾经培养了多少干部，改造了多少人的思想。你那个大礼堂上，到今天还留着毛主席的题字："实事求是"。所有在延安住过的人，都曾把你当一个家，惟一的家，都舍不得离开，离开了便永远怀念。陕北的人民，原就是长于歌唱的人民，自从有了毛主席，他们就更会歌唱了，更爱歌唱了。老农民孙万福见了毛主席，口诵了许多的诗，到现在这首歌唱遍了中国二十几个省："高楼万丈平地起，盘龙卧虎高山顶，解放区的太阳红又红，咱们的领袖毛泽东！"农民李增正唱出了所有人们心中的话："东方红，太阳升，中国出了个毛泽东，他为人民谋幸福，他是人民大救星。"这个歌，我在莫斯科听到过，在斯大林格勒听到过，在格鲁吉亚的首都梯比里斯也听到过。苏联的朋友们啊！我想你们会懂得我听了这陕北小调后所涌起的无尽的情感啊！

抗日战争胜利了，解放战争胜利了，毛主席引导着我们从一个胜利到一个胜利。胜利的红旗，人民解放的红旗，和平的红旗从北往南插，从东又插到西。全中国解放了。新中国诞生了。从世界的东方，升起了曙光。全世界爱好和平的人们，拍手欢呼。中国的解放，给世界和平增加了多少力量。新中国是站在拥护和平的一面，站在苏联的一面，站在斯大林同志的一面！

那一天，一九四九年的十月一日。北京的天，蓝湛湛的，北京的人们穿着新衣，心里被烧着似的兴奋，心随着歌声，随着"万岁"的呼声飞向一个地方：天安门。人的河流也奔向天安门。天安门前的广场上是一片人的海，旗帜的海。红色的波浪翻滚着。人们重复着一个声音："毛泽东万岁！"人人仰首望，天安门上也站满了人，人人在人丛中找，啊！那个高大的个子正是人民心上的人，啊！毛泽东！啊，毛主席！我们要永远跟着你，永远服务于人民，做一个不掉队的小兵。这一天，毛主席站出来了，人人都看见了他，他的声音响彻了天安门，响彻了北京，响彻了全中国，也响彻了全世界。他宣布了新中国的诞生，中央人民政府的成立，新的一切，便从这一天开始了。春天来了，中国的春天啊！

在春天的中国，人民的生活，起着巨大的变化。天津有一个姚大娘，她曾经这样说过："我，是一个穷苦老婆子。过去，在日本和国民党统治的时候，挨饿受冻，受尽欺凌侮辱。我男人蹬三轮车，摔坏了腿没钱治，我儿子卖冰，拉大车，赚来的钱不够全家人吃山芋面的。孩子们饿得哭，我生小孩两天没进一口汤水，饿得眼前冒金星，从炕上摔下来……"可是现在呢，她说："解放后我们的日子一步登了天，我们吃的饱，穿的暖，再也不受气。我两个儿子都在工厂有了工作。"这个姚大娘在镇压反革命运动中，她逮住了一个特务。人民四处表扬了她，她便又说道："这本来是我分内的事，可是人民却那么热情地拥护我，送我很多锦旗和礼物，请我到各处做报告，报上也登了我。我心里真说不出是怎么个滋味。我黑夜睡不着觉就想：这别是做梦吧，一个穷人还能有今天？连市长见了面还和我握握手。"她猛地坐了起来，看见满屋子悬挂的耀眼的镜子，色彩缤纷的锦旗，她忽然在这些中间看见一张相片，毛主席的相片，她于是兴奋地叹道："这是真的啊！我有了今天不就是他，毛主席、共产党给我的么？"

人民的生活改善了，人们的要求便也不同了。七十岁的老人们也每天夹着书本去到识字班，他们不愿落在年轻人后边。湖南《大众报》在报纸上讨论土地改革、生产、时事问题，有一千个左右的农民很热情地写稿来参加讨论。全国农业劳动模范李顺达，农业生产合作社的旗帜，他在一九五一年的七月写信给毛主席，说的是他思想认识上的变化。他从一个普通农民懂得了城乡关系,懂得了工人阶级的领导作用,懂得了要关心政治,学习马克思列宁主义!农村里在大量地使用新的技术和新的农具,他们从变工互助慢慢地走到农业生产合作社。他们采用按劳动日计酬的办法,他们还逐渐地增加着公有的生产资料。而且在东北的北满草原上,在松花江的南岸,一个幸福的集体农庄出现了。庄员们按社会主义的原则,各尽所能,按劳分配。他们一年一年地改进了管理方法,他们有丰富的收成。他们过着幸福的生活,他们每家有几间房子,房子里有电灯。他们有过节日的衣裳,书架上摆上了新书。他们读《社会发展史》,他们读《米丘林生平》,有人读《我们的目的是共产主义》,有人读《新文学教程》。这个完全理想的生活实现了,这个新闻正被全国农民注意着,他们正走向苏联农民那样幸福的环境。他们的灿烂的前程,就是我们大家的远景。赶上去啊!全中国的农民啊!这并不辽远,只要我们努力,我们很快便要同他们一样的哪。

工业的成就,数不清。铁路增多了,江河畅流了。人们坐着宽敞的新的列车,飞驰着前进,车窗外展现出那么美丽的肥沃的辽阔的田野。车窗内人们听着音乐,读着书。"一定要把淮河修好"是毛主席的伟大号召,人民响应了这个号召,三百万人组成了一支雄壮的大军,他们要改变历史,要和自然斗争。工人用技术教育着农民,干部团结着技术专家,他们联合在一起展开了和洪水赛跑、和时间赛跑的激烈战斗。淮河修好了,千百年来为灾为害的祸水驯服了。他们有了闸,有了水库,还要有电气化。淮河将要成为一条美丽的河,一条可爱的河了。

工人阶级摆脱了压迫,成为国家的领导阶级后,就自然发生了主人翁的感觉,树立起新的劳动态度,生产率一天天提高,一个新纪录压倒一个新纪录。他们提出劳动竞赛,他们订立爱国公约,他们展开了技术改进和合理化建议运动。劳动模范像雨后春笋地争着出来了。

这短短的白纸写不尽他们的新的成绩，和那些光荣的名字。而且他们进工人学校了，进人民大学了，进中央文学研究所了。他们的文章登在《人民日报》上，登在《工人日报》上，登在《文艺报》上，登在《人民文学》上；他们在劳动人民文化宫演了他们自己的戏，《不是蝉》这个戏自石家庄演到太原，又从北京演到上海，工人们爱看，作家们为他们开座谈会。他们要件件事都走在前边。

人们在一切的运动中，迅速地变了样。人们抛弃了自私自利，生长了爱国主义和国际主义。抗美援朝了，人人都起来保卫和平，这里示威，那里游行。年轻人上了前线。老太太们也拿着簿子，征求人们在和平书上签名。我们的志愿军从一九五零年十月到现在一直是和朝鲜人民军并肩作战，不顾美帝国主义残酷的轰炸和全世界人民反对的细菌武器的袭击。绿山烧成黑山，黑山又被炸成黄山，土地变色了，鲜明的红旗却屹立在阵地上。在最艰难的日子里，他们把来自祖国的香烟盒中的画片钉在战壕里，"祖国啊，我要为你战斗到底！"全中国的老老小小都明白，我们的战士最可爱。他们是人民的战士，是和平的保卫者，他们永远忠于自己的神圣的职责。

中国是胜利了，中国到处都充满了春天的阳光，中国正走在开满鲜花的道路上。喝水的要不忘挖井的人，是谁使我们这样？老百姓都在歌唱，是毛主席的恩情，是共产党的主张，是斯大林同志的教导和苏联人民的帮助。中苏两国人民永远的牢不可破的友谊，成了世界和平的保障。

中国胜利了，中国四处都充满了春天的阳光，中国正走在开满鲜花的道路上。毛主席告诉我们：这只是万里长征走完了第一步。我们还要进行长期的复杂而艰苦的斗争，才能保住我们已得的胜利，才能获得更大的胜利。中国人民一定按照毛主席的指示，逐步进到社会主义和共产主义。

  今天，是一九五二年的春天的日子，是中国在原来的成就上更向前飞跃发展的时候。我跟随着中国人民，爬过了一座山，又一座山，渡过了一个浪潮又一个浪潮，到现在走进了这幸福的年代。我越活下去，我就越充满了爱。我爱新生的一切，我爱这朝气勃勃的祖国。我爱新的人民，在毛泽东教养下，一切都变得那样好的人民。我看见我们的妇女都打破了封建的锁链，得到了解放，她们在各种岗位上都和男子们一样。我看见我们的孩子们也戴着红领巾，受着日趋完美的教育。我看见我们的老年人都年轻了，满怀着对世界的希望。我看见落后的正在变好，劳动改造了他们。我们已不再褴褛，过去苍白的面孔上，现在已经充满了血色。中国人是多么漂亮而有精神的人啊！我到处看见的都是阳光，我到处都感觉得到生的气息、生的力量和生的喜悦。我曾经悲叹过的、忧愁过的中国，现在到处都是欢乐，到处都听到雄壮的歌。我曾经以我的笔作为武器，去揭露黑暗，反抗暴力，现在我要以我的笔去歌颂新生活的一切。虽然在我的鬓边，已经悄悄地爬上了白发，但我却觉得好像生命才开始。我同中国一样，同中国人民一样，有的是充沛的力量。我好像成天都在诗的境界，诗的句子常常涌到我的心中，我要为中国而创作，我要为毛主席而创作。我常有一个希望，让春天的中国在我的创作中发芽吧，生长吧。让我好好拥抱着春天的中国！

1952 年 3 月写于莫斯科，4 月改于北京

选自《丁玲全集·第七卷》，河北人民出版社，2001 年

"牛棚"小品

（三章）

窗后

尖锐的哨声从过道这头震响到那头，从过道里响彻到窗外的广场。这刺耳的声音划破了黑暗，蓝色的雾似的曙光悄悄走进了我的牢房。垂在天花板上的电灯泡，显得更黄了。看守我的陶芸推开被子下了炕，匆匆走出了小屋，返身把门带紧，扣严了门上的搭袢。我仔细谛听，一阵低沉的嘈杂的脚步声，从我门外传来。我更注意了，希望能分辨出一个很轻很轻而往往是快速的脚步声，或者能听到一声轻微的咳嗽和低声的甜蜜的招呼……"啊呀！他们在这过道的尽头拿什么呢？啊！他们是在拿笤帚，要大扫除；还要扫窗外的广场。"如同一颗石子投入了沉静的潭水，我的心跃动了。我急忙穿好衣服，在炕下来回走着。我在等陶芸，等她回来，也许能准许我出去扫地。即使只准我在大门内、楼梯边、走廊里打扫也好。啊！即使只能在这些地方洒扫，不到广场上去，即使我会腰酸背疼，即使我……我就能感到我们都在一同劳动，一同在劳动中彼此怀想，而且……啊！多么奢侈的想望啊！当你们一群人扫完广场回来，而我仍在门廊之中，我们就可以互相睨望，互相凝视，互相送过无限的思念之情。你会露出纯静而挚热的、旁人谁也看不出来的微笑。我也将像三十年前那样，从那充满了像朝阳一样新鲜的眼光中，得到无限的鼓舞。那种对未来满怀信心，满怀希望，那种健康的乐观，无视任何艰难险阻的力量……可是，现在我是多么渴望这种无声的、充满了活力的支持。而这个支持，在我现在随时都可以倒下去的心境中，是比三十年前千百倍地需要，千百倍地重要啊！

没有希望了！陶芸没有回来。我灵机一动，猛然一跃，跳上了炕，我战战兢兢地守候在玻璃窗后。一件从窗棂上悬挂着的旧制服，遮掩着我的面孔。我悄悄地从一条窄窄的缝隙中，向四面搜索，在一群扫着广场的人影中仔细辨认。这儿，那儿，前边，窗下，一片，两片……我看见了，在清晨的、微微布满薄霜的广场上，在移动的人群中，在我窗户正中的远处，我找到了那个穿着棉衣也显得瘦小的身躯，在厚重的毛皮帽子下，露出来两颗大而有神的眼睛。我轻轻挪开一点窗口挂着的制服，一缕晨光照在我的脸上。我注视着的那个影儿啊，举起了竹扎的大笤帚，他，他看见我了。他迅速地大步大步地左右扫着身边的尘土，直奔了过来，昂着头，注视着窗里微露的熟识的面孔。他张着口，好像要说什么，又好像在说什么。他，他多大胆啊！我的心急遽地跳着，赶忙把制服遮盖了起来，又挪开了一条大缝。我要你走得更近些，好让我更清晰地看一看：你是瘦了、老了，还是胖了的更红润了的脸庞。我没有发现有没有人在跟踪他，有没有人发现了我……可是，忽然我听到我的门扣在响，陶芸要进来了。我打算不理睬她，不管她，我不怕她将对我如何发怒和咆哮。但，真能这样吗？我不能让她知道，我必须保守秘密，这个幸福的秘密。否则，他们一定要把这上边一层的两块玻璃也涂上厚厚的石灰水，将使我同那明亮的蓝天，白雪覆盖的原野，常常有鸦鹊栖息的浓密的树枝，和富有生气的、人来人往的外间世界，尤其是我可以享受到的缕缕无声的话语，无限深情的眼波，从此告别。于是我比一只猫的动作还轻还快，一下就滑坐在炕头，好像只是刚从深睡中醒来不久，虽然已经穿上了衣服，却仍然恋恋于梦寐的样子。她开门进来了，果然毫无感觉，只是说："起来！起来洗脸，捅炉子，打扫屋子！"

于是一场虚惊过去了，而心仍旧怦怦怦地跳着。我不能再找寻那失去的影儿了。哨音又在呼啸，表示清晨的劳动已经过去。他们又将回到他们的那间大屋，准备从事旁的劳动了。

这个玻璃窗后的冒险行为，还使我在一天三次集体打饭的行进中，来获得几秒钟的、一闪眼就过去的快乐。每次开饭，他们必定要集体排队，念念有词，鞠躬请罪，然后挨次从我的窗下走过，到大食堂打饭。打饭后，再排队挨次返回大"牛棚"。我每次在陶芸替我打饭走后（我是无权自己去打饭的，大约是怕我看见了谁，或者怕谁看见了我吧），就躲在窗后等待，而陶芸又必定同另外一伙看守走在他们队伍的后边。因此，他们来去，我都可以站在那个被制服遮住的窗后，悄悄将制服挪开，露出脸面，一瞬之后，再深藏在制服后边。这样，那个狡猾的陶芸和那群凶恶的所谓"造反战士"，始终也没能夺去我一天几次、每次几秒钟的神往的享受。这些微的享受，却是怎样支持了我度过最艰难的岁月，和这岁月中的多少心烦意乱的白天和不眠的长夜，是多么大地鼓舞了我的生的意志啊！

书简

陶芸原来对我还是有几分同情的。在批斗会上，在游斗或劳动时，她都曾用各种方式对我给予某些保护，还常常违反众意替我买点好饭菜，劝我多吃一些。我常常为她的这些好意所感动。可是自从打着军管会的招牌从北京来的几个人，对我日日夜夜审讯了一个月以后，陶芸对我就表现出一种深仇大恨，整天把我反锁在小屋子里严加看管，上厕所也紧紧跟着。她识不得几个字，却要把我写的片纸只字，翻来捡去，还叫我念给她听。后来，她索性把我写的一些纸张和一支圆珠笔都没收了，而且动不动就恶声相向，再也看不到她的好面孔了。

　　没有一本书，没有一张报纸，屋子里除了她以外，甚至连一个人影也见不到，只能像一个哑巴似的呆呆坐着，或者在小屋中踱步。这悠悠白天和耿耿长夜叫我如何挨得过？因此像我们原来住的那间小茅屋，一间坐落在家属区的七平方米大的小茅屋，那间曾被反复查抄几十次，甚至在那间屋里饱受凌辱、殴打，那曾经是我度过多少担心受怕的日日夜夜的小茅屋，现在回想起来，都成了一个辉煌的、使人留恋的小小天堂！尽管那时承受着狂风暴雨，但却是两个人啊！那是我们的家啊！是两个人默默守在那个小炕上，是两个人围着那张小炕桌就餐，是两个人会意地交换着眼色，是两个人的手紧紧攥着、心紧紧连着，共同应付那些穷凶极恶的打砸抢分子的深夜光临……多么珍贵的黄昏与暗夜啊！我们彼此支持，彼此汲取力量，排解疑团，坚定信心，在困难中求生存，在绝境中找活路。而现在，我离开了这一切，只有险恶浸入我寂寞的灵魂，死一样的孤独窒息着我仅有的一丝呼吸！什么时候我能再痛痛快快看到你满面春风的容颜？什么时候我能再听到你深沉有力的语言？现在我即使有冲天的双翅，也冲不出这紧关着的牢笼！即使有火热的希望，也无法拥抱一线阳光！我只能低吟着我们曾经爱唱的地下斗争中流传的一首诗：'囚徒，时代的囚徒，我们并不犯罪。我们都从那火线上扑来，从那阶级斗争的火线上扑来。凭它怎么样压迫，热血依然在沸腾……"

一天，我正在过道里捅火墙的炉子，一阵哨音呼啸，从我间壁的大屋子里涌出一群"牛鬼蛇神"，他们急速地朝大门走去。我暗暗抬头观望，只见一群背上钉着白布的人的背影，他们全不掉头看望，过道又很暗，因此我分不清究竟谁是谁，我没有找到我希望中的影子。可是，忽然，我感觉到有一个东西，轻到无以再轻地落到我的脚边。我本能地一下把它踏在脚下，心怦怦地跳了起来，多好的机会啊，陶芸不在。我赶忙伸手去摸，原来是一个指头大的纸团。我来不及细想，急忙把它揣入怀里，蹽进小屋，塞在铺盖底下。然后我安定地又去过道捅完了火炉，把该做的事都做完了，便安安稳稳地躺在铺上。其实，我那时的心啊，真像火烧一样，那个小纸团就在我的身底下烙着我，烤着我，表面的安宁，并不能掩饰我心中的兴奋和凌乱。"啊呀！你怎么会想到，知道我这一时期的心情？你真大胆！你知不知道这是犯法的啊！我真高兴，我欢迎你大胆！什么狗屁王法，我们就要违反！我们只能这样，我们应该这样……"

不久，陶芸进来了。她板着脸，一言不发，满屋巡视一番，屋子里一张桌子，一把椅子，没有引起她丝毫的怀疑。她看见我一副疲倦的样子，吼道："又头痛了？"我嗯了一声，她不再望我了，返身出去，扣上了门扣。我照旧躺着。屋子里静极了，窗子上边的那层玻璃，透进两片阳光，落在炕前那块灰色的泥地上。陶芸啊！你不必从那门上的小洞洞里窥视了，我不会让你看到什么的，我懂得你。

当我确信无疑屋子里真真只剩我一个人的时候，才展开那个小纸团。那是一片花花绿绿的纸烟封皮。在那被揉得皱皱巴巴的雪白的反面，密密麻麻排着一群蚂蚁似的阵式，只有细看，才能认出字来！你也是在"牛棚"里，在众目睽睽下生活，你花了多大的心思啊！

上面写着："你要坚定地相信党、相信群众、相信自己、相信时间，历史会作出最后的结论。要活下去！高瞻远瞩，为共产主义的实现而活，为我们的孩子们而活，为我们的未来而活！永远爱你的。"

这封短信里的心里话，几乎全是过去向我说过又说过的。可是我好像还是第一次听到，还是那么新鲜，那么有力量。这是冒着大风险送来的！在现在的情况底下，还能有什么别的话好说呢？……我一定要依照这些话去做，而且要努力做到，你放心吧。只是……我到底能做什么呢？我除了整天在这不明亮的斗室中冥思苦想之外，还能做什么呢？我只有等着，等着……每天早晨我到走廊掏炉子，出炉灰，等着再发现一个纸团，等着再有一个纸团落在我的身边。

果然，我会有时在炉边发现一叶枯干了的包米叶子，一张废报纸的一角，或者找到一个破火柴盒子。这些聪明的发明，给了我多大的愉快啊！这是我唯一的精神食粮，它代替了报纸，代替了书籍，代替了一切可以照亮我屋子的生活的活力。它给我以安慰，给我以鼓励，给我以希望。我要把它们留着，永远地留着，这是诗，是小说，是永远的纪念。我常常在准确地知道没有人监视我的时候，就拿出来抚摸，收拾，拿出来低低地反复吟诵，或者就放在胸怀深处，让它像火一般贴在心上。下边就是这些千叮嘱、万叮嘱，千遍背诵，万遍回忆的诗句：

"他们能夺去你身体的健康，却不能抢走你健康的胸怀。你是海洋上远去的白帆，希望在与波涛搏斗。我注视着你啊！人们也同我一起祈求。"

"关在小屋也好，可以少听到无耻的谎言；没有人来打搅，沉醉在自己的回忆里。那些曾给你以光明的希望，而你又赋予他们以生命的英雄；他们将因你的创作而得名，你将因他们而永生。他们将在你的回忆里丰富、成长，而你将得到无限愉快。"

"忘记那些迫害你的人的名字，握紧那些在你困难时伸过来的手。

不要把豺狼当人，也不必为人类有了他们而失望。要看到远远的朝霞，总有一天会灿烂光明。"

"永远不祈求怜悯，是你的孤傲；但总有许多人要关怀你的遭遇，你坎坷的一生，不会只有我独自沉吟，你是属于人民的，千万珍重！"

"黑夜过去，曙光来临。严寒将化为春风，狂风暴雨打不倒柔嫩的小草，何况是挺拔的大树！你的一切，不是哪个人恩赐的，也不可能被横暴的黑爪扼杀、灭绝。挺起胸来，无所畏惧地生存下去！"

"我们不是孤独的，多少有功之臣、有才之士都在遭难受罪。我们只是沧海一粟，不值得哀怨！振起翅膀，积蓄精力，为将来的大好时机而有所作为吧。千万不能悲观！"

"……"

这些短短的书简，可以集成一个小册子，一本小书。我把它扎成小卷，珍藏在我的胸间。它将伴着我走遍人间，走尽我的一生。

可惜啊！那天，当我戴上手铐的那天，当我脱光了衣服被搜身的那天，我这唯一的财产，我珍藏着的这些诗篇，全被当作废纸而毁弃了。尽管我一再恳求，说这是我的"罪证"，务必留着，也没有用。别了，这些比珍宝还贵重的诗篇，这些同我一起受尽折磨的纸片，竟永远离开了我。但这些书简，却永远埋在我心间，留在我记忆里。

别离

春风吹绿了北大荒的原野，天气一天比一天暖和，按季节，春播已经开始了。我们住在这几间大屋子、小屋子里的人，一天比一天少了。听说，有的已经回了家，回到原单位；有的也分配到生产队劳动去了。每个人心中都将产生一个新的希望。

五月十四日那天，吃过早饭，一个穿军装的人，来到了我的房间，我意识到我的命运将有一个新的开始。我多么热切地希望回到我们原来住的那间小屋，那间七平方米大的小茅屋，那个温暖的家。我幻想我们将再过那种可怜的而又是幸福的、一对勤劳贫苦的农民的生活啊！

我客气地坐到炕的一头去，让来人在炕中间坐了下来。他打量了我一下，然后问："你今年多大年纪？"

我说："六十五岁了。"

他又说："看来你身体还可以，能劳动吗？"

"我一直都在劳动。"我答道。

他又说："我们准备让你去劳动，以为这样对你好些。"

不懂得他指的是什么，我没有回答。

"让你去××队劳动，是由革命群众专政，懂吗？"

我的心跳了一下。××队，我理解，去××队是没有什么好受的。这个队的一些人我领教过。这个队里就曾经有过一批一批的人深夜去过我家，什么事都干过。但我也不在乎，反正哪里都会有坏家伙，也一定会有好人，而且好人总是占多数。我只问："什么时候去？"

"就走。"

"我要清点一些夏天的换洗衣服，能回家去一次吗？"我又想到我的那间屋子了，我离开那间小屋已经快十个月了，听说去年冬天黑夜曾有人砸开窗户进去过，谁知道那间空屋现在成了什么样子！

"我们派人替你去取，送到××队去。"他站了起来，想要走的样子。

我急忙说："我要求同 C 见一面，我们必须谈一些事情，我们有我们的家务。"

我说着也站了起来，走到门边去，好像他如不答应，我就不会让他走似的。

他沉吟了一下，望了望我，便答应了。然后，我让他走了，他关上了门。

难道现在还不能让我们回家吗？为什么还不准许我们在一道？我们究竟犯了什么罪？自从去年七月把我从养鸡队（我正在那里劳动），揪到这里关起来，打也打了，斗也斗了，审也审了。现在农场的两派不是已经联合起来了吗？据说要走上正轨了，为什么对我们还是这样没完没了？真让人不能理解！

实际我同C分别是从去年七月就开始了的。从那时起我就独自一人被关在这里。到十月间才把这变相的牢房扩大，新涌进来了一大批人，C也就住在我间壁的大"牛棚"里了。尽管不准我们见面，碰面了也不准说话，但我们总算住在一个屋顶之下，而且总还可以在偶然的场合见面。我们有时还可以隔着窗户瞭望，何况在最近几个月内我还收到他非法投来的短短的书简。现在看来，我们这种苦苦地彼此依恋的生活，也只能成为供留恋的好景和回忆时的甜蜜了。我将一个人到××队去，到一个老虎队去，去接受"革命群众专政"的生涯了。他又将到何处去呢？我们何时才能再见呢？我的生命同一切生趣、关切、安慰、点滴的光明，将要一刀两断了。只有痛苦，只有劳累，只有愤怒，只有相思，只有失望……我将同这些可恶的魔鬼搏斗……我决不能投降，不能沉沦下去。死是比较容易的，而生却很难；死是比较舒服的，而生却是多么痛苦啊！但我是一个共产党员（尽管我已于一九五七年底被开除了党籍，十一年多了。我一直是这样认识，这样要求自己和对待一切的），我只能继续走这条没有尽头的艰险的道路，我总得从死里求生啊！

门呀然一声开了，C走进来，整个世界变样了，阳光充满了这小小的黑暗牢房。我懂得时间的珍贵，我抢上去抓住了那两只伸过来的坚定的手,审视着那副好像几十年没有见到的面孔,那副表情非常复杂的面孔。他高兴,见到了我;他痛苦,即将与我别离;他要鼓舞我去经受更大的考验,他为我两鬓白霜、容颜憔悴而担忧;他要温存,却不敢以柔情来消融那仅有的一点勇气;他要热烈拥抱,却深怕触动那不易克制的激情。我们相对无语,无语相对,都忍不住让热泪悄悄爬上了眼睑。可是随即都摇了摇头,勉强做出一副苦味的笑容。他点了点头,低声说:"我知道了。"

"你到什么地方去?"我悄然问他。

"还不知道。"他摇了摇头。

他从口袋里拿出来一张钞票,轻轻地而又慎重地放在我的手中。我知道这是他每月十五元生活费里的剩余,仅有的五元钱。但我也只得留下,我口袋里只剩一元多钱了。

他说:"你尽管用吧,不要吃得太省、太坏,不能让身体垮了。以后,以后我还要设法……"

我说我想回家取点衣服。

他黯然说道:"那间小屋别人住下了,那家,就别管它了。东西么,我去清理,把你需要的捡出来,给你送去。你放心好了。我一定每月给你写信。你还要什么,我会为你设法的。"

我咽住了。我最想说的话,强忍住了。他最想说的话,我也只能从他的眼睛里看到。我们的手,紧紧攥着;我们的眼睛,盯得牢牢地,谁也不能离开。我们马上就要分别了。我们原也没有团聚,可是又要别离了。这别离,这别离是生离呢,还是死别呢?这又有谁知道呢?

"砰"地一下,房门被一只穿着翻毛皮鞋的脚踢开了。一个年轻小伙瞪着眼看着屋里。

我问:"干什么?"

他道:"干什么!时间不早了,带上东西走吧!"

我明白这是××队派来接我的"解差"。管他是董超,还是薛霸,反正得开步走,到草料场劳动去。

于是,C帮助我清理那床薄薄的被子,和抗战胜利时在张家口华北局发给的一床灰布褥子,还有几件换洗衣服。为了便于走路,C把它们分捆成两个小卷,让我一前一后地那么背着。

这时他迟疑了一会儿,才果断地说:"我走了。你注意身体。心境要平静,遇事不要激动。即使听到什么坏消息,如同……没有什么,总之,随时要做两种准备,特别是坏的准备。反正,不要怕,我们已经到了现在这种地步,还有什么可怕的呢?我担心你……"

我一下给他吓傻了,我明白他一定瞒着我什么。他现在不得不让我在思想上有点准备。唉,你究竟还有什么更坏的消息瞒着我呢?

他见到我呆呆发直、含着眼泪的两眼,便又宽慰我道:"什么事也没有发生,都是我想得太多,怕你一时为意外的事而激动不宁。总之,事情总会有结局的。我们要相信自己。事情不是只限于我们两个人。也许不需要很久,整个情况会有改变。我们得准备有一天要迎接光明。不要熬得过苦难,却经不住欢乐。"他想用乐观引出我的笑容,但我已经笑不出来了。我的心,已为这没有好兆头的别离压碎了。

他比我先离开屋子。等我把什么都收拾好,同那个"解差"离开这间小屋走到广场时,春风拂过我的身上。我看见远处槐树下的井台上,站着一个向我挥手的影子,他正在为锅炉房汲水。他的臂膀高高举起,好像正在无忧地、欢乐地、热烈地遥送他远行的友人。

一九七九年三月中旬于北京友谊医院

选自《丁玲全集·第六卷》,河北人民出版社,2001年

悼雪峰

当一九七六年冬天我在山西乡下，收到一封友人来信，说你已经逝世时，我堕入了深深的迷惘，感到无限的悲怆。今年我到北京以后，打听到你逝世前后的点滴景况，更加追怀你的一生。你对革命一贯忠诚，对人民极端热情，勤奋治学，严肃办事，艰苦备尝，在老年久病之后，弥留之际，念念诉说回到党内的夙愿，我的心头象压着一座沉重的大山，我感到无限的悲痛。现在以华国锋同志为首的党中央为你彻底平反，推倒一切不实之词，还你清白坚贞的一生，召开追悼大会，恢复政治声誉。消息传来，激动万分。虽然死者已矣，但对千百万读者，对亿万人民，却是和风拂面，春暖人心。党的实事求是的精神，毛主席的有错必纠的指示，终于又得到了光辉体现，这有利于安定团结，有利于发挥人力，促进四个现代化的进程。我在悼念亡友的时候，不能不首先为我们党而感到欣慰。

我认识雪峰是在一九二七年冬天，王三辛介绍他来教我的日文。那时，留在北京的左倾知识分子较少。我们都因种种关系，限于条件，未能到火热的革命的南方去，既感到寂寞，又十分向往。特别是在国民党反共的"四一二"事变以后，经常听到一些使人沉痛的消息时，我们象飘零在孤岛上的人，四望多难的祖国，心情无限愤慨、惆怅。因此我们相遇,并没有学习日语,而是畅谈国事,文学,和那时我们都容易感受到的一些寂寞情怀。不久,一九二八年春天,雪峰到南方去了;我和胡也频也随即到了南方,我们是各自奔忙。

一九三〇年夏天,他参加主办上海暑期社会科学、文学讲习班(大约是这个名字)时,来找胡也频教课,我们才开始恢复联系。一九三一年也频被国民党杀害后,我参加左联工作,主编《北斗》,我们接触较多。一九三三年他调到江苏省委宣传部,由于秘密工作的限制,我们就几乎没有见面了。

一九三六年在上海,我同雪峰只见到可数的几面。一九三七年他到延安汇报工作,我们见到了两次。全国解放以后,我们同在北京,并先后主编《文艺报》。现在回忆起来,我们除工作、会议以外,相见仍然很少。一九五八年我去东北以后,根本就连消息也无法听到了。

我同雪峰相识近五十年。五十年来,我们的来往可数。但人之相知,贵在知心,雪峰的为人,总是长期刻在我的脑中。我对他的言行从来都是深信不疑的。在延安曾有人问我:你最怀念什么人?我回答:我最纪念的是也频,而最怀念的是雪峰。那时我以为他还在浙江,消息隔绝,后来才知道他正被国民党关在上饶集中营。一九五八年我到北大荒后,我同陈明谈到朋友的时候谈到雪峰也较多。一九六一年从报纸上知道他摘掉了右派帽子,但一个长时期没有在报章杂志上见到过他的文章。后来知道有的座谈会上,有一点他的发言记录,但我那时正在狱中,无法读到;最后,连他的死讯,我也一点不知道。在一个世纪的差不多四分之一的时间里,我们实际是隔绝在两个世界,而现在我却只能在明媚的春天的阳光之下,缅怀他几十年为党所作的贡献,想到他几十年的坎坷生涯，我不能不挥洒老泪，仰天长叹，雪峰同志，你过早地离开了文坛，离开了祖国，离开了战友呵！

雪峰留给我的最深的印象，并永远使我怀念的是他的兴致盎然的一些谈话，在我们短暂相聚时的那些谈话。在一九三一年、一九三二年的时候，他最乐于谈的便是鲁迅先生以及他和鲁迅先生的往来。每次他都带着十分热爱和欣赏的神情向我描述着鲁迅先生。我从他这里得到的印象是，鲁迅先生是一位极其天真纯朴、幽默而极富情趣的斗士。他告诉我他们如何商谈欢迎肖伯纳等等的事，这些给我一个强烈深刻的印象，那就是党寄厚望于鲁迅先生，而雪峰非常尊崇鲁迅，理解鲁迅，善于把党的希望变成鲁迅的行动。这些谈话使我更加热爱鲁迅先生，同时觉得雪峰是一个完全为党工作而毫无私心的人。一九三六年的短暂谈话中，我也感到了他是如何忠心地卫护和尊崇鲁迅先生。鲁迅在雪峰的精神世界里是一尊庄严的生之向往的塑像。他们的关系远远超过了一般同志、师生的关系。

在雪峰精神上的另一尊塑像便是毛主席。我在湖南念中学的时候，就听人说毛润之是一个奇人。我的同学杨开慧、许文煊等都同我谈到过他。后来我在上海大学，又从一些共产党人如瞿秋白、施存统等口中听到过他。但我真真听到关于毛主席的英明伟大的业绩是在一九三六年我到上海时从雪峰口中听到的。那时我们离别了好几年，各自经历了不同的遭遇，但他最迫不及待，津津乐道的便是同我谈毛主席，谈毛主席如何正确伟大，如何同王明路线、张国焘路线作斗争，挽救了革命，胜利地完成了二万五千里长征。他谈毛主席的思想、为人，谈他的风格，他的诗文。他在我本来就坚定不移要求去陕北的决心中增添了许多幻想的美丽的花朵。雪峰啊！你是那末热爱这两位巨人，你是那末兢兢业业，一生为这两位巨人而勤奋工作。从我认识你那一天起，你心中只放着一个党，很少顾及个人生活，你是一个最忠诚的战士。现在党给你取消了关于你的错误结论，恢复你的党籍，庄重宣告，你这一生是为共产主义事业而奋斗的光荣的一生，你在地下是可以得到安慰了。我们将在你忠贞的一生和你留下的诗文的感召下，继承你的事业，为人民服务，鞠躬尽瘁，死而后已。

　　雪峰从开始认识我，便对我的文学创作，寄与最大的关注。一九二八年他从上海写信给我，告诉我上海的编辑家著作界如何四处探问我这个刚刚在报刊杂志上露面的新人以鼓励我；讲到他读《莎菲》时的心情说他哭了，他为这一代的苦闷的女性而流泪。但他同时直率地告诉我，莎菲太消沉了，太虚无了，作为文学的倾向是不好的。在一片赞赏声中，在不少的完全同情的来信当中，读到一个真正友人的忠告，我感到特别亲切。当《水》发表后，他非常高兴，写了《一个新的小说的诞生》。当我们离别许久，他在重庆，我在延安的时候，他来信又谈到我的另外一些小说，说他永远在注视着我的创作。全国解放以后，他对长篇小说《太阳照在桑乾河上》是赞许的，他用一种惊喜的态度同我谈起这本书。《桑乾河上》得到斯大林奖金后他应约写了一篇评论。作家的一生，最可贵的是有人对他的创作的关心和热情，特别是在经受着冷淡、排斥、压制的命运时。雪峰是最了解我的朋友之一，是我文章最好的读者和老师，他是永远支持我创作的，我们的友谊是难得的，是永远难忘的。现在，感谢党的英明正确，我也熬过了我艰苦的一生，但来日可数。为着死者，为着千千万万的烈士，为着我们的幸福的后代，我一定要竭尽精力，在华国锋同志为首的党中央的领导下，继续奋斗，为实现共产主义的神圣理想,为加快祖国四个现代化的进程而贡献余生。

安息吧,雪峰同志。

1979年4月末于北京

初版《作家的怀念》,四川人民出版社,1979年

我所认识的瞿秋白同志

——回忆与随想

王剑虹

我首先要介绍的是瞿秋白的第一个爱人王剑虹。

一九一八年夏天,我考入桃源第二女子师范预科学习的时候,王剑虹已经是师范二年级的学生了。那时她的名字叫王淑璠。我们的教室、自修室相邻,我们每天都可以在走廊上相见。她好象非常严肃,昂首出入,目不旁视。我呢,也是一个不喜欢在显得有傲气的人的面前笑脸相迎的,所以我们从来都不打招呼。但她有一双智慧、犀锐、坚定的眼睛,常常引得我悄悄注意她,觉得她大概是一个比较不庸俗、有思想的同学吧。果然,在一九一九年"五四"运动爆发后,我们学校的同学行动起来时,王剑虹就成了全校的领头人物了。她似乎只是参与学生会工作的一个积极分子。但在辩论会上,特别是有校长、教员参加的一些辩论会上,她口若悬河的讲词和临机应变的一些尖锐、辟透的言论,常常激起全体同学的热情。她的每句话,都引起雷鸣般的掌声,把一些持保守思想,极力要稳住学潮,深怕发生越轨行为的老校长和教员们问得瞠目结舌,不知如何说,如何作是好了。这个时期,她给我的印象是极为深刻的。她像一团烈火,一把利剑,一支无所畏惧、勇猛直前的队伍的尖兵。后来,我也跟在许多同学的后边参加了学生会的工作,游行、开讲演会、教夜校的课,但我们两人仍没有说过话,我总觉得她是一个混身有刺的人。她对我的印象如何,我不知道,也许觉得我也是一个不容易接近的人吧。

这年暑假过后,我到长沙周南女子中学,后来又转岳云男子中学学习。在这两年半中,我已经把她忘记了。

一九二一年寒假,我回到常德,同我母亲住在舅舅家时,王剑虹同她的堂姑王醒予来看我母亲和我了。她们的姐姐都曾经是我母亲的学生,她们代表她们的姐姐来看我母亲,同时来动员我去上海,进陈独秀、李达等创办的平民女子学校。原来,王剑虹是从上海回来的,她在上海参加了妇女工作,认得李达同志的爱人王会悟等许多人,还在上海出版的《妇女声》上写过文章。她热忱于社会主义,热忱于妇女解放,热忱于求知。她原是一个口才流利,很会宣传鼓动的人,而我当时正对岳云中学又感到失望,对人生的道路感到彷徨,所以我一下决定终止在湖南的学业,同她冒险到一个熟人都没有的上海去寻找真理,去开辟人生大道。

从这时起,我们就成了挚友。我对她的个性也才有更深的认识。她是坚强的,热烈的。她非常需要感情,但外表却总是冷若冰霜。她是一个失去了母亲的女儿。我虽然从小就没有父亲,家境贫寒,但我却有一个极为坚毅而又洒脱的母亲,我从小就习惯从痛苦中解脱自己,保持我特有的乐观。……

但现实总是残酷的。我们碰到许多人,观察过许多人,我们自我斗争,但我们对当时的平民女校总感到不满,我们决定自己学习,自己遨游世界,不管它是天堂或是地狱。当我们把钱用光,我们可以去纱厂当女工、当家庭教师，或者当佣人、当卖花人，但一定要按照自己的理想去读书、去生活，自己安排自己在世界上所占的位置。

一九二三年夏天，我们两人到南京来了。我们过着极度俭朴的生活。如果能买两角钱一尺布做衣服的话，也只肯买一角钱一尺的布。我们没有买过鱼肉，也没有尝过冰淇淋，去哪里都是徒步，把省下的钱全买了书。我们生活得很有兴趣，很有生气。

一天，有一个老熟人来看我们了。这就是柯庆施，那时大家叫他柯怪，是我们在平民女子学校时认识的。他那时常到我们宿舍来玩，一坐半天，谈不出什么理论，也谈不出什么有趣的事。我们大家不喜欢他，但他有一个好处，就是我们没有感到他来这里是想追求谁，想找一个女友谈谈恋爱，或是玩玩。因此，我们尽管嘲笑他是一个"烂板凳"（意思是说他能坐烂板凳），却并不十分给他下不去，他也从来不怪罪我们。这年，他不知从什么地方知道我们在这里，便跑来看我们，还雇了一辆马车，请我们去游灵谷寺。这个较远的风景区我们还未曾去过啊。跟着，第二个熟人也来了，是施复亮（那时叫施存统），我们认为他是一个好人，他是最早把我们的朋友王一知（那时叫月泉）找去作了爱人的，他告诉我们他和一知的生活，他们已经有了一个女儿。这些自然引起了我们一些旧情，在平静的生活中吹起一片微波。后来，他们带了一个新朋友来，这个朋友瘦长个儿，戴一副散光眼镜，说一口南方官话，见面时话不多，但很机警，当可以说一两句俏皮话时，就不动声色地渲染几句，惹人高兴，用不惊动人的眼光静静的飘过来，我和剑虹都认为他是一个出色的共产党员。这个人就是瞿秋白同志，就是后来领导过共产党召开"八七"会议，取代了机会主义的陈独秀，向来又被称为盲动主义的瞿秋白；就是做了许多文艺工作，在文艺战线有过卓越贡献，同鲁迅建立过深厚友谊的瞿秋白；就是那个在国民党牢狱中从容就义的瞿秋白；就是那个因写过《多余的话》被"四人帮"诬为叛徒，掘坟扬灰的瞿秋白。

不久，他们又来过一次。瞿秋白讲苏联故事给我们听，这非常对我们的胃口。过去在平民女校时，也请另一位从苏联回来的同志讲过苏联情况。两个讲师大不一样，一个象瞎子摸象，一个象熟练的厨司剥笋。当他知道我们读过一些托尔斯泰、普希金、高尔基的书的时候，他的话就更多了。我们就象小时候听大人讲故事似的都听迷了。

他对我们这一年来的东流西荡的生活，对我们的不切实际的幻想，都抱着极大的兴趣听着、赞赏着。他鼓励我们随他们去上海，到上海大学文学系听课。我们怀疑这可能又是第二个平民女子学校，是培养共产党员的讲习班，但又不能认真的办。他们几个人都耐心解释，说这学校要宣传马克思主义，要培养年青的党员，但并不勉强学生入党。这是一个正式学校，我们参加文学系可以学到一些文学基础知识，可以接触到一些文学上有修养的人，可以学到一点社会主义。又说这个学校原是国民党办的，于右任当校长，共产党在学校里只负责社会科学系，负责人就是他和邓中夏同志。他保证我们到那里可以自由听课，自由选择。施存统也帮助劝说，最后我们决定了。他们走后不几天，我们就到上海去了。这时瞿秋白同志大约刚回国不久。

上海大学

上海大学这时设在中国地界极为偏僻的青云路上。一幢幢旧的、不结实的弄堂房子，究竟有多大，我在那里住了半年也弄不清楚，并不是由于它的广大，而是由于它不值得你去注意。我和王剑虹住在一幢一楼一底的一间小亭子间里，楼上楼下住着一些这个系那个系的花枝招展的上海女学生。她们看不惯我们，我们也看不惯她们，碰面时偶尔点点头，根本没有来往。只有一个极为漂亮的被称为校花的女生吸引我找她谈过一次话，可惜我们一点共同的语言也没有。她问我有没有爱人，抱不抱独身主义。我说我从来没有想过这个问题，现在也不打算去想。她以为我是傻子，就不同我再谈下去了。

我们文学系似乎比较正规，教员不大缺课，同学们也一本正经的上课。我喜欢沈雁冰先生（茅盾）讲的《奥德赛》《伊利阿特》这些远古的、异族的极为离奇又极为美丽的故事。我从这些故事里产生过许多幻想，我去翻欧洲的历史，欧洲的地理，把它们拿来和我们自己民族的远古的故事来比较。我还读过沈先生在《小说月报》上翻译的欧洲小说。他那时给我的印象是一个会讲故事的人，但是不会接近学生。他从来不讲课外的闲话，也不询问学生的功课。所以我以为不打扰他最好。早先在平民女校教我们陀思妥耶夫斯基的《穷人》的英译本时，他也是这样。我同他较熟，后来我主编《北斗》时，常就教于他，向他要稿子。所以，他描写我过去是一个比较沉默的学生，那是对的。就是现在，当我感到我是在一个比我高大，不能平等谈话的人的面前，即便是我佩服的人时，我也常是沉默的。

王剑虹则欣赏俞平伯讲的宋词。俞平伯先生每次上课，全神贯注于他的讲解，他摇头晃脑，手舞足蹈，口沫四溅，在深度的近视眼镜里，极有情致地左右环顾。他的确沉醉在那些"独倚望江楼，……过尽千帆皆不是……"既深情又蕴蓄的词句之中，他的神情并不使人生厌，而是感染人的。剑虹原来就喜欢旧诗旧词，常常低徊婉转地吟诵，所以她乐意听他的课，尽管她对俞先生的白话诗毫无兴趣。

田汉是讲西洋诗的，讲惠特曼、渥兹华斯，他可能是一个戏剧家，但讲课却不太内行。

其他的教员，陈望道讲古文，邵力子讲《易经》。因为语言的关系，我们不十分懂，就不说他了。

可是，最好的教员却是瞿秋白。他几乎每天下课后都来我们这里。于是，我们的小亭子间热闹了。他谈话的面很宽，他讲希腊、罗马，讲文艺复兴，也讲唐宋元明。他不但讲死人，而且也讲活人。他不是对小孩讲故事，对学生讲书，而是把我们当作同游者，一同游历上下古今，东南西北。我常怀疑他为什么不在文学系教书而在社会科学系教书，他在那里讲哲学，哲学是什么呢？是很深奥的吧？他一定精通哲学！但他不同我们讲哲学，只讲文学，讲社会生活，讲社会生活中的形形色色。后来，他为了帮助我们能很快懂得普希金的语言的美丽，他教我们读俄文的普希金的诗。他的教法很特别，稍学字母拼音后，就直接读原文的诗，在诗句中讲文法，讲变格，讲俄文用语的特点，讲普希金用词的美丽。为了读一首诗，我们得读二百多个生字，得记熟许多文法。但这二百多个生字、文法，由于诗，就好像完全吃进去了。当我们读了三、四首诗后，我们自己简直以为已经掌握俄文了。

冬天的一天傍晚，我们与住在间壁的施存统夫妇和瞿秋白一道去附近的宋教仁公园散步赏月。宋教仁是老同盟会的，湖南人，辛亥革命后牺牲了的。我在公园里玩得很高兴，而且忽略了比较沉默或者有点忧郁的瞿秋白。后来施存统提议回家，我们就回来了，而施存统同瞿秋白却离开我们，没有告别就从另一条道走了。这些小事在我脑子里是不会起什么影响的。

第二天秋白没有来我们这里，第三天我在施存统家遇见他，他很不自然，随即就走了。施存统问我："你不觉得秋白有些变化吗？"我摇摇头。他又说："我问过他，他说他确实堕入恋爱里边了，问他爱谁，他怎么也不说，只说你猜猜。"我知道施先生是老实人，就逗他："他会爱谁？是不是爱上你的老婆了？一知是很惹人爱的，你小心点。"他翻起诧异的眼光看我，我笑着就跑了。

我对于存统的话是相信的。可能秋白爱上一个他的"德瓦利斯"，一个什么女士了。我把我听到的和我所想到的全告诉剑虹，剑虹回答我的却是一片沉默。于是我们的小亭子间寂寞了。

过了两天，剑虹对我说，住在谢持家的（谢持是一个老国民党员）她的父亲要回四川，她要去看他，打算随他一道回四川。她说，她非常怀念她度过了童年时代的四川酉阳。我要她对我把话讲清楚，她只苦苦一笑："一个人的思想总会有变化的，请你原谅我。"她甩开我就走了。

这是我们两年来的挚友生活中的一种变态。我完全不理解，我生她的气，我躺在床上苦苦思磨，这是为什么呢？两年来，我们之间从不秘密我们的思想，我们总是互相同情，互相鼓励的。她怎么能对我这样呢？她到底有了什么变化呢？唉！我这个傻瓜，怎么就毫无感觉呢？……

我正烦躁的时候，听到一双皮鞋声慢慢地从室外的楼梯上响了上来，无须我分辨，这是秋白的脚步声，不过比往常慢点，带点踌躇。而我呢，一下感到有一个机会可以发泄我几个钟头来的怒火了。我站起来，猛地把门拉开，吼道："我们不学俄文了，你走吧！再也不要来！"立刻就又把门猛然关住了。他的一副惊愕而带点傻气的样子留在我脑际，我高兴我做了一件有趣的事，得意地听着一双沉重的皮鞋声慢慢地远去。为什么我要这样恶作剧，这完全是无意识和无知的顽皮。

我无聊地躺在床上，等着剑虹回来。我并不想找什么，却偶然翻开垫被，真是使我大吃一惊，垫被底下放着一张布纹信纸，纸上密密地写了一行行长短诗句。自然，从笔迹、从行文，我一下就可以认出来是剑虹写的诗。她平日写诗都给我看，都放在抽屉里的，为什么这首诗却藏在垫被底下呢？我急急的拿来看，一行行一节节呵！我懂了，我全懂了，她是变了，她对我有隐瞒，她在热烈地爱着秋白。她是一个深刻的人，她不会表达自己的感情；她是一个自尊心极强的人，她可以把爱情关在心里，窒死她，她不会显露出来让人议论或讪笑的。我懂得她，我不生她的气了，我只为她难受。我把这诗揣在怀里，完全为着想帮助她、救援她，惶惶不安地在小亭子间里踱着。至于他们该不该恋爱，会不会恋爱，他们之间能否和谐，能否融洽，能否幸福，还有什么不妥之处，在我的脑子里没有生出一点点怀疑。剑虹呵！你快回来呵！我一定要为你做点事情。

　　她回来了，告诉我已经决定跟她父亲回四川，她父亲同意，可能一个星期左右就要成行了。她不征询我的意见，也不同我讲几句分离前应该讲的话，只是沉默着。我观察她，同她一道吃了晚饭。我说我去施存统家玩玩，丢下她就走了。

　　秋白的住地离学校不远，我老早就知道，只是没有去过。到那里时，发现街道并不宽，却是一排比较西式的楼房。我从前门进去，看见秋白正在楼下客堂间同他们的房东——一对表亲夫妇在吃饭。他看到我，立即站起来招呼，他的弟弟瞿云白赶紧走在前面引路，把我带到楼上一间比较精致的房间里，这正是秋白的住房。我并不认识他弟弟，他自我介绍，让我坐在秋白书桌前的一把椅子上，给我倒上一杯茶。我正审视房间的陈设时，秋白上楼来了，态度仍同平素一样，好像下午由我突然发出来的那场风暴根本没有一样。这间房以我的生活水平来看，的确是讲究的，一张宽大的弹簧床，三架装满精装的外文书籍的书橱，中间夹杂得有几摞线装书。大的写字台上，放着几本书和一些稿子、稿本和文房四宝；一盏笼着粉红色纱罩的台灯，把这些零碎的小玩艺儿加了一层温柔的微光。

秋白站在书桌对面，用有兴趣的、探索的目光，亲切地望着我，试探着说道："你们还是学俄文吧，我一定每天去教。怎么，你一个人来的吗？"

他弟弟不知什么时候走开了。我无声地、轻轻地把剑虹的诗慎重地交给了他。他退到一边去读诗，读了许久，才又走过来，用颤抖的声音问道："这是剑虹写的？"我答道："自然是剑虹。你要知道，剑虹是世界上最珍贵的人。你走吧，到我们宿舍去，她在那里。我将留在你这里，过两个钟头再回去。秋白！剑虹是我最好的朋友，我不忍心她回老家，她是没有母亲的，你不也是没有母亲的吗？"秋白曾经详细地同我们讲过他的家庭，特别是他母亲吞火柴头自尽的事，我们听时都很难过。"你们将是一对最好的爱人，我愿意你们幸福。"

他握了一下我的手，说道："我谢谢你。"

等我回到宿舍的时候，一切都如我想象的，气氛非常温柔和谐，满桌子散乱着他们写的字，看来他们是用笔谈话的。他要走了，我从桌子前的墙上取下剑虹的一张全身像，送给了秋白。他把像片揣在怀里，望了我们两人一眼，就迈出我们的小门，下楼走了。

事情就是这样。自然，我们以后常去他家玩，而俄文却没有继续读下去了。她已经不需要读俄文，而我也没有兴趣坚持下去了。

慕尔鸣路

寒假的时候，我们搬到学校新址（西摩路）的附近，慕尔鸣路。这里是一幢两楼两底的弄堂房子。施存统住在楼下统厢房，中间客堂间作餐厅。楼上正房住的是瞿云白，统厢房放着秋白的几架书，秋白和剑虹住在统厢房后面的一间小房里，我住在过街楼上的小房里。我们这幢房子是临大街的。厨房上边亭子间里住的是娘姨阿董。阿董原来就在秋白家帮工，这时，就为我们这一大家人做饭，收拾房子，为秋白夫妇、他弟弟和我洗衣服。施存统家也雇了一个阿姨，带小孩，作杂事。

这屋里九口之家的生活、吃饭等，全由秋白的弟弟云白当家。我按学校的膳宿标准每月交给他十元。剑虹也是这样，别的事我们全不管，这自然是秋白的主张，是秋白为着同剑虹的恋爱生活所考虑的精心的安排。

因为是寒假，秋白出门较少；开学以后，也常眷恋着家。他每天穿着一件舒适的、黑绸的旧丝棉袍，据说是他做官的祖父的遗物。他每天写诗，一本又一本，全是送给剑虹的情诗。也写过一首给我，说我是安琪儿，赤子之心，大概是表示感谢我对他们恋爱的帮助。剑虹也天天写诗，一本又一本。他们还一起读诗，中国历代的各家诗词，都爱不释手。他们每天讲的就是李白、杜甫、韩愈、苏轼、李商隐、李后主、陆游、王渔洋、郑板桥……秋白还会刻图章，他把他最喜爱的诗句，刻在各种各样的精致的小石块上。剑虹原来中国古典文学的基础就较好，但如此的爱好，却是因了秋白的培养与熏陶。

剑虹比我大两岁，书比我念的多。我从认识她以后，在思想兴趣方面受过她很大的影响，那都是对社会主义的追求，对人生的狂想，对世俗的鄙视，尽管我们表面有些傲气，但我们是喜群的，甚至有时也能迁就的；现在，我不能不随着他们吹吹箫、唱几句昆曲（这都是秋白教的），但心田却不能不离开他们的甜蜜的生活而感到寂寞。我向往着广阔的世界，我怀念起另外的旧友。我常常有一些新的计划。而这些计划却只秘藏在心头。我眼望着逝去的时日而深感惆怅。

秋白在学校的工作不少，后来又加上翻译工作，他给鲍罗廷当翻译可能就是从这时开始的。我见他安排得很好。他西装笔挺，一身整洁，精神抖擞，进出来往，他从不把客人引上楼来，也从不同我们（至少是我吧）谈他的工作，谈他的朋友，谈他的同志。他这时显得精力旺盛，常常在外忙了一整天，回来仍然兴致很好，同剑虹谈诗、写诗。有时为了赶文章，就通宵坐在桌子面前，泡一杯茶，点几支烟，剑虹陪着他。他一夜能翻译一万字，我读过他写的稿纸，一行行端端正正、秀秀气气的字，几乎连一个字都没有改动。

我不知道他怎样支配时间的，好像他还很有闲空。他们两人好多次到我那小小的过街楼上来座谈。因为只有我这间屋里有一个烧煤油的烤火炉，比较暖和一些。这个炉子是云白买给秋白和剑虹的，他们一定要放在我屋子里。炉盖上有一圈小孔，火光从这些小孔里射出来，像一朵花的光圈，闪映在天花板上。他们来的时候，我们总是把电灯关了，只留下这些闪烁的微明的晃动的花的光圈，屋子里气氛也美极了。他的谈锋很健，常常幽默地谈些当时文坛的轶事。他好象同沈雁冰、郑振铎都熟识。他喜欢徐志摩的诗。他对创造社的天才家们似乎只有对郁达夫还感到一点点兴趣。我那时对这些人、事、文章以及文学研究会和创造社的争论，是没有发言权的。我只是一个小学生，非常有趣的听着。这是我对于文学上的什么浪漫主义、自然主义、写实主义以及为人生、为艺术等等所上的第一课。那时秋白同志的议论广泛，我还不能掌握住他的意见的要点，只觉得他的不凡，他的高超，他似乎是站在各种意见之上的。

有一次，我问他我将来究竟学什么好，干什么好，现在应该怎么搞。秋白毫不思考地昂首答道："你么，按你喜欢的去学，去干，飞吧，飞得越高越好，越远越好，你是一个需要展翅高飞的鸟儿，嘿，就是这样……"他的话当时给我无穷的信心，给我很大的力量。我相信了他的话，决定了自己的主张。他希望我，希望剑虹都走文学的路，都能在文学上有所成就。这是他自己向往的而又不容易实现的。他是自始至终与文学结下了不解之缘。他是一个文学家，他的气质，他的爱好都是文学的。他说他自己是一种历史的误会，我认为不是，他的政治经历原可以充实提高他的文学才能的。只要天假以年，秋白不是过早地离开我们，他定是大有成就的，他对党的事业将有更大的贡献的。

这年春天，他去过一趟广州。他几乎每天都要寄回一封用五彩布纹纸写的信，还常夹得有诗。

暑假将到的时候，我提出要回湖南看望母亲，而且我已经同在北京的周敦祜、王佩琼等约好，看望母亲以后，就直接去北京，到学习空气浓厚的北京学府去继续读书。这是她们对我的希望，也是我自己的新的梦想。上海大学也好，慕尔鸣路也好，都使我厌倦了。我要飞，我要飞向北京，离开这个狭小的圈子，离开两年多一天也没有离开过、以前不愿离开的挚友王剑虹。我们之间，原来总是一致的，现在，虽然没有什么分歧，但她完全只是秋白的爱人，而这不是我理想的。我提出这个意见后，他们没有理由反对，他们同意了，然而，却都沉默了，都象有无限的思绪。

我走时，他们没有送我，连房门也不出，死一样的空气留在我的身后。阿董买了一篓水果，云白送我到船上。这时已是深夜，水一样的凉风在静静的马路上飘漾，我的心也随风流荡："上海的生涯就这样默默的结束了。我要奔回故乡，我要飞向北方。好友呵！我珍爱的剑虹，我今弃你而去，你将随你的所爱，你将沉沦在爱情之中，你将随秋白走向何方呢？……"

暑 假

长江滚滚向东，我的船迎着浪头，驶向上游。我倚遍船栏，回首四顾，这是我有生以来第一次独自长途跋涉，我既傲然自得，也不免因回首往事而满怀惆怅。十九年的韶华，五年来多变的学院生活，我究竟得到了什么呢？我只朦胧地体会到人生的艰辛，感受到心灵的创伤。我是无所成就的，我怎能对得起我那英雄的、深情的母亲对我的殷切厚望呵！

在母亲身旁是可以忘怀一切的。我尽情享受我难得的那一点点幸福。母亲的学校放假了，老师、学生都回家了，只有我们母女留在空廓的校舍里，我在幽静的、无所思虑的闲暇之中度着暑假。

一天，我收到剑虹的来信，说她病了。这不出我的意料，因为她早就说她有时感到不适，她自己并不重视，也没有引起秋白、我或旁人的注意。我知道她病的消息之后，还只以为她因为没有我在身边才对病有了些敏感的缘故，我虽不安，但总以为过几天就会好的。只是秋白却在她的信后附写了如下的话，大意是这样："你走了，我们都非常难受。我竟哭了，这是我多年没有过的事。我好像预感到什么不幸。我们祝愿你一切成功，一切幸福。"

我对他这些话是不理解的，因此，我对秋白好象也不理解了。预感到什么不幸呢？预感到什么可怕的不幸而哭了呢？有什么不祥之兆呢？不过我究竟年轻，这事并没有放在心头，很快就把它忘了。我正思虑着做新的准备，怎么说服我母亲，使她同我一样憧憬着到古都去的种种好处。母亲对我是相信的，但她也有种种顾虑。

又过了半个月的样子，忽然收到剑虹堂妹从上海来电："虹姊病危，盼速来沪！"

这真象梦一样，我能相信吗？而且，为什么是她的堂妹来电呢？我实在不知道该怎么样才好。千般思虑，万般踌躇，我决定重返上海。我母亲是非常爱怜剑虹的，急忙为我筹备路费，整理行装，我只得离开我刚刚领略到温暖的家，而又匆匆忙忙独自奔上惶惶不安的旅途。

我到上海以后，时间虽只相隔一月多，慕尔鸣路已经完全变了样子，"人去楼空"。我既看不到剑虹——她的棺木已经停放在四川会馆；也见不到秋白，他去广州参加什么会去了。剑虹的两个堂妹，只以泪脸相迎；瞿云白什么都讲不出个道理来，默默地望着我。难道是天杀了剑虹吗？是谁夺去了她的如花的生命？

秋白用了一块白绸巾包着剑虹的一张照片，就是他们定情之后，我从墙上取下来送给秋白的那张。他在照片背后题了一首诗，开头写着："你的魂儿我的心。"这是因为我平常叫剑虹常常只叫"虹"，秋白曾笑说应该是"魂"，而秋白叫剑虹总是叫"梦可"。"梦可"是法文"我的心"的译音。诗的意思是说我送给了他我的"魂儿"，而他的心现在却死去了，他难过，他对不起剑虹，对不起他的心，也对不起我……

我看了这张照片和这首诗，心情复杂极了，我有一种近乎小孩的简单感情。我找他们的诗稿，一本也没有了；云白什么也不知道，是剑虹焚烧了呢，还是秋白秘藏了呢？为什么不把剑虹病死的经过，不把剑虹临终时的感情告诉我？就用那末一首短诗作为你们半年多来的爱情的总结吗？慕尔鸣路我是不能再呆下去了！我把如泉的泪水，洒在四川会馆，把沉痛的心留在那凄凉的棺柩上。我象一个受了伤的人，同剑虹的堂妹们一同坐海船到北京去了。我一个字也没有写给秋白，尽管他留了一个通信地址，还说希望我写信给他。我心想：不管你有多高明，多了不起，我们的关系将因为剑虹的死而割断，虽然她是死于肺病，但她的肺病从哪儿来，不正是从你那里传染来的吗？……

谜似的一束信

新的生活总是可爱的。在北京除了旧友王佩琼（女师大的学生）、周敦祜（北大旁听生）外，我还认识了新友谭慕愚（现在叫谭惕吾，那时是北大三年级的学生）、曹孟君（我们同住在辟才胡同的一个补习学校里）。我们相处得很投机，我成了友谊的骄子。有时我都不理解她们为什么对我那么好。此外，我还有不少喜欢我或我喜欢的人，或者只是相亲近的一般朋友。那时，表面上，我是在补习数、理、化，实际我在满饮友谊之酒。我常常同这个人在北大公主楼（在马神庙）的庭院中的月下，一坐大半晚，畅谈人生；有时又同那个人在朦朦胧胧的夜色中漫步陶然亭边的坟地，从那些旧石碑文中寻找诗句。我徜徉于自由生活，只有不时收到的秋白来信才偶尔扰乱我的愉悦的时光。这中间我大约收到过十来封秋白的信。这些信象谜一样，我一直不理解，或者是似懂非懂。在这些信中，总是要提到剑虹，说对不起她。他什么地方对不起她呢？他几乎每封信都责骂自己，后来还说，什么人都不配批评他，因为他们不了解他，只有天上的"梦可"才有资格批评他。那末，他是在挨批评了，是什么人在批评他，批评他什么呢？这些信从来没有直爽地讲出他心里的话，他只把我当作可以了解他心曲的，可以原谅他的那样一个对象而絮絮不已。我大约回过几次信，淡淡地谈一点有关剑虹的事，谈剑虹的真挚的感情，谈她的文学上的天才，谈她的可惜的早殇，谈她给我的影响，谈我对她的怀念。我恍惚地知道，此刻我所谈的，并非他所想的，但他现在究竟在想什么，为什么所苦呢？他到底为什么要那么深地嫌厌自己，责骂自己呢？我不理解，也不求深解，只是用带点茫茫然的心情回了他几封信。

是冬天了，一天傍晚，我走回学校，门房拦住我，递给我一封信，说："这人等了你半天，足有两个钟头，坐在我这里等你，说要你去看他，地址都写在信上了吧！"我打开信，呵！原来是秋白。他带来了一些欢喜和满腔希望，这回他可以把剑虹的一切，死前的一切都告诉我了。我匆匆忙忙吃了晚饭，便坐车赶到前门的一家旅馆。可是他不在，只有他弟弟云白在屋里，在翻阅他哥哥的一些什物，在有趣的寻找什么，后来，他找到了，他高兴地拿给我看。原来是一张女人的照片。这女人我认识，她是今年春天来上海大学，同张琴秋同时入学的。剑虹早就认识她，是在我到上海之前，她们一同参加妇女活动中认识的。她长得很美，与张琴秋同来过慕尔鸣路，在施存统家里，在我们楼下见到过的。这就是杨之华同志，就是一直爱护着秋白的，他的爱人，他的同志，他的战友，他的妻子。一见这张照片我便完全明白了，我没有兴趣打听剑虹的情况了，不等秋白回来，我就同云白告辞回学校了。

我的感情很激动，为了剑虹的爱情，为了剑虹的死，为了我失去了剑虹，为了我同剑虹的友谊，我对秋白不免有许多怨气。我把我全部的感情告诉了谭惕吾，她用冷静的态度回答我，告诉我这不值得难受，她要我把这一切都抛向东洋大海，抛向昆仑山的那边。她讲得很有道理，她对世情看得真透彻，我听了她的，但我却连她也一同疏远了。我不喜欢这种透彻，我不喜欢过于理智。谭惕吾一直也不理解我对她友谊疏远的原因。甚至几十年后我也顽固地坚持这种态度，我个人常常被一种无法解释的感情支配着，我再没有去前门旅舍，秋白也没有再来看我。我们同在北京城，反而好象不相识者一样。

又过了一个多月，我忽然收到一封从上海发来的杨之华给秋白的信，要我转交。我本来可以不管这些事，但我一早仍去找到了夏之栩同志。夏之栩是党员，也在我那个补习学校，她可能知道秋白的行踪。她果然把我带到当时苏联大使馆的一幢宿舍里。我们走进去时，里边正有二十多人在开会，秋白一见我就走了出来，我把信交给他，他一言不发。他陪我到他的住处，我们一同吃了饭，他问我的同学，问我的朋友们，问我对北京的感受，就是一句也不谈到王剑虹，一句也不谈杨之华。他告诉我他明早就返上海，云白正为他准备行装。我好象已经变成了一个老人，静静的观察他。他对杨之华的来信一点也不表示惊慌，这是因为他一定有把握。他为什么不谈到剑虹呢？他大约认为谈不谈我都不相信他了。那末，那些信，他都忘记了么？他为什么一句也不解释呢？我不愿同他再谈剑虹了。剑虹在他已成为过去了！去年这时，他是一种怎样的情景，如今，过眼云烟，他到底有没有感触？有什么感触？我很想了解，想从他的行动中来了解，但很失望。晚上，他约我一同去看戏，说是梅兰芳的老师陈德霖的戏。我从来没有进过戏院，那时戏院是男女分坐，我坐在这边的包厢，他们兄弟坐在对面包厢，但我们都没有看戏。我实在忍耐不住这种闷葫芦，我不了解他，我讨厌戏院的嘈杂，我写了一个字条托茶房递过去，站起身就不辞而别，独自回学校了。从此我们没有联系，但这一束信我一直保存着作为我研究一个人的材料。1933年在上海时，我曾把这些信同其他的许多东西放在我的朋友王会悟那里。同年我被捕后，雪峰、适夷把这些东西转存在他们的朋友谢澹如家。全国解放以后，谢先生把这些东西归还了我。我真是感谢他，但这一束信，却没有了。这些信的署名是秋白，而在那时，如果有谁那里发现瞿秋白这几个字是可以被杀头的。我懂得这种情况，就没有问。这一束用五色布纹纸写的工工整整秀秀气气的书信，是一束非常有价值的材料。里边也许没有宏言谠论，但可以看出一个伟大人物性格上的、心理上的矛盾状态。这束信没有了，多么可惜的一束信呵！

韦 护

我写的中篇小说《韦护》是一九二九年末在《小说月报》上发表的。韦护是秋白的一个别名。他是不是用这个名字发表过文章我不知道。他曾用过"屈维陀"的笔名,他用这个名字时曾对我说,韦护是韦陀菩萨的名字,最是嫉恶如仇,他看见人间的许多不平就要生气,就要下凡去惩罚坏人,所以韦陀菩萨的神像历来不朝外,而是面朝着如来佛,只让他看佛面。

我想写秋白、写剑虹,已有许久了。他的矛盾究竟在哪里,我模模糊糊的感觉一些。但我却只写了他的革命工作与恋爱的矛盾。当时,我并不认为秋白就是这样,但要写得更深刻一些却是我力量所达不到的。我要写剑虹,写剑虹对他的挚爱。但怎样结局呢?真的事实是无法写的,也不能以她的一死了事。所以在结局时,我写她振作起来,重新鼓起生活的勇气战斗下去。因为她没有失恋,秋白是在她死后才同杨之华同志恋爱的,这是无可非议的。自然,我并不满意这本书,但也不愿舍弃这本书。韦护虽不能栩栩如生,但总有一些影子可供我自己回忆,可以作为后人研究的参考资料。

一九三〇年,胡也频参加党在上海召开的一个会议,在会上碰到了秋白。秋白托他带一封信给我。字仍是写得那样的工工整整秀秀气气,对我关切很深。信末署名赫然两个字"韦护"。可惜他一句也没有谈到对书的意见。他很可能不满意《韦护》,不认为《韦护》写得好,但他却用了"韦护"这个名字。难道他对这本书还寄有深情吗?尽管书中人物写得不好、不象,但却留有他同剑虹一段生活的遗迹。尽管他们的这段生活是短暂的,但过去这一段火一样的热情,海一样的深情,光辉、温柔、诗意浓厚的恋爱,却是他毕生也难忘的。他在他们两个最醉心的文学之中的酬唱,怎么能从他脑子中划出去?他是酷爱文学的,在这里他曾经任情滋长,尽兴发挥,只要他仍眷恋文学,他就会想起剑虹,剑虹在他的心中是天上的人儿,是仙女(都是他信中的话),而他对他后来毕生从事的政治生活,却认为是凡间人生,是见义勇为,是牺牲自己为人民,因为他是韦护,是韦陀菩萨。

　　这次我没有回他的信,也无法回他的信,他在政治斗争中的处境,我更无从知道。但在阳历年前的某一个夜晚,秋白和他的弟弟云白到吕班路我家里来了。来得很突然,不是事先约好的。他们怎么知道我家地址的,至今我也记不起来。这突然的来访使我们非常兴奋,也使我们狼狈。那时我们穷得想泡一杯茶招待他们也不可能,家里没有茶叶,临时去买又来不及了。他总带点抑郁,笑着对我说:"士别三日,当刮目相看,你现在是一个有名的作家了。"他说这些话,我没有感到一丝嘲笑,或是假意的恭维。他看了我的孩子,问有没有名字。我说,我母亲替他取了一个名字,叫祖麟。他便笑着说:"应该叫韦护,这是你又一伟大作品。"我心里正有点怀疑,他果真喜欢《韦护》吗?而秋白却感慨万分的朗诵道:"田园将芜胡不归!"我一听,我的心情也沉落下来了。我理解他的心境,他不是爱《韦护》,而是爱文学。他想到他最心爱的东西,他想到多年来对于文学的荒疏。那末,他是不是对他的政治生活有些厌倦了呢?后来,许久了,当我知道一点他那时的困难处境时,我就更为他难过。我想,一个复杂的人,总会有所偏,也总会有所失。在我们这样变化激剧的时代里,个人常常是不能左右自己的。那时我没有说什么,他则仍然带点忧郁的神情,悄然离开了我们这个虽穷却是充满了幸福的家。他走后,留下一缕惆怅在我心头。我想,他也许会想到王剑虹吧,他若有所怀念,却也只能埋在心头,同他热爱的文学一样,成为他相思的东西了吧。

金黄色的生活

一九三一年，我独自住在环龙路的一家三楼上。我无牵无挂，成天伏案书写。远处虽有城市的噪声传来，但室内只有自己叹息的回音，连一点有生命的小虫似乎也全都绝迹了。这不是我的理想，我不能长此离群索居，我想并且要求到江西苏区去。但后来，还是决定我留在上海，主编"左联"的机关刊物《北斗》。我第一次听从组织的分配，兴致勃勃地四出组稿，准备出版。这时雪峰同志常常给我带来鲁迅和秋白的稿件，我对秋白的生活才又略有所知。这时秋白匿住在中国地带上海旧城里的谢澹如家。这地址，只有雪峰一人知道，他常去看他，给他带去一些应用的东西。为了解除秋白的孤寂，雪峰偶尔带着他，趁着夜晚，悄悄去北四川路鲁迅家里。后来，他还在鲁迅家里住了几天。再后来，雪峰在鲁迅家的附近，另租了一间房子，秋白搬了过去，晚上常常去鲁迅家里畅谈。他那时开始为《北斗》写"乱弹"，用司马今的笔名，从第一期起，在《北斗》上连载。"乱弹"内容涉及很广，对当时政治的腐败、社会的黑暗等，都加以讽刺，给予打击。后来又翻译了很多稿件，包括卢那卡尔斯基的《解放了的董吉歌德》。特别使人印象深刻的是他写的评自由人胡秋原和第三种人苏汶等的论文，词意严正，文笔锋利。秋白还大力提倡大众文学，非常重视那些在街头书摊上的连环图画、说唱本本等。他带头用上海方言写了大众诗《东洋人出兵》，这在中国文学运动史上是创举。在他的影响下，左联的很多同志也大胆尝试，周文同志把《铁流》与《毁灭》改写为通俗本，周文后来到了延安，主持《边区群众报》，仍旧坚持大众化工作。

秋白还阐述了马克思、恩格斯的现实主义文学理论。他论述的范围很广，世界的，苏联的，中国的。他的脑子如同一个行进着的车轴，日复一日的在文学问题上不停地旋转，而常常发出新论、创见。为了普及革命文化，秋白还用了很多时间研究我国文字拉丁化问题。

以前，我读过《海上述林》，最近我又翻阅了《瞿秋白文集》。他是一个多么勤奋的作家啊！他早在苏联的时候，一直是那末不倦的写呀，译呀。而三十年代初，他寄住在谢澹如家，躲在北四川路的小室里，虽肺病缠身，但仍是日以继夜的埋头于纸笔之中，他既不忘情于社会主义的苏联，又要应付当时党内外发生的许多严重复杂的问题，他写的比一个专业作家还多得多呵！

他同鲁迅的友谊是光辉的、战斗的、崇高的、永远不可磨灭的友谊。他们互相启发，互相砥励，他们在文学上是知己，在政治斗争上也是知己。他为鲁迅的杂文集作序，对鲁迅的杂文，对鲁迅几十年的斗争，最早作了全面的、崇高的评价。他赞誉鲁迅"是封建宗法社会的逆子，是绅士阶级的贰臣，而同时也是一些浪漫蒂克的革命家的诤友"！他是鲁迅的好友，但他在与世诀别的时候，还说自己"一生中没有什么朋友"，以维护鲁迅的安全。鲁迅也在自己病危之际，为他整理旧稿，出版《海上述林》。这都是我们文坛上可歌可泣的、少有的动人佳话。秋白这一时期的工作成绩是惊人的，他矢志文学的宿愿在这时实现了。我想，这大概是他一生中最称心的时代，是黄金时代。

可惜，这个时代不长。一九三四年初，他就不得不撤出上海，转移到中央苏区去了。他到了苏区，主管苏区的文化教育工作，他尽可能去接近农民，了解农民的生活。这在他是一件了不起的大事。秋白过去是没有条件接近农民的。这正是秋白有意识的要弥补自己的知识分子的缺点，有心去实践艰苦的脱胎换骨的自我改造。他在苏区还继续努力推行文艺大众化。后来，如果他能跟随红军主力一起长征，能够与红军主力一起到达陕北，则他的一生，我们党的文艺工作，一定都将是另一番景象。这些想象在我脑子中不知萦回过多少次,只是太使人痛心了,他因病留在苏区,终遭国民党俘获杀害了。

在这个期间,我在鲁迅家里遇见秋白一次,之华同志也在座。一年来,我生活中的突变,使我的许多细腻的感情都变得麻木了。我们之间的谈话,完全只是一个冷静的编辑同一个多才的作家的谈话。我一点也没有注意他除此之外的任何表情,他似乎也只是在我提供的话题范围之内同我交谈。我对他的生活,似乎是漠不关心的。他对我的遭遇应该有所同情,但他也噤若寒蝉,不愿触动我一丝伤痛的琴弦。

但世界上常常有那末凑巧的事:一九三二年"一二八"后,我要求参加共产党,很快被批准了。可能是三月间,在南京路大三元酒家的一间雅座里举行入党仪式。同时入党的有叶以群、田汉、刘凤斯等。主持仪式的是文委负责人潘梓年。而代表中央宣传部出席的、赫然使我惊讶的却是瞿秋白同志。我们全体围坐在圆桌周围,表面上是饮酒作乐,而实际是在举行庄严的入党仪式。我们每个人叙述个人入党的志愿。我记得非常清楚,我说的主要意思是,过去曾经不想入党,只要革命就可以了;后来认为,做一个左翼作家也就够了;现在感到,只作党的同路人是不行的。我愿意做革命、做党的一颗螺丝钉,党要把我放在哪里,我就在哪里;党需要我做什么,就做什么。潘梓年、瞿秋白都讲了话,只是一般的鼓励。

《多余的话》

我第一次读到《多余的话》是在延安。洛甫同志同我谈到,有些同志认为这篇文章可能是伪造的。我便从中宣部的图书室借来一本杂志,上面除这篇文章外,还有一篇描述他就义的情景。我读着文章仿佛看见了秋白本人，我完全相信这篇文章是他自己写的（自然不能完全排除敌人有篡改过的可能）。那些语言，那种心情，我是多么的熟悉呵！我一下就联想到他过去写给我的那一束谜似的信。在那些信里他也倾吐过他这种矛盾的心情，自然比这篇文章要轻微得多，也婉转得多。因为那时他工作经历还不多，那时的感触也只是他矛盾的开始，他无非是心有所感而无处倾吐，就暂时把我这个无害于他的天真的、据他说是拥有赤子之心的年幼朋友，作为一个可以听听他的感慨的对象而忘情的剖析自己，尽管是迂回婉转，还是说了不少的过头话，但还不像后来的《多余的话》那样无情的剖析自己，那样大胆地急切地向人民、向后代毫无保留地谴责自己。我读着这篇文章非常难过，非常同情他，非常理解他，尊重他那时的坦荡胸怀。我也自问过：何必写这些《多余的话》呢？我认为其中有些话是一般人不易理解的，而且会被某些思想简单的人、浅薄的人据为话柄，发生误解或曲解。但我决不会想到后来"四人帮"竟因此对他大肆诬蔑，斥他为叛徒，以至挖坟掘墓、暴骨扬灰。他生前死后的这种悲惨遭遇，实在令人愤慨、痛心！

最近，我又重读了《多余的话》，并且读了《历史研究》一九七九年第三期陈铁健同志写的重评《多余的话》的文章。这篇文章对秋白一生的功绩、对他的矛盾都作了仔细的分析和恰当的评价，比较全面、也很公正。在这里我想补充一点我的感觉：我觉得我们当今这个世界是不够健全的，一个革命者，想做点好事，总会碰到许多阻逆和困难。革命者要熬得过、斗得赢这些妖魔横逆是不容易的，各人的遭遇和思想也是不一样的。比如秋白在文学与政治上的矛盾，本来是容易理解的，但这种矛盾的心境，在实际上是不容易得到理解、同情或支持的。其实，秋白对政治是极端热情的，他对马克思主义的信仰是坚定不移的。他从开始研究马克思主义，就"对于社会主义或共产主义的终极理想，都比较有兴趣"。"马克思主义告诉我要达到这样的最终目的，客观上无论如何也逃不了最尖锐的阶级斗争，以至无产阶级专政——也就是无产阶级统治国家的一个阶段。为着要消灭国家，一定要先组织一时期的新式国家，为着要实现最彻底的民权主义（也就是无所谓民权的社会），一定要先实行无产阶级的民权。这表面上自相矛盾而实际上很有道理的逻辑——马克思主义所谓辩证法——使我很觉得有趣。"秋白临终，还坚定明确地表示："要说我已经放弃了马克思主义，也是不确的。""我的思路已经在青年时期走上了马克思主义的初步，无从改变。"他毕生从事政治斗争，就是由于他对马克思主义的信仰。为了政治活动，他不顾他的病重垂危的爱人王剑虹。在"八七"会议时，他勇敢的挑起了领导整个革命的重担。他批评自己的思想深处是愿意调和的，但他与彭述之、陈独秀做着坚决的路线斗争。他有自知之明，他是不愿当领袖的，连诸葛亮都不想做，但在革命最困难的严重关头，他毅然走上党的最高的领导岗位。这完全是见义勇为，是他自称的韦护的象征。这哪里是象他自己讲的对马克思主义一知半解，自己又有许多"标本的弱者的道德——忍耐，躲避，讲和气，希望大家安静些，仁慈些等等……"？哪里是象他自己讲的"不但不足以锻炼成布尔塞维克的战士，甚至不配做一个起码的革命者"？我认为秋白在这样困难的时候奋力冲上前去，丝毫没有考虑到个人问题，乃是一个大勇者。在《多余的话》的最后，他说因为自己是多年（从一九一九年到一九三五年）的肺结核病人，他愿意把自己的"躯壳""交给医学校的解剖室"，"对肺结核的诊断也许有些帮助"。当他这样表示的时候，在他就义的前夕，在死囚牢里象解剖自己患肺病的躯壳一样，他已经在用马克思主义的利刃，在平静中理智地、细致地、深深地剖析着自己的灵魂，挖掘自己的矛盾，分析产生这矛盾的根源，他得出了正确的结论。这对于知识分子革命者和一般革命者至今都有重大的教益。他说："要磨炼自己，要有非常巨大的毅力，去克服一切种种'异己的'意识以至最微细的'异己的'情感，然后才能从'异己的'阶级里完全跳出来，而在无产阶级的革命队伍里站稳自己的脚步。否则，不免是'捉住了老鸦在树上做窠'，不免是一出滑稽剧。"

他这样把自己的弱点、缺点、教训，放在显微镜下，坦然地、尽心地交给党，交给人民，交给后代，这不也是一个大勇者吗？！我们看见过去有的人在生前尽量为自己树碑立传，文过饰非，打击别人，歪曲历史，很少有象秋白这样坦然无私、光明磊落、求全责备自己的。

在"八七"会议以后，秋白同志在估计革命形势上犯了"左"倾盲动主义的错误。在党的六届七中全会通过的《关于若干历史问题的决议》中是说得非常清楚，是极为正确的。我想，在那样复杂、激剧变化的时代，以秋白从事革命的经历，犯错误是难以避免的；换了另外一个人，恐怕也是这样。何况那些错误都是当时中央政治局讨论过的，是大家的意见，不过因为他是总书记，他应该负主要责任而已。

但是，事隔两年，人隔万里，在王明路线的迫害下，竟要把立三路线的责任放在秋白身上，甚至把正确的纠正了立三路线错误的六届三中全会也指责是秋白又犯了调和路线错误，对他进行残酷斗争、无情打击，把他开除出中央政治局。秋白写《多余的话》时，仍是王明路线统治的时候，他在敌人面前是不能暴露党内实情、批评党内生活的，他只能顺着中央，责备自己，这样在检查中出现的一些过头话，是可以理解的。

正由于我们生活中的某些不够健全，一个同志在工作中犯了错误，就被揪着不放，攻其一点，不及其余，这种过左的作法，即使不是秋白，不是这样一个多感的文人，也是容易使人寒心的。特别是当攻击者处在有权、有势、有帮、有派、棍棒齐下的时候，你怎能不回首自伤，感慨万端的说："田园将芜胡不归"？而到自己将离世而去的时候，又怎会不叹息是"历史的误会"呢？

古语说："慷慨成仁易，从容就义难。"这句话是有缺点的。"慷慨成仁"也不易，也需要勇敢，无所惧怕，但"从容就义"更难。秋白明明知道自己的死期已经临近，不是以年、月计算了，但仍然心怀坦白，举起小刀自我解剖，他自己既是原告，又是被告，又当法官，严格地审判自己。他为的是什么？他不过是把自己当做一个完全的布尔塞维克来要求自己，并以此来品评自己的一生。这正是一个真正的布尔塞维克的品质，怎么能诬之为叛徒呢？革命者本来不是神，不可能没有缺点，不可能不犯错误，倘能正视自己，挖掘自己，不是比那些装腔作势欺骗人民，给自己搽脂抹粉的人的品格更高尚得多么？

秋白在他有生之年，在短短的时间里，写了许多重要文章，他却说自己是"半吊子文人"，也是一种夸大，是不真实的。但秋白一时的心情还是带有一些灰暗，矛盾是每个革命者都会遇到的，每个人都应该随时随地警惕自己，改造自己，战胜一切消极因素。特别是在极端困苦之下，对人生，对革命，要保持旺盛的朝气。

秋白的一生是战斗的，而且战斗得很艰苦，在我们这个不够健全的世界上，他熏染着还来不及完全蜕去的一丝淡淡的、孤独的、苍茫的心情是极可同情的。他说了一些同时代有同感的人们的话，他是比较突出，比较典型的，他的《多余的话》是可以令人深思的。但也有些遗憾，它不是很鼓舞人的。大约我跟着党走的时间较长，在下边生活较久，尝到的滋味较多，更重要的是我后来所处的时代、环境与他大不相同，所以，我总还是愿意鼓舞人，使人前进，使人向上，即使有伤，也要使人感到热烘，感到人世的可爱，而对这可爱的美好的人世要投身进去，但不是惜别。我以为秋白的一生不是"历史的误会"，而是他没有能跳出一个时代的悲剧。

飞蛾扑火

秋白曾在什么地方写过，或是他对我说过："冰之是飞蛾扑火，非死不止。"诚然，他指的是我在二二年去上海平民女校寻求真理之火，然而飞开了；二三年我转入上海大学寻求文学真谛，二四年又飞开了；三〇年我参加左联，三一年我主编《北斗》，三二年入党，飞蛾又飞来扑火。是的，我就是这样离不开火。他还不知道，后来，三三年我已几濒于死，但仍然飞向保安；五十年代我被划为右派，六十年代又被打成反革命，但仍是振翅飞翔。直到七十年代末，在党的正确路线下，终于得到解放，使我仍然飞向了党的怀抱。我正是这样的，如秋白所说，"飞蛾扑火，非死不止"。我还要以我的余生，振翅翱翔，继续在火中追求真理，为讴歌真理之火而死。秋白同志，我的整个生涯是否能安慰死去的你和曾是你的心，在你临就义前还郑重留了一笔的剑虹呢？

一九八〇年元月二日于北京

初刊《文汇增刊》1980 年第 2 期

也频与革命

四五个月前,有人送了《记丁玲》这样一部书给我,并且对这部书的内容提出许多疑问。最近我翻看了一下,原来这是一部编得很拙劣的"小说",是在1933年我被国民党绑架,社会上传说我死了之后,1933年写成、1934年在上海滩上印刷发售的。作者在书中提到胡也频和我与革命的关系时,毫无顾忌,信笔编撰,他写道:

"愁的是两人所知道中国的情形,还是那末少,那末窄。一份新的生活固然使两人雄强单纯,见得十分可爱,然而那份固执朦胧处,也就蕴蓄在生活态度中,他们正如昔人所说:'知道了某一点,其余便完全不知道。'明白了一样事情,却把其余九样事情看得极其朦胧,所有的工作又离不开其余那些事情,这能成就什么事业?……""革命事业在知识分子工作中,须要理智的机会,似乎比须要感情机会更多。两人的信仰惟建立于租界地内观听所及以及其它某方面难于置信的报告统计文件中,真使人为他发愁以外还稍微觉得可怜可悯。……并非出于理智的抉择。不过由于过分相信革命的进展,为一束不可为据的军事报告与农工革命实力统计所迷惑,为'明日光明'(也频写过一本长篇小说叫《光明在我们前面》)的憧憬所动摇,彻底的社会革命公式把它弄得稍稍胡涂罢了……"

类似这样的胡言乱语，连篇累牍，不仅暴露了作者对革命的无知、无情，而且显示了作者十分自得于自己对革命者的歪曲和嘲弄。

关于胡也频同志的短暂的一生，他是怎样走上革命的，怎样成为诗人的，怎样参加到党内来的，怎样为革命献身的，在1950年我写的《一个真实人的一生》曾有过详细的记述。我写道：

"……蔚蓝的海水是那样的平稳，那样的深厚，广阔无边，海水洗去了他在北京时那种嗷嗷待哺，亟亟奔走的愁苦，海水给了他另一种雄伟的胸怀。他静静地躺在大天地中，听柔风与海浪低唱，领会自然，他更任思绪纵横，把他短短十几年的颠簸生活，慢慢在这里消化，把他仅有的一点知识，在这里凝聚，他感到，所谓人生了。他朦胧地有了觉醒，他对生活有了些意图了。他觉得人不只是求生存的动物，人不应受造物的捉弄，人应该创造，创造生命，创造世界。在他的身上有了新的东西的萌芽。他不是一个学徒的思想，也不是一个海军学生的思想，他只觉得他要起来，与白云一同变幻飞跃，与海水一道奔腾。于是他敞衣，跣足，遨游于烟台的海边沙滩上。

"……也频却是一个坚定的人。他还不了解革命的时候，他就诅咒人生，讴歌爱情，但当他一接触革命思想的时候，他就毫不怀疑，勤勤恳恳去了解那些他从来也没有听到过的理论。他先读那些马克思主义的文艺理论，后来也涉及到一些社会科学书籍。……

"……等我到济南去时，也频完全变了一个人。我简直不了解为什么他被那末多的同学拥戴着。天一亮，他的房子里就有人等着他起床，到深夜还有人不让他睡觉。他是济南高中学校里最激烈的人物，他成天宣传马列主义，宣传唯物史观，宣传鲁迅与雪峰翻译的那些文艺理论，宣传普罗文学。我看见那样年轻的他，被群众所包围、所信仰，而他却是那样的稳重、自信、坚定，侃侃而谈，我说不出的忻喜。我问他：'你都懂得吗？'他答道：'为什么不懂得？我觉得要懂得马克思也很简单，首先是要你相信他，同他站在一个立场。'我不相信他的话，我觉得他很有味道。当时我的确是不懂得他的。一直到许久的后来，我才明白他的话，我才明白他为什么一下就能这样，这的确同他的出身，他的生活，他的认真学习和他的品格有很大的关系。

"……我从这封信（指也频牺牲前当天写给我的一封信）回溯他的一生，想到他的勇猛，他的坚强，他的热情，他的忘我，他是充满了力量的人呵！他找了一生，冲撞了一生，他受过多少艰难，好容易他找到了真理，他成了一个共产党员，他走上了光明大道，可是从暗处伸来了压迫，他们不准他走下去，他们不准他活。我实在为他伤心，为这样年轻有为的人伤心，我不能自已的痛哭了！疯狂地痛哭了！从他被捕后，我第一次流下了眼泪，也无法停止这眼泪。李达先生站在我床头，不断的说：'你是有理智的，你是一个倔强的人，为什么哭呀！'我说：'你不懂得我的心，我实在太可怜他了，以前我一点都不懂得他，现在我懂得了，他是一个很伟大的人，但是他太可怜了！……"

从也频的发展来看，从他的实践来看，从他留下的诗来看，他那里象那位作者所说的是一个可笑的、什么都不懂，只听了一束不可为据的军事报告与农工革命实力统计所迷惑，是为社会革命公式弄得胡里胡涂的一个傻子，因而博得这位绅士对他的可怜可悯呢？也频接触革命理论，是从1928年在上海阅读鲁迅与雪峰翻译的苏联文艺理论开始的。他的革命实践是从1930年春在济南高中教书时开始的。1930年11月参加了共产党，1931年1月在上海被捕，2月7日与其他二十多个烈士同时就义于龙华。是的，他为人民为革命而工作的时间是很短的，他可能是一个还不够成熟的革命家，但他是一个革命家，是一个烈士。他参加革命的准备时间是不短的。他从十五六岁作一个叛逃的学徒时起，就是与旧社会对立的，就在茫茫人世中追求真理，他写了许多诗，现在只留下九十多首。他的诗大半是对旧社会的诅咒，充满了愤恨，即使是情诗，也不能掩盖他的悲戚。我现在重读他的诗，更感到他是非走到革命道路上来不可的。贪生怕死的胆小鬼，斤斤计较个人得失的市侩，站在高岸上品评在汹涌波涛中奋战的英雄们的高贵绅士是无法理解他的。这种人的面孔，内心，我们在几十年的生活经历和数千年的文学遗产中见过不少，是不足为奇的。

我不想多唠叨了，现在《诗刊》上选登的三首诗，是可以为证的。至于诗的本身，那就让广大读者自己去评论吧。

1980年元月

初刊《诗刊》1980年第3期

我母亲的生平

我母亲姓余，闺名曼贞，后改名为蒋胜眉，字慕唐，一八七八年生于湖南省常德县。她的父亲是一个宿儒，后为拔贡，做过知府。因家庭是书香门第，我母亲幼年得与哥哥弟弟同在家塾中读书，后又随她的姊姊们学习画画、写诗、吹箫、下棋，看小说，对于旧社会的女子无才便是德的规矩，总算有了一点突破，为她后来进学校，在教育界奋斗十余年，以及熬过长时期的贫困孤寡的生活打下了基础。她的婚姻生活是不幸的，从她口中知道，我父亲是一个多病、意志消沉，有才华却没有什么出息的大家子弟，甚至是一个败家子。我母亲寂寞惆怅、毫无希望地同他过了十年，父亲的早死，给她留下了无限困难和悲苦，但也解放了她，使她可以从一个旧式的、三从四德的地主阶级的寄生虫变成一个自食其力的知识分子，一个具有民主思想，向往革命，热情教学的教育工作者。母亲一生的奋斗，对我也是最好的教育。她是一个坚强、热情、勤奋、努力、能吃苦而又豁达的妇女，是一个伟大的母亲。她留下一部六十年的回忆录和几十首诗，是我保存在箱屉中的宝贵的财产。每当我翻阅这些写在毛边纸上的旧稿时，我的心总要为她的经历而颤栗，不得不生出要写她、要续写《母亲》这部小说的欲望。只是太多的事，太多的人挤压着我，在排队时只得把她挤到后边。这次人民文学出版社拟重印《母亲》，我便重读四十多年前的这部旧作，重读母亲写的遗稿，重温母亲曾给我的教益和支持。只是因为许多更紧迫的事，我不能不压下续写《母亲》的欲望。我现在只能把母亲的生平，作一极简单的介绍，希望能帮助读者更易于了解另一个时代、另一种社会，和在另一个时代，另一种社会中斗争的人吧、我想摘录我母亲遗稿中的一些片断，尽管她没有完全写出她的感受，文字比较粗浅，但用她自己的话来说，读来也许会感到更亲切些。

一九〇九年：

……弟命人送信来……并告社会上有先觉者欲强家国，首应提倡女学，因女师缺乏，特先开女子速成师范学校，定期两年毕业等语。闻后雄心陡起，我何不报名读书，与环境奋斗？自觉如绝处逢生，前途有一线之光明，决定将一切难关打破，一面复弟函嘱代报名，一面打主意。他们家习俗女子对外无丝毫权力，有事须告房族伯叔。于是去晤深晓事理之伯兄，申明事之轻重，不能顾小节失此时机，彼亦赞成。我清检后，将正屋锁闭，托人照看。即携子女，一肩行李，凄然别此伤心之地，一路悲悲切切，奔返故里（常德）。（括弧内的字是我加注的，下同）

一九一〇年：

……与同级者更觉亲爱，其中有一十余岁姓白者（即向警予烈士。母亲写回忆录时是在一九四一年，在国民党统治区，她不能直写烈士的姓名），与我更说得来，学问道德，可为全校（指常德女师）之冠。她对我亦较同他人合得来些，真可谓忘年交。还有唐氏姊妹，及伊表妹，均少年英俊，学识俱优。还有几位，其志趣亦不凡，她们服我不畏艰苦，立此雄心；我亦钦佩她们见解高超。我常与她们谈论各种问题，以致迟归。

一九一一年：

……弟之友来告，城门（常德）已锁，恐有意外事发动，嘱作准备，如消息恶劣，当再送信。此时弟不在家，急与弟妇商量。我更因校长与监督均已去省城，校中（常德女师）仍有数十住宿生，她们皆是年轻姑娘，又处异地，万一有事，不堪设想，不若接来我家暂避，今宵明日听了信息，另打主意。她亦赞许。时大雨滂沱，余撑伞到校（常德女师）报告一切，并把弟妇奉接意思申明。一刻儿如鸦飞鹊乱，联翩至吾家。且喜床铺多，天气不冷不热，四五人一床，或品茶谈天，或看书下棋。第二天风声愈紧，乃反满战争（指辛亥革命）。民众平安久了，不胜恐惧，市上已搬空，学校停课，学生纷纷回家，我又喜又悲，不觉流出泪来。……

一九一二年：

……本校（常德女师）师范停办，故里（临澧）欲吾创办小学，自度才力不足，未曾应许，私衷急欲读书，于是函约诸友，自借款登轮赴省会（长沙），带一双儿女，受尽几许艰辛，直等到新创办的湖南省立第一女子师范学校开学，方才考入，……将子女寄居姨家，母子分离，精神上不免有些痛苦，且喜白友等均已次第入校，畅谈往事，功课紧张，把心事也就放宽了。……怕他们（指我和弟）受寒，将我的被褥分给他们，只留一床秋被自盖。一来我身虽冷而心安；二来被暖难于早起。我身上也只穿得旧的薄棉袄，两条单裤，听讲时两脚由土地上生一股寒气，从背直达脑顶，不由的战栗。直等下了课，将两手呵气,两脚跳踢,才觉得有点生气。每入餐室,整队徐行,既至入桌,饭菜全冷透了,只听得一片齿碰碗箸的声响,八人一桌,只有一箸的菜,不吃,肚子饿则愈冷。早晚点名时,无情的北风如刀剜人肌肤,时已下过两场雪。白友抱被来与我共眠取暖,她说她素畏寒,于是睡时稍好。可以早点入睡。

一九一三年春天,我母亲因为没钱,在长沙第一女师未毕业,就去桃源教书了;两年后又转回常德,当学校管理员(即舍监,管理学生思想教育的)。经常到学生家里访问,帮助解决学生家庭的困难,在学生和家长中很有威信。

有远方学生病虚弱者,吾怜伊无母,且天资聪敏,极其勤学,故有此病。将伊移居女室,吾自为照应,夜起数次,审其寒热,辨其病状,饮食医药,亲自调理,数星期后始痊愈。或有经济缺乏者,或有因道远钱不就用者,我自己省吃俭用,薪金有余则应伊等之缓急,助无力求学者,况余素轻视物资,又不善理财,售产之款,除还债及为本族经手人借用之外,几乎毫无所存了。

一九一八年春天,最可怕的事,我母亲一生中第二次最大的打击发生了。我的小弟弟寄住在一所男子高小学校,春天患急性肺炎,因无人照顾耽误了治疗,夭折了。我母亲懊悔悲伤,痛不欲生,从精神到身体都几乎垮了,但由于向警予等挚友们的开导,我母亲才又振作起来,并全力组织妇女俭德会,成立附属学校,一年后又毅然辞退高工薪的管理员职位,离开自己耗费过心血的县立女子高小学校,而专办妇女俭德会的附属小学。同时又创办工艺女校和工读互助团。互助团是工读学校，吸收贫苦女孩入学，半工半读。她的这些不平常的行动在她的遗稿中是这样叙述的：

唉，可怜不幸的曼，又从死里逃生。唉，不能够死咧，还有一块肉，伤心哟！吾女每见我哭，则倒向怀中喊道："妈妈咧妈妈！"做妈妈的怎舍得你，你若再失去妈妈，你将何以为生！只得勉强振作精神，自己竭力排解，从此母女相依为命，从弟家重返县立女校，为千万个别人的子女效劳。……

不久，白友准备留学法国，从她的故乡溆浦去长沙，路经常德，特来看我。彼此知己，相晤之下，极其欣悦。留居校中，并约旧日好友，为十日之聚。夜夜与白友抵足谈心。伊劝我振作精神，将眼光放远大些，不可因个人的挫折而灰心，应以救民救国之心肠，革命的成功，来安慰你破碎的心灵，并介绍我看那几种书，都是外边京沪出版的一些杂志新书。我听她这些话，如梦方醒，又如万顷波涛中失了舵的小船，泊近岸边一样。亦正如古人常说的"闻君一席话，胜读十年书"。白友之来，其所言真是我的福音。其他友人也顿开茅塞，相约应互相勉励前进，我顿时感到强了许多。……

一九一八年：

这年夏天，我与数友风雨无阻四处奔走，筹备组织妇女团体"妇女俭德会"，至开成立大会时，到会者会员上千，还敦请了各界人士。大众推我为主席主持开会，报告妇女俭德会成立的宗旨，另有多人演讲，这实为本县之创举，一时热闹无已。夕阳西下，始散。此时才觉得一身虚弱到极点，将开水泡了一碗冷饭，略塞饥肠，才觉得好些。

从此别开生面，不似以前那样悲苦了。又与友人相商，欲提高贫民女子知识和解救她们的痛苦，想于常德东关城乡办一平民工读女校，不独不取分文学费等项，还要使她们有进款。友人亦极赞成。我即准备将意图写出，呈请县政府立案。定名为工读互助团。分文科（实际就是扫盲）、艺科、学缝纫、纺纱、织毛巾。又进行募捐，登报，刷广告招生，校舍也租到了。但百事俱备，只欠东风，没有学生来报名。因乡下风气闭塞，女孩裹小脚不出门，于是暑假中冒着三十多度的酷热，每天带着两个教员，均是我的学生，去乡下一家家宣传，到开学时，大大小小也来了二三十人。后来因为成绩显著，学生识了字，又能学到手艺，还能帮助家里解决一些问题，而且都懂事了，有了向上心，于是学生越来越多，直到因地方小，一时无法扩充，只得有所限制了。

一年之后，俭德会的附属小学，问题严重，校长不负责任，致开学时，教员退约，学生不到校。我自己又是县立高小的管理员，而这个学校又正在蒸蒸日上之时，扩充了校舍，添了班次与教员，学生已达四百余人。校长非常倚重我，月薪也增加了。俭德会附属小学的规模条件都比较差，但这是我们妇女界自己创办的，不能任其垮台。会员们都建议我勉为其难，要求我为大家全力负担学校事情。我本不愿离开县立女校的原职，但群众热烈要求，我为形势所迫，只好下决心不畏艰苦，辞掉了有钱可拿的好差事，而去做难做的又几乎是尽义务的事，以我一个寒士来说，实在不容易。县立女校的校长还坚决挽留我，我只好面叙苦衷，声明我乃权衡两校的利益而决定去留的，校长见我义正言切，非常佩服，并云我如有事当相助。于是我又将全力重振这即将关门的学校。也有朋友见我乃寒士，为此牺牲很大，很同情我，自动帮我筹款，整理校务，教导学生，学校日渐恢复，且比以前逐渐兴盛。白天整日忙忙碌碌，至晚与二教师独守古庙，夜读不倦，假舒气以破岑寂。能以教育为终身事业，俾社会有所裨益，亦诚忘忧心有所慰也。

我母亲从事教育活动，一直持续到一九二七年上半年马日事变以后（指一九二七年五月廿一日，湖南的反革命军阀何键等在长沙围攻湖南省工会、省农民协会及一切革命组织，捕杀共产党及一切革命的工农群众）才不得不停下来。

第二天（指马日事变后的第二天）早饭后，我仍旧出外走动，看见今日情形与昨天大不相同，不独没有鼓号之声，行人稀少，所贴之标语，若经雨之花片，又好像一些大小蝴蝶，松枝牌坊也是乱糟糟的。我感到顷刻要发生什么事情，急去打问，只见到一个挑水工人，他说来了许多军队，话没说完，只听得啪啪几声枪响。我又急急回家，有人又说现在满街都是兵，背着枪捉人，某家的少爷打死人，某学生让枪毙了，……从此没有好消息，一会儿说谁被捉了，一会儿又说什么地方关了许多人。我觉得我受刺激太深，神经紧张，全身乏力，成天躺在床上。各学校都放了假，许多人不见了。我无处可走，只觉头目昏眩，气逆肠梗，筋骨疼痛，每日向侄辈说："恐我一旦物化，无知之尔辈，须收拾吾躯。"我只得深居斗室，恨不能将此身埋在地穴，或把两耳紧塞，因常有尖锐的毙人的号声传来。又常有人说"某女生亦在其内"，或说，"今天的那个年纪很小，还不到十五岁咧……"还形容他们的状态和其家庭如何。这些话都使我听了如万箭钻心，恨不能放声嚎啕大哭。我用两手捧着头，靠在书桌上任泪水澎湃以刹悲。可怜的热血青年死得真冤枉，我那可爱的勇敢有觉悟、舍死为国的青年们哟！这次将我国的元气太丧了！国家前途就败落在这群自私自利的奸滑之徒的手里吗？

我母亲的社会活动停止了，学校的事都由旁人代替，她不能不蛰居家中，苦闷极了。我虽然于一九二九年接她到上海住了几个月，还去了一趟杭州，但终因我当时经济困难，没有办法，只能让她回湖南一人独居，湖南还有她的朋友或能稍事接济，湖南生活水平也较低。

一九三一年，胡也频牺牲后，我把孩子送回湖南，请她照管，她慨然应允，丝毫没有表示为难。我先把也频被害的消息瞒着她，后来她知道了，但来信从不问我，装不知道，免得徒然伤心。

一九三三年我被国民党绑架后，我母亲写道：

五月尾，我的乱星又来了。女本有许久未来信，外边传的消息非常恶劣。想法给她朋友去信，或向书店中探听。每到夜静，哀哀哭泣，心肝寸裂，日里则镇静自若，不现一丝愁容。幸灾乐祸者多，纵有安慰者，亦徒增吾之悲痛。后沪上来信，劝我缓去，并云女决不至于有什么。将信将疑，但亦无可奈何，只能听天由命。……

一九三六年，我为了准备逃离南京，要母亲带孩子先回湖南。母亲写道：

默察吾女似有隐忧，烦闷时则向小孩发脾气。女亦与我商量，要我带孩子回湖南。纵然难舍我女，但看形势，不能不暂时分手，我应尽我个人之力，决定携小孩别伊等之母，从此南辕北辙，晤面难期，前途渺茫，惟靠我一颗忠心，两手操劳；惟愿吾女得志，以图他日相会。……

一九三六年冬，我到了保安。抗战初期，我从延安去信给她。她情绪极高，来信说："我早知道你全心只在'大家'，而'小家'你也不会忘掉的。望努力为国,无须以我等老小为念。"一九三八年武汉沦陷前,我想把她和孩子都接到延安。组织上考虑,认为延安非久安之地,孩子可以接来,万一局势变动,孩子是自己的,怎样也可以说得过去,对老人家就难说了。组织上的考虑是对的。因此我去信,请母亲把孩子送到延安。母亲在旧稿中写道:

两京沦陷,时局日非,只得忍痛割爱,将两小孩若邮局寄包裹样,由四侄(即伍陵同志)送交伊母,吾则飘浮无定踪,非人之生活较前苦百倍矣!

从此我母亲一人在家乡飘流,有时与难民同居一处,有时同朋友住在山村,有时寄居在我堂兄家里。她曾经收到一点由重庆、上海等地寄去的我的稿费,都是当时胡风、雪峰为我收编的短篇小说集的稿酬。一九四八年,《太阳照在桑干河上》在大连出版,得了一点稿费,我托冯乃超同志辗转汇给了母亲。这些稿费数目不多,杯水车薪,于生活上小有补益,但更多的却只是精神上的安慰。

抗战前后这十余年,母亲的生活是够凄凉的,也够磨炼人的。这时期她的来信,常常使我黯然无语。但她总在诉苦之余,还勉励我努力工作,教诫孙辈好好读书。我在这些信中看到她将倒下去的衰老的身影,也常常体会到她为等待光明而顽强挣扎的心情。她在回忆稿中经常流露凄婉的情绪,但又显示着她坚忍豁达的心情。

(一九三九年)二月,夜半抵城返家,街市上渺无人烟,敲门进去一看,物件零乱,门大开,满屋灰尘,只有一老婆婆看屋。勉强住了三日,无从清理,时有警报,人心惶惶,以律记之:

避乱夜返武陵城，断壁颓垣转眼更。敲门灯暗惟邻媪，蛛丝尘积窗棂倾。风送警报声声急，雨催花放慢慢晴。独理书签还自慰，虽然苦恼不担心。

离家只数月，百物俱空。其所慰者，小孩有了保障（孩子们已在延安入托儿所和小学校），且时有书来，自己已老迈，生死不足惜。

（一九三九年）×月在城中，到外面看看，市上被敌机炸后情况实在使人伤心，生无穷的愤恨和悲戚：

山河破碎千万顷，断壁颓垣草木横。满目疮痍应堕泪，风声鹤唳却心惊。危机暗伏何日了，朝餐夕宿不时更。为惜流光图苟且，欲安脏腑暂栖身。

人民状况若此，奈何？

（一九四〇年）九月二十日下山进城，将沿途目之所睹与四时之思忆，以律记之：

怕收残局懒登城，三秋境界欲断魂。天空浮云多变幻，人世代谢亦常情。耳顺年华如蓬转，骨肉远离身似轻。头白且喜双足健，红叶青蓼伴我行。

（一九四一年）二月，即腊月二十九日，午后飞雪乱舞，吾独步田野有感：

雪花拂面腊尽时，踽行山径意迟迟。怕看桃符除旧岁，喜听松风似马嘶。地图变色何日复，天道循环定有期。壮志凌云空怅恨，投笔请缨少人知。

正月初一又咏二绝，以舒恨怨：

苦历风尘魔孽多，运蹇时乖莫奈何。踏遍天涯谁能识，年华荏苒枉蹉跎。

白驹闲向隙中过，搔首问天究若何？力拔山兮无用处，不生不死且放歌。

（一九四一年）十月十五日，搬到一间小土地房，对面是山，窗外是池塘，后面当北风，空气很好，以冷气过甚，戏咏二绝，以纪陋室。

其一：南孔北穴挂朝阳，地势凸凹古书藏。面山临水风刺骨，苍松挺立傲秋霜。

其二：白发苍苍睡烂床，断简残篇不用装。几摇案倒东西置，橱无门屉任鼠忙。

（一九四六年）除夕，风雪很大。想我虽年老孤独，处此乱世，未受饥寒，真是万幸。今有若干人当此危难境地，危难麇聚，一念及此，不禁为之悲戚，作二律纪之：

其一：雨雪送残年，平民苦熬煎。厨中无柴米，儿妻又号寒。北风利如剑，荷担行路难。那知胜利后，犹戴复盆冤。

其二：物价增千倍，米珠薪如桂。富者已成贫，贫者何足论，虎狼相争食，蝼蚁岂能存？前途花灿烂，留给予儿孙。

我母亲熬过了十多年的贫困流浪的艰难生活，于一九四九年建国后终于到了北京。我们一家人欢庆团聚。她虽然年老力衰，但兴致勃勃，经常给我们讲乡间生活。她觉得自己多年乡居，与世隔离，知识、思想都落后了，因此她每天都读书看报，手抄《矛盾论》《实践论》，听艾思奇同志讲解大众哲学的广播……一九五〇年北京组织工作队，到新解放区参加土改时，她向我们提出，要求组织上允许她回湖南参加工作，她说家乡事情她了解，她能工作，她不愿在北京住楼房、吃闲饭。我们很理解她的心情，但以为她的身体实际上是不能工作的，组织上也不会同意的。她便又提出到托儿所去做点事，我们也没有同意。我们劝她在家里当管理员，管理伙食，她答允了。她管理伙食两年多，账目清楚，账本至今还在，自然我们没有看过。一九五一年她问陈明，入党须有什么条件，她希望争取入党。陈明告诉了沙可夫同志。当时负责文联党的工作的沙可夫同志认为她这种精神是好的，只是年龄大了，不宜参加工作，要我们劝她安心。这事在一九五三年她逝世前两个月还谈到过，还慨叹自己不能成为共产党员而深感遗憾。

我母亲住在北京的几年中，起居定时，早早即起，上午写字抄书、读书（文学、社会科学书籍），下午做些手工，为我们织毛衣，缝缝补补。为了她的生活方便，我们想请一个保姆。她总不赞成。她的屋子她自己洒扫，她的衣服也是她自己洗涤。一年中的大半年，她总穿一件旧的蓝布夹袍。我给她缝了一件料子的夹袍，但直到她死前，这件新夹袍一次也没有穿过。清检遗物时，她的衬衣衬裤，棉衣都是打了补丁的。

我母亲热爱朋友。凡有人来找我，或者开个小会，留在我家便饭时，她总是热情招待。遇到有湖南人的时候，她还亲自下厨，烧辣子鱼呢。

她因心血管栓塞，于一九五三年五月四日逝世，终年七十五岁，葬于京郊万安公墓。

一九八〇年元月十五日

选自《丁玲全集·第六卷》，河北人民出版社，2001年

她更是一个文学作家

——怀念史沫特莱同志

一

一九三一年我从湖南回到上海,一个人住在环龙路的一个弄堂里。我要求到苏区去,正等着答复。我像一个孤魂似的深居在一间小屋里,伏案直书,抒发我无限的愤恨,寄幽思于万里之外;有时在行人稀少的环龙路上的梧桐树荫下踟蹰徘徊,一颗寂寞忧愁的心,不断被焦急所侵扰。正在这时,冯雪峰同志通知我,有一个外国女记者要见我,她对左联五烈士的死难,表示了无限同情与愤慨,写了报道,帮我们做了宣传工作;通知我按约定的时间到她家去。这样,有一天,大约是五月间的样子,天气已经暖和了,我穿一件黑色软缎连衣裙,走进了格罗希路或麦塞而路一条幽静的马路边一所有花园的洋房里,史沫特莱热情地迎接了我。

史沫特莱长得高大,一对很大的眼睛在一张并不秀丽的脸上闪烁着。曾经有人告诉过我她可能混有一点红色人种的血液,我那时的知识还辨别不出来。但我一下就感到,她不是我脑子中的,从书本上得来印象的那些贵族妇女、交际花,多愁善感、悠闲潇洒、放任泼辣……

都不是，她是一个近代的热情的革命的实干的平常的美国妇女。她使我一见面就完全消除了对生人所特有的审慎，我只感到她是可以信任的，可以直率谈话的，是我们的自己人。尽管我知道她当时和中国的一些文坛名士、上层知识分子如林语堂、徐志摩等友好，但她与之更友好的是共产党，是左翼，是革命者。

她问了我许多问题：我的经历，我的处境，我对未来的打算，我的写作计划……过去我一直不懂社交，怕和上层人物来往，不喜欢花言巧语，但一旦心扉打开时也还能娓娓而谈。这样，我们就像一对老朋友，倾心地谈了一上午。她替我照了不少像。她照得很好，现在我还保留着一张她照的我穿着黑软缎衣的半身像。当我翻阅这些旧物时，那时我难有的一种愉悦而熨贴的心情还回绕在脑际。虽说这只是一个上午，可是多么令人神驰的一个上午！

后来，我又去她家里一次，我穿着一件自己缝制的蓝布连衣裙，大领短袖，已经穿旧了。可是史沫特莱赞赏了这件简单朴素的便衣，我看出她喜欢我这身打扮，我很欣赏她的趣味。她告诉我，前几天总有包打听守在马路对面监视着她，她从花园里，透过临马路的竹篱望见了，一连好几天都这样。她就拿了一根大棒，冲了出去要打那个人，吓得那人仓皇逃跑，这几天再没有来了。她讲这些时，大声笑着，表现出她的天真与粗犷，我不禁也高兴地笑了。这次我逗留时间不长，但她这个笑，许多年来，至今还会引起我的微笑。

"九一八""一二八"之后，我两次在群众大会上远远望到她，她与《中国论坛》报的伊罗生站在一起，还有两三个着西服的人。为了不引起特务的注意，我自然不会去招呼她。在我参加党之后，为了免除给她带来危险，我更有意回避着她，但她的情况，我一直可以听到一些。她的确是我们自己人。她的身世，我也多少知道一点，这样，我们就更贴近了。

二

一九三六年九十月间，我住在西安的一个外国牙科医生家里，等着进陕北苏区中央所在地保安。这位牙科医生很年轻，他告诉我他是德国人，他递给我他的名片，上面写着冯海伯。一九七八年我在叶君健同志记述艾黎同志的长篇报告文学中读到他是奥国人，名叫温启，是革命者，或者还是共产党人。他是受到德国法西斯的迫害而到中国来的。他喂养着一条狼狗，狗的名字就叫"希特勒"，可见他恨希特勒之深。他白天行医，每天有不多几个人来看牙，一有空就和我们（另外一个绰号小妹妹的老共产党员）聊天。晚餐后，他用仅有的一点中国话或不多的英语同我们交谈一点新闻。我的英语会话水平很可怜，只懂很少不成文的单字。这屋里还住有一对德国夫妇。男的镶造假牙，女的操持家务，每天烤很好的面包、蛋糕，做很可口的西餐。后来这位男的有病，夫妇俩便到上海去了。这个牙医诊所实际是我们党的交通联络站，是不能轻易雇用佣人的。于是做饭等事一时就落在我和小妹妹身上了。我们不会烤面包，做西餐，但小妹妹很会烧中国菜、大米饭。牙科医生有时嫌我们做的菜太油，但仍然觉得好吃。这里平日除了刘鼎同志来向我们传达一些党的指示和新闻等外，是很少客人来的。我们只是看点书报以度过寂静的白天，或是三个人在温暖的电灯光下听听收音机。一天下午，冯海伯告诉我们，晚餐有客人，要多杀几只小鸡，多准备一点汤和点心、咖啡等。他平日在我们面前的表现，还是比较老成持重的，此刻却掩饰不了他的异常的兴奋。晚上我们听到前边客厅里有响动，有客人谈话的声音，我们为他高兴，我们守在厨房一心为他们准备丰盛的晚餐。

当我们把饭菜做好的时候，冯海伯要求我们到前边去同他的朋友见面。我向来不喜欢交际，这时更怕见生人，但冯海伯的朋友，该是可以见面的，我认定他们也是自己人。我就高兴地揩了揩手，整整衣服，兴致冲冲地走进客厅。客厅里上首坐着一个外国男人，还有一个外国女人伫立在窗前，像等候谁似的。我转身望她时，发现了那一对闪烁的热情的眼睛正紧盯着我。"呵！还能是谁呢？是史沫特莱！"我急忙扑过去，她双手一下就把我抱起来了，在她的有力的拥抱当中，我忽然感到一阵温暖，我战栗了。好像这种温暖的拥抱是我早就盼望着的，这是意外的，也是意料之中的。我并不曾想到，会是史沫特莱来拥抱我，但我在凄凉的艰苦的斗争中，在茫茫的世界里，总有过一丝希望，总会有这样一天，有这一种情况，不管是哪个老朋友、哪个老同志，只要是真正的朋友、同志，他、她总会把我抱起来，把我遭受过的全部辛酸一同抱起来，分担我在重压中曾经历过的奋战的艰难。现在拥抱我的却是史沫特莱，一个外国友人。我是不怕冷酷的，却经不起温暖。我许久不易流出来的眼泪，悄悄地流在她的衣襟上。屋子里的人都沉重地望着我们，在静谧的空气里，一种歉疚和欢欣侵袭着我，我拥抱她，而且笑了。于是，屋子里立时解了冻，几个人同时邀我们入座。史沫特莱不理会我懂不懂得她的语言，叽叽呱呱对我说起来，我的英文是很蹩脚的，一时乱找几个还记得的单字来表示我的情感。这样惹的大家更笑了。我们欢快地围坐在餐桌周围。

史沫特莱还是从前那样精神抖擞。她是记者。现在西安正在准备欢迎蒋介石，正在酝酿一场新的剿"匪"部署。她总是追踪这些动乱。她的工作和政治贴得紧紧地，她是一个非常政治化的人，她的政治触角很敏感，而我只感觉到她的革命的热情，她不只是一个政治记者，她更是一个文学作家，她写的《大地的女儿》写得多好呵！

另外那位男客人，风尘仆仆，虽是新识，却比熟人还熟似的，只一句话就把我整个人的兴趣吸引过去了，他成了这个小小聚会的中心。他是谁呢？那就是今天几乎人所尽知的美国友人埃得加·斯诺。他正从我要去的地方来，他是从保安来的，他是从党中央那里来的。他们问他，他回答；我们问他，他又回答。他不断地讲解，这里有三个国家的人，没有翻译，我们也不要翻译，我们从听不懂的语言中能懂得许多事。三种语言在这里絮絮叨叨，在热闹的客厅里、华灯下，只有融融之乐，我们忘了要炫耀我们的烹饪学。中心，一切谈话的中心，都是斯诺这次西行所得的印象。他讲苏区的生活，那些神奇而又谜似的生活。他讲毛泽东主席，讲周恩来副主席，他到过前方，认识了许多身经百战的红军将领，他讲苏区的人民、妇女儿童，他满腹的人物故事，他把收集来的珍贵的照片，一一展览给我们看。这时大家都年轻，都有满腔热情，用三种语言同唱《国际歌》，我们还向斯诺学习红军歌曲，"炮火连天响，战号频吹，决战在今朝……"和"送郎当红军"……我们都喝了不少酒，喝了很多咖啡，我们的脸都红了，都绽着愉快的笑，多么幸福的秋夜呵！

夜深了，两位客人要走了，依恋也没有用。我们缓步送他们到后门边。史沫特莱把她的一项旧貂皮帽送给我，说我到陕北去可能比她更需要。这顶帽子曾留在我的包袱里很久，可是这天夜晚的情景，留在我记忆里更久，时间越久，越珍贵。冯海伯同志在"双十二"事变中，被国民党特务黑夜悄悄地杀害在马路边。他的这间诊所就是抗战后的七贤庄西安八路军办事处，现在这里成立了一个展览馆。史沫特莱已离世三十余年，斯诺也在前几年逝世了。"小妹妹"的情况我至今还不知道。人世沧桑，回想当年情景，不能不停笔凝思，多么令人怀念的年代，多么令人怀念的人儿，多么令人向往的豪情呵！

三

一九三七年一月间，我刚从陈赓部队转到二方面军贺龙同志的司令部时，总司令部派通讯员接我回去，说有一个外国女记者在那里，我便赶回三原总部。原来客人就是史沫特莱。彭德怀、任弼时、陆定一几位领导同志正热情地向她介绍部队情况。任弼时同志要我陪她同去延安。离开前方我不愿意，但陪她，能同她一道走却是我乐于从命的。第二天，我们就乘大卡车北上。沿路我们虽然不能畅谈，但彼此的一言一笑一挥手，加上几个简单的英文单字，还是使我们愉快欢欣。两天后，我们到了延安。开始史沫特莱住在延安城里街边的一所院子里的几间房子里，后来搬到凤凰山脚的几间大窑洞里，一个叫吴光伟的女同志给她当翻译。我没有返回前方，留在中央警卫团政治处当副主任，后来又做中国文艺协会的工作，抗战爆发后，筹组西北战地服务团。那时，我工作虽然忙碌，但有空就去她那里看看。

这时，史沫特莱过着八路军普通战士的简单朴素生活。她穿一身灰布制服。她不习惯睡炕，把一个窄的帆布行军床支在炕上。炕前一张小桌，桌上一架打字机和几本白纸簿。外间房一张方桌，毛主席、朱总司令来看她或谈材料，都坐在方桌边的。有一段时间，朱总司令几乎每天都在这里和她谈材料。

史沫特莱是一个很勤奋的作家，悠闲同她无缘，她从早到晚都认真工作。她喜欢广泛搜集材料，了解各种情况，但总是把话题抓得很紧，从不爱闲谈。每当我看到她工作时，不免总有内愧，觉得自己常把时间浪费在闲谈上了，有时冥想太多，显得散漫，缺少现代人应有的紧张。我把这些印象讲给毛主席听，毛主席赞同我的看法，还说，那就向她学习吧。

有一次，延安开党的活动分子会议，我参加了，美国医生马海德同志也参加了，史沫特莱没有参加。她要求参加，组织上没有同意，听说她为此生气，她哭了。后来中央组织部长博古同志找她谈话，向她解释，这不属于友好问题，也不是对她不信任，这是组织问题，因为她还不是党员。还告诉她，我们对她是以诚相待，她是有名的新闻记者，她还要到边区外面去，到很多地方去，要在各种环境里，接触各种人，向他们宣传八路军，宣传共产党，她不做党员，不参加组织有更方便的地方。她勉强被说服了。后来，她果真离开了延安，离开了八路军，但她为党、为八路军做了许多工作。可能她后来仍然没有参加党，可能还一直耿耿于怀。我以为她是一个没有拿到党证的共产党员。世界上也确实有拿着党证的非党员，我想我这个看法没有错。

这年九月，我们西北战地服务团从延安出发了。史沫特莱是什么时候离开的我记不清了。十一月或十二月，我们在山西忽然见到了她，第一次是在行军途中。那时太原沦陷，我们经榆次、太谷到和顺找到总司令部后，每天按序列随大部队一道行军。有一天休息时，忽然看见她兴冲冲地走来。西战团的同志们都认识她，大家围着她，大声笑着，会说几句英语的更趋前问好。大家还高兴地鼓掌，欢迎她跳舞。她也和年轻人一起鼓掌相报。我们晚上在宿营地演出，她也常到台下和群众一起观看，同声说好。有一次，她听到我们团一位同志连日行军、演出，疲劳过度，出现"休克"时，她比卫生员还要快，赶来为他按摩，用民间的土法，把砖烧热，垫在病人的脚下。我记得在延安时，一次她的勤务员有病，她就像慈母一样侍候他。她就是这样使人感动的。

那时我们的宿营地经常不在一起,我们几乎每天有演出任务。我有事去总部也不一定见到她。大家都是来去匆匆,以为随时可以见面,但其实见面也只能握手微笑,我们没有捞到一次长谈的机会。我们驻在洪洞县万安镇时,她住在离我们十多里的总部,我们还见过面。后来,听说她要离开前线到国民党区去工作,为八路军宣传、募捐。我来不及送她,她已悄然离去了。从此,我们没有再见面,只听到关于她的一些零零碎碎的传闻。有人说她舍不得离开八路军,又有人说她离开山西便到新四军去了。她买过很多药品给我们部队。她介绍许多外国朋友到解放区。她写的文章在德国、美国的报刊上登载,八路军、新四军的战报,政治工作的情况,胜利的消息在世界上传播。她写朱德传,红军将领成了各国人民所共知的英雄。全国解放后,她急于要回中国来,她爱中国的革命,同中国人民休戚与共,她的心永远留在中国。可是,当时美国政府不准她来,横加阻挠。她得不到签证,我们为她着急、担忧。好容易她得到去英国的签证。她只要能离开美国,我们便可以设法接她来中国。多么遗憾呵,她到了英国,却病倒在英国;而且竟在那里离开了人间,在还没有见到解放了的中国土地的时候,就离开了人间!在还没有重见她日夜盼望着的中国革命领导人和中国人民的时候,就离开了人间!她只能在弥留的时候,殷殷嘱咐把自己的骨灰送回中国。她要永远沉睡在中国的大地上,伴着中国人民,伴着中国的革命,伴着中国的社会主义建设,伴着她自己对中国的美丽的梦想。

史沫特莱同志!三十年前,我们迎来了你的骨灰,把你安放在八宝山革命公墓,和我们的先烈、你的战友长眠在一起。年年岁岁,我们将凭吊你,回忆你光辉的一生,怀念你对中国人民深厚的友谊。现在中美两国人民的友好大桥,已经架起了,两国人民在友谊的通道上,日益增加着了解、合作与团结。你的英灵将永远和我们一起,和中美两国人民一起,同饮友谊的醇酒,一同经历反对世界霸权主义的风风雨雨,一同走向新的胜利。今年是你逝世的三十周年,我写这篇文字,献出我对你的怀念、爱慕、尊敬,也借此慰藉自己难安的灵魂。

一九八〇年五月二十三日于北京

选自《丁玲全集·第六卷》,河北人民出版社,2001年

鲁迅先生于我

一

我开始接触新文学,是在一九一九年我到长沙周南女校以后。这以前我读的是四书、古文,作文用文言。因为我不喜欢当时书肆上出售的那些作文范本,不喜欢抄书,我的作文经常只能得八十分左右。即使老校长常在我的作文后边写很长的批语,为同学们所羡慕,但我对作文仍是没有多大兴趣。我在课外倒是读了不少小说,是所谓"闲书"的。大人们自己也喜欢看,就是不准我们看。我母亲则是不禁止,也不提倡,她只要我能把功课做好就成。自然,谁也没有把这些"闲书"视为文学,还会有一点什么用处。

周南女校这时有些新风。我们班的教员陈启明先生是比较进步的一个,他是新民学会的会员。他常常把报纸上的重要文章画上红圈,把《新青年》《新潮》介绍给同学们看。他讲新思想,讲新文学。我为他所讲的那些反封建,把现存的封建伦理道德都应该翻个格的言论所鼓动。我喜欢寻找那些"造反有理"的言论。施存统先生的"非孝论"的观点对我印象很深。我对自己出身的那个大家庭深感厌恶,觉得他们虚伪、无耻、专横、跋扈、腐朽、堕落、势利。因此,我喜欢看一些带政治性的、讲问题的文艺作品。但因为我年龄小，学识有限，一些比较浅显的作品、诗、顺口溜才容易为我喜欢。那时我曾当作儿歌背诵，至今还能记忆的什么：

两个黄蝴蝶，双双飞上天。不知为什么，一个忽飞还。
剩下那一个，孤单怪可怜，也无心上天，天上太孤单。

俞平伯、康白情的诗也是我们喜欢背的。后来人一天天长大，接触面多了，便又有了新的选择。一九二一年，湖南有了文化书社。我从那里买到一本郭沫若的诗集《女神》，读后真是爱不释手。我整天价背诵"一的一切，一切的一"，或者就是：

九嶷山上的白云有聚有消，洞庭湖中的流水有汐有潮。
我们心中的愁云呀，啊！我们眼中的泪涛呀，啊！
永远不能消！永远只是潮！

我，还有我中学的同学们，至少是我的好朋友，我们的幼小的心是飘浮的，是动荡的。我们什么都接受，什么都似懂非懂，什么都使我们感动。我们一会儿放歌，一会儿低吟，一会儿兴高采烈，慷慨激昂，一会儿愁深似海，仿佛自个儿身体载负不起自己的哀思。我那时读过鲁迅的短篇小说，可是并没有引起我的注意。那时读小说是消遣，我喜欢里面有故事，有情节、有悲欢离合。古典的《红楼梦》《三国演义》《西厢记》，甚至唱本《再生缘》《再造天》，或还读不太懂的骈体文鸳鸯蝴蝶派的《玉梨魂》都比"阿Q"更能迷住我。因此那时我知道新派的浪漫主义的郭沫若、闺秀作家谢冰心，乃至包天笑、周瘦鹃。而琴南对我印象更深，他介绍了那末多的外国小说给我们，如《茶花女》《曼郎摄氏戈》《三剑客》《钟楼怪人》《悲惨世界》，这些都是我喜欢的。我想在阅世不深，对社会缺乏深刻了解的时候，可能都会是这样的。

一九二二、二三年我在上海时,仍只对都德的《最后一课》有所感受，觉得这同一般小说不同，联系到自己的国家民族，触人猛省。我还读到其它一些亡国之后的国家的一些作品，如波兰显克微支的《你往何处去》。我也读了文学研究会耿济之翻译的一些俄国小说。我那时偏于喜欢厚重的作品，对托尔斯泰的《活尸》《复活》等，都能有所领会。这些作品便日复一日地来在我眼下，塞满我的脑子，使我原来追求革命应有所行动的热情，慢慢转到了对文学的欣赏。我开始觉得文学不只是消遣的，而是对人有启发的。我好象悟到一些问题，但仍是理解不深，还是朦朦胧胧，好象一张吸墨纸，把各种颜色的墨水都留下一点淡淡的痕迹。

一九二四年我来到北京。我的最好的、思想一致的挚友王剑虹在上海病逝了。她的际遇刺痛了我。我虽然有了许多新朋友，但都不能代替她。我毫无兴味地学着数理化，希望考上大学，回过头来当一个正式的学生。我又寂寞地学习绘画，希望美术能使我翻滚的心得到平静。我常常感到这个世界是不好的，可是想退出去是不可能的，只有前进。但向哪里前进呢？上海，我不想回去了；北京，我还挤不进去；于是我又读书,这时是一颗比较深沉的心了。我重新读一些读过的东西，感受也不同了，"鲁迅"成了两个特大的字，在我心头闪烁。我寻找过去被我疏忽了的那些深刻的篇章，我从那里认识真正的中国，多么不幸，多么痛苦，多么黑暗！呵！原来我身上压得那样沉重的就是整个多难的祖国，可悲的我的同胞呵！我读这些书是得不到快乐的，我总感到呼吸迫促，心里象堵着一块什么，然而却又感到有所慰藉。鲁迅，他怎能这么体贴人情，细致、尖锐、深刻地把中国社会，把中国人解剖得这样清楚，令人凄凉，却又使人罢手不得。难道我们中华儿女能无视这个有毒的社会来侵袭人，迫害人，吞吃人吗？！鲁迅！真是一个非凡的人吧，我这样想。我如饥似渴地寻找他的小说、杂文，翻旧杂志，买刚出版的新书，一篇也不愿漏掉在《京报副刊》《语丝》上登载的他的文章，我总想多读到一些，多知道一些，他成了唯一安慰我的人。

二

一九二五年三月间，我从香山搬到西城辟才胡同一间公寓里。我投考美术学校没有考上，便到一个画家办的私人画室里每天素描瓶瓶罐罐、委娜斯的半身石膏像和老头像。开始还有左恭同志，两个人一道；几次以后，他不去了，只我一个人。这个画家姓什名谁，我早忘了；只记得他家是北方普通的四合院，南屋三间打通成一大间，布置成一个画室，摆六七个画架，陈设着大大小小不同形状的瓶瓶罐罐，还有五六个半身或全身的石膏人像，还有瓶花，这都是为学生准备的。学生不多，在不同的时间来。我去过十几次，只有三四次碰到有人。学生每月交两元学费，自带纸笔。他的学生最多不过十来个，大约每月可收入二十来元。我看得出他的情绪不高，他总是默默地看着我画，有时连看也不看，随便指点几句，有时赞赏我几句，以鼓励我继续学下去。我老是独自对着冰冷的石膏像，我太寂寞了。我努力锻炼意志，想象各种理由，说服自己，但我没有能坚持下去。这成了我一生中有时要后悔的事，如果当初我真能成为一个画家，我的生活也许是另一个样子，比我后来几十年的曲折坎坷可能要稍好一点；但这都是多余的话了。

这时，有一个从法国勤工俭学回来的学生教我法文，劝我去法国。他叫我"伯弟"，大概是小的意思。他说只要筹划二百元旅费，到巴黎以后，他能帮助我找到职业。我同意了。可是朋友们都不赞成，她们说这个人的历史、人品，大家都不清楚，跟着他去，前途渺茫，万一沦落异邦，不懂语言，又不认识别的人，实在危险。我母亲一向都是赞助我的，这次也不同意。我是不愿使母亲忧郁的，便放弃了远行的幻想。为了寻找职业，我从报纸上的广告栏内，看到一个在香港等地经商的人征求秘书，工资虽然只有二十元，却可以免费去上海、广州、香港。我又心动了。可是朋友们更加反对，说这可能是一个骗子，甚至是一个人贩子。我还不相信，世界就果真象朋友们说的那样，什么地方都满生荆棘，遍设陷阱，我只能有在友情的怀抱中进大学这一条路吗？不，我想去试一试。我自许是一个有文化，有思想的人，怎么会轻易为一个骗子，或者是一个人贩子所出卖呢？可是母亲来信了，不同意我去当这个秘书，认为这是无益的冒险，我自然又打消了这个念头。可是，我怎样办呢？我的人生道路，我这一生总得做一番事业嘛！我的生活道路，我将何以为生呢？难道我能靠母亲微薄的薪水，在外面流浪一生吗？我实在苦闷极了！在苦闷中，我忽然见到了一线光明，我应该朝着这唯一可以援助我的一盏飘忽的小灯走过去，我应该有勇气迈出这一步。我想来想去，只有求助于我深信指引着我的鲁迅先生，我相信他会向我伸出手的。于是我带着无边的勇气和希望，给鲁迅先生写了一封信，把我的境遇和我的困惑都仔仔细细坦白详尽的陈述了一番，这就是《鲁迅日记》一九二五年四月三十日记的"得丁玲信"。信发出之后，我日夜盼望着，每天早晚都问公寓的那位看门老人："有我的信吗？"但如石沉大海，一直没有得到回信。两个星期之后，我焦急不堪，以至绝望了。这时王剑虹的父亲王勃山老先生邀我和他一路回湖南。他是参加纪念孙中山先生的会来到北京的，现在准备回去。他说东北军正在进关，如不快走，怕以后不好走，南北是否会打仗也说不定。在北京我本来无事可做，没有入学，那个私人画室也不去了。唯一能系留我的只是鲁迅先生的一封回信，然而这只给我失望和苦恼。我还住在北京干什么呢？归去来兮，胡不归？母亲已经快一年没有见到我了，正为我一会儿要去法国，一会儿要当秘书而很不放心呢。那末，我随他归去吧，他是王剑虹的父亲，也等于是我的父亲，就随他归去吧。这样我离开了春天的北京，正是繁花似锦的时候。我跟随王勃山老人搭上南下的军车，正值吴佩孚的军队南撤，火车站不卖客车票，许多人，包括我们都抢上车，挤得坐无坐处，站无站处。我一直懊恼着想："干吗我要凑这个热闹？干吗我要找这个苦吃？我有什么急事要回湖南？对于北京，住了快一年的北京，是不是就这样告别了？我前进的道路就是这样的被赶着，被挤在这闷塞的车厢里吗？我不等鲁迅的回信，那末我还有什么指望得到一个光明的前途呢？"

  鲁迅就是没有给我回信。这件事一直压在我的心头。我更真切的感到我是被这世界遗弃了的。我觉得自己是一个渺小的人，鲁迅原可以不理我；也许我的信写得不好，令人讨厌，他可以回别人的信，就是不理睬我。他对别人都是热情的，伸出援助之手的，就认为我是一个讨厌的人，对我就要无情。我的心受伤了，但这不怪鲁迅，很可能只怪我自己。后来，胡也频告诉我，我离北京后不久，他去看过鲁迅。原来他和荆有麟、项拙三个人在《京报》编辑《民众文艺周刊》，曾去过鲁迅家，见过两三次面。这一天，他又去看鲁迅，递进去一张"丁玲的弟弟"的名片，站在门口等候。只听鲁迅在室内对拿名片进去的佣工大声说道："说我不在家！"他只得没趣地离开，以后就没有去他家了。我听了很生气，认为他和我相识才一个星期，怎么能冒用我弟弟的名义，幼稚的在鲁迅先生面前开这种玩笑，但是这也无法了。何况他这次去已是我发信的三个星期以后了，对鲁迅的回信与否，没有影响。不过我心里总是不好受的。尽管他自己只是一种很天真的想法；我也后悔在临离开北京时，告诉了他这件事。

后来，我实在忘记是什么时候的后来了，我听人说，从那里听说也忘记了，总之，我听人说，鲁迅收到我信的时候，荆有麟正在他的身边。荆有麟说，这信是沈从文化名写的，他一眼就认得出这是沈从文的笔迹，沈从文的稿子都是用细钢笔尖在布纹纸上写的这种蝇头小楷。天哪，这叫我怎么说呢？我写这封信时，还不认识胡也频，更不认识沈从文。我的"蝇头小楷"比沈先生写的差远了。沈先生是当过文书，专练过字的嘛。真不知这个荆有麟根据什么作出这样的断言。而我听到这话时已是没有什么好说了的时候。去年，湖南人民出版社专门研究鲁迅著作的朱正同志告诉我说，确是有这一误会。他抄了一段鲁迅先生给钱玄同的信作证明，现转录于下：

一九二五年七月二十二日鲁迅致钱玄同信云：

"且夫，'孥孥阿文'（指沈从文——朱正注），确尚无偷文如欧阳公（指欧阳兰——朱正注）之恶德，而文章亦较为能做做者也。然而敝座之所以恶之者，因其用一女人之名，以细如蚊虫之字，写信给我，被我察出为阿文手笔，则又有一人扮作该女人之弟来访（指胡也频——朱正注），以证明实有其女人……"（《鲁迅书信集》上卷第七十二页）

三

  大革命失败后，上海文坛反倒热闹起来了，鲁迅从广州来到上海，各种派别的文化人都聚集在这里，我正开始发表文章，也搬到了上海。原来我对创造社的人也是十分崇敬的，一九二二年我初到上海，曾和几个朋友以朝圣的心情找到民厚里，拜见了郭沫若先生、邓均吾先生；郁达夫先生出门去了，未能见到。一九二六年我回湖南，路过上海，又特意跑到北四川路购买了一张创造社发行的股票。虽然只化了五元，但对我来说已是相当可观的数目了。可是在这时，我很不理解他们对鲁迅先生的笔伐围攻。以我当时的单纯少知，也感到他们革命的甲胄太坚，刀斧太利，气焰太盛，火气太旺，而且是几个人，一群人攻击鲁迅一个人。正因我当时无党无派，刚刚学写文章，而又无能发言，便很自然地站到鲁迅一边。眼看着鲁迅既要反对当权的国民党的新贵，反对复古派，反对梁实秋新月派，还要不时回过头来，招架从自己营垒里横来的刀斧和射来的暗箭，我心里为之不平。我又为鲁迅的战斗不已的革命锋芒和韧性而心折。而他还在酣战的空隙里，大力介绍、传播马克思的无产阶级革命文艺理论。我读这些书时，感到受益很多，对鲁迅在实践和宣传革命文艺理论上的贡献，更是倍加崇敬。我注视他发表的各种长短文章，我丝毫没有因为他不曾回我的信而受到的委屈影响我对他的崇拜。我把他指的方向当作自己努力的方向，在写作的途程中，逐渐拨正自己的航向。当我知道了鲁迅参加并领导左翼作家联盟工作时，我是如何的激动啊！我认为这个联盟一定是最革命最正确的作家组织了。自然，我知道左联是共产党领导的，然而在我，在当时一般作家心目中，都很自然地要看看究竟是哪些人，哪些具体的人在左联实现党的领导。一九三〇年五月，潘汉年同志等来找我和胡也频谈话时,我们都表示乐意即刻参加。九月十七日晚左联在荷兰餐馆花园里为庆祝鲁迅五十寿诞的聚餐后,也频用一种多么高兴的心情向我描述他们与鲁迅见面的情形时,我也分享了那份乐趣。尽管我知道,他并没有,也不可能向鲁迅陈述那件旧事,我心里仍薄薄的拖上一层云彩,但已经不是灰色的了!我觉得我同鲁迅很相近,而且深信他会了解我的,我一定能取得他的了解的。

一九三一年五月间吧,我第一次参加左联的会议,地点在北四川路一个小学校里,与会的大多数人我都是新相识。我静静地坐在那里,没有发言。会开始不久,鲁迅来了,他迟到了。他穿一件黑色长袍,着一双黑色球鞋,短的黑发和浓厚的胡髭中间闪烁的是铮铮锋利的眼神,然而在这样一张威严肃穆的脸上却现出一付极为天真的神情,象一个小孩犯了小小错误,微微带点抱歉的羞涩的表情。我不须问,好象他同我是很熟的人似的,我用亲切的眼光随着他的行动,送他坐在他的座位上。怎么他这样平易,就象是全体在座人的家里人一样。会上正有两位女同志发言,振振有词地批评左联的工作,有一位还说什么"老家伙都不行,现在要靠年青人"等等似乎很有革命性,又很有火气的话。我看见鲁迅仍然是那末平静的听着。我虽然没有跑上前去同他招呼,也没有机会同他说一句话,也许他根本没有看见我,但我总以为我看见过他了,他是理解我的,我甚至忘了他没有回我信的那件事。

第一次我和鲁迅见面是在北四川路他家里。他住在楼上,楼下是一家西餐馆,冯雪峰曾经在这楼下一间黑屋子里住过。这时我刚刚负责《北斗》的编辑工作,希望《北斗》能登载几张象《小说月报》有过的那种插图,我自己没有,问过雪峰,雪峰告诉我,鲁迅那里有版画,可以问他要。过几天雪峰说,鲁迅让我自己去他家挑选。一九三一年七月卅日，我和雪峰一道去了。那天我兴致非常好，穿上我最喜欢的连衣裙。那时上海正时兴穿旗袍，我不喜欢又窄又小又长的紧身衣，所以我通常是穿裙子的。我在鲁迅面前感到很自由，一点也不拘束。他拿出许多版画，并且逐幅向我解释。我是第一次看到珂勒惠支的版画，对这种风格不大理会，说不出好坏。鲁迅着重介绍了几张，特别拿出《牺牲》那幅画给我，还答应为这画写说明。这就是《北斗》创刊号上发表的那一张。去年我看到一些考证资料，记载着这件事，有的说是我去要的，有的说是鲁迅给我的。事情的经过就是这样，是我去要的，也是鲁迅给的。我还向鲁迅要文章，还说我喜欢他的文章。原以为去见鲁迅这样的大人物，我一定会很拘谨，因为我向来在生人面前是比较沉默，不爱说话的。可是这次却很自然。后来雪峰告诉我，鲁迅说"丁玲还象一个小孩子"。今天看来，这本是一句没有什么特殊涵义的普通话，但我当时不能理解，"咳，还象个小孩子！我的心情已经为经受太多的波折而变得苍老了，还象个小孩子！"我又想："难道是因为我幼稚得象个小孩子吗？或者他脑子里一向以为我可能是一个被风雨打蔫了的衰弱的女人，而一见面却相反有了小孩子的感觉？"我好象不很高兴我留给他的印象，因此这句话便牢牢地留在我的记忆里。

　　从一九三一年到三三年春天，我记不得去过他家几次，或者和他一道参加过几次会议，我只记得有这样一些印象。鲁迅先生曾向我要《水》的单行本，不止一本，而是要了十几本。他也送过我几本他自己的书。我印象最深的是他给我的书都包得整整齐齐，比中药铺的药包还四四方方，有棱有角。有一次谈话，我说我有脾气，不好。鲁迅说："有脾气有什么不好？人嘛，总应该有点脾气的。我也是有脾气的。有时候，我还觉得有脾气也很好。"我一点也没有感到他是为宽我的心而说这话的，我认为他说的是真话。我尽管说自己有脾气，不好，实际我压根儿也没有改正过,我还是很任性的。

有一次晚上,鲁迅与我、雪峰坐在桌子周围谈天,他的孩子海婴在另一间屋里睡觉。他便不开电灯,把一盏煤油灯捻得小小的,小声地和我们说话。他解释说,孩子要睡觉,灯亮了孩子睡不着。说话时原有的天真表情,浓浓的绽在他的脸上。这副神情一直留在我的记忆里。我觉得他始终是一个毫不装点自己,非常平易近人的人。

一九三三年我被国民党绑架,幽禁在南京。鲁迅先生和宋庆龄女士,还有民权保障同盟其他知名人士杨杏佛、蔡元培诸先生在党和左翼文人的协同下,大力营救,向国民党政府发出强烈抗议。国际名人古久烈、巴比塞等也相继发表声明。国内外的强烈的舆论,制止了敌人对我的进一步迫害。国民党不敢承认他们是在租界上把我绑架走的,也不敢杀我灭口。国民党被迫采取了不杀不放,把我"养起来"的政策。鲁迅特意又转告赵家璧先生早日出版我的《母亲》,又告知我母亲在老家的地址,仔细叮咛赵先生把这笔稿费确实寄到我母亲的手中。

一九三六年夏天,我终于能和党取得联系,逃出南京,也是由于曹靖华受托把我的消息和要求及时报告给鲁迅,由鲁迅通知了刚从陕北抵达上海的中央特派员冯雪峰同志。是冯雪峰同志派张天翼同志到南京和我联系并帮助我逃出来的。遗憾的是我到上海时,鲁迅正病重,又困于当时的环境,我不能去看他,只在七月中旬给他写了一封致敬和慰问的信。哪里知道就在我停留西安,待机进入陕北的途中,传来了鲁迅逝世的噩耗。我压着悲痛以"耀高丘"的署名给许广平同志去了一封唁函,这便是我一生中给鲁迅先生三封信中唯一留存着的一封。现摘录于下:

无限的难过汹涌在我的心头……,我两次到上海,均万分想同他见一次,但为了环境的不许可,只能让我悬想他的病躯,和他扶病力作的不屈精神。现在却传来如此的噩耗,我简直不能述说我的无救的缺憾了。……这哀恸真是属于我们大众的,我们只有拚命努力来纪念世界上一颗陨落了的巨星,是中国最光荣的一颗巨心!……

而鲁迅先生留给我的文字则是一首永远印在心头,永远鞭策我前进的一首七绝,就是大家都知道的《悼丁君》:

如磐夜气压重楼,剪柳春风守九秋。
瑶瑟凝尘清怨绝,可怜无女耀高丘。

前年我回到北京以后,从史诺的遗作里看到,鲁迅同他谈到中国的文学时也曾奖誉过我。去年到中国访问的美国友人伊罗生先生给了我一本在美国出版的英译中国短篇小说集《草鞋脚》,这是一九三四年鲁迅与茅盾同志一同编选交他出版的,里面选择了我的《莎菲女士的日记》《水》两篇小说。鲁迅在《草鞋脚》小引中写着"……这一本书,便是十五年来的,'文学革命'以后的短篇小说的选集。……它恰如压在大石下面的植物一般,虽然并不繁荣,它却在曲曲折折地生长。……"(《且介亭杂文》第十三页)鲁迅先生给过我的种种鼓励和关心,我只愿深深地珍藏在自己心里,经常用来鼓励自己而不愿宣扬,我崇敬他,爱他。我常用他的一句话告诫自己:"文人的遭殃,不在生前的被攻击和被冷落,一瞑之后,言行两亡,于是无聊之徒,谬托知己,是非蜂起,既以自炫,又以卖钱,连死尸也成了他们的沽名获利之具,这倒是值得悲哀的。"(《且介亭杂文》第五十三页)我不愿讲死无对证的话,更不愿借鲁迅以抬高自己,因此我一直沉默着,拒绝过许多编辑同志的约稿。今年是鲁迅先生诞生一百周年的纪念,我谨写此文,以纪念鲁迅先生所给我的影响。

四

我被捕以后,鲁迅在著作中和与人书信来往中几次提到过我,感谢一位热心同志替我搜录,现摘抄几则在这里:

《伪自由书·后记》:

〔一九三三年〕五月十四日午后一时,还有了丁玲和潘梓年的失踪的事。(单行本第一五五页)

一九三三年六月二十六日致王志之信:

丁事的抗议,是不中用的,当局那里会分心于抗议。现在她的生死还不详。其实,在上海,失踪的人是常有的,只因为无名,所以无人提起。杨杏佛也是热心救丁的人之一,但竟遭了暗杀,我想,这事也必以模胡了之的,什么明令缉凶之类,都是骗人的勾当。听说要用同样办法处置的人还有十四个。(《书信集》第三八四页)

一九三三年六月三十日《我的种痘》:

整整的五十年,从地球年龄来计算,真是微乎其微,然而从人类历史上说,却已经是半世纪,柔石丁玲他们,就活不到这么久。(《集外集拾遗》。《鲁迅全集》第七卷第六四四页)

一九三三年八月一日致科学新闻社信：

至于丁玲，毫无消息，据我看来，是已经被害的了，而有些刊物还造许多关于她的谣言，真是畜生之不如也。（《书信集》第一〇五七页）

一九三三年九月二十一日致曹聚仁信：

旧诗一首，不知可登《涛声》否？（《书信集》第四〇八页）（诗即《悼丁君》，载同年九月三十日《涛声》二卷三十八期。）

一九三四年九月四日致王志之信：

丁君确健在，但此后大约未必再有文章，或再有先前那样的文章，因为这是健在的代价。（《书信集》第六二二页）

一九三四年十一月十二日致萧军萧红信：

蓬子转向，丁玲还活着，政府在养她。（《书信集》第六六〇页）

我被捕以后，社会上有各种传言，也有许多谣言，在国民党御用专门造谣反共的报纸《社会新闻》以及《商报》，还有许多我不可能看到的报刊杂志都登载了很多。我真感谢鲁迅并没有因为这一些谣言或传说而对我有所谴责。但到后来，一九五七年以后，直到粉碎"四人帮"以后的最初年代，还有个别同志根据前面摘录的鲁迅的文字，作些不符合事实的注释，或说我曾在南京自首，或说我变节……等等，这种言论在书籍报刊上发表,至今引起很多读者的关心、询问,现在我毋须逐条更正或再作什么解释。我能够理解这些同志为什么这样贬责我,他们不理解情况,他们不是造谣者,也不是存心打击我。他们在那样写的时候,心里也未必就那样相信。这样的事,经历了几十年的斗争的人,特别是在十年动乱中横遭诬陷迫害的广大干部、群众,完全会一清二楚的。

最近翻阅《我心中的鲁迅》一书,在第二二二页上有一段一九七九年六月萧军对鲁迅给他一信的解释:

关于丁玲,鲁迅先生信中只是说:"丁玲还活着,政府在养她。"并没有片言只字有责于她的"不死",或责成她应该去"坐牢"。因为鲁迅先生明白这是国民党一种更阴险的手法。因为国民党如果当时杀了丁玲或送进监牢,这会造成全国以至世界人民普遍的舆论责难,甚至引起不利于他们的后果,因此才采取了这不杀、不关、不放……险恶的所谓"绵中裹铁"的卑鄙办法,以期引起人民对丁玲的疑心,对国民党"宽宏大量"寄以幻想!但有些头脑胡涂的人,或别有用心的人……竟说"政府在养她"这句话,是鲁迅先生对于丁玲的一种"责备"!这纯属是一种无知或恶意的诬枉之辞!

一九七九年,北京图书馆得到美国图书协会访华参观团赠予的一些珍贵文物史料的复印件,其中有《草鞋脚》选编过程中鲁迅与伊罗生来往通讯的手稿,有鲁迅、茅盾写的《中国左翼文艺定期刊编目》等等。这七封来往书信中最晚的一封,是一九三五年十月十七日鲁迅写给伊罗生的。在所有这些信件里,鲁迅不但没有说过因为有了关于丁玲的种种传言而要改动原选书目的话,而是按照原定计划,仍然选入了我的两篇小说。鲁迅为这本选集写的"小引"也没有因为这些传言而有所改动。鲁迅与茅盾合写的《左翼文艺定期刊编目》对我主编的《北斗》也仍然作了正面的论述,对我个人没有丝毫的贬义。这个"编目"将在近期的《鲁迅研究资料》刊出。这七封信件,一九七九年十二月五日《光明日报》文学专刊第一五六期已经登出过原文。

  一九三四年九月鲁迅给王志之信中说"此后大约未必再有文章,或再有先前那样的文章,因为这是健在的代价"。我认为这话的确是一句有阅历、有见识、有经验,而且是非常有分寸的话。本来嘛,革命者如果被敌人逮捕关押,自然是无法写文章、演戏或从事其他活动的;倘如在敌人面前屈从了,即"转向"了,自然不可能写出"再有先前那样的文章"。读到这样的话,我是感激鲁迅先生的。他是多么担心我不能写文章和不能写出"再有先前那样的文章"。我也感到多么遗憾,鲁迅先生终究没有能看到后来以至今天我写的文章。这些文章数量不多,质量也不理想,但我想这还正是鲁迅先生希望我能写出的。在鲁迅临终时,我已到了西安,而且很快就要进入鲁迅生前系念的陕北苏区、中共中央所在地的保安。现在纪念鲁迅先生诞辰一百周年,我想我还是鲁迅先生的忠实的学生。他对于我永远是指引我道路的人,我是站在他这一面的。

一九八一年一月于厦门

初刊《新文学史料》1983 年第 3 期

死之歌

在我最早的记忆中,我最害怕的是我国传统的,前头吊着三朵棉花球的孝帽。我戴这样的孝帽的时候是三岁半,因为我父亲死了。家里人把我抱起来,给我穿上孝衣,戴上孝帽,那白色颤动的棉花球,就象是成团成团的白色的眼泪在往下抛。这帽子给我的印象太深了。他们给我戴好那帽子后,就把我放到堂屋里。堂屋的墙壁上都挂着写满了字的白布,那就是孝联,也就是挽联。可我不懂,只看到白布上乱七八糟地画了很多东西。我的母亲也穿着一身粗麻布衣服,跪在一个长的黑盒子的后面;家里人把我放在母亲的身边。于是,我就放声大哭。我不是哭我的命运,我那时根本不会理解到这是我一生命运的一个转折点:从此以后,我的命运就要和过去完全不同了。我觉得,我只是因那气氛而哭。后来,人们就把我抱开了。但那个印象对我是最深刻的,我几十年后都不能忘记。

我常想,那时候,我为什么那么痛哭,那样不清静呢?是不是我已经预感到我的不幸的生活就要从此开始了?是不是我已经预感到那个时代——那个苦痛的时代,那个毫无希望的,满屋都是白色的,当中放一口黑棺材的时代?那就不知道了,反正那是我的第一个印象。家里人后来告诉我,那是死,是我父亲的死。

父亲死了，我母亲就完了，我们也完了，我们家的一切都完了。因此，在我有一点朦胧知识的时候，我对死就有很深的印象。死是怎样可怕的啊！

整个幼年，我就是跟着在死的边缘上挣扎的母亲生活的。在我很小的时候，对死就这样的敏感。我常常要想着别人，替别人着想，我不能忘记一些悲伤的往事。比如：我想到我的一个表哥。这个表哥我没有见过；我的表嫂自然也没见过，因为表哥没结婚就死了。但是，我的表嫂还非得从娘家嫁到我舅舅家来做儿媳妇不可。母亲常常把这件事讲给我听。那时候，表哥表嫂准备结婚，家里置办的嫁妆都是大红的、锦绣的。但是，表哥病了，死了，表嫂还得嫁过来。我外祖父是一个封建文人，但他并不希望她过门来，他也感到这个日子是很难过的。但是，处在那个时代，那个封建的吃人的黑暗时代，我的表嫂还是迎亲过门来了。两家还临时重新赶办嫁妆，全是蓝色的，再也没有红的了。但是，表嫂过门来的那一天还是穿着红衣服，戴着凤冠霞帔。我家四姨抱着我表哥的木头灵牌，和表嫂拜堂成亲，结为夫妻。结婚仪式以后，表嫂回到洞房，脱下凤冠霞帔，摘下头饰，然后披麻戴孝，来到堂屋，跪着磕头祭灵。她哭得昏过去了。人们把她架着送回新房。就这样，她一直留在我舅舅家里，守活寡。后来，我外祖父调到云南，把她留在常德，住在她娘家。但是，在自己娘家，像她这样的妇女怎么过下去，她有什么希望呢？她有什么前途呢？她有什么愉快的事情呢？什么都没有了！这个世界已经不属于她了。留给她的只是愁苦、眼泪和黑暗。这样，没有过一年，她死了，我母亲是很同情她的。母亲对我讲她的时候，我也非常难过，我常常想着这个结了婚，实际是未婚的不幸的年轻女性，怎样熬过她的一生？在我脑子里，这是从幼年一直陪伴我长大的第二件事情。

我母亲是一个寡妇,她也有自身痛苦的经历。她是一个学生,一个知识分子,她读了很多书。我以为她的感受,她的想象是很复杂的,又是很丰富的。但是,我母亲从来都把这一切埋在她的心底。我从没听到她讲过,也从未看到过她叹气流泪;即使有过,也很少。我母亲经常给我讲的是一些历史上功臣烈女的故事。她又把这样的书给我看。所以,我从小的时候,对一些慷慨悲歌、济世忧民之士便很佩服。我看《东周列国》的时候(我现在想不起那些具体的故事了)那里记载的许多仁人义士、忠君爱国的人视死如归的故事,给我的影响很大。我佩服这样的人,喜欢这样的人,这些是我心目中最崇拜的人,最了不起的人。尽管故事很短,也很多,可是,我觉得是非常有意义的。

我母亲最喜欢讲秋瑾,我常常倚在母亲的膝前听她对我讲秋瑾。秋瑾是我母亲最崇拜的一个。她讲她怎样参加革命,怎样为革命牺牲;我从小对这些故事知道很多。但同时,我也受到一些别的,另外的影响,一些儿女之情也会常常占据我整个的心灵,为这些事件里面的人物所牵引。

比如《红楼梦》。我看《红楼梦》时很早,大约是十一二岁吧。这以前我看不懂,不喜欢;十一二岁时我再读,便不一样了。现在回想起来,那时每次读,我都比林黛玉哭得多。林黛玉哭一次,我也跟着哭;林黛玉不哭了,我也哭;黛玉的丫环紫鹃哭,我也哭。我总觉得,她那样一个柔弱女子,在强大势力的压迫下,她是毫无反抗的力量的,但她对那个社会是抱着鄙视态度的,她想反抗,却没有力量。她只好在大观园里婉转挣扎,却终没有能活下去。

我小的时候,是一个好哭的人,常常要想到别人的生、死,好象这些都和自己的生命纠结在一起似的。我的弟弟死了。姨妈边哭边说,如果是冰之死了,也要好一点,怎么会是弟弟死呢?姨妈双目失明,她没看见我就在她身边。她以为我弟弟一死,我母亲就什么希望都没有了。但如果死的是我,那对我母亲的打击就不是太大,她的思想是,与其让我弟弟死,不如让我死了的好。她这全是为着我母亲着想的。可是,我听到了,就不能不想到很多很多。我甚至也认为,我是可以死的,我死了,弟弟活着要比我有用得多,有价值得多。我一个弱女、一个妹子,能有什么前途?有什么希望呢?我没什么希望了。特别是想到我的婚姻问题,更使我感到前途渺茫。那时我被许配给我舅妈家里;而我认为世间最坏的,我最讨厌,最恨的人,就是我的舅妈。一想到这里,我就觉得不如死了好,可以摆脱我以后的命运,母亲也会好一点。所以,那时我常常沉浸在生不如死的这种感情里面。那时候,很多人的死都给我很深的印象,这些人的死,都使我萦回在人生不可解的问题里面。

记得,辛亥革命时,我大姨妈家里,姨父的弟弟在考棚被清兵杀死了,因为他革命。对他的死,我们家很多亲戚都感到沉痛。辛亥革命时间很短,但在我们那个小城镇里,气氛还是很紧张的。

那时,人们都要躲开那个地方,母亲准备带着我逃难。但母亲没有逃,她正在上学,她比较镇定。她不但自己不走,还把向警予和别的同学接到我舅舅家来住。那时风声、气氛都是紧张恐怖的。我的一个叔叔,又在这时突然死了。他的被害,更在我荒冷的记忆里加上血的颤栗。

十月十日辛亥革命成功,中华民国成立,我小小的心灵也卷入这大风浪中,愁苦和欢乐交糅着,深深地刻在我的记忆里。

这时给我深刻印象的另一件事,就是宋教仁被袁世凯暗杀了。以我那时的年龄和知识,对这事是无法理解的。宋教仁是桃源人,我那时在桃源学校念书,母亲在那里当教员。学校要举行追悼会,指名让我代表同学在台上讲话。我自然是念母亲写的稿子。这稿子写得很有感情，反对袁世凯，反对袁世凯对革命者的屠杀。我念的时候，引起了全场的激动。他们的激动，使我也受到了感染。我觉得，这是我最初的，在心底埋下的一种从群众那里感染到的革命的激动。

这以后，"五四"的浪潮涌来了。我的思想跟着时代一天一天地往前走，我也参加到这些运动中来，但我的感情还是那么单纯。虽然我有愤慨的时候，也有悲哀的时候，也有参加群众游行的感受。但是，这些都还未使我从根本上发生思想的更大的变化。

"三一八"事件对我是很大的触动。我那时几乎没有在学校。我已经离开了我的母校，来到旧北平，大学不能进，只住在公寓里。但那时，我也跑上了街头。听说那天要到铁狮子胡同，要打卖国贼曹汝霖的家。我跟着冲进去了。我跑到屋子里，被警察赶了出来。虽说自己没有挨打，但很多同学挨打了，还有一些学生被阻留在屋里边没跑出来，后来也不晓得怎么样了。我记得很清楚，那时，我们队伍还往里冲，要营救那些被关在里面的人。当时，一个叫吴蔚燕的女同学，在我前面领头，喊着口号，我也跟着大喊。

再以后，刘和珍的惨死，李大钊的牺牲都震撼了我。我后来的许多年都不愿意到天安门去。解放后，我到天安门去凭吊李大钊同志就义的地方，我感到，我的心仍然颤抖不已。然而，真正刺到我心深处的，是向警予同志的牺牲。

我不到七岁的时候，就认识了向警予。辛亥革命前，我母亲在常德学校时，她经常到我母亲这里来。向警予与我母亲等七个人结拜为姊妹，她们是以救国、以教育为己任的好朋友。我同这几位阿姨都很熟。我知道，在我母亲的心目中，是最推崇向警予的。我小的时候，母亲是我的榜样，是我最崇敬的人，除母亲之外，再一个就是向警予。她那时很年轻，大概只有十九岁。但是她少年老成，像是一个完全成熟的人，一个革命家。我很少看到她有一般年轻女孩子们常有的活泼、娇媚、柔弱等女性的特征；我也没有看到她的泼辣。我觉得她总是温文尔雅，严肃大方。我很小就把她当做最可尊敬的人。那时，我母亲在常德女子师范的师范班，我在幼儿园。母亲放假回家了，没人来接我，我一个人留在幼儿园的时候，向警予就会来把我找着。有时，我母亲回来晚了，常常到向警予的宿舍里找到我，我总是已经睡得甜甜的了。我后来到桃源的时候，与向警予教过的一些学生相遇，我至今还能记得她们的名字，因为她们就是从向警予的身边来的。后来，她的两个侄女到长沙念书，我还特意跑到第一女子学校去看她们。可以说，我从小就是在向警予的影响下生活、长大的。

一九二三年的夏天，我在上海，又见着向警予。她又给我讲了许多她的故事；这些故事使我非常激动。

一次，她讲到她从法国回到广东上码头时候的情景。当时女子剪头发的人很少，特别是象广州这样的大城市里，剪头发的便被认为是革命党。她那时一进码头，就被一群人围着看，说她是女革命党，还在背后指指点点。她是怎么对待的呢？我常想，如果是我，我一定会生气的，会赶快离开那地方。可是，她却停步站下来，宣传妇女是跟男子一样的，男女应平等，妇女要解放。我那时常想，为什么她想的或做的和我不一样呢？为什么她所拥有的天下是那么宽广呢？为什么她当时没感到害羞或生气呢？为什么她想到要向人群宣传呢？

那时，我住在上海慕尔鸣路。我觉得很奇怪。她和蔡和森两个人住一间房子，但简直不像屋子里面有人。我从来没听到他们在屋子里面的谈话声和笑声，进门一看，他们常常都在读书。她的一些很平常、很简单的事，在我都觉得是很了不起的，她是我们女性里面最了不起的一个。当然，她有很多事迹，是我后来才知道的。在当时，我没有读过她的文章,而且,也不容易读得懂。后来,我听说可恶的国民党把她捆到湖北一码头杀害了。这就象砍掉我的头一样。为什么他们把这样的人杀了呢?为什么这样一个妇女,这样一个了不起的人却被杀了呢?

后来,我听说她是在汉口法国租界被捕的。她在法庭上,也象当年在广东码头上一样,侃侃而谈,宣传一定要打倒军阀,一定要革命,中国才有前途。她讲到世界问题时说,法国也有革命的传统,法国应该支援中国的革命……那些法国大使馆的人都承认她是个人才,想不把她引渡给国民党,想把这个人留下来。但后来还是引渡给国民党,国民党刽子手们不经审讯,很快就把她押到一码头,不是枪毙,而是砍头,这在我心里留下惨痛的印象。

后来,我又听到在我的家乡,一个比我年轻的小姑娘,才十四五岁。跟着队伍参加过几次游行。就因为她的头发剪得太短了,象个男孩子,也被官府抓去杀掉了。这种接二连三的血淋淋的事件使我经常感到愁闷、痛苦和愤恨。我想,我是向警予的学生,我应该跟着向警予闹革命去,但我却没去。我想,我听说的那个比我年轻的小姑娘,我应该是走在她前面的,我应该是带着她们的。但是,她们却先我而牺牲了。我实在痛苦。这些曾使我消沉,使我痛苦,中国的出路究竟在哪里?我从二二年离开湖南,跑出来已经五年了,从上海到北京,我始终没有找到一条真正的道路。五年来,总有一些复杂的幻想,在我的脑海里翻来倒去,但却一无所成。

这时,愁闷、痛苦,终于迫使我拿起笔,我要写文章,我的文章不是直接反对国民党的,也不是直截了当地骂了谁,但我写的是那个时代我熟悉的、我理解的青年知识分子的苦闷。我写了几篇,并且在社会上产生了影响。但后来,我觉得老是这样写是不行的。因此,我参加了左联。讲到这里，我不能不讲到也频的牺牲。当也频参加共产党的时候，当我们参加左联的时候，我们不是没有意识到革命者会有牺牲的一天。但我们想，既然参加革命就不能顾自己个人的生死安危，就应该有向警予、李大钊那样视死如归的精神。那时，我没有读到方志敏的《可爱的中国》，也没有读到一些烈士临刑时发出的"砍头如同风吹帽"这样的千古名句。但是，我们也有那种感情，那种气概。

这时候，中华民族处在最黑暗最紧急的关头，唯一的生存希望就是依靠共产党。但共产党在那时候是最受压迫的，全国城乡处在白色恐怖最严重的时候。我们在上海，过一两个月就得搬家；出门走路，处处都得留心身后有没有人跟踪。我们当然预料不到哪一天会死，我们当然希望在革命奋斗中，有更愉快的、有意义的、幸福的生活。所以，那时生活很困苦，受压迫，但我们精神上是很愉快的。正如也频写的《光明在我们前面》，我们的前途是光明的，是有希望的。这个希望是指国家的希望，民族的希望，人民的希望。一切个人的希望，个人的理想，个人感情的享受，都只能在这个大前提下才能成为现实。

但是，也频的被害一下就把我们年轻有为的，充满希望的生活前途掐断了。也频是一个最纯洁的人，最勇敢的人。他很可怜，只活了二十多岁。他在黑暗中寻找自己生活的道路，寻找生活的意义。刚刚寻找到了，可一只罪恶的手，把他掐死了。这给予我的悲痛是无法想象的，没有经验过来的人是不容易想象的，那真象是千万把铁爪在抓你的心，揉搓你的灵魂，撕裂你的肉体。怎么办呢？我该怎么办呢？我在外面已经跑了七八年了，但独立生活的能力是很差的。这时，我真正感觉到：生，实在是难啊！

生是难的，可是死又是不能死的。我怎么能死呢？我上有老母，下有幼子，怎么能够死呢？我死了，他们将怎么办呢？但是，活着，我拿什么来养他们呢？以前，母亲可以津贴我们，那是我母亲有职业的时候。大革命失败后母亲没有工作了，不能再津贴我们了。我们两个在外面写文章糊口，维持生活。可现在呢？我母亲需要供养，她已经不容易生活了。而我的孩子又怎么办呢？我拿什么去养活他们呢？我能卖身吗？我能随便处置自己来为着生活吗？生，实在是难；死也不应该。生就是要活下去，在困难中想办法活下去。只能这样。我一个人下决心，怎么样也得活下去，我不能不把我的孩子送到母亲那里，别无他处。那时，胡也频家很想要这个孩子，但他们家也是负担不起。但他是胡也频的儿子，他应该继承革命。他不是封建家族里的一个传宗接代的人。但谁能够把我的儿子抚养长大呢？在目前，只有我母亲能负起这个责任。所以，我把儿子送回湖南，独自一人回到上海，踏着也频的血迹继续冲上前去。好在那时在乡下，我母亲有个好朋友，她能够稍微帮助我母亲一些。我只偶然给孩子寄点吃的、穿的，就算可以了。我就这样坚持下来了。这次重大的打击，对我以后的生活是个关口，这一关，我终于闯过来了。

我留在上海编辑左联的机关刊物，做我以前没有做过的事。我明白上海是白色恐怖严重的地方，许多同志牺牲在这里。我随时得准备着，说不上哪一天我也会走上也频走过的路。果然，这一天来到了。我被绑架的时候，我对于死是早有准备的。因为我投身革命不是一天一时，不是盲目投机赶时髦，更不想从这里捞到什么；我明明知道这里面充满了危险，胡也频和许多同志惨死的例子，就摆在我的面前。我如果没有足够的思想准备，我完全可以避凶趋吉，不参加嘛，不入党嘛。我可以找个教员当，我可以自己只写点不痛不痒的文章。有朋友劝我不要再陷下去了，有人同情我，愿意帮助我卖稿子。但是，不能那样，我从小几十年来一直都在那样一种感情下熏陶着，我在精神上已经受过许多的磨炼，特别是在也频惨遭杀戮的面前，我不能那样做。于是，我就留在上海。我可能随时会出事的，这是难以预料的。所以，我在刚被捕时就想过，随你们怎么办，顶多不就是那一下。我们走在前面的、牺牲的烈士已经很多了；现在仍关在牢监里的我们的人，还有不少不少，不止是我一个人。所以我很坦然，没有什么太多的恐怖。

但我自己感觉到死神每天都在我的周围，因为我是落在杀人如麻的国民党刽子手们的手里，他们在我以前已经杀过无数的人，用各种手段杀了不少人。这些刽子手们在杀人的时候，脸色一点儿都不变，都津津有味，认为是很有趣味，很了不起的事情。那时我常想，可能不知道哪一天，哪一时，猝然会有一群人向我扑来，用刀、用枪，或者用毒药把你毒死；用绳子把你勒死；他们还可以肢解你的尸体，这在他们是平常的事。对这些，我是有精神准备的。但这不是说我就是愿意死、我想死。相反，我是想怎样才能不死。因为，我要找着我的朋友，找着我的同志，找着人民，告诉他们我当时是怎么想的。我是和他们在一起的，我是无论如何不会背叛他们的。我被关在笼子里的时候，总是焦急地想着这个问题。每当深更半夜的时候，我一个人在院子里看着那长着青苔的石板，我会想到，我将像胡也频一样，他被埋在龙华一个没有人去的、没有人知道的院落里；我也许就会葬身在这夜晚映着月光的长着青苔的一块石板底下。

是啊，人每天在这里经受熬煎。我落在魔掌里，我没有办法脱离。而且我知道，敌人在造谣，散布卑贱下流的谎言，把我声名搞臭，让我在社会上无脸见人，无法苟活，而且永世休想翻身。这时，我的确想过，死可能比生好一点，死总可以说明自己。这个世界上一下没有我了，不会引起任何人的注意，社会上一下也不知道我是怎样死的。

但是，历史终能知道我是死了的，死在南京，死在国民党的囚禁中。我这样想的时候，我便认为我只有一死，才是为党做了最后的一点贡献。

我是死过的，我是死过了的人。这死的经验在我后来的一生中，都不曾忘记。那种精神上的压抑，肉体上的痛苦，都不能使我忘怀，我将在《冲出魍魉地狱》那本回忆录中，向读者描述这事情。但是后来，时间隔久了，我慢慢地体会出来了，我还是不应该死。死，可以说明我的不屈，但不能把事实真相公诸于世，不能把我心里的历程告诉人民。因此，我想我不能死，我要活下去！但是，我要活下去，不是向敌人乞怜，更不是向敌人屈膝。我不能有一点点损害党的形象的罪过，也不能有一点点丧失共产党员忠贞气节的行为。我苦心积虑，如履薄冰，又像在走钢丝，钻火圈。我追求，我顽强地坚持住，我总算活出来了……是活过来了，使我继续为党工作了五十年。五十年来，我们的国家变好了，人民也更可爱了。未来的世界多么美好，人类将多么幸福，一切都使人留恋。倘有可能，我还要活着，还要工作下去……

一九八六、七、三十刘春根据录音整理

一九八六、八、四陈明校订

初刊《湖南文学》1987 年第 1 期

苏联与美国篇

十万火炬

每个人都以为自己能够想像得出最好的东西,而其实不管什么人都常常是用经验,或者经验的积累,经验的综合去作为想像,也许有些夸张,也许有很多幻想,但总同实际不一样,并且常常是不会比实际更动人的。我对于布达佩斯的火炬大会就曾拿我自己的想像憧憬过,同时也并没有敢放上最大的希望。一个八十万人口的城市,能有多少热闹呢?

五点多钟的时候,天刚黑了一会,会议宣布即刻参加群众大会去,并且告诉我们,会址就在门外。

人们像潮水一样,从大的扶梯上往下走。我们又被冲散了,人丛里看不见自己的人,但也不管了,到目的地去吧。我走完了扶梯,已经看见一片火光映在大门的玻璃上,我忙着冲了出去,在人里面挤到台阶的一端,那里的人比较稀松。我看见一片火的海,火的波涛。数不清,无法去数的火球、火花正如天河里的繁星,密密层层。而且从三面的马路上都有火炬的流,慢慢地朝这里移动。我才发现附近一带的电灯,马路上的,屋子里的全熄灭了。天空黑漆漆地,四周寂静无声,整个世界就只有这全部的火的会,而在这火团之中,响起雄壮的歌声。我不免有些惊诧,我呆了。痴痴地站在那里。

"走，到前边去！"不知是谁把我引到了台阶的下层，也是最前边的地方，我看见了那些火炬下的人影。有些是穿了制服的，有些只扎了头巾，穿了一件薄大衣。啊呀！这全是妇女呀！间或也有男子在里面，或者还抱着小孩子，但十分之八九是妇女，哪儿来这样多的妇女？这一定不仅仅是布达佩斯的。但是她们这样有秩序！行列是这样整齐！

摄电影的台子就安置在群众的里面，稍靠一个角落，灯光亮了，摄影师忙碌起来，灯光照在哪里，哪里的群众就更为欢呼。她们阵容不乱，她们都好像是学校的学生，但又有年纪很老的，有很多简直是刚从乡下来的，非常憨气。

我的周围全是代表们，她们也好像是第一次见到这样动人的大会，忍不住也响应她们的欢呼，举着手，扬着手绢。群众里很多人更向我们飞送过热烈的吻来。

戈登夫人出现在台阶左端的一个临时搭的小台上。这位老科学家显得异常兴奋，群众不让她讲话，狂呼着她的名字。她环视四周，她望到那里，那里就叫她，她无法讲下去，约波露也站在她后边吹口笛，挥手，令群众静下来，这才慢慢地停止了呼喊。戈登夫人非常愤慨激昂，她挥着拳头向空击去，向那群血腥的刽子手击去，那些恶毒的嗜好战争的强盗！

还没有等到尼娜·波波娃站到最前边，群众里面已经如狂涛似的喊着"斯大林万岁"。而且四处都响着"里雅，波波娃！"（里雅，即万岁）"里雅，波波娃！"她的庄严而响亮的号召是一个警钟，为了活下去，为着妇女和孩子们的幸福，只有一条路，反对战争，反对侵略，反对战争的制造者，一切法西斯帝国主义！

忽然，我们听到了一个极为亲切的名字了，这个名字在被十万人同声呼喊，在被那末多外国人，用外国语音呼喊了。我们不禁欢喜得狂跳起来，我们即刻向群众挥手，眼泪模糊了眼睛，但也和着群众的呼声而大呼："里雅，毛泽东！里雅，毛泽东！"水银灯照着小台子，小台上站着我们的大姐蔡畅。而"里雅，毛泽东！"的呼声不歇。我看见大姐向群众微笑，我和我旁边的人，拥抱起来了。我看见许多脸都在对我笑，我的耳朵里一直的响着："里雅，毛泽东！"我过去只感觉到中国人民的感情：他们对毛主席是如何的感激不尽，是如何的想赞美他，甚或只要说到他也是愉快的那种心情，现在我才体会到"毛泽东"三个字在世界上所占的意义，我只想赶忙回到中国，把这点新发现告诉中国人民，告诉那些爱他的人。

但是这个狂潮还没有下去，又一个狂潮高涨起来，席卷过来了。群众骚动起来，不知道是为什么，她们都把手绢举起来飞扬，有的把头巾解下来，有些火把举的更高了。男人们举着帽子。他们都那末着急，做着各式各样的动作，好像只为要引起人的注意，为博得一个人的眼光可以落在他身上。她们是为谁呢？她们在喊拉科西，我跟着许多人的眼光往回看，原来他悄悄地站在一群人后边，不知被谁发现了，他又不好走开，只得微笑着点头，群众的疯狂继续下去。于是我又想起毛主席，假如毛主席也这样出现在一个群众会上时，群众将如何呢，我想那种疯狂，像见了几十年没有见到的亲人的那种狂喜会使人们不安起来的，只有比这种情形更动人吧。因此我也用着无比的欢快向拉科西鼓掌，呼喊着："里雅，拉科西！"

会开的时间很短，讲完了话我们就退回去继续开会，但因为情绪都太兴奋了，所以又决定休会，我们赶忙又往外跑，但在门外的广场上，适才的情景一点也没有了。电灯亮着，汽车在马路上来回的疾驰。东边的电车道上传来微微的喧闹，好像幻影也似的，梦似的，十万火炬一点痕迹也没有留。我又痴痴的站在台阶上，微微的凉风吹着我的面颊。匈牙利人民是这样的有组织力,她们用了这样大的美妙的壮观的十万火炬,来接待三百多个代表,是为的什么呢,那是代表了匈牙利八百万人民对我们的希望,希望我们大会的胜利,希望我们能大大推动世界上一个最大的政治运动,反战的和平民主运动。从这里也反映出匈牙利人民的意志和情绪,她们是如何的憎恨帝国主义,憎恨他们所进行的战争准备,而且他们用力量来告诉了我们:"匈牙利人民是有力量来阻止这一个反动的逆流的!"

冷风更加吹来,但心中却更为燃烧,是的,我们有信心,而且有力量阻止住一个新的战争,因为我们全世界被压迫、爱好和平的人们是一家,我们把意志变为钢铁,将思想化为行动,坚决反对美帝国主义的侵略战争的准备,我们更要号召全世界的人们,速即认清美帝的狰狞面目,而把我们这一运动在全世界上更加展开去。

初版《欧行散记》,人民文学出版社,1951年

苏联人

当我写着我这篇短文的题目的时候，就会很自然地涌上一层深厚的不舍的友情。许多人的影子，许多亲切的话语，许多激动和感谢，都又重新回到我的心上，我又充满了幸福的感觉。我需要把这些感觉，告诉我的朋友、我的同志、我见到的所有的人。我要他们能分尝我这种快乐。可是我想我要说得使人懂得，使人有和我同样的感觉，我该从那里说起呢？而且我明明知道，热情是常常反而使人说不清一些事情的。但我总得来试试。

一个人总有过故乡吧，不管是旧的人、新的人总有过对故乡的感情，虽然这里会有许多差别。人为什么会对他故乡有不能忘的感情呢？我想一个人的出生地，他的童年生活，他的受教育，他初入社会，每件事对于他都是新鲜的，每件事，在他的思想上，他的性格上都会产生很大的影响。在他的故乡有最爱他的父母，有同命运的兄弟姐妹，有他崇拜的老师，有他幼年的朋友，有他最先爱慕的人，……虽然后来的环境变了，但他总不能不回忆起这些对一个人最有意义的深刻的印象。或者，有一些人不会那末爱他的故乡，也许故乡给他的影响不是美丽的，但他首先看见黑暗的地方，给了他苦难的地方，在他的一生中也仍是占很重要的地位，他仍然会想到他年青时所最熟悉的地方的。大部分的人都会用着不厌其重覆的去想着他的诞生地的吧。

另外,我想讲在延安住过很久的人,也许会常常想到延安的吧。延安有没有比南方更好的山水呢?没有。有没有近代化的城市生活条件呢?差得很。但延安有一种生活方式使人留恋。那一种生活方式改造了我们,使我们赋有新生命,新的感情和新的感觉。在那里开始有了最正确的同志关系,人与人的关系,我们在那里曾有过那末多的同受患难的朋友,也有那末多的同享幸福的亲人。我爱的人们在那里,爱我的人们也在那里,我们会永久的经常的回想起延安,就像有些人想起他的故乡一样。

另外,我想一定也有许多人对于他生活得较深入,工作得较紧张的地区有一种恋恋不忘的感情。比如,一个人在那里做过土地改革工作的地方,他会去想那些曾经一道斗争过的人,会想那些曾有过的困难,和如何去克服困难的。他看见春天来了,他会想起那地方的人们,该下地啦吧。当吹风的夜晚,他就会睡不着,想着在地里摇摇摆摆,抬不起头来的庄稼。下雨也好,出太阳也好,他总好像自己还在庄子上一样,都能使他高兴或担心。那里会有许多名字永远留在记忆中,那段生活是使人最喜欢去想像的。总之,人们在那里劳动过的,战斗过的,和那里的人民有过联系的,那里的生活就不能和一个人的情感割断,愈深刻就愈久远。

我说了上边那末多的话,不知道把我的意思说清楚没有,我只想告诉人们,我对苏联就正有着人们对故乡的感情,我们对延安的感情,一个人对他做过土地改革工作的村子的感情,或者是在部队中工作过的人对部队的感情。

我到过苏联三次,三次都没有时间很好的学习,都不可能依照我自己的希望去研究一个问题,或者找一些人来谈话,或者到一个地方住一个时期。同时又因为我不会说俄文，使我坐在一个劳动英雄身旁而只能欣赏她胸前所悬挂的奖章，或者去观察一个游击队的英雄，我是谈不上对苏联有什么研究和了解的。但我却每天要接触一些人，各种人在我周围活动，各种人的活动都会给我印象，印象多了就会给我一种认识，我就会在这之中生了许多感情。我曾经以为我不懂俄文是多么的痛苦，我不能直接和人交谈，不能自由和人交谈，但后来我以为这没有什么重要。如果是必须，一定可以找到翻译的，如果不是必须，我站在他们之中，虽不能说明自己，但也并不感觉拘束和隔阂，我像在老朋友之中那样的能够自由和舒适。也曾因为语言不通，觉得一切全不能活动，曾经想过此间虽好，但不如归去，回到自己祖国的怀抱，一切都是多么的熟识和自如呵。但后来我不那样想了。我们以为那里都是一样，如果组织上决定我要长期留在苏联，我一定乐于服从。我曾这样的自问，莫斯科和北京究竟谁更能使我留恋呢？我以为我对它们是同等的感情。当我离开苏联以后，想到那里的时候，我就像想到延安一样，我觉得那里好像有许多和我共过患难的朋友，彼此已经不再需要了解了什么似的。我为什么会这样爱苏联呢？我思索过，固然苏联的一切建设都是我所喜欢的，但最使我感动的，是苏联人，是苏联的各种各业的人，是最普通的一些人，但却是伟大热情的，作为社会主义社会的苏联公民，我爱他们，我愿意常常地谈起他们。

　　每个苏联人，不管是男女，不管是老头子，是儿童团员，不管是机关工作人员或兵士，或者是专门家，集体农庄庄员，都有一副充满了为什么活着、如何活着的自信的乐观的派头。而且是明确的坦白着自己的信仰和努力。他们对他们的人生观也并非抱着骄傲的态度，而是百般的勤恳。他们的人生观是什么呢？是使人类的生活提高，保卫世界的和平和增进人类的幸福。他们不只是要提高人们的物质享受，而是要提高人的思想、理想、感情和行动，人不是为自己，而是有为人类事业乐于牺牲的品质。他们了解他们自己的国家，他们正在为踏入共产主义社会而工作。他们也了解别的国家，他们要帮助他们，要使他们也进入丰衣足食，进入高度的科学和文化的建设。他们是真真的爱国主义者，他们又真真富有国际主义精神。我在苏联，从来没有觉得我是一个外国人，如果我想到我是一个中国人的时候，那是因为我得到更多的爱和更诚恳的帮助。即使我到乡下去，遇到的老太太，或一个小学生，我也从来没有觉得他们是拿奇怪的眼睛来看他们只有在书上见到过的中国人，当他们知道是中国人之后，也只是更多情的祝贺中国胜利，祝贺毛主席，关切地问起中国的土地改革，小孩子怎样受教育，扫除文盲之类的问题。

因此他们每个人都很勤恳。我从来没有遇见一个闲空的人。但他们在忙碌之间，却看不出他们的忙乱、烦躁或叫唤。有些人我看见他们为我们太麻烦了，我感到抱歉，但他们总是笑着说："我喜欢工作。"我从来没有听见有人说："呵！我忙死了！"或者"我疲倦极了！"我只看见他们争取时间，他们喜欢工作，而且喜欢学习。没有一个人不在工作之外再参加一些马列主义理论的和专门技术的学习。没有一个人不想在他的本身工作上提高效能。他们似乎不会想等我空了的时候，我一定要做些什么，他们从不放弃一个计划而另去幻想些什么，他们就是在不空的时间里，争取去做些什么，在原来的计划里再去提高他的计划。

是的，他们每个人都有自己的计划，而且都要提早去完成。但他们并不是追求个人的数字和成绩，他们非常关心旁人，非常关心一切的事。他们总是想有兴趣的去谈论世界的政治，谈论科学和艺术。他们喜欢听人家的成就，喜欢鼓励旁人，帮助旁人，他们爱人，他们不是爱抽象的人民，而是拿一切热情和帮助给予他接触到的人，具体的许多人和事。曾经有一个人他告诉我他的很多临时性的工作，因为他懂中国文，知道很多中国的事，凡有与中国有关的事，人家都来找他，校对一篇文章，排一个中国戏等等，因此耽误了他个人的翻译和研究。我说你不能少跑点吗，集中在你的研究工作上。他急忙说："我总以为他们需要我，我非去帮他们不可。我如果不去，我心不安。这也就是我的工作。"他们尊敬人，尊敬别人的劳动，足够的估计别人劳动所产生的效果，他们愿意说了出来。因此他们人与人的关系是极友好的，单纯的，正直的，有兴趣的，使人愉快的。我随时随地都得到他们的帮助，他们好像他们自己是中国人，愿意我们的工作作得好，愿意我们的讲话讲得好，愿意我们写好文章，愿意我们能学习到东西，愿意我们回国后会对中国人民有所帮助，他们为我们奔走，为我们筹划，是那样的心甘情愿，那样的出自内心，那样的自然和亲切。我在他们之间，不觉的就变得更坦白，更努力，更紧张，更虚心，并且快乐和幸福！

要能做到这个样，要成为这种人，主要是由于他们的政治理论和文化修养。不一定是党员，也像一个党员那样的忠于列宁和斯大林的思想（当然一个党员就更具有高度的思想和纪律了）。他们处理每件事，对各种事件上所发生的问题和发表的意见，都能看到他们的原则性和经验，老的工作人员不消说，他们使你爱极了，青年的也使你不能小看他，正因为他还年青，倒不能不佩服他。年老的，一问有几十年的革命历史了，是十月革命时代的人物，但你一点也看不出来他有什么包袱，有什么特殊的地方。作家也是一样，没有什么"作家"的架子和风度，他们也像平常人一样，他们是按制度，按工作，按纪律办事的。可是，你虽然不能从形式上区分他们，但他们会使你从他们的谈话和处理问题上看出他们的经历来。他们的知识是很丰富的，一个普通工作者，一个技术人员，都能对世界正在发生的问题发表意见。而他们总是把自己的意见明明白白的说出来，不婉婉转转，不闪闪灼灼，不貌为谦虚，也不轻浮急躁。他们也会说幽默的话（许多人都善于幽默），也会说反话，但绝不会因为幽默反话而把意思说错了，只有更因为幽默、反话而把意思说的更透澈，所以就不显得是卖弄聪明，而是确有见地。

他们不特喜欢工作，喜欢学习理论，喜欢谈论政治和一般事物，他们也喜欢看歌剧，看舞剧，看电影，看画，读文学书籍，并且也喜欢给这些艺术以批评，用一定的话来表达因戏剧所引起的他们的见解。一个女工，一个中学教员，一个医生都会即刻答覆你向他所提出的关于戏剧，关于美术与文学作品的意见，我从没有听到过这样的答覆："嗯，很好，这个好，不错，差不多，不过……"等等的抽象的不负责任的不假思索的应付。他们是有对一切事物的理解，吸收，消化，拿出自己的见解来的习惯，也喜欢听到因为自己的意见所引起的旁人的赞同或异议。因为他们不是用消遣的态度去对各种戏剧，文学，艺术，他们决没有要消磨一点时间的感觉，他们欣赏这些东西，爱文学，是以严肃的态度去对待企图在这里面获取些更广大更细微更深刻的社会生活、历史知识和思想的精髓。

那末，苏联人都是一本正经，生硬严厉"没有个性"的人了么？恰恰相反，他们是极有趣味、各有各的风趣的人物。虽然他们办事是不能苟且的，是不能吊儿郎当的，正由于他们不是只对于个人的事发生兴趣的人，不是斤斤计较于个人名利，权位患失患得的人，他们全副的热情寄与在全世界全人类的革命事业上，和他们不断的努力，就增加了他们的智慧和创造的天才。他们的思想的自由和丰富，他们生活的广泛就造成他们人物性格上的轮廓分明，就使得他们语言的变化美丽，和含义丰富。当我们读苏联文学书籍和看苏联电影的时候，总以为一个农民、一个兵士说不出那样文学的话，总以为那是一个作家的话，一个思想家的话，总以为人物是加工了的。是的，表现在文学上的人物和语言一定是加工了的，但我遇见许多人也就是那样说话和那种风味，因此明了那种加工只是一种更集中，而一个兵士，或一个农民的形态和语言和小说的决无多大的悬殊，他们平日说的话就是那样文学，和那样有知识，而且包含着很高深的见解。我常常因为听到我周围的人告诉我一些什么的时候，把话说得那样美好，说得比我写的文章好多了，我就不得不问他们为什么不去写小说？而他们却很平淡的答覆我：“写小说，那不是一件简单的事，不是什么人都可以做的事，我以为我现在做的事对我更适合些。”

　　苏联人所给我的印象，是说不完的，而且也是说不好的。我也爱中国人，我爱中国人民，和中国革命领袖的伟大，因为我了解中国人民所受的苦难，我眼看着，我跟着中国人民一道新生，一道站立起来，我会更深切的爱中国人，但苏联人却使我景仰，使我留恋，我所说的苏联人当然不是连一个都没有例外的，但我想是一般的。正因为他是一般的，不是极少数或少数，所以就更使人留恋。但为什么会是这样的呢？就不得不使我思索和感动。我想这是由于三十多年的社会主义社会的经济建设和文化建设，和他的优越的制度所造成的。是由于列宁斯大林的领导，由于联共党的努力和举国一致的团结所造成的。我很幸福生在有毛泽东的中国，我更幸福中国人民的胜利和中国共产党使我能去看斯大林的苏联。我虽然不能常常看到毛主席，但只要我肯用心，肯学习，我就能靠近毛主席，我虽然没有见到斯大林（只有五月一号在红场上远远的望见过他），但我却生活过在斯大林的城里（莫斯科），我却和斯大林的人民相处过，我们是那样的友谊，那样的相爱，我是从他们那里得到过无可计算的生活的启示,我感谢他们,我感谢我所熟识的一切苏联人,我感谢斯大林同志。

选自《欧行散记》,人民文学出版社,1951年

法捷耶夫同志告诉了我些什么

我忽然感觉到有一件大事要临到我身上了,以前我的确没有明显的意识到。当我在哈尔滨,在匈牙利,我计划过到苏联时一定要去作家协会一次,要了解苏联文艺工作的组织情况,以及他们在搜集材料、创作方法、思想上如何领导的问题,我认为这是一件极有意义的事,最好不要错过机会,我抱有很高希望,但到现在,就是说快要实现这个愿望的时候,才忽然明白这是件极大的事呢。为什么我会有这样的感觉呢?这是从我的周围,从苏联人民对于一个作家的尊敬而使我明确的感到的。

十二月廿四号,也就是我见到法捷耶夫同志的头一天,我们从东方语言学校出来到工厂去的途中,我们坐在一个极宽敞极讲究的汽车里,我们总是高兴的在谈我们认为有趣的事,亚历山大·亚珂甫涅娃(苏联妇女反法西斯委员会的工作人员),她坐在前边车夫旁边,也掉转身子参加我们的谈话,并且和我开了一点小小玩笑,大家正怕笑声冲破了车子时,她却忽然像被什么唤醒了似的,用极其慎重的态度说道:"丁玲!你明天可以见到法捷耶夫了,有又什么不明了的问题,都可以问他,他会答复你。"我们全车都被她的语言和态度肃静起来了,我们听出来了"法捷耶夫"四个字的含义,这四个字是相当有分量的字,这是一个极不平常,是一个极被尊敬的名字,因此我也极为小心的问她:"真的吗?我几乎以为这是不可能的事。"我知道最近苏联的文艺界天天都在开会,讨论几个共和国的文艺政策和戏剧的问题,法捷耶夫同志每天出席,并且要准备结论,他是很忙很忙,而我们留在莫斯科的时间又很短很短。亚珂甫涅娃又用非常爱惜我的神气安慰我道:"真的,一定,法捷耶夫自己接见你,明天下午两点钟你可以见到他。"她的话说完了,眼睛却不离开我,她还有话没有说,却用眼睛告诉我了。我明白她的意思,语言的隔阂使我们减少了交换许多意见,但同志间的爱,真情和希望却不一定要语言才能表达的,我便也报之以极愉悦和极其相信的笑。她满足的点了一下头,就掉过头去望前边了,车子内是寂静无哗。这天傍晚我们又去儿童宫参观,亚珂甫涅娃不在,换了另一个同志陪伴我们,她在楼下等着我们,一见我从电梯口出来,像获得了一个宝贝似的,像替我贺年,又像替我拜生日或者有了什么大喜事一样的那样高兴说:"丁玲!你要见到法捷耶夫了,我听说约你明天下午去见他。"和她同来的一个女翻译,也用极其羡慕的眼光来望着我替她翻译,并且紧紧地握着我的手。第二天上午我们又去合作社,又去织绸厂,陪伴我们的人虽然又换了,但她们对我的态度也仍然和昨天的那些人一样,时时用眼光来嘱咐,用小声说话来鼓励。我在被人所注意,好像我变得漂亮了似的,又好像我在做一件光荣的事。这是为什么呢?我看出了,而且被这些感动。法捷耶夫同志以他的《毁灭》,以他的《青年近卫军》,以他的很多论文,教育了苏联人民,他领导文艺工作,培养苏联青年的文艺作家,因此他得到了如许宽广和深厚的从人民那里来的爱戴和推崇。这样一个人物,我竟得和他见面,而且他要以一种兄弟之爱,同志的感情来帮助我,为什么不是一件极大极大极使人兴奋的事呢!

一点钟我回到旅馆，柳芭（她的名字是波兹特涅耶娃，柳芭是她的小名。我们都叫她柳芭，而且叫得很熟了，所以还是写上我感觉亲切的名字好）在等我，她今天担任我的翻译，她告诉我她愿意把她的翻译弄得漂亮些，因此事先要有些准备，她是一个研究中国文艺的人，对中国，尤其对解放中国抱着极端热情，对中国作家相当熟悉，过去翻译过我的《水》，现在正在从事《鲁迅全集》的翻译。她为我做翻译这件事，使我们两人都很愉快。我便在房间里述说我准备好的关于中国解放区文艺情况的简单的报告，她便去修饰着这些词句。可是没有完，也许才开头一点点便已经两点了，对外文化协会的叶同志已经在楼下等我了。我们不得不赶忙准备出去，叶同志直截用中国话同我说："时间是很可贵的，我们走吧。"他的随便、亲切而诚恳的态度使我把他当一个极熟极熟的同志，我问他："就只有这一次的会面吗？"他耸了耸肩歪了一下头不得已的答应："就只这一次，你留在莫斯科的时间太短，我没有法子。"我还说："我不是已经告诉你，我可以放弃别的参观吗？"他对我的埋怨也只用无可奈何的神气笑了一笑，于是告诉我今天还有戏剧家，有领导剧院的人和出版家，并且告诉我人不多，并且解释说人多了，不好谈话。他虽然这样殷勤，又将送来的书指给我看，我终究不能掩饰我的不平，我总觉得他太照顾我们的参观节目了，只给了我一次的机会。但也没有办法再商量了，今天是星期六，明天是星期天，还要下乡去，后天就得离开莫斯科，还有什么好说呢？那末走吧。

到了作家协会楼上的一间会客室，就来了几个人招待，叶同志向我一一介绍，有一位中年人，是戏剧家梭甫洛罗夫。另一位是写了《第一骑兵队》的剧作家维斯纳芙斯基，他同我握了手便邀请我坐到那张摆满了茶点的长桌子面前去，我看见对着我的那面墙上是一张高尔基的大油画像。我正打算寒暄几句的时候，一个高大的人走到我面前了。

用不着他们介绍，我明白了进来的是什么人，我站在他面前，握着他伸过来的手，我的情绪纷乱了，有一百种想头和话语同时来到我的脑际，但我什么也没有说，我只望着他，而且不觉的叫了一声："法捷耶夫！"

法捷耶夫同志很高大也很整洁，面孔非常红润，精神饱满，显得年青，但在他的有些像军官昂着的头上却覆盖着一层银色的头发，虽然如此也并不显出所谓老人的慈祥来，还是一种大方而干练的气度。他问："到了莫斯科多久了？从那个地方来？"听说是从哈尔滨——从东北来，就很有感情的笑了说："我在远东时间不短，那一带我是很熟悉的。"叶同志怕我不知道，又补充告诉我法捷耶夫的游击队就在远东，他到过海参崴。

我忽然倾吐起来了，我说我们解放区的作家都是在俄国文学的孕育下生长起来，俄国的作家，高尔基，托尔斯泰，契诃夫，普希金，果戈理，是中国作家的老师，而苏联的作品则更教育着中国人民，如像西蒙诺夫的《日日夜夜》，别克的《恐惧与无畏》，我们的解放军的干部，几乎人人都读过，再没有不受俄国作品的影响的，我个人更是喜欢俄国文学，中国这个民族特别能接受俄国文学是有它的原因的……我说"法捷耶夫"这名字在中国知识分子中是如何的熟识……我更说出我的兴奋。法捷耶夫同志很有趣的听着柳芭翻译，完了，他安详的说："因为鲁迅翻译了我的《毁灭》，鲁迅的著作也翻成了俄文，苏联也很了解他的价值。"

我极简单的说明了我们战争时期所采取的一些文艺组织形式和工作方式，以及如何来完成我们文艺上为人民解放战争与土地改革的任务，并且说到中国形势很快将有个大的变动，因此文艺工作也许将要产生新的组织和领导方式，我希望了解苏联社会主义的一些组织及如何领导的方法，以作为参考。法捷耶夫同志还没等柳芭翻完，就侧过脸来对着我，好像我能听懂他的俄语，而且就正像我很熟习的某些中国共产党的负责同志那样极亲切极肯定的说道："我想首先要，现在一定要组织中央的文艺工作机关，如果现在不可能有，也必定要组织筹备会。这个组织是作家的团体，不能是联合团体（就是不要团体会员），也不需要那种联合团体，领导团体工作是党的，或者是政府的工作，作家不能都担负起来，作家头一个任务是写作，作家可以做一时的群众工作，但不是一般的群众工作者，我们是通过作家的作品去教育群众。我们（指苏联）头一个阶段也有这种情形，作家都作别的工作去了，忘记了去培养更好的作家。"

"作品要提高，就要批评，作家要互相批评，批评家不必另有组织，这里最重要的是文学报纸，这是教育作家，教育读者的最好工具……"

他在谈话的时候，也常常问我些情形，当我一说明时，他便向维斯纳芙斯基他们笑道："三十年前，我们不也是这样的情形么？"或者就向我说："三十年前我们也有这样的问题。"他又告诉我：

"我们为了不要给有毒素的书给读者，一切在戏院上演的剧本和出版的书籍都必须经过审查，在最近两年内我们审查了一千四百个作品，被批准了四百，其中有两百个是莫斯科作家的，莫斯科共有九百个作家。"

维斯纳芙斯基也说每个剧本都必须拿来审查，先拿到作家俱乐部来讨论，经作家协会批准了，或者还需要修改，提供他一些意见，经改好后再拿到国家艺术委员会交剧院或剧团表演，观众若不满意，以后也就停止表演，假使作者或批评者有意见冲突时，那末重新再讨论。好的给奖，坏的给以批评，就在昨天还批准了两个天才作家的剧本。并且读者也不断的给作家以批评，帮助纠正，作家经常得到从读者那里来的书信（苏联的工厂里，图书馆里都有有组织的读者），如同法捷耶夫同志的书（指《青年近卫军》），得到了一万二千封信，在全世界也没有和读者取得这样密切联系的。

关于解放区文工团这种组织，以及城市剧院的问题，法捷耶夫同志这样告诉我："文工团这种组织在战时是十分需要和重要，战后也仍然有很大的作用，这样的文工团，在苏联现在还有十万。这个不能取消，他们一方面是群众的工作，帮助群众；一方面也是自己的工作，可以从经验中建设理论，并且能写出最好的小剧本，因为和群众接触多，他们既要有政治路线，也一定要有一个艺术水平，但可以拿最好的文工团在城市建立剧院，而且在城市里面一定要有剧院，这里需要很多的演员，要用较长时间准备戏，最好五六个月准备一个戏，大城市有这种兴趣，物质方面也可以保证。剧院是拿来提高艺术水平，和群众的文化观点的，因此很重要。但一个演员每月最多表演廿次或十五次，因为他们同时还需要排另一个戏。在苏联的剧院过去是属于人民教育部管理，现在因为成立了艺术各部门的委员会，所以便属于艺术委员会管理，有的地方性的也有属于党的文化部门领导，里面有一个艺术指导员（大约是指负政治思想责任的），围绕在他周围的是最好的戏剧家，管理作品排演的问题，生活问题是另外的人负责，他们的人员都是经过政府批准的。"

我们在这些谈话之间，常常有一些年青的秘书们拿封信或一张纸给法捷耶夫同志，他很和气的看了，写上几个字，他是非常有礼貌的，当几次侍者拿咖啡来时，他总是向他们点首，说一声"谢谢"，有一次有一个秘书替他拿来了一本水夫译上海出版的《青年近卫军》，他即刻在上面签名，并写上我的名字，他送给我这本书，我说："好极了，好极了！"柳芭赶忙提醒我："把你送他的《桑乾河上》给他吧。"我忙着从小提箱中拿出来，他接过去一看即向我伸出手来，连说："谢谢，谢谢！"并且赞美书的装订，又热情地问这本书的内容。柳芭向他介绍了一番。维斯纳芙斯基即问："你这本书第一版印多少，可以得多少稿费？"我答应他：中国解放区现在版权制度尚未建立，作家一点也不计较印多少，销多少，也不计较稿费，没有也行，如果有一些，能拿来买瓶较好的墨水也很高兴，作家并不保留版权，而且欢迎翻印。他们都笑了，并且加添说："三十年前我们也是这样的。"我告诉他们，一般的书在东北第一版大约是五千本到一万本，通俗的书销得更多，加上别的解放区翻印，好的书可以销几万本。他们都很满意这个数目字，法捷耶夫同志便又告诉我道："以前我们也是这样，一块吃饭就完了。后来国家有许多法律保护作家的权利，如有矛盾可以由法律来解决。作家协会有自己的出版部，稿费分三等，等级由作家协会评定，文章转载了也要给钱，剧本上演了，不管那个剧院上演，或同时上演，都要给钱，好的作品就介绍去广播，或改编电影，这都是有版税的。因为这是他劳动的代价，这是国家和人民给他的报酬，也是种奖励。"

和我的书一同拿出来的有几张舞台照片，他们都拿去轮流观摩，几张苏联剧的戏照，他们一看就认识，他们很叹赏这些照片，尤其是对于《带枪的人》里面的列宁，他们说很像，我便解释这些照片的内容，尤其是几张秧歌照片，看得出来他们对于"秧歌"这名字，是并不生疏的，并且看得出他们对于秧歌的重视，因为他们知道它是种民族的民间的艺术形式。

我偷偷看了看表，我们实在谈得很久了，幸好他们都没有露出疲倦的神气，我便又赶忙抓紧时间问他们在苏联目前文艺上所存在的问题，他们今天的中心任务是什么？法捷耶夫同志又告诉我："苏联作家在十二月十五日到二十日召开了一个大会，有各个共和国作家组织的代表，我们讨论了三个共和国，阿尔明尼亚，拉脱维亚，卡查赫的文艺发展和其政策，并且讨论了戏剧的问题，《文学报》上刊载了总结文字：《我们戏剧家的工作》。我们苏联今天的任务是还要求提高，要消灭旧的作家，就是要肃清那些对艺术观点保持为艺术而艺术，从形式出发的观点。我们要的是表现实际生活，站在政治观点上的，因此我们要批评，告诉读者谁好谁坏，什么叫好，什么叫坏。作家协会有《文学报》，还有四个杂志，每个杂志销六万本，从这里也可以明白群众是如何的待遇我们作家。"法捷耶夫同志便又送给我一份最近的《文学报》。维斯纳芙斯基便跟着又讲了一些审查稿子的事，我突然想起一个问题，便问道："你们要审查这样多的稿子，你们不是没有时间写文章了吗？在苏联作家里面，有没有产生工作和创作的矛盾，矛盾如何解决。"

法捷耶夫同志不等维斯纳芙斯基说话便抢先答道："审查稿子，是作家的责任，苏联作家的传统就是帮助别人，高尔基博物馆就有五万多封他给别人的信。"法捷耶夫同志总是这样亲切的同我说，好像我是他的老部下一样，他一点也不客气，没有虚伪的客套，好像同我说各种话都是有一种责任似的。我欢喜这种态度，这种态度使我舒服，使我能够像在家里一样不感觉拘束的那样想到那里就说到那里。我们谈话到这时为止已经三个钟头了，秘书不知为什么事来催了几次，法捷耶夫同志和他们几个人说了几句就向我道歉，说他有个选举会非去不成，他很抱歉他得先走了。我没有送他出去，但我却沉默了一会儿。

维斯纳芙斯基却继续告诉他个人的故事，他在一九三○年写了《第一骑兵队》（写布加宁的故事），高尔基读后即刻就写了一封信给他，他到现在还保存着。他个人也提拔了四个作家，并且他热情的说起斯大林，斯大林同志几乎看每个作品，而且都记得，今年春天他同作家们谈了四个多钟头，那时国际问题很紧张，但仍来谈每个作品，每个人他也知道，有些作品连作家们也忘了，可是他还记得。他还做了个总结，他总是极友谊的指出是非，他最看重文学。于是我也告诉他们我们的毛主席也是这样，他每天都看党报的副刊，我们的作品他都记得，他亲自领导我们开会，替我们解决重大的问题，他的文艺座谈讲话可以成为世界名言。

维斯纳芙斯基同志对于我谈起毛主席的故事，表示了很大的兴趣，我一点也没有感觉到时间走得太快，柳芭又提醒我应该谈到出版的问题了。我不得不再看表，已经五点半钟了。于是我忙着把我带来的书《李有才板话》《光荣属于勇士》《无敌三勇士》《暴风骤雨》《白毛女》《血泪仇》等十几本书一本一本的介绍给他们听，几个人都围起来看，他们答应我说要找人翻译，翻译后批评，并且将意见告诉我们。我又把古元和彦涵的木刻介绍给他们，这里面是有目录、说明和作者小传的，因此他们也答应我将同样一份转给美术杂志，并且设法出版。他们能否做到呢，我不知道，但我是极其相信他们的，虽然那里面是有那末多艰难的中国的古代文字，但他们一定有办法去克服。

苏联的出版是惊人的，有国家的总出版局，还有各个部门的，如同青年，儿童，职工、妇女都各有各的。作家协会的出版处，管理人员与报纸杂志工作人员就有二百多，他们今年共印八百万本书（一百二十种），共费三千吨纸。稿费之多，使中国文艺工作者听来怕人，一页（十六个Ｐ）一千五百卢布到四千卢布。普通工人工资每月五六百卢布，最低工资三百卢布（斯达哈诺夫者的工资是非常之高的）。因为每种书销路多，版税就更多。知识劳动的代价在苏联一般是非常重视的。

维斯纳芙斯基和梭甫洛罗夫都是戏剧家，另外两个年青的作家也是搞戏的人，他们对于我和戏剧的关系很为关心，特别知道我领导过西北战地服务团感到兴趣，但不管怎样，时间已经到了六点，是到了应该告辞的时候了。我特别对梭甫洛罗夫感到抱歉，因为没有机会让我们交换些意见，他曾写了有名的《莫斯科性格》剧本。他总是很注意的听，却很少讲话。出版的问题也没有详细的谈。那位头发梳得特别光亮的出版家，他答应写一份材料，包括章程，计划，情况，他笑着说："一定统统都有。"

在楼下穿大衣的时候，叶同志告诉我，这幢房子是《战争与和平》小说中女主人公娜塔沙的屋子，我又埋怨他起来了："唉，你为什么不早告诉我。"他笑了，却问道："谈话给你的印象怎么样？"我没有答应，只反问他对我所谈的问题有什么意见。他说："很重要，而且很有意义。"

在回去的路上，叶同志成了一个爱说话的人了。他也是坐在前边车夫旁边的，把整个身子朝后边，有时说几句中国话，没有办法了，就说俄国话，有时称呼我丁先生，有时称呼丁同志，有时也直呼我丁玲。我最记得的是他说："你一定要设法再来，你要再来，我和她（指柳芭）尽可能帮助你，我一定帮助你。"他的热情影响了常跟着他的那位极年青的秘书，她本来是很少说话的，现在也好像我的一位小妹妹。柳芭就更辛苦了。车子内的空气真是变得这样可爱，但一下就到了旅馆门口，叶同志把我送出来，和我告辞时还叮嘱我要设法再来。他使我对他有些依依惜别了。

我和柳芭坐到饭桌上时，我的手在拿匙子时都发抖，我发现我还是早上吃了两片面包的，作家协会虽然摆满了一桌子的点心糖果，他们也殷勤的让过，但我那时觉得很饱，为欢喜和兴奋填得太饱，简直一点什么也没有吃，现在才觉得肚子里十分空虚。我想到这里，就更笑起来了。柳芭问我笑什么，我说："咱们在房子里准备的那末多的讲演，一句也没用上，太可惜你的经过修饰的漂亮的词句了！哈……"柳芭却正经的答道："我以为还是这样说比准备的更好"我说："真的吗?"她又答应真的,而且加添说:"你要记得叶同志的话。"我这时什么感觉也没有了,只想拥抱她,和她接吻,来庆贺我们今天下午过得这样的好。

初版《欧行散记》,人民文学出版社,1951年

苏联美术印象记

苏联人民的美术修养，在初初接触里就可以感觉得到。他们懂得美术，而且喜欢把生活弄得很优美，他们爱美，爱艺术。当我们一走进苏联边界，在那很小的沃特波尔车站上，你就能看见大幅的油画，列宁、斯大林的画像，和他们人民生活的绘画。车厢里也挂着名画，漂亮的窗帘，美的小台灯和新鲜的小盆花。我们随着火车在西伯利亚走过，西伯利亚在中国人的脑子中是一个很寒苦的地方，是充军流配的地方，贝加尔湖也不过是苏武牧羊的地方，但不管你是经过一间小小的木屋吧，那间木屋就会吸引住你。一间小门廊，门廊上边有雕花的板，一个小窗，窗户上露出雪白的纱帘，而且一定有盆花，或者有个穿花衣的姑娘在院子里晒衣裳。我们的车越往西走，我们所看到的油画，塑像，雕刻，屋宇的装璜也就越丰富，越伟大，越精致了。

我们到了莫斯科，也就是说一个美丽的城展开在眼前了，尤其是克里姆林宫周围一带。马路是那样宽阔，车辆行人虽多，却那样有次序，一点也不嘈杂，颜色是鲜明美丽。淡黄色的，绿色的，红色的，白色的，赭色的，金色的，再加上那末多式样的教堂的尖顶。这些颜色，这些线条，这些车辆和行人，整个看来，就俨然是一幅巨画，这幅画即刻给了你一个印象：你已经置身于一个文化艺术很高的环境里了。

在莫斯科街上走着，特别使人惊诧和喜悦的，是当你走到地下电车道的车站。每个车站都像宫殿，每个车站的大理石的颜色是不同的，墙壁的颜色是不同的，壁画、灯光全不同，各有各的特点，情调，和作风。每个车站都有许多石像和铜像。列宁、斯大林的，高尔基、托尔斯泰、普希金的，各种劳动人民的，战斗英雄的，有些像大到比真人大三四倍，卓娅的的巨像也在那里。这些宫殿真多，这些宫殿是莫斯科居民每天出入必经之处。它的科学化，它有利于交通，这些是我们能想象得到的，但它的那样堂皇美丽，集众多艺术家和专门家的创作在一处，却是一般人所不能想到也无法想到的。

在旅馆里也是一样，布置得使我们以为在戏剧里所描写的环境里一样。人天天处在这种宁静、深重、使人思索的环境里，脑子就要不觉生出一种希望，做点什么有意思的工作吧。人时时可以接触着一些有理想、有高尚的感情的艺术时，就不会愿意还做些蠢事，思想上的尘垢很自然的就要清扫去大半。

苏联人民的文化的艺术生活是很普遍的，但为了提高他们的美术知识和欣赏能力，全国各地都设有美术馆。我曾经参观了两个画廊，一个是莫斯科的，一个是在列宁格勒的冬宫里。

莫斯科油画馆成立已经一百年了，是特涅基耶诃夫手创的，特涅基耶诃夫是一个很有钱的人，他很爱美术，四处搜罗所有的名画。他不只自己爱，欣赏，收藏，而且也有为莫斯科居民的意思，所以到一八九二年，就把这个美术馆交给居民，他自己只做一个保护人。一八九八年他死了。二十年后，十月革命成功，这个美术馆由列宁签字，把它收为国有，从此就得到更好的发展，收藏的作品增加两倍半，并且在这时间增加了社会主义建设的油画，都是得奖的作品。这是苏联的一个艺术宝库，所搜罗陈设的作品全是俄国的，从十一世纪起直到最近。

陈列室是按着历史时代，依次排列下来的，第一间房子里是八百年前的画，有画在石板上的圣母，也有六百年前的，画在木板上的，还有十七世纪的漆画，这都是以宗教做为题材的。到了十八世纪的屋子里，画幅焕然一新，满屋都是庄严、华贵、美丽的帝王后妃的画像。这些画非常细致，颜色像新涂上一样，画上人物所给人的印象，都是使人景仰，赞美，崇拜，觉得高不可攀，非常圣洁，而对自己就会生出卑琐鄙陋的感觉。我很佩服这些画笔的才能，但同时生出一种感慨，觉得那时的美术为帝王服务，真真是到家了。一个穷人，一个缺乏知识的人，看见了这样好的，"伟大崇高"的人物的画像，很自然的会认为这些人来领导世界是当然的事。我越感觉得这些画艺的超人，也就越觉得我们今天我们对劳动人民讴歌的不够。我们中国的新文艺，虽然已经走上主要是表现人民的道路，但我们对他们的赞颂，还只在形式上，口头上，思想上，我们还没有把这些人物写得栩栩如生，而且能使人一见就去十分爱了他们，觉得只有劳动人民才有智慧，才能创造世界。这一方面说明我们技术还很不够，一方面也还说明我们对劳动人民生活了解还不够深入，和还没有十分忠诚。

跟着帝王画室以后，就有了开始以农民生活为主题的画。这些画还多半是田园风景，到十九世纪时就更有了描写农奴生活的作品。从劳动生活的素描，慢慢进入痛苦，和向地主诉说不平，提出要求到斗争。裴洛夫画了很多暴露农奴悲惨生活的油画，最有名的是《贫农葬礼》。

同时也有了反映资本主义进入俄国的画。在商人的豪华的家庭里，媒人带来了贵族的将军。

慢慢画面的题材越来越宽广。人民被关在牢里了，不自由的生活，工人的劳动生活，革命者被拷问的题材有力的出现了。这都是极深刻极感人的优秀作品。

有专门画人像的屋子，这里有名的作家、美术家的像很多。托尔斯泰、普希金、尼克拉索夫等的像都悬挂在那里。这里最多的最好的作品是属于拨拉维诃夫斯基，以及克洛门斯科意。

也有专门风景画的屋子。有各种各样的笔法，情调，色彩与作风。

还有许多屋子是专为某一个艺术家而设的。这里面最多的画是列宾和苏里科夫，仅仅大幅的作品就有二百多幅。

后半部是陈列十月革命以后的作品，在题材，手法，作用上显然有了很大的区别。这里充满了热烈的斗争，苏联人民向反动统治，向地主贵族，向白党猛烈的进攻，摧毁一切旧制度，旧传统。这里充满了坚决的信心和胜利的快乐。这里有无数的劳动英雄的肖像。小剧院名演员亚尔莫洛娃的巨幅画像也在这里。更多的是人民领袖的画像，列宁，斯大林，莫洛托夫，加里宁等等。这些画是伟大的革命历史的记载，是永远拿来教育人民的最好的教科书。同时也是表现了最高的思想的艺术品。最后几间屋子则是近几年的新作。有被德国法西斯摧毁了的村庄，爱国的人民被那些野兽般的匪徒残害，悬在绞架上；有人民的抗击，英勇红军的生活，以及战后的各种建设，苏联人民又在社会主义的生产建设上，表示了勇敢与智慧。这些画非常感奋人，使人的思想更走入现实，而发生一种健康有力的情绪。这之中有一幅是写前线受伤的战士回到后方来，到另一个战士的家里去，为他们捎来家书。战士站在门口，房里面迎出去的是受信人，一个年轻的妇女，用无限兴奋和安慰来接收信件，孩子们也伸着头望着来客。这张画最引人的屋外的阳光，那样充满了生的喜悦和希望。我赶忙走过去细看。同时看见画边前正有一个大个子青年在临那幅画，临得一模一样，引导我们参观的人向我介绍，他就是这幅画的作者，因为另外一家美术馆要求他把这画也画一张给他们,所以他又来临他自己的画。这位画家看来比我们的古元同志大不了多少。我请他把名字写给我,他就在我的小笔记本上签了他的名,并且题上两句话。我拼不出这名字,只好把他的题字与签名一道留在这里(附在文内)。后来才知道他是很有名的画家腊克蒂莫夫。这画的名字《来自前方的信件》。

在美术馆临画的人很多，我看见几个穿军装的人，在几幅极有名的油画前临摹。我问他们是学生么，他们告诉我是兵士。我看他们画得十分好，虽说不是创作，可是临得非常像。我认为那技术的水平是相当高的。我好像有点不相信是兵士，以为只有美术学校的学生才能有这样好的本领，但的确是兵士。后来一想到苏联人民一般的文化水平，想到儿童宫里面小孩子们的绘画，就觉得很有理，而且觉得自己的少见真有点可笑了！

我们一共走了五十多间屋子，只能略略的浏览，我以为如果真真要谈到欣赏和了解，非几个月不可。这个美术馆我一共去过三次，三次都是走马观花，每次来的时候，我都想到最好从中国派几个青年画家来，让他们在这里看两个月画吧。那对他们会有许多益处的！

我另外看到的一个画廊，是在列宁格勒的冬宫里。列宁格勒这个城就标志着俄罗斯的文化。只要你在街上散步，你就随时随地可以欣赏那些美丽的建筑物，那些屋顶，屋顶上的雕刻。到处是铜像。有名的青铜骑士（即彼得大帝像）就雄立在聂瓦河畔。这座像有四五丈高。列宁格勒被围时，人民为使免于法西斯的炮火，曾在它的周围堆积沙土，使它埋在人工的土山里。列宁格勒本身就是一个美术品，而它又藏了极丰富的世界艺术的珍品，这就更使人留恋。

冬宫的建筑本来就非常伟大，宏丽庄严，一共有一千多间布置得华美的大厅。据说仅仅走廊的长度就有八十华里。搜罗世界极珍贵的油画，雕刻等共一百七十多万件。卫国战争时，在八天之中，将全部所有，都运送到别的地方坚壁了，没有损伤一件。只有房子被毁数间，楼顶炸穿，积雪甚厚，但现在已经一点也找不到损坏的痕迹了。现在画廊部分据说已布置出二百多间，但我们因时间关系，急急忙忙，只跑了四五十间。这里面文艺复兴时代的名画极多。拉斐尔等的绝作这里就有好些幅。据徐悲鸿先生说，他所景仰的好几幅名画，过去在法国没有找到，在德国也没有找到，现在在这里看到了，他说不出的高兴。

我们在这里特别感到幸运的是参观了他们的金库。普通一般人是不能进去的，但对中国和平代表团的代表们却表示了欢迎。这个库内只有几间屋子，地方并不大，但我们看见了希世的奇珍。我们看见了一千年前劳动人民用手做的各种金饰。有些花纹只有用显微镜才能够看清楚。这里的金钢钻有鸽蛋那末大，据说现代人造的金刚钻还不能有这样大。几百年前的钟，不论其装饰的美，现在不能及，就是那手工做成的机器，一直到现在还走着呢。我本来打算在列宁街上买一件比较好的美术品带回国做纪念。当我看了这样多的雕刻，油画，和各种玉石的金饰之外，我什么也不想买了，人已经到了海洋就无意于溪水，到了大山就不再登小丘了。

在冬宫跑了四个钟头，走过了意大利大厅，走过了英国大厅，法国大厅。走过了埃及走廊，希腊走廊……全世界的艺术都在眼前浮出来，但一下又掠过去了。人走进了珍宝的树林子里，好像还什么也没有看到，仅仅只感觉了一点绿荫就又走到太阳底下了，我们真说不出的惋惜，但我们已经没有时间了，大家只能互相安慰道："将来再来细细的咀嚼吧！"这种安慰也只添上一层怅怅之感。好在另外的新的生活，新的参观，又挤走了我们的不足，我们的心又填满了新的感奋，新的惊叹，我们不得不说，苏联给我们的东西实在太多了。

最后一次我离开苏联时，老朋友叶洛菲也夫（我想我这样称呼他，他是会高兴的）同我说："丁玲！你回国后应该多写些文章，少做点工作，工作是人人会做的，而且也许比你做得好，但文章不是人人可以写的，你应该更加努力。"我笑着说："那末我还来苏联不来呢，我这一年的时间就来了三次，你以为怎样？"他说："苏联是应该来的，你就好像来进一次大学,我想你来了几次,对你的启发是不小的,你说呢?"我哈哈的大笑了,"叶洛菲也夫!你真说得好,你真说得对。我来进了三次大学。你对我的好意,我会永远记得的!"同时我对苏联的美术,和苏联人民的美术生活,也是永远的敬重,而且有着无限的留恋。

初版《欧行散记》,人民文学出版社,1951年

塔娜莎娃的安娜·卡列尼娜

人常常在不知不觉的当中获得了很高的幸福。这不会是真理，但却一定有这种事实，我几乎不能回想十一月十七日对于我是多么不能忘的日子，这天我忽促的被邀到《旗》的编辑处，在那里我得到无比的友谊和亲爱。我回到旅馆的时候，已经快吃晚饭了。培之的愉快和兴奋似乎并不比我低，她三番四覆的要我详细告诉她适才的情形，她说："我是多么后悔没有派一个人随着你，那末可以让她说说苏联人，苏联的作家们如何爱一个中国作家，如何对一个中国作家。"我得告诉她，覆述每个人的发言，这些为翻译者简略了的，和笼统了的。但我们不能更多的说下去，我们得准备着晚上的观剧，我们相信这个戏一定非常好，但我们却没有理想出它是如何之好，我们知道塔娜莎娃的盛名，在《绿色的街》也看过她的演出，但无论如何是不可能想像她的《安娜·卡列尼娜》的。当我看完了她的戏以后，曾经非常冲动的说："我以为这不只是不虚此行，简直应该说是不虚此生。"这句话若以人的整个的各方面的一生来说是夸大了的，但若只从一个人的艺术欣赏来说，是毫没有夸大的，我现在还有这种感觉。

塔娜莎娃的《安娜·卡列尼娜》，在苏联是一个最有名的戏，她曾以此剧得斯大林奖五次，她有苏联人民演员的光荣称号。要去买这名剧公演的戏票是不容易的，常常在公演前许久就买不到票了。今年五月，我们到列宁格勒时，据说六月将演此剧，但戏票已经卖完了。当这次公演前两天，我们会将几百个卢布给了在莫斯科读书的中国学生们，但我们在剧场没有找到他们，就是最坏的位子上也没有他们，他们没有买到票子，不能来看戏，而我们在这天晚上，却因为苏联对外文化协会和苏联反法西斯委员会的招待，坐到了最好的位子。

第一幕分四场，第一场是火车站，第二场是安娜的朋友家的晚会，第三场是加里宁等候晚归的安娜，第四场是安娜与渥伦斯基的会晤。

暗黑的火车站，几盏昏黄的路灯，一列列车停在月台边，安娜从暖和的车厢里走到有新鲜、清冷的空气的车门口，她穿着黑色大衣，围着白绒头巾，车门上一盏小灯照在她多情的脸上，显得心情非常骚乱，这时她从莫斯科回到彼得堡去，她自言自语的说她不希望再看见渥伦斯基了，她像害热病似的那样难受，但这时渥伦斯基出现了，从月台的那头走了过来，他说他不能不看见她，他要跟着她。这是如何的惊惶了安娜，她说不清她的感情，她走回了车厢，这一场时间很短。但一下就抓住了观众的心，观众立刻就和安娜处在一个沉重而困难的境地了。但在这一刹那中，观众虽然已经被引入剧中，但还不能明显的感觉塔娜莎娃的长处，也许会有人感到稍稍不满，他们会想："安娜就是这个样子么？"安娜似乎要更漂亮，更迷人，更出色。

第二场是客厅中的一角。这里有将军们，有贵族们，有那些为锦缎和珠宝堆砌出来的贵妇人们，五颜六色，金碧辉煌，使人恍惚置身于十九世纪的俄国贵族的生活之中，恍惚置身于托尔斯泰的小说之中，他们的举止是多么的典雅，他们是多么善于辞令，但他们却一如三姑六婆之类，别人的私生活是他们最有趣的题材，她们很会加油加酱的，也会尖酸刻薄，他们谈讲安娜的隐私。而这时安娜出现了，安娜这时的出现也不会使人惊奇的,她是那样的温文,她并没有一般人所想像的那样风头,她没有我们常见的美国电影上的女人活泼、风骚,也不像旧中国电影上的女明星那种柔软,那样眉目传情,成天都摆出一副时时都等着人去亲吻的样子,时时都像被爱得醉迷迷的样子。她并没有觉得自己美丽,她并不丢眉丢眼,她并不想勾引男子。欢喜欣赏美国电影和旧中国电影的人们,是将反而感到不够的,甚至会以为台上的任何女人都比她好看,可是只要一个人不是太低级的话,他就会觉得这是一个纯洁的,正派的,懂得爱情,有生命,而且是不可侮的女人,塔娜莎娃在这点上是表演得高尚而恰当。饰加里宁的演员也是苏联人民演员,他走出场时,我以为这正是我所想像中的那样子,在他的周围有一股森冷气,他太了解这本书了,他太了解这个上流社会了。

第三场是加里宁在等待晚归的安娜,他觉得须要和安娜谈一些什么,但安娜却回避着他,这是一个非常不愉快的夜晚,但什么问题也没有解决。

第四场是安娜与渥伦斯基的会晤,安娜明知爱下去是不会有什么幸福的,但旧的无爱情的,虚伪的生活压迫着她,她好像要被窒息而死,但渥伦斯基一来,她就像一个被释放的囚徒,感到生命的复活。这是第一幕。灯亮以后,人人脸上浮着一种不可思议的兴奋,好像梦游到一个不可想象的境界一样,而且人与人之间消蚀了藩篱,因为人们的情感被戏剧引入一致,彼此的感觉接近,好像谁也了解谁似的。

第二幕是以赛马做中心来写他们关系的发展。也分四场,第一场在安娜的家里,第二场在赛马场的更衣室,第三场是赛马,这场的演出,我以为是很惊人的,因为台上就只有一个看赛马的台,演员们就平列的坐在上面,或者有些站着,并无周旋之余地,但你可以完全感觉到,整个赛马场上的喧闹,欢腾的空气,你就好像也在那里一样,正注视着一角,而这一角是吸引你的,因为那里有安娜,安娜只有半身露出来,她的台词是非常少的,但任何人都可以看出她的兴奋、紧张和不安,当她看见渥伦斯基坠马时,也使你同此感觉,你不会以为她是在作戏,只觉得同情她,为她难受,她的失态引起全场的贵族、夫人们诽谤,加里宁也窘极了,几次命她随之出场,她是无可奈何的,丧失了主宰,随她丈夫走了出来,他们转入一角,加里宁冷酷的给以责备,她坦率地答覆他:"我爱他!我是他的情妇!"她实在无法自持了。

第三幕是写安娜和渥伦斯基之断绝关系,以及不得不出走。在安娜生小孩后的那一场,渥伦斯基的表演是好的,颇得到观众的同情。安娜自己处理自己的问题,愿意做一个忠实的妻子,她以最大的宽恕和忏悔来给了加里宁。但是在第二场中就即刻显示了她的生活的黯淡、无生命,她的悲苦使全场的人都为她难受,因此她答应了渥伦斯基的约会,这绝不会引起观众怪她不守信实,当渥伦斯基又来到她家里时,他们两人见面了,却使观众为她感到无限安慰。但却被她丈夫知道了,加里宁侮辱了她,他甚至说:"你吃我的面包,穿我的衣裳,却和别人相好!"在这种无可忍耐之时,安娜不得不出走,在这一幕中,塔娜莎娃已经使人完全忘记了她的年龄,和她已经肥胖了的躯体,只觉得她是如此的可爱,如此的迷人,人人都爱上了她,甚至在演的间歇中忍不住鼓掌。

第四幕是写安娜从意大利回来,她去观剧,受到了很大的刺激,那些贵妇人们将军们侮辱了她,把她当一个脏的东西,来轻蔑她,用她们高贵的风度和语言来骂她,她痛苦得厉害,请她哥哥去求加里宁,加里宁一点也不爱她,却不同意离婚,他是一个残酷的人,假装正经,他利用所有旧社会的虚伪,来虐待她,她实在没有办法了,偷着回家去看孩子,孩子告诉她别人都说妈妈死了,他不相信,他等着妈妈的归来。这时只听见满院的隐忍着而又不得不擤鼻子的声音,我感到台下的人比台上的人更哭得厉害,我不愿一秒钟离开塔娜莎娃的富有表现的脸,我也不敢偷看我四周人们的啼哭,而这个时候加里宁回来了,他是那末的严峻,那末忍心,安娜悄悄走了,孩子伏在床上哭起来,人们是如何痛恨这个大耳的"绅士"啊!这时候经常为我翻译的人忘记翻译了,我也没有感觉得需要翻译,我完全知道她说的是些什么,当然,我也知道假如我真的能全部听懂她的台词,我是会更受感动的。当渥伦斯基和她吵架,渥伦斯基走了的时候,安娜病了似的,写信,打电报,所有的观众都为之不安,这时表现的最好的是安娜女仆的进场,她跪在她的面前,抓着她的手,不住地啼哭,使什么人都想扑上前去抱着她,为她一哭,我简直不理解为什么那些演员们用什么方法就适当的表演出那末丰富的情感,譬如那个女仆出场时的那副脸孔,即刻使你感觉到她已经在房门口站了许久,已经难受到不可抑制,但她们并没有夸大,如果一夸大就会失真,就不能感动人。

最后的一场又是火车站、铁轨,从后台直向观众,安娜在站台边又惶恐,又焦急,绝望的无以自己的那样徘徊,她什么也没有了,她无法活下去,而火车从远方走了过来,汽笛的声音,车轮的声音,灯光耀射在台上,车身如山一样冲上台来,当它快要到站台时,安娜猛然扑倒在铁轨上,而车身却仍是无情的向前,看戏的人们几乎要叫了出来,幕突然落了下来。人们一边去揩眼泪,一边以沉重的心情鼓起掌来。

幕开了,塔娜莎娃无力的站在那里,用润湿的眼睛和一种失去神智的态度向大家微微鞠躬,人们却竭力的鼓着掌,来感谢她的优美的演出,而且不断的喊:"塔娜莎娃!"幕又闭了,但又在剧烈的掌声中拉开,人们都希望多看一下她,都不忍离开她,但塔娜莎娃却又使人们不安，她已经沉入戏剧中，她的感情即使在这样的热情与荣誉之中，也不能一下恢复她的健康，人们不忍心她太劳累了，又希望她赶紧去休息，因此不得不停止鼓掌，我看见许多人虽然不鼓掌了，却伫立不走，痴痴地望着不动的幕布。

　　我不能不承认我的幸福，我竟能看到这样的演出，我也不能不羡慕住在莫斯科的人们，他们可以经常的看到塔娜莎娃，叶尔莫洛娃，乌兰诺娃，他们有这样高级的艺术享受。我想，如果一个人只有一些空洞的、无聊的、色情的戏剧看，实在是悲惨，因此我以为只肯拿这些低级趣味去迎合一般小市民，也的确是很可恶。中国今天已经有了新的文艺，各种形式的，反映了劳动人民的伟大情愫的艺术，这些艺术不管它怎样还存在着不够完美，不够深刻，不够艺术，有不少缺点，但它是人民所需要的，它担负着引导着人民向高的文化思想走去，因此我们要保护它，爱护它，培养它，并为其鼓吹，不许可它遭到歪曲、污蔑、损害。虽说为着使其发展得更好，也需要批评，但主要应该是肯定和鼓励，同时我们对市场上还流行的，带着不少的封建的腐臭，和一些从美帝国主义那里捡来的轻浮、淫荡、无聊的东西，应该加以指责和揭露。而且我们也不许可他们披一件革命的外衣去卖大腿的货色，我们明白改造是有过程的，但我们不因其有过程就可以妥协，中国不缺乏嗜痴成癖的风流才子，他们总要设法延长它们的寿命的，我固然羡慕苏联人民的文化程度之高，他们有那样完美的艺术，同时也能欣赏它，但我更愿意与新中国的新文艺运动一道生长，而我明白这里是需要许多斗争的！

初版《欧行散记》，人民文学初版社，1951年

乌兰诺娃的青铜骑士

当我还没有到苏联看巴莱舞以前，我对于这种古典的艺术是稍稍抱有一点成见的，我不懂它，但我却想它一定是很不自然的，专门讲求一种纯技术，也好像我们戏台上踩跷的丑旦，又以为固然美丽，却不大能表现力量，它可以留在戏院以供玩赏，以供研究，但于现实于今天我们人民的思想、感情是很少关系，不容易联系的。但当我到苏联以后，看了好几次的巴莱舞剧，逐渐的使我了解它一些，并且由于那些演员们超凡的艺术，更使我酷爱它。我知道这种形式是古典的，技术性太强，这是不能移植到中国来的，中国应该有自己民族气派的舞蹈。但是我觉得拿它那种匀称、韵律、自由、谐和、线条美的舞姿来做身体训练，恐怕是最好的，而且我们可以欣赏它，在欣赏它的艺术之中，对于我们的感情的修养和艺术的高尚的趣味的培养都是有好处的，所以我很愿意介绍，同时也抒发我许久以来对于乌兰诺娃的尊敬，和对她的《青铜骑士》的喜爱。

在看《青铜骑士》以前，我曾经看过《天鹅湖》《水晶鞋》《巴黎的火焰》，这三个舞剧各有各的长处，《天鹅湖》的天鹅们的舞蹈，简直是飘飘欲仙，真真像一群天鹅，尤其是那位主角技术非常之高。我当时的感觉是美极了，我脑子很简单的想，这是艺术，但这是古典的。

我因为长期留在山沟里，又刚刚从农村的土改岗位上来，忽然与这样细致精美的艺术接触，我除了惊诧以外，还缺少细致的感情来领略它。后来我又看了《水晶鞋》，便进一步的感觉到剧中所描写的人物性格，真是明白深刻，完全用舞，用身段、步法、节奏就把一家人的几种人物表现出来，一个很小的童话故事，在舞台上是这样的热闹、生动，有场面、有人物，我懂得了这不是使人仅有美感的艺术形式，它是能表现社会、表现心理、有爱、有憎，能歌颂也能讽刺的。后来看到《巴黎的火焰》，我就全部纠正了这只是一种古典艺术，只供玩赏的艺术的思想了。《巴黎的火焰》是写巴黎公社时的人民群众的革命运动，全部紧张热烈，而且有强烈的反抗的情绪，我们同伴中有几位到过欧洲、美国的人，也说这是第一次见到，以巴莱舞来表现革命的火焰的热情，表现得这样的好，真出于他们的意料，大家都赞美极了。我记得那晚看完戏后，我们很多人还去餐厅喝茶，坐了很久，谁都有许多话说，谁也不想去睡。我想，这种巴莱舞原来本是古典的，其中有好的，也一定还有一些缺乏意义只有纯技术的表演，但今天我们在莫斯科所看见的，则是经过整理、淘汰、提高、发扬了的。这不能与过去只供宫廷贵族所欣赏的旧巴莱舞一样。苏联一方面发扬民族的民间舞蹈，一方面也在有较高较完整的技术而且的确是美的巴莱舞上创作新的情绪与作风。当然我这些想法也还是门外人的一种推测。

去看《青铜骑士》是在十一月二十号了，我们那几天很匆忙，世界民主妇联第二次执委会还未结束，参观座谈又很多，我几乎不能去，但我听到过好几次对于乌兰诺娃的宣传，她本人也每天出席执委会开会，她应该是四十多岁了，她已经在苏联的舞台上成功了二十多年，她是最有名的抒情演员。

《青铜骑士》原是普希金的诗，这首诗是描写一个伟大城市中的一个小人物的悲剧。青铜骑士是彼得大帝的一个骑马的铜像。这个像很大,现仍在列宁格勒的聂瓦河畔,对着波罗的海。故事就发生在这城里。

第一幕第一场是序幕的样子,舞台上显出今天的列宁格勒,有巨大的彼得大帝像,接着是另一序幕,彼得大帝时的聂瓦河畔,有很大的新船下水,岸上有群众伫立观礼,欢欣鼓舞,有很多外国人,来来往往。第三场才是故事中的时代,一百年后,彼得格勒举行纪念,群众都围绕着铜像欢跳,渐渐人们散去,只剩一个年青的兵士(或者是个尉官)他在这里等待他的爱人,一会儿从街的那头出来了一个服饰极为平常简单的姑娘,她几乎像被风送来的那样轻盈的在地面上缓缓飞行到他的怀中,观众猛然响起了一阵掌声,我明白这就是乌兰诺娃了。她最初给我的印象,我以为她不是在跳舞,我没有注意她是否在跳,我只觉得她的动作是极为随便,她只在表现一种感情,她没有一个动作会吸引住人,而是她所表现的一种感情把人吸住了。她是一个极年青的大姑娘,她是那样的纯洁,那样的欢乐,但这一场她还只给人一个影子,一个希望,她还使人有些遥远的感觉、梦的感觉,人们在爱她,同时也是欣赏她。乌兰诺娃是一个好演员,是一个不凡的演员,人们还有这样的想法。这是第一幕她给人的印象。

第二幕,是在这位小姑娘的家里,有一群乡村中的姑娘在她的院子里玩耍,并且有一个老太婆替她们占卦,有的运气好,占到这个小姑娘时,老太婆告诉她不吉利,不久就会显应,她听了非常忧戚,可是同伴把她拉去玩耍,她又忘记了,舞台上只见一群天真烂漫的少女,她们跳各种集体的舞蹈。这时兵士上场了,他躲在树后,被她们发现,他参加到队伍里来,她们围绕着他们两人,她们又逃走了,只剩下他们两人,他们有时一人独舞,有时两人合舞,这些舞如何美好,怎样高明,我是不懂的,我不能谈,我只能谈它给人的印象、感受和情绪,而且这是属于比较抽象的东西，在没有看见这个舞蹈的人是不容易从我的描写中来体会乌兰诺娃的艺术的，何况我的感觉也不一定就合乎旁人的感觉，因为她们这些舞实际全是表现恋爱的，而中国，在现在也很不容易谈恋爱，有许多人是怕谈恋爱的（甚至谈艺术也不容易）。

但是这个剧本，这首诗就是一个描写恋爱故事的，我怎能避而不谈呢，而且我又想从舞蹈的艺术上来谈，而不带什么别的作用，因为实在不能拿它来解决今天中国实际上发生的某些具体的恋爱问题，或思想问题。

乌兰诺娃她们在这一幕中用舞蹈来表示了她们两相爱恋，但你不会感觉这只是一个简单的男女相悦，你会觉得她们简直是在抒发他们对于人生，对于世界，对于生活的一种美好的理想。只觉得她们是如此的健康，如此的幸福，使人们生出对于生活，对于世界，对于事业有更多的爱惜和欲望。同时也会觉得更多的懂得了些爱情，原来恋爱不单单只是解决一个家庭、一个妻子、一个女人、一个生理上的问题。更不是一个职业、一个地位，或者只谈年青美貌，只谈享乐的堕落思想，原来恋爱也还有精神上的东西，恋爱不是神秘的，但却是严肃的。当人们看到这些舞的时候，它只会洗出一些在某些人头脑中的不正常的兴趣，一些个人打算，自私自利的想法，所以它虽说是表演恋爱，却不会引人脱离现实，去幻想恋爱，把恋爱看得比一切都高，或者起反作用，使人悲观、消沉，因为它所表现的爱生活、爱世界，是只有在无形中给人一种较宽广较深挚的情愫的。当幕落下来的时候，观众们，苏维埃社会主义国家的有修养的观众们都不会说这是只表现一种爱情来给以冷淡，却是热烈得非常的鼓掌，并且站立起来，乌兰诺娃十多次跑出来向人们行礼。我拿望远镜仔细去看她，只觉得她一切都全是青春和新鲜。我怎样也不能相信她就是每天坐在会场中的那位朴素而大方的中年人。她在这一幕中完全使人忘记了在看她跳舞,她不是让你欣赏她,而是给人以许多情感、愉快、和充实。

但这幕戏的情节却遗留了一个很大的担心。当他们两人正在美满幸福的时候,天变了,暴风吹来,兵士是有他的职守的,他不愿离开她,但他将回去,他痛苦的抛弃了她狂奔回去。这暴风究竟将带一种什么样的灾害给他们,这像一块铅样的沉重的落在人心上,在许多许多满足以外。

第三幕第一场是兵士回到城里以后的夜晚,狂风暴雨在窗外肆虐,兵士怎样也不能安眠,他想着小岛上的风雨一定还要厉害,他跳起来在屋中旋转,他要冲出去,但闪电巨雷一个跟着一个的压来,最后风把他的窗子吹开了,雨倾泻进他的屋子,桌子上的纸张满屋子飞舞,兵士不顾一切的冲了出去。第二场兵士已经到了街上,到了青铜骑士面前,到了海边,风卷着他,他仍向前走,他要去看他的爱人,也许她正等着他的援救呢。可是海水涌上了岸,海水从台口慢慢的向台后走,他被逼着往后退,他越是焦急,海水越是无情的舐上他站着的土地,海水急速的淹没了他的脚,淹没了他的腿。这时满台全是涌了一尺多高的洪涛,兵士被汹涌的洪流卷了过来,卷了过去,他想逃走,已无法逃去,四顾无人,他努力挣扎到一大石狮子前,爬了上去,他极目四望,海水越涌越高,地区越泛滥,这时适有一小船过此,急急赶来救他,他也呼援,但这小船受不了浪的打击,翻了,飘流走了,或沉入水中了。跟着海上漂着一些家具,从这方浮向那方,又从另外一些地方也浮来一些乱七糟的东西,风、雷、电,仍旧逞着疯狂,海水好像不只从海上来,同时也从天空来,雨像无数柱子的地落下来,兵士这小小的生命仍附在石狮子上疯狂的求救。青铜骑士沉默的仡立在水中昂首不管这些事。最后又出现了一只船,经过了几次危险,挣扎到了石狮旁，兵士跳上了船，他们努力的逃出了危险。

　　这幕布景的神奇，简直不知怎样搞的，使人找不出破绽来，宛如真的狂风暴雨之夜，宛如真的海水。没有经过水灾的人，看起来惊心动魄，经过水灾的人，觉得真实的情况也不过如此。休息的时候，我看见所有的人，都有一种极为惊叹的神气在谈话，我很可惜不能到后台去看看，学点方法是该多好呵！

　　第四幕，风暴过去了，又是一个晴朗的天，兵士来到小岛上，来到原来的院子里，墙倒了，房屋不见了，水留下了一片荒漠，兵士不敢相信眼前的景象，他在四处巡视，渺无一人，他害怕起来，极度的不安，他坐在树前。寻思，那曾经他俩人曾经坐过的地方，他仿佛看见少女们从树后列队而出，她们游戏，他一个一个去看，看见他的爱人了，他追到她的身后，他们又跳起舞来，少女们都走了，只剩下他们两人，他们回旋舞蹈，他快乐起来了，可是她隐去了，他找不着她了，原来是一个幻觉，他悲哀起来，然而他又走入了幻境，他们又飞舞起来，这些舞大半仍是第二幕中的舞蹈，但音乐不同了，舞的气氛不同了，乌兰诺娃始终像裹在一层薄雾里面，在他的周围，她的舞轻盈到使人感觉若有这样一个人，若无这样一个人，似乎随时都可以隐去的。她又是那样的忧郁，那样对他的怜惜，可是她是不可捉摸的。他热情的追逐，又痛苦的失望，他几次清醒过来，又几次幻梦下去。最后他完全清醒了，现实使他太软弱，绝望激他无所适从了，痛苦把他打倒在地上，他挣扎不起来，最后他起来了，然而神经错乱了。

　　这时再也没有人去惊叹那些布景了，大家都不愿说什么，外国人中有哭泣的。乌兰诺娃的丈夫，灰白的头发，坐在我们的邻近包厢，他不安的站起来，搓着手。我很愿意和他无言对坐一会，他不认识我，但也投给我一个沉静、无所表情的眼光。我的同伴们也不愿意赞美了，也不愿意散步了，大家都静静的站在门廊里，或坐在休息室的沙发上，或有不离开位子，注视着落幕的舞台上。

第五幕也只是一个尾声，描写兵士神经失常的心理状态，他在铜像下徜徉，他骂彼得大帝，可是骑士在他的脑子里活了过来，四处追赶他。他骇的要死。小孩子也揶揄他。最后一场是普希金站在铜像的前面来凭吊这小小人物的一幕悲剧。

这幕戏是一幕恋爱的戏，但它却这样的感动人，这里既无歌唱也不讲话，仅靠人体动作来表现，乌兰诺娃从小就学习舞蹈，很年青就成名了，一直到现在，她是一个有名的抒情演员，她把所有的舞蹈上的步法、姿势都全部化入了感情，这不是一般技术可以比得上的。她就是以她的艺术为人民服务，而且就因为这个而得到"苏联人民演员"极珍贵的称号，我很高兴我看到了她的表演，我为中国学舞者没有看到她为遗憾，我们虽然不要硬学巴莱舞，但那种表情却实在不容易学习，因此我愿意把这段故事和乌兰诺娃的表演讲给爱好舞蹈的人们听，我想对他们也许还是有趣的。

初版《欧行散记》，人民文学出版社，1951年

苏联的三个女英雄

十一月十三号的早晨,是我约定和苏联妇女反法西斯委员会接头的日子。吃过了早饭,我在我的房子里等待,一会儿亚力山大·亚珂甫涅娃带了一个年青的翻译来了。看到亚珂甫涅娃的时候,我猛然责备我自己,为什么在这以前会没有想到她呢,她是这样好的一个同志。这是我们第三次见面了。我一点也没有打算隐藏我对她的亲热,我向培之介绍起我对她的印象。她是一个老革命了,一个老党员,年纪没有问过她,看样子该是一个祖母了。但她却精神抖擞的成天忙着,比我所见到的许多年青人还那末对工作发生热情。她还写文章投稿,去年我来莫斯科时她还去领稿费。她找机会同我们每个人谈材料,我说这个同志是一个非常使人亲敬的人。而亚珂甫涅娃呢,也不同我谈要办的事,很有兴趣的告诉我,她读过了我的小说。她并且谈论起里面的事情和人物。她讲完后便也向培之介绍她对我的印象来了。她描述她和我一同去东方语言学校听我讲演,非常使她满意,她还补充说:"她说了许多人许多工作,她都说得顶好,但她一句也没有说她自己。中国人是一个顶谦虚的民族呵!"

这个已经有点像祖母的同志,把这些话都说完了以后,舒了一口气,望着我们笑了一笑,便又替我们筹划如何来支配时间了,她说会期要延迟两天,因此她不愿意我们把时间消磨在旅馆的房子里。她向我们提出许多可以参观的地方,工厂、托儿所、医院、纺纱工厂……

我和培之不约而同的拿眼睛瞅着我们正在修改的报告,我们私心是什么地方也不去(因为天天都已经忙于参观),让我们关在屋子里两天,把这些要修改的在理事会上的发言和报告好好整理一番。但我们没有把这意见说出来,我们不忍拒绝亚珂甫涅娃的提议,同时我们又生长着一种贪心,再参观一些地方也好。譬如纺织工厂,或者……我们用中国话商量了又商量,亚珂甫涅娃望着我们笑了,并且还催促我们,因为去参观也是很麻烦的事,必须事先约好,得到厂方的同意的。最后我决定了,我说:"亚珂甫涅娃!我什么地方都想去看看,你把我留在莫斯科住半年吧,不行,你不留我?那末,我什么地方也不去了,我走马看花,已经看得眼花缭乱了,我现在只想找几个人谈谈,要是你能找到一个游击队的英雄,或者得奖的女航空员,或者斯大哈诺夫运动者来谈谈那是最好没有,你知道我这里还有中国茶叶,我很愿意做做主人!"

这个提议得到亚珂甫涅娃非常的赞成。她说真好,最好没有,她一定要替我们去找英雄!

过一会她告诉我,明天有个航空英雄来,是一个很年青的,得了斯大林奖的英雄,她在卫国战争中立了许多功劳。这个消息真兴奋了我们,使我们修改报告的工作进行得迅速和顺利。

可是当我们等待航空英雄的时候,鱼贯的走进了三个很漂亮的年青妇女。亚珂甫涅娃用极欣赏的情绪来替我们介绍,我们知道了这是三个工厂的女英雄,我们是以极大的尊敬来欢迎她们的。亚珂甫涅娃完全可以不必担任翻译的,她却舍不得走开,有时她嫌翻译得不好,她又重复的仔细说明。

第一个向我们介绍她自己的名字是叶士尔诺娃·达拉雅·波芙拉。她是一九一七年生的,但只像二十多岁,很高,瘦长个子,穿一件红色衫子,黑坎肩,头发长长地垂在两肩,正像我们在苏联电影上照片上常见的有些漂亮的女工。她首先述说她的家庭,原来也是农村出身,后来父亲做工了,因此她又是工人的女儿,母亲是一个九个孩子的母亲,很辛苦的抚育着他们,曾经得过母亲英雄奖。一九三四年以前,她在农民学校里读书,一九三五年在纺织学校读书,做工十五年。在特约黑乌果尔纺织工厂,这个工厂是一个康拜因(联合工厂),是一个很有历史的老工厂。

接着她很有兴趣的谈起她有什么一般工人不同的地方,就是普通工人现在还只能管六部机器,而她能管理八部。现在已经到十部,普通工人能织五十四启罗布的时间,她能织七十五·八〇启罗。她一天所织的布够一百四十六个妇女穿。

我们又问她怎么能成为一个英雄的,她说道:"我认为人是驾驭机器的。我是苏联人,更应该这样,人不是受机器限制的。"所以她主要是使工作如何合理化,怎样在生产过程中经济时间。开始她就注意她自己的经验,她接一次线原来也是和旁人一样需要五秒钟,可是她慢慢只要三秒半了。照顾一周,旁人大半都是十二分钟,而她慢慢地却只须要八分钟了。因此她每天只要七个钟头就等于别人八个钟头,一九四六年她就思索发明,使机器的转动增加速度。原来只能转七千尺,可是她相信可以转九千尺,于是她把意见提了出来,和工程师商量,由她单独试验,在机器上再加一个马达,结果果然多转二千尺,这一个成功也说明工程师在制造机器时,得吸取工人的经验。

跟着她又告诉我们关于她的学习,她说每个工厂的工会和党的工作者,必须很好的领导工人的学习,就每个人的兴趣成立各种学习的小组,学习完毕后还要经过考试才能结束,她现在参加党章的小组,她们车间十八个人都对学习党章有兴趣。她除学习党章外还读斯大林传,她希望能常看晚会,可惜没有时间。她的五年计划只要三年四个月就可完成。

她是一个共产党员,同时是区苏维埃代表,她在厂里威信很高,因为她经常帮助旁人如何来提高技术和政治的学习。她每月工资是一千二百到一千三百卢布。普通工人只有六七百。她有一个十岁的小孩,已经在小学,而她的丈夫是在卫国战争中牺牲了!

我们听了她的全部历史,非常感动,我们总想能向她多有些表示,但亚珂甫涅娃又把第二位在向我们介绍了。

佛斯利亚华是电灯泡厂的女工。圆圆的脸,黄头发,像一个媳妇,很斯文的样子。生于一九二一年,念完过七年小学。一九三八年在电灯泡工厂做工,可是她时时刻刻希望提高自己,因此一边工作一边读书,她在财政经济技术学校读书三年。改作财政工作。一九四一年战争爆发,她想报名上前线,因此又回到灯泡厂,并且在厂里学习无线电灯泡。成绩很好,毕了业,仍在原处做工,她们组有三十三个人,她们计划如何超过速度来完成五年计划。

一九四九年她发明了一种每一个钟头计算生产数字一次的方法,这个发明使她得到斯大林奖金五万卢布和两间房子并且附有全部家具。现在全苏联都要采用她的方法,她成了很有名的人,收到过许多来信。

原来在工厂里收到定单之后,规定出每天应该完成的数字,而一天过后,即检查是否完成。如发现机器有毛病或生产上有问题即加以纠正。但佛斯利亚华觉得这样在生产上还不够经济,因为一天已经过去了。所以她就发明一种只须一小时就可以计算出来的方法。在每组里安上一个小红灯,如果生产已完成,红灯就亮了。灯不亮就是表示生产未完成，这就可以即刻检查毛病在何处，可以减少损失。这个办法不止可以减少损失，更加提高了生产热情。工厂生产立刻普遍提高。别的工厂也随着采取这种办法，有一个制造拖拉机的工厂也运用。还有一个无线电工厂也运用并且提出和她们厂竞赛。她这一个组每一个钟头可以生产一百二十五个灯泡。

我们又问她如何创造出那个办法来的呢？她便又告诉我们，她首先把计划拿到车间里讨论，得到了她们的同意，然后向党提出来，党考虑后觉得可以，再又提到行政，行政上审查后便给她以条件去发明。她更说这当然不是靠一个人可以做出来，但必要有这种想法和坚持搞下去，只要你肯发明，那总会得到支持帮助的！

第三个向我们作自我介绍的是红玫瑰织绸厂女工列里妮可娃。她从未进过学校，完全在工作中学习，但却有很好的技术知识和文化水平。她很着重的谈起这个问题。她的样子也很有修养，已经看不出她是一个农民。她穿一件黑绸衫。长长的黑发，围一条白色绸围巾，东方人的样子，她是莫斯科市苏维埃代表。她说一九三一年她从农村到莫斯科来，先做女仆，然后她到红玫瑰织绸厂，这也是一个康拜因，她没有进过学校，就在工厂中做学徒，第一年有人指导她，一年后能管理一部机器。逐渐加多，现在她能管理六部机器，比普通工人多管两部。进工厂时她不识字，现在已经读完第五班。她说工人在工作中必须学习技术，不断的提高自己的技术水平，学习全厂工业上的技术，工人如果肯努力是可以做到工程师的。她更说工人更须了解机器而有操纵机器的能力。由于她的钻研，她生产的速度比一般人超过许多，如开织布机，别人需要十四秒，而她只须要八秒。上线别人需要四十八秒，她只须要二十七秒。普通工人一班可以生产九十米达，而她一班能出一百二十或三十米达。她在三年半中完成了她的五年计划。她最后说：

"斯大哈诺夫运动者,一定是一个创作者!"

这些人物使我想起梭佛洛诺夫的《莫斯科性格》。没有到过莫斯科的人,也许觉得那戏剧中的人物太理想了,但我现在就亲眼看见这么一些新的人物。她们的谈话都表示她们有一种崇高的思想,我知道这都是些伟大的人物,我惋惜我没有太多的时间向她们学习。她们坐了这样久,这在她们是很不容易的。我找了几个我们政府成立时的纪念章送她们,告诉她们纪念章上的地点叫天安门,十月一号在这里开三十万群众大会,毛主席就站在城楼上宣布政府成立。她们高兴极了,说要把这个纪念章拿回去展览,并且把我们说的情况转述给所有来看的人。并且说今晚就要去读毛主席十月一日政府成立时的演讲,以便于更多的宣传。我们用十分感谢的心情和她们道别。我想不到我还会有再看见她们的机会,所以更觉得惜别。

但当我离莫斯科的前一晚上,我又见到她们了。在我们参加妇女反法西斯委员会的一个晚会上。这个晚会非常隆重。我认识的有文艺界少数最有地位的,如法捷耶夫等。有最好的音乐跳舞节目。有最丰盛的酒宴。当我看跳舞的时候,我把椅子往前移动的时候,我看见一个穿得非常漂亮的太太在对我点首微笑,我觉得面熟,我仔细去看她,拼命的搜索我的印象,我是在什么地方见过的。忽然一下想起来了,她不就是那个电灯泡女工吗?我高兴极了,我更明白一个英雄在苏联社会上的地位。后来我也看见那个像东方人样子的织绸厂女工。后来酒宴过后我坐在一个小桌边休息时,我同我旁边一个穿黑绸子绣白花的年青女客谈天。她告诉我她是飞机师,本来约好要去看我的,因为临时发生了事情没有见到。她非常好看,很像一个刚刚从大学里出来的学生。后来又走来了一个热情极了的女医生,另外一个懂中国文的女教授替我当翻译,她反映了许多群众对我的小说的意见。我又看了集体农庄的女农妇和女演员。有个女作家也同我谈了一会。我明瞭了参加这个晚会的苏联妇女，是七十二行里的女状元，这些人都没有脱离生产，仍然在她原来的岗位上影响群众，而她们又有这种集会，扩大她们接触的范围和眼界，更可以提高她们的工作热情，和对世界的理解。女飞行师和作家都去参加跳舞了。女工人和女医生硬把我拖入一个大圆圈跟着跑了一趟。后来是女医生同我们一道回来，直送我们到旅馆门口。我真希望会有那末一天，正如她底想像一样，她会派到中国来，我们在中国见面。

这些英雄们一直为我所怀念。我常常想描写她们，可是又嫌自己了解她们太少。但我如若不写，我心里也很不安。因此简单的记载她们，以表示我对她们的景仰。

一九五〇年

选自《欧行散记》，人民文学出版社，1951年

莫斯科

——我心中的诗

人最喜欢把自己喜欢的事情告诉别人,把自己爱吃的东西分给别人吃,把自己以为美的东西叫人一同欣赏。作家也是把自己所见到的写出来,尤其是要把自己思想感情去感染去改造人。也如同我到了苏联,愿意把我在苏联所学到的,所感受到的东西给人,让人们有我一样对于苏联的了解和热情。但人们又常常很慎重的,甚至一时不愿讲出来他最爱的东西。如同他爱一个人,他觉得不能随便讲,他怕别人误解,便特别有所考虑。又如同我们爱毛主席,爱的很深,应该讲出来,有时却也不愿讲,怕随便说了反表现成为一种浅薄,有损于我们的真诚。再比如一个作家发现了一个人物,思想里生长了一个人物,欣赏他爱他,但要描写他时,却不得不比写任何人都小心。他怕把他写坏了,如果不到成熟的时候,他是不轻易把他拿出来的。我对于莫斯科,不管我曾经写了多少,但我总还蕴蓄着另一种更其慎重,更其小心,却又更加对它有一种萦绕的很牢固的情感。莫斯科!我爱你,但我不愿经常地,喋喋不休地去说你。因为你太伟大了,你太丰富了,你太理想了,你太崇高了,你太庄严了,你给人的启示太多了！你给了我新的感觉，新的情感，新的真理，但我是一个渺小的人，我智慧不够，我的学问很差，我不够全部的理解你。因此我还有许多感情，只能放在心里思索，体味，要到那末一天，我以为把你全懂了，我就会像一个开了闸口的河流，涌出压在我心上所有的对你的崇拜，我并且要去寻找诗的句子来向人类把你讴歌！

莫斯科！我曾经在清晨的寒风下，漫步在你的街头，我围绕着克里姆林宫散步，我伫立在莫斯科桥上，水已经结冰了，汽车在我身边滑过。我凝望着红墙内的宫殿。我想起了俄国历史，普希金的诗，托尔斯泰的小说。我想起了彼得大帝，想起了那个腐朽的沙皇的王朝，也想起了那个农民的领袖布加乔夫。我想起了十月革命，列宁这个名字紧紧的贴在我心上。我想起了现在住在这宫里的我所最尊敬的人。他的头发已经白了，他的感情却那样年青。他永远给人民朝霞一般的希望，他是那样的慈蔼可亲，他痛爱一个稚弱天真的孩子，体贴一个手足颤动的老人。可是他坚定如泰山，明瞩千里，他对一个反动的思想，对那顽固的敌人，对人类的罪魁是严厉的，不讲价钱的！当我想到这个亲切的老人的时候，我的眼睛再望上去，那宫殿上面的耸入云霄的红宝石的五角星，就耀射着红光投到我心上，我感到一阵幸福，我不禁愉快的，然而却是深沉地叫着："斯大林！"

我曾经在五月的夜晚，在不知拥有多少人的你的街头，红场上，混在人群中，被你们那些年青人拉着跳舞。那是"五一"的夜晚。深夜了，我从剧场回来后又潜然的走入广场中。音乐还没有停止，电灯照得比白昼还亮。没有一个人能认识我。我听不懂一句话。但我们不需要认识，也不需要语言。我懂得他们是那么充满了信心，充满了欢乐，充满了朝气，他们有崇高信仰，他们踏实而努力，我爱他们。他们也懂得我是他们中的一个，我是不会说苏联话的莫斯科人。他们挽着我，我挽着他们，我们排排地走，我们牵成圆圈。这些红脸的，因为喝了酒，因为高兴，都把脸染得红红的年青人，也有长胡子的，也有些母亲们，他们走了一群又来了一群，我走入这群又走入那群。我们到舞台下去欣赏穿白色长裙的歌咏队，又走回广场，在斯大林巨像前景仰。人认不得我，我认不得人，但我像回复到童年时代，在看社戏的广场上与同伙的孩子们一样的那样欢跃。莫斯科呵！你是多么的给了人以新的广阔的热烈的情绪呵！

我也曾经两次参与了红场的阅兵典礼。看见了世界最整齐，最坚强，最勇猛的斯大林的英雄的海陆空军。它说明了苏联的强大，它说明了世界和平之有保障，它使人兴奋！而且有两百万的群众从斯大林的面前走过，从列宁的墓前走过，他们欢呼，他们祝贺，向斯大林，向列宁！而我，我也因为中国人民的胜利，因为中国人民有了毛主席，也杂在许多中国代表之中，也杂在几十个国家的代表之中，参加了这样庄严的大会，我说不出的感谢，好像是为自己，好像是为中国，好像是为我的亲爱的人，又好像是为人类生出许多的感谢。人欢喜过度时是会哭起来的。我虽没有哭出来，却实在感到眼眶的疼痛，时时要去揩它，为的常常有东西把眼睛模糊了。

在莫斯科我有过三次逗留，一次比一次更舍不得离开。然而却已经离别快一年了，在这一年中，莫斯科的印象并不因时间过去而淡薄，却与时间一同生长。我爱莫斯科，我想念莫斯科，我不愿随便说起它，但当我忍不住说了点时，我也会是多么的觉得自己的愚蠢，为什么我不能说得清楚，为什么不能把自己想的说得明白。那末，让我过一时再说吧。我想我若努力的话，到那时，也许可以写成一首像样的诗吧！莫斯科！你是我心中的诗，我将长期的为着这诗的创作而努力！

一九五〇年十月

选自《欧行散记》，人民文学出版社，1951年

春日纪事

——我们是兄弟

今年的旧历年过得真暖和,明丽的太阳一大片一大片的铺着,一点风也没有。孩子们都穿着新衣,提着花纸灯,放着炮仗。窗户前的山茶花开了一朵,又开了一朵,开了五朵了。阳光透过那鲜艳的、火红的花瓣,真惹人呢!我每天看着它时,都不能不闪过一个同花一样新鲜的感觉。

还是在一九五二年,曹禺同志和我在苏联乘飞机去梯比利斯,中途停在名胜梳伏米,因为下雨,飞机没有进站,我们也不能下去。在飞机中呆了一天,的确有些疲倦。曹禺同志这时也用疲倦的眼光探视着我,并且问:"有点儿想家了么?"我说:"家倒没有想,可是实在有点儿想起江南的春天呢,多少年没有回南方了,多少南方的景物没有看见了,现在该是过的什么样的好日子了啊!"我们正说着,而且无可奈何的望着飞机窗外的霏霏春雨,和等着再起飞的时候,忽然有一只手伸到我们面前,我们看见了两朵山茶花,娇艳的充满了生命的力量,饱含着水分。我们两人都呆了。这不正是江南的初春景物吗!飞机师好像完全懂得了我们的意思,得意的缩回手去。我们也不知道说什么好,忽然我们三个人都笑了起来。山茶花,山茶花,我是永远记得那么一刹那的。好像这是件很小的事，微不足道的事，可是它却永远有那么一闪的光辉亮在我的心头，我会因为它而想起许多许多可记忆的事。

我从窗户前边走到了书案旁，我看见放在我案头的一张像片。是一个中国女孩子，圆圆的朴素的脸，两个极为单纯的大而黑的眼睛，凝视着前方，向着她的未来，向着她的希望。像片前面摆着她的信，我重复的读着这使人不能忘怀的信，多么可爱的姑娘啊！她的名字叫素芬。这个年青的，没有见过面的朋友，在一年前曾经写过一封信给我；她告诉我她很想做一个作家，她希望我传授给她一点窍门。她的要求是热切的，她有着追求荣誉的热情，她也把她写的日记给我看了，我一点点也找不到她同群众的关系，找不到她可以从事写作的条件。我回了她一封信，也许使她失望了，她没有再来信。可是她现在又来信了，并且寄了像片来。她的信上说：

"我觉得我身上忽然多了许多东西，可是又发现了我很贫乏，我看见了人生的美丽，我有了比较高的理想，我懂得了劳动，为什么去劳动，为谁去劳动的幸福。丁玲同志！我实在想告诉你，坦白的告诉你，我比去年写信给你的时候，要好了一些，我懂得了爱人，而且我充满了感情。……"

后边她述说了她怎样到一个村子里去做青年团的工作，怎样同每个家庭发生联系，她怎样在寒假期中去看她的哥哥，和跟着她哥哥到了黑龙江的友谊农场。这个农场的全部装备都是苏联人民赠送的，从设计到建场以至生产、管理等工作，都由苏联专家帮助指导。这是一个有二万多顷地的大型的、完全机械化的农场，这个农场还才在开始建立。她描述道：

"无际的草原都被雪盖着了，我站在这荒原之上，呼吸着寒冷的空气,头上有明亮的星星,东方的天边,透露出几抹淡黄色、紫色的云彩,汽车的灯一亮一亮,人影直晃。天还未大亮,而苏联的专家们、中国的农场工作人员、翻译们都整装待发了。我的哥哥是光荣的司机,他要载着这群天使般的人到荒地中间去,在荒地中工作。"

她又向我描写那些专家们:

"我说不出的爱他们。他们不怕风,不怕雪,不怕冷。这里已经是零下二十多度,土地表层一尺多厚都冻得像石板一样。我看见他们的手冻僵了,他们连拿着测量器都不自如,有的人胡须上结着冰凌,可是他们的冻红的脸上露着亲切的笑容。他们像开路的先锋,一个个一排排红白两色的测旗跟在他们后边竖起来了,这些红白两色的测旗,在日光下微风中飘扬着,显露着胜利!"

信后边更描写着停在农场附近村子里的拖拉机、联合收割机……"这些机器都像房子一样,或者就像怪物一样,排成阵势,黑鸦鸦一大片。附近地方的农民,很远地方的农民也跑来看希罕,老头儿跟着机器转,看了这样,又看那样,问了这样,又问那样,后来有一个老头儿说:'哈!咱活了六七十年了,到现在才看出人和牛马的不同来。'"

最后她说:"这兴隆镇已经使我着迷了。这些原来为狍子和野雉居住的地方,这些亘古以来为野花、荒草所装饰的地方,都将改变面貌。我们会看见繁茂的庄稼、成群的牛羊,机器在原野上奔驰,而电灯从每间房子里发出温柔的光。这酣睡了千年万年的肥沃的黑土,是谁把它扰醒来的呢?那第一锄不正是我们最亲爱的朋友——苏联老大哥们么?那最先滴下汗水来的人不也正是他们么?我实在不想走了,想把我一生的力量都放在这黑土上,这好像成了我生命的声音。但是说老实话,我也更发现了我原来工作的重要意义——我来这里工作,或者不来,我都会满意的、紧张的去工作。人,作为一个人,作为劳动的人，作为为人民服务的人，是多么使我觉得骄傲和幸福啊！这些感觉都是从我最近的生活中体验出来的，也可以说是那些忘我的苏联专家们的辛勤和气度启发了我，让我看见了许多我从未看见的美的精神世界。……"

素芬的信引导着我走过很多地方，看到很多新奇的事。是的，她说的是北大荒的地方，黑龙江的草原是辽阔的，这还只是开端呢。我因为北大荒却也想起了在我们西北新疆的玛纳斯河畔。玛纳斯河畔的两万多亩荒地上，不是也盖着无边无际的雪花么，这雪白的花是在秋天就繁盛的盖满了原野，那是我们的战士们所种植的棉田。在这一带的棉田里，从冬天到春天，从春天到秋天，经常都会看见每个战士都熟悉的新疆农学院的苏联教授提托夫。他跑遍了南疆，又在北疆的寒冷的地方指导战士种了棉花，还得到了丰产。他爱工作，人人都爱他。我想那里一定也有像素芬这样的女孩子，真是无数无数的新的年青人啊！

苏联的科学技术不只是在原野上发挥了它的作用，就是在山沟里也一样。山西山地的劳动英雄李顺达访问了苏联，参观了苏联格鲁吉亚山地的集体化和电气化，也参观了西伯利亚山地农民的生活。他回国后做了无数次的讲演，并且接受了很多苏联的生产技术和管理的经验用到他的生产合作社里来。他们全社的人都充满了信心，都说我们一定要好好学习苏联老大哥。

去年我回湖南去的时候，在汉水上看了修建汉水大桥。两三个工人就可以管理打桥椿的工作。我看见两丈来长一围粗的钢骨水泥的桥椿，就像一支铅笔似的自己向深的地底里插下去。这原是用水的压力，因为只见一根细管子，所以看去就好像是自己往下插，只要几分钟就全部插下去了。我们简直觉得是在玩魔术。那些老工人们告诉我说："咱们做工做了几十年，这也是新鲜事，是苏联的先进的技术咧！"

我的朋友王森同志，以前在官厅水库做党委书记，他是一个打游击出身的干部，可是现在却在掌握水利建设。他曾经同我谈起苏联水利专家沙巴耶夫同志对他的帮助。我送过王森同志一部《远离莫斯科的地方》，他读了，他那里很多工程师和工人也读了，他们曾经开过座谈会。我的确觉得在那里，或者在旁的工地上，也有我们的阿列克赛、别里捷、巴特曼诺夫。当然，不会完全相同，可是相同的地方也很多啊。

各种各样的座谈会到处开着，到处都找得到我们的榜样：李森科、米丘林、巴甫洛夫这些名字就像念中国名字一样熟悉。青年们就更崇拜着卓娅、马特洛索夫、奥列格、保尔·柯察金、古丽雅……

我们的祖国是广阔的，可是不管我们走到哪里，都听得到一个声音："我们要向苏联学习。"我们祖国的建设工作是庞大的，可是不管我们到深山里去，到地底下去，在寒冷的地方，在热的地方；不管是炼钢铁，是开煤矿，是织布，是采茶，我们都可以碰见我们的朋友，都可以看见苏联人民给予我们的无私的帮助。我们的生活是丰富的，我们的文化艺术一天天提高，可是在我们的生活里，总反映着我们的像同母兄弟般的不可分的东西。我们这里有很多是我们今天的事，但在苏联昨天曾有过；而我们想望着的明天，却又有很多就是苏联的今天。我们的文学艺术有我们民族的特色，可是我们和苏联都是在一条道路上，我们用同样的世界观和创作方法，苏联很多的作品和理论都是我们的指导和借鉴。

这样密切的友谊建立在一个神圣的目的上。中国有一句俗语说："海可枯，石可烂，此心不可摧。"我们的友谊就正是这样。这是不能用看得见的东西来衡量的。就如同我的小朋友素芬，她在这一年中的进步也是不可衡量的。

我又举起她的像片，神往着她的变化。我应该给她写信，而我要

写的太多了,因为我想的太多了,结果,我只好这样的开了头:

亲爱的素芬同志:

今天早晨的报纸你看过了么?也许报纸走到你那里要慢些,那么我的消息还赶得上。不,不管信走得多么快,我的新闻也会是旧闻的。但我仍然要把我今天一清早起来就读到的新闻告诉你,这就是莫洛托夫同两个美国记者的谈话。莫洛托夫同志说:他认为台湾是中国不可分割的一部分,根据所有国际文件,台湾是中国领土,把中国的任何一部分领土割裂开来,是和中国人民的民族感情绝对相违背的,因此会引起他们无比坚决的抗议和愤怒。苏联正是在权利平等、友好互助、考虑对方利益的基础上和中国发生关系。莫洛托夫并且认为中华人民共和国政府和所谓蒋介石政府不是平等的两方。中华人民共和国政府完全有理由要求恢复它在台湾的合法权利。被中国人民唾弃了的蒋介石"政府"应该滚到其他地方去,而不是在美国的支持下,在他所不应当在的地方,让它像目前所做的那样损害国际关系……。

"你看了这消息怎样呢?这是多么响亮的声音,我们的旁边永远站着苏联这个巨人,我们两只有力的手,像擎天的柱子一样,永远保卫着和平。"

接着我告诉她,我窗前的山茶花开了,开了五朵。并且回答了她的问题:旧历年过的非常好,一大片一大片的阳光晒进我的屋子,晒到街的一边。小孩们都穿上了花衣,提着红灯笼,放着炮仗,北京城充满了春的气息。

(为庆祝中苏友好同盟互助条约签订五周年而作)

二月一日

初刊《文艺报》1955年第3期

苏联的文学与艺术

——在天津文艺青年集会上的讲演

天津这地方对于我是非常感兴趣，因为我在北京的时候常常听到朋友们谈起天津文化、艺术工作的活跃，不管是在青年学生，还是工厂、群众各方面。所以我很希望到天津来和许多文艺工作者见面，但一直都没有实现，直到现在才和大家见面。不过很可惜，我来的太仓促，我毫无准备，时间也很短，而且天津文艺界的同志，一定要我讲讲苏联印象。这当然是我的义务，从情感上也有这样的需要，特别是当着斯大林元帅生日的这天，应当把我在斯大林所领导的社会主义社会里所看到的一些东西和我自己的感想谈谈。现在就让我随便的散文似的谈下去吧。

苏联这个地方说起来似乎很遥远，从北京到莫斯科的旅程实在不短，苏联也是我们常常幻想着的地方，它是一个我理想的世界，但是也很接近。为什么很接近呢？不止因为是比邻，从满洲里车站到苏联边境阿特波尔车站，只有十八里路，而且因为苏联人和我们有着同样的思想，同样的目标和同样的感情。我们的方向一致，不过苏联走得快，在前面，我们走得慢，在后面，但是所走的是一条路。譬如在苏联，我碰到许多人，虽然言语不通，但是我们感觉到很了解。我和法捷耶夫谈到中国的情形，他常常向别的临近的人说：三十年前我们也正是这样的。因此，我感觉到很容易了解苏联，苏联也很容易了解中国。尤其是苏联的文学、艺术，因为苏联人和中国人民的道路、命运、情感是一致的，因此也就受到欢迎并且为大家所喜爱。中国的文学被介绍到苏联去也是同样，因为他们也发生过这些事情，而感到分外亲切。我到了苏联，好像到了理想的，比我原来在的更好的家一样。过去旧文学常谈到的"异国情调"，我是一点没有感觉到。同样苏联人对我们也好像家里人回去了一样，招待非常亲切，而且尽可能不让我们浪费一分钟的时间，每分钟都有事情做，参加座谈会或参观。我到苏联去过三次，到莫斯科三次，列宁格勒一次，其他小的车站、农村也有的停过。今天时间很急促，不能谈得太多，谨关于我所了解和看到的苏联文学、戏剧、音乐、美术各方面的情况简单谈一谈。

苏联对艺术工作是非常珍爱的，我举个例子来说：在列宁格勒，这是很有文化的城市，但是被德军包围了三年，列宁格勒的人民则努力保卫了这个城市。在战争开始的时候，全城都没有电，因为除了制造武器的重工业以外，别的工厂都转移了。人们是非常艰苦的，城里没有可吃的动物，粮食很少，每个人一天只能吃两小块面包，这种面包百分之五十是代用品，另外的百分之五十是小麦。兵士和重工业的工人每天吃四片，在长期的艰苦环境下饿死了很多人。希特勒下命令一定要攻占列宁格勒，把德军进城后的城防司令都发表了，宴会的菜单也准备好了，但是列宁格勒的人民不让他们进来，而且消灭德军一二百万人。详细数目也记不清楚了，不过主要的我不是说这些，我只要说在这种条件下，列宁格勒人民的保卫文化工作是如何进行的。列宁格勒是一个文化的古都，有非常多的艺术珍品在这儿。（此处原稿遗失一页——编者注）一样的，每个大厅有二三十张或四五十张名画，徐悲鸿先生告诉我，他认为称得起世界上极品的有四五十张，他很久就想看的几张画家的原画，过去在法国没有看到，在意大利没有看到，在德国没有看到，而现在在这里看到了。大大小小的画布置得非常好，我们跑了一上午，整整四个钟头才跑了五十多间房。另外，我们又看见金窟，里面有金帽子、腰带与古代将军骑士的装饰等，这些都是当作研究古代艺术保存下来的。从这一点可以看出，苏联人民是爱文化的。

在苏联，铜像、雕塑是很多的，街上也有。当时我想，就是让我在街上逛一礼拜我也不会疲倦的。当然不是看百货公司或袜子涨价没有。像这样的美术馆不仅是列宁格勒，就是在莫斯科或者许多其他别的地方都有，只不过小一点罢了。莫斯科美术馆我一共去了三次，连美术馆的人都认识我了，但是我还不满足，我总是想：画画的人在这里住上半年是很幸福的。

在苏联，美术品是最珍贵的，比工业品贵得多，普通一个盘子什么的，几个卢布就可以买到，但是有些带画的小盒子则要几百、几千卢布才可以买到，因为他们是把画当做美术品的。但这不是说只有有钱的人才可以看，是为少数人做的。在苏联，印的名画片很多，一个卢布就可以买到一张，而且套色很清楚，这是又珍贵而且很普及的。

我们中国人不是画画的人，就没有人会画。在旧社会里，只要能够画几棵竹子、兰草、梅花就是才子，所谓"佳事"了。干那行就是对哪一行感兴趣，学问是很窄狭的。但是在苏联不同，在美术馆里很多人去模仿那些名画，画得非常好，在中国就可以说是画家了。有些人穿着西装，不知道是做什么的，我脑子里想，这大概是学美术的学生。后来又看到了三个穿军装的人也在画，我问了一下招待我们的人，他告诉我：这是兵士。他的态度是很安详的，一个兵士会画画，在他们看起来是一点也不感到奇怪的。后来我明白了，每个苏联人最少要受十年教育，在学校里画得很好的学生，毕业后喜欢学什么，就仍然可以继续，因此，一个普通人能够画那样好也不稀奇，直到我参观儿童宫才更加证明了。这是苏联政府给小孩子办的，是小孩子从一年级到十年级课外学习的组织。为了办儿童宫，国家是用了许多钱的。列宁格勒的儿童宫是沙皇过去的宫殿；莫斯科的儿童宫是沙皇时代大资本家的房子，都是非常好的。小孩子到这里，愿意学什么就学什么，喜欢化学就选化学，喜欢飞机就选一门飞机课。这里都是苏联的专家来指导的。在学画方面有三班，最低班的小孩不过七八岁，主要是学画的基本练习，我们到那里去的时候正在画蝴蝶，先生告诉这些孩子看颜色，画得非常好。到了高级班更使我们奇怪了。那时正布置圣诞节，准备画很多历史画、作家像、普希金诗里的故事。我们看这些小孩们只用铅笔涂几下，就开始用色笔，很快地涂出一个骑士或很多军队出来。这是因为有这样的制度，有人教育他们，在小时候就培养专门的人才，他们的前途是无可限量的，因为以前的人没有这样的条件。

音乐也是如此。我这次没有去参观。有一个小孩子的音乐学校，马思聪同志看过后非常满意。小孩子弹钢琴，拉提琴，弹吉他，制曲子，唱得好更不稀奇了。这些小孩子都是非常有天才，而又喜欢音乐的才选到音乐学校来的。除了音乐外，别的课程也是重要的。中国也讲究技术，"坐班"，可是翻斛斗就是翻斛斗，怎么翻得更好，使翻斛斗能表现人民的生活就不行了，因为缺少学问。在那里学音乐外，还要学文学、音乐的知识等，这是非常普及的。但是在苏联，我们看了很多音乐会，所有指挥几乎都是大胡子或白头发，都是非常有经验，年轻的人是没有的。因此我说它是专门的，但又是普及的。

我感到很奇怪的，就是不管到了哪一个村子，人们都会音乐的。有一次在一个飞机场等飞机时，很多苏联人欢迎我们唱歌给他们听。可是我们还没唱人家就唱起来了，所有的人都会唱，老头子、老太婆、男人、姑娘、小孩。一个陆军兵士弹钢琴，一个海军兵士跳舞，都非常好。后来我们没办法才勉强乱凑了一个《没有共产党就没有新中国》。在乡村，人们很多都会手风琴的，收听机也很多。汽车里有收音机，上了车一转音乐就播出来了。就是我们住的旅馆，在每层楼梯口管房间钥匙的人，在他旁边一个小桌上都有一个收音机，他可以看小说，听收音机，写东西。流行的歌曲像《民主青年进行曲》《祖国进行曲》，这是经常播的。在苏联，业余的俱乐部也是很多的，工人工作完了可以去学音乐、唱歌等。每个工厂都有乐队，剧团也很普遍，因此在苏联，一个人不会唱歌是很奇怪的。

在苏联我们看戏最多。莫斯科有几个著名的大戏院，像莫斯科戏院，艺术剧院、丹琴科等。在这些大戏院中的演员都是固定的，在艺术剧院表演的演员就总是在这个剧院表演。苏联的剧院是非常多的。譬如我们到了新西伯利亚城，这里有八十万人口，但是这里剧院的好是无法形容的，比莫斯科大戏院还好。莫斯科大剧院有二千个位子，但是宽得很，一共有六层楼，整个戏院只有两种颜色，比较凸出来的东西是金色的，椅子背、门窗的帘子是大红丝绒的。在楼上的座位是包厢，每个包厢后面还有休息室，里面有沙发可以休息、外间有门通大厅和走廊，可以散步，同时走廊和大厅里展览着古代戏剧的衣服，演员照片、戏剧的照片等。剧院虽然很大，但是在六层楼顶也可以听到，看更容易了，用几个卢布就可以借到一个望远镜。但新西伯利亚的剧院更好，走廊都是大理石的，每个包厢都有个门通着，路很多，人们很难碰到一起的。几个包厢就有一个放衣服的地方，这样在散场的时候是看不见纷乱、拥挤的情况的。形式更近代化，也更单纯一些。苏联戏院的戏码是每天都换的，当然也有例外，像演《安娜·卡列尼娜》就可能演一个月，不过一般的都是天天换的，虽然布景舞台装置是很困难。主要原因是熟练得很，而且演员多得很。话剧演员较少，歌剧一上台就是一百多人，但是一个剧院的演员是不止一百多人的。一个演员一个月里只演十几天戏，其余的时间是排新的戏。

苏联的演员和我们中国旧戏的演员不同，咱们的演员就是演戏，而苏联的演员社会活动很多，他们可能是州苏维埃的委员，也可能是市苏维埃的代表。同时，演员们也有自己的学习。譬如要演《安娜·卡列尼娜》这个剧，他要看托尔斯泰其他许多著作，以及十九世纪俄国社会的情况与贵族的生活，同时还要参加马克思主义学习组。这种学习组织是没有一个机关没有的。演员都是薪水制，头等演员薪水很多，而且有"人民艺术家"或"人民演员"的称号，这种称号是经常冠在他的名字上的。这种演员是到处受欢迎的、受尊敬，我们曾在布达佩斯碰到；在和平大会上碰到；在苏联高等干部的晚会上碰到，他们在社会上是有地位，人们是尊敬他的。当他表演时，每演完一节拉幕三四次，全部演完拉幕七八次甚至十几次。这些演员很少是年轻的，大都是四十岁以上。乌兰诺娃是苏联最有名的舞蹈家，跳得非常好，在她表演的时候，脑子从未想到她跳得好，长得漂亮，而只是跟着她的情感走，把你平常而庸俗、琐碎的情感提高了。她是国际民主妇联的代表，我在会上碰到了她，看起来已经是一个老太婆了。但是在表演时就像一个很年轻的小姑娘。艺术不是容易的。我们中国演戏首先看条件够不够，嗓子好不好，有了这些条件就当演员了，上过几次台自己感觉演得不错，名演员们包袱就背上了。事实上演得好不是技术问题，而且他彻底懂得人民的思想、感情，而且能够表现这些东西。

当然也有普及的。工厂里有剧团，学校里有剧团，就是小孩子也有剧团。在那里，小孩编剧、做舞台工作、演戏，都是小孩子自己的事，观众也是小孩子。这种专门戏剧学校是很严格的，是把在学校中有戏剧天才的小孩子选出来的。我和法捷耶夫谈起，说中国有很多文工团。他问我，这些团员从哪里来的呢？我说，有学校的学生，剧院的演员，农村剧团的演员等。他又问，所以使他们做文工团员是不是因为有天才或者感于兴趣呢？是由于对戏剧有兴趣，我回答。事实上，有兴趣不过是一个条件，而在学习中如果看不适合，也是不能做个演员的。特别是我们的文工团员，大都是知识分子，而演戏都是对它有兴趣，而有的可以向前发展，有的就不能够；有的能坚持下去，有的就不能坚持。因此就应该有组织、有计划地培养专门人材。像苏联的跳舞学校，七八岁的小孩学跳舞，在小学时要考试。这些孩子们对音乐的领会，懂不懂节奏，合格后入学，但一二年级后发觉了不适当学跳舞，则改行学别的。

我们在苏联看了普希金的《青铜骑士》，当演到骑士骑马走到河岸时，台上则满了水，而且一步一步地高起了，水上的波浪也是不停地掀动，像真的水一样。在演员方面也是一样，我们这次看了《安娜·卡列尼娜》，我们是五月到了列宁格勒，可是演戏是在六月，但是戏票却已经卖完。扮安娜的演员只这一个戏就得过斯大林五次奖金。在幕刚一拉开的时候，我们看扮演安娜的演员一点也不漂亮，很胖，像程砚秋似的。特别是在她家里的那一场，很多贵夫人、小姐都穿得很鲜丽漂亮，安娜只穿了很简陋的墨绒丝袍。托尔斯泰在小说里是尽量形容安娜的服装是漂亮的，可是我们乍一看真不好，但是越看下去，越感觉安娜好看，越觉得安娜高尚，而且因为她的正派，而那样同情她，感觉到别的贵夫人都不如安娜。我过去是喜欢看美国演员戈勃的戏的，但是她演的是一个浪漫的女人，那么造成那样的悲剧的结局是没有人同情的，可是看到了这个演员安娜的戏，因为她的高尚、正派而那样的同情她。很多苏联人都哭了，女人都哭出了声音。苏联人之所以同情她是同情这种人物在那个社会里所受的压力，这把托尔斯泰的小说特点完全表现出来。戏演到了好的时候，负责给我做翻译的同志也出了神，忘记了给我翻译，其实我也不需要，因为我是完全了解的。

我们今天的文艺工作，是停留在教科书上，总是告诉人家一定要这样做、这样做才对。在农村里的剧团演戏，像《白眼狼》描写土改斗争地主的戏。所有这样的戏一定是地主要花样，而且一定有狗腿子，一个富农，一个中农，一个贫农，一个工作干部。这些戏是教育了群众，因为看了戏群众知道了不要上当。我们总是拿这些事情告诉人家。但在苏联看过了一个戏，人家问我怎么样，我说很美，可是心里想这种戏和实际有什么联系呢？但后来又看了两三个戏，才明了人家比我们高一级。苏联的艺术是提高你的思想、情感，使你更爱人类，更爱人民一些。因此苏联选了很多古典的东西来上演，像《青铜骑士》《安娜·卡列尼娜》等戏都是提高人民的情感的。像《乡村女教师》这个影片中，其中没有安心工作、服从组织的东西，而且她有一个思想，为着实现它而努力工作着，因此使人感动，印象也就深了。有人说我们的艺术不好，那我们一定要保护。过去我们没有很好地宣传，人们还不懂这是新的人民文艺。为什么不懂呢？因为我们常常顾到自己小范围的事，而不爱关心别人，今后应当广为宣传。但是当我们要求自己的时候，是要提高一步，能使人家印象深一点才好。我碰到一个小孩是在延安长大的，我问他："愿意看戏吗？"他说不愿意，愿意看《红楼梦》，我很奇怪，问他为什么？他说,《红楼梦》里的人物我看得见,戏里的人物是模糊的。但是我们提高并不是叫人看不懂,实际上提得更高是更普及,是使每个人都能接受的。

关于苏联的文学,我们翻译了很多,我在这里不想谈了,只讲讲苏联作家一般的生活。我是一个不愿意做工作的人,可是第一次从苏联回来以后觉得不做工作没有办法。在苏联写文章的就是写文章,只莫斯科就有九百个作家。但是他们写文章也不是容易出版的。即使一个人写一本书,那么一年就是九百本了,虽然出版条件好,也是要选择。现在苏联只有作家协会出版的四个大杂志,当然其他别的杂志也登文艺作品。作家都是靠稿费生活的。法捷耶夫告诉我：作家收入很多,一个作家的收入要等于四个工程师,在苏联工程师的薪水是最高的,但我想这不是每个作家都如此。稿费分作很多等级,以稿子的好坏来算为哪一等。一个剧本上演得经作家俱乐部讨论,交艺术委员会去上演。法捷耶夫的《青年近卫军》是为青年所拥护、欢迎的,而写剧本的对这些好的作品一定要排成戏和电影的。不过,普通的作家的薪水不过比一个工人多一点。读者爱作家,并不像我们叫他签个名字,而且给他的作品提意见、讨论。《青年近卫军》出版以后,法捷耶夫收到两万多封信,是讨论他的作品的。这是表示人民关心作家的活动,并给作家以鼓励和帮助。

苏联作家彼此批评的工作比中国好得多。中国批评工作很难展开,大家都知道这是武器,可是却拿不起它。当然,我们理论水平差,几个人讲一讲还可以,可是写文章就不敢了。因为自己没有把握。一个作家得不到批评是最痛苦的,因为没有反映,但是他仍然要写下去。苏联作家经常开批评会,每三个月讨论一次作品,法捷耶夫在作家协会对我说：我们把批评看得很重的,当然也有人因为是朋友而不加批评，这对他的朋友很好，可是对作品是很坏的，对读者是很坏的。

我的一本小说被译为俄文，这并不是我的小说好，而是苏联人关心中国的东西，我那本书被译过去的比较早些。因此我走到了哪里，就有人对我说看过我的书，内容如何如何。VOKS 的工作人员告诉我，读过我的作品并且讨论过。勃尔诺娃是做工会工作的，她告诉我，她是和她女儿一齐读了我的小说的，并且把她们读的那本半旧的书，签上名送给我。苏联作家协会为了我的小说召开一次座谈会，巴夫连柯、爱伦堡等都参加了。在我感觉到作为一个苏联的作家是幸福的。

我写的这样的小说，在中国很多，因为被翻为俄文早些，因此苏联人民就把爱中国人民作家的情感放在我的肩上，我感觉到很惭愧。所以我想到一定要把苏联人民对我的关心告诉中国的作家，使他们知道并能得到鼓励，使他们不要恢心，到了我们的政治、文艺、情感提到那样高的水平时，也会有那样的生活实现的。

我曾参加了作家协会编辑的座谈会，是一个专门批评我的作品、提意见的会。他们并不是看一个中国作家怎么样，而是进去坐下就谈，就像在延安开小组会似的，立刻提出问题叫我解答。记得提了三个问题。第一个问题是这样的：小说中的人物没有名字，俄国人不好记，是不是给这些人物起一个名字？我的回答是：这样的人根本就没有名字，我是不能起的，因为中国妇女，特别是农村妇女受压迫，连名字都没有。他们很了解，也很满意。

他们尊重作家，并不是看人，而是看作家的工作。譬如我临回来的时候，碰到人向我说，你回去写了什么文章，下次带来。因此，我感觉到应该告诉中国的作家，他们对我的关心不是对我一个人的，有时自己一个人顾及这些，可是今天很高兴，我就讲出来了。我们应该向苏联学习,要学习关心别人,不要净看见自己。

一九四九年十二月二十一日

(孟帆记录整理)

选自《丁玲全集·第七卷》,河北人民出版社,2001年

苏联文学在中国

一九四八年,当我第一次来苏联的时候,我曾经和法捷耶夫同志谈过有关中国文学艺术运动的问题。我记得法捷耶夫在每次听完我的报告后,便对坐在旁边的维申纳夫斯基说:"三十年前我们不也是这样的么?"或者就向我说:"三十年前我们也是这样的。"

为什么我要把这一段看来是很平常的谈话做为我这个讲话的开头呢?那只是为说明一件事,中国和俄国两个民族有它历史的、社会的类似情形。处在民主革命中的中国社会是和十月革命前的俄罗斯相接近的,而十月革命的影响,对于中国革命又是太重要了。中国作家和读者,曾经如何的酷爱俄罗斯文学,当读着这些作品的时候,明明知道这是俄国的作家和这就是俄罗斯,但同时却又好像是读着本国作家的作品。就好像那里边所鞭打的沙皇统治,地主、贵族阶级,就是我们的封建军阀、官僚资本。那里面所表现的俄罗斯人民的美丽的灵魂,伟大的理想,坚忍的美德,以及巨大的潜在力量和对于革命的信心,都好像是我们自己的人民。它好像一面镜子,反映了俄罗斯,同时也反映了旧中国。尤其是革命的思想和行动,就更启发了、激动了中国的人民。因此,俄罗斯文学就更紧紧地抓住了中国人民的心灵。中国读者一谈起这些伟大的作家,如普希金、果戈理、屠格涅夫、托尔斯泰、契诃夫、高尔基、马雅可夫斯基……来的时候，就如数家珍的那样熟悉和爱好。

十月革命的胜利，苏联社会主义的建设，以及中国共产党、毛泽东的领导，使中国人民认识到，中国革命所能走的惟一的道路是沿着苏联的道路，以无产阶级为领导的革命的道路。因此中国读者就更如饥似渴地爱着这些书籍。如《铁流》《毁灭》《静静的顿河》《被开垦的处女地》《士敏土》等等小说。这些书不只有翻译本，而且《铁流》《毁灭》还有为适应工农读者阅读的改编本。这些书的销路是无法计算的。人们在熟悉了哥萨克、农奴、流放者、贵族、地主、资产阶级之后，又熟悉了兴起的工人阶级、游击队员和在变化中的农村和农民。而这些新的变化、新的斗争却正是我们等候着的，所即将要来的，甚至已在开始着的。因此这些作品都在读者中引起了深刻的印象，从而教育了广大的人民。尤其值得说明的是，现实主义创作方向和道路在作家、知识分子思想中更清楚、更明确。他们并且正极力摆脱某些来自旧民主主义的资产阶级文学思想的影响，而走向世界的无产阶级革命文学，现实主义的创作道路。

当中国在艰苦的抗日时代，世界上爆发了第二次世界大战。苏联的伟大胜利，奠定了世界和平运动的基础。苏联文学也在卫国战争中，及新的建设时代放射出新的光辉。新的、赋有伟大的为人类服务的、忘我的英雄品质，在这里都表现得淋漓尽致。而这样的人物和品质，在中国的革命斗争中，随时随地也都在生长，在壮大，并且正在被中国作家所注意和描绘。因此这些作品便更成为我们最亲切的朋友和良师。《青年近卫军》《日日夜夜》《真正的人》《斯大林格勒之战》《卓娅与舒拉的故事》《金星骑士》《收获》等等作品为我国广大士兵、工人、青年学生和作家们所熟悉。人们爱这些作品，爱从这些作品中所反映出来的具有崇高品质的人物。他们提高了人们的思想情操，也启发了读者反过来更深刻的认识自己，认识在中国共产党领导下的，正在巨大变化中的中国人民，认识新的、勇敢而坚定、智慧而勤劳，为人类幸福、世界和平而英勇奋斗、不怕牺牲的中国人民的优秀品质。

中国人民和作家曾经热烈地欢迎法捷耶夫、西蒙诺夫、冈察尔、爱伦堡来中国。我亲眼看见许多小孩子都欢呼着把爱伦堡包围起来。他们说："爱伦堡！你是为和平而斗争的伟大作家和战士，我们中国儿童欢迎你！"爱伦堡也曾在马路上被大学生们包围。他们认出了他，就把他围住了，问他关于许多苏联的事。他们把马路上的交通也阻塞了。

我还想特别提到几本最流行的书。别克的《恐惧与无畏》与西蒙诺夫的《日日夜夜》在士兵中非常流行。《恐惧与无畏》曾经被部队指定为军官和士兵的必读书之一。他们不只读它，而且开座谈会；他们经常在谈话中提到它。《日日夜夜》也有同样的情形。再就是《青年近卫军》《卓娅与舒拉的故事》《钢铁是怎样炼成的》充分地教育了青年。《钢铁是怎样炼成的》这本书，在我所遇到的青年中，似乎没有人没有读过。许多次我看见这本书被当着最贵重的礼物彼此赠送。在许多文章中也可看见，写到当自己处在最困难的环境的时候，就想起这本书，就因为奥斯特洛夫斯基而振奋起来，而克服了困难的故事。这个戏剧在北京演出后，连演一百多天，天天满座，不容易买到戏票。

去年冬天，格林娜·尼古拉耶娃的《收获》出版了。这本书即刻为读者所注意。《收获》的描写是非常生活化的。人物与生活，思想与工作都表现得非常细致而优美。那些人是那样的坚强，却不是公式化的、枯燥无味的，而是非常的富有情感。他们在现实中生活，有矛盾，有斗争；他们又多么的有理想，有精神生活；他们是复杂的，然而却又一致，为一个目标在奋斗。他们的确不是如一般小说中的把英雄写成为很简单的人物；他们有崇高品质，然而绝非毫无瑕疵。他们使人们非爱他们不行，对他们一往情深。你会因为在他们的一些非常健康的、新鲜的气息之中而感到愉快，感到在精神上遇到相知的那样舒适。许多年青的作家告诉我，他们在这篇作品中得到了启示。

苏联的作家的确是使中国人民非常景仰的。苏联的作品，在中国人民看来，也像食粮一样的不可缺少。中国读者们经常这样感叹地说道："呵！苏联是有着这样多优秀的，配称为灵魂工程师的作家呵！"中国作家现正在马列主义、毛泽东文艺思想指导下，努力深入自己人民的生活，学习美丽而生动的人民语言，力求现实地、深刻地、艺术地去表现这一伟大时代中的中国人民，为中国人民服务。但他们也时时拿着苏联的先进的文学做为借鉴，做为楷模，做为努力的方向。而且经常为因得到许多教益而感谢苏联人民和斯大林同志，因为如果没有他们，这些作家是不可能获得如此杰出的成绩和有功于人民的。

一九五二年三月十三日

选自《丁玲全集·第七卷》，河北人民出版社，2001 年

在斯大林奖金授奖仪式上的讲话

亲爱的大使先生、各位先生、各位同志：

自从苏联《真理报》公布了，中国《人民日报》又转载了我们几个人的作品荣获斯大林奖金的消息以后，中国的人民、读者们就非常兴奋地传播着这个消息，不断地、热烈地向我们祝贺，尤其是文艺工作者、作家们为我们，为中国的文艺感到光荣。在他们看来，这是件多么值得高兴，这是件多么有意义的事呵！而我们，我们几个人就更加觉得作为中国作家的代表，以作品较早地获得这样大的光荣，这样大的鼓励而欢欣。我们想着，在我们的名字后边有斯大林同志的签名，我们意味着斯大林同志知道了我们。当我们这样意味着的时候，我们是如何的兴奋与无法形容的激动呵！因此我们不得不深深地想，这是因为什么？以后我们更要怎么样？

《真理报》已经指出了，说我们是由于都忠实地描写了他们本国劳动人民的生活及其争取自由与幸福的斗争的缘故。是的，我们同意《真理报》的意见。但我们为什么能够有了这样的成绩，我们以为主要的是由于有马克思、列宁主义、工人阶级的理论做为指导。而在一九四二年，延安文艺座谈会上毛主席的讲话又为我们解决了很多根本的、原则性的问题及具体的一些实际问题。我们有了这个思想武器，然后带着阶级的热情投身到火热的斗争生活中去参加群众的斗争，才能获得这样小小的成绩。如果不是这样，我们是写不出什么来的。

中国人民伟大的斗争和它各方面的成就，远非我们这几本书所能包括和表现，即是从这几本书来看，就其政治性和艺术性来看，也还并非达到完美的成功。人民也还在不断地向我们要求，要求符合于今天中国的伟大现实的作品，符合于斯大林时代的崇高的、理想的作品。我们更须要用大力来提高中国的、新现实主义的文学水平。我们相信，我们在斯大林同志的光辉照耀之下，在毛泽东同志教育之下，在中国人民的督促与爱护之下，我们将要愈写愈多，愈写愈好，来报答斯大林同志，来报答苏联部长会议，来报答苏联人民给我们的兄弟般的关怀与友爱。

全世界人民的导师斯大林同志万岁！

中国人民领袖毛泽东同志万岁！

最后再三的感谢罗申大使特为我们几人所举行的授奖仪式，感谢到会的各位先生、各位同志。

选自《丁玲全集·第七卷》，河北人民出版社，2001年

向昨天的飞行

休息在百感交集里

　　八月二十九日，我离开了亲人，告别了朋友，坐上民航波音客机。普通舱里坐满了不相识的人。只有一对去美国探亲的夫妇、老早就认识却并不深知的朋友，坐得离我们很远，我们无法交谈。我不习惯，也不安地独处在人群中，望着舷窗外涌满飞逝着山似的、大团大团、大片大片、连绵不断的白云，飞机冲向没有云的天空。轰轰的声音，象在大海中的船只，我们驾驭着风云飞行。童年的幻想回到心头，充满了豪情，心在随着飞呀飞呀。我不是飞向上海，不是飞向太平洋，也不是飞向美国，我是飞向天外，飞向理想的美的世界。飞吧，飞吧！白云消逝了，风消逝了，想象消失了。舱里的人都酣睡了，我休息在万花筒似的百感交集里。祖国啊！你现在正在我脚底下，在我身子底下，我要暂时离开你了。海岸的浅滩一寸一寸地在向后移，茫茫大海和荡荡空际在前边，只有阳光依旧伴送着我。你的美丽的小川，你的淳朴的人民，即使是短暂的一瞬，我也舍不得离开你呵！祖国呵，长期的苦难堆压在你的身上，你现在真是举步维艰，旧的陈腐的积习，不容易一下摆脱；新的、带着"自由"标签的垃圾毒品，又象虫虱一样丛生。野心家们拼命挣扎，不甘退隐；忠良之士久经忧患，却年迈体衰；年轻有为的一代，正在经受考验。朋友呵，战友呵！千万把时间留住，要多活几年，你不能生病，不能瘫痪，不能衰颓，不能迷茫，你还有责任呵！年轻人呵！快些长大，不要消沉，不要退缩，不要犹疑，不要因循。要坚定无畏地接过老一代的火炬，你们是国家的顶梁柱，你们是早晨八九点钟的太阳，希望在你们身上。振兴中华，建设祖国的重任已经历史地落在你们一代年轻人的肩上。

两个普通美国人的谈话

同舱里我认识了两位美国人。一个姓苏，中等个子，胖胖的，黄面孔，粗眉大眼，显得憨厚，有两撇短胡须，肚子已经凸出来，坐在头等舱的第一排，一看就是飞机上的常客。我心里猜想：大概是中国人，也可能是东南亚的人吧。我们同坐在第一排（由于民航局的安排，机组同志的热情，我们已经由普通舱搬到头等舱了）。他不声不响地望望我们，我们也不声不响地望望他。吃中饭时，他吃得很多，我们吃得很少。饭后，空中小姐递给每位乘客两张要填写的单子，上面全是英文。老陈拿着两片不大的薄纸，仔细地看着，原来是进入旧金山时要交给美国海关的，要用英文填写。这时苏先生说话了，他慷慨地说，他可以代填，并且说不着急，明天再填也不迟。这样，我们交谈了。他的普通话说得很好。他原是浙江宁波人，现在是美国人，在旧金山作旅游生意。谈到生意，他说中国的旅游生意不好作，一是条件差，一是有些当事人不懂行，缺少管理经验。他说外国商人有的很诡，可是有的人却轻信他们，要上当的；意思是不相信他，他是华裔。我问他愿意住在美国，还是在中国？他有点为难的样子。我便说："生活可能是美国方便，条件好些。"他自然地笑了。我又问:"人情呢?"他不等我说下去,赶忙道:"还是中国,还是中国人嘛!"他笑得更舒适了。苏先生!我们生活都很忙。我们匆匆相遇,匆匆分手,我们很容易彼此忘却,然而你这舒适的笑容,却将长久留在我的记忆中。人情是中国好,还是中国人呵!

第二位姓沈,是最近在中国表演过的圣地亚哥学生业余交响乐团的团长,是一个比较灵活的白俊的中国型的人。他穿一件刚从中国买的白绸子的绣花衫,大概是女式的,腰身有点小,男同志自然也可以穿,不过在中国,这显然是女衫,但在国际班机上,以后在国外,这些都将是无所谓的了。沈先生和一个白种人的妇女坐在我们后边一排,天亮以后,不知怎的,他一眼认出我来了,一阵热情的寒暄之后,他告诉我他的家庭,他原是上海人;他的亲戚住在北京。他是研究电子计算机的专家,工作之余,领导着这个由各个学校的学生业余成立的交响乐团,利用暑假来中国演出。他们筹备许久了,经费都是募集来的。这次远航中国的演出大约用了二十五万元。团员不领工资。他把乐队的指挥等人一一介绍给我,都是非常热情、有礼貌的美国人。沈先生最后郑重地讲他的感想,他最满意的事,他最愉快的心情。这些从心里涌出来的交响乐曲是多么的动人呵!他用大提琴的低调向我缕缕倾诉,他在几根颤抖的长弦上拉过柔和的弓。他说:"美国,美国的生活是紧张的、活跃的,我在这里学着,忙碌着,我学到一些东西。可是我看啊,看啊,大家都学习,都忙碌,为了什么呢?为了生活,为了日子过得好些,为了花钱而赚钱。许许多多人生活不错,可是空虚,一片空虚。许多美国朋友,也有同样的感受。我想回到中国去,我喜欢中国人是在为祖国,为着祖国美好的未来而生活。但我已经出国了,我成为美国人了。我可以工作,但我工作为着什么呢?于是我苦闷了,我想做一点有意义的事。于是我筹备了。我为了这次访华演出,筹备了两年啊,好,现在,理想已经实现了。中国给我们团的一百零几个人都留下了好印象。以前,他们毫不了解中国;现在,中国在他们脑子里是一个实体,是一个美丽可爱的国家,特别是中国人,中国人的友好,这些将永远留在他们脑子里。他们是年轻人,非常非常年轻。我想着中国,可爱的中国将在这群年轻人的脑子里生根。这以前,我一个人说中国好,这以后,这一群年轻人都将说中国好,我非常满意,我总算做了一件有意义的事。我不会空过这一生了。我一定要为中国,曾经是我的祖国而做些有意义的事,要学中国人不是为个人生活而生活,而是为人民服务。"

这如泉水淙淙的音乐,震撼我的心。他将伴随我做更远的飞行。这次航行只是开始,真是好兆头。陈明说道:"过去常说祖国处处有亲人,现在更懂得了我们的朋友遍天下。"

飞机到了旧金山,是美国了。陈明的手表告诉我是八月三十日的清晨三点多钟。但这里的天色,已经大白,是上午十点钟。我们从北京起飞的时间是八月二十九日十点半。整整飞行了一天,应该是三十日了,可是一问,不必问也知道,这里美国的旧金山仍是八月二十九日星期六。我们走了一天,然而时间好象停滞了。从航程上看,我们飞行了一万多公里,但从时间上看,我们像是向昨天飞行。周欣啊!周欣啊!孙悟空一个跟斗翻十万八千里,如今婆婆坐在飞机里,一天,不是一天,几乎在同一个时候,就飞到了一万多公里外的美国,地球的另一面来了。哈——哈——我象孙悟空,也会变了呵!我的小外孙,你将怎样呢?变……变变变……!"

1981 年 9 月 1 日爱荷华五月花公寓

初版《访美散记》,湖南人民出版社,1984 年

安娜

明丽的阳光照射在"五月花"公寓楼前的大草坪上。这是我们来以后每天都有的好日子。我们同往常一样在树荫下坐了一会,便走到小河边去,爱荷华河流水淙淙,微风吹过,远处有人吟唱。我心中不禁漾起美丽的遐想:下午不是要到安娜家去吗?这里的主人曾说那里是一个非常幽静美妙的庄园。"安娜,安娜!"是那个安娜呢?是托尔斯泰的"安娜·卡涅尼拉"的安娜呢?还是契诃夫的"吊在脖子上的安娜"的安娜呢?"安娜"是一个多么可爱的名字,而且又是多么引人思索的名字呵!

聂华苓("国际写作中心"的负责人)告诉我:安娜的丈夫是一个有名的有钱的大出版家。是保罗·安格尔(华苓的丈夫)的朋友,每年要向国际写作中心捐赠一笔款项。可惜前年逝世了。他死以后,安娜继承了他的财产,仍然住在原先的宅院里,仍旧每年给国际写作中心捐款,仍旧每年招待一次参加国际写作中心的外国作家们去家里做客。今年她旅游去了一趟中国,瞻仰了中国首都北京的建筑;在西安,十分欣赏那里秦墓出土的文物石人石马;又游览了风景如画的西湖。回美国后,见人就述说她奇妙的旅行。今年听说爱荷华又来了中国作家,还有女作家,她兴奋地筹办着、等待着这一天的到来。她那冷寂的庄园又将有一次花团锦簇热闹非凡的晚宴。这大概是一年中最有生气的一个晚上！安娜在盼着。我心中也漾起一片热烘烘的幻景，我也在等着，今晚该是一个如何迷人的晚上呵！

傍晚前，"写作中心"的大车停在一条僻静的、路边一溜粉墙的两扇木门前了。来自廿多个国家、地区的卅多位作家，男男女女、老老少少，兴致勃勃走下车来，站在有点象中国式的矮塌塌的原色的大木门前。我们随着聂华苓夫妇走进大门。门的两边似乎有小房间，可是绕过一道屏风，眼前出现一间宽阔的金碧辉煌、琳琅满目的客厅。客人们目不暇接，一时不知从那里欣赏起。一个年约六十的老妇人，微笑地望着大家。聂华苓把来客一一向她介绍。她依次的与人握手，说一两句客套话。当我握着她的手时，感到很柔软，她眉毛飞扬，笑得更欢了。她说她刚从中国回来不久，中国真美丽；她欢迎我，很高兴看到我。我仔细打量她。她是纯粹的白种人，白皮肤，蓝眼睛，黄头发中渗了许多白的。唇膏涂得很红，穿一件白色绣花衬衫，着一条红色料子裤，脚蹬半高跟凉皮鞋。样子很文静，但也掩盖不住她的兴奋。在她瘦瘦的身材后边，还有两三个稍微显得有点胖的老太太，这些是她的好朋友。通厨房的门口，站着一群系着白围裙的姑娘和着洁白衬衫的小伙子。她们用好奇的眼光打量着涌进来的客人们。

客人们，那些来自东欧、西欧、东亚、西亚、南亚、南美的作家们，一下就散满屋子，有的在欣赏壁上的古典油画，超现实主义的、现代派的……各种流派的画。有的在浏览橱柜中的贵重瓷器、陶器、铜器、银器……有爱斯基摩人的，有印度的，有墨西哥的，也有中国的以及西欧的。别的艺术品，我不能鉴别它的好坏，只是其中有一幅中国的喜鹊闹梅的贝雕，使我很惭愧，因为那实在是一件有一点俗气的工艺品。自然，这里不是真正的画廊，也不是美术博物馆。这里只是在美国随处可以碰到的、时兴的、大同小异、拥挤不堪、雅致与庸俗并存的摆设，是狄更斯小说中的老古玩店。随主人的足迹所至，金银的多寡，赏鉴力的高低而作出各种表现。屋子里坐满了人，站满了人，发出各种赞扬。女主人公总是含笑随着人的赞扬而点首，她十分欣赏这一群有才气的天之骄子。多可爱的一群作家！这些来自世界各个角落的有名望的优秀人物，才是她最满意的在她的屋子里活动着的艺术珍品。她觉得他们每个人都漂亮无比，她的脸上从胭脂中透出了新红。

她的那几位女朋友，也都是好人，殷勤地帮助她周旋，向客人们介绍她为人的和善、好客，讲她的尊贵、富有、慷慨，也讲她的旅游，她几乎到过半个世界。她的丈夫认识许多作家，在这间客厅里曾经招待过不少名流、法官、律师、经纪人、捐客、作家、画家、音乐家……但象这样多世界闻名的外国作家，却是难得。她的丈夫很早就认识保罗·安格尔，并且支持他的事业，每年都要举行这样一次精采的酒会，招待保罗的客人。她们这几个要好的女朋友，也是每年来帮忙，这成了神圣职务。她们能同客人们一道参加这样一次酒会就很满意了。那群穿白围裙白衬衣的年青人，是主人临时雇来的，是要付钱的，大约每人每个钟头得付五六元钱。他们穿梭似的给客人们端茶送水，冰镇的柠檬汁、红的白的葡萄酒、威士忌、白兰地，各种饮料荡漾在玻璃杯中。"干杯！""祝你健康！""祝你好运气！""干杯！"多么醉人呵！

客套话说完了。我国几个年青客人便走出客厅。咿！原来好天下却在这里呵！象毡子似的绿草坪，比"五月花"公寓前的草坪好多了的草坪，从台阶下一直铺到远处，参天大树环绕着。呵！这就叫庄园呵！大约有七八亩地的草坪绿树，阳光从浓荫中横射过来，树叶也好，草坪也好，都像涂了一层油似的那末发光。我们在这里散步，好象第一次见到这样宁静而阔大的园子，好象第一次呼吸到这样新鲜的空气。

那几间水晶宫似的厅堂,静静地为两棵大树掩护着。我心中忽然发问:"她一个人要这末大的园子干什么?一个人就长年关在那水晶宫里么?"适才微笑着的和气的女主人公忽然在我眼前闪出孤单寂寞的影子。据说安娜就是独自一个人住在这里边。她有一个儿子,同他的妻子一起住在附近另一栋屋子里,这几天不在家,出外打猎去了。她已经六十多岁了。自己处理生活家务。每天有一个佣人来替她收拾房间、打扫卫生。家里装有电话,须要什么,打一个电话别人就会给她送来,即使是往纽约打电话,什么贵重东西也能按时邮寄来的。房屋四周的门窗都装有警铃,坏人不易闯入。美国的科学发达,警铃造得非常敏感;美国的警务工作,也做得很周密准确,警铃一响,不须三分钟警车就能迅速赶到出事地点。因此安娜老太太一人住在这里,还是很安全的。这里确象世外桃源,神仙洞府,而安娜的生活只有比神仙还舒适。她闷了时,可以打开电视机,靠在沙发上欣赏那红尘中凡人的享受。那里有音乐、舞蹈、诱人的"的斯可"(disco),有香艳的故事,恋爱,性欲,还有阴谋和凶杀,更多的是新式的汽车、各种美容的香膏香水和无尽止的各色蛋糕点心的广告,男女老少都在那里吃得津津有味。但安娜有时也很厌倦这种生活,如是她就出国旅游,她从这个美好的笼子里飞出去一会,透透新鲜空气。她和临时组成的一群伴侣往返西方和东方。她对每一座山,每一条河,每一座古建筑,每一件历史文物都是倾心的爱。她搜罗一些美术珍品,把它带回家陈设展览,早夕把玩。过去,她丈夫在世的时候,她就这样生活,她丈夫死后,她更是这样生活。安娜!安娜!多可爱的人呵!

夕阳西下了,庄园里一片朦胧暮色,有的人在这里散步,也有人在这里悄悄谈情说爱。厅堂里各式古色古香的台灯都亮了。透过玻璃望去,真仿佛是天上。晚宴开始了。客人鱼贯地围在一张长桌旁取菜。

红红绿绿摆满了一大桌。西红柿、洋葱、青椒、胡萝卜、美国特产的芥兰菜,洗得干干净净,陈列在这桌上,还有好吃的沙拉、鲜酪、果酱……还有盐鸡,是用奶烩的。鸡在美国是最便宜的,也算最不好吃的肉食。但宾主都不在意,只全被这种富贵豪华的气氛沉醉了。主人轮流和各国来宾寒暄,随便说几句笑话,或无任何意思的闲话,总之,她已经认识他们了。客人喝了酒,更随便了,熟人找熟人,互相祝贺,碰杯。安娜的脸更红润了,眼神却显得有些迟滞了。看着主人高兴,我好像得到许多安慰,静静地看着他们。

北京舞蹈学校的我国民族舞专家许淑英同志推辞不过,舞着扇子为宾主作席间表演。这时安娜坐到我旁边来,迷人似地对我说:"我在中国看过中国舞,真是高尚的艺术呵!"她和大家一齐鼓掌,再三欢迎。这酒会将拖延到什么时候呢?

十点钟了,因为回公寓得有两个钟头的路程,客人们只得依依不舍地向主人告别。安娜又站在客厅门口微笑着,依次和客人握手。当许淑英走在她面前时,她想拥抱她却没有伸出手来,只是痴痴地望着她。我赶忙去拉着她的手,觉得她的手很凉。她又显得高兴了,象从梦中醒过来似的说了句什么,大意是很高兴见到你。我就混在人群中离别了她,走出那扇中国式的原色木门。

夜凉如水,汽车在闪闪的灯光中往回去的路上急驶,人们大概都感到疲乏了。我还在想那间水晶宫的屋子现在该怎样了。一阵热闹之后,该更显得空廓、冷寂吧?现在安娜在作什么呢?她在回忆她美丽的一生,还是沉缅在刚刚逝去的非凡的酒会?在她称心如意的一生里,她究竟喜欢什么?她还须要什么,想些什么呢?她是快乐的呢?还是不快乐的呢?……

第二天,我们又准备作一次新的旅行,到近郊一个农民家去作客。

这也是我急于接触和了解的。我们正要出发的时候，华苓来电话，说她不能同我们一道去了，因为她要准备花圈，下午去参加一个朋友的悼别仪式。她告诉我们一个坏消息：昨天夜晚，大约是十一点钟光景，她们的朋友安娜穿着长长的睡衣，一个人坐在客厅里的沙发上逝世了；今天一早，那个去打扫的佣人进门时才发现的。她看见满屋子的灯都还灿烂地照着，只有安娜一个人静静的靠在那里。她儿子从打猎地点赶了回来，决定下午举行殡礼。电话就是这样简单。

爱荷华的秋天，总是阳光明丽，风和日暖，我们几十个人又兴致勃勃地坐在一部大汽车里。汽车在高速公路上急驶，疏落的精致的小舍，一闪即过，发黄了的庄稼地，一望无垠，田园风景画般的爱荷华给了我们多么好的印象，它滋润着我们疲劳了的心神。我们应该满饮这清凉的微风，享受着无忧的平稳的生活，可是，伴着车轮滚滚，脑子中回漾出无数思绪。安娜，安娜的一生，昨天，昨天的旋风似的生活，都是一幅幅色彩缤纷的长的画卷。我该怎样去理解、观察和想象呢？现在除了一片怅惘，我还有什么可说的呢？

1981年12月寄自美国衣阿华

选自《访美散记》，湖南人民出版社，1984年

养鸡与养狗

十一月的一天,我在华盛顿的时候,一个曾经到过晋察冀和延安的外国朋友和他的妻子写信给我们大使馆,请我们到他们家作客。要是从前,他们大概不会约我们去。据说,他,或者是他的妻子曾经写过一本攻击我们的书,许久和我们没有来往了。我们没有看过这本书,向来对这些也不很介意。我们知道,尽管真正的好朋友很多,但永远不愿意了解我们的人总是会有的。现在人家既然对我们表示友好,大家又都认为应该去,虽然我近来对于频繁的酒会常常感到头痛,也仍旧打起精神去作客了。

一走进主人家的头门,就感到一股热闹气氛,真是珠光宝气,济济一堂。除了主人夫妇曾在前两天的一个酒会上见到过以外,其余的都是陌生面孔,大半是华裔,只有几个是黄头发、白皮肤的外国人。我一进屋,自然成了所有眼睛注意的中心。大家都非常热情,我被请在客厅中间的长沙发上落座。我还来不及打量周围的环境,许多谈话、各种问题都象喷泉似地朝我涌来:今天的天气,身体的健康,美国的印象等等,我都带笑一一回答。在这一般泛泛的问答以后,右边一位穿着得很整齐的先生忽然问道:"听说丁女士在北大荒喂过鸡,不知可真?"听起来自然是明知故问,我答道:"是的,在农场饲养过鸡群。"

坐在我左边的一位太太不禁叫了起来："真有这事吗？太岂有此理了！"我不免好奇地看看她，这是一个典型的中国人的容貌，长眉长眼，穿一件紧身的花缎旗袍裙，头发拢得很高，鹅蛋脸上露出一副惊诧的样子。我平静地答道："养鸡也很有趣味，在生产队为国家饲养几百只鸡也很有意思，孩子、病人、太太们每天都须要有高蛋白的鸡蛋嘛！"这时站在我对面几个人当中的一位先生开口了："一个作家，不写文章，却被处罚去养鸡，还认为养鸡很有趣味，我真难理解，倒要请教丁女士，这'意思'不知从何而来？哈哈……"我左边的那位太太附和着，简直是挑衅地在笑了。我心里暗想，应该给他们上一课才好，只是又觉得他们程度低，得从什么地方开始呢？我正在犹疑，另一位先生从对面人丛中岔过来说："昨天在华盛顿大学听丁女士讲演，非常精彩。以丁女士的一生坎坷，仍然不计个人得失，有如此爱国爱民的高尚情操，真是坚强典范，令人钦佩。鄙人想冒昧说一句，丁女士是否打算写一本自传小说？如能以丁女士的一生遭遇，化为文章，实是可以教化一代人士；若能在美国出版，一定是非常畅销。"

我看一看四周，一双双眼睛瞪着。我答道："我不打算写，个人的事，没有什么写头。"

又有人连声说道："伟大，伟大……"

我不喜欢这种气氛，我无法呆下去，便站了起来，去找一点喝的。我拿了一杯冰汽水，走进对面一间较空的房间，那里对着壁炉摆着几张沙发。房子里尽管有暖气，但为了使气氛显得更浓，更有上世纪的豪华、高贵，壁炉里熊熊燃烧着几根木柴，发出红闪闪的火焰。大概是太热了，这里坐的人不多。我也怕热，但为着躲人，便装作一副欣赏壁炉的样子，走到这里坐下来了。

我静静听着斜对面的两位太太的闲谈。我自然不愿打断她们的谈话，也不愿参加她们的谈话，却又不得不对她们的笑脸相迎摆出一种洗耳恭听的样子。我希望在这里安静地坐一会，可是她们之间的一位笑吟吟地对我道："丁女士，我们正谈养狗咧！"

"呵！养狗，那好，你们谈下去吧。"我好像对养狗的话题也满有兴趣，我原来对养狗也是有好感的。不过现在，我心里真是对什么也没有兴趣了。谁知那位笑吟吟的太太听了我的话，兴致更高了，忙道："你们不知道，我那贝贝真是可爱极了，我真不知怎样爱它才好！"

"贝贝"，谁是贝贝？我没有问，那位太太却自个解释道："贝贝，贝贝就是我养的那只小狗。它真的懂人性，比我的孩子们还爱我咧。"

旁边一位先生笑嘻嘻问道："那它是你的狗儿子呢，还是狗孙子？"我不知道这是正经话还是讽刺话，正以为这话问得有点冒失，可是狗的主人却一本正经地答道："狗儿子，自然是狗儿子。我儿子就不喜欢它，还吃醋，哪能是孙子咧！"

原来和她一起说话的那位太太，已经被冷落了一阵，赶忙帮她说道："你们真不知道她多么喜欢贝贝，她每天给它洗澡、梳毛、穿衣服，打扮得跟商店橱窗里的娃娃一样，真可爱呀！"

于是贝贝的妈妈更高兴了，接着说道："哪天我从公司下班回家不和它说半天话？"

那先生问道："您跟它说些什么呢？"

"说什么？说的话可多啦。我每天回家都要问它，你乖不乖呀？饿不饿呀？有小朋友欺负你吗？有什么不舒服吗？它都能懂！它还和我说话哩。"那位先生又问了："它和你说话？除了汪汪叫以外，它能说什么！哈哈……"

他的话反而使那位养狗的太太神采飞扬，她一手摆着鬓边的头发，横着眼睛认真说道："怎么不会！它会，它说不出一句一句的话，可是它会用眼睛、用嘴、用爪子来回答我，它懂得我的心。我想什么，它都知道。"

先生只好咂嘴啧啧称怪，而非常羡慕狗主人的那位太太急着问道："你的贝贝真是一个宝贝，你从哪里得到它的呢？"

"买的，在市场买的，五百美金，纯意大利种，谁都说买得便宜。"狗主人又返过头来斜看着我，希望在我这里也得到赞美："丁女士，你说呢，这小狗真的和我有缘，给了我很大的安慰。当我感到寂寞，感到难受的时候，我就抚摸我的贝贝，同它说话，我的心才慢慢放宽了。五百美金，那算得什么呢？你是作家，你会懂得的。"

我只好说"是"。我望望她，五十多岁光景，穿一件咖啡色克士米的薄毛衫，两颊和嘴唇都涂得红红的，看来精神很正常，身体还在微微发胖，可是心情……那末，我是在哪儿呢？在《天方夜谭》里，在《搜神记》里，或是在《聊斋》里？我除答"是"以外，还能找到什么语言来同她说话呢？我真不知该如何是好，很自然地站了起来，彷徨、逡巡。我要什么，我该做什么呢？幸而女主人走了进来，她问我："想洗手吗？"我赶忙说："是，是。"她把我引到洗手间，我逃也似地钻了进去，我关上门，喘了一口气，心里想；我该什么时候向好心的主人告别，向高贵的客人们告别，该找一个什么机会来告别呢？

我们实在该走了。

1982 年 2 月 19 日 于北京

选自《访美散记》，湖南人民出版社，1984 年

保罗·安格尔和聂华苓

当我写上这两个名字的时候,就有一种亲切感涌上心头。虽然我离开他们已经半年,各自因为生活、工作的忙迫而很少通信,然而却是多么亲切的两个热情的人的影子总是站在我面前。在美国的时候,我常常想到他们有那么多的工作、写作,怎能那么周到体贴,把时间精力完全放在对人、对朋友上?二十年来他们已经接待了这么多的外国友人,至今还是无间断地每年接待故人和结交新友,好象从不厌烦,从不疲倦,他们那里来的那么多的细心、耐心?他们为这项事业耗费了多少宝贵的时间和心血,为的什么呢?我想他们是自有他们的理想的。

保罗是一个十足的美国人。他的祖宗是德国人,许久以前从德国移民来美洲,因此他赋有那种比较纯朴、稳重、扎实的北欧人的性格。但他的作风仍是美国人,是属于老一代的美国人。他热情、坦率、正直、平等待人。自然他对共产主义是不感兴趣的。他认为"极权"政治总是不好的。但他很喜欢毛泽东的诗,他们夫妇翻译了他的诗词。他对"四人帮"是厌弃的。他也反对还存在于我们社会的某些封建、官僚主义。但当他遍游了中国的大江南北和参观了我们的首都,接触了我们许多干部、普通老百姓、作家、艺术家之后,他写了很多赞美中国、留恋中国的深情的诗篇。

他喜欢中国人,但遇到意见不一致时,他是要争辩的,不过争辩之后,还象往常一样。去年九月间的一个傍晚,我们有一位同志在聂华苓家里的走廊上同保罗·安格尔聊天。不知怎么这位同志偶尔谈到"美帝国主义侵略者"这个名称的时候,这位美国人听不下去了,便说美国是一个崇尚民主的国家,她从来不是侵略者。这位同志也忘记了是同一个美国人说话,很直率地说:"怎么不是侵略者,朝鲜战争不知杀害了多少中国人、朝鲜人……"我马上感到一场不愉快的争论要发生了。这时聂华苓却说:"保罗,我想我们不应该谈这些,我们不能换一个题目吗?"安格尔惘然若失地望着楼外的景色,然后恍然若有所悟,笑了一笑,对聂华苓说了几句我们听不懂的英语,便坦然地谈别的事情去了。

我们之间一直都谈得很投机。他讲他的故事给我听,小时候如何在家里帮助父亲驯马,他从马上掉下来,他的父亲不打马,而是打他。他在严格的家庭教育中长大,他又如何在贫苦的条件下学文学。他在爱荷华大学是第一个用诗作获得毕业学位的。他又讲了英国的剑桥大学如何给了他助学金,当他启程去英国时,他的全家才忽然发现了他的才气,母亲一句话也不说,只是埋头为他擦皮鞋,把他当一个最荣誉的人那样对待。他讲了他学成后曾回到德国一次,家乡人当然不知道他,只记得关于他老祖父去美洲的往事,并且还记得,可怜的老保罗至今下落不明。

我们的确相处得融洽,而且认为彼此都比较了解。但有一次,我们也几乎争吵起来。这是在欢送我们的家庭小酒宴上,大约有十来个人,是在我将离开爱荷华的前两天,在我们两个人的思想、性格的差异中,留下的一点有趣味的小争执,也是有趣味的回忆。保罗是美国人,但对他的故土德国，仍是饱含感情的，现在他每年都要安排他的客人们去爱荷华的一个德国移民区的乡村去看看，在充满德国情调的地下酒吧间喝酒，在德国饭店吃牛排，在那间毛织品商店买点毛料衣服或毡子，那里有许多美丽的纯毛衣。我们已经去过两次了，也知道那里的一点情况。最早来美洲的德国人，是公社的社员，生活在一起，财产也是公共的，后来才逐渐分开，但现在这个卖纯毛织品的店铺，仍是集体公有的。这次保罗又谈到他的祖先们的集体生活，我开玩笑说："那是原始共产主义的生活，让我们为美国最早的公社社员们干杯！"也许保罗不愿喝这杯酒，却出于礼貌，勉强陪着我喝了一口。随即说道："公社老早就散了，散了以后才逐渐富起来的。原来很穷。"我也不愿让步，便说："那可能是由于美国的资本主义，小小的原始的共产主义给美国庞大的资本主义吃掉了。"保罗忍不住又说："现在美国公民的最大多数是中产阶级……"看样子他还要说下去，我有点后悔我不该惹他。这时聂华苓又来解围了，她说："保罗，不能再换一个题目谈话吗？"于是保罗不再继续谈他的祖先们的生活，而是同我们碰杯，祝我们一路顺风。

　　保罗认为现在国与国之间，常常会因为社会政治制度的不同，彼此隔阂，甚至产生不容易消弭的种种矛盾、冲突、战争。但文学艺术是不应该因为这种问题而相互背离，而应该相互交流，并且是可以相通的。后来聂华苓也曾对我说："我们是用共同语言谈不同的思想。"有的人常常因为思想不同，就认为彼此缺乏共同的语言。他们却认为虽然思想不同，也还是会有共同语言的。文学艺术是超阶级的，艺术就是艺术，那里没有很多政治、思想等；即使有，也可以只谈其中的艺术性。他们夫妇大概就是基于这一点来举办国际写作中心，为世界各地的作家提供交流的机会和园地。

事实上,自然并不那么简单,在充满了政治斗争气氛的世界上,一尘不染是很困难的。因此聂华苓也曾对我们说过这样的话,他们夫妇只在集中精力,专门写作的时候才享有无限的愉快。一旦触及到有关政治关系的事情时,便会不胜其烦了。是的,情况确是这样的。去年九月,在一次介绍中国现代文学的座谈会上,有个旁听的来自台湾的中国学生站起来挑衅地质问我们,为什么要抓人?为什么抓魏京生?等等。保罗不等我们回答便站起来说:"大陆抓人比台湾少,是台湾抓得更多。难道不是这样吗?"隔了一会儿,那个台湾学生又红着脸发言,指责保罗以一个美国人,却偏袒"大陆",问他有什么证据这样说。这时保罗刚刚走出了会场,聂华苓马上站起来说:"保罗当然有证据这样说。要提问题,应该当保罗在场的时候,当他的面提。"这时,一个外国作家,大概是希腊人,也站起来说道:"报纸上人人都可以读到的,陈文成教授在台湾惨死,不是事实吗?还要什么别的证据?"这才堵住了这个台湾学生的嘴。这样的事例并不是绝无仅有。埃及总统萨达特被刺杀事件发生后,写作中心便不得不把报告中东文学的一次座谈会取消,因为怕在会场上引起群众性的冲突。我们参观农场时,农民向我们诉说,他们一年辛苦,丰收了,可是粮价压得很低,而且卖不出去,只好喂牲口;农业机械价格贵,又面临和澳大利亚、新西兰等国的竞争;教育经费、社会福利基金减少,老百姓对这些很有意见。保罗是同情的。他自己也对我们说,里根政府继续卖武器给台湾是愚蠢的。

　　我还要说这个美国人有很多地方值得我学习。有一晚,我们在他家里聊天,已经十一点了。听到门铃响,保罗去开门,带进来一个年轻的姑娘,她来这一带找亲戚,天黑了,找不到,就敲门问路。保罗说了一句:"请等一等。"便进屋脱下睡衣,换好衣服出去,开车陪送那位不认识的姑娘找亲戚去了。

聂华苓笑着告诉我们说，王蒙前年曾经给保罗做过一个鉴定，说他"出身好，劳动好，群众关系好"。王蒙说得对，保罗的劳动的确是好的。去年他七十三岁，每天都要把一个或两个很大的垃圾袋搬到山下去；屋顶漏了，他自己上房；地板坏了，他自己修理；扫院子，剪草坪，把院子里的枯树锯倒，劈开，垒整齐，留到冬天烧壁炉，既有风趣，又可省电。这种自己动手的习惯，不只保罗这样，我看到的很多美国人都是这样。美国是一个新兴的国家，他们的父辈大多是劳动人民，即使很多人后来富有了，甚至成了政府官员、学者教授，但并不都摆官架子，大多数还是象普通人那样，很多事情都是自己动手去做。

过去保罗负责国际写作中心时，聂华苓帮助他，是他的助手。现在聂华苓负责了，保罗是她的顾问，也是她的助手。保罗的美国式的求实精神，影响了聂华苓，而聂华苓的中国式的细腻大方也为国际写作中心增加了更多声望。聂华苓虽然入了美国籍，是爱荷华大学的一个教授，但实际是一个非常中国式的中国人，一个讲究人情、殷勤能干、贤惠好客的中国妇女。有时她好象一个干练的工作人员，一个善于应对的交际家，但实际她还是一个作家。她有作家的敏感，有作家的坦率与热情。她经过风霜而没有怪癖，很能随和而并不盲从，她从事艰难的事业但又很乐观。她的坚毅的工作精神和爽朗的笑声，都是非常动人的。

凡是在国外生活的中国人，都很自然地对祖国怀抱着强烈的希望，希望祖国繁荣强盛。但同时也存在着对祖国的不十分了解，有的人因时间、地域、知识等等的原因以及西方自由思想的影响，产生了一些怀疑，特别是由于十年内乱，"四人帮"的大破坏和某些反共反华专家的肆意渲染，使我们在世界一部分人中留下很坏的印象。我们没有理由要求别人都能完全同我们自己一样，同我们走过几十年战争历程的老党员那样，理解那深藏在我国各族人民之中的力量和美德，以及共产党的伟大作用。现在许多外国人，或在外国生活的中国人，都愿意同我们亲近，友好，增加了解，发展友谊，这已经成为不可逆转的世界潮流。聂华苓主持的国际文学交流是这个潮流中的一股力量。又推动这个潮流更加前进。尽管她在今后工作中将遇到很多路障，但我相信，他们能够辨别是非，排除干扰，取得成就。他们的工作，不只博得各国作家、人民的赞同，也得到美国人民和美国政府中有识之士的支持。一九八一年八月间，保罗和聂华苓夫妇获得美国五十个州的州长通过的国际文学工作奖，就是一个有力的证明。

1982 年 7 月大连棒槌岛

初版《访美散记》，湖南人民出版社，1984 年

橄榄球赛

州外的一个大学的球队要来爱荷华,同爱荷华大学的球队比赛橄榄球,这是每年都要举行的州际球赛之一。这个消息在爱荷华是头等消息,已经飞翔好些天了,甚至也惊动了从来对球赛毫不热心的我。在这场球赛的前几天,保罗就好几次兴奋地告诉我,已经为我们买好了门票,非请我们去看看不可。他自己年轻时也是橄榄球的爱好者。据我观察,好像极大部分美国人都是橄榄球迷,都是橄榄球运动的爱好者。比赛当天,从八点钟开始,我们公寓楼前的大街上,汽车就一辆接着一辆,两三部车并排从飞机场那个方向驶来,就象几条巨龙从高坡上安静地快速地连绵不断地下滑,经过我们窗下的街道朝一个方向,驰向爱荷华区的大球场。这些球迷有的是从芝加哥,或更远的地方乘飞机到爱荷华,在机场转乘汽车来的,也有是从邻近的那些州的城乡来的,东南西北,各条路上都有汽车赶来。一早,城市就不安宁了,四面八方,川流不息的汽车,都朝这里拥来。听说球场能容纳十万人,就是这个城市人口的两倍,我还有点怀疑。在北京天安门,有五十万人或一百万人集会,我会觉得平常,但在爱荷华这末一个幽静、美丽、风景如画的小城,怎么能吸引十万观众来参观球赛呢?然而当我们——保罗、匈牙利作家 Gyorgy Somlyo 夫妇,印度作家 Sunil Gangonadhyay 夫妇乘汽车将要接近赛球场时,我们相信了。

在赛场的外围,我们还在车里就看见车辆拥挤,象波浪一样向一个方向推进,而且听到了赛场内传来的号声、鼓声、人声,真是金鼓齐鸣。这嘈杂轰动的音乐,是在鼓舞运动员们向前、拼搏。赛场四周的马路停车场,都密密麻麻摆满了汽车,汽车无法开到门口,我们就被迫下车了。我们紧张地跟随人群走入球场。周围都是人,我没有时间顾盼,也来不及细听,匆匆忙忙从人堆中,人缝中走上了看台,找到了我们的座位,实际上位子老早被先到的人占了,不过美国人还是讲秩序、讲礼貌的,很快给我们腾出一小截地方,我们将将就就挤进了人群的行列,勉勉强强坐了下来。球赛已经开始一会儿了。秋阳下,四面看台上挤得层层叠叠,万头攒动。我的周围全是红男绿女,老老少少,个个都用热情的眼光,集中在球场上。他们一点不注意我们,周围谁也不管谁,好像忘记了现实世界,只是关注球赛的进程,不断地叫啸,挥拳,摇头,顿脚,叹气,哈哈大笑,坐立不安。为了什么呢?就为了球场中的那个球。可是我极目去看、去找,球在哪里呢?只看见那些运动员,个个膀粗腰圆,身高体大,都戴着防护面罩,穿着护身盔甲,像古代出征的勇士。球出现了,一个人扑上去,其余的人也全扑过去,压上去,两队球员成群的在那里相扑,争夺,球不见了,球又忽然从人缝里飞了出来,人们飞速地散开,朝着球冲去、扑去,人又堆在一块了,摔了,倒了……于是四周的看台上喊声不止,打口哨的,叫骂的,振臂狂呼的,只要有了一个球的胜负,看台上的啦啦队,球场四周的鼓乐队,鼓号齐鸣,欢声四起。这样热闹的场面,一会儿又重复一次,一次比一次强烈,狂热。我目不转睛地盯着赛场和那群奔跑拼抢的彪形大汉,我怎样也看不清那球的起落,听不清混为一体的人潮轰鸣,我只觉得自己像沧海一粟,在海涛冲击下,追波逐浪,一任沉浮。人海在奔腾，人山在崩裂，我好像离他们很远，不了解他们，不明白周围发生的一切。我痴痴地看看我周围的这个那个。匈牙利的女作家安娜（Anna Somlyo）端庄地坐在我旁边，她真美丽，年轻的血液在她白嫩的皮肤下隐隐流动，她总是能吸引许多作家、许多人注意她的，可是这时，在挤满人群的看台上，谁也没有注意她。印度作家的妻子，一个小巧玲珑、端丽如观世音菩萨的东方美人，挤在放声呼号的上了年纪的高大的女观众前面，只显得象一株纤弱的芦苇，随时都可能被风吹倒，压碎的样子。我用同情的眼光看她们，他们回报我一个无可奈何的亲切的微笑。而保罗呢？这位老诗人，一个美国的老运动员，一向就很健康，洒脱，这时一面评论和介绍着球场上的形势和运动员的技巧，一面也不忘记跟观众一起为运动员们叫好，为他们惋惜。他完全沉浸在他那精力充沛的年轻时代去了。球赛能使人年轻，使年轻人向往勇猛，使老年人引起甜美的回忆，使女人想到丈夫的英武，而更爱自己的丈夫，这种运动有益无害，观众紧张愉快。我能替别人着想，为别人的欢乐而欢乐，虽然我对球艺可说是文盲，一无所知的。

　　比赛场内真是波澜壮阔，场地四周排列着穿制服的乐队、舞蹈队。球赛休息的时候，勇士们驰骋的战场，变成了演奏音乐的大乐池。爱荷华大学的音乐爱好者组成的一二百人的庞大乐队，穿着整齐的制服，奏着乐器，整队进入球场，随着乐曲的旋律，组成各种队形，间以少女的舞蹈表演，一时乐声飞扬，彩旗漫卷，赛场空气由紧张热烈转入轻松愉快。我们好似被软风吹拂，顿觉清新，几个人相继走下看台，站在楼下一个进口处的小卖店旁边。保罗抢先挤进买饮料的队伍，等了好一会儿，递给我们每人一杯可口可乐，凉飕飕的冰水，沁人心胸。原来拥挤在看台上的人，这时集在小卖部附近，三三两两，走来走去，我们总算能消消停停地稍稍打量这些片刻之前完全沉醉在那种乐趣中的人们的心理享受。匈牙利客人望望我问："有趣吗？"我也望望他说："很难说。我以为是好的，不过是美国的。比较起来我更喜欢小球。"我用手比划着，意思是乒乓球。我说："容国团，西多，约尼尔……"他怀疑地更望望我。我又说："西多、西多，你们的；容国团、容国团，我们的。"他明白了，大笑，一边点头，一边说："西多、西多，约尼尔……"他的夫人安娜也懂了，连连点头，两人都说："乒乓、乒乓好。"

我们没有等球赛结束便回公寓了。一路上，那赛场的人声、乐声，时远时近，仍在脑中回旋，好似仍然置身球场。那种强烈，那种欢腾，那种狂热，实在表现了美国人民的精力充沛，勇猛如雄狮，执着如苍鹰。在这样倾城空巷，热烈竞争的赛场上，秩序井然，闹而不乱，也表现了美国人民的文化修养，这给我的印象很深。我虽然不懂橄榄球艺，但我能够懂得那些为球艺而喝采的普通人的满足。他们乐观和健康。他们很会生活。

1982年7月

初版《访美散记》，湖南人民出版社，1984年

芝加哥夜谭

小的时候读外国地理，知道在美国有芝加哥这样一个城市，但印象是淡漠的。后来到了上海，我参加了革命，遇到了每年必有一次的"五一"节示威游行，才对芝加哥有了进一步的认识，认为这是一个工业城市，一个充满了革命的城市。一九七二年，我被"四人帮"关进监狱，在被准许读书的时候，我怀着极浓厚的兴趣阅读马恩全集。我读到恩格斯在十九世纪九十年代初几乎每年都参加了伦敦海德公园的集会，每次集会以后，他便写信给拉法格、劳拉，向他们描写当天游行的盛况。每读到此，我好象看见了那几十万人在伦敦街头游行，在海德公园集会；也看见恩格斯站在国际工会的板车上昂头喜笑的雄姿。我体会到他那时的心情。他说过，当他在会后跳下板车时，好象自己高了一截。我从这些描写中，看到了上一个世纪革命先驱者们的热情活动和高尚情操。于是海德公园在我的想象中高了，而芝加哥更高了。我觉得芝加哥和我是有缘的，我不能忘怀这个城市，我不能不对她有遐想，有幻想。

十月廿三日午后我们去芝加哥了。是芝加哥学生中心请我们去的，派了一个年轻的同学开车到爱荷华来接我们。同车去的有聂华苓、凯蒂、陈明、黄秋耘，我坐在前座和驾驶员一起。走在路上我才明白不乘飞机而乘汽车，是为了省钱，而聂华苓把保罗一个人丢在家里，也确成了一件大事。

车行四小时,六点半到芝加哥,时已傍晚,华灯初上。车子走在宽阔的高速公路上,六路纵队,八路纵队,东来西往,车灯,红灯,黄灯,远灯,近灯,来灯,去灯,天上的灯,地下的灯在身边快速地飞驰。车在车的海里,在灯的海里,我感到:我落入到一个从未到过,也不能想象的现代化的繁华城市。我乘的车,我们车里这几个人,我们这一团,好象都不由自主,只能紧紧跟着前面的车,在车的河流里,在闪烁的星海里穿来穿去。我正感到有点头晕目眩,车子忽然转弯,渐渐离开了这些繁星点点、前后飞旋的无尽的车龙,进入到安静、清爽的,虽有车,车不乱,虽有灯,灯不乱的公路上,朝着远处点点星光的境地走去。开车的同学告诉我,快到"学生中心"的会所了,我们要先到那里与一些中国学生们见面,聚餐,然后再到住的地方去。

自然,在异国相逢,彼此都倍感亲切,相迎的笑脸,热情的握手,诚挚的问候,丰盛的晚餐。来见面的老年青年,男的女的,全是素不相识的人,全是要记住的新名字。有从内地大陆来的留学生、访问学者;有从台湾来的,有从香港来的,有久住美国的一些教授、知名人士和学生,大家举杯欢庆,摄影留念。我们好象又登上了舞台,又进入了电影。新的印象,新的悬念,纷至沓来,叠印在脑中。是否这就是"意识流",或者是我堕入了"意识流"?

十二点钟,我们到了住处。这是一对从台湾来的年轻夫妇的家,在一个普通公寓里,有两间房,大的一间是客厅、饭厅、工作室、起坐间,一间小的是卧室。主人们把我们送到这里,安置在这里,他们夫妇自己到另一个朋友家去住了。黄秋耘也被安置到公寓的另一家去住。我们四个人歇息下来,享受着劳顿后的清闲,交换印象,消化各种各样的言谈。我觉得在这陌生中有亲切,复杂中有单一。芝加哥,芝加哥,我没有在你这里找到美国的工人，而遇上了中国的青年知识分子。你是一个可爱的城市，我们还要走进你的胸怀，亲近你，我们还要在这里住几天呵！你一定会增加我的认识，加深我的印象。我自己又如何能使我们的朋友们更加了解我的祖国，我们的社会主义新中国？

　　第二天，我们去芝加哥的摩天高楼。主人介绍说，这里有一百多层，是世界上最高的楼房。从外表上看，象是高楼群中拔伸出来的一根高高的柱子，门窗是细细的方格子，一层一层地嵌在柱子上。如果单独去看，实在没有什么味道。但远远望去，特别是站在水族馆的台阶上，遥望这边高高低低的楼群，五颜六色，层次分明，各种形状，的确可以入画。这座楼的顶层是鸟瞰欣赏芝加哥全城的好地方。朋友们为我们每个人买了六元美金一张的门票，我们和一群登楼远眺的各种肤色的外国人，一同乘宽约十二米或十四米的大电梯登楼，瞬息即到。顶层的中间是房子，四周是装有大玻璃窗的宽阔的走廊。四面设有固定的望远镜，游人每使用一次，需投入一个几毛钱的铝币。我们绕走廊一周，百里之外，尽收眼底，河流、湖泊、公园、高楼、大道、市内、市外，全在脚下。车队恰似蚂蚁，一路爬行。真有点叹为观止。但我想，社会繁荣，科学发展，不要许久，世界上还会有更高的摩天大楼出现。那里的门票将是八元钱一张，也许根本不要钱。我希望里面的设施能为更多的游客着想。现在在这里，没有一张藤椅或塑料椅，让观赏者绕行一周后稍事休息，或使一些高人雅士能稍有"留连忘返"之暇。因为这里只是一种生意，不需要给你精神享受，不需要你安逸，只需要门票。人到了这里，就如同货币一样，流通越快越好，越多越好。于是我们又随各种肤色的外国人乘电梯下楼了，把顶楼的空间让给后来的各种各色的人。

　　下午开座谈会，与会约一百多人。主持人是一个从香港来的学生。

黄秋耘、陈明、聂华苓、我，都依次讲了几句关于中国文学和国内变化的情况。也答复了一些问题，大抵都是曾经碰到过的：中国有没有创作自由，今后搞运动不搞，有没有民主等类问题。我们比较熟悉了，因此用不着惊异，无须思考，很痛快地经历了这又一场考试。晚间在一个中国餐馆聚餐。餐馆老板对我们的光临，表示亲切欢迎。这次聚餐，费时不多，八点多钟就结束了。但主人们没有把我们送回寄宿的地方，而又到了另一对夫妇的家里。说是在这里吃点茶，休息休息。我们的确想休息了，希望在这里的时间不会太长，但我们又不愿辜负主人们的热情。

我们坐在一间通常人家都有的那末一间客室里，陆陆续续又进来一些人，我注意看了一下，全是青年人，有些露过面的人没有来，而又新出现了几个第一次闯进来的人。我们互相客套了几句，然后又作了一番介绍。我真恨自己的记忆力太坏，一下记不住那末多生人的名字，有的是以前听到过的或者谈到过他的文章的，有的人名字比较好记，也有些人的名字当时记住了，后来却忘了。但，我们这一夜的谈话，使我同这一群青年朋友更贴近了。他们使我消除了许多顾虑，给了我许多启发。他们是我们的亲热的朋友，是休戚与共的兄弟姐妹。他们向我们倾诉自己的心曲。他们是从我们祖国漂流到异乡的孤儿。他们有家不能归，有国不能回，有力无处使。他们有年轻人的理想、热情，他们切盼祖国的统一、富强。他们对人为的分裂、灾难，心急如焚，忧心忡忡。我认为我完全能理解他们，我十分愿意帮助他们。可是我的年轻的朋友呵！我怎么说好呢？我在半个多世纪里，对世界，对世事，对社会，对人情的经历、体会，能否在一个晚上就能讲述清楚，作为你们今后生活思考的借鉴呢？我怎么能帮助你们吹散眼前的迷雾，清楚地了解多灾多难的祖国呢？

我怎样帮助你们在满目疮痍中，看到灿烂光明的前景，在大灾大难以后看到十亿人民重新建立起来的必胜信心呢？我觉得我说的话，有些在他们听起来也许觉得是虚伪的空话，我伸出去的手，在他们也许觉得是不够有力的。百余年来，帝国主义侵略者，把亲如手足的骨肉亲人分开了。海峡两岸的同胞有没有担忧？都有。有没有不满？都有。有没有痛苦？也都有。但我们都不是孤儿，我们有十亿同胞，有从十亿人民中涌现出的无穷的力量，我们有必胜的信心。我们是有几千年文化的伟大民族，我们有必胜的信心。我们是有几千年文化的伟大民族，我们经历了一百多年近代革命的锻炼，我们有六十年来的民族民主革命的辉煌胜利，我们有近卅年来建设社会主义的经验，我们有历尽患难，久经考验的共产党的正确领导，我们什么都不怕。我们坚持自己的目标，我们能看清前进路上的暗礁险滩，我们的步伐稳定，措施得当，我们充满乐观。可是，我们的奋斗在海外的青年同胞们，我新相识的朋友们，你们却仍处在困难的境地，暂时还和我们分隔、远离。我们之间可能有各种不同的看法、想法、做法，我们之间的理解，可能也不是短时间就能达到完全一致。但我们为了祖国的强盛，为了人民的安康的目的，是相同的。我爱你们的敏感、尖锐、勇敢、刻苦、坚定、团结。你们对我表现的信赖，我非常感谢。我因不能满足你们，而感到歉疚。我永远不会忘却在芝加哥这一夜的长谈。那些言语，那些神色，那些慨叹，那些愤激，以及那些眼泪，永远燃烧着我的心。我只希望，假以时日，共同的努力，将使我们更加息息相通，心心相印，来日重相聚，继续听心声。

第三天，我在一种木然的神态中参观了博物馆，观看了马戏，但这些浮过的影子已经不能再进入我脑子。因为那里面已经塞满了问题，塞满了忧郁，也塞满了憧憬。芝加哥呵，芝加哥呵！我曾说我们是有缘的,现在这个"缘"就更加牢固,更加不能分离了。

1982 年 9 月

选自《访美散记》,湖南人民出版社,1984 年

纽约的住房

纽约在很多人的心上是一个发亮的名字。它是美国最大的城市，是美国金融资本的中心。在美国建国以前，曾经有多少英国人和其他西欧人络绎不绝跑到这里来淘金、开矿、办实业、设工厂、贩人口、修铁路、辟码头、发财致富。有多少印第安土人，非洲黑人，被奴役、被残害，濒临绝境。有多少亚洲人、中国人也万里迢迢，离乡背井，逃荒避难，跑来做工，流汗流血，谋求温饱。现在美国是最发达、最大的资本主义国家之一，纽约成了世界上有钱人羡慕的地方，也是世界上许多穷人向往的地方。

前年，我应邀参加爱荷华国际写作中心的活动，以一个陌生者的身份闯进了这里，这里的什么东西都会吸引我，使我注目。我需要理解，需要辨别，需要比较，需要感受与激动。按行程计划，我将在这里停留一星期。我希望我会象一块海绵，凡遇到有水的地方，它都能浸入，并且汲取得饱饱的。我以为一切都会使我感到兴趣，并可能对我有所教益。纽约，我在这里不会住很久，但在我的记忆中，它将会留下深深的痕迹。

八一年十一月四日，一到纽约，我们由新土杂志社社长陈宪中先生迎接，住到纽约最繁华的曼哈顿区76号街的一家旅舍里。76号街可能是早期建筑留下来的几条街道之一。这里很象卅年代上海英租界那几条靠黄浦江的马路。街面不宽，楼层不高，房子不新。旅舍不大，但门面严肃静穆，看门的门警，穿着制服，彬彬有礼。近年来陈宪中先生每年都欢迎中国作家到他家做客，他有一个很贤惠的妻子。现在他也非常欢迎我们到他家去住，并且为我们出门旅行提供种种方便。我感谢他的盛情，但我因为怕打扰他太多，没有接受他的邀请，但我答应在临离纽约前到他家住两天，同他聊聊闲天。在纽约的一个星期中，有四天我们和聂华苓夫妇住在76号街的旅馆里。旅馆的房屋比较旧，但显得高大，陈设古雅。旅客似乎不多，更没有很多穿白衣的服务人员来往穿插，特别清洁安静。聂华苓告诉我，住在这里，是一个月前就预订好的。聂华苓夫妇住一个套间，我们住一个套间。每个套间都附有一间小厨房，电炉、冰箱、杯、盘、刀、叉用具齐全，旅客可以在这里煮咖啡、烤面包、吃点心、进餐。每天租金一百四十美元。这里不是纽约最豪华的旅舍，只能算中等，但可以说是最舒适方便的旅舍。

别的新式的豪华的大旅舍，我没有去过，据说房租有四五百美金一天的，具体情况不知道怎么样。但聂华苓夫妇陪着我们和台湾诗人蒋勋先生去一家新式的、比较高贵的公寓做客。公寓的主人夫妇俩都是杂志编辑。后来熟习纽约生活的朋友告诉我们说，一个杂志的编辑，如果没有其他的巨额收入，只靠每月工薪，住这样的公寓，是很难的。这座公寓离我们旅舍似乎不远，在一个高楼群中。我们是晚间去的，马路阴暗，从暗色的玻璃墙壁往里看，只能看见自己一群人的淡淡的黑色的影子。贴近大玻璃才看见里面是一间空廓的走廊式的屋子，没有什么陈设，没有盆花，没有窗帘。按过门铃后，门开了，我们走了进去，一个着制服的门警从暗处走了出来。他知道了我们要去的地方，指引我们上电梯的路，又经过一道铁门，他才打电话给我们要访问的住户。到了主人的门口,又按电铃,才在一道小铁门里看见主人的欢迎的笑脸。这道铁门打开,我们就如释重负地登堂入室,到了富丽的客厅。屋子高大,陈设豪华。主人夫妇俩都在中年以上,态度雍容端庄,待人彬彬有礼,谈话和谐风趣,请我们喝茶,吃专为我们制作的点心。这幢楼究竟有几十层?我忘记问了,大约有三十几层。我站在厅前望市景,但见眼底脚下,灯光点点密集,如银河里的繁星,一片星海,红红绿绿、高高低低、灿灿晶晶。小甲虫似的汽车,在街道上流泻,车后的尾灯,象红色的丝带不断向前引伸。这座公寓就是这样一层楼一层楼地,一个单元一个单元,一家一家住着幸运的比较富裕的中上人家。他们在各自的公司里、写字间作事,白天很忙迫,夜晚很闲散,有机会去参加社会的一些聚餐、酒会,杯盘交错,茶红酒绿。有时还可以在舒适的寓所里,接待来自外国的客人,留下一些愉快的回忆,在优裕的生活图画上另添一笔色彩。

后来,我到了我的一位亲戚家里。他到美国才六年,是"文化大革命"中申请探亲到香港,后来转到美国的。他住在纽约有名的皇后区。这是一个在安全上比较有保障的住宅区,房舍都像我们在爱荷华看到过的那样一栋一栋小楼房,有庭园草坪、树木、花草。房价自然很贵了。我们这位亲戚在国内是一个大学校的物理教师,现在在美国的一个电子计算机公司里审查设计,一个月两千美元的工资。他告诉我,他买这栋楼房的时候,价值廿万元。分期付款,二十五年还清。他已付三年,共八万元。以后将在二十二年内陆续还清那十二万元,每月须付款五百元,这五百元是不必交所得税的。但是,二十二年后,由于地皮等等涨价,这栋房子将价值三十万元,或二十五万元。而房子的产权已完全为他所有了。他还告诉我,现在,这房子虽然还不能说已经是他的,但美国法律仍然认为他有房产二十万元。他可以用这所尚未付清房价的房产作二十万元抵押去借债。如果能借到五万元或十万元，他便又可以拿这笔借款去做买卖，买证券，买股票等等，至少还可以分期付款再买一栋小一点的房子。他可以把房子租出去，收取租金。他更告诉我，美国是资本主义社会，需要资本不断地流通。这个社会鼓励你花钱，鼓励你做生意，谁的胆子越大，越敢借钱，越敢买空卖空，谁就可能会越有钱，钱越多，生意也就越大。聪明人，敢于冒险的人，都不把钱存进银行，因为存钱还要抽所得税咧。我的这位亲戚，五十年代，我见过他，那时只是一个大学生，天真活泼。在美国生活了六年，如今简直成了一个美国通，对我们讲述这本经济账，真是头头是道。我半天也理会不过来。最后他笑着说："简单地说，你欠的账越多，银行越敢借钱给你。你就越玩得转。美国就是这样。"

后来在波士顿，我遇着一位在美国多年的华裔教授向我证明了这位亲戚的话，她说："我们在美国，做的是今天的工作，用的是明天的钱，还的是昨天的债。搞得好，日子还是好过的；搞得不好，只要一天失业，一切的财产都是别人的，你就等着贴封条、进法院、起诉。我们教书的，如果是教授，有了铁饭碗，还好点；可是要混到教授头衔，好不容易哟，什么博士学位都是空的。"原来这些别墅、小院、高楼、大厦可能都是空的！都是欠账赊来的！

中国人侨居在美国很有年代了，因此比较大的城市里都有唐人街，华人大多集中在这里。纽约唐人街两边大多是矮塌塌的半中式半西式三四层楼的房子，很像卅年代上海的城隍庙街。街道窄，铺面挤，四处都是用中国文字书写的各式各样金字招牌，有的还贴着红纸大对联。各种行业都有，以大、小餐馆较兴隆。街上行人摩肩接踵，前呼后拥。夜晚红绿霓虹灯闪耀刺目。四面的摩天大楼都在向这里挤，唐人街会不会逐渐缩小、消失呢？看来，这是多余的担心。旅美侨胞的爱国团结、对于祖国故土的思念和对于民族风情的眷恋，都不会允许这种局面出现。而一些挖空脑筋要敛钱发财的人，也要设法保留唐人街，作为展览的橱窗，将来也许可以出售门票，增加收入呢。

纽约还有一种我们不会想象到的流动房子，这自然是远在郊区（在中小城市里也有）。这种房子看起来像火车的车厢，一截一截的可以用汽车拉走。活动房子一般都整齐地排列在一些准备建筑尚未动工的土地上。自然这里很少草坪、树木、花朵，一些低工资收入的家庭就住在这里，租金比较便宜。如果这块空地有了别的用场，这些流动房子就会被拉到另一块地方去。如果流动房子也没有地方安排那又将如何呢？会不会就有人流落街头，露宿道旁呢？会不会有人为这群低工资收入的人另找栖身之所呢？我没有更多了解，这里就不多说。

纽约还有一个住宅区，住的全是黑人。不管我在华盛顿也好，旧金山也好，波士顿也好，友人们总要向我提出警告，不要到黑人区去，把黑人区形容得非常神秘和可怕。的确，我在密歇根大学也听到过一位中国女同学诉说她在校园中遇到的黑人暴行；在芝加哥的夜晚，我也曾亲眼看见黑人向中国同学气势汹汹无理挑衅的蛮横行径。但我常常注意更多的那些卷发的黑色女郎和青少年，觉得他们都很可爱，他们的处境很令人同情。我很想去黑人区看看，就如同想去乘地下电车一样，因为好几个朋友都对我说："到了美国如果不坐地铁，那只是到了半个美国。"但我到底没有去，这并不完全为个人的安全担心，也还由于我不愿为我的主人增加麻烦。因此，现在我无法证明或述说黑人区的具体实况，但我确实看见了一些黑人或白人，畏畏缩缩坐在不被人注意的黑暗角落里。人们告诉我，夏天的夜晚，有些马路上、公园里到处都有无家可归而露天住宿的人。有不少流浪汉就经常以火车站的候车室或教堂的门廊作为宿处。我不能理解，我反复想到那位亲戚说的话，我不得不自问："难道这些人全是没有学问，工作不勤奋，或者是胆小，不敢借钱，不敢买空卖空的人？"美国既然那样富有，那样容易赚钱，怎么还会有这末多无家可归，只能露宿街头的人？在那样巍巍高楼、金屋遍地、掷钱如泥的富裕国家里，怎么还会有这末一些寻不到一席安身之地的可怜虫？难道这不值得令人认真思索么？难道这还不能使我们某些对美国生活抱有不切实际的希望的人稍稍多想一点么？

1983年2月 昆明温泉

选自《访美散记》，湖南人民出版社，1984年

纽约的苏州亭园

一天，我们去参观纽约的博物馆。这是世界有名的大博物馆，收藏着全世界自古至今东方西方国家的艺术珍品，年轻的同伴们都兴致勃勃地准备花两三天时间在这里观赏。我本想多看一点以饱眼福，但体力不支，只走了几个陈列室，果然发现，有好些东西是我在别处未曾见过的，足见他们对这项工作的重视，并且的确千方百计，搜罗很广。

这时有人建议去欣赏博物馆内新建成的苏州亭园。我知道这所亭园是苏州派来一个专家小组协助设计并参加建筑完成的。在纽约我愿意尽先看西方的东西，但能在纽约和聂华苓等一同欣赏祖国的亭园风光，也是一桩大快事。

转几个弯，我走到一道粉墙边，进入一个紫檀色的大木门，徒然觉得一阵清风扑面，而且微微带一点芝兰香味。人好象忽地来到了另一个天地之中。转过屏风，苏州亭园就象一幅最完整、最淡雅、最恬适的中国画，呈在眼前。清秀的一丛湘妃竹子，翠绿的两棵芭蕉，半边亭子，回转的长廊，假山垒垒，柳丝飘飘。青石面铺地，旁植万年青。后面正中巍峨庄严坐着一栋朴素的大厅，檐下悬一块黑色牌匾，上面两个闪闪发亮的金字："明轩"。我好象第一次见到我们祖国的亭园艺术，这样庄重、清幽、和谐。我们伫立园中，既不崇拜它的辉煌，也不诧异它的精致，只沉醉在心旷神怡的舒畅里面，不愿离去。园中有各种肤色的游人，对这一块园地都有点流连忘返，看来他们是被迷住了。

中国艺术的特点就是能"迷"人。我们的古典文学艺术，不也是这样，能使人着迷吗？你看，"明轩"正厅里的布置与摆设，无一处是以金碧辉煌、精雕细镂、五彩缤纷、光华耀目来吸引游人，而只是令人安稳，沉静、深思。这里几净窗明，好似洗净了生活上的繁琐和精神上的尘埃，给人以美、以爱、以享受，启发人深思、熟虑、有为。人生在世，如果没有一点觉悟与思想的提高、纯化，是不能真真抛弃个人，真真做到有所为，有所不为的。最高的艺术总是能使人净化、升华的。纽约的博物馆的确搜罗了许多世界艺术珍品，供人欣赏学习，打开人们眼界，提高人的兴趣与鉴别能力。苏州亭园在这个博物馆里不失为一朵奇花异葩。人们在这里略事观览，就象是温泉浴后，血流舒畅，浑身轻松，精力饱满，振翅欲飞。特别是我们在美国看祖国，更倍感亲切。

中国的文学艺术在世界上是受人喜爱的，他们喜爱的是苏州亭园，是齐白石的画，是屈原的《离骚》，是唐诗宋词，是《水浒》《三国演义》《红楼梦》，是深刻反映中国人民生活的东西，是真真的中国货。他们对我们的仿制品、舶来品是不感兴趣的，历来如此。我记得五十年代有一位苏联文学家看了我们的一个影片后，很直率地对征询他意见的人说："这里边有太多的苏联货和美国的好莱坞货。我们要看的是中国人民的生活和中国民族的艺术。"实际我们自己也是喜欢地道的民族的、传统的形式，和生动活泼、富有时代感的反映人民的生活的作品。

从纽约的苏州亭园而不能不想到中国文学应走的道路。

1983年3月2日 昆明温泉

选自《访美散记》，湖南人民出版社，1983年

纽约曼哈顿街头夜景

去年十一月四日,我到了纽约,这是世界上最大的城市之一。傍晚,我住进了曼哈顿区的一家旅馆,地处纽约最繁华的市区。夜晚,我漫步在银行、公司、商店、事务所密聚的街头。高楼耸立夜空,象陡峻的山峰,墙壁是透明的玻璃,好象水晶宫。五颜六色的街灯闪闪烁烁,远远近近,高高低低,时隐时现,走在路上,就象浮游在布满繁星的天空。汽车如风如龙,飞驰而过,车上的尾灯,似无数条红色丝带不断地向远方引伸。这边,明亮的橱窗里,陈列着铮铮发亮的金银餐具,红的玛瑙,青翠的碧玉,金钢钻在耀眼,古铜器也在诱人。那边,是巍峨的宫殿,门口站着穿制服的巡警,美丽的花帘在窗后掩映。人行道上,走着不同肤色的人群,服装形形色色,打扮五花八门,都那样来去匆匆。这些人从哪里来?到哪里去?他们走在通衢大道,却似在险峻的山路上爬行,步步泥泞。曼哈顿是大亨们的天下,他们操纵着世界股票的升降,有些人可以荣华富贵,更多的人逃不脱穷愁的命运。是幸福或是眼泪,都系在这交易所里电子数字的显示牌上。我徜徉在这热闹的街头四顾,灿烂似锦,似花,但我却看不出它的美丽。我感到了这里的复杂,却不认为有多么神秘。这里有一切,这里没有我。但又象一切都没有,唯独只有我。我走在这里,却与这里远离。好象我有缘,才走在这里;但我们之间仍是缺少一丝缘分,我在这里只是一个偶然的,匆忙的过客。

  看,那街角上坐着一个老人,伛偻着腰,半闭着眼睛,行人如流水在他身边淌过,闪烁的灯光在他身前掠过。没有人看他一眼,他也不看任何人,他在听什么?他在想什么?他对周围是漠然的,行人对他更漠然。他要什么?好象什么都不要,只是木然地坐在那里。他要干什么?他什么也不干,没有人需要他干点什么,他坐在这热闹的街头,坐在人流中间,他与什么都无关,与街头无关,与人无关。但他还活着,是一个活人,坐在这繁华的街头。他有家吗?有妻子吗?有儿女吗?他一定有过,现在可能都没有了。他就一个人,他总有一个家,一间房子。他坐在那间小的空空的房子里,也象夜晚坐在这繁华的街头一样,没有人理他。他独自一个人,半闭着眼睛伛偻着腰。就这样坐在街头吧,让他来点缀这繁华的街道。总会有一个人望望他,想想他,并由他想到一切。让他独自在街头,在鲜艳的色彩中涂上灰色的一笔。在这里他比不上一盏街灯,比不上橱窗里的一个仿古花瓶,比不上挂在壁上的一幅乱涂的油画,比不上掠身而过的一身紫色的衣裙,比不上眼上的蓝圈,血似的红唇,更比不上牵在女士们手中的那条小狗。他什么都不能比,他只在一幅俗气的风景画里留下一笔不显眼的灰色,和令人思索的一缕冷漠和凄凉。但他可能当过教授,曾经桃李满天下;他可能是个拳王,一次一次使观众激动疯狂;他可能曾在情场得意,半生风流;他可能在赌场失手,一败涂地,输个尽光;他也可能曾是亿万富翁,现在却落得无地自容。他两眼望地,他究竟在想什么?是回味那往昔荣华，诅咒今天的满腹忧愁，还是在追想那如烟似雾的欢乐，重温那香甜的春梦？老人，你就坐在那里吧，半闭着眼睛，伛偻着腰，一副木木然的样子，点缀纽约的曼哈顿的繁华的夜景吧。别了，曼哈顿，我实在无心在这里久留。

1982 年 9 月 25 日北京

选自《访美散记》，湖南人民出版社，1984 年